FANTASY

W0217384

»Packender als jeder andere Fantasy-Stoff – ein Breitwand-Epos mit jeder Menge Action und brillanten Einfällen, wie Sie sie in kaum einem anderen Fantasy-Roman finden werden.«

The Washington Post Book World

Raymond Feist, geboren 1945 in Los Angeles, studierte an der Universität von Kalifornien in San Diego und arbeitete unter anderem als Fotograf, Gebrauchtwagenverkäufer und Erfinder von Spielen, ehe er sich dem Schreiben zuwandte. Jeder seiner Romane war auf den amerikanischen Bestsellerlisten zu finden. Seine in den achtziger Jahren begonnene Midkemia-Saga gilt als Meisterwerk der modernen Fantasy.
Die Midkemia-Saga wird komplett im Goldmann Verlag erscheinen.

Raymond Feist im Goldmann Verlag

Die Midkemia-Saga 1: Der Lehrling des Magiers (24616)
Die Midkemia-Saga 2: Der verwaiste Thron (24617)
Die Midkemia-Saga 3: Die Gilde des Todes (24618)
Die Midkemia-Saga 4: Dunkel über Sethanon (24611)
Die Midkemia-Saga 5: Gefährten des Blutes (24650)
Die Midkemia-Saga 6: Des Königs Freibeuter (24651)

Die Schlangenkrieg-Saga 1: Die Blutroten Adler (24666)
Die Schlangenkrieg-Saga 2: Die Smaragdkönigin (24667)
Die Schlangenkrieg-Saga 3: Die Händler von Krondor (24668)
Die Schlangenkrieg-Saga 4: Die Fehde von Krondor (24784)
Die Schlangenkrieg-Saga 5: Die Rückkehr des Schwarzen Zauberers (24785)
Die Schlangenkrieg-Saga 6: Der Zorn des Dämonen (24786)

Zusammen mit Janny Wurts

Die Kelewan-Saga 1: Die Auserwählte (24748)
Die Kelewan-Saga 2: Die Stunde der Wahrheit (24749)
Die Kelewan-Saga 3: Der Sklave von Midkemia (24750)

Weitere Bände in Vorbereitung.

DIE MIDKEMIA SAGA

RAYMOND FEIST

DER LEHRLING DES MAGIERS

1

Aus dem Amerikanischen
von Dagmar Hartmann

GOLDMANN

Die amerikanische Originalausgabe erschien unter dem Titel
»Magician: Apprentice« bei Bantam Books, New York

Umwelthinweis:
Alle bedruckten Materialien dieses Taschenbuches
sind chlorfrei und umweltschonend.
Das Papier enthält Recycling-Anteile.

Der Goldmann Verlag
ist ein Unternehmen der Verlagsgruppe Bertelsmann

Copyright © der Originalausgabe 1982 by Raymond Feist
Copyright © der deutschsprachigen Ausgabe 1984, 1994
by Wilhelm Goldmann Verlag, München
Das Buch ist bereits mit der Titelnummer 23842 und dem Titel
»Pug und Thomas« als Goldmann Taschenbuch erschienen
Umschlaggestaltung: Design Team München
Umschlagillustration: Ferenc Regös, Oderding
Druck: Elsnerdruck, Berlin
Verlagsnummer: 24616
VB · Herstellung: Peter Papenbrok
Made in Germany
ISBN 3-442-24616-4

5 7 9 10 8 6

DIE MIDKEMIA SAGA

MIDKEMIA
GROSSE NORDBERGE
DIE ZÄHN
NORDLANDE
BERGENSTEIN
HIMMELSSEE
ELBENHEIM
Tyr-Sog
Hohe
Yabon
Loriel
Crydee
GRAUE TÜRME
LaMut
DAS GRÜNE HERZ
Zūn
Falkenhöhle
FERNE KÜSTE
HOGEWAL
Walinor
Ylith
Natal
Questors Sicht
Carse
Jonril
Hush
Natalhaven
ENDLOSE SEE
Tulan
Bordon
CALASTIUSGEBIRGE
Setha
Queg
Sarth
DIE FREIEN STÄDTE
Lan
Margrave's Hafen
KÖNIGREICH QUEG
FINSTERMOOR
Palanque
Krondor
STRASSE DER FINSTERNIS
EILAND DES ZAUBERERS
Durrony's Tal
BITTERES MEER
LiMeth
Langer Punkt
Landreth
Durbin
MEER DER TRÄUME
Shamata
Elarial
Ranom
TAL DER TRÄUME
GROSSER STERNSEE
Caralyan
TROLLHEIMGEBIRGE
DIE STERNPFEILER
WÜSTE VON JAL-PUR
0 100 200 300 400 500 600

ER WELT
Eiserner Paß
Dunkelhain
Wächter des Nordens
DAS KÖNIGREICH
Dolth
Euper
Rodez
Ran
Romney
Tiburn
SEE DES KÖNIGREICHS
Bas-Tyra
Sadara
Silden
ac's Cross
Rillanon
Cheam
lador
Timons
KÖNIGREICH ROLDEM
IE GRAUEN BERGE
Niederhohnheim
Malvenhafen
Pointer's Head
Die grünen Weiten
GIPFEL DER RUHE
DAS KAISERREICH GROSS-KESH

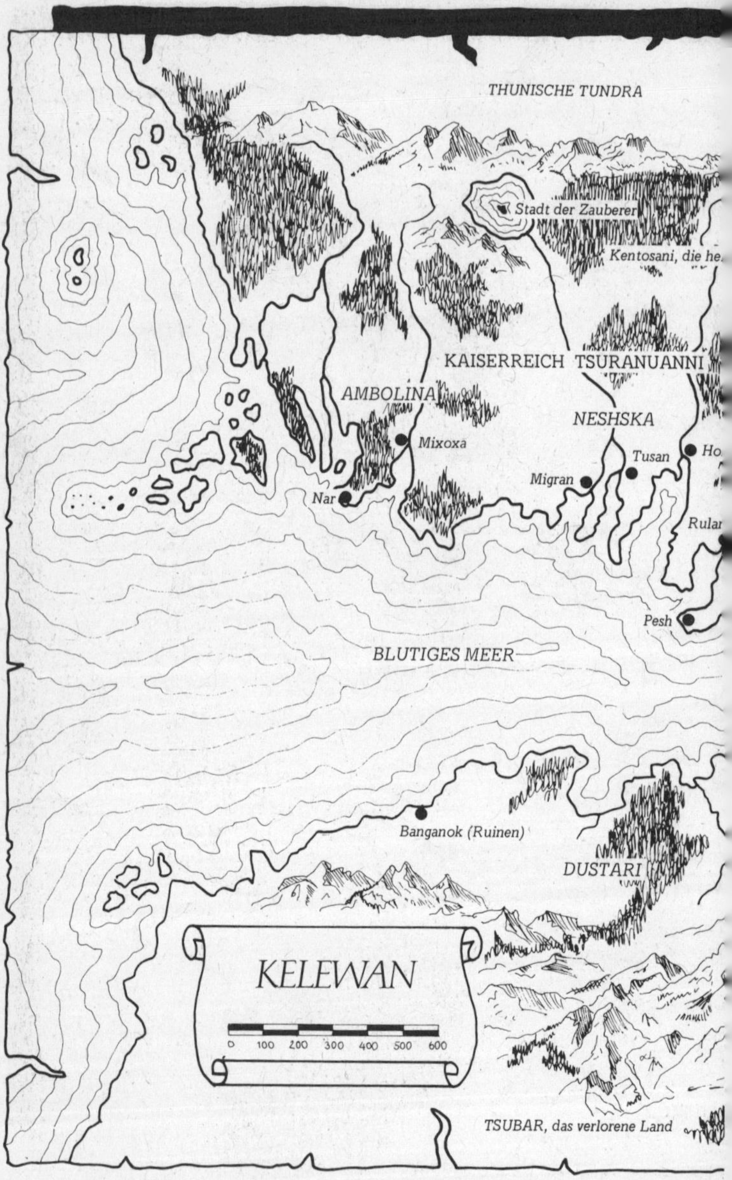
THUNISCHE TUNDRA
Stadt der Zauberer
Kentosani, die he
KAISERREICH TSURANUANNI
AMBOLINA
NESHSKA
Mixoxa
Tusan
Ho
Migran
Nar
Rular
Pesh
BLUTIGES MEER
Banganok (Ruinen)
DUSTARI
KELEWAN
0 100 200 300 400 500 600
TSUBAR, das verlorene Land

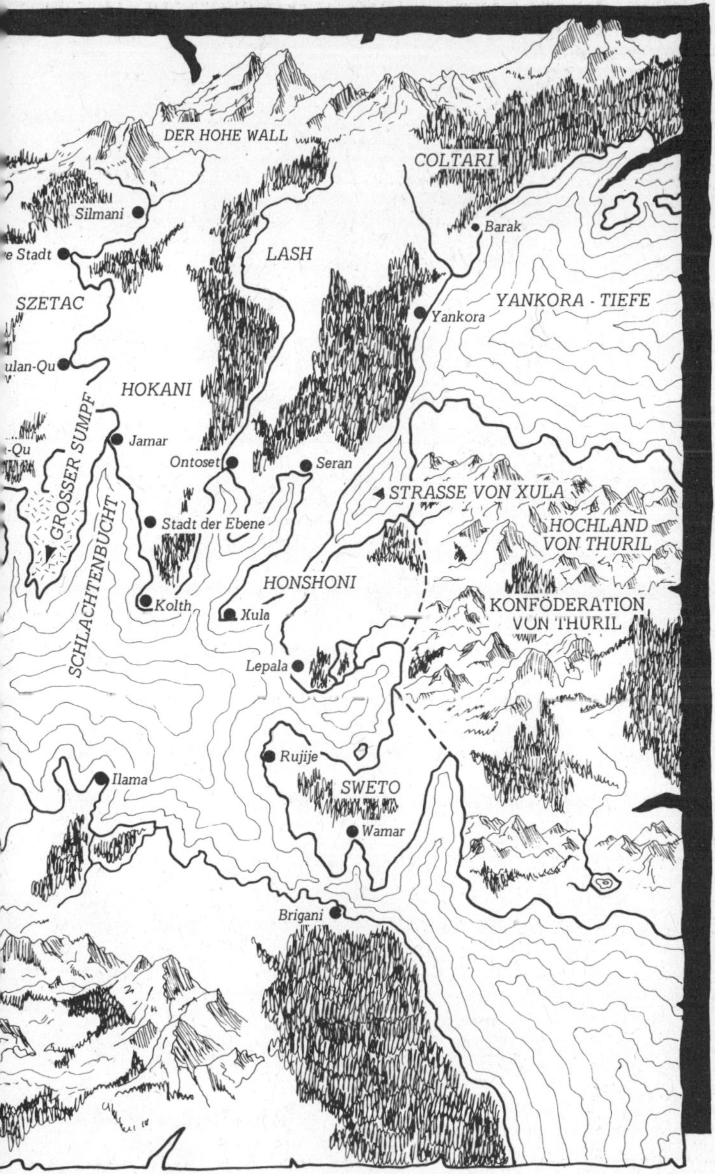
DER HOHE WALL
COLTARI
Silmani
Barak
e Stadt
LASH
SZETAC
YANKORA - TIEFE
Yankora
ulan-Qu
HOKANI
GROSSER SUMPF
Jamar
-Qu
Ontoset
Seran
STRASSE VON XULA
Stadt der Ebene
HOCHLAND VON THURIL
SCHLACHTENBUCHT
HONSHONI
KONFÖDERATION VON THURIL
Kolth
Xula
Lepala
Rujije
Ilama
SWETO
Wamar
Brigani

Sturm

Der Sturm war losgebrochen.

Pug tänzelte am Klippenrand entlang. Seine Füße fanden kaum Halt, als er sich seinen Weg zwischen den Prellen hindurchbahnte. Seine dunklen Augen suchten hier und da in den Tümpeln unter den Klippen nach den stacheligen Wesen, die der Sturm dorthin getrieben hatte. Seine jungen Muskeln zeichneten sich unter dem dünnen Hemd ab, als er den Sack mit den Sandkriechern und Krabben zurechtrückte, die er bereits aus diesem Wassergarten gefischt hatte.

Der Meeresschaum glitzerte in der Nachmittagssonne, und der Westwind wirbelte sein sonnengebleichtes, braunes Haar herum. Pug stellte seinen Sack ab, vergewisserte sich, daß er fest verschnürt war und hockte sich dann auf einen Sandflecken. Noch war der Sack zwar nicht voll, aber Pug freute sich über eine Extra-Stunde, in der er sich ausruhen konnte. Megar, der Koch, würde ihm keinen Ärger machen, auch wenn er lange fortblieb, wenn nur der Sack fast voll war. Den Rücken an einen großen Felsbrocken gelehnt, döste Pug schon bald in der Sonne ein.

Ein kalter, nasser Sprühregen weckte ihn Stunden später. Erschrocken riß er die Augen auf. Er wußte sofort, daß er viel zu lange geblieben war. Westwärts über dem Meer verkündeten rollende, sich ballende Wolken, unter denen der Regen wie ein dunkler Schleier hing, einen weiteren Sturm. Sie waren im Frühsommer an diesem Teil der Küste sehr häufig. Im Süden ragten die hohen Zinnen von Seglers Gram empor, reckten sich gen Himmel, während die Wellen an den felsigen Gipfel krachten. Hinter den Brechern setzten die Wogen weiße Kappen auf. Dies war ein sicheres Zeichen, daß der Sturm bald zuschlagen würde.

Pug wußte, daß er in Gefahr war, denn die Sommerstürme konnten jeden ertränken, der sich am Strand befand. Ja, wenn sie heftig genug waren, sogar jemanden auf dem Flachland dahinter.

Er packte seinen Sack und lief nordwärts, zum Schloß. Als er zwischen den Tümpeln hindurchlief, spürte er, wie der Wind immer kälter und feuchter wurde. Schatten senkten sich auf die Erde, als sich die ersten Wolken vor die Sonne schoben, und leuchtende Farben wurden zu mattem Grau. Draußen auf der See zuckten die ersten Blitze aus den schwarzen Wolken, und das ferne Grollen des Donners übertönte das Brausen des Meeres.

Pug lief schneller, als er das erste Stück offenen Strandes erreichte. Der Sturm näherte sich mit größerer Geschwindigkeit, als er es für möglich gehalten hatte, und trieb dabei die steigende Flut vor sich her. Als er die zweite Reihe der Priele erreichte, erstreckten sich noch knapp drei Meter trockenen Sands zwischen dem Rand des Wassers und den Klippen.

So schnell es ging eilte Pug über die Felsen. Als er den nächsten Sandstreifen erreichte, verschätzte er sich im Sprung und kam schlecht auf. Er fiel auf den Sand und umklammerte seinen Knöchel. Als hätte sie nur darauf gewartet, rollte in diesem Augenblick eine Welle auf ihn zu und bedeckte ihn vorübergehend. Blindlings schlug er um sich und fühlte, wie sein Sack fortgespült wurde. Verzweifelt grabschte er danach, warf sich vorwärts – aber sein Knöchel gab unter ihm nach. Er ging unter, schluckte Wasser. Spuckend und hustend hob er den Kopf. Er stand gerade wieder, als eine zweite Welle – höher noch als die erste – ihn voll an der Brust traf. Wieder fiel er um, diesmal auf den Rücken. Pug war mit dem Spiel in den Wellen aufgewachsen, aber jetzt brachten der Schmerz in seinem Knöchel und der Angriff der Wellen selbst ihn, den geübten Schwimmer, an den Rand der Verzweiflung, ja, Panik. Er kämpfte dagegen an und schnappte nach Luft, als die Welle zurückrollte. Halb schwamm, halb kroch er auf die Klippen hinauf.

Oben angelangt stützte er sich gegen den Stein, belastete den verletzten Knöchel so wenig wie möglich und schob sich vorsichtig vorwärts. Mit jeder Welle stieg das Wasser höher. Als er endlich eine Stelle erreichte, von der aus er den Weg nach oben machen konnte, reichte ihm das Naß schon bis zur Taille. Er brauchte seine ganze Kraft, um sich auf den Weg hochzuziehen. Keuchend blieb er einen Moment dort liegen. Dann kroch er den Weg entlang. Auf diesem schlüpfrig-steinigen Untergrund wollte er seinem geschundenen Knöchel nicht trauen.

Die ersten Tropfen fielen bereits, als er weiterkroch. Er verkratzte sich Knie und Schienbeine auf dem Felsen, bis er endlich den grasigen Gipfel erreichte. Erschöpft fiel Pug vornüber, keuchend von dem anstrengenden Aufstieg. Die vereinzelten Tropfen wurden langsam zu einem leichten, aber ständigen Regen.

Als er wieder zu Atem gekommen war, setzte Pug sich auf und untersuchte seinen geschwollenen Knöchel. Er war empfindlich, aber er ließ sich bewegen. Gott sei Dank war er also nicht gebrochen! Er würde den ganzen Weg heim hinken müssen, aber nachdem er gerade der Gefahr zu ertrinken entgangen war, fühlte er sich jetzt relativ wohl.

Pug würde ein durchnäßtes, unterkühltes Geschöpf sein, wenn er in der Stadt ankam. Dort würde er sich eine Bleibe suchen müssen, denn die Tore der Burg waren schon für die Nacht geschlossen. Und mit seinem verletzten Knöchel wollte er nicht versuchen, über die Mauer hinter den Ställen zu klettern. Außerdem würde nur Megar mit ihm schimpfen, wenn er warten und sich erst am nächsten Tag in die Burg schleichen würde. Sollte man ihn allerdings erwischen, wenn er die Mauer überkletterte, dann hätten Schwertmeister Fannon oder Pferdemeister Algon bestimmt viel Schlimmeres als nur Worte für ihn auf Lager.

Während er sich ausruhte, wurde der Regen immer dichter. Der Himmel verdunkelte sich, als die späte Nachmittagssonne von Sturmwolken verschlungen wurde. Wut auf sich selbst, weil er den Sack mit den Sandkriechern verloren hatte, trat an die Stelle seiner Erleichterung. Sein Mißbehagen wurde noch größer, als er über seine Dummheit nachdachte, eingeschlafen zu sein. Wenn er wach geblieben wäre, hätte er den Rückweg ohne Eile antreten können. Er hätte sich dann nicht den Knöchel verrenkt und Zeit genug gehabt, das Flußbett nach den glatten Steinen zu durchforschen, die er als Munition für seine Schleuder so hoch schätzte. Jetzt gab es keine Steine für ihn, und es würde mindestens eine Woche vergehen, ehe er wieder hierher kommen konnte. Wenn Megar nicht statt seiner überhaupt einen anderen Jungen schicken würde, was ziemlich wahrscheinlich war, jetzt, da er mit leeren Händen zurückkehrte.

Pug wurde es langsam bewußt, wie ungemütlich es war, im Regen zu sitzen. So beschloß er, weiterzuziehen. Er stand auf und prüfte seinen Knöchel. Der wehrte sich gegen solche Behandlung, aber Pug konnte damit gehen. Er hinkte über das Gras zu der Stelle, wo er seine Habe zurückgelassen hatte und hob seinen Rucksack, seinen Spazierstock und seine Schlinge auf. Er fluchte laut, als er entdeckte, daß sein Rucksack aufgerissen worden war. Sein Brot und der Käse fehlten. Das waren Waschbären gewesen, möglicherweise auch Zauneidechsen, dachte er. Er schleuderte jetzt den leeren Sack zur Seite und schimpfte auf sein Pech.

Dann holte er tief Luft, stützte sich schwer auf seinen Stock und trat den Weg über die flachen Hügel an, die die Klippen von der Straße trennten. Überall standen kleine Baumgrüppchen, aber Pug bedauerte, daß es keinen besseren Schutz in der Nähe gab. Wenn er sich unter einen der Bäume stellte, würde er ebenso naß werden, als wenn er gleich bis in die Stadt weiterwanderte.

Der Wind wurde stärker. Schon fühlte Pug ihn eisigkalt an seinem nassen Rücken. Er schauderte und beschleunigte seinen

Schritt, so gut er es vermochte. Die kleinen Bäume fingen an, sich im Wind zu neigen, und Pug hatte das Gefühl, eine riesige Hand stieße ihn in den Rücken. Als er die Straße erreichte, wandte er sich gen Norden. Er hörte den verwunschenen Ruf des großen Waldes im Osten. Der Wind pfiff durch die Zweige der uralten Eichen und ließ ihn noch düsterer wirken. Wahrscheinlich war es im Wald jetzt nicht gefährlicher als auf der Straße des Königs. Trotzdem standen dem Jungen die Haare zu Berge, als er an die Geschichten von Gesetzlosen und anderen, weniger menschlichen Missetätern dachte.

Pug huschte über die Straße und fand ein wenig Schutz im Graben, der daneben entlangführte. Der Wind wurde noch stärker, Regen brannte in seinen Augen, und Tränen liefen über seine schon nassen Wangen. Ein Windstoß packte ihn, und vorübergehend verlor er das Gleichgewicht. Er mußte vorsichtig auftreten, um nicht in unerwartet tiefen Pfützen den Halt zu verlieren.

Fast eine Stunde lang lief er durch den immer stärker werdenden Wind. Die Straße führte jetzt nach Nordwesten, und damit schlug ihm der heulende Wind fast voll ins Gesicht. Pug lehnte sich vor, sein Hemd blähte sich hinter ihm. Er schluckte kräftig, um die in ihm aufsteigende Panik zu unterdrücken. Er wußte, daß er jetzt in Gefahr war, denn der Sturm war weit wütender, als es sonst in dieser Jahreszeit üblich war. Große, gezackte Blitze schossen durch die dunkle Landschaft, Bäume und Straße wurden in hartes, strahlendes Weiß getaucht. Dröhnende Donnerschläge grummelten über ihm. Jetzt war seine Angst vor dem Sturm ebenso mächtig wie die vor eingebildeten Räubern und Trollen. Er beschloß, zwischen den Bäumen nahe der Straße entlangzugehen. Dort würde der Wind ein wenig durch die Eichen abgehalten werden.

Als Pug sich dem Wald näherte, ließ ihn ein krachendes Geräusch auf der Stelle stehenbleiben. Im Dämmerlicht des Sturmes konnte er nur schwach die Gestalt eines schwarzen Waldebers ausmachen, der aus dem Unterholz hervorbrach. Das Schwein taumelte aus dem Gebüsch, stolperte und raffte sich nur wenige Meter entfernt wieder auf. Pug konnte es ganz deutlich sehen, als es dastand und ihn anstarrte, wobei es den Kopf von einer Seite zur anderen schwenkte. Zwei große Stoßzähne schienen im schwachen Licht zu glühen. Regenwasser tropfte herab. Die Augen waren vor Angst weit aufgerissen. Das Tier stampfte mit den Füßen. Wildschweine waren immer schlechter Laune, aber gewöhnlich mieden sie Menschen. Dieses hier war jedoch durch den Sturm in Panik geraten, und Pug wußte, daß er schwer verletzt, ja, getötet werden konnte, wenn es ihn angriff.

Pug stand stocksteif da und war bereit, sich mit dem Stock zu wehren. Aber er hoffte, daß das Schwein in den Wald zurückkehren würde. Der Eber hob den Kopf und prüfte den Geruch des Jungen im Wind. Seine rosigen Augen schienen zu glühen, während es unentschlossen zitterte. Ein Geräusch ließ es zu den Bäumen herumfahren. Dann senkte es den Kopf und griff an.

Pug schwang seinen Stock. Er traf den Kopf des Schweines an der Seite. Dann ging er zu Boden, als das Schwein an seine Brust prallte, aber mit der Schulter, nicht mit den Stoßzähnen. Ein Gewicht senkte sich auf seinen Körper. Pug bedeckte sein Gesicht mit den Händen, preßte dabei die Arme dicht an die Brust und erwartete, aufgespießt zu werden.

Nach einem kurzen Augenblick bemerkte er, daß sich das Schwein nicht mehr rührte. Er entfernte die Hände von seinem Gesicht und stellte fest, daß das Schwein über seinen Beinen lag. Ein schwarzgefiederter Pfeil ragte aus seiner Seite.

Pug schaute zum Wald hinüber. Ein Mann, in braunes Leder gekleidet, stand am Waldrand und umwickelte hastig einen langen Bogen mit einem öligen Tuch. Nachdem die kostbare Waffe vor dem Regen geschützt war, kam der Mann zu dem Jungen und dem Tier hinüber.

Er trug einen Umhang mit Kapuze. Sein Gesicht war nicht zu

sehen, als er sich neben Pug kniete. »Alles in Ordnung, Junge?« rief er über den Lärm des Windes hinweg. Dann hob er den toten Eber von Pugs Beinen. »Irgendwelche Knochen gebrochen?«

»Ich glaube nicht«, brüllte Pug zurück und untersuchte sich selbst. Seine rechte Seite schmerzte, und auch seine Beine schienen zerschunden. Mit seinem noch immer schmerzenden Knöchel war das Maß für heute seiner Meinung nach übervoll, aber nichts schien gebrochen oder auf Dauer beschädigt zu sein.

Große, fleischige Hände stellten ihn wieder auf die Beine. »Hier«, kommandierte der Mann und reichte ihm seinen Stock und Bogen. Pug nahm sie, während der Fremde mit einem großen Jagdmesser geschickt den Eber zerlegte. Er vollendete seine Arbeit und wandte sich dann Pug zu. »Komm mit, Junge. Du bleibst am besten bei meinem Herrn und mir. Es ist nicht weit, aber laß uns lieber eilen. Dieser Sturm wird noch schlimmer, ehe er vorbei ist. Kannst du laufen?«

Pug machte einen unsicheren Schritt und nickte. Ohne ein weiteres Wort schulterte der Mann das Schwein und nahm seinen Bogen. »Komm«, wiederholte er und wandte sich dem Wald zu. Mit forschen Schritten holte er aus, und Pug hatte Mühe, mitzukommen.

Der Wald hielt den Sturm nur in geringem Maße ab, so daß eine Unterhaltung unmöglich war. Ein kurzer Blitz erhellte die Szene für einen Augenblick, und Pug konnte einen Blick auf das Gesicht des Mannes werfen. Er versuchte sich zu erinnern, ob er den Fremden schon früher einmal gesehen hatte. Er sah wie alle Jäger und Waldbewohner aus, die in den Wäldern von Crydee hausten: breitschultrig, groß und fest gebaut. Er hatte dunkles Haar, einen dunklen Bart und das rauhe, wettergegerbte Gesicht eines Mannes, der die meiste Zeit seines Lebens im Freien verbringt.

Ein paar schreckliche Augenblicke lang fragte sich der Junge, ob er einer Bande Gesetzloser angehören mochte, die sich tief im

Herzen des Waldes verbarg. Doch dann verwarf er diesen Gedanken wieder, denn kein Gesetzloser würde sich mit einem offensichtlich armen Knaben aus der Burg abgeben.

Dann fiel ihm ein, daß der Mann seinen Herrn erwähnt hatte. Pug vermutete daher, daß es sich um einen Freisassen handelte, einen, der mit einem Landbesitzer auf dessen Grund lebte. Er würde für ihn arbeiten, würde ihm aber nicht wie ein Leibeigener gehören. Die Freisassen wurden frei geboren und gaben einen Teil ihrer Ernte oder Herde als Austausch für die Benutzung des Landes ab. Er mußte ein freier Mann sein. Kein Leibeigener durfte einen Langbogen besitzen. Aber Pug konnte sich nicht erinnern, daß es im Wald Landbesitz gab. Es war ein Rätsel für den Knaben, aber die Verletzungen des Tages vertrieben bald all seine Neugier.

Nach einer kleinen Ewigkeit trat der Mann in ein Dickicht von Bäumen. Pug hätte ihn in der Dunkelheit fast verloren, denn die Sonne war schon vor geraumer Zeit untergegangen. Jetzt fehlte auch noch das wenige Licht, das trotz des Sturmes noch dagewesen war. Er folgte dem Mann mehr nach dem Geräusch seiner Schritte und nach dem Tastsinn als mit den Augen. Pug hatte das Gefühl, sich auf einem Weg durch die Bäume zu befinden, denn seine Füße spürten keinen Widerstand von Büschen. Von der Stelle aus, wo sie sich noch vor wenigen Augenblicken befunden hatten, war der Weg schon bei Tag schwierig zu finden, aber in der Nacht würde es unmöglich sein, wenn man ihn nicht bereits kannte. Bald darauf betraten sie eine Lichtung, in deren Mitte ein kleines, steinernes Häuschen stand. Licht fiel aus einem einsamen Fenster, und Rauch stieg aus dem Kamin auf. Sie überquerten die Lichtung, wobei Pug sich darüber wunderte, wie relativ mild der Sturm auf diesem Fleckchen Wald war.

Als sie die Tür erreichten, trat der Mann beiseite. »Geh du nur immer hinein, Junge. Ich muß das Schwein häuten.«

Pug nickte benommen, stieß die Tür auf und trat ein.

»Mach die Tür zu, Junge! Sonst erkälte ich mich, und du bist schuld an meinem Tode!«

Pug gehorchte ganz schnell. Dann drehte er sich um, um die Szene genauer betrachten zu können. Das Häuschen bestand im Innern aus einem einzelnen, kleinen Raum. An einer Wand befand sich die Feuerstelle, mit einem großen Herd davor. Ein leuchtendes, fröhliches Feuer prasselte und sandte ein warmes Glühen aus. Neben der Feuerstelle stand ein Tisch, hinter dem eine schwere, in Gelb gekleidete Gestalt ruhte. Das graue Haar und der Bart bedeckten fast das gesamte Gesicht, mit Ausnahme der blauen, lebhaften Augen, die im Feuerschein funkelten. Eine lange Pfeife ragte aus dem Bart hervor, und enorme Wolken aus hellem Rauch stiegen aus ihr auf.

Pug kannte den Mann. »Meister Kulgan …«, setzte er an, denn der Mann war der Magier und Ratgeber des Herzogs, eine vertraute Gestalt in der Umgebung der Burg.

Kulgan schenkte Pug einen Blick, ehe er mit seiner tiefen, rollenden, mächtigen Stimme sprach: »Also kennst du mich?«

»Ja, mein Herr. Aus der Burg.«

»Wie lautet dein Name, Knabe?«

»Pug, Meister Kulgan.«

»Jetzt erinnere ich mich.« Der Magier wedelte mit einer Hand. »Aber nenn mich nicht ›Meister‹, Pug, – obwohl ich zu Recht als ein Meister meiner Kunst bezeichnet werde.« Fröhliche Fältchen zeigten sich um seine Augen. »Ich bin zwar von höherer Geburt als du, aber nicht um vieles. Sieh, dort am Feuer hängt eine Decke, und du bist durchnäßt. Häng deine Kleider zum Trocknen auf, und dann setz dich her.« Er deutete auf eine Bank, die sich ihm gegenüber befand.

Pug tat, wie ihm geheißen worden war, behielt aber den Magier die ganze Zeit über im Auge. Er war zwar Mitglied des herzoglichen Hofes, aber immer noch ein Magier und damit

Gegenstand seines Mißtrauens. Gewöhnlich wurde er vom einfachen Volk nicht sehr geschätzt. Es lag noch gar nicht so lange zurück, da hätte man Kulgan mit Steinen aus Crydee vertrieben. Seine Stellung bei Hofe ließ ihn jetzt von den Bürgern geduldet sein, aber alte Ängste vergingen nur langsam.

Nachdem Pug seine Kleider aufgehängt hatte, setzte er sich. Er fuhr zusammen, als er ein Paar roter Augen entdeckte, die ihn unter dem Tisch hervor anstarrten. Ein schuppiger Kopf erhob sich dann über die Tischplatte und musterte den Jungen.

Kulgan lachte. »Keine Angst, Knabe. Fantus frißt dich nicht.« Er legte die Hand auf den Kopf der Kreatur, die neben ihm auf der Bank hockte, und rieb über deren Brauenknochen. Das Wesen schloß die Augen und gab ein leises, sanft brummendes Geräusch von sich – ähnlich dem Schnurren einer Katze.

Pug schloß den Mund, der ihm vor Überraschung offen geblieben war. Dann fragte er: »Ist das wirklich ein Lindwurm, mein Herr?«

Der Magier lachte. »Manchmal denkt er es, Knabe. Fantus ist ein Feuerdrache und mit dem Lindwurm verwandt, aber kleiner von Statur.« Die Kreatur öffnete ein Auge und richtete es auf den Magier. »Aber mit ebenbürtigem Herzen«, fügte Kulgan hastig hinzu, und der Drache schloß sein Auge wieder. Kulgan sprach leise, mit Verschwörermiene. »Er ist sehr schlau; paß also auf, was du zu ihm sagst.«

Pug nickte als Zeichen, daß er das tun würde. »Kann er denn Feuer atmen?« fragte er mit vor Staunen weit aufgerissenen Augen. Für jeden dreizehnjährigen Jungen war selbst ein Verwandter eines Lindwurms schon Grund genug zu scheuer Ehrfurcht.

»Wenn er in der Stimmung ist, dann kann er schon eine oder zwei Flammen speien. Aber er scheint nur selten in der Stimmung zu sein. Ich glaube, das ist auf das gute Futter zurückzuführen, das er von mir bekommt. Seit Jahren mußte er nicht mehr jagen. Deshalb ist er wohl ein bißchen aus der Übung, was die Künste der Lindwürmer angeht. Ehrlich gesagt, ich verwöhne ihn schrecklich.«

Diese Bemerkung beruhigte Pug ein wenig. Wenn der Magier diese Kreatur so sehr mochte – so fremdartig sie auch war –, daß er sie verwöhnte, dann wirkte er dadurch menschlicher und weniger mysteriös. Pug musterte Fantus. Er bewunderte die Art, in der das Feuer goldene Lichter auf seine smaragdgrünen Schuppen zauberte. Der Drache war etwa so groß wie ein Hund, aber mit einem langen, sehnigen Nacken, an dessen Ende ein alligatorähnlicher Kopf saß. Er hatte seine Schwingen über dem Rükken gefaltet, und zwei Klauen traten ziellos die Luft, als Kulgan ihn am Kopf kratzte. Der lange Schweif wedelte dabei nur Zentimeter über dem Boden.

Die Tür öffnete sich und der große Bogenschütze trat ein, das aufgespießte Schwein vor sich haltend. Ohne ein Wort ging er zur Feuerstelle hinüber und schickte sich an, den Eber zu braten. Fantus hob den Kopf. Sein langer Hals half ihm, über den Tisch zu schauen. Die gespaltene Zunge zuckte, und schon sprang der Drache zu Boden und watschelte zum Herd hinüber. Er suchte sich ein warmes Plätzchen vor dem Feuer und rollte sich dort zusammen, um die Wartezeit bis zum Essen zu dösen.

Der Freisasse öffnete seinen Umhang und hängte ihn über einen Haken neben der Tür. »Der Sturm wird vor Morgengrauen vorüber sein, denke ich.« Er kehrte zum Feuer zurück und bereitete eine Tunke aus Wein und Kräutern zu, mit der er das Schwein dann übergoß. Pug bemerkte überrascht eine große Narbe, die über die linke Gesichtshälfte des Mannes lief. Rot und wütend leuchtete sie im Schein der Flammen.

Kulgan deutete mit seiner Pfeife auf den Freisassen. »Wie ich meinen verschwiegenen Mann hier kenne, hast du noch nicht richtig seine Bekanntschaft gemacht. Meecham, dieser Knabe hier ist Pug, aus der Burg von Schloß Crydee.« Meecham nickte kurz und machte sich dann wieder an die Arbeit, das Schwein zu rösten.

Pug nickte zurück, aber es war ein bißchen zu spät, so daß Meecham es nicht mehr sehen konnte. »Ich habe mich noch gar nicht bei Euch dafür bedankt, daß Ihr mich vor dem Eber gerettet habt.«

»Dafür brauchst du dich nicht zu bedanken, mein Junge. Hätte ich das Tier nicht erschreckt, hätte es dich wohl auch nicht angegriffen.« Er verließ das Schwein und ging zu einer anderen Ecke des Raumes hinüber, nahm braunen Teig aus einem mit einem Tuch bedeckten Eimer und fing an, ihn zu kneten.

»Wissen Sie, Herr«, wandte sich Pug an Kulgan, »sein Pfeil hat das Schwein getötet. Es war wirklich ein Glück, daß er dem Tier gefolgt ist.«

Kulgan lachte. »Die arme Kreatur, die unser willkommener Gast beim Abendessen ist, ist genauso ein Opfer der Umstände geworden wie du selbst.«

Pug schien verblüfft. »Ich kann Euch nicht folgen, Herr.«

Kulgan stand auf und nahm einen Gegenstand vom obersten Brett seines Bücherregals und stellte ihn vor dem Jungen auf den Tisch. Er war in dunkelblauen Samt gehüllt. Pug wußte sofort, daß es sich um etwas sehr Wertvolles handeln mußte, wenn es so kostbar verpackt worden war. Kulgan entfernte den Samt und hielt dann eine Kristallkugel in der Hand, die im Feuerschein leuchtete. Pug machte entzückt »Ah«, denn sie schien ohne Makel und war einfach prachtvoll in ihrer schlichten Form.

Kulgan deutete auf das Glas. »Diese Gabe wurde von Althafain aus Carse entwickelt. Er ist ein mächtiger Zauberkünstler, der mich eines solchen Gedankens für würdig hielt, wohl weil ich ihm in der Vergangenheit ein–, zweimal einen Gefallen getan habe. Am heutigen Tage erst kehrte ich aus der Gesellschaft des Meisters heim und erprobte seine Gabe. Blicke tief in die Kugel hinein, Pug.«

Pug heftete seine Augen auf das Kristall und versuchte, dem Flackern der Flammen zu folgen, die tief im Innern der Struktur zu zucken schienen. Die Spiegelbilder des Raumes verschmolzen miteinander und tanzten, als seine Augen sich bemühten, jeden einzelnen Aspekt innerhalb der Kugel festzuhalten. Sie verflossen und vermischten sich miteinander, wurden dann plötzlich dunkel und undeutlich. Ein sanftes, weißes Schimmern in der Mitte der Kugel trat an die Stelle des roten Feuerscheins, und Pug fühlte, wie sein Blick von der freundlichen Wärme gefangengenommen wurde. Es war die Wärme in der Küche der Burg, schoß es ihm noch durch den Kopf.

Plötzlich verschwand das milchige Weiß in der Kugel, und Pug konnte vor seinen Augen ein Bild der Küche sehen. Der fette Koch Alfan machte Pasteten und leckte sich die süßen Krümel von den Fingern. Dies erregte den Zorn Megars, des obersten Koches, denn er hielt das für eine abscheuliche Angewohnheit. Pug lachte über die Szene, und sie verging. Plötzlich war er sehr müde.

Kulgan hüllte die Kugel in den Stoff und legte sie wieder fort. »Du hast dich sehr gut angestellt, Knabe«, meinte er nachdenklich. Einen Augenblick lang betrachtete er den Jungen, als dächte er über etwas nach. Dann setzte er sich. »Ich hätte nicht gedacht, daß du in der Lage sein würdest, gleich beim ersten Versuch ein so klares Bild zu schaffen. Aber in dir scheint mehr zu stecken, als es den Anschein hat.«

»Mein Herr?«

»Schon gut, Pug.« Er machte eine kurze Pause, ehe er fortfuhr: »Ich habe dieses Spielzeug zum ersten Mal benutzt. Ich wollte herausfinden, wie weit ich meine Blicke senden kann, als ich dich auf dem Weg zur Straße entdeckte. Aus deinem Hinken und deiner mitgenommenen Erscheinung schloß ich, daß du die Stadt niemals erreichen würdest. So schickte ich Meecham aus, um dich zu holen.«

Pug schien verlegen zu sein durch die ungewöhnliche Aufmerksamkeit, die ihm zuteil wurde. Röte stieg ihm in die Wangen. Mit der hohen Selbsteinschätzung eines dreizehnjährigen Jungen erklärte er: »Das wäre nicht nötig gewesen, mein Herr. Ich hätte die Stadt beizeiten erreicht.«

Kulgan lächelte. »Vielleicht – vielleicht auch nicht. Der Sturm ist außergewöhnlich heftig für diese Jahreszeit und sehr gefährlich für Reisende.«

Pug lauschte dem sanften Klopfen der Regentropfen auf dem Dach der Hütte. Der Sturm schien nachgelassen zu haben, und Pug bezweifelte die Worte des Zauberers. Als hätte dieser seine Gedanken gelesen, meinte Kulgan: »Zweifle nicht an meinen Worten, Pug. Diese Schneise wird nicht nur durch die hohen Baumstämme geschützt. Solltest du hinter den Ring aus Eichen vordringen, der die Grenzen meines Besitzes kennzeichnet, dann würdest du den Sturm in seiner vollen Wut zu spüren bekommen. Meecham, was meinst du zu diesem Wind?«

Meecham legte den Brotteig nieder, den er knetete, und dachte einen Moment lang nach. »Fast so schlimm wie der Sturm, bei dem vor drei Jahren sechs Schiffe aufgelaufen sind.« Er machte eine kurze Pause, als müsse er seine Schätzung noch einmal überdenken. Dann nickte er bestätigend. »Ja, fast so schlimm, aber er wird nicht so lange anhalten.«

Pug dachte an den Sturm vor drei Jahren zurück, bei dem eine Handelsflotte auf die Felsen von Seglers Gram getrieben worden war. Als er seinen Höhepunkt erreicht hatte, waren die Wachen auf den Burgmauern gezwungen gewesen, in ihren Türmen zu bleiben. Andernfalls wären sie herabgeblasen worden. Wenn dieser Sturm jetzt ebenso heftig war, dann war Kulgans Zauber mächtig, denn außerhalb seiner Hütte hörte es sich nicht schlimmer als ein Frühlingsregen an.

Kulgan lehnte sich auf seiner Bank zurück. Er war damit beschäftigt, seine Pfeife wieder in Brand zu setzen. Als er eine große, weiße Rauchwolke ausstieß, wurde Pugs Aufmerksamkeit von einem Bücherregal gefesselt, das sich hinter dem Magier befand. Seine Lippen bewegten sich geräuschlos, während er versuchte zu lesen, was auf den Buchrücken stand. Aber es gelang ihm nicht.

Kulgan zog eine Braue hoch. »So, du kannst also lesen, was?«

Pug zuckte zusammen. Er fürchtete, den Magier beleidigt zu haben, indem er versuchte, in sein Reich vorzudringen. Kulgan, der seine Verlegenheit spürte, beruhigte ihn. »Schon gut, Knabe. Es ist kein Verbrechen, die Buchstaben zu kennen.«

Pug fühlte, wie sein ungutes Gefühl wich. »Ich kann ein bißchen lesen, mein Herr. Megar, der Koch, hat mir gezeigt, wie man die Aufschriften auf den Kisten liest, die im Keller gelagert werden. Ich kenne auch ein paar Zahlen.«

»Soso, auch ein paar Zahlen«, wiederholte der Magier gutmütig. »Na, du bist mir ja mal ein seltener Vogel.«

»Das Buch da, mein Herr, was ist das?« Pug deutete auf ein in kostbares dunkelbraunes Leder gebundenes Werk. »So etwas habe ich noch nie gesehen.«

Einen Augenblick betrachtete Kulgan Pug mit einem Blick, der in diesem gleich wieder ein ungutes Gefühl hervorrief. Doch dann lächelte er. »Das ist die Geschichte dieses Landes, Knabe. Es ist die Gabe des Abtes eines Ishaperianer-Klosters. Es handelt sich um die Übersetzung eines Textes aus Kesh, der mehr als einhundert Jahre alt ist.«

Pug nickte. »Was besagt sie?«

Wieder blickte Kulgan so auf Pug, als versuchte er, etwas in dem Jungen zu sehen. Dann sagte er: »Vor sehr langer Zeit, Pug, gehörten alle diese Lande, vom Endlosen Meer über die Grauen Turmberge bis hin zum Bitteren Meer zum Kaiserreich Groß-Kesh. Ganz weit im Osten gab es ein kleines Königreich. Dies lag auf einer kleinen Insel namens Rillanon. Es wuchs und verschlang die benachbarten Inselreiche, und schließlich wurde es zum Königreich der Inseln. Später dehnte es sich noch weiter aus, und jetzt nennen wir es einfach nur noch das Königreich. Wir, die wir in Crydee leben, sind Teil dieses Königreichs. Aber wir sind so weit entfernt von seiner Hauptstadt, wie es nur möglich ist, wenn man noch innerhalb seiner Grenzen sein will.

Es begab sich nun einmal, vor vielen, vielen Jahren, daß das Kaiserreich Groß-Kesh diese Lande vernachlässigte, denn es befand sich in einem langen, blutigen Konflikt mit seinen Nachbarn im Süden, der Konföderierten Keshs.«

Pug war in die Größe verlorener Kaiserreiche vertieft, aber dennoch so hungrig, daß es ihm nicht entging, daß Meecham ein paar kleine, dunkle Brote in den Ofen schob. Er wandte sich wieder dem Magier zu. »Wer waren die Konf...«

»Die Konföderierten Keshs«, sagte Kulgan für den Jungen. »Nun, das ist eine Gruppe kleiner Nationen, die jahrhundertelang Tribut an Groß-Kesh zahlen mußten. Ein Dutzend Jahre, ehe dieses Buch geschrieben wurde, vereinigten sie sich dann gegen ihren Unterdrücker. Jede Nation für sich allein war nicht in der Lage, mit Groß-Kesh zu streiten, aber vereint zeigten sie sich ihm gewachsen. Doch sie waren einander ebenbürtig, und der Krieg zog sich über Jahre und Jahre hin. Das Kaiserreich war gezwungen, die Legionen aus den nördlichen Provinzen abzuziehen und gen Süden zu schicken. So blieb der Norden offen für die Vorstöße des neuen, jüngeren Königreiches.

Es war Herzog Borrics Großvater, der jüngste Sohn des Königs, der die Armee nach Westen führte und so das Westliche Reich vergrößerte. Seit damals wird alles, was einst zu der alten, kaiserlichen Provinz Bosania gehörte – mit Ausnahme der Freien Städte von Natal – als Herzogtum Crydee bezeichnet.«

Pug überlegte einen Augenblick, ehe er sagte: »Ich glaube, ich würde eines Tages gern einmal in dieses Groß-Kesh reisen.«

Meecham schnaubte, einem Lachen nicht unähnlich. »Und als was würdest du gern reisen? Als Freibeuter?«

Pug fühlte, wie sein Gesicht rot anlief. Freibeuter waren landlose Männer, die gegen Bezahlung kämpften. Man achtete sie kaum höher als Gesetzlose.

Kulgan meinte: »Vielleicht wirst du das eines Tages tun, Pug. Der Weg ist lang und voller Gefahren, aber man hat schon davon gehört, daß eine tapfere Seele die Reise überlebt hat.«

Das Gespräch am Tisch wandte sich allgemeineren Themen zu, denn der Magier war länger als einen Monat in der südlichen Burg von Carse gewesen und wünschte jetzt das Neueste aus Crydee zu erfahren. Als das Brot fertig gebacken war, tischte Meecham es noch heiß auf, zerlegte dann das Schwein und stellte Teller mit Käse und Gemüse vor sie hin. Noch nie in seinem ganzen Leben hatte Pug so gut gegessen. Selbst als er in der Küche gearbeitet hatte, stand ihm als Burgjungen nur ein mageres Mahl zu. Zweimal während des Essens ertappte Pug den Magier dabei, daß er ihn aufmerksam musterte.

Als das Essen beendet war, räumte Meecham den Tisch ab, während Kulgan und Pug sich weiter unterhielten. Ein einziges Stück Fleisch blieb auf dem Tisch liegen. Kulgan warf es zu Fantus hinüber, der vor dem Feuer lag. Der Drache öffnete ein Auge, um den Bissen zu besehen. Einen Moment grübelte er. Er hatte die Wahl zwischen seinem gemütlichen Plätzchen und dem saftigen Fleisch. Dann bewegte er sich die notwendigen zehn Zentimeter weiter, schlang die Belohnung in sich hinein und schloß dann wieder sein Auge.

Kulgan entzündete seine Pfeife und sagte: »Welches sind deine Pläne, wenn du das Mannesalter erreichst, Knabe?«

Pug kämpfte mit dem Schlaf, aber Kulgans Frage ließ ihn wieder völlig wach werden. Die Zeit der Auswahl, bei der die Knaben aus der Stadt und der Burg als Lehrlinge ausgesucht wurden, war nahe, und Pug wurde ganz aufgeregt, als er erwiderte: »Am Mittsommer-Tag hoffe ich, unter Schwertmeister Fannon in die Dienste des Herzogs treten zu dürfen.«

Kulgan betrachtete seinen zierlichen Gast. »Ich hätte gedacht, du hast noch ein, zwei Jahre Zeit bis zur Lehrzeit, Pug.«

Pug errötete. Er war der kleinste Junge seines Alters im Schloß. »Megar, der Koch, meint, ich würde später groß werden«, erklärte er mit einem leicht trotzigen Unterton. »Niemand weiß, wer meine Eltern waren, also habe ich keine Ahnung, was ich zu erwarten habe.«

»Aha, eine Waise, ja?« fragte Meecham und zog eine Braue in die Höhe – seine bislang ausdrucksvollste Geste.

Pug nickte. »Eine Frau, die behauptete, mich auf der Straße gefunden zu haben, gab mich bei den Priestern von Dalas in der Bergabtei ab. Sie brachten mich in die Burg, weil sie nicht für mich sorgen konnten.«

»Ja«, warf Kulgan ein, »ich erinnere mich noch, wie diejenigen, die dem Schutz der Schwachen dienen, dich ins Schloß brachten. Du warst noch ein Säugling. Nur der Freundlichkeit des Herzogs ist es zu verdanken, daß du heute ein freier Mann bist. Er hielt es für weniger verderblich, den Sohn eines Leibeigenen zu befreien, als den Sohn eines freien Mannes zu binden. Ohne Beweis hätte er das Recht gehabt, dich als Leibeigenen zu deklarieren, wenn er es gewollt hätte.«

»Ein guter Mann, der Herzog«, bemerkte Meecham.

Pug hatte die Geschichte seiner Herkunft schon Hunderte von Malen von Magya in der Küche des Schlosses vernommen. Er war völlig erschöpft und konnte kaum mehr die Augen offenhalten. Kulgan bemerkte es und machte Meecham ein Zeichen. Der große Freisasse griff ein paar Decken von einem Bord und bereitete ihm eine Schlafstätte. Als er damit fertig war, war Pug bereits mit dem Kopf auf dem Tisch eingeschlafen. Die Hände des riesigen Mannes hoben ihn sanft vom Hocker und legten ihn auf die Decken; dann deckte er ihn zu.

Fantus öffnete die Augen und betrachtete den schlafenden Jungen. Er gähnte herzhaft, krabbelte zu Pug hinüber und kuschelte sich an ihn. Pug verlagerte im Schlaf sein Gewicht ein wenig und legte einen Arm über den Nacken des Drachen. Dieser brummte ganz tief hinten in der Kehle zustimmend, und dann schloß er wieder die Augen.

Lehrling

Im Wald herrschte Stille.

Pug und Tomas gingen langsam den Pfad entlang. Sie hatten kein bestimmtes Ziel und ausreichend Zeit, um dorthin zu gelangen. Pug schoß mit einem kleinen Stein auf ein eingebildetes Ziel. Dann wandte er sich zu seinem Kameraden um. »Du glaubst doch nicht, daß deine Mutter wütend war, oder?«

Tomas lächelte. »Nein, sie versteht, wie das ist. Sie hat schon andere Jungs am Tag der Auswahl gesehen. Und ehrlich gesagt – wir waren heute mehr ein Hindernis als eine Hilfe in der Küche.«

Pug nickte. Er hatte einen wertvollen Topf mit Honig fallen lassen, als er ihn zu Alfan, dem Pastetenkoch, tragen sollte. Dann hatte er ein ganzes Tablett mit frischen Brotlaiben umgekippt, als er es aus dem Ofen gezogen hatte. »Ich habe mich heute wirklich wie ein Tölpel benommen, Tomas.«

Tomas lachte. Er war ein großer Junge, mit sandfarbenem Haar und leuchtendblauen Augen. Er lächelte gern und oft und war deshalb überall in der Burg gern gesehen – obwohl er ein Talent dafür besaß, sich und anderen Probleme zu schaffen. Er war Pugs bester Freund, fast schon ein Bruder, und aus diesem Grund wurde Pug von den anderen Jungen akzeptiert, denn sie alle sahen in Tomas ihren heimlichen Führer.

Jetzt meinte Tomas: »Du warst auch nicht ungeschickter als ich. Wenigstens hast du nicht vergessen, das Fleisch hochzuhängen.«

Pug grinste. »Na ja, jedenfalls sind die Hunde des Herzogs glücklich.« Er kicherte, dann prustete er los. »Sie ist wütend, was?«

Tomas fiel in das Lachen seines Freundes ein. »Wahnsinnig.

Dabei haben die Hunde bloß ein bißchen gefressen, ehe sie sie verscheucht hat. Außerdem ist sie vor allem wütend auf Vater. Sie behauptet, die Auswahl wäre für alle Handwerksmeister nur ein Vorwand, um Pfeife rauchend herumzusitzen, Bier zu trinken und sich den ganzen lieben langen Tag lang Geschichten zu erzählen. Sie sagt, die wüßten schon jetzt ganz genau, wer welchen Burschen auswählen wird.« Sein Lächeln verging. »Es gefällt ihr wirklich nicht, wenn er nicht in der Küche ist, um alles dort zu überwachen. Ich glaube, das weiß sie, und deshalb hat sie uns heute morgen aus der Küche gejagt, damit sie ihre Laune nicht an uns ausläßt. Oder an dir«, fügte er mit einem rätselhaften Lächeln hinzu. »Ich könnte schwören, du bist ihr Liebling.«

Wieder lachte Pug. »Nun, ich mache weniger Ärger.«

Tomas stieß ihn spielerisch in die Rippen. »Du meinst wohl, du läßt dich nicht so oft erwischen.«

Pug zog seine Schleuder aus dem Hemd. »Wenn wir mit ein paar Rebhühnern oder Wachteln zurückkommen, findet sie ihre gute Laune vielleicht wieder.«

Tomas lächelte. »Möglich.« Er zog seine eigene Schleuder hervor. Beide Jungen konnten hervorragend damit umgehen. Tomas war der unangetastete Meister unter den Knaben, aber Pug stand ihm nur um weniges nach. Es war unwahrscheinlich, daß einer der beiden einen Vogel im Flug treffen würde. Sollten sie jedoch auf einen stoßen, der sich gerade ausruhte, so bestand die Möglichkeit, daß sie ihn treffen würden. Außerdem hätten sie so etwas zu tun und würden die Auswahl vielleicht für einige Zeit vergessen.

Sie spielten jetzt Jäger und staksten übertrieben leise den Pfad entlang. Tomas ging voraus, als sie den Weg verließen und auf den Tümpel zugingen, der in nicht allzu weiter Ferne lag. Es war unwahrscheinlich, daß sie an diesem Morgen Wild erspähen würden. Aber wenn überhaupt, dann am ehesten in der Nähe des Tümpels.

Die Wälder im Nordosten der Stadt Crydee waren weniger furchterregend als der große Wald im Süden. Viele Jahre lang hatte man hier Bäume gefällt, deren Holz man verarbeitete, und jetzt wirkte der Wald luftiger und heller. Die Knaben aus der Burg hatten oft im Laufe der Jahre hier gespielt. Mit nur wenig Einbildungskraft verwandelten sich die Wälder in wundersame Stätten der herrlichsten Abenteuer. Einige der größten, bekannten Taten hatten hier stattgefunden. Waghalsige Fluchten, todesmutige Questen, mächtige Kämpfe waren von den stummen Bäumen beobachtet worden, als die Knaben ihren jungenhaften Träumen Gestalt verliehen, Träumen von ihrer Zukunft als Männer. Bösartige Kreaturen, mächtige Monster und Gesetzlose – all sie waren bekämpft und vernichtet worden. Oft ging es einher mit dem Tod eines großen Helden, der seinen trauernden Kameraden noch ein paar angemessene, letzte Worte mit auf den Weg gab. Und all das schafften sie so schnell, daß sie immer noch rechtzeitig zum Essen wieder in der Burg waren.

Tomas erreichte eine kleine Anhöhe, von der aus man den Tümpel überblicken konnte. Sie wurde durch junge Buchensetzlinge abgeschirmt. Er schob vorsichtig einen Zweig beiseite und blieb ehrfürchtig stehen. »Schau nur, Pug«, flüsterte er. Am Ufer des Tümpels stand ein Hirsch, den Kopf hoch erhoben. Es war ein altes Tier. Das Fell um die Nüstern war ganz weiß, und seinen Kopf krönte ein prächtiges Geweih.

Pug zählte schnell. »Er hat vierzehn Enden.«

Tomas nickte zustimmend. »Das muß der älteste Bock im ganzen Wald sein.« Der Hirsch wandte seine Aufmerksamkeit den Jungen zu; ein Ohr zuckte nervös. Sie blieben ganz still, denn sie wollten eine so schöne Kreatur nicht erschrecken oder gar vertreiben. Eine lange, stumme Minute lang musterte der Hirsch mit geblähten Nüstern die Anhöhe.

Tomas packte Pug an der Schulter und neigte den Kopf zu einer Seite. Pug folgte Tomas' Blick und entdeckte eine Gestalt, die schweigend auf die Lichtung trat. Es handelte sich um einen großen Mann in waldgrüner Lederkleidung. Über seinem Rükken hing ein Langbogen und an seinem Gürtel ein Jagdmesser. Die Kapuze seines grünen Umhangs war zurückgeworfen, und mit festen, gleichmäßigen Schritten ging er auf das Tier zu. »Das ist Martin«, bemerkte Tomas.

Auch Pug hatte den Jagdmeister des Herzogs erkannt. Martin war ein Waise wie Pug. Im Schloß war er als »Langbogen« bekannt, weil niemand so gut wie er mit dieser Waffe umgehen konnte. Die Jungen mochten Martin Langbogen gern, denn zu ihnen war er immer freundlich, wenngleich er sich auch von den Erwachsenen fernhielt. Als Jagdmeister war er gleichzeitig der Förster des Herzogs. Seine Pflichten hielten ihn oft tagelang von der Burg fern, manchmal sogar für Wochen. Dann suchte er mit seinen Fährtenlesern nach Spuren von Wilderei, möglichen Brandgefahren, Trollen oder Gesetzlosen, die in den Wäldern hausten. Aber wenn er im Schloß war und nicht gerade eine Jagd für den Herzog vorbereitete, dann hatte er immer Zeit für die Jungs. Seine dunklen Augen blickten immer fröhlich, wenn sie ihn mit Fragen überhäuften oder nach Geschichten aus den Landen in der Nähe von Crydees Grenzen fragten.

Martin hatte den Hirschen erreicht, streckte sacht seine Hand aus und berührte seinen Nacken. Der große Kopf fuhr empor, dann stupste der Hirsch mit der Schnauze an Martins Arm. Leise sagte Martin: »Wenn ihr langsam herauskommt, ohne etwas zu sagen, läßt er euch vielleicht in seine Nähe.«

Pug und Tomas wechselten einen überraschten Blick miteinander und traten dann in die Lichtung hinaus. Langsam gingen sie am Tümpel entlang. Der Hirsch folgte jeder ihrer Bewegungen mit seinem Kopf, wobei er leise bebte. Martin tätschelte ihn beruhigend. Tomas und Pug erreichten schließlich den Jäger. »Berührt ihn, aber ganz langsam und vorsichtig, damit er nicht erschrickt«, forderte Martin sie auf.

Tomas streckte zuerst die Hand aus, und der Hirsch zitterte unter seinen Fingern. Pug wollte die Hand heben, und schon trat das Tier einen Schritt zurück. Martin beruhigte den Hirsch in einer Sprache, die Pug noch nie zuvor gehört hatte, und das Tier stand still. Pug berührte es und staunte über das weiche Fell.

Plötzlich wich der Hirsch zurück und wandte sich um. Mit einem einzigen Satz war er dann zwischen den Bäumen verschwunden. Martin Langbogen kicherte. »Auch gut. Wäre nicht gut, wenn er zu zutraulich würde. Würde zu schnell über dem Feuer eines Wilddiebes enden.«

Tomas flüsterte: »Er ist wunderschön, Martin.«

Langbogen nickte, die Augen immer noch auf die Stelle gerichtet, an der das Tier verschwunden war. »Das ist er, Tomas.«

Pug meinte: »Ich dachte, du jagst Hirsche, Martin. Wie –«

»Der alte Weißbart und ich haben so etwas wie ein Abkommen miteinander, Pug. Ich jage nur Junggesellen unter den Hirschen, Böcke ohne Kühe, oder Kühe, die zu alt sind zum Kalben. Wenn Weißbart eines Tages seinen Harem an einen jüngeren Bock verliert, dann erlege ich ihn vielleicht. Jetzt läßt jeder den anderen in Frieden. Der Tag wird kommen, da werde ich ihn über den Schaft meines Pfeiles hinweg ansehen.« Er lächelte den Jungs zu. »Bis dahin werde ich nicht wissen, ob ich den Pfeil fliegen lasse oder nicht.« Er verstummte für eine Weile, als wäre der Gedanke an Weißbarts Altwerden traurig für ihn. Dann meinte er: »Und was bringt zwei so kühne Jäger am frühen Morgen in die Wälder des Herzogs? Da müssen doch noch tausend Dinge zu tun sein, wo heute nachmittag das große Mittsommerfest stattfindet.«

Tomas antwortete. »Meine Mutter hat uns aus der Küche gejagt. Wir haben ihr mehr Ärger als sonst gemacht. Mit der Auswahl heute...« Seine Stimme erstarb, und er war plötzlich verlegen. Martins geheimnisvoller Ruf beruhte zum großen Teil auf einer Geschichte zu der Zeit, als er nach Crydee gekommen war. Als sein Tag für die Auswahl gekommen war, hatte der Herzog ihn direkt dem alten Jagdmeister zugeteilt. Er hatte nicht wie die anderen Knaben seines Alters vor den versammelten Handwerksmeistern erscheinen müssen. Dieser Verstoß gegen eine der ältesten, bekannten Traditionen hatte viele Bewohner der Stadt beleidigt, obwohl keiner es gewagt hätte, Lord Borric seine Gefühle offen darzulegen. So wurde Martin Gegenstand ihres Zorns, nicht der Herzog. Im Laufe der Jahre hatte Martin die Entscheidung des Herzogs mehr als gerechtfertigt, aber noch immer waren die meisten Leute wütend über seine Sonderbehandlung an jenem Tage.

»Tut mir leid, Martin«, entschuldigte sich Tomas.

Martin nickte. »Verstehe schon, Tomas. Ich mußte diese Ungewißheit vielleicht nicht selbst ertragen, aber ich habe schon viele andere auf den Tag der Auswahl warten sehen. Und seit vier Jahren stehe ich selbst unter den Meistern. So weiß ich ein wenig von eurer Sorge.«

Pug platzte heraus: »Aber du bist nicht bei den anderen Meistern!«

Martin schüttelte den Kopf. Ein reumütiger Ausdruck zog über sein ebenmäßiges Gesicht. »Ich hatte gehofft, daß euch angesichts eurer Sorgen das Offensichtliche entgehen würde. Aber du hast einen scharfen Verstand, Pug.«

Tomas brauchte eine Weile, bis er begriff, wovon die beiden sprachen. »Dann wählst du keine Lehrlinge aus!«

Martin legte einen Finger an die Lippen. »Kein Wort, Bursche. Nein, mit dem jungen Garret, den ich im letzten Jahr wählte, habe ich jetzt eine vollständige Gruppe von Fährtenlesern.«

Tomas war enttäuscht. Mehr als alles andere wünschte er sich, bei Schwertmeister Fannon in den Dienst zu treten. Aber sollte er nicht als Soldat gewählt werden, dann hätte er das Leben eines Försters, unter Martin, vorgezogen. Jetzt war ihm seine zweite

Wahl versagt. Er grübelte einen Augenblick. Dann erhellte sich sein Gesicht: Vielleicht hatte Martin ihn nicht ausgewählt, weil Fannon es bereits getan hatte.

Pug bemerkte den Wechsel von Hochstimmung und Traurigkeit bei seinem Freund und wandte sich an Martin. »Du warst mehr als einen Monat lang nicht mehr in der Burg, Martin. Wo hast du dich aufgehalten?«

»Ich war in Elvandar. Königin Aglaranna hat jetzt zwanzig Jahre lang um ihren Gatten, den Elbenkönig, getrauert, und es gab ein großes Fest.«

Die Antwort überraschte Pug. Für ihn – wie für die meisten Menschen in Crydee – waren die Elben nur eine Legende. Aber Martin hatte seine Jugend nahe den Elbenwäldern verbracht und war einer der wenigen Menschen, die nach Belieben in diese Wälder im Norden kommen durften. Auch das war etwas, was Martin Langbogen von den anderen unterschied. Während Martin mit den Knaben schon früher elbenhafte Kunde geteilt hatte, so war es jetzt das erste Mal, daß er von seiner Beziehung zu den Elben sprach. Pug stammelte: »Du hast mit der Elbenkönigin gefeiert?«

»Nun ja, ich saß an dem Tisch, der am weitesten vom Thron entfernt war. Aber ich war da.« Er bemerkte die ungestellte Frage in ihren Augen und fuhr fort: »Wißt ihr, als Knabe wurde ich von den Mönchen aus Silbans Abtei großgezogen. Das ist in der Nähe des Elbenwaldes. Ich spielte mit Elbenkindern, und ehe ich hierher kam, jagte ich mit Prinz Calin und seinem Cousin Galain.«

Tomas konnte vor Aufregung kaum still halten. Elben hatten für ihn etwas besonders Faszinierendes an sich. »Hast du König Aidan gekannt?«

Martins Augen wurden schmal und sein Verhalten plötzlich steif. Tomas bemerkte Martins Reaktion. »Tut mir leid, Martin. Habe ich etwas Falsches gesagt?«

Martin wischte die Entschuldigung beiseite. »Nicht deine Schuld, Tomas. Die Elben sprechen die Namen derjenigen nicht mehr aus, die zu den Gesegneten Eilanden gegangen sind, schon gar nicht mehr, wenn sie zu früh gestorben sind. Sie glauben, daß man, wenn man es tut, die Reisenden von ihrer Fahrt dorthin zurückruft und ihnen damit die letzte Ruhe verwehrt. Ich respektiere ihren Glauben.

Um jetzt deine Frage zu beantworten: Ich habe ihn nie gesehen. Er wurde getötet, als ich noch ein kleiner Junge war. Aber ich habe die Geschichten seiner Taten gehört, und er war ein guter und weiser König.« Martin sah sich um. »Es geht auf Mittag zu. Wir sollten in die Burg zurückkehren.«

Er schritt auf den Pfad zu, und die Jungs gingen neben ihm her. »Wie war das Fest, Martin?« wollte Tomas wissen.

Pug seufzte, als der Jäger anfing, von den Wundern Elvandars zu erzählen. Auch ihn faszinierten die Geschichten über die Elben, aber nicht annähernd so sehr wie Tomas. Martins Stimme plätscherte dahin, und Pugs Gedanken wanderten erneut zu der bevorstehenden Auswahl. Immer wieder sagte er sich, daß er keinen Grund zur Sorge hatte, aber es war nutzlos: Er machte sich Sorgen! Er ertappte sich dabei, daß er dem kommenden Nachmittag mit Furcht entgegensah.

Die Knaben standen im Hof. Es war Mittsommer, der Tag, der ein Jahr beendete und ein neues beginnen ließ. Heute wurde jeder im Schloß ein Jahr älter. Für die älteren Knaben war das sehr wichtig, denn heute war der letzte Tag ihrer Jungenzeit. Heute war die Auswahl.

Pug zupfte am Kragen seiner neuen Tunika. Sie war nicht wirklich neu – es war eine alte von Tomas – aber die neueste, die Pug jemals besessen hatte. Magya, Tomas' Mutter, hatte sie für den kleineren Jungen fertig gemacht, um sicherzustellen, daß er sich vor dem Herzog und seinem Hofstaat sehen lassen konnte.

Magya und ihr Mann, Megar der Koch, waren fast so etwas wie Eltern für den kleinen Waisenjungen. Sie pflegten seine Krankheiten, sorgten dafür, daß er zu essen bekam, und verteilten Ohrfeigen, wenn er sie verdiente. Außerdem liebten sie ihn, als wäre er Tomas' Bruder.

Pug schaute sich um. Die anderen Knaben trugen alle ihre besten Kleider, denn dies war einer der wichtigsten Tage in ihrem jungen Leben. Ein jeder würde vor den versammelten Handwerksmeistern und dem Hofstaat des Herzogs stehen, und jeder würde im Hinblick auf seine Eignung als Lehrling gemustert werden. Es war ein Ritual, dessen Ursprünge weit in die Vergangenheit zurückreichten, denn die Wahl war bereits getroffen worden. Die Handwerker und die Angestellten des Herzogs hatten viele Stunden damit verbracht, über die Verdienste eines jeden Jungen zu sprechen, und sie kannten alle schon den Knaben, den sie aufrufen würden.

Es hatte sich im Laufe der Jahre als sehr vernünftig erwiesen, die Jungen im Alter zwischen acht und dreizehn Jahren in allen Handwerkskünsten arbeiten zu lassen. So konnte man jeweils den am besten geeigneten Jungen dann in einer Kunst unterweisen. Außerdem gab es dadurch eine Unmenge halbgelernter Handwerker für die anderen Berufe, sollte es sich einmal als notwendig erweisen. Das Schlechte an dem System war, daß es immer wieder ein paar Knaben gab, für die keine Lehrstelle ausgewählt wurde. Für diejenigen, die Zweifel hatten, war es eine sorgenvolle Zeit.

Pug schlurfte geistesabwesend mit seinen bloßen Füßen durch den Staub. Im Gegensatz zu Tomas, der scheinbar alles gut machte, was er anfing, bemühte sich Pug oft zu sehr und verdarb damit alles. Er schaute sich um und stellte fest, daß auch ein paar der anderen Jungs Zeichen von Spannung zeigten. Einige machten rauhe Witze und taten so, als kümmerte es sie überhaupt nicht, ob sie gewählt würden oder nicht. Andere standen wie Pug, in Gedanken versunken, und bemühten sich, nicht darüber zu grübeln, was sie tun würden, wenn sie nicht ausgewählt werden würden.

Sollte er nicht ausgewählt werden, wäre Pug – wie die anderen auch – frei, Crydee zu verlassen und zu versuchen, in einer anderen Stadt Arbeit zu finden. Wenn er blieb, mußte er das Land des Herzogs als Freisasse bewirtschaften, oder er konnte eines der Fischerboote übernehmen. Beide Aussichten waren gleichermaßen reizlos, aber er konnte sich vorstellen, Crydee den Rücken zu kehren.

Pug dachte an das, was Megar ihm am Abend zuvor erzählt hatte. Der alte Koch hatte ihm geraten, sich nicht zu viele Sorgen wegen der Auswahl zu machen. Pug fragte sich, ob Megar seine eigene Auswahl schon so weit vergessen hatte, daß er sich nicht mehr daran erinnern konnte, daß die nicht gewählten Knaben vor der ganzen Versammlung von Handwerksmeistern, Haushältern und neu erwählten Lehrlingen stehen mußten, ihren Blicken ausgesetzt, bis auch der letzte Name aufgerufen worden war und sie in Schande entlassen wurden.

Pug biß sich auf die Unterlippe und versuchte, seine Nervosität zu verbergen. Er würde nicht von den Höhen von Seglers Gram springen, wenn er nicht gewählt werden würde, wie dies in der Vergangenheit schon einige getan hatten. Aber er konnte den Gedanken auch nicht ertragen, denjenigen gegenüberzustehen, die gewählt worden waren.

Tomas, der neben seinem kleineren Freund stand, schenkte Pug ein Lächeln. Er wußte, daß Pug Angst hatte. Er konnte aber nicht richtig Mitleid mit ihm haben, denn seine eigene Erregung nahm immer weiter zu. Sein Vater hatte zugegeben, daß er der erste sein würde, den Schwertmeister Fannon aufrufen würde. Darüber hinaus hatte der Schwertmeister im Vertrauen verraten, daß Tomas vielleicht in die persönliche Leibwache des Herzogs aufgenommen werden würde, wenn er sich bei seiner Ausbildung gut anstellen würde. Das wäre eine große Ehre, die Tomas' Möglichkeiten zu einer guten weiteren Laufbahn stark beeinflussen würde. Ja, vielleicht würde ihm das sogar in fünfzehn oder zwanzig Jahren den Rang eines Offiziers eintragen.

Mit einem Ellbogen stieß er Pug in die Rippen, denn der Herold des Herzogs war auf den Balkon hinaus getreten, von dem aus man den Hof überblicken konnte. Der Herold gab ein Zeichen an die Wache. Der Mann öffnete die kleine Tür in dem großen Tor, und die Handwerksmeister traten ein. Sie überquerten den Hof, bis sie zu Füßen der breiten Treppe standen. Wie es die Tradition erforderte, standen sie mit dem Rücken zu den Jungen gewandt und warteten auf den Herzog.

Die riesigen Eichentüren der Burg gingen langsam und schwerfällig auf; Leibwachen in der braun und goldenen Livree des Herzogs schossen hindurch und nahmen ihre Plätze auf den Stufen ein. Auf jedem Überwurf prangte die goldene Möwe von Crydee. Darüber saß eine kleine, goldene Krone, die den Herzog als Mitglied der königlichen Familie auswies.

Der Herold rief: »Höret! Seine Gnaden, Borric conDoin, dritter Herzog von Crydee; Prinz des Königreiches; Lord von Crydee, Carse und Tulan; Gouverneur des Westens und Generalritter der Königlichen Armeen; mutmaßlicher Erbe des Thrones von Rillanon.« Der Herzog wartete geduldig, bis die Liste vollständig war. Dann trat er hinaus ins Sonnenlicht.

Obwohl er bereits jenseits der Fünfzig war, bewegte sich der Herzog von Crydee noch immer mit der Geschwindigkeit und dem kräftigen Schritt des geborenen Kriegers. Sah man einmal vom Grau an den Schläfen seines dunkelbraunen Haares ab, so wirkte er um mindestens zwanzig Jahre jünger, als er war. Er war von Kopf bis Fuß in Schwarz gekleidet, wie immer in den vergangenen sieben Jahren, denn er betrauerte noch immer den Verlust seines geliebten Weibes Katherina. An seiner Seite hing in einer schwarzen Scheide ein Schwert mit silbernem Griff.

Der Herold erhob die Stimme: »Ihre Königlichen Hoheiten, die Prinzen Lyam conDoin und Arutha conDoin, Erben des Hauses Crydee; Hauptmann-Ritter der Armee des Königs im Westen; Prinzen des Königlichen Hauses von Rillanon.«

Beide Söhne traten vor und stellten sich hinter ihren Vater. Die beiden jungen Männer waren sechs und vier Jahre älter als die Lehrlinge – der Herzog hatte erst spät geheiratet –, aber der Unterschied zwischen den verlegenen Kandidaten für eine Lehrstelle und den Söhnen des Herzogs bestand aus weit mehr als aus ein paar Jahren Altersunterschied. Beide Prinzen wirkten ruhig und selbstbewußt.

Lyam, der Ältere, ein blonder, kräftiger Riese von einem Mann, stand zur Rechten seines Vaters. Sein offenes Lächeln erinnerte an seine Mutter, und er sah immer so aus, als würde er jeden Augenblick loslachen. Er trug eine hellblaue Tunika und gelbe Beinkleider. Sein kurz gestutzter Bart war ebenso blond wie sein schulterlanges Haar.

Wo Lyam wie Licht und Tag war, war Arutha wie Schatten und Nacht. Er war fast ebenso groß wie sein Bruder und sein Vater, aber wahrend diese beiden kräftig gebaut waren, war er schlank, fast mager. Er trug eine braune Tunika und rostfarbene Beinkleider. Sein Haar war dunkel, sein Gesicht glatt rasiert. Alles an Arutha vermittelte ein Gefühl von Hast, Schnelligkeit. Seine Stärke lag in seiner Geschwindigkeit: eine schnelle Klinge, ein schneller Verstand. Sein Humor war trocken und oft scharf. Während Lyam von den Untertanen des Herzogs offen geliebt wurde, wurde Arutha aufgrund seiner Fähigkeiten respektiert und bewundert, aber vom Volk nicht mit Wärme bedacht.

Zusammen schienen die beiden Söhne das komplexe Wesen ihres Vaters in sich zu vereinen, denn der Herzog wies sowohl Lyams robusten Humor als auch Aruthas düstere Stimmungen auf. Sie waren in ihrem Temperament fast genaue Gegensätze, würden aber dem Herzogtum und dem Königreich beide noch gute Dienste erweisen, wenn es an der Zeit war. Der Herzog liebte seine Söhne.

Wieder meldete sich der Herold. »Prinzessin Carline, Tochter des königlichen Hauses.«

Das schlanke, graziöse Mädchen, das jetzt aus der Burg trat, war im selben Alter wie die Knaben, die unten standen. Es zeigte aber bereits die Haltung eines Menschen, der zum Regieren geboren worden ist, und dazu die Schönheit ihrer verstorbenen Mutter. Ihr zartgelbes Gewand stand in bestechendem Kontrast zu ihrem fast schwarzen Haar. Ihre Augen waren so blau wie die Lyams, und dieser strahlte, als sie jetzt den Arm ihres Vaters ergriff. Selbst Arutha zeigte eines seiner seltenen halben Lächeln, denn auch er liebte seine Schwester.

Viele Jungen aus der Burg hegten eine heimliche Liebe zur Prinzessin, eine Tatsache, die sie oft ausnutzte, wenn sie etwas vorhatte. Aber selbst ihre Anwesenheit konnte jetzt das Ereignis des Tages nicht aus ihren Gedanken verbannen.

Als nächstes zog der Hofstaat des Herzogs ein. Pug und Tomas konnten sehen, daß alle Mitglieder des herzoglichen Stabes anwesend waren, einschließlich Kulgan. Pug hatte ihn seit jener Sturmnacht dann und wann im Schloß gesehen, und sie hatten ein paar Worte miteinander gewechselt, aber meistens war Kulgan unsichtbar geblieben.

Der Magier war in eine Unterhaltung mit Pater Tully vertieft, einem Priester Astalons des Erbauers und einem der ältesten Helfer des Herzogs. Tully war schon einer der Ratgeber des Vaters des Herzogs gewesen – und schon damals schien er alt. Jetzt wirkte er uralt, jedenfalls in Pugs jungen Augen. Aber sein Aussehen zeigte immer noch kein Anzeichen von Senilität. So mancher Knabe aus der Burg war unter dem scharfen Blick dieser klaren, grauen Augen bleich geworden. Sein Geist und seine Zunge waren gleichermaßen jugendlich und mehr als einmal hatte sich ein Junge aus der Burg gewünscht, dem Lederriemen von Pferdemeister Algon ausgesetzt zu sein statt der Zunge von Pater Tully. Mit seinen scharfen Worten konnte der weißhaarige Priester einem armen Sünder fast die Haut vom Rücken fetzen.

In seiner Nähe stand einer, der Tullys Zorn bei mehr als einer Gelegenheit erregt hatte, Junker Roland, Sohn von Baron Tolburt aus Tulan, einem Vasallen des Herzogs. Er war der Kamerad beider Prinzen, denn er war der einzige andere Junge adliger Herkunft in der Burg. Ein Jahr zuvor hatte sein Vater ihn an den Hof geschickt, damit er etwas von der Leitung des Herzogtums und der Führung des herzoglichen Hofes lerne. Der recht rauhe Hof in der Nähe der Grenze wurde für Roland zu einem neuen Heim. Schon als er ankam, war er ein ziemlicher Spitzbube, aber sein ansteckender Sinn für Humor und sein schneller Witz ließen häufig einen Teil der Wut verrauchen, die durch sein Auftreten oft entstand.

Roland hatte hellbraunes Haar und blaue Augen und war für sein Alter sehr groß. Er war ein Jahr älter als die im Hof versammelten Knaben. Im vergangenen Jahr hatte er mit ihnen gespielt, denn Lyam und Arutha waren sehr mit ihren Pflichten bei Hofe beschäftigt. Roland entdeckte Pug am Rande der im Hof versammelten Jungen und nickte und zwinkerte leicht mit dem Auge. Pug grinste kurz, denn obwohl er ebenso oft wie alle anderen Zielscheibe von Rolands Späßen war, mochte er den jungen, wilden Junker dennoch.

Nachdem der gesamte Hofstaat versammelt war, sprach der Herzog: »Gestern war der letzte Tag des elften Jahres der Herrschaft unseres Königs, Rodric IV. Heute feiern wir das Fest Banapis. Der morgige Tag wird die hier versammelten Knaben bereits unter den Männern von Crydee finden – keine Knaben mehr, sondern Lehrlinge und freie Männer. Zu dieser Zeit ist es angemessen, daß ich mich erkundige, ob es einen unter euch gibt, der aus den Diensten des Herzogtums entlassen zu werden wünscht. Gibt es jemanden unter euch, der diesen Wunsch hat?«

Die Frage war rein rhetorisch. Eine Antwort wurde nicht erwartet, denn nur wenige äußerten jemals den Wunsch, Crydee zu verlassen. Als niemand vortrat, machte der Herzog dem Herold ein Zeichen, fortzufahren.

Der Herold kündigte den ersten der Handwerksmeister an, den Segelmacher Holm, der die Namen von drei Knaben aufrief. Alle drei traten in seine Dienste, und keiner schien sich nicht darüber zu freuen. Die Auswahl lief glatt weiter, da kein Junge den Dienst verweigerte. Jeder Knabe trat neben seinen neuen Meister.

Als der Nachmittag sich hinzog und die Anzahl der Jungen immer kleiner wurde, wuchs Pugs Unruhe. Bald stand nur noch ein Junge neben Pug und Tomas im Hof. Alle Handwerksmeister hatten ihre Lehrlinge aufgerufen, und nur zwei aus dem Stab der Hausbediensteten des Herzogs waren noch nicht gehört worden. Pug musterte die Gruppe am Kopf der Stufen, und sein Herz hämmerte rasend vor Sorge. Die beiden Prinzen betrachteten die Knaben, Lyam mit einem freundlichen Lächeln, Arutha grübelnd. Prinzessin Carline schien von der ganzen Angelegenheit gelangweilt zu sein. Sie gab sich wenig Mühe, das zu verbergen, als sie mit Roland tuschelte. Dies trug ihr einen mißbilligenden Blick von Lady Marna, ihrer Gouvernante, ein.

Der Leibwächter Samuel rief den anderen Knaben, Georg, der Mitglied des Bedienstetenstabes des Schlosses werden würde, und nun standen Pug und Tomas ganz allein im Hof. Dann trat Schwertmeister Fannon vor, und Pug fühlte, wie sein Herz still stand, als der alte Soldat rief: »Tomas, Sohn des Megar.«

Eine Pause entstand, und Pug wartete darauf, daß auch sein Name gerufen werden würde. Aber Fannon trat zurück, und Tomas ging hinüber und stellte sich neben ihn. Unter den Blikken aller Anwesenden schrumpfte Pug förmlich zusammen. Der Hof erschien ihm jetzt größer denn je, und er kam sich schlecht gekleidet vor. Sein Herz rutschte ihm in die Hose, als ihm klar wurde, daß kein Handwerksmeister und auch niemand sonst aus dem Haushalt mehr da war, der noch keinen Lehrling ausgewählt hatte. Er würde der einzige Junge sein, der nicht aufgerufen worden war. Er kämpfte mit den Tränen, als er darauf wartete, daß der Herzog die Gesellschaft entließ.

Als der Herzog zum Sprechen ansetzte – Mitleid stand deutlich auf seinem Gesicht geschrieben –, wurde er von einer anderen Stimme unterbrochen. »Euer Gnaden, wenn Sie so freundlich wären.«

Aller Augen wandten sich um und erblickten Kulgan, den Magier, der vortrat. »Ich benötige einen Lehrling und möchte gern Pug, den Waisenknaben aus der Burg, aufrufen, in meine Dienste zu treten.«

Der Herzog erklärte: »Da Kulgan ein anerkannter Meister seiner Kunst ist, hat er das Recht zur Wahl. Pug, Waise der Burg, willst du den Dienst bei ihm antreten?«

Pug stand stocksteif da. Er hatte sich schon vorgestellt, wie er als Leutnant-Ritter die Armee des Königs in den Kampf führen würde oder vielleicht eines Tages entdeckte, daß er der verlorene Sohn eines Adligen war. In seinen jungenhaften Träumen hatte er große Ungeheuer gejagt, war auf Schiffen gesegelt und hatte die Nation gerettet. In ruhigeren Augenblicken hatte er sich gefragt, ob er überhaupt Schiffe bauen, Töpferwaren fertigen oder das Handeln erlernen würde. Er hatte dann gegrübelt, wie geschickt er sich wohl bei jeder dieser Aufgaben anstellen würde. Aber an eines hatte er nie gedacht, hatte nicht einmal davon geträumt: ein Magier zu werden.

In seinem Schock wurde er sich plötzlich bewußt, daß der Herzog ungeduldig auf seine Antwort wartete. Er schaute in die Gesichter vor sich. Pater Tully schenkte ihm eines seiner seltenen Lächeln, ebenso wie Prinz Arutha. Prinz Lyam nickte leicht »Ja«, und Kulgan musterte ihn aufmerksam. In seinem Gesicht zeigte sich Sorge, und plötzlich faßte Pug einen Entschluß. Es war vielleicht nicht ganz das Wahre, aber irgendein Handwerk war besser als gar keines. Er trat vor, verfing sich mit dem Absatz an seinem anderen Fuß und landete mit dem Gesicht zuerst im Staub. Er raffte sich auf und eilte an die Seite des Magiers. Sein Fehltritt brach die Spannung, und das dröhnende Lachen des Herzogs erfüllte den Hof. Rot vor Verlegenheit stand Pug hinter dem Magier. Er blinzelte an der groben Gestalt seines neuen Herrn vorbei und stellte fest, daß der Herzog ihn beobachtete. Er nickte Pug freundlich zu. Dann wandte sich der Herzog wieder an jene, die auf das Ende der Auswahl warteten.

»Ich erkläre hiermit, daß jeder anwesende Knabe jetzt Schützling seines Meisters ist und ihm in allen Dingen zu gehorchen hat, die mit den Gesetzen des Königreichs in Einklang stehen. Ein jeder soll darüber hinaus als wahrer Mann Crydees angesehen werden. Bis zu den Feierlichkeiten wünsche ich euch allen einen guten Tag.« Er wandte sich um und bot seiner Tochter seinen linken Arm. Sie legte ihre Hand leicht darauf, und zwischen den Höflingen, die beiseite traten, schritten sie in die Burg hinein. Die beiden Prinzen folgten, anschließend die übrigen Mitglieder des Hofes. Pug sah Tomas, der hinter Meister Fannon in Richtung auf die Kasernen der Wache zuging.

Er wandte seine Aufmerksamkeit wieder Kulgan zu, der in Gedanken verloren dort stand. Nach einem Augenblick sagte der Mann: »Ich hoffe, keiner von uns hat heute einen Fehler gemacht.«

»Mein Herr?« fragte Pug, der den Magier nicht verstand.

Kulgan winkte ab. »Unwichtig, Knabe. Was geschehen ist, ist geschehen. Machen wir das Beste daraus.«

Er legte seine Hand auf die Schulter des Jungen. »Komm, ziehen wir uns in den Turm zurück, in dem ich hause. Da gibt es einen kleinen Raum unter meinem eigenen, der für dich ausreichen sollte. Ich hatte den einen oder anderen Plan damit, habe aber nie die Zeit gefunden, ihn vorzubereiten.«

Pug staunte. »Ein eigener Raum für mich?« So etwas hatte man noch nie für einen Lehrling gehört. Die meisten schliefen in den Werkstätten ihrer Meister oder hüteten die Herden oder ähnliches. Erst wenn der Lehrling zum Wandergesellen wurde, war es üblich, daß er ein eigenes Quartier bezog.

Kulgan zog eine buschige Braue hoch. »Natürlich. Kann dich nicht die ganze Zeit vor meinen Füßen gebrauchen. Dann würde ich ja überhaupt nichts mehr schaffen. Außerdem erfordert Magie auch Einsamkeit. Du wirst es genauso nötig haben, wenn nicht noch nötiger als ich, ungestört zu sein.« Er zog seine lange, dünne Pfeife aus einer Falte seiner Robe und fing an, sie aus einem Beutel mit Tabak vollzustopfen, der ebenfalls verborgen gewesen war.

»Laß uns nicht zu viel von Pflicht und solchen Dingen sprechen, Knabe. Denn um der Wahrheit die Ehre zu geben: Ich bin nicht auf dich vorbereitet. Aber in kurzer Zeit werde ich alles gut in der Hand haben. Bis dahin können wir die Zeit nutzen und uns miteinander anfreunden. Einverstanden?«

Pug war überrascht. Er hatte keine Ahnung, was ein Magier zu tun hatte, abgesehen von der einen Nacht, die er vor Wochen bei Kulgan verbracht hatte. Aber er wußte sehr wohl, wie Handwerksmeister gewöhnlich waren, und keiner von ihnen hätte je daran gedacht, sich zu erkundigen, ob seinem Lehrling seine Pläne genehm waren oder nicht. Da er nicht wußte, was er sagen sollte, nickte Pug einfach.

»Also gut dann«, sagte Kulgan. »Begeben wir uns in den Turm, wo wir ein paar neue Kleider für dich suchen wollen. Anschließend werden wir den Rest des Tages mit Feiern verbringen. Wir werden später noch genug Zeit haben, um zu lernen, uns wie Meister und Lehrling zu betragen.«

Mit einem Lächeln für den Jungen drehte der Magier Pug um und führte ihn davon.

Der späte Nachmittag war hell und klar. Eine leichte Brise von der See kühlte die sommerliche Hitze ab. In der ganzen Burg und der Stadt unterhalb waren die Vorbereitungen für das Fest Banapis in vollem Gange.

Banapis war der älteste bekannte Feiertag. Sein Ursprung verlor sich in grauer Vorzeit. Er wurde an jedem Mittsommertag abgehalten. Dies war ein Tag, der weder dem vergangenen noch dem kommenden Jahr angehörte. Banapis, das Fest, das unter anderen Namen auch in anderen Nationen bekannt war, wurde in der ganzen Welt Midkemias gefeiert. Einige glaubten, daß das Fest von den Elben und Zwergen entliehen worden war. Es wurde behauptet, daß diese alten Rassen das Mittsommerfest schon gefeiert hatten, so weit sich diese überhaupt zurückerinnern konnten – und sie hatten ein gutes Gedächtnis! Die meisten wichtigen Persönlichkeiten stritten das jedoch ab, wenngleich sie als Grund nur anführen konnten, daß es unwahrscheinlich war, daß Menschen etwas von dem Volk der Elben oder der Zwerge leihen würden. Es ging sogar das Gerücht, daß selbst die Bewohner der Nordlande, die Trolle und die Mitglieder der Bruderschaft des Düsteren Pfades, ebenfalls Banapis feierten. Allerdings hatte niemals jemand einer solchen Feierlichkeit beigewohnt.

Im Hof ging es sehr geschäftig zu. Große Tische waren aufgebaut worden, um die Vielfalt von Speisen unterzubringen, die seit mehr als einer Woche vorbereitet worden waren. Riesenhafte Fässer zwergischen Bieres, das aus Bergenstein eingeführt worden war, waren aus den Kellern gehievt worden und ruhten jetzt auf protestierenden, überlasteten Holzrahmen.

Es gab keinen offiziellen Anfang des Festes. Traditionsgemäß häuften sich Menschen und Speisen, Wein und Bier, bis eine gewisse Dichte erreicht war, und dann, ganz plötzlich, waren die Festivitäten in vollem Gange.

Pug rannte aus der Küche. Sein Raum im nördlichsten Turm,

dem Turm des Magiers, wie er genannt wurde, ermöglichte ihm eine Abkürzung durch die Küche. Er benutzte diese lieber als die Hauptpforten der Burg. Er strahlte, als er in seiner neuen Tunika und der neuen Hose über den Hof raste. Nie zuvor hatte er so feine Kleider getragen, und er hatte es eilig, sie seinem Freund Tomas vorzuführen.

Er fand Tomas, der gerade dabei war, die Unterkünfte der Soldaten zu verlassen. Er hatte es fast ebenso eilig wie Pug. Als sie sich trafen, sprachen beide gleichzeitig.

»Schau nur die neue Tunika –«, sagte Pug.

»Schau nur meinen Soldatenrock –«, sagte Tomas.

Beide brachen ab und fingen laut an zu lachen.

Tomas gewann seine Haltung als erster wieder. »Das sind sehr schöne Kleider, Pug«, sagte er und betastete das Material von Pugs roter Tunika. »Und die Farbe steht dir.«

Pug gab das Kompliment zurück, denn Tomas war in seinem braunen und goldenen Umhang wirklich ein schöner Anblick. Es war unwichtig, daß er seine übliche Tunika und die einfache Hose noch darunter trug. Eine vollständige Uniform würde er erst erhalten, wenn Meister Fannon mit seinen Diensten an den Waffen zufrieden war.

Großer Lärm von Pfeifen und Trommeln ertönte aus dem Nebenhof, als sich die Musikanten des Herzogs dem Haupthof näherten. Als sie überall rund um die Burg herum aufgetaucht waren, schien eine stille Botschaft sich unter den Menschen auszubreiten. Plötzlich waren die Küchenjungen damit beschäftigt, hölzerne Platten auszuteilen, auf die die Feiernden Speisen häuften. Krüge voll Bier und Wein wurden aus den Fässern gezapft.

Die Jungs eilten zu einem Tisch in der ersten Reihe. Pug und Tomas nutzten ihre Größe und Schnelligkeit aus, schossen durch die Menge und schnappten sich Speisen jeglicher Art. Dazu nahm ein jeder einen großen Krug voll schäumenden Bieres!

Dann fanden sie eine relativ stille Ecke und fielen mit einem

Bärenhunger über alles her. Pug trank zum ersten Mal Bier und war über den kräftigen, ein wenig bitteren Geschmack überrascht. Es schien ihn zu erwärmen, als es seine Kehle hinablief, und nach einem weiteren, versuchsweisen Schluck beschloß er, daß es ihm schmeckte.

Pug sah, wie sich der Herzog und seine Familie unter das gemeine Volk mischten. Man konnte auch andere Mitglieder des Hofes erkennen, die in der Schlange vor den Tischen standen. An diesem Nachmittag wurde nicht auf Ritual oder Rang geachtet. Jeder wurde bedient, wie er kam, denn der Mittsommertag war die Zeit, in der sich alle zu gleichen Teilen die Ernte teilten.

Pug erhaschte einen Blick auf die Prinzessin und fühlte, wie sich seine Brust zusammenzog. Sie strahlte, als viele der Burschen im Hof ihr Komplimente über ihre Erscheinung machten. Sie trug ein reizendes dunkelblaues Kleid und einen schlichten, breitkrempigen Hut in derselben Farbe. Sie dankte jedem Verfasser einer schmeichelhaften Bemerkung und setzte ihre dunklen Wimpern und ihr strahlendes Lächeln zu ihrem Vorteil ein. Hinter ihr blieben zahllose gebrochene Knabenherzen zurück.

Jongleure und Clowns tauchten im Hof auf. Es waren die ersten von unzähligen reisenden Künstlern, die sich anläßlich der Feierlichkeiten in der Stadt aufhielten. Die Schauspieler einer anderen Gruppe hatten in der Stadt eine Bühne errichtet und wollten am Abend eine Vorstellung geben. Das Fest würde bis in die frühen Morgenstunden des folgenden Tages dauern. Pug wußte, daß viele der Jungen im Vorjahr am Tage nach Banapis von der Arbeit entschuldigt werden mußten, weil ihre Köpfe und Mägen nicht zu harter Arbeit taugten. Er war sicher, daß sich diese Szene am kommenden Tag wiederholen würde.

Pug freute sich auf den Abend, denn es war üblich, daß die neuen Lehrlinge viele der Häuser in der Stadt aufsuchten, wo sie dann Glückwünsche und Krüge mit Bier in Empfang nahmen. Außerdem war es ein günstiger Augenblick, um die Mädchen aus der Stadt zu treffen. Schäkerei war zwar nicht unbekannt, wurde aber nicht gern gesehen. Doch während des Banapis-Festes neigten die Mütter dazu, etwas großzügiger zu sein. Jetzt, da die Knaben ein Handwerk hatten, sah man in ihnen weniger eine Pest als vielmehr zukünftige mögliche Schwiegersöhne. Es war schon mehr als einmal vorgekommen, daß eine Mutter in die andere Richtung geblickt hatte, während ihre Tochter die ihr von der Natur verliehenen Gaben eingesetzt hatte, um sich einen jungen Ehemann zu angeln. Pug, der klein von Gestalt war und sehr jung wirkte, zog kaum die Aufmerksamkeit auf sich. Tomas dagegen wurde immer begehrter bei den Mädchen, je größer und älter er wurde. In jüngster Zeit hatte Pug sogar bemerkt, daß schon die Mädchen im Schloß ein Auge auf seinen Freund geworfen hatten. Pug war noch immer so jung, daß er die ganze Sache für albern hielt, aber alt genug, um davon fasziniert zu sein.

Pug kaute mit unglaublich vollem Mund und schaute sich um. Menschen aus der Stadt und der Burg kamen vorüber, gratulierten den Knaben zu ihrer Lehrstelle und wünschten ihnen ein gutes neues Jahr. Pug hatte das Gefühl, daß alles recht und billig war. Er war ein Lehrling, auch wenn Kulgan überhaupt nicht sicher zu sein schien, was er mit ihm anfangen sollte. Er wurde gut ernährt und war dabei, einen leichten Schwips zu bekommen – der nur noch zu seinem Wohlgefühl beitrug. Und was das Wichtigste war - er war unter Freunden. Viel mehr kann man zum Leben wohl nicht brauchen, dachte er.

Burg

Schmollend hockte Pug auf seinem Lager.

Fantus, der Feuerdrache, schob seinen Kopf vor. Er forderte Pug damit auf, ihn über den Augen zu kraulen. Als er erkannte, daß das kaum geschehen würde, kroch er zum Turmfenster hinüber, schnaubte mißbilligend, stieß eine kleine, schwarze Rauchwolke aus und flog dann davon. Pug bemerkte nicht, daß die Kreatur ihn verließ, so vertieft war er in seine eigenen Sorgen. Seit er vor vierzehn Monaten als Lehrling bei Kulgan eingetreten war, schien alles, was er tat, schiefzugehen.

Er legte sich auf seinem Strohlager zurück und bedeckte mit dem Arm die Augen. Alles in seinem Leben hatte sich zum Besseren gewandt, seit er Lehrling war. Nur das Wichtigste nicht: seine Studien.

Monatelang hatte sich Kulgan bemüht, ihm die Grundzüge der magischen Künste beizubringen, aber immer hatte irgend etwas dafür gesorgt, daß seine Anstrengungen fehlschlugen. In der Theorie war Pug ein flinker Schüler, der die Grundgedanken schnell erfaßte. Aber jedesmal, wenn er versuchte, sein Wissen einzusetzen, schien ihn etwas zurückzuhalten. Es war, als ob ein Teil seines Hirnes sich weigern würde, mit der Magie zu arbeiten. Jedesmal, wenn er es versuchte, spürte er, wie er sich einem Punkt näherte, aber wie ein Reiter auf einem widerspenstigen Pferd schien er die Hürde nicht nehmen zu können.

Kulgan winkte ab, wenn er ihm von seinen Sorgen erzählte, und erklärte, daß sich mit der Zeit alles regeln würde. Der beleibte Magier hatte immer Mitleid mit dem Jungen. Er machte ihm niemals Vorwürfe, daß er keine besseren Leistungen erbrachte, denn er wußte, daß der Junge es ernstlich versuchte.

Pug wurde aus seinen Träumen gerissen, als jemand die Tür öffnete. Er blickte auf und sah Pater Tully mit einem dicken Buch unter dem Arm eintreten. Die weiße Robe des Kirchenmannes raschelte, als er die Tür schloß. Pug setzte sich auf.

»Pug, es ist Zeit für deine Schreibstunde.« Er brach ab, als er den niedergeschlagenen Ausdruck auf dem Gesicht des Jungen sah. »Was ist denn los, mein Junge?«

Pug hatte den alten Priester Astalons gern. Er war ein strenger, aber gerechter Lehrmeister. Er lobte den Jungen ebenso häufig für seine Erfolge, wie er ihn eines Versagens wegen schalt. Er hatte einen schnellen Verstand und eine Portion Humor und begegnete allen Fragen offen, ganz gleich, wie dumm sie sich für Pugs Ohren auch anhören mochten.

Pug stand auf und seufzte. »Ich weiß nicht, Pater. Ich finde bloß, die Dinge scheinen nicht so recht zu laufen. Immer, wenn ich etwas versuche, bringe ich alles durcheinander.«

»Pug, du darfst nicht immer so schwarz sehen«, meinte der Priester und legte eine Hand auf Pugs Schulter. »Warum erzählst du mir nicht einfach, was dich beunruhigt. Wir können auch ein anderes Mal Schreibübungen machen.« Er schritt zu einem Hokker neben dem Fenster und ordnete seine Robe um sich, als er Platz nahm. Dann legte er das große Buch zu seinen Füßen nieder und musterte den Jungen.

Pug war im vergangenen Jahr gewachsen, aber immer noch ziemlich klein. Seine Schultern wurden allmählich ein bißchen breiter, und sein Gesicht zeigte Spuren des Mannes, der er einmal sein würde. Er gab ein trübsinniges Bild ab, wie er in seiner selbstgemachten Tunika und den selbstgenähten Hosen so dastand. Seine Stimmung war genauso grau wie der Stoff, den er trug. In seinem Zimmer, das für gewöhnlich sauber und ordentlich war, herrschte jetzt ein wildes Durcheinander von Büchern und Schriftrollen. Es war ein Abbild des Wirrwarrs seiner Gedanken.

Einen Augenblick blieb Pug schweigend sitzen, aber als der Priester nichts weiter sagte, fing er zu sprechen an. »Erinnert Ihr Euch, daß ich Euch erzählte, daß Kulgan versucht hat, mir die drei ersten Zaubersprüche zur Beruhigung des Geistes beizubringen, damit man ohne Streß mit anderen Formeln arbeiten kann? Nun, die Wahrheit ist, daß ich diese Übungen schon vor Monaten beherrscht habe. Inzwischen kann ich meinen Geist ohne große Mühe innerhalb von wenigen Augenblicken in einen vollkommenen Ruhezustand bringen. Aber weiter geht es dann auch schon nicht mehr. Danach scheint alles auseinanderzufallen.«

»Wie meinst du das?«

»Als nächstes muß man lernen, den Verstand zu disziplinieren, damit er Dinge tut, die nicht natürlich für ihn sind, wie zum Beispiel an eine Sache zu denken und alles andere zu vergessen. Oder an etwas nicht zu denken, was ziemlich schwierig ist, wenn man erst einmal gehört hat, was es ist. Meistens kann ich es tun, aber hin und wieder habe ich das Gefühl, daß da andere Kräfte in meinem Kopf wirken. Und die fordern mich auf, Dinge auf andere Weise zu tun. Es ist, als ob in meinem Kopf etwas anderes vorgehen würde als das, was Kulgan mir zu erwarten aufgetragen hat.

Jedesmal, wenn ich einen der einfachen Zaubersprüche ausprobieren will, die Kulgan mich gelehrt hat, wie zum Beispiel einen Gegenstand sich bewegen zu lassen oder mich selbst vom Boden abzuheben, dann kommen diese Dinge in meinem Kopf zum Vorschein, beeinflussen meine Konzentration, und ich verliere die Kontrolle darüber. Nicht einmal den einfachsten Zauberspruch beherrsche ich.« Pug spürte, wie er zitterte, denn dies war das erste Mal, da er davon zu jemand anderem als Kulgan sprechen konnte. »Kulgan sagt bloß immer, ich soll dabei bleiben und mir keine Sorgen machen.« Den Tränen nahe fuhr er fort: »Ich habe Talent. Kulgan sagt, er hätte es vom ersten Augenblick an gewußt, damals, als wir uns trafen, und ich die Kristallkugel benutzte. Ihr habt mir auch gesagt, daß ich Talent habe. Aber ich kann die Zaubersprüche einfach nicht so arbeiten lassen, wie sie sollen. Das alles verwirrt mich so.«

»Pug«, beruhigte ihn der Priester, »die Magie hat viele Eigenheiten, und wir verstehen nur wenig davon, wie sie arbeitet. Selbst diejenigen unter uns, die sie ausüben, begreifen sie nicht. In den Tempeln lehrt man uns, daß Magie eine Gabe der Götter ist, und in unserem Glauben nehmen wir dies hin. Wir verstehen nicht, wie das so sein kann, aber wir stellen keine Fragen. Jeder Orden hat seine eigene Art von Magie, und nicht einmal zwei sind sich völlig gleich. Ich bin zu magischen Dingen fähig, die Anhänger anderer Orden nicht vollbringen können. Aber niemand kann sagen, weshalb das so ist.

Magier haben es mit einer anderen Art von Magie zu tun, und ihre Praxis unterscheidet sich von unseren Bräuchen in den Tempeln. Vieles von dem, was sie tun, vermögen wir nicht zu tun. Sie sind es, die dic Kunst der Magie, ihre Natur und ihr Wirken, erforschen und studieren, aber selbst sie können nicht erklären, wieso sie wirkt. Sie wissen nur, wie sie mit der Magie arbeiten können, und dieses Wissen geben sie an ihre Schüler weiter, so wie Kulgan es mit dir tut.«

»Versucht zu tun, Pater. Ich glaube, er hat mich vielleicht falsch beurteilt.«

»Ich glaube es nicht, Pug. Ich verstehe einiges von diesen Dingen, und seit du Kulgans Schüler geworden bist, habe ich gefühlt, wie die Kraft in dir gewachsen ist. Vielleicht wirst du es erst spät lernen, wie schon andere vor dir, aber ich bin sicher, du findest den rechten Pfad.«

Pug war nicht getröstet. Er zweifelte nicht an der Weisheit des Priesters, aber er fühlte, daß auch dieser sich irren konnte. »Ich hoffe, Ihr habt recht, Pater. Ich verstehe einfach nicht, was nicht mit mir in Ordnung ist.«

»Ich glaube, ich weiß es«, ertönte eine Stimme von der Tür her. Überrascht wandten sich Pug und Pater Tully um und sahen Kulgan in der Tür stehen. Seine blauen Augen waren von tiefen Sorgenfalten umgeben und seine dichten grauen Brauen bildeten ein V über seiner Nase. Weder Pug noch Tully hatten gehört, wie die Tür geöffnet wurde. Kulgan raffte seine lange, grüne Robe und trat ein, wobei er die Tür offen ließ.

»Komm einmal her, Pug«, forderte der Magier ihn mit einer leichten Handbewegung auf. Pug trat zu ihm, und der alte Mann legte beide Hände auf seine Schultern. »Knaben, die Tag für Tag in ihren Stuben sitzen und sich den Kopf darüber zerbrechen, warum die Dinge nicht so laufen, wie sie sollen, werden auch nicht dafür sorgen, daß sie richtig laufen. Ich schenke dir diesen Tag für dich selbst. Da es Sechstag ist, sollten eigentlich genügend andere Knaben draußen sein, die dir bei all dem Ärger behilflich sein können, den junge Männer so haben.« Er lächelte, und sein Schüler war von Erleichterung erfüllt. »Du brauchst eine Pause von deinen Studien. Nun lauf!« Bei diesen Worten versetzte er dem Jungen eine spielerische Ohrfeige, und Pug rannte die Treppe hinunter. Kulgan schritt zum Strohlager hinüber, ließ seine schwere Gestalt darauf fallen und schaute den Priester an. »Knaben«, meinte er kopfschüttelnd. »Da gibt man ein Fest, teilt ihnen ein Handwerk zu, und schon glauben sie, Männer zu sein. Aber sie sind immer noch Knaben, und so sehr sie sich auch bemühen, handeln sie doch auch immer noch so und nicht wie Männer.« Er zog seine Pfeife hervor und fing an, sie zu füllen. »Magier gelten mit dreißig Jahren als jung und unerfahren. Aber in allen anderen Gilden ist ein Mann mit dreißig Geselle oder Meister und bereitet höchstwahrscheinlich bereits seinen eigenen Sohn auf die Auswahl vor.« Er hielt einen Fidibus an die Kohlen, die noch immer in Pugs Feuertopf glühten, und zündete seine Pfeife an.

Tully nickte. »Ich verstehe, Kulgan. Auch als Priester wird ein

Mann alt. In Pugs Alter hatte ich noch immer dreizehn Jahre als Meßgehilfe vor mir.« Der alte Priester beugte sich vor. »Kulgan, was ist nun aber mit dem Problem des Knaben?«

»Er hat recht«, bemerkte Kulgan leise. »Es gibt keine Erklärung dafür, warum er die Künste nicht ausüben kann, die ich ihm beizubringen versuche. Es überrascht mich, was er mit Schriftrollen und Plänen anfangen kann. Der Junge hat ein solches Talent für diese Dinge, daß ich gewettet hätte, er ist aus dem Stoff, aus dem Magier von mächtiger Kraft geschnitzt sind. Aber seine Unfähigkeit, seine inneren Kräfte einzusetzen...«

»Meinst du, du könntest eine Lösung finden?«

»Ich hoffe es. Ich würde es hassen, ihn aus der Lehre zu entlassen. Das wäre härter für ihn, als wenn ich ihn niemals erwählt hätte.« Sein Gesicht verriet ehrliche Sorge. »Da ist noch etwas anderes im Kopf dieses Knaben, etwas, dem ich noch nie zuvor gegenübergestanden bin, etwas Mächtiges. Ich weiß nicht, was es ist, Tully, aber es widersteht meinen gesamten Übungen, als wären sie irgendwie... nicht korrekt, oder... nicht gut für ihn. Ich weiß nicht, ob ich besser erklären kann, was mir mit Pug passiert ist. Es gibt keine einfache Erklärung dafür.«

»Hast du darüber nachgedacht, was der Junge gesagt hat?« fragte der Priester, Nachdenklichkeit und Sorge im Gesicht.

»Du meinst, daß ich mich vielleicht geirrt haben könnte?«

Tully nickte. Kulgan winkte ab. »Tully, du weißt ebensoviel über die Natur der Magie wie ich, vielleicht mehr. Man nennt deinen Gott nicht umsonst den Gott, der die Ordnung gebracht hat. Deine Sekte hat viel darüber herausgefunden, was dieses Universum befehligt und ordnet. Zweifelst du auch nur einen Augenblick daran, daß der Knabe Talent hat?«

»Talent, nein. Aber im Augenblick stehen wir vor der Frage seiner Fähigkeit.«

»Wie immer, gut gesagt. Nun also, hast du irgendwelche Ideen? Vielleicht wäre es gut für mich, einen anderen Meister für

Pug zu suchen? Einen, der seine Fähigkeiten besser nutzbar machen kann?«

Tully seufzte. »Ich kann dir nicht raten. Aber wie das Sprichwort geht: Ein schlechter Meister ist besser als gar kein Meister. Wie wäre es dem Knaben ergangen, wenn sich niemand gefunden hätte, der ihn auserwählt hätte?«

Kulgan fuhr hoch. »Was hast du gesagt?«

»Ich sagte, wie wäre es dem Knaben ergangen, wenn sich niemand gefunden hätte, der ihn auserwählt hätte?«

Kulgans Blick wanderte ins Leere. Er fing an, wütend an seiner Pfeife zu paffen. Nachdem er ihn einen Augenblick beobachtet hatte, fragte ihn Tully: »Was ist, Kulgan?«

»Ich bin mir nicht sicher, Tully, aber du hast mich vielleicht auf einen Gedanken gebracht.«

An jedem Sechstag durften die Jungen und Mädchen, die im Schloß arbeiteten, den Nachmittag so verbringen, wie sie es gern wollten. Die Jungen, im Lehrlingsalter oder jünger, waren ein lauter, wilder Haufen. Die Mädchen standen in den Diensten der Hofdamen. Sie putzten, nähten und halfen in der Küche. Sie alle arbeiteten die ganze Woche über, vom Morgengrauen bis zur Dämmerung, manchmal auch länger, Tag für Tag. Am letzten Tag der Woche versammelten sie sich dann immer im Nebenhof des Schlosses, ganz in der Nähe des Gartens der Prinzessin. Die meisten Jungen beteiligten sich dort an einem wilden Fangspiel, bei dem auch ein Lederball gefangen werden mußte. Unter Stoßen und Schreien, Treten und gelegentlichen Faustkämpfen mußte er der anderen Seite abgerungen werden. Alle trugen ihre ältesten Kleider, denn Risse, Blutflecken und Schmutzspuren waren an der Tagesordnung.

Die Mädchen saßen während dieser Zeit auf der niedrigen Mauer neben dem Garten der Prinzessin und unterhielten sich über die Damen am Hofe des Herzogs. Sie hatten fast alle ihre besten Röcke und Blusen angezogen, und ihr Haar glänzte vom Waschen und Bürsten. Beide Gruppen gaben sich große Mühe zu zeigen, daß sie die andere völlig ignorierten, und beide waren gleichermaßen wenig überzeugend.

Pug lief zu der Stelle, an der das Spiel in vollem Gange war. Wie üblich befand sich Tomas mitten im Gewühl. Sein sandfarbenes Haar flog wie ein Banner, sein Lachen und Schreien übertönte den Lärm. Zwischen Stößen mit Ellbogen und Tritten klang er wild und fröhlich, als würde der kurze Schmerz hin und wieder die Sache nur noch schöner machen. Er rannte durch den Haufen, trat den Ball hoch in die Luft und versuchte, den Füßen derjenigen auszuweichen, die ihm ein Bein stellen wollten. Niemand wußte so recht, wie das Spiel entstanden war oder nach welchen Regeln es gespielt wurde. Aber die Knaben tobten mit derselben Intensität, mit der auch ihre Väter schon gespielt hatten.

Pug lief aufs Feld und stellte einem anderen Jungen ein Bein, gerade als dieser Tomas von hinten treffen wollte. Der Junge ging in einem Knäuel von Körpern zu Boden, und Tomas riß sich los. Er rannte auf das Ziel zu, ließ den Ball vor sich fallen und schoß ihn in ein umgestürztes Faß. Es gab einen Punkt für seine Mannschaft. Als wäre dies das Zeichen gewesen, brach ein allgemeiner Tumult und Kampf los. Der Junge, dem Pug ein Bein gestellt hatte, riß ihn um, und sie landeten beide in einem Haufen sich balgender Leiber. Ein Sturm von Fäusten, Ellbogen, Knien und Füßen brach um Pug herum los. Er schlug zu, ohne sich darum zu kümmern, wo seine Hiebe landeten.

Schon bald wurde sein erster Gegner von einem der größeren Stallburschen ersetzt. Dieser hockte sich auf Pugs Brust und ließ Schläge auf ihn niederhageln. Pug versuchte, sich unter dem größeren Jungen herauszuwinden; dadurch gingen viele der Schläge daneben und streuten bloß Schmutz in Pugs Gesicht. Aber noch immer trafen genügend Hiebe, und bald hatte Pug das seltsame

Gefühl, sich von allem loszulösen, was ihn umgab. Er fand es merkwürdig, daß sich alles so fern anhörte, daß die Schläge nicht zu schmerzen schienen. Rote und gelbe Kringel tanzten vor seinen Augen, als sich das Gewicht schließlich von seiner Brust löste.

Nach einem kurzen Moment wurden die Dinge wieder klarer, und Pug sah Prinz Arutha vor sich stehen. Er hielt den anderen Jungen am Kragen gepackt. Obwohl er nicht so kräftig war wie sein Bruder, war der Prinz doch immer noch in der Lage, den Stallburschen so hoch zu halten, daß dieser mit den Zehen kaum den Boden berührte. Der Prinz lächelte, aber ohne Humor. »Ich denke, der Junge hat genug«, erklärte er leise, mit funkelnden Augen. »Meinst du nicht auch?« Sein kalter Ton machte klar, daß er keine Antwort erwartete. Der Junge gab einen Ton von sich, den der Prinz als Zustimmung nahm. Arutha ließ den Kragen los, und der Stallbursche fiel unter dem Gelächter der Zuschauer rücklings hin. Der Prinz bückte sich und half Pug auf die Füße.

Arutha hielt den Knaben aufrecht und erklärte: »Ich bewundere deinen Mut, Bürschchen, aber wir können doch nicht zulassen, daß man dem besten jungen Magier des Herzogtums den Verstand aus dem Leibe prügelt, was?« Sein Ton war nur leicht ironisch, aber Pug war zu benommen, als daß er mehr hätte tun können, als einfach dort zu stehen und den jüngeren Sohn des Herzogs anzustarren. Der Prinz schenkte ihm ein leichtes Lächeln. Dann gab er ihn an Tomas weiter, der mit einem feuchten Tuch in der Hand neben Pug aufgetaucht war.

Der Nebel um Pug hob sich wieder, als Tomas sein Gesicht mit dem Tuch abwischte. Aber er fühlte sich nur noch schlechter, als er die Prinzessin und Roland nur wenige Schritte entfernt stehen sah, nachdem Prinz Arutha an ihre Seite zurückgekehrt war. Vor den Mädchen der Burg Schläge einzustecken war schon schlimm genug, aber vor der Prinzessin bestraft zu werden, war eine Katastrophe.

Pug stieß ein Stöhnen aus, das nur wenig mit seiner körperlichen Verfassung zu tun hatte. Er versuchte so gut er konnte so auszusehen wie alle anderen. Tomas packte ihn grob. »Versuch dich nicht so zu winden. So schlecht geht es dir nun auch wieder nicht. Das meiste von dem Blut ist sowieso das von anderen. Meine Nase wird bis morgen wie ein wütender Rotkohl aussehen.«

»Mein Kopf auch.«

»Nicht so schlimm. Du hast ein blaues Auge, vielleicht auch zwei, dazu noch eine dicke Backe. Im großen und ganzen hast du dich wacker geschlagen. Aber warte, wenn du dich das nächste Mal mit jemandem anlegen willst, bis du ein bißchen größer geworden bist, ja?« Pug beobachtete, wie der Prinz seine Schwester vom Schlachtfeld führte. Roland grinste ihn breit an, und Pug wünschte, er wäre tot.

Pug und Tomas kamen mit Eßtellern in den Händen aus der Küche. Es war ein warmer Abend, und sie zogen die kühle Meeresbrise der Hitze in der Spülküche vor. Sie setzten sich auf die Veranda, und Pug bewegte seinen Kiefer von einer Seite zur anderen. Er versuchte es mit einem Stückchen Lamm und schob dann seinen Teller beiseite.

Tomas beobachtete ihn. »Kannst du nicht essen?«

Pug nickte. »Der Kiefer tut zu weh.« Er beugte sich vor, stützte die Ellbogen auf die Knie und das Kinn in die Fäuste. »Ich hätte mich besser beherrschen sollen.«

Tomas sprach mit vollem Mund. »Meister Fannon sagt, ein Soldat muß zu allen Zeiten einen kühlen Kopf behalten, sonst verliert er ihn.«

Pug seufzte. »So etwas hat Kulgan auch gesagt. Ich habe ein paar Übungen, die mir helfen, mich zu entspannen. Die hätte ich anwenden sollen.«

Tomas würgte eine riesige Portion seines Mahles hinab. »In deinem Zimmer üben ist eine Sache. Dasselbe zu tun, wenn dich jemand verprügelt, eine andere. Ich glaube, ich hätte dasselbe getan.«

»Aber du hättest gewonnen.«

»Wahrscheinlich.« Tomas beäugte Pugs unangerührtes Abendessen. »Ißt du das?«

Pug betrachtete seinen Teller. Er war voll beladen mit Lamm, Gemüse und Kartoffeln. Trotz des verlockenden Duftes verspürte Pug keinen Appetit darauf. »Nein, du kannst es haben.«

Tomas nahm den Teller hoch und fing an, sich das Essen in den Mund zu schaufeln. Pug lächelte. Man hatte nie davon gehört, daß Tomas ein Essen abgelehnt hätte.

Pug schaute zur Schloßmauer hinüber. »Ich kam mir so dumm vor.«

Tomas unterbrach sein Essen. Er führte eine Handvoll Fleisch auf halbem Weg zum Mund. Er beäugte Pug überrascht. »Du auch?«

»Ich auch was?«

Tomas lachte. »Du bist verlegen, weil die Prinzessin gesehen hat, wie du Prügel einstecken mußtest.«

Pug war beleidigt. »Ich habe sie nicht nur eingesteckt. Ich habe genauso auch Schläge verteilt.«

Tomas heulte auf. »Ha, wußte ich's doch! Die Prinzessin.«

Pug lehnte sich resigniert zurück. »Ich fürchte, du hast recht.«

Tomas sagte nichts, und Pug schaute zu ihm hinüber. Er war damit beschäftigt, Pugs Abendessen fertig zu verzehren. Schließlich meinte Pug: »Und du magst sie wohl nicht?«

Tomas zuckte mit den Schultern. Zwischen zwei Bissen meinte er: »Unsere Lady Carline ist schon recht hübsch, aber ich kenne meinen Platz. Außerdem habe ich mein Auge auf eine andere geworfen.«

Pug setzte sich auf. »Auf wen denn?« erkundigte er sich neugierig.

»Das verrate ich nicht.«

Pug lachte. »Neala, hab' ich recht?«

Tomas blieb der Mund offen stehen. »Woher weißt du das?«

Pug versuchte, geheimnisvoll auszusehen. »Wir Magier haben unsere Mittel und Wege.«

Tomas schnaubte. »Pah, Magier. Du bist genausowenig ein Magier wie ich ein Hauptmann-Ritter der königlichen Armee. Also erzähl, woher hast du das gewußt?«

Pug lachte. »Das ist kein Geheimnis. Jedesmal, wenn du sie siehst, blähst du dich in deinem Soldatenüberwurf auf und stolzierst herum wie ein Pfau.«

Tomas schien besorgt. »Du glaubst doch nicht, daß sie etwas gemerkt hat, oder?«

Pug lächelte wie eine wohlgenährte Katze. »Ganz bestimmt nicht.« Nach einer kurzen Pause setzte er hinzu: »Wenn sie blind ist, und die anderen Mädchen in der Burg es ihr nicht mindestens einhundertmal gesagt haben.«

Ein betrübter Ausdruck zog über das Gesicht von Tomas. »Was muß das Mädchen denken?«

»Wer weiß schon, was Mädchen denken. Nach allem, was ich weiß, gefällt es ihr wahrscheinlich.«

Tomas wechselte plötzlich das Thema. »Wir sind doch Freunde, oder?«

Pug war überrascht. »Natürlich sind wir Freunde. Du bist wie ein Bruder für mich. Deine Eltern haben mich wie ihren eigenen Sohn behandelt. Warum fragst du so etwas?«

Beunruhigt stellte Tomas seinen Teller wieder hin. »Ich weiß nicht. Bloß – manchmal glaube ich, daß sich das alles hier irgendwie ändern wird. Du wirst ein Magier, bereist vielleicht die ganze Welt und besuchst Magier in fernen Landen. Ich dagegen werde Soldat und werde gezwungen sein, den Befehlen meines Herrn zu folgen. Wahrscheinlich werde ich niemals mehr von der Welt sehen als einen kleinen Teil des Königreiches.«

Pug bekam es mit der Angst zu tun. Nie zuvor hatte er Tomas

so ernst erlebt. Der ältere Junge war immer der erste, der lachte, und niemals schien er sich Sorgen über etwas zu machen. »Mir ist es gleich, was du denkst, Tomas«, sagte Pug. »Gar nichts wird sich ändern. Wir werden immer Freunde bleiben, ganz gleich, was geschieht.«

Tomas lächelte darüber. »Ich hoffe, du hast recht.« Er lehnte sich zurück, und die beiden Jungen betrachteten die Sterne über dem Meer und die Lichter aus der Stadt, beides eingerahmt von den Toren des Schlosses.

Am nächsten Morgen versuchte Pug, sein verschwollenes Gesicht zu waschen. Er fand diese Aufgabe jedoch zu schmerzhaft, um sie zu beenden. Sein linkes Auge war vollständig zu und sein rechtes nur halb geöffnet. Große, bläuliche Beulen zierten sein Gesicht. Sein Kiefer knirschte, wenn er ihn von einer Seite auf die andere bewegte.

Die Tür zum Raum des Jungen schwang auf, und Kulgan trat ein. Einen Moment blieb er stehen, um den Jungen zu betrachten, ehe er sich auf dessen Schlafstatt setzte. »Wie ich sehe, hast du den gestrigen Tag nicht damit verbracht, faul herumzusitzen.«

»Ich hatte ein bißchen Ärger, mein Herr.«

»Nun, Kampf ist eine Eigenart der Knaben wie auch der erwachsenen Männer. Ich hoffe nur, daß die anderen mindestens ebenso schlimm aussehen. Es wäre eine Schande, wenn man nicht auch das Vergnügen des Gebens gehabt hätte.«

»Ihr macht Euch über mich lustig.«

»Nur ein bißchen, Pug. Um der Wahrheit die Ehre zu geben: In meiner eigenen Jugend habe ich selbst meinen Teil an Kratzern eingesteckt, aber die Zeit für jungenhafte Kämpfe ist nun vorbei. Du mußt deine Energie für Besseres einsetzen.«

»Ich weiß, Kulgan, aber ich war in letzter Zeit so niedergeschlagen, daß ich einfach an dem Kampf teilnahm, als er losging.«

»Gut, daß du deine eigene Rolle dabei erkennst. Das ist ein Zeichen dafür, daß du ein Mann wirst. Die meisten Knaben hätten versucht, sich zu rechtfertigen, indem sie die Schuld jemand anderem gegeben hätten.«

Pug zog den Hocker heran und setzte sich dem Magier gegenüber. Kulgan zog seine Pfeife hervor und stopfte sie. »Pug, ich glaube, wir sind in deinem Fall falsch an die Ausbildung herangegangen.« Kulgan suchte in dem kleinen Feuer, das in einem Nachttopf brannte, nach einem Fidibus, um seine Pfeife anzuzünden. Als er keinen fand, umwölkte sich sein Gesicht einen Augenblick lang vor Konzentration. Dann entsprang seinem rechten Zeigefinger eine kleine Flamme. Nachdem er sie an seine Pfeife gehalten hatte, war bald der halbe Raum mit großen Wolken aus weißem Rauch gefüllt. Er wedelte mit der Hand, und die Flamme verschwand. »Eine praktische Gabe, wenn man gerne Pfeife raucht.«

»Ich würde alles darum geben, wenigstens so viel zu können«, seufzte Pug.

»Wie ich schon sagte, ich glaube, wir haben die Sache vielleicht falsch angepackt. Vielleicht sollten wir uns überlegen, wie wir deine Ausbildung auf andere Weise angehen können.«

»Wie meint Ihr das?«

»Pug, die ersten Magier vor langer Zeit hatten keine Lehrer, die ihnen die Kunst der Magie zeigten. Sie entwickelten die Fähigkeiten, die wir heute lernen. Einige der alten Fertigkeiten, wie das Riechen eines Wetterwechsels oder die Gabe, mit Hilfe eines Stockes Wasser zu finden, gehen auf die frühesten Anfänge zurück. Ich habe überlegt, daß ich dich einfach eine Zeitlang deinen eigenen Mitteln überlasse. Studiere, was du möchtest in den Büchern, die ich habe. Erledige weiterhin deine übrige Arbeit, lerne die Kunst des Schreibens von Tully, aber für eine Weile werde ich dich nicht mit meinen Lektionen belästigen. Selbstverständlich bin ich jederzeit bereit, dir deine Fragen zu beantworten. Aber ich glaube, im Augenblick mußt du erst einmal zu dir selbst finden.«

Niedergeschlagen fragte Pug: »Ist mir nicht zu helfen?«

Kulgan lächelte beruhigend. »Im Gegenteil. Es gab schon öfter Fälle, da fingen Magier ganz langsam an. Vergiß nicht, daß deine Lehrzeit noch neun weitere Jahre dauert. Laß dich nicht von den Fehlschlägen der ersten paar Monate entmutigen.

Übrigens – würdest du gerne reiten lernen?«

Pugs Laune verbesserte sich schlagartig, und er schrie auf: »O ja: Darf ich?«

»Der Herzog hat beschlossen, daß er es gerne sehen würde, wenn von Zeit zu Zeit ein Knabe mit der Prinzessin ausreiten würde. Seine Söhne haben jetzt, da sie erwachsen sind, viele Pflichten. Er glaubt, daß du eine gute Wahl wärest, wenn sie zu beschäftigt sind, um sie zu begleiten.«

In Pugs Kopf wirbelte es. Er sollte nicht nur Reiten lernen, was sonst dem Adel vorbehalten blieb, sondern auch noch in der Gesellschaft der Prinzessin sein dürfen! »Wann fange ich an?«

»Heute noch. Lauf zu Pferdemeister Algon. Er wird mit deinem Unterricht anfangen.«

Ohne ein weiteres Wort sprang Pug auf und raste zu den Ställen hinüber.

Angriff

Pug ritt schweigend.

Sein Pferd trottete die schroffen Klippen entlang, von denen aus man das Meer überblicken konnte. Die warme Brise brachte einen Duft von Blumen mit sich, und im Osten wiegten sich sanft die Bäume des Waldes. Der Ozean schimmerte in der Sommersonne. Über den Wogen konnte man Möwen sehen, die in der Luft hingen, ehe sie blitzschnell hinabtauchten, auf der Suche nach ihrem Futter. Große, weiße Wolken zogen über ihren Köpfen dahin.

Während Pug den Rücken der Prinzessin auf ihrem feinen, weißen Zelter betrachtete, dachte er an den Morgen. Fast zwei Stunden lang hatte er in den Stallungen warten müssen, ehe die Prinzessin mit ihrem Vater erschien. Der Herzog hatte Pug einen langen Vortrag über seine Verantwortlichkeiten gegenüber der Dame des Schlosses gehalten. Pug hatte stumm zugehört, als der Herzog all das wiederholte, was ihm Pferdemeister Algon bereits am Abend zuvor eingebläut hatte. Der Stallmeister hatte ihn eine Woche lang unterwiesen und glaubte nun, er sei jetzt in der Lage, mit der Prinzessin auszureiten – wenn auch nur unter Mühen.

Pug war ihr aus dem Tor hinaus gefolgt und staunte noch immer über sein unerwartetes Glück. Er war energiegeladen, obwohl er sich die ganze Nacht über im Bett hin- und hergeworfen und dann am Morgen das Frühstück hatte ausfallen lassen.

Jetzt wechselte seine Laune von jungenhafter Anbetung zu ehrlichem Zorn. Die Prinzessin weigerte sich, auf irgendeinen seiner Versuche einzugehen, eine höfliche Unterhaltung mit ihr zu beginnen. Statt dessen kommandierte sie ihn in rauhem, unhöflichem Ton herum. Sie beharrte darauf, ihn »Bursche« zu rufen und ignorierte seine höflichen Versuche, ihr in Erinnerung zu bringen, daß sein Name Pug sei. Jetzt benahm sie sich nicht mehr wie die gewandte junge Dame bei Hofe, sondern ähnelte nichts so sehr wie einem verwöhnten, trotzigen Kind.

Zuerst, als er auf dem alten, grauen Gaul saß, der für einen Reiter seiner Qualitäten als ausreichend angesehen worden war, hatte er sich verlegen gefühlt. Er trug seine leuchtendrote Tunika, diejenige, die Kulgan ihm geschenkt hatte. Neben der Prinzessin sah er aber immer noch ärmlich gekleidet aus. Sie trug ein schlichtes, aber kostbares gelbes, mit Schwarz abgesetztes Reitkleid und einen dazu passenden Hut. Obwohl sie im Damensitz ritt, sah Carline aus, als wäre sie zum Reiten geboren, während Pug das Gefühl hatte, daß er besser hinter dem Pferd hergelaufen wäre, mit einem Pflug in der Hand.

Pug spürte den ersten Hunger. Seine romantischen Träume wichen dem normalen Appetit eines gesunden Fünfzehnjährigen. Während sie weiterritten, wandten sich seine Gedanken mehr und mehr dem Essenskorb zu, der an seinem Sattelknauf hing.

Eine Ewigkeit schien für Pug zu vergehen, bis sich die Prinzessin zu ihm umwandte. »Bursche, welches Handwerk erlernst du?«

Nach dem langen Schweigen kam diese Frage für Pug so überraschend, daß er stammelte: »Ich... ich bin Lehrling bei Meister Kulgan.«

Sie fixierte ihn mit einem Blick, der angebracht gewesen wäre, wenn ein Insekt über ihren Teller gekrochen wäre. »Oh! Der Bursche bist du also.« Ihr kurzes Interesse verging, und sie wandte sich wieder von ihm ab. Sie ritten noch eine Weile länger. Dann sagte die Prinzessin: »Bursche, wir werden hier haltmachen.«

Pug zügelte sein Pferd. Ehe er noch die Seite der Prinzessin erreichen konnte, war sie schon geschmeidig aus dem Sattel geglitten. Sie wartete nicht auf seine Hand, wie Meister Algon es ihm vorhergesagt hatte. Statt dessen händigte sie ihm die Zügel aus und schlenderte vor an den Rand der Klippen.

Eine Minute lang blickte sie aufs Meer hinaus. Ohne Pug anzusehen, fragte sie ihn dann: »Glaubst du, daß ich hübsch bin?«

Pug blieb schweigend stehen. Er wußte nicht, was er sagen sollte. Sie drehte sich um. »Nun?«

»Ja, Euer Hoheit.«

»Sehr schön?«

»Ja, Euer Hoheit. Sehr schön.«

Die Prinzessin schien einen Augenblick darüber nachzudenken. Dann wandte sie ihre Aufmerksamkeit wieder der unteren Aussicht zu. »Es ist wichtig für mich, schön zu sein, Bursche. Lady Marna sagt, daß ich die schönste Dame im ganzen Königreich sein muß, denn eines Tages muß ich einen mächtigen Ehemann finden, und nur die schönsten Damen im Königreich können wählen. Die Häßlichen müssen nehmen, wer immer um sie anhält. Sie sagt, daß ich viele Verehrer haben werde, weil mein Vater sehr wichtig ist.«

Sie drehte sich um, und einen kurzen Augenblick lang vermeinte Pug so etwas wie Angst in ihren reizenden Zügen erkennen zu können. »Hast du viele Freunde, Bursche?«

Pug zuckte mit den Schultern. »Ein paar, Euer Hoheit.«

Sie musterte ihn einen Augenblick, ehe sie sagte: »Das muß schön sein.« Dabei strich sie eine Haarsträhne aus dem Gesicht, die unter ihrem breitkrempigen Hut hervorgeschlüpft war.

Abrupt wechselte dann wieder ihre Laune. Ihr Ton war nicht mehr nachdenklich, sondern befehlend. »Wir werden jetzt essen.«

Pug band schnell die Pferde fest und löste den Korb vom Sattel. Er stellte ihn auf den Boden und öffnete ihn.

Carline trat neben ihn und erklärte: »Ich werde das Mahl

zubereiten, Bursche. Ich werde nicht zulassen, daß tolpatschige Hände Teller und Speisen umstoßen und Wein vergießen.« Pug trat einen Schritt zurück, als sie niederkniete und anfing, das mitgebrachte Essen auszupacken. Der Duft von Käse und Brot stieg ihm in die Nase, und das Wasser lief ihm im Mund zusammen.

Die Prinzessin blickte zu ihm auf. »Treibe die Pferde zum Strom jenseits des Hügels und tränke sie. Du kannst essen, wenn wir zurückreiten. Ich rufe dich, wenn ich gegessen habe.«

Pug unterdrückte ein Stöhnen, nahm die Zügel und machte sich auf den Weg. Wütend trat er nach ein paar losen Steinen, während er die Pferde davonführte. Er wußte, daß er das Mädchen nicht allein lassen sollte, aber andererseits konnte er ihren Anweisungen nicht gut widersprechen. Niemand war zu sehen, und so weit vom Wald entfernt war es unwahrscheinlich, daß es Ärger geben würde.

Er erreichte den Fluß und sattelte die Tiere ab. Sie knabberten am Gras, während er sich ein gemütliches Fleckchen aussuchte, wo er sich hinsetzte. Er dachte über die Situation nach und stellte fest, daß er verwirrt und erstaunt war. Carline war noch immer das hübscheste Mädchen, das er je gesehen hatte, aber ihre Art sorgte schnell dafür, daß der Glanz verschwand. Im Augenblick jedenfalls bereitete ihm sein Magen mehr Sorge als das Mädchen seiner Träume. Vielleicht war an diesem ganzen Gerede von Liebe doch mehr dran, als er gedacht hatte?

Er unterhielt sich eine Weile damit, über all das nachzudenken. Als es ihm langweilig wurde, suchte er im Wasser nach Steinen. Er hatte in letzter Zeit nicht viel Gelegenheit gehabt, mit der Schleuder zu üben, und jetzt war ein guter Moment dafür. Zwischen den kleinen Bäumen in der Ferne suchte er sich ein paar Ziele heraus und übte. Er traf mehrere bittere Beeren und verfehlte bei sechs Schüssen nur einmal sein Ziel. Zufrieden, daß sein Können noch so groß war wie eh und je, steckte er die Schleuder zurück in den Gürtel.

Er fand noch ein paar weitere Steine, die außerordentlich günstig aussahen, und stopfte sie in seinen Beutel. Er war der Meinung, daß das Mädchen inzwischen fast fertig sein müßte, und ging gerade auf die Pferde zu, um sie zu satteln, als ihn ein Schrei von der anderen Seite des Hügels erreichte. Er raste zur Kuppe hinauf und blieb oben entsetzt stehen. Es standen ihm die Haare in seinem Nacken und auf seinen Armen zu Berge.

Die Prinzessin rannte, dicht gefolgt von einem Paar Trollen. Für gewöhnlich wagten sich Trolle nicht so weit vom Wald fort, und Pug war nicht auf ihren Anblick vorbereitet. Sie sahen menschenähnlich aus, aber kurz und breit, mit langen, dicken Armen, die fast bis auf den Boden hingen. Sie rannten ebensooft auf allen vieren wie auf zwei Beinen, und sie sahen dann aus wie die komische Parodie von einem Affen. Ihre Körper waren von dichtem, grauem Fell bedeckt, und die zurückgeworfenen Lippen enthüllten lange Fänge. Die häßlichen Kreaturen wagten sich nur selten an eine Gruppe von Menschen heran, griffen aber von Zeit zu Zeit allein reisende Personen an.

Pug zögerte einen Augenblick, zog seine Schleuder aus dem Gürtel und legte einen Stein ein. Dann stürmte er den Hugel hinunter, wobei er die Schleuder über seinem Kopf wirbeln ließ. Die Kreaturen hatten die Prinzessin fast eingeholt, als er einen Stein losschoß. Er traf den ersten Troll seitlich am Kopf, und dieser vollführte daraufhin einen schönen Purzelbaum. Der zweite stolperte über ihn, und beide gingen erneut zu Boden. Pug blieb stehen, als sie wieder auf die Füße kamen. Ihre Aufmerksamkeit wanderte von Carline zu ihrem Angreifer. Sie brüllten Pug an. Dann stürmten sie los.

Pug rannte wieder den Hügel hinauf. Er wußte, wenn er die Pferde erreichen konnte, wäre er schneller als die Trolle. Dann könnte er einen Bogen um sie machen, das Mädchen holen und sich mit der Prinzessin in Sicherheit bringen. Er warf einen Blick über die Schulter und sah sie kommen. Sie hatten die riesigen

Hauer gebleckt und die langen Klauen schleiften über dem Boden.

Dann rannte er auf der anderen Seite des Hügels hinab. Sein Atem ging stoßweise. Sein Herz setzte einen Schlag aus, als er sah, daß die Pferde den Strom durchquert hatten und jetzt auf der anderen Seite grasten, zwanzig Meter weiter entfernt als zuvor. Als er den Hügel hinuntereilte, hoffte er, daß sich dieser Unterschied nicht als fatal erweisen würde.

Er konnte die Trolle hinter sich hören, als er mit voller Geschwindigkeit in den Fluß stürzte. Hier war es zwar seicht, aber dennoch hielt das Wasser ihn auf.

Er plantschte durch den Fluß. Plötzlich stolperte er über einen Stein und fiel. Er warf die Arme vor, stützte sich auf die Hände und hielt den Kopf über Wasser. Er versuchte, wieder auf die Füße zu kommen, stolperte erneut und drehte sich um, als die Trolle sich dem Rand des Wassers näherten. Beim Anblick ihres Quälgeistes, der im Wasser stolperte, heulten sie auf und blieben einen Moment stehen. Pug überfiel schreckliche Angst, als er mit tauben Fingern versuchte, einen Stein in seine Schleuder einzulegen. Er fummelte herum, ließ die Schleuder fallen – und das Wasser trug sie fort. Ein Schrei stieg ihm in die Kehle.

Als die Trolle das Wasser betraten, explodierte hinter Pugs Augen ein Blitz. Brennender Schmerz breitete sich auf seiner Stirn aus, als feurige Buchstaben vor seinem geistigen Auge auftauchten. Sie waren Pug von einer Schriftrolle her vertraut, die Kulgan ihm mehrere Male gezeigt hatte. Ohne nachzudenken, murmelte er den Zauberspruch. Jedes Wort verschwand vor seinem geistigen Auge, sobald er es ausgesprochen hatte.

Als er das letzte Wort gesagt hatte, hörte der Schmerz auf, und ein lautes Brüllen ertönte vor ihm. Er öffnete die Augen und sah die beiden Trolle, die sich im Wasser wanden. Ihre Augen weiteten sich vor Schmerz und Angst, als sie hilflos schreiend und stöhnend das Wasser traten.

Pug zog sich selbst aus dem Wasser und sah den Gestalten zu, während sie kämpften. Jetzt husteten und spuckten sie. Nach einer Weile schüttelte sich einer und blieb dann reglos mit dem Gesicht nach unten liegen. Der zweite brauchte ein paar Minuten länger zum Sterben. Aber wie sein Kamerad ertrank auch er, da er unfähig war, den Kopf über das seichte Wasser zu halten.

Pug fühlte sich wie betäubt und schwach, als er den Fluß erneut – diesmal in die andere Richtung – überquerte. Er konnte keinen klaren Gedanken fassen. Nach ein paar Schritten blieb er stehen, weil ihm die Pferde einfielen. Er schaute sich um, konnte die Tiere aber nirgendwo entdecken. Sie mußten davongelaufen sein, als sie die Trolle gerochen hatten.

Pug nahm seinen Rückweg zur Prinzessin wieder auf. Er erreichte erneut die Hügelkuppe und sah sich um. Sie war nirgendwo zu erblicken. Also richtete er seine Schritte zu dem umgestürzten Essenskorb. Er konnte nicht richtig denken, und er hatte großen Hunger. Er wußte, daß er sich irgend etwas einfallen lassen mußte oder irgend etwas tun sollte. Aber alles, was sich unter seinen bunten Gedanken abzeichnete, war »Essen«.

Er fiel auf die Knie, packte eine Käsekante und stopfte sie in den Mund. Eine halbvergossene Flasche Wein lag in der Nähe, und mit dem restlichen Inhalt spülte er den Käse hinunter. Der fette Käse und der herbe Weißwein belebten ihn. Er fühlte, wie sein Geist wieder klarer wurde. Er riß ein großes Stück Brot von einem Laib und kaute daran, während er versuchte, Ordnung in seine Gedanken zu bringen.

Als Pug all die Ereignisse überdachte, wurde ihm etwas ganz klar. Irgendwie war es ihm gelungen, einen Zauberfluch zu verhängen. Mehr noch, er hatte es ohne die Hilfe eines Buches, einer Schriftrolle oder eines sonstigen Gegenstandes getan. Er war sich nicht sicher, aber irgendwie kam ihm das merkwürdig vor. Seine Gedanken verwirrten sich erneut. Mehr als alles andere wünschte er sich, schlafen zu können. Aber während er weiter an seinem Essen kaute, drängte sich ihm ein anderer Gedanke auf und durchbrach die Fülle von Eindrücken. Die Prinzessin!

Er sprang auf die Füße, sein Kopf dröhnte. Er wartete, bis er sicher auf den Beinen war. Dann packte er etwas Brot und Wein und marschierte in die Richtung, in die sie gelaufen war, als er sie das letzte Mal gesehen hatte. Er zwang sich vorwärts. Seine Füße schlurften, als er versuchte zu gehen. Nach ein paar Minuten stellte er fest, daß er jetzt besser denken konnte, und auch seine Erschöpfung ließ nach. Er wollte gerade den Namen der Prinzessin rufen, als er erstickte Schluchzer aus einem Gebüsch dringen hörte. Er bahnte sich einen Weg hindurch und fand Carline hinter dem Gestrüpp kauern. Sie hatte die geballten Fäuste in ihren Magen gebohrt. Ihre Augen waren vor Entsetzen weit aufgerissen, und ihr Gewand war schmutzig und zerrissen. Als Pug auftauchte, bekam sie einen Schrecken, sprang auf und flog dann förmlich in seine Arme und barg ihren Kopf an seiner Brust. Laute Schluchzer schüttelten ihren Körper, als sie sich an sein Hemd klammerte. Mit leicht ausgestreckten Armen – in einer Hand das Brot, in der anderen den Wein – stand Pug da. Er war verwirrt und wußte nicht, was er tun sollte. Verlegen plazierte er einen Arm um das verängstigte Mädchen. »Ist schon gut. Sie sind alle fort. Ihr seid in Sicherheit.«

Noch einen Augenblick länger hing sie so an ihm. Dann, als ihre Tränen versiegten, trat sie zurück. Schnüffelnd erklärte sie: »Ich dachte schon, sie hätten dich umgebracht und würden jetzt zurückkommen, um mich zu holen.«

Pug fand diese Situation überraschender als alle anderen, die er bisher erlebt hatte. Gerade hatte er das schrecklichste Erlebnis seines jungen Lebens hinter sich gebracht, da machte er eine Erfahrung, die seinen Verstand auf andere Weise ebenso verwirrte. Ohne darüber nachzudenken, hatte er die Prinzessin in den Armen gehalten. Jetzt war er sich des Kontaktes plötzlich bewußt, und auch ihrer weichen, warmen Formen. Ein beschützendes, männliches Gefühl wallte in ihm auf, und er schickte sich an, auf sie zuzutreten.

Als spürte sie die Veränderung seiner Laune, zog sich Carline zurück. Trotz ihrer höfischen Art und Erziehung war sie doch immer noch ein fünfzehnjähriges Mädchen, und die Woge von Emotionen, die sie verspürt hatte, als er sie in den Armen hielt, machte ihr angst. Sie suchte Zuflucht bei dem, was sie am besten beherrschte: bei ihrer Rolle als Prinzessin. Sie versuchte, befehlsgewohnt zu klingen, als sie sagte: »Ich bin froh, daß du unverletzt bist, Bursche.« Pug zuckte sichtbar zusammen. Sie kämpfte, um ihre Haltung zurückzugewinnen, aber ihre rote Nase und das tränenverschmierte Gesicht vereitelten diesen Versuch. »Bring mein Pferd, und dann wollen wir in die Burg zurückkehren.«

Pug hatte das Gefühl, seine Nerven lägen bloß. Mit nur mühsam beherrschter Stimme erwiderte er: »Es tut mir leid, Eure Hoheit, aber die Pferde sind davongelaufen. Ich fürchte, wir werden zu Fuß gehen müssen.«

Carline fühlte sich verraten und mißhandelt. Es war nicht Pugs Schuld, daß die Ereignisse dieses Nachmittags stattgefunden hatten, aber sie ließ ihre bekannte Laune an dem Nächstbesten aus. »Zu Fuß! Ich kann doch nicht den ganzen Weg in die Burg zurück zu Fuß gehen!« Sie schaute Pug an, als müßte er auf der Stelle etwas dagegen unternehmen.

Pug fühlte, wie all die Wut, die Verwirrung, der Schmerz des Tages in ihm aufwallte. »Dann bleibt Ihr eben hier sitzen, verdammt noch mal, bis man Euch vermißt und jemanden schickt, um Euch zu holen.« Er schrie jetzt. »Ich schätze, das wird ungefähr zwei Stunden nach Sonnenuntergang der Fall sein.«

Carline trat mit aschgrauem Gesicht zurück. Sie sah ihn an, als hätte er sie geschlagen. Ihre Unterlippe zitterte, und sie schien wieder den Tränen nahe. »Ich dulde nicht, daß du so zu mir sprichst, Bursche.«

Pugs Augen wurden groß. Mit der Weinflasche wild gestikulierend, trat er auf sie zu. »Ich wäre fast umgebracht worden bei dem Versuch, Euch am Leben zu erhalten«, brüllte er. »Höre ich auch nur ein einziges Wort des Dankes? Nein! Alles, was ich kriege, ist eine geheulte Beschwerde, daß Ihr nicht zu Fuß zum Schloß zurückkehren könnt. Wir aus der Burg sind vielleicht niedrig geboren, aber wir haben wenigstens so viel Manieren, daß wir jemandem danken, wenn er es verdient.« Während er sprach, konnte er fühlen, wie sein Zorn nachließ. »Ihr könnt ja hierbleiben, wenn Ihr wollt, aber ich gehe...« Ihm wurde plötzlich bewußt, daß er mit über den Kopf erhobener Flasche in einer lächerlichen Pose dastand. Die Augen der Prinzessin ruhten auf dem Brotlaib. Er entdeckte, daß er ihn an seinen Gürtel hielt, den Daumen durch eine Schlaufe gesteckt, was nur noch zu seiner linkischen Erscheinung beitrug. Er stotterte einen Moment. Dann fühlte er, wie sein Zorn verrauchte und senkte die Flasche.

Die Prinzessin schaute ihn an. Ihre großen Augen spähten über ihre Fäuste hinweg, die sie vor ihr Gesicht hielt. Pug wollte etwas sagen, weil er dachte, daß sie Angst vor ihm hatte. Doch dann erkannte er, daß sie lachte. Es war ein musischer Ton, warm, herzlich und nicht ironisch. »Es tut mir leid, Pug«, sagte sie, »aber du siehst so albern aus, wie du so dastehst. Wie eine von diesen schrecklichen Statuen, die sie in Krondor aufstellen, bloß mit hoch erhobener Flasche anstelle eines Schwertes.«

Pug schüttelte den Kopf. »Ich bin es, dem es leid tut, Hoheit. Ich hatte nicht das Recht, so zu Euch zu sprechen. Bitte verzeiht mir.«

Ihr Ausdruck veränderte sich abrupt und wurde besorgt. »Nein, Pug. Du hattest alles Recht der Welt, zu sagen, was du gesagt hast. Ich verdanke dir wirklich mein Leben, und ich habe mich schrecklich benommen.« Sie trat näher zu ihm und legte eine Hand auf seinen Arm. »Danke.«

Pug war überwältigt von dem Anblick ihres Gesichtes. All seine Entschlüsse, seine jungenhaften Phantasien von der Prinzessin abzulegen, wurden nun von der Meeresbrise davongetragen. Die wunderbare Tatsache, daß er Magie angewandt hatte, wurde verdrängt von grundlegenderen Erwägungen. Er wollte nach ihr greifen, doch dann wurde ihm ihre Situation bewußt, und er bot ihr die Flasche an. »Wein?«

Sie lachte, denn sie spürte die plötzliche Wende in seinen Gedanken. Sie waren beide erschöpft und ein wenig benommen von ihrem Erlebnis, aber trotzdem verstand sie, welche Wirkung sie auf ihn ausübte. Mit einem Nicken nahm sie die Flasche entgegen und nippte daran. Pug gewann einen Teil seiner Haltung zurück und erklärte: »Wir beeilen uns wohl besser. Dann erreichen wir die Burg vielleicht noch vor Einbruch der Dunkelheit.«

Sie nickte. Ihr Blick ruhte auf ihm, und sie lächelte. Pug fühlte sich unter ihrem Blick nicht wohl und wandte sich dem Weg zu, der zur Burg führte. »Also dann. Machen wir uns auf.«

Sie ging neben ihm her. Nach einer Weile fragte sie: »Darf ich auch etwas Brot haben, Pug?«

Pug hatte die Entfernung zwischen den Klippen und der Burg schon viele Male zuvor rennend zurückgelegt. Die Prinzessin aber war nicht daran gewöhnt, solche Entfernungen zu Fuß zu bewältigen, und ihre weichen Reitstiefel waren für ein solches Unternehmen kaum geeignet. Als sie in Sichtweite der Burg kamen, hatte sie einen Arm über Pugs Schulter gelegt und hinkte stark.

Ein Ruf ertönte aus dem Wachturm, und Wachen kamen auf sie zugelaufen. Ihnen folgte Lady Marna, die Gouvernante des Mädchens. Sie hatte ihr rotes Kleid vor sich gerafft, als sie zur Prinzessin eilte. Obwohl sie doppelt so dick war wie die Hofdamen und ein paar der Wachen, ließ sie sie alle weit hinter sich. Sie brauste heran wie eine wilde Bärin, deren Junges angegriffen wird. Ihr großer Busen hob und senkte sich vor Anstrengung, als sie das zierliche Mädchen erreichte und sie in einer Umarmung an sich preßte, die Carline vollkommen zu verschlucken drohte. Gleich darauf waren die Hofdamen um die Prinzessin versammelt und gackerten wie eine ganze Schar von Hühnern. Ehe sich die Aufregung gelegt hatte, fiel Lady Marna über Pug her. »Wie kannst du es wagen, die Prinzessin in einen solchen Zustand kommen zu lassen! Da hinkt sie herbei, ihr schönes Kleid ist schmutzig und zerrissen. Ich werde dafür sorgen, daß du von einem Ende der Burg bis hin zum anderen geprügelt wirst! Noch ehe ich mit dir fertig bin, wirst du dir wünschen, niemals das Licht dieses Tages erblickt zu haben!« Pug wich vor diesem Angriff zurück; Verwirrung überwältigte ihn; er war unfähig, ein Wort einzuwerfen. In dem Gefühl, daß Pug irgendwie für die Verfassung der Prinzessin verantwortlich war, trat eine der Wachen herbei und packte ihn am Arm.

»Laßt ihn in Ruhe!«

Schweigen senkte sich über die Gruppe, als Carline sich zwischen ihre Gouvernante und Pug drängte. Kleine Fäuste trafen die Wache, als der Mann Pug losließ und mit einem erstaunten Gesicht zurücktrat. »Er hat mir das Leben gerettet! Dabei wäre er fast selber umgebracht worden.« Tränen liefen über ihr Gesicht. »Er hat nichts Unrechtes getan. Und ich werde nicht zulassen, daß einer von euch ihn drangsaliert.«

Die Menge drängte sich um sie und betrachtete Pug mit neuem Respekt. Von allen Seiten erklangen gedämpfte Stimmen, und eine der Wachen lief, um die Neuigkeiten im Schloß zu verkünden. Wieder legte die Prinzessin einen Arm um Pugs Schulter und ging weiter aufs Tor zu. Die Menge teilte sich, und die beiden müden Reisenden konnten sehen, wie Fackeln und Laternen an der Burgmauer angezündet wurden.

Als sie das Hoftor erreichten, hatte die Prinzessin eingewilligt, sich von zwei ihrer Damen helfen zu lassen – sehr zu Pugs Erleichterung. Er konnte kaum glauben, daß ein so schlankes Mädchen eine so schwere Last werden konnte. Der Herzog eilte zu ihr hinaus, da man ihm von Carlines Rückkehr berichtet hatte. Er umarmte seine Tochter und fing dann an, mit ihr zu sprechen. Pug verlor sie aus den Augen, als sich neugierige, fragende Zuschauer um ihn drängten. Er versuchte, sich seinen Weg zum Turm des Magiers zu bahnen, aber die Menge hielt ihn zurück.

»Gibt es keine Arbeit zu tun?« brüllte eine Stimme.

Die Köpfe fuhren herum. Man erblickte Schwertmeister Fannon, dicht gefolgt von Tomas. Das gesamte Burgvolk zog sich hastig zurück und ließ Pug allein vor Fannon, Tomas und denjenigen aus dem herzoglichen Hofstaat stehen, deren Rang es ihnen erlaubte, Fannons Bemerkung zu ignorieren. Pug konnte die Prinzessin mit ihrem Vater, Lyam, Arutha und Junker Roland reden sehen. Fannon sagte: »Was ist passiert, Junge?«

Pug versuchte zu sprechen, brach aber ab, als er sah, daß der Herzog und seine Söhne sich näherten. Kulgan eilte hinter dem Herzog her, alarmiert vom allgemeinen Tumult im Hofe.

Alle verbeugten sich vor dem Herzog, als er näher kam. Pug sah Carline, die sich von Rolands Tröstungen losriß und ihrem Vater folgte. Schließlich stand sie neben Pug. Lady Marna warf einen entrüsteten Blick gen Himmel, und Roland folgte dem Mädchen. Überraschung stand deutlich auf seinem Gesicht geschrieben. Als die Prinzessin Pugs Hand nahm, wandelte sich Rolands Ausdruck zu schlecht verhehlter Eifersucht.

Der Herzog erklärte: »Meine Tochter hat ein paar bemerkenswerte Dinge von dir erzählt, mein Junge. Ich würde jetzt gern deinen Bericht hören.«

Pug war plötzlich verlegen und zog vorsichtig seine Hand aus Carlines zurück. Er erzählte von den Vorkommnissen des Tages, und Carline fügte begeistert noch ein paar Ausschmückungen hinzu. Von beiden erhielt der Herzog einen genauen Bericht der Ereignisse. Als Pug endete, fragte Lord Borric: »Wie kommt es, daß die Trolle im Fluß ertrunken sind, Pug?«

Pug sah betreten drein. »Ich habe sie verzaubert, und sie waren nicht in der Lage, das Ufer zu erreichen«, antwortete er leise. Er war noch immer ganz verwirrt von seiner Tat und hatte noch nicht viel darüber nachgedacht, da die Prinzessin alle anderen Gedanken verdrängt hatte. Er konnte sehen, wie sich Überraschung auf Kulgans Gesicht ausbreitete. Pug setzte an, etwas zu sagen, wurde aber durch eine Bemerkung des Herzogs unterbrochen.

»Pug, ich kann dir den Dienst nicht vergelten, den du meiner Familie geleistet hast. Aber ich werde eine angemessene Belohnung für deinen Mut finden.« Enthusiastisch warf Carline ihre Arme um Pugs Hals und drückte ihn an sich. Pug ließ das verlegen über sich ergehen. Dabei schaute er um sich, so als wollte er den anderen klarmachen, daß diese Vertraulichkeit nicht von ihm ausging.

Lady Marna sah aus, als wolle sie gleich ohnmächtig werden. Der Herzog hüstelte spitz und bedeutete seiner Tochter mit dem Kopf, sich zurückzuziehen. Als sie sich mit Lady Marna entfernte, zeigten Kulgan und Fannon, ebenso wie Lyam und Arutha ihre Belustigung. Roland warf Pug einen wütenden, neidischen Blick zu. Dann wandte er sich ab und strebte seiner eigenen Unterkunft zu.

Lord Borric wandte sich an Kulgan. »Bringt diesen Knaben in sein Zimmer. Er sieht erschöpft aus. Ich werde befehlen, daß man ihm Speisen bringt. Sorgt dafür, daß er nach dem Morgenmahl in die große Halle kommt.« Er wandte sich an Pug. »Noch einmal: hab Dank.« Er bedeutete seinen Söhnen, ihm zu folgen, und ging davon. Fannon packte Tomas am Ellbogen, denn der blonde Junge hatte angefangen, mit seinem Freund zu sprechen. Der alte Schwertmeister befahl ihm mit einer Kopfbewegung, daß er mit ihm kommen und Pug in Ruhe lassen sollte. Tomas nickte, obwohl ihm tausend Fragen auf der Zunge brannten.

Nachdem alle gegangen waren, legte Kulgan einen Arm um die

Schultern des Jungen. »Komm, Pug. Du bist müde, und es gibt noch vieles zu besprechen.«

Pug lag auf seinem Strohsack und hatte die Überreste seines Mahles auf einem Teller neben sich. Er konnte sich nicht erinnern, jemals so müde gewesen zu sein.

Kulgan schritt im Raum auf und ab. »Das ist absolut unglaublich.« Er wedelte mit einer Hand in der Luft. Seine rote Robe wellte sich um seine Gestalt wie Wasser, das über einen Felsbrocken fließt. »Du schließt die Augen, und das Bild einer Schriftrolle, die du Wochen zuvor gesehen hast, taucht auf. Du intonierst den Zauberspruch, als würdest du die Schriftrolle in Händen halten, und die Trolle fallen. Absolut unglaublich.« Er hockte sich auf den Stuhl neben dem Fenster und fuhr fort: »Pug, nichts dergleichen ist jemals zuvor getan worden. Weißt du eigentlich, was du getan hast?«

Pug fuhr aus seinem warmen, dösenden Zustand empor und schaute den Magier an. »Nur, was ich gesagt habe, Kulgan.«

»Ja, aber hast du eine Ahnung, was das bedeutet?«

»Nein.«

»Ich auch nicht.« Der Magier schien innerlich zusammenzubrechen, als seine Aufregung verging. Zurück blieb vollkommene Ungewißheit. »Ich habe nicht die leiseste Ahnung, was das alles bedeutet. Magier werfen nicht einfach mit Zaubersprüchen um sich, nur so aus dem Kopf. Geistliche können das, aber sie verfügen über eine andere Art von Magie. Erinnerst du dich, was ich dir von Einstellungen erzählt habe, Pug?«

Pug zuckte zusammen. Er war nicht in der Stimmung, eine Lektion zu wiederholen, zwang sich aber, sich aufzusetzen. »Jeder, der Zauberei anwendet, muß etwas haben, um diese Macht einzusetzen. Die Priester haben dafür ihr Gebet. Ihre Zaubersprüche sind eine Art von Gebet. Magier nutzen ihren Körper oder Bücher oder Schriftrollen.«

»Korrekt. Aber du hast dieses Gesetz soeben durchbrochen.« Kulgan zog seine lange Pfeife hervor und stopfte geistesabwesend Tabak hinein. »Der Fluch, den du angewandt hast, wurde entwickelt, um großen Schmerz auf einen anderen zu bringen. Aber er kann nur verhängt werden, indem man ihn von der Schriftrolle abliest, auf die er geschrieben wurde. Es kann eine schreckliche Waffe werden. Und bis zum heutigen Tage hätte ich geschworen, daß niemand diesen Fluch hätte anwenden können, der nicht die Schriftrolle in Händen hielt.«

Kulgan stützte sich aufs Fensterbrett und paffte einen Moment an seiner Pfeife, dann starrte er ins All hinaus. »Es ist, als hättest du eine völlig neue Form der Magie entdeckt«, murmelte er leise.

Da er keine Antwort erhielt, schaute Kulgan auf den Jungen herab, der schon tief schlief. Verwundert den Kopf schüttelnd, zog der Magier eine Decke über den erschöpften Knaben. Er löschte die Laterne, die an der Wand hing, und ging hinaus. Als er die Treppe zu seinem eigenen Gemach hinaufschritt, schüttelte er den Kopf. »Absolut unglaublich.«

Pug wartete, während der Herzog in der großen Halle hofhielt. Jedermann aus Stadt und Burg, dem es gelungen war, Zutritt zu bekommen, war anwesend: reich gekleidete Handwerksleute, Händler und unbedeutende Adlige. Sie standen da und starrten den Jungen an. In ihren Gesichtern spiegelten sich die verschiedensten Empfindungen, von Erstaunen bis zur Ungläubigkeit. Das Gerücht seiner Tat hatte sich in der Stadt herumgesprochen, und sie war beim Erzählen immer enormer geworden.

Pug trug neue Kleider, die in seinem Raum gelegen hatten, als er erwachte. In seiner neuen Pracht fühlte er sich verlegen. Die Tunika war eine strahlendgelbe Angelegenheit aus teuerster Seide, und die Hose war pastellblau. Pug versuchte, seine Zehen in den neuen Stiefeln zu bewegen, den ersten, die er je getragen hatte. Das Gehen darin war ihm merkwürdig und unbequem erschienen. An seiner Seite hing ein juwelenbesetzter Dolch an einem schwarzen Ledergürtel mit goldener Schließe in der Form einer Möwe im Flug. Pug vermutete, daß die Kleider einst einem der Söhne des Herzogs gehört hatten, der sie beiseite legte, als er herausgewachsen war. Aber sie waren immer noch wie neu und wunderschön.

Der Herzog beendete seine morgendliche Arbeit: Einer der Schiffsbauer bat um Wachen, die eine Holzexpedition in den großen Wald begleiten sollten. Borric war wie gewöhnlich ganz schwarz gekleidet, aber seine Söhne und seine Tochter trugen ihre schönsten Gewänder. Lyam lauschte angespannt auf die Geschäfte, die seinem Vater vorgetragen wurden. Roland stand hinter ihm, wie es Sitte war. Arutha war selten guter Laune und lachte hinter vorgehaltener Hand über irgendeine Bemerkung, die Pater Tully gemacht hatte. Carline saß still da. Ein herzliches Lächeln spielte um ihren Mund, als sie Pug offen ansah – was sein Unbehagen nur noch förderte, ebenso wie Rolands Wut.

Der Herzog genehmigte die Wachen, und der Handwerker verbeugte sich und kehrte zur Menge zurück. So blieb Pug allein vor dem Herzog stehen. Der Junge trat vor, wie Kulgan es ihm aufgetragen hatte, und verbeugte sich vor dem Herrn von Crydee anständig, wenngleich auch ein wenig steif.

Borric lächelte den Jungen an und machte Pater Tully ein Zeichen. Der Priester zog ein Dokument aus dem Ärmel seiner voluminösen Robe und händigte es einem Herold aus. Dieser trat vor und wickelte die Schriftrolle auf.

Mit lauter Stimme trug er dann vor: »An alle Einwohner unserer Domäne: In Anbetracht dessen, daß der Knabe Pug, aus der Burg Crydee, beispielhaften Mut bewiesen hat, indem er Leib und Leben riskiert hat, um die königliche Person der Prinzessin Carline zu retten, und unter Berücksichtigung der Tatsache, daß wir glauben, für immer in der Schuld des Knaben Pug aus Crydee zu stehen, ist es mein Wunsch, daß er allen in meinem Reiche als unser geliebter und treuer Diener bekannt ist. Weiter wünschen wir, ihm einen Platz am Hofe Crydee zu geben. Er erhält den Titel eines Junkers, mit allen Rechten und Privilegien, die sich daraus ergeben.

Weiterhin verkünde ich hiermit, daß er den Anspruch auf die Ländereien von Waldtiefe erhält, mit Dienern und allem, was sich darauf befindet. Bis zum Tage seiner Volljährigkeit wird dieser Landsitz von der Krone verwaltet. Aufgesetzt an eben diesem Tage durch meine Hand und mein Siegel, Borric conDoin, dritter Herzog von Crydee, Prinz des Königreichs, Herr über Crydee, Carse und Tulan, Gouverneur des Westens, Generalritter der Königlichen Armee, mutmaßlicher Erbe des Thrones von Rillanon.«

Pug fühlte, wie seine Knie unter ihm nachgeben wollten, riß sich aber zusammen, ehe er fallen konnte. Im Saal brach Jubel los. Menschen drängten sich um ihn, gratulierten ihm, schlugen ihm auf den Rücken. Er war ein Junker und Landbesitzer! Mit Freisassen, einem Haus und Viehbestand. Er war reich. Oder würde es wenigstens in drei Jahren sein, wenn er volljährig wurde. Mit fünfzehn Jahren galt er zwar bereits als Mann des Königreiches, Länder und Titel jedoch konnten ihm erst im Alter von achtzehn Jahren übertragen werden.

Die Menge zog sich zurück, als der Herzog näher trat, seine Familie und Roland hinter sich. Beide Prinzen lächelten Pug zu, und die Prinzessin schien förmlich zu glühen. Roland warf Pug ein trauriges Lächeln zu, als könnte er es noch nicht so recht glauben.

»Ich fühle mich sehr geehrt, Euer Gnaden«, stammelte Pug. »Ich weiß nicht, was ich sagen soll.«

»Dann sag nichts, Pug. Das läßt dich weise erscheinen, wenn alle anderen plappern. Komm, wir wollen uns unterhalten.«

Der Herzog gab Anweisung, daß ein Sessel neben seinen eigenen gestellt werden sollte. Dann legte er einen Arm um den Jungen und ging mit ihm durch die Menge. Er setzte sich und erklärte: »Ihr mögt uns jetzt alle verlassen. Ich möchte mit dem Junker reden.« Die Menge murmelte enttäuscht, strömte aber aus der Halle. »Außer euch beiden«, fügte der Herzog hinzu und deutete auf Kulgan und Tully.

Carline stand neben dem Sessel ihres Vaters und hatte den zögernden Roland neben sich. »Auch du, mein Kind«, erklärte der Herzog.

Carline wollte protestieren, aber ihr Vater unterbrach sie streng. »Du kannst ihn später noch plagen, Carline.«

Die beiden Prinzen standen neben der Tür, offensichtlich belustigt über ihren Zorn. Roland versuchte, der Prinzessin den Arm zu bieten, aber sie riß sich los und rauschte an ihren kichernden Brüdern vorbei. Lyam schlug Roland auf die Schulter, als der verlegene Junker zu ihnen trat.

Als die Türen zufielen und die Halle leer war, meinte der Herzog: »Pug, ich habe noch ein zusätzliches Geschenk für dich, aber zuerst möchte ich dir etwas erklären.

Meine Familie zählt zu den ältesten des Königreiches. Ich selbst stamme von einem König ab, denn mein Großvater, der erste Herzog von Crydee, war der dritte Sohn des Königs. Da wir von königlichem Geblüt sind, sorgen wir uns sehr um Pflicht und Ehre. Du bist jetzt sowohl Mitglied meines Hofes als auch Lehrling bei Kulgan. In Angelegenheiten der Pflicht bist du ihm verantwortlich, in denen der Ehre mir. Dieser Saal ist erfüllt von den Trophäen und Bannern unserer Triumphe. Ob wir der Düsteren Bruderschaft in ihrem endlosen Bemühen, uns zu zerstören, Widerstand geboten oder Piraten abgewehrt haben – immer haben wir tapfer gekämpft. Wir sind Träger eines stolzen Erbes, das niemals in seiner Ehre befleckt wurde. Kein Mitglied unseres Hofes hat je Schande über diese Halle gebracht, und ich erwarte dasselbe auch von dir.«

Pug nickte. Geschichten von Ruhm und Ehre, an die er sich

aus seiner Kindheit erinnerte, wirbelten noch durch seinen Kopf. Der Herzog lächelte. »Jetzt zu deiner anderen Gabe. Pater Tully hat ein Dokument, das aufzusetzen ich ihn gestern abend gebeten habe. Ich werde ihn bitten, es zu behalten, bis zu der Zeit, wenn er es für geboten hält, es dir zu übergeben. Ich werde nichts weiter zu diesem Thema sagen. Nur so viel noch: Ich hoffe, wenn er es dir übergibt, wirst du dich an den heutigen Tag erinnern und wirst lange über das nachdenken, was darin steht.«

»Das werde ich, Euer Gnaden.« Pug war sicher, daß der Herzog etwas sehr Wichtiges sagte, aber nach all den Ereignissen der vergangenen halben Stunde nahm er es kaum mehr auf.

»Ich erwarte dich zum Abendessen, Pug. Als Mitglied des Hofes wirst du nicht mehr in der Küche essen.« Der Herzog lächelte ihm zu. »Wir werden einen jungen Herrn aus dir machen, mein Junge. Und wenn du eines Tages in die königliche Stadt nach Rillanon reist, wird niemand die Manieren derjenigen kritisieren, die vom Hofe Crydee kommen.«

Wrack

Die Brise war kühl.

Die letzten Tage des Sommers waren vergangen, und bald würden die Regen des Herbstes niedergehen und ein paar Wochen später die ersten Schneefälle des Winters folgen.

Pug saß in seinem Zimmer und studierte ein Buch mit alten Übungen, die dazu gedacht waren, den Geist auf das Verhängen eines Zauberspruches vorzubereiten. Nachdem die Aufregung über seine Erhebung an den Hof des Herzogs sich gelegt hatte, war er zu seinem alten Leben zurückgekehrt.

Sein wunderbarer Kampf mit den Trollen war immer noch Gegenstand so mancher Spekulation von Kulgan und Pater Tully. Pug stellte fest, daß er viele der Dinge, die von einem Lehrling erwartet wurden, immer noch nicht zu tun vermochte. Aber andere Kunststücke gelangen ihm dafür. Manche Schriftrollen waren jetzt leichter zu benutzen, und einmal – heimlich – hatte er versucht, seine Glanzleistung zu wiederholen.

Er hatte sich an einen Zauberspruch aus einem Buch erinnert. Dieser war dafür vorgesehen, Gegenstände durch die Luft schweben zu lassen. Er hatte die vertrauten Blockierungen in seinem Geist gespürt, als er versuchte, den Spruch aus der Erinnerung aufzusagen. Er konnte den Gegenstand, einen Kerzenhalter, nicht bewegen, aber er hatte ein paar Sekunden lang gezittert, und er hatte kurzfristig das Gefühl, den Halter mit einem Teil seines Geistes erfaßt zu haben. Zufrieden, weil eine Art von Fortschritt erzielt worden war, verbesserte sich seine düstere Stimmung, und er ging mit neuem Eifer an seine Studien heran.

Kulgan überließ ihn sich selbst. Sie hatten lange über die Natur der Magie diskutiert, aber meistens arbeitete Pug allein.

Jemand rief aus dem Hof herauf. Pug trat ans Fenster und beugte sich hinaus, als er eine vertraute Gestalt erkannte, und schrie: »He, Tomas! Was ist los?«

Tomas sah empor. »Hallo, Pug! Ein Schiff ist in der Nacht aufgelaufen. Das Wrack liegt unterhalb von Seglers Gram. Komm und sieh es dir an.«

»Bin schon unterwegs.«

Pug rannte zur Tür und warf sich seinen Umhang über, denn sicher würde es kalt sein am Wasser, obwohl es ein klarer Tag war. Er raste die Treppe hinunter, durch die Küche hindurch und zu der Ecke, an der Tomas wartete. Tomas wandte sich dem Tor zu, sobald er seinen Freund sah.

Pug packte seinen Arm. »Warte. Hat man es schon irgend jemandem vom Hof erzählt?«

»Ich weiß es nicht. Die Nachricht kam erst vor wenigen Augenblicken aus dem Fischerdorf«, antwortete Tomas ungeduldig. »Komm schon, sonst säubern die Dorfbewohner das Wrack.« Es war so üblich, daß alles davongetragen werden durfte, bis irgendein Mitglied des herzoglichen Hofes erschien. So kam es, daß die Dorf- und Stadtbewohner es alles andere als eilig hatten, die Behörden von solchen Vorkommnissen zu informieren.

»O nein«, sagte Pug. »Wenn es da unten Ärger gibt, und der Herzog findet heraus, daß ich es ihm nicht erzählt habe, bekomme ich Ärger.«

»Hör mal, Pug. Glaubst du, es wird lange dauern, bis der Herzog davon erfährt? Wo all die Leute hier herumlaufen?« Tomas fuhr sich mit der Hand durchs Haar. »Wahrscheinlich ist schon in diesem Augenblick jemand in der großen Halle und erzählt es ihm. Meister Fannon ist auf Patrouille, und Kulgan wird auch erst in einiger Zeit wiederkommen.« Kulgan wurde später am Tag erwartet. Er hatte mit Meecham die vergangene Woche in seiner Hütte im Wald verbracht. »Das ist vielleicht unsere einzige Chance, das Wrack zu sehen.« Plötzlich strahlte er. »Pug, ich hab's! Du bist doch jetzt ein Mitglied des Hofes. Komm schon, und wenn wir ankommen, beschlagnahmen wir es für den Herzog.«

Pug war begeistert davon, sein neues Amt einzusetzen. Wenn er dorthin gelangen konnte, ehe zu viel fortgeschleppt worden war, würde der Herzog zufrieden mit ihm sein. »Also gut. Ich sattle ein Pferd, und wir können hinunterreiten, ehe alles gestohlen ist.« Pug drehte sich um und rannte zu den Ställen. Tomas holte ihn ein, als er die großen, hölzernen Türen erreichte. »Aber Pug, ich habe noch nie auf einem Pferd gesessen. Ich weiß nicht, wie das geht.«

»Ist ganz einfach«, erwiderte Pug und holte Zaumzeug und Sattel aus der Sattelkammer. Er erspähte den großen Grauen, den er an dem Tag geritten hatte, als er und die Prinzessin ihr Abenteuer erlebten. »Ich reite, und du sitzt hinter mir. Leg einfach die Arme um meine Taille, dann fällst du schon nicht runter.«

Tomas sah ihn zweifelnd an. »Ich soll von dir abhängig sein?« Er schüttelte den Kopf. »Wer hat sich denn die ganzen Jahre um dich gekümmert?«

Pug lächelte boshaft. »Deine Mutter. Jetzt hol ein Schwert, falls es Ärger geben sollte. Vielleicht kannst du schon den Soldaten spielen.«

Bei dieser Aussicht wirkte Tomas erfreut. Er lief aus der Tür. Ein paar Minuten später trottete der große Graue mit den beiden Knaben auf dem Rücken durch das Haupttor hinaus, die Straße hinab in Richtung Seglers Gram.

Die Wellen brandeten an den Strand, als die Jungen in die Sichtweite des Wracks kamen. Nur ein paar Dorfbewohner näherten sich der Stelle, aber sie verschwanden sofort, als sie Pferd und Reiter erblickten. Es konnte sich dabei nur um einen Adligen vom Hofe handeln, der das Wrack als Bergungsgut für den Herzog beschlagnahmen wollte. Als Pug das Pferd schließlich zügelte, war niemand mehr zu sehen.

Die Knaben stiegen ab und ließen das Pferd auf einem kleinen Grasflecken, nur fünfzig Meter entfernt von den Klippen, zurück. Die Jungen lachten, als sie durch den Sand stürmten. Tomas hielt das Schwert hoch erhoben und stieß laute Kriegsschreie aus, die er aus den alten Sagen gelernt hatte. Nicht, daß er sich eingebildet hätte, damit umgehen zu können, aber vielleicht würde auf diese Weise irgend jemand zweimal nachdenken, ehe er sie angreifen würde – und das würde vielleicht bis zum Eintreffen der Schloßwache genügen.

Als sie sich dem Wrack näherten, stieß Tomas einen leisen Pfiff aus. »Dieses Schiff ist nicht bloß einfach auf die Felsen aufgelaufen, Pug. Es sieht aus, als hätte ein Sturm es hierher getrieben.«

»Jedenfalls ist nicht mehr viel davon übrig, was?«

Tomas kratzte sich am Ohr. »Nee, bloß ein Teil vom Bug. Ich versteh' das nicht. Gestern nacht war doch kein Sturm, bloß ein starker Wind. Wie kann das Schiff da so arg mitgenommen sein?«

»Ich weiß nicht.« Plötzlich fiel Pug etwas auf. »Sieh dir den Bug an. Wie der bemalt ist.«

Der Bug ruhte auf den Felsen, wo er festgehalten würde, bis das Wasser stieg. Vom Deck an abwärts war der ganze Rumpf leuchtendgrün gestrichen und glänzte im Sonnenlicht. Statt einer Galionsfigur waren verschnörkelte Muster in leuchtendem Gelb angebracht worden. Sie reichten bis hinab zur Wasserlinie, die in stumpfem Schwarz gezeichnet war. Ein großes blau-weißes Auge war kurz hinter dem Bug aufgemalt worden, und alles, was sie von der Reling sehen konnten, erstrahlte in Weiß.

Pug griff nach Tomas' Arm. »Sieh mal!« Er deutete auf das Wasser hinter dem Bug. Tomas konnte einen zerschmetterten weißen Mast erkennen, der ein paar Fuß aus der Brandung ragte.

Tomas trat einen Schritt näher. »Eines ist mal sicher: Ein Schiff des Königreiches ist das nicht.«

»Ich glaube nicht, daß ein Schiff wie dieses jemals durch diese Gewässer gezogen ist. Schauen wir uns einmal um.«

Tomas schien plötzlich eingeschüchtert. »Vorsichtig, Pug. Irgend etwas hier ist merkwürdig, und ich habe kein gutes Gefühl. Da könnte noch immer jemand sein.«

Beide Knaben schauten sich eine Minute lang um, ehe Pug sagte: »Ich glaube es nicht. Was auch immer diesen Mast gebrochen und das Schiff mit solcher Wucht an Land getrieben hat, daß es so schlimm zugerichtet wurde, muß auch jeden getötet haben, der versucht hat, es hereinzusteuern.«

Als sie sich noch näher heranwagten, fanden die Jungen kleine Gegenstände, die umherlagen. Die Wellen hatten sie zwischen die Felsen getrieben. Sie entdeckten gebrochene Bretter, Stücke von rotem Segeltuch und Tauenden.

Tomas versuchte, sich zur Reling hochzuziehen, konnte aber auf den schlüpfrigen Felsen keinen Halt finden. Er deutete hinter Pug. »Wenn wir auf diese Kante hinaufklettern, können wir uns auf Deck hinablassen.«

Pug sah, was er meinte: einen Felsen, der zwanzig Schritt links von ihnen begann, sich aufwärts reckte und dann nach vorne, so daß er über den Bug hing. Er schien leicht zu erklimmen, und Pug stimmte zu. Sie zogen sich hinauf und schoben sich bäuchlings das Sims entlang. Der Pfad war schmal, aber so gingen sie kaum das Risiko ein, zu fallen. Als sie einen Punkt oberhalb des Rumpfes erreichten, rief Tomas: »Sieh nur! Körper!«

An Deck lagen zwei Männer. Beide trugen hellblaue Rüstungen von einer ihnen unbekannten Art. Ein fallender Sparren hatte dem einen den Kopf zerschmettert, aber der andere wies keinerlei Verletzungen auf. Er lag einfach reglos auf dem Gesicht da. Über den Rücken dieses Mannes war ein fremdartig aussehendes Großschwert mit merkwürdig gezackten Rändern geschnallt. Seinen Kopf bedeckte ein blauer Helm, topfartig, mit einer vorstehenden Kante an den Seiten und im Nacken.

Tomas rief über den Lärm der Brandung hinweg: »Ich lasse mich hinunter. Wenn ich an Deck bin, reichst du mir das Schwert, und dann läßt du dich selbst hinab, so daß ich dich pakken kann.«

Tomas reichte Pug sein Schwert und drehte sich dann langsam um. Er kniete jetzt mit dem Gesicht zum Felsen. Langsam ließ er sich rückwärts hinabgleiten, bis er fast frei in der Luft hing. Dann stieß er sich ab und ließ sich die restlichen anderthalb Meter fallen. Sicher landete er auf den Füßen. Pug drehte das Schwert um und reichte es Tomas hinab. Dann folgte er dem Beispiel seines Freundes, und einen Augenblick später standen sie beide an Deck. Das Vordeck neigte sich gefährlich dem Wasser zu, und sie konnten fühlen, wie sich das Schiff unter ihren Füßen bewegte.

»Das Wasser steigt«, brüllte Tomas. »Es wird das, was vom Schiff noch übrig ist, hochheben und auf die Felsen schmettern. Alles wird verlorengehen.«

»Sieh dich um«, rief Pug zurück. »Alles, was so aussieht, als wäre es wert, gerettet zu werden, können wir versuchen, auf das Sims zu werfen.«

Tomas nickte, und die Jungen fingen mit ihrer Suche auf Deck an. Pug legte so viel Raum wie möglich zwischen sich und die Leichen, als er an ihnen vorbeiging. Überall an Deck lagen Trümmer herum, und es war schwer zu entscheiden, was wertvoll war und was nicht. Hinten an Deck befand sich ein zerschmettertes Geländer, zu beiden Seiten einer Leiter, die zum Rest des ehemaligen Hauptdecks hinaufführte. Ungefähr anderthalb Meter Planken davon ragten aus dem Wasser. Pug war sicher, daß kaum noch mehr unter dem Wasser sein könnte, denn sonst würde das Schiff höher auf den Felsen liegen. Das Heck des Schiffes mußte bereits von der Flut fortgetragen worden sein.

Pug legte sich bäuchlings an Deck und lugte über den Rand. Rechts von der Leiter entdeckte er eine Tür. Er rief Tomas zu, ihm zu folgen, und stieg dann vorsichtig die Leiter hinab. Das untere Deck hing durch, und er mußte sich am Griff der Leiter festhalten. Einen Moment später stand Tomas neben ihm.

»Was glaubst du eigentlich, wohin du gehst?« brüllte der Junge.

»Hinein. Wenn es überhaupt etwas zu finden gibt, dann höchstwahrscheinlich da drinnen.«

»Nun, ich werde dich nicht allein gehen lassen. Wer weiß, was dir dann wieder passiert.« Tomas' Tapferkeit wurde von einem nervösen Lächeln Lügen gestraft. Trotzdem trat er an Pug vorbei und öffnete die Tür. Dann quetschte er sich durch den Spalt, dicht gefolgt von Pug.

In der Kabine war es dunkel, denn es gab nur ein einzelnes Bullauge neben der Tür. Im Dämmerlicht konnten sie viele Stücke kostbaren Stoffes sehen und außerdem die zerschmetterten Überreste eines Tisches. Etwas, das wie eine Pritsche oder ein niedriges Bett aussah, lag umgestürzt in einer Ecke. Es gab ein paar kleine Kommoden, deren Inhalt im Raum verstreut lag, wie von einer Gigantenhand herumgeworfen.

Tomas versuchte, das Durcheinander zu durchsuchen, aber nichts war als wichtig oder wertvoll zu erkennen. Er fand eine kleine Schüssel von ungewöhnlicher Art, mit farbenprächtigen Gestalten an den Seiten. Er stopfte sie in seine Tunika.

Pug stand ganz still, denn etwas in der Kabine hielt seine Aufmerksamkeit gefangen. Ein merkwürdiges, drängendes Gefühl hatte von ihm Besitz ergriffen, sobald er eingetreten war.

Das Wrack bebte, und Tomas verlor das Gleichgewicht. Er hielt sich an einer Kommode fest und verlor sein Schwert. »Das Schiff wird gehoben. Wir gehen besser.«

Pug antwortete nicht. Er richtete seine ganze Aufmerksamkeit auf seine merkwürdigen Gefühle. Tomas ergriff seinen Arm. »Komm schon. Das Schiff kann jede Minute brechen.«

Pug schüttelte seine Hand ab. »Einen Augenblick. Da ist etwas...« Seine Stimme erstarb. Abrupt durchquerte er den unordentlichen Raum und zerrte eine Schublade in einer der Kommoden auf. Sie war leer. Er riß an einer anderen, dann an einer dritten. Darin fand er, was er suchte. Er zog ein aufgerolltes Pergament hervor, mit einem schwarzen Band umwickelt und mit einem schwarzen Siegel daran, und stopfte es in sein Hemd.

»Komm!« rief er, als er an Tomas vorbeilief. Sie hasteten die Leiter hinauf und kletterten an Deck. Die Flut hatte das Schiff hoch genug gehoben, so daß sie sich auf das Felssims ziehen konnten. Dort angelangt, drehten sie sich um und setzten sich.

Das Schiff schwamm jetzt auf der Flut. Es wurde vorwärts und rückwärts getrieben, während die Wellen einen feuchten Sprühregen in die Gesichter der Knaben spritzten. Sie sahen zu, wie der Bug von den Felsen glitt. Mit einem lauten, knarrenden Geräusch brachen die Bohlen. Es hörte sich wie das Stöhnen eines Todgeweihten an. Der Bug hob sich hoch, und die Jungs wurden von den Wellen durchnäßt, die an das Sims schlugen.

Das Schiff trieb aufs Meer hinaus. Es war leicht zu einer Seite geneigt, bis die hinauslaufende Woge zum Halten kam. Dann kehrte es wieder zu den Felsen zurück. Tomas packte Pugs Arm und bedeutete ihm, ihm zu folgen. Sie standen auf und kehrten zum Strand zurück. Als sie die Stelle erreichten, an der der Felsen über den Sand hing, sprangen sie hinab.

Ein lautes, knirschendes Geräusch ließ sie herumfahren. Sie sahen, wie der Rumpf auf die Felsen getrieben wurde. Das Holz barst mit einem Kreischen. Der Rumpf sackte nach steuerbord ab, und die Trümmer fingen an, das Deck entlang ins Meer zu rutschen. Plötzlich griff Tomas nach Pugs Arm. »Sieh nur.« Er zeigte auf das Wrack.

Pug konnte nicht erkennen, was er meinte. »Was ist denn?«

»Ich dachte einen Augenblick, daß da nur eine Leiche an Deck lag.«

Pug sah ihn an. Tomas' Gesicht verriet seine Sorge. Plötzlich wandelte sich sein Ausdruck zu Zorn. »Verdammt!«

»Was?«

»Als ich in der Kabine gefallen bin, habe ich das Schwert fallenlassen. Fannon wird schön wütend sein.«

Ein Geräusch wie Donner kennzeichnete die endgültige Zerstörung des Wracks, als die Flut es erneut auf die Klippen schleuderte. Jetzt würden die Bruchstücke des einstmals schönen Schiffes aufs Meer hinaustreiben, um im Laufe der nächsten Tage an den Küsten des Südens angeschwemmt zu werden.

Ein leises Stöhnen, das in einem scharfen Schrei endete, ließ die Knaben herumfahren. Hinter ihnen stand der Mann vom Schiff. Er hielt das merkwürdige Großschwert locker in der Hand, und es schleifte durch den Sand. Seinen rechten Arm hielt er fest an seine Seite gepreßt. Man konnte das Blut sehen, das unter seinem blauen Brustpanzer und seinem Helm hervorquoll. Er machte einen taumelnden Schritt nach vorn. Sein Gesicht war aschfahl, die Augen vor Schmerz und Verwirrung weit aufgerissen. Er rief den Jungen etwas Unverständliches zu. Langsam traten sie zurück und hoben die Hände zum Zeichen, daß sie nicht bewaffnet waren.

Er machte einen weiteren Schritt auf sie zu, und seine Knie gaben nach. Er taumelte, richtete sich mühsam wieder auf und schloß für einen Moment die Augen. Er war kurz und kräftig gebaut, mit mächtigen Armen und Beinen. Unter seinem Brustpanzer trug er einen kurzen Rock aus blauem Stoff. An seinen Unterarmen befanden sich Armschienen und an seinen Beinen Beinschienen, die aussahen wie Leder. Darunter trug er Sandalen.

Er legte eine Hand an sein Gesicht und schüttelte den Kopf. Er öffnete die Augen und sah die Jungen wieder an. Noch einmal sprach er in seiner fremdartigen Sprache. Als die Knaben nichts sagten, schien er wütend zu werden und brüllte eine ganze Reihe merkwürdiger Worte. Dem Ton nach waren es Fragen.

Pug schätzte die Entfernung ab, die man zurücklegen mußte,

um an dem Mann vorbeizukommen, der den schmalen Strandstreifen blockierte. Er entschied, daß das Risiko zu groß war, herauszufinden, ob der Mann in der Verfassung war, das bösartig aussehende Schwert zu benutzen. Als hätte er die Gedanken des Jungen erspürt, machte der Mann einen Schritt nach rechts und schnitt ihnen damit jegliche Fluchtmöglichkeit ab. Wieder schloß er die Augen, und das bißchen Farbe, das noch in seinem Gesicht gestanden hatte, wich daraus. Sein Blick fing zu wandern an, und das Schwert glitt ihm aus den Fingern. Pug wollte einen Schritt auf ihn zu tun, denn jetzt war es klar, daß er ihnen nichts anhaben konnte.

Als er sich dem Mann näherte, erklangen Rufe. Pug und Tomas sahen Prinz Arutha vor einem Trupp Reiter herbeieilen. Beim Geräusch der sich nähernden Pferde wandte der Verwundete schmerzvoll den Kopf, und seine Augen weiteten sich. Ein Ausdruck schieren Entsetzens überzog sein Gesicht, und er versuchte zu fliehen. Er machte drei taumelnde Schritte aufs Wasser zu und fiel dann bäuchlings in den Sand.

Pug stand neben der Tür zur Ratskammer des Herzogs. Ein paar Schritte von ihm entfernt saß eine besorgte Gruppe um Herzog Borrics runden Ratstisch. Außer dem Herzog und seinen Söhnen waren Pater Tully, Kulgan, der erst eine Stunde zuvor zurückgekehrt war, Schwertmeister Fannon und Pferdemeister Algon versammelt. Der Ton war ernst, denn die Ankunft des fremdartigen Schiffes wurde als potentielle Gefahr für das Königreich angesehen.

Pug warf Tomas, der auf der anderen Seite der Tür stand, einen kurzen Blick zu. Tomas war noch nie mit dem Adel zusammengekommen, außer wenn er im Speisesaal servierte, und seine Anwesenheit in der Ratskammer des Herzogs machte ihn jetzt nervös. Meister Fannon sprach, und Pug wandte seine Aufmerksamkeit wieder dem Tisch zu.

»In Anbetracht dessen, was wir wissen«, sagte der alte Schwertmeister, »ist es offensichtlich, daß uns dieses Volk vollkommen fremd ist.« Er nahm die Schale auf, die Tomas vom Schiff mitgebracht hatte. »Diese Schale ist auf eine Weise hergestellt, die unserem Meistertöpfer unbekannt ist. Zuerst dachte er, es handelte sich einfach um einen gebrannten und lackierten Ton, aber bei näherer Untersuchung stellte es sich anders dar. Sie ist aus einer Art Haut hergestellt. Streifen davon werden um eine Gußform gewickelt, die vielleicht aus Holz ist und dann werden sie mit Trauben irgendeiner Art verklebt. Sie ist viel stabiler als alles, was wir kennen.«

Um das zu demonstrieren, schlug er mit der Schale kräftig gegen den Tisch. Anstatt zu zerspringen, wie es eine Tonschale getan hätte, rief sie nur einen dumpfen Laut hervor. »Noch überraschender sind diese Waffen und die Rüstung.« Er deutete auf die blaue Brustplatte, den Helm, das Schwert und den Dolch. »Sie scheinen auf ähnliche Weise hergestellt zu sein.« Er hob den Dolch und ließ ihn fallen. Er verursachte dasselbe dumpfe Geräusch wie die Schale. »Bei all seiner Leichtigkeit ist das Material fast so kräftig wie unser bester Stahl.«

Borric nickte. »Tully, Ihr seid schon mehr herumgekommen als ein jeder von uns. Habt Ihr je von einem Schiff gehört, das auf diese Weise konstruiert war?«

»Nein.« Tully strich sich abwesend über sein bartloses Kinn. »Weder im Bitteren Meer, noch auf der See des Königreiches, ja, nicht einmal in Groß-Kesh habe ich von einem solchen Schiff gehört. Ich könnte an den Ishap Tempel in Krondor schreiben. Sie haben Aufzeichnungen, die weiter zurückreichen als alles andere. Vielleicht haben sie Kenntnis von diesen Leuten.«

Der Herzog nickte. »Bitte tut das. Wir müssen auch Nachricht an die Elben und Zwerge senden. Sie haben hier bei weitem länger verweilt als wir alle, und wir würden gut daran tun, ihr Wissen zu suchen.«

Tully deutete seine Zustimmung an. »Königin Aglaranna weiß vielleicht von diesen Leuten, wenn sie Reisende von jenseits der Endlosen See sind. Vielleicht haben sie diese Küsten schon früher einmal aufgesucht.«

»Lächerlich«, schnaubte Pferdemeister Algon. »Es gibt keine Völker jenseits der Endlosen See. Sonst wäre sie ja nicht endlos.«

Kulgans Gesicht nahm einen nachsichtigen Ausdruck an. »Es gibt Theorien, daß es andere Lande jenseits der Endlosen See gibt. Bloß haben wir keine Schiffe, die in der Lage sind, eine so weite Reise zu machen.«

»Theorien«, sagte Algon.

»Wer auch immer diese Fremden sind«, ließ sich Arutha vernehmen, »wir sollten versuchen, so viel wie möglich über sie zu erfahren.«

Algon und Lyam warfen ihm einen fragenden Blick zu, während die Gesichter von Kulgan und Tully ausdruckslos blieben. Borric und Fannon nickten, als Arutha fortfuhr: »Der Beschreibung der Jungen nach zu urteilen, handelte es sich bei dem Schiff offensichtlich um ein Kriegsschiff. Der schwere Bug ist zum Rammen entwickelt, und das hohe Vordeck ist der perfekte Platz für Bogenschützen. Ich würde meinen, daß das Achterdeck ebenfalls hoch war. Wenn mehr vom Rumpf übriggeblieben wäre, hätten wir wahrscheinlich auch Ruderbänke gefunden.«

»Eine Kriegsgaleere?« fragte Algon.

Fannon sah ihn ungeduldig an. »Natürlich, du Trottel.« Zwischen den beiden Meistern bestand eine freundliche Rivalität, die von Zeit zu Zeit zu kleinen unfreundlichen Streitereien führte. »Sieh dir nur die Waffe unseres Gastes an.« Er zeigte auf das Großschwert. »Wie würde es dir gefallen, auf einen entschlossenen Mann zuzureiten, der dieses Spielzeug in der Hand hält? Er würde dir dein Pferd unter den Beinen wegschneiden. Die Rüstung ist leicht und sehr wirksam, trotz ihrer bunten Farbe. Ich würde meinen, daß der Mann der Infanterie angehörte. So kräftig, wie er ist, kann er wahrscheinlich einen halben Tag lang rennen und dann immer noch kämpfen.« Versonnen strich er sich den Bart. »Diese Leute haben ein paar anständige Krieger unter sich.«

Algon nickte langsam. Arutha lehnte sich in seinem Sessel zurück und legte die Fingerspitzen aneinander. »Was ich nicht verstehen kann«, meinte der jüngere Sohn des Herzogs, »ist, warum er versucht hat davonzulaufen. Wir hatten keine Waffen gezogen und haben nicht angegriffen. Es gab keinen Grund für ihn davonzulaufen.«

Borric schaute zu dem alten Priester hinüber. »Werden wir das je erfahren?«

Tully erwiderte seinen Blick besorgt, mit gerunzelter Stirn. »Er hatte ein langes Stück Holz in seiner rechten Seite, unter dem Brustpanzer, und außerdem hat er einen schweren Schlag auf den Kopf erhalten. Dieser Helm hat seinen Schädel gerettet. Er hat hohes Fieber und eine Menge Blut verloren. Vielleicht überlebt er nicht. Ich muß eventuell auf einen Geisteskontakt zurückgreifen, wenn er soviel Bewußtsein zurückerhält, daß wir ihn herstellen können.«

Pug wußte von dem Geisteskontakt, denn Tully hatte ihm schon früher davon erzählt. Es war eine Methode, die nur wenige Geistliche anwenden konnten, und sie war für beide Beteiligten äußerst gefährlich. Der alte Priester mußte es für sehr wichtig halten, Informationen von dem Verletzten zu erlangen, wenn er diese Methode riskierte.

Borric wandte seine Aufmerksamkeit Kulgan zu. »Was ist mit der Schriftrolle, die die Jungen gefunden haben?«

Kulgan winkte ab. »Ich habe sie kurz untersucht. Sie hat zweifellos Zauberkräfte. Ich bin jedoch nicht gewillt, das Siegel zu erbrechen, ehe ich sie einer genaueren Studie unterzogen habe und mir über ihren Sinn mehr im klaren bin. Es kann gefährlich sein, verzauberte Siegel zu erbrechen, wenn man es nicht richtig macht. Wenn das Siegel verzaubert worden ist, dann kann die Schriftrolle sich selbst zerstören oder, schlimmer noch, diejenigen, die versuchen, es zu erbrechen.«

Der Herzog trommelte einen Augenblick mit den Fingern auf dem Tisch. »Also gut. Wir wollen die Zusammenkunft für den Moment vertagen. Sobald etwas Neues in Erfahrung gebracht worden ist, entweder von der Schriftrolle oder von dem verwundeten Mann, werden wir uns erneut versammeln.« Er wandte sich an Tully. »Seht nach, wie es dem Mann geht, und sollte er erwachen, setzt Eure ganze Kunst ein, um möglichst viel von ihm zu erfahren.« Er erhob sich, und auch die anderen standen auf. »Lyam, sende Nachricht an die Elbenkönigin und an die Zwerge in Bergenstein und den Grauen Türmen, was passiert ist. Erbitte ihren Rat.«

Pug öffnete die Tür. Der Herzog ging hinaus, und die anderen folgten ihm. Pug und Tomas waren die letzten, die gingen, und als sie die Halle entlangschritten, beugte sich Tomas zu Pug hinüber.

»Da haben wir wirklich was angefangen.«

Pug schüttelte den Kopf. »Wir waren einfach die ersten, die den Mann gefunden haben. Wenn wir es nicht gewesen wären, dann jemand anders.«

Tomas schien erleichtert, aus dem Zimmer und damit den Blicken des Herzogs entzogen zu sein. »Ich hoffe, die denken daran, wenn es schlecht ausgeht.«

Kulgan ging die Stufen zu seinem Turmzimmer hinauf, während Tully zu seinen eigenen Unterkünften davonschritt, wo der verwundete Mann von seinem Gehilfen gepflegt wurde. Der Herzog und seine Söhne wandten sich durch eine Tür ihren privaten Gemächern zu, und die Jungen blieben allein im Gang zurück.

Pug und Tomas nahmen eine Abkürzung durch einen Vorratsraum und landeten dann in der Küche. Die Küchenjungen winkten ihnen grüßend zu. Tomas grabschte einen Apfel von einer Platte. »Ich sollte wohl besser in die Kasernen zurückkehren und auf Meister Fannon warten. Bis bald.« Er lief aus der Küche.

Pug wanderte um die Burg herum und stieg die drei Stufen zum Blumengarten der Prinzessin hinauf. Er setzte sich auf eine Steinbank. Hecken und Rosensträucher verbargen den größten Teil des Hofes vor seinen Blicken. Aber die hohen Mauern, auf denen die Wachen patrouillierten, konnte er noch immer sehen. Bildete er es sich nur ein, oder sahen die Wachen heute besonders aufmerksam aus?

Ein zartes Hüsteln ließ ihn herumfahren. Auf der anderen Seite des Gartens stand Prinzessin Carline mit Junker Roland und zwei jüngeren Hofdamen. Die Mädchen verbargen ihr Lächeln, denn Pug war immer noch so etwas wie eine Berühmtheit in der Burg. Carline scheuchte sie davon. »Ich würde gern unter vier Augen mit Junker Pug sprechen.« Roland zögerte. Dann verbeugte er sich steif. Pug wußte nicht, was der düstere Blick zu bedeuten hatte, den Roland ihm zuwarf, ehe er mit den jungen Damen davonging.

Pug erhob sich, als Carline naher kam, und verbeugte sich linkisch vor ihr. Kurz angebunden sagte sie: »Ach, setz dich. Ich finde diesen ganzen Blödsinn ermüdend und bekomme außerdem mehr als genug davon von Roland.«

Pug setzte sich. Das Mädchen nahm neben ihm Platz, und einen Augenblick lang schwiegen sie beide. Schließlich meinte sie: »Ich habe dich über eine Woche lang nicht gesehen. Warst du so beschäftigt?«

Pug fühlte sich nicht wohl. Das Mädchen und ihre launische Art verwirrten ihn noch immer. Seit jenem Tag vor drei Wochen, als er sie vor den Trollen gerettet hatte, war sie sehr freundlich, ja, herzlich zu ihm gewesen. Ihr Verhalten hatte im Schloß viel Gerede hervorgerufen. Mit anderen jedoch blieb sie kurz angebunden und ungeduldig, vor allem mit Junker Roland.

»Ich war mit meinen Studien beschäftigt.«

»Pah! Du verbringst zu viel Zeit in diesem schrecklichen Turm.«

Pug fand den Turm überhaupt nicht schrecklich – nur ein bißchen zugig. Es war sein eigener, und er fühlte sich dort wohl.

»Wir könnten reiten gehen, Hoheit, wenn Ihr es möchtet.«

Das Mädchen lächelte. »Ich würde gern. Aber ich fürchte, Lady Marna erlaubt das nicht.«

Pug war überrascht. So, wie er die Prinzessin beschützt hatte, war er der Meinung, daß jetzt selbst die Pflegemutter des Mädchens in ihm einen angemessenen Begleiter sehen würde. »Warum nicht?«

Carline seufzte. »Sie sagt, als du noch ein gewöhnlicher Bursche warst, hättest du deinen Platz gekannt. Jetzt jedoch, wo du ein Höfling bist, befürchtet sie, du könntest Ehrgeiz entwikkeln.« Ein leises Lächeln spielte um ihre Lippen.

»Ehrgeiz?« Pug verstand sie nicht.

Schüchtern erklärte Carline: »Nun ja, sie glaubt, du wolltest vielleicht etwas Besseres werden. Sie meint, du würdest versuchen, mich in irgendeiner Weise zu beeinflussen.«

Pug starrte Carline an. Dann dämmerte es ihm, und er sagte: »Oh! Hoheit!« Er stand auf. »Ich würde niemals so etwas tun. Ich meine, ich würde nie auch nur daran denken... ich meine...«

Carline warf Pug einen düsteren Blick zu. »Knaben! Ihr seid alle Idioten!« Sie lüpfte den Saum ihres langen, grünen Gewandes, stand auf und stürmte davon.

Pug setzte sich wieder. Er war mehr denn je von dem Mädchen überrascht. Es war ja fast, als ob... Er ließ den Gedanken ersterben. Je größer die Möglichkeit wurde, daß sie sich etwas aus ihm machte, desto ängstlicher machte ihn diese Aussicht. Carline war nicht einfach die Märchenprinzessin, von der er vor gar nicht langer Zeit geträumt hatte. Sie war ein Mädchen mit widersprüchlichen Zügen, von sensiblem Wesen.

Er konnte nicht weiter darüber grübeln, denn Tomas stürzte herbei. Als er seinen Freund erblickte, sprang er die drei Stufen hinauf und blieb atemlos vor ihm stehen. »Der Herzog wünscht uns zu sehen. Der Mann vom Schiff ist gestorben.«

Hastig versammelten sie sich in der Ratskammer des Herzogs. Nur Kulgan hatte nicht auf das Klopfen des Boten an seiner Tür reagiert. Es wurde vermutet, daß er zu sehr in das Problem der magischen Rolle vertieft war.

Pater Tully sah bleich und mitgenommen aus. Pug war entsetzt über seine Erscheinung. Etwas mehr als eine Stunde war vergangen, aber der alte Geistliche sah aus, als hätte er ein paar schlaflose Nächte verbracht.

Borric schenkte dem Priester einen Kelch voll Wein ein und reichte ihn ihm. Tully zögerte, denn er lebte abstinent, aber dann nahm er einen tiefen Schluck. Die anderen nahmen ihre früheren Plätze um den Tisch wieder ein.

Borric sah Tully an und sagte nur: »Nun?«

»Der Soldat vom Strand erlangte nur für wenige Minuten wieder das Bewußtsein, ein letztes Aufbäumen vor dem Ende. In dieser Zeit hatte ich Gelegenheit, mit ihm in Geisteskontakt zu treten. Ich blieb während seiner letzten Fieberträume bei ihm und versuchte, soviel ich konnte über ihn zu erfahren. Ich hätte den Kontakt fast nicht mehr rechtzeitig unterbrochen.«

Pug wurde blaß. Wenn Tully den Kontakt nicht rechtzeitig abgebrochen hätte, dann hätte der Priester ebenfalls sterben oder aber wahnsinnig werden können, denn dadurch wurden Gefühle, Ängste und Empfindungen ebenso wie Gedanken übertragen. Jetzt verstand er auch Tullys erschöpften Zustand. Der alte Priester hatte viel Energie aufbringen müssen, um die Verbindung mit einem Partner aufrechtzuerhalten, der nicht mitarbeitete; außerdem hatte er die Schmerzen und das Entsetzen des sterbenden Mannes geteilt.

Tully trank erneut von seinem Wein, ehe er fortfuhr: »Wenn die Träume dieses sterbenden Mannes kein Produkt seiner Fieberphantasie waren, dann fürchte ich, daß sein Erscheinen hier eine ernste Situation ankündigt.« Noch einmal trank Tully, dann stellte er den Kelch beiseite. »Der Name des Mannes war Xomich. Er war ein einfacher Soldat, der in der Nation Honshoni etwas angehörte, das sich das Kaiserreich von Tsuranuanni nennt.«

»Ich habe niemals von dieser Nation oder diesem Kaiserreich gehört«, bemerkte Borric.

Tully nickte. »Es hätte mich auch überrascht, wenn Ihr es kennen würdet. Das Schiff dieses Mannes kam von keinem Meer Midkemias.« Pug und Tomas sahen einander an. Pug fühlte, wie es ihm kalt den Rücken hinablief. Tomas mußte es ebenso ergehen, denn sein Gesicht wurde aschfahl.

Tully fuhr fort. »Wir können nur Vermutungen anstellen, wie dieses Werk vollbracht wurde. Aber ich bin sicher, daß dieses Schiff aus einer anderen Welt kam, die sich in Zeit und Raum von der unsrigen unterscheidet.« Ehe Fragen gestellt werden konnten, sagte er: »Laßt es mich erklären.

Dieser Mann war krank, hatte Fieber, und sein Geist wanderte.« Tullys Gesicht zuckte, als er sich der Schmerzen entsann. »Er gehörte einer Ehrengarde für jemanden an, an den er als ›Erhabener‹ dachte. Es gab widersprüchliche Bilder, und ich bin mir nicht sicher, aber es scheint so, als hätten sie sich auf einer merkwürdigen Reise befunden. Merkwürdig einmal wegen der Anwesenheit dieses Erhabenen, zum anderen wegen ihres Auftrags. Der einzige konkrete Gedanke, den ich gewonnen habe, war der, daß dieser Erhabene es nicht nötig hatte, per Schiff zu reisen. Davon abgesehen habe ich nur kurze und unzusammenhängende Eindrücke gewonnen. Da war einmal eine Stadt, die er als Yankora kannte, dann ein schrecklicher Sturm, eine plötzliche, blendende Helligkeit – vielleicht ein Blitz, der das Schiff getroffen hat, aber eigentlich glaube ich das nicht. Dann war da ein Gedanke, daß sein Kapitän und seine Kameraden über Bord gespült wurden. Schließlich ein Krachen auf den Felsen.« Er machte eine kurze Pause. »Ich bin nicht sicher, ob diese Bilder in der richtigen Reihenfolge aufgezählt wurden, denn ich halte es für wahrscheinlich, daß die Mannschaft vor dem blendenden Licht verlorenging.«

»Warum?« wollte Borric wissen.

»Ich greife vor«, erwiderte Tully. »Ich werde meine letzte Bemerkung in wenigen Minuten erklären. Zuerst jedoch möchte ich sagen, warum ich denke, daß dieser Mann aus einer anderen Welt kommt.

Dieser Xomich wuchs in einem Land zum Manne heran, das von großen Armeen beherrscht wurde. Es handelt sich um eine kriegerische Rasse, deren Schiffe die Meere kontrollieren. Aber welche Meere? Meines Wissens wurde niemals ein Kontakt mit diesen Leuten erwähnt. Und es gibt noch andere Visionen, die sogar noch überzeugender sind. Große Städte, weit größer als diejenigen im Herzen Keshs – und das sind die größten, die uns bekannt sind. Armeen, die an einem hohen Festtag Paraden abhalten und an einem Stand vorbeimarschieren. Stadtgarnisonen, die größer sind als die Armee des Königs im Westen.«

»Trotzdem heißt das alles noch nicht, daß sie nicht von –«, Algon brach ab, als wäre es ein schwieriges Zugeständnis, »von jenseits der Endlosen See kommen.« Diese Aussicht schien ihn weniger zu beunruhigen als die Möglichkeit einer fremden Welt.

Tully schien über diese Unterbrechung verärgert zu sein. »Da ist noch mehr, viel mehr. Ich folgte ihm durch seine Träume. Viele handelten von seinem Heimatland. Er erinnerte sich an Kreaturen, die anders sind als alles, was ich je gesehen oder von dem ich gehört habe. Es waren Dinger mit sechs Beinen, die Wagen ziehen wie Ochsen, und andere Kreaturen, die aussehen wie Insekten oder Reptilien, aber wie Menschen sprechen. Sein

Land war heiß, und seine Erinnerung an die Sonne zeigte ein Gebilde, das größer war als unsere, und grüner in der Farbe. Dieser Mann kam nicht aus unserer Welt.« Das letzte sagte er so, daß es allen im Raum Anwesenden jeglichen Zweifel nahm. Tully würde eine solche Bemerkung nie machen, wenn er nicht ganz sicher war.

Im Raum herrschte Stille, als jeder einzelne über das Gesagte nachdachte. Die Jungen sahen zu. Sie teilten die Gefühle der Männer. Es war, als wenn niemand sprechen wollte, und die Tatsache nur auf diese Weise wie ein böser Traum vorbeigehen könnte.

Borric erhob sich und schritt zum Fenster hinüber. Er starrte auf die kahle Rückwand der Burg. Es war, als sähe er dort etwas, was ihm eine Antwort auf die Fragen geben könnte, die in seinem Kopf herumwirbelten. Hastig wandte er sich um. »Wie sind sie hierher gekommen, Tully?«

Der Herzog wartete, bis der Priester mit den Achseln zuckte und sagte: »Vielleicht kann uns Kulgan eine Theorie bieten. Folgendes halte ich für das Wahrscheinlichste: Das Schiff trieb im Sturm ab; der Kapitän und der größte Teil der Mannschaft waren verloren. Dieser Erhabene, wer immer das ist, sah eine letzte Möglichkeit, das Schiff vor dem Sturm zu retten, darin, es mit einem Fluch zu belegen oder das Wetter zu verändern oder irgend etwas anderes Mächtiges. Das Ergebnis war, daß das Schiff aus seiner eigenen Welt in diese katapultiert wurde, wo es vor den Küsten von Seglers Gram auftauchte. Hier blies ein starker Westwind; es waren kaum noch Matrosen an Bord, und so wurde das Schiff direkt auf die Felsen getrieben.«

Fannon schüttelte den Kopf. »Aus einer anderen Welt. Wie kann das möglich sein?«

Der alte Priester hob die Hände in beschwörender Geste. »Darüber kann man nur Vermutungen anstellen. Die Ishaperianer bewahren alte Schriftrollen in ihren Tempeln. Von einigen heißt es, sie wären Abschriften alter Werke, die wiederum Abschriften noch älterer Schriftrollen wären. Sie behaupten, die Originale würden in ununterbrochener Reihe bis zu den Chaotischen Kriegen zurückreichen. In ihnen werden ›andere Ebenen‹ und ›andere Dimensionen‹ erwähnt. Eines jedoch ist klar. Sie kennen Länder und Menschen, die uns unbekannt sind, und legen nahe, daß einstmals Menschen diese anderen Welten bereisten und daß Reisende aus anderen Welten nach Midkemia kamen. Diese Behauptungen sind seit Jahrhunderten Thema religiöser Debatten, und niemand kann mit Sicherheit sagen, wieviel Wahrheit in ihnen enthalten ist.« Er machte eine kurze Pause. »Bis jetzt. Wenn ich nicht gesehen hätte, was in Xomichs Geist war, hätte ich eine solche Theorie nicht akzeptiert, um die Ereignisse dieses Tages zu erklären. Aber so...« Er überließ es den anderen, seinen Gedanken zu Ende zu führen.

Borric kehrte zu seinem Stuhl zurück und stellte sich dahinter, eine Hand auf jeder Seite der hohen Rückenlehne. »Es scheint so unmöglich.«

»Das Schiff und der Mann sind eine Tatsache, Vater«, sagte Lyam.

Arutha fügte der Bemerkung seines Bruders hinzu: »Wir müssen überlegen, wie groß die Chancen sind, daß sich ein solches Ereignis wiederholt.«

Borric wandte sich an Tully. »Ihr hattet recht, als Ihr sagtet, daß dies vielleicht eine ernste Situation ankündigen könnte. Sollte ein großes Kaiserreich seine Aufmerksamkeit Crydee und dem Königreich zuwenden...«

Tully schüttelte den Kopf. »Borric, ist es so lange her, daß du von mir gelernt hast, daß du überhaupt nichts begreifst?« Er hielt eine Hand hoch, als der Herzog zum Protest ansetzte. »Verzeiht mir, Mylord. Ich bin alt und müde und vergesse meine Manieren. Aber die Wahrheit ist immer noch die Wahrheit. Sie sind eine mächtige Nation, oder vielmehr ein Kaiserreich aus Nationen, und wenn sie die Mittel haben, uns zu erreichen, dann könnte sich das als verhängnisvoll erweisen. Aber viel wichtiger ist doch die Möglichkeit, daß dieser Erhabene ein Magier oder Priester der Höchsten Kunst ist. Denn wenn er nicht der einzige ist, wenn es davon in diesem Kaiserreich noch mehrere gibt, und wenn sie tatsächlich versuchen sollten, diese Welt zu erreichen, dann liegen wahrhaftig harte Zeiten vor uns.«

Als noch immer niemand am Tisch zu begreifen schien, auf was er hinauswollte, erklärte Tully, wie ein geduldiger Lehrer, der einer Gruppe vielversprechender, aber gelegentlich langsamer Studenten eine Vorlesung hält: »Das Auftauchen des Schiffes hier war vielleicht ein Zufall. Als solcher gibt er nur Anlaß zur Neugier. Aber wenn es absichtlich hierhergekommen ist, dann sind wir vielleicht in Gefahr, denn ein Schiff in eine andere Welt zu versetzen, das ist eine Größenordnung der Magie, die meine Vorstellungskräfte übertrifft. Wenn dieses Volk, die Tsurani, wie sie sich selbst nennen, weiß, daß wir hier sind, und über die Mittel verfügt, uns zu erreichen, dann haben wir nicht nur Armeen zu fürchten, die Groß-Kesh auf der Höhe seiner Macht bedrohen. Wir sehen uns auch einer Zauberkunst gegenüber, die weit größer ist als alles, was wir kennen.«

Borric nickte, denn diese Schlußfolgerung war offensichtlich. »Wir müssen sofort Kulgan zu Rate ziehen.«

»Noch eines, Arutha.« Der Prinz sah auf, denn er war in Gedanken verloren gewesen. »Ich weiß, warum Xomich versucht hat, vor Euch und Euren Männern zu fliehen. Er hielt Euch für Kreaturen, die er aus seiner eigenen Welt kannte, nämlich Zentaur-ähnliche Gestalten namens Thun, die von den Tsurani gefürchtet werden.

»Warum sollte er das denken?« fragte Lyam verwirrt.

»Er hatte nie zuvor ein Pferd gesehen oder ein Wesen, das ihm auch nur entfernt ähnelte. Ich vermute, dieses Volk besitzt keine.«

Der Herzog setzte sich wieder hin. Mit den Fingern auf den Tisch trommelnd meinte er: »Wenn es wahr ist, was Pater Tully sagt, dann müssen wir ein paar Entscheidungen treffen, und zwar rasch. Wenn es nur ein Unfall war, der diese Leute an unsere Küste getrieben hat, dann haben wir vielleicht nur wenig zu fürchten. Wenn ihr Kommen jedoch auf Absicht beruhte, dann müssen wir eine ernste Bedrohung erwarten. Von der Anzahl her sind wir hier die kleinste Garnison im Königreich, und es wäre hart, wenn sie in voller Stärke kommen sollten.«

Die anderen murmelten zustimmend, und der Herzog fuhr fort: »Wir sollten versuchen zu verstehen, daß alles, was hier gesagt worden ist, nur auf Vermutungen beruht. Dennoch bin ich geneigt, Tully in den meisten Punkten zuzustimmen. Wir sollten uns Kulgans Meinung über dieses Volk anhören.« Er wandte sich an Pug. »Knabe, lauf und sieh nach, ob dein Meister Zeit hat, sich zu uns zu gesellen.«

Pug nickte und öffnete die Tür. Dann raste er durch die Burg. Er lief zu der Turmtreppe und nahm immer zwei Stufen auf einmal. Er hob die Hand zum Klopfen und verspürte plötzlich ein merkwürdiges Gefühl, als wäre er einem Blitzstrahl nahe. Die Haare auf seinen Armen und seiner Kopfhaut standen zu Berge. Ein plötzliches Gefühl, daß etwas nicht in Ordnung war, durchströmte ihn, und er hämmerte an die Tür. »Kulgan! Kulgan! Seid Ihr in Ordnung?« rief er, aber keine Antwort war zu hören. Er versuchte, die Tür zu öffnen, aber sie war versperrt. Er stemmte eine Schulter dagegen und versuchte, sie aufzubrechen, aber sie hielt. Das seltsame Gefühl war vergangen, aber Angst stieg bei Kulgans Schweigen in ihm auf. Er sah sich nach etwas um, mit dem er die Tür aufbrechen konnte, fand nichts und rannte die Treppe wieder hinunter.

Er hastete in die Lange Halle. Hier standen Wachposten in ihrer Livree. Er rief die beiden nächsten herbei. »Ihr zwei, kommt mit. Mein Herr hat Probleme.« Ohne zu zögern folgten sie dem Jungen die Treppe hinauf. Ihre Stiefel dröhnten auf den Steinstufen.

Als sie die Tür zum Raum des Magiers erreichten, befahl er ihnen: »Brecht sie auf.« Hastig legten sie ihre Speere und Schilde beiseite und lehnten ihre Schultern gegen die Tür. Ein-, zwei-, dreimal drückten sie, und mit einem protestierenden Stöhnen zersplitterte das Holz um die Schloßplatte. Noch ein letztes Mal warfen sie sich gegen die Tür, und sie gab nach. Die Wachen fingen sich noch rechtzeitig, ehe sie gefallen wären, und traten schnell zurück. Verwirrung und Überraschung zeigte sich auf ihren Gesichtern. Pug zwängte sich zwischen ihnen hindurch und sah ins Zimmer.

Auf dem Boden lag Kulgan, bewußtlos. Seine blauen Roben waren unordentlich hingelegt, ein Arm lag wie schützend über seinem Gesicht. Zwei Schritte entfernt von ihm, wo sein Studiertisch hätte stehen sollen, hing eine schimmernde Leere. Pug starrte auf die Stelle in der Luft. Eine große Sphäre von Grau, das nicht richtig grau war, schimmerte dort. Er konnte nicht hindurchsehen, aber es war auch nichts Festes dort. Aus dem grauen Nichts reckte sich ein Paar Arme, die nach dem Magier griffen. Als sie das Material seiner Robe berührten, hörten sie auf und befingerten den Stoff. Als hätten sie eine Entscheidung getroffen, fuhren sie dann an seinem Körper entlang, bis sie Kulgans Arm identifizierten. Die Hände ergriffen ihn und versuchten, seinen Arm ins Leere zu heben. Pug stand entsetzt dabei. Wer oder was auch immer auf der anderen Seite dieser Leere war, versuchte, den untersetzten Magier hinauf- und hindurchzuziehen. Ein weiteres Paar Hände griff heraus und packte den Arm des Magiers, und dann wurde Kulgan auf die Leere zugehoben.

Pug drehte sich um und nahm einen der Speere, die an der Wand lehnten, wo die erschreckten Wächter sie abgestellt hatten. Ehe noch einer der Wachen handeln konnte, zielte Pug schon auf den grauen Fleck und warf.

Der Speer überflog die zehn Schritte, die sie von Kulgan trennten, und verschwand in der Leere. Eine Sekunde später ließen die Arme Kulgan fallen und zogen sich zurück. Plötzlich blinkte das Grau und verschwand. Pug eilte an Kulgans Seite und kniete neben seinem Meister nieder.

Der Magier atmete, aber sein Gesicht war weiß und schweißnaß. Seine Haut fühlte sich kalt und klamm an. Pug lief zu Kulgans Schlafstatt und zog eine Decke herunter. Als er den Magier damit bedeckte, brüllte er die Wachen an: »Holt Pater Tully!«

In jener Nacht saßen Pug und Tomas zusammen, unfähig zu schlafen. Tully hatte den Magier versorgt und eine günstige Diagnose gestellt. Kulgan hatte einen Schock erlitten, würde sich aber in ein, zwei Tagen wieder erholt haben.

Herzog Borric hatte Pug und die Wachen befragt, was sie beobachtet hatten, und jetzt war das ganze Schloß in Aufruhr. Alle Wachen waren postiert, und die Patrouillen in den Randgebieten des Herzogtums waren verdoppelt worden. Noch immer wußte der Herzog nicht, wie die seltsame Manifestation und die Erscheinung des Schiffes zusammen gehörten. Er ging kein Risiko ein, wenn es um die Sicherheit seines Reiches ging. Überall an den Mauern des Schlosses brannten Fackeln, und Wachen waren zum Leuchtturm Langer Punkt und in die Stadt hinab gesandt worden.

Tomas saß neben Pug auf einer Bank in Prinzessin Carlines Garten. Es war einer der wenigen ruhigen Plätze in der Burg. Nachdenklich sah er Pug an. »Ich erwarte, daß diese Tsurani-Leute kommen.«

Pug fuhr sich mit einer Hand durchs Haar. »Wir wissen es nicht.«

Tomas klang müde. »Ich habe bloß so ein Gefühl.«

Pug nickte. »Morgen, wenn Kulgan uns erzählen kann, was passiert ist, werden wir schon mehr wissen.«

Lange Zeit blieben sie schweigend so sitzen. Dann verriet ihnen das Geräusch schwerer Stiefel auf dem Pflaster, daß jemand kam. Schwertmeister Fannon, in Kettenhemd und Überwurf, blieb vor ihnen stehen. »Was? So spät noch auf? Ihr solltet beide schon im Bett sein.« Der alte Kämpfer drehte sich um, um die Schloßmauern zu betrachten. »Da sind viele, die heute nacht nicht schlafen werden.« Wieder wandte er seine Aufmerksamkeit den Jungen zu. »Tomas, ein Soldat muß es lernen zu schlafen, wann immer er die Zeit dazu hat, denn es können lange Tage kommen, an denen er keinen Schlaf finden wird. Und was dich angeht, Junker Pug, so solltest auch du schlafen. Warum versucht ihr nicht, ein wenig zu ruhen?«

Die Jungen nickten, wünschten dem Schwertmeister eine angenehme Nacht, und liefen davon. Der grauhaarige Kommandeur der herzoglichen Wache sah ihnen nach und stand dann eine Zeitlang still in dem kleinen Garten, allein mit seinen beunruhigenden Gedanken.

Pug wurde vom Geräusch von Schritten, die an seiner Tür vorübergingen, wach. Hastig zog er Hose und Tunika über und eilte in Kulgans Gemach hinauf. Dort fand er den Herzog und Pater Tully an Kulgans Schlafstatt stehen. Pug hörte die Stimme seines Meisters. Sie klang schwach, als er sich darüber beklagte, im Bett bleiben zu müssen. »Ich sage euch, mir geht es gut. Laßt mich nur ein wenig umhergehen, und dann bin ich in kürzester Zeit wieder normal.«

Tully, der immer noch geschwächt klang, erklärte: »Dann liegst du wieder auf dem Rücken, das meinst du wohl. Du hast einen anständigen Schlag versetzt bekommen, Kulgan. Was immer es war, was dich bewußtlos geschlagen hat, hat keine kleine Waffe gewählt. Du hast Glück gehabt. Es hätte viel schlimmer ausgehen können.«

Kulgan bemerkte Pug, der leise an der Tür stehengeblieben

war, um niemanden zu stören. »Ah, Pug«, sagte er, und seine Stimme klang wieder fast so voll wie gewöhnlich. »Komm herein, komm herein. Ich habe gehört, ich habe dir dafür zu danken, daß ich keine unerwartete Reise mit unbekannten Gesellschaftern angetreten habe.«

Pug lächelte, denn trotz seines mitgenommenen Äußeren schien Kulgan ganz der alte, joviale Meister zu sein. »Ich habe wirklich nichts getan, mein Herr. Ich habe bloß das Gefühl gehabt, daß etwas nicht in Ordnung war, und da habe ich gehandelt.«

»Schnell und gut gehandelt«, sagte der Herzog lächelnd. »Wieder ist dieser Junge dafür verantwortlich, daß es einem Mitglied meines Haushaltes gutgeht. Vielleicht sollte ich ihm den Titel ›Verteidiger des Herzoglichen Haushalts‹ zuerkennen.«

Pug lächelte, erfreut über das Lob des Herzogs. Borric wandte sich dem Magier zu. »Nun, da ich sehe, daß es Euch wieder gutgeht, sollten wir vielleicht über den gestrigen Tag sprechen. Geht es Euch gut genug?«

Die Frage zauberte einen wütenden Ausdruck in Kulgans Augen. »Natürlich geht es mir gut genug. Das sage ich Euch doch seit mindestens zehn Minuten.« Kulgan wollte aus dem Bett steigen, aber ihm wurde schwindlig dabei. So legte Tully ihm besänftigend eine Hand auf die Schulter und führte ihn zu dem großen Kissenstapel zurück, auf dem er geruht hatte.

»Du kannst von hier ebensogut reden. Also bleib jetzt im Bett.«

Kulgan widersprach nicht. Er fühlte sich kaum besser und meinte schon: »Fein, aber dann reicht mir wenigstens meine Pfeife, bitte.«

Pug holte Kulgans lange Pfeife und einen Beutel Tabak und, nachdem der Magier sie gestopft hatte, auch einen langen, brennenden Fidibus aus dem Kohlentopf. Kulgan zündete seine Pfeife an. Als sie zu seiner Zufriedenheit brannte, lehnte er sich mit einem glücklichen Ausdruck im Gesicht zurück. »Also schön, wo fangen wir an?«

Der Herzog erzählte ihm schnell, was Tully ihnen enthüllt hatte. Der Priester fügte noch ein paar Einzelheiten hinzu, die der Herzog übersehen hatte. Als sie fertig waren, nickte Kulgan. »Deine Vermutung bezüglich des Ursprungs dieser Leute ist sehr wahrscheinlich. Ich schöpfte schon einen ähnlichen Verdacht, als ich die Gegenstände sah, die vom Schiff mitgebracht worden waren. Die Ereignisse in diesem Raum gestern dann bekräftigten noch meine Vermutung.« Er machte eine kurze Pause, in der er seine Gedanken ordnete. »Die Schriftrolle war ein persönlicher Brief eines Magiers dieses Volkes, den Tsurani, an sein Weib. Aber es war auch noch mehr. Das Siegel zwang den Leser dieser Schriftrolle, eine Zauberformel zu sprechen, die am Schluß des Briefes enthalten war. Es handelt sich um einen bemerkenswerten Zauber, denn er befähigt jeden, ganz gleich, ob er für gewöhnlich zu lesen vermag oder nicht, diese Rolle zu entziffern.«

»Das ist eine merkwürdige Sache«, bemerkte der Herzog.

»Die Mittel, deren man sich hierzu bedient hat, sind vollkommen neu für mich«, stimmte Kulgan zu. »Nun, auf jeden Fall hatte ich diesen Zauber neutralisiert, so daß ich den Brief ohne Angst vor Zauberfallen lesen konnte, die bei privaten Botschaften von Magiern gang und gäbe sind. Die Sprache war natürlich fremdartig, und ich verwendete einen Zauber von einer anderen Rolle, um sie zu übersetzen.

Ein Magier namens Fanatha reiste per Schiff in eine Stadt seines Heimatlandes. Nachdem sie ein paar Tage auf See waren, gerieten sie in einen schweren Sturm. Das Schiff verlor den Mast, und viele Mitglieder der Mannschaft wurden über Bord gespült. Der Magier nahm sich kurz Zeit, die Schriftrolle aufzusetzen – sie war nur flüchtig hingeworfen – und sie dann zu verzaubern. Es scheint so, als hätte dieser Mann das Schiff zu jeder Zeit verlassen können, um in sein Heim oder an irgendeinen anderen sicheren Platz zurückzukehren. Doch seine Sorge um das Schiff muß ihn zurückgehalten haben. Was diesen Punkt betrifft, bin ich mir nicht im klaren, aber der Ton des Schreibens legt nahe, daß es irgendwie ungewöhnlich war, sein Leben wegen der anderen an Bord zu riskieren. Ebenso verwirrend war es, daß er seine Pflicht jemandem gegenüber erwähnte, den er den ›Kriegsherrn‹ nannte. Auf jeden Fall schrieb er die Nachricht, versiegelte sie und machte sich dann daran, das Schiff mit Zauberkraft fortzubewegen.«

Tully schüttelte den Kopf. »Unglaublich.«

»Und wie wir die Magie kennen: Unmöglich«, fügte Kulgan aufgeregt hinzu.

Pug stellte fest, daß das berufsmäßige Interesse des Magiers vom Herzog nicht geteilt wurde. Dieser wirkte ganz offensichtlich besorgt. Dem Jungen fielen Tullys Bemerkungen dazu ein, was Magie dieser Macht bedeutete, wenn diese Leute tatsächlich beabsichtigen sollten, ins Königreich einzumarschieren. Der Magier fuhr fort: »Diese Leute verfügen über Kräfte, über die wir nur Vermutungen anstellen können. Der Magier hat eine Anzahl von Punkten ganz klargemacht. Seine Fähigkeit, so viele Gedanken in einer so kurzen Botschaft zusammenzufassen, zeugt von einem sehr klaren, wohl geordneten Verstand.

Er gab sich große Mühe, sein Weib dahingehend zu beruhigen, daß er alles tun würde, was in seiner Macht stand, um heimzukehren. Er schrieb davon, einen Spalt zu der ›neuen Welt‹ öffnen zu wollen, weil – und das verstehe ich nicht ganz – bereits eine Brücke geschlagen worden wäre. Er versah die Rolle mit einem zweiten Zauber – und dieser hat mich am Ende dann doch noch erwischt. Ich dachte, indem ich den ersten Zauber neutralisiert hatte, hätte ich auch dem zweiten entgegengewirkt. Aber da befand ich mich im Irrtum. Der zweite Zauber war so angelegt, daß er in Kraft treten würde, sobald jemand damit endete, die

Rolle laut zu lesen. Auch das ist wiederum ein Zauberkunststück, von dem man noch nie gehört hat. Der Zauber sorgte dafür, daß eine weitere Spalte sich öffnete. So wurde die Botschaft zu einem Ort gebracht, der als ›Versammlungssaal‹ bezeichnet wird, und von dort aus zu seinem Weib. Ich wäre fast zusammen mit der Botschaft in der Spalte gefangen gewesen.«

Pug trat vor. Ohne zu denken, platzte er heraus: »Dann müssen diese Hände seine Freunde gewesen sein, die versucht haben, ihn zu finden.«

Kulgan schaute seinen Lehrling an und nickte. »Möglich. Auf jeden Fall können wir aus diesem Vorfall einiges ableiten. Diese Tsurani verfügen über die Fähigkeit, Magie zu kontrollieren, über die wir nur spekulieren können. Wir wissen ein bißchen vom Bestehen dieser Spalten, aber nichts von ihrer Natur.«

Der Herzog sah überrascht aus. »Bitte, erklärt das.«

Kulgan zog an seiner Pfeife. »Magie, Zauberei, ist von Natur aus unsicher. Gelegentlich kann ein Zauberspruch von seiner Richtung abgelenkt werden, warum wissen wir nicht. Es geschieht dann in einem solchen Maße, daß er… sozusagen an dem Stoff zerrt, aus dem die Welt gemacht ist. Für kurze Zeit entsteht ein Gang, der… irgendwohin führt. Viel mehr ist über solche Vorkommnisse nicht bekannt, abgesehen davon, daß sie enorme magische Kräfte freisetzen.«

Der Herzog unterbrach ihn. »Eurer Beschreibung nach sind diese Spalten, wie Ihr sie nennt, gefährlich.«

Kulgan nickte. »Auch unvorhersehbar. Sie gehören zu den am wenigsten zu beherrschenden Kräften, die wir kennen. Wenn diese Leute nun wissen, wie man sie herstellen kann, und wenn sie sie außerdem beherrschen können, damit sie als Tore zwischen den Welten dienen, wenn sie sie dann noch sicher passieren können – dann sind sie im Besitz von äußerst mächtigen Künsten.«

Borric erbleichte. »Eine Nation von Kriegern, mit Armeen, die die vielfache Größe der unseren haben, die nach Belieben in unsere Welt eindringen können… Laßt uns hoffen, daß sie kein Auge auf das Königreich geworfen haben.«

Kulgan nickte und blies eine Rauchwolke in die Luft. »Bislang haben wir noch nicht davon gehört, daß diese Leute irgendwo anders erschienen wären. Vielleicht müssen wir sie nicht einmal fürchten, aber ich habe ein Gefühl…« Er ließ den Gedanken für einen Moment unbeendet. Er drehte sich leicht auf eine Seite, um eine bequemere Stellung einzunehmen, und sagte dann: »Vielleicht ist es ja nicht von Bedeutung, aber daß er diese Brücke in seiner Botschaft erwähnt hat, beunruhigt mich. Das riecht nach einem permanenten Weg zwischen den Welten. Ich hoffe nur, daß ich mich irre.«

Das Geräusch von Füßen, die die Treppe heraufpolterten, ließ sie sich umdrehen. Eine Wache eilte herein und bezog vor dem Herzog Stellung. Er reichte ihm ein kleines Papier.

Der Herzog entließ den Mann und öffnete das gefaltete Papier. Er las es hastig und reichte es an Tully weiter. »Ich habe schnelle Reiter zu den Elben und den Zwergen mit Brieftauben für eine umgehende Antwort entsandt. Die Elbenkönigin benachrichtigt mich, daß sie bereits auf dem Weg nach Crydee ist und in etwa zwei Tagen hier eintreffen wird.«

Tully schüttelte den Kopf. »Solange ich lebe, habe ich noch nie davon gehört, daß Lady Aglaranna ihr Elvandar verlassen hätte. Das läßt meine Knochen erstarren.«

Kulgan sagte: »Die Dinge müssen sich einer ernsten Wende nähern, wenn sie hierher kommt. Ich hoffe, ich irre mich, aber ich denke, daß wir nicht die einzigen sind, die Neuigkeiten von diesen Tsurani haben.«

Schweigen senkte sich über den Raum, und Pug wurde von einem Gefühl der Hoffnungslosigkeit ergriffen. Er schüttelte es ab, aber es hallte noch tagelang in ihm nach.

Elbenrat

Pug beugte sich aus seinem Fenster.

Trotz des heftigen Regens, der am frühen Morgen begonnen hatte, war der Hof in Aufruhr. Zu den üblichen, notwendigen Vorbereitungen für jeden wichtigen Besucher kam hier noch die zusätzliche Neuigkeit hinzu, daß es sich bei den Besuchern um Elben handelte. Die Elben lebten abseits der Gesellschaft der Menschen, und ihre Wege wurden für merkwürdig und magisch erachtet. Sie hatten in diesen Landen schon immer gelebt, lange schon, ehe der Mensch in den Westen gekommen war. Es gab ein stummes Übereinkommen, daß sie – entgegen allen Ansprüchen, die das Königreich stellen konnte – ein freies Volk waren.

Ein Husten veranlaßte Pug, sich umzudrehen. Er sah Kulgan, der über ein dickes Buch gebeugt war. Der Magier deutete mit einem Blick an, daß der Knabe an seine Studien zurückkehren sollte. Pug schloß die Fensterläden und setzte sich. Kulgan sagte: »In ein paar Stunden hast du Zeit genug, Elben zu bestaunen, Knabe. Dann wird dir nur noch wenig Zeit für Studien bleiben. Du mußt lernen, die Zeit, die dir bleibt, bestmöglich zu nutzen.«

Fantus kroch herbei, um seinen Kopf in den Schoß des Jungen zu legen. Pug kraulte ihn abwesend über dem Auge, während er ein Buch aufnahm und zu lesen anfing.

Kulgan war der Meinung, daß Pugs Erfolg mit den Trollen auf dem enormen Druck des Augenblicks beruht hatte. Er hoffte, daß die Studien der Hilfsmittel und Forschungen anderer Magier dem Jungen helfen würden, die Barrieren zu durchbrechen, die ihn jetzt noch zurückhielten. Die Arbeit mit den Büchern faszinierte Pug aber auch, und sein Lesen war viel besser geworden.

Ein paar Minuten später kehrte Pug ans Fenster zurück und stieß die Läden auf. »Kulgan?«

»Ja, Pug?«

»Es wäre viel schöner mit Euch zu arbeiten, wenn wir das Feuer irgendwie in Gang halten, aber den Rauch nach draußen lenken könnten.« Mit dem rauchenden Feuertopf und der Pfeife des Magiers war der Raum immer dick mit blauweißem Dunst erfüllt.

Der Magier lachte laut. »Recht hast du.« Er schloß für einen Augenblick die Augen, seine Hände flogen, und er murmelte eine Reihe von Zaubersprüchen. Gleich darauf hielt er eine dicke Wolke aus weißem und grauem Rauch in den Händen, die er zum Fenster trug und hinauswarf. Der Raum blieb frisch und klar zurück.

Pug schüttelte lachend den Kopf. »Danke, Kulgan. Aber ich hatte eine weltlichere Lösung im Sinn. Was haltet Ihr davon, einen Kamin für den Feuertopf zu bauen?«

»Unmöglich, Pug.« Kulgan setzte sich. Er zeigte auf die Wand. »Wenn einer installiert worden wäre, als der Turm gebaut worden ist – fein. Aber jetzt die Steine aus dem Turm zu entfernen, an meinem Zimmer vorbei und zum Dach hinauf zu schleppen, das wäre zu schwierig. Ganz abgesehen von den Kosten.«

»Ich habe nicht an einen Kamin in der Mauer gedacht, Kulgan. Ihr wißt doch, daß der Ofen in der Schmiede eine Steinhaube hat, die die Hitze und den Rauch durchs Dach leitet?« Der Magier nickte. »Nun, wenn der Schmied uns eine aus Metall anfertigen könnte, und dazu noch einen Metallkamin, der aus der Haube kommt und den Rauch forträgt, dann würde es genauso funktionieren, oder nicht?«

Kulgan grübelte einen Augenblick. »Ich wüßte nicht, warum das nicht so sein sollte. Aber wohin würdest du diesen Kamin bauen?«

»Dahin.« Pug zeigte auf zwei Steine über und links vom Fenster. Als der Turm gebaut worden war, waren sie schlecht eingepaßt worden. Jetzt befand sich zwischen ihnen ein großer Spalt, durch den der Wind in den Raum heulte. »Dieser Stein könnte herausgenommen werden«, erklärte er und zeigte auf den ganz linken. »Ich habe geschaut – er ist lose. Der Kamin könnte von dem Feuertopf kommen, sich hier krümmen«, er deutete auf einen Punkt in der Luft, oberhalb vom Topf und auf einer Höhe mit dem Stein, »und hier hinausführen. Wenn wir den Raum rundherum abdecken, dann würde das den Wind abhalten.«

Kulgan schien beeindruckt. »Das ist eine ganz neue Idee, Pug. Es könnte klappen. Ich werde morgen mit dem Schmied reden und mir seine Meinung zu dieser Angelegenheit anhören. Ich wundere mich, daß noch niemand vorher daran gedacht hat.«

Zufrieden mit sich selbst, weil er an den Kamin gedacht hatte, kehrte Pug zu seinen Studien zurück. Er las einen Absatz noch einmal, der ihm schon vorher wegen einer Widersprüchlichkeit aufgefallen war. Schließlich sah er zu dem Magier auf. »Kulgan?«

»Ja, Pug?« antwortete dieser und blickte von seinem Buch auf.

»Ich begreife nicht, wie diese Magier alle dieselbe Sache tun konnten, aber auf so unterschiedliche Art und Weise. Als wollte jeder sein Ziel erreichen und hätte ein Mittel gefunden; aber irgend etwas fehlt an der Art, wie sie es taten.«

Kulgan sah ihn rätselhaft an. »Was fehlt denn, Pug?«

Der Junge schien nachdenklich. »Ich... ich weiß es nicht. Es ist, als würde ich darauf warten, etwas zu finden, was es mir verrät. ›Dies ist die Art und Weise, auf die es getan werden muß, die einzige Art‹, oder so etwas. Klingt das irgendwie vernünftig?«

Kulgan nickte. »Ich glaube, ich kenne dich gut genug, um dich zu verstehen. Du hast einen wohlgeordneten Verstand, Pug. Du begreifst Logik weit besser als die meisten, selbst als diejenigen, die viel älter sind als du. Du siehst in allem ein System, nicht einfach eine zufällige Ansammlung von Ereignissen. Vielleicht hast du deshalb Schwierigkeiten.«

Pugs Gesicht verriet sein Interesse an dem, was der Magier sagte. Kulgan fuhr fort: »Das meiste von dem, was ich zu lehren versuche, beruht auf einem System der Logik, Ursache und Wirkung, aber vieles auch nicht. Es ist, als wenn man versuchen wollte, jemandem das Spielen auf der Laute beizubringen. Man kann ihm zeigen, wie er an den Seiten zu zupfen hat, aber deshalb ist er noch kein Troubadour. Es ist die Kunst, nicht das Wissen, was dich beunruhigt.«

»Ich glaube, ich verstehe, Kulgan.« Er klang enttäuscht.

Kulgan stand auf. »Mach dir nur keine Sorgen deswegen. Du bist noch jung, und ich habe noch Hoffnung für dich.« Er sprach leichten Tones, und Pug spürte den Humor in seinen Worten.

»Dann bin ich also kein völliger Versager?« fragte er lächelnd.

»Wirklich nicht.« Kulgan betrachtete seinen Schüler nachdenklich. »Ich habe sogar das Gefühl, daß du deinen logischen Verstand eines Tages dafür einsetzen wirst, die Kunst der Magie zu verbessern.«

Pug war ein wenig überrascht. Er hielt sich selbst nicht für jemanden, der großartige Dinge vollbringen würde.

Rufe drangen durchs Fenster, und Pug eilte hin, um hinauszuschauen. Wachen liefen zum Haupttor. Pug wandte sich an Kulgan. »Die Elben müssen gekommen sein!«

»Also schön. Für heute sind wir mit unseren Studien fertig. Für dich gibt es ja ohnehin kein Halten mehr, bis du endlich die Elben gesehen hast. Also lauf.«

Pug raste durch die Tür und die Treppe hinunter. Er nahm immer zwei Stufen auf einmal, sprang über die letzten vier zu Boden und kam dort in vollem Lauf an. Er sauste durch die Küche und hinaus. Als er um die Burg in den vorderen Hof stürmte, sah er dort Tomas, der auf einem Heuwagen stand. Pug kletterte neben ihn, um über die Köpfe des neugierigen Volkes, das sich versammelt hatte, besser die Ankunft der Besucher beobachten zu können.

»Ich dachte schon, du würdest nicht kommen«, meinte Tomas.

»Das würde ich mir nie entgehen lassen. Elben!«

Spielerisch stieß Tomas den Ellbogen in Pugs Seite. »Hast du diese Woche noch nicht genug Aufregung gehabt?«

Pug warf ihm einen düsteren Blick zu. »Wenn es dir so gleichgültig ist, warum stehst du dann im Regen hier auf dem Wagen?«

Tomas antwortete nicht. Statt dessen zeigte er: »Schau!«

Pug drehte sich um und sah die Wache ihre Stellung einnehmen, als Reiter in grünen Umhängen durch das Tor geritten kamen. Sie ritten zu dem Eingang der Burg, wo der Herzog wartete. Pug und Tomas betrachteten sie ehrfürchtig, denn sie ritten die schönsten weißen Rösser, die die Jungen jemals gesehen hatten. Sie benutzten weder Sattel noch Zaumzeug. Die Pferde schienen überhaupt nicht erhitzt, ihr Fell schimmerte sanft. Pug hätte nicht sagen können, ob das am grauen Nachmittagslicht lag oder ob ein Zauberspruch diesen Glanz hervorgerufen hatte. Der Anführer ritt ein besonders großes Tier, ganze sechzehn Hand in der Höhe, mit einer langen, fließenden Mähne und einem Schwanz wie eine Straußenfeder. Zur Begrüßung ließen die Reiter ihre Pferde sich aufbäumen, und man konnte hören, wie die Menge die Luft anhielt.

»Elbenrosse«, hauchte Tomas voll Ehrfurcht. Die Pferde waren die legendären Tiere der Elben. Martin Langbogen hatte den Jungs einmal erzählt, daß sie auf versteckten, tief im Wald verborgenen Schneisen nahe Elvandar hausten. Es hieß, daß sie über Intelligenz und Magie verfügten, und kein Mensch konnte auf ihrem Rücken sitzen. Man sagte auch, daß nur jemand mit königlichem Elbenblut ihnen befehlen konnte, Reiter zu tragen.

Stallknechte eilten herbei, um die Pferde in Empfang zu nehmen, aber eine singende Stimme erklärte: »Das ist nicht nötig.« Sie kam von dem ersten Reiter, der auf dem größten Tier saß. Er sprang geschmeidig und ohne Hilfe ab, landete auf den Füßen und warf die Kapuze zurück. Jetzt erst erkannte man, daß es sich um eine Frau handelte, mit einer Mähne aus dichtem, rötlichem Haar. Selbst im Dämmerlicht dieses verregneten Nachmittags schien das Haar goldene Strähnen zu haben. Die Frau war groß, fast so wie Borric. Sie stieg die Treppe hinauf, als der Herzog vortrat, um sie zu begrüßen.

Borric streckte ihr beide Hände entgegen. »Willkommen, Mylady. Es ist für mich und mein Haus eine große Ehre.«

Die Elbenkönigin entgegnete: »Ihr seid sehr freundlich, Lord Borric.« Ihre Stimme war voll und überraschend klar. Sie war im ganzen Hof zu hören. Pug fühlte, wie sich Tomas' Hand in seine Schulter bohrte. Als er sich umwandte, zeigte das Gesicht von Tomas einen verzückten Ausdruck. »Sie ist wunderschön«, sagte der größere Junge.

Pug wandte seine Aufmerksamkeit wieder der Willkommensszene zu. Er mußte zugeben, daß die Königin der Elben wirklich schön war, wenn auch nicht im menschlichen Sinne. Ihre Augen waren groß und blaßblau und leuchteten fast in der Düsternis. Ihr Gesicht war scharf geschnitten, hatte hohe Wangenknochen und ein kräftiges, aber nicht maskulines Kinn. Ihr Lächeln war warm, ihre Zähne leuchteten weiß zwischen fast roten Lippen. Sie trug einen schlichten Goldreif um die Stirn, der ihr Haar zurückhielt und die läppchenlosen, spitzen Ohren enthüllte, die ihre Rasse kennzeichneten.

Die anderen in ihrer Gesellschaft stiegen ebenfalls ab. Elf Reiter begleiteten die Königin. Sie sahen sich alle sehr ähnlich, waren groß, jugendlich und hatten geschmeidige Bewegungen.

Die Königin wandte sich vom Herzog ab und sagte etwas in ihrem singenden Ton. Die elf Pferde bäumten sich zum Gruß auf und eilten dann durch das Tor, an den überraschten Zuschauern vorüber. Der Herzog führte seine Gäste ins Haus, und bald zerstreute sich die Menge. Tomas und Pug saßen schweigend im Regen.

»Selbst, wenn ich hundert Jahre alt werde, werde ich wohl nie wieder jemanden sehen, der ihr ähnelt«, meinte Tomas.

Pug war überrascht, denn sein Freund zeigte nur selten derlei Gefühle. Er verspürte einen kurzen Impuls, Tomas wegen seiner jungenhaften Verliebtheit zu necken, aber irgend etwas im Ausdruck seines Kameraden ließ das als unpassend erscheinen. »Komm«, sagte er nur, »wir werden ganz naß.«

Tomas folgte Pug vom Wagen. »Du solltest besser etwas Trockenes anziehen und versuchen, dir einen Überwurf zu leihen.«

»Warum?« wollte Tomas wissen.

Mit teuflischem Grinsen antwortete Pug: »Warum? Hab' ich es dir denn nicht gesagt? Der Herzog möchte, daß du mit dem Hofstaat speist. Er möchte, daß du der Elbenkönigin erzählst, was du auf dem Schiff gesehen hast.«

Tomas sah aus, als würde er gleich explodieren. »Ich? In der großen Halle speisen?« Sein Gesicht wurde weiß. »Reden? Zu der Königin?«

Pug lachte. »Das ist leicht. Du öffnest den Mund, und die Worte kommen heraus.«

Tomas holte aus, aber Pug unterlief seinen Schlag und packte seinen Freund von hinten, als ihn sein eigener Schwung mitriß. Pug hatte Kraft in den Armen, wenn er auch nicht so groß war wie sein Freund, und jetzt hob er Tomas mit Leichtigkeit vom Boden hoch. Tomas wehrte sich, und bald darauf lachten sie beide. »Pug, laß mich runter.«

»Nicht, ehe du dich beruhigt hast.«

»Hab' ich schon.«

Pug setzte ihn ab. »Warum hast du das getan?«

»Ach, deine Art, und daß du es mir in der letzten Minute erzählt hast.«

»Schon gut. Dann tut es mir eben leid, daß ich damit gewartet habe, es dir mitzuteilen. Und was gibt's sonst noch?«

Tomas sah aus, als fühlte er sich alles andere als wohl in seiner Haut, und das konnte nicht nur am Regen liegen. »Ich weiß nicht, wie ich mit dem vornehmen Volk essen soll. Ich habe Angst, ich könnte etwas Dummes machen.«

»Das ist ganz einfach. Beobachte mich einfach und tu, was ich tue. Halte die Gabel in deiner rechten Hand und schneide mit dem Messer. Benutze häufig die Schalen mit Wasser, denn deine Hände werden fettig von den Rippchen. Und achte darauf, daß du die Knochen über deine Schulter den Hunden zuwirfst, und nicht auf den Boden vor den Tisch des Herzogs. Und wisch deinen Mund nicht an deinem Ärmel ab; nimm dazu das Tischtuch. Dafür ist es nämlich da.«

Sie marschierten zu den Unterkünften der Soldaten, während Pug seinen Freund in die feineren Manieren bei Hofe einwies. Tomas war von Pugs Wissensreichtum beeindruckt.

Tomas sah abwechselnd krank und schmerzerfüllt aus. Jedesmal, wenn ihn jemand ansah, hatte er das Gefühl, einen schweren Verstoß gegen die Etikette begangen zu haben, und dann sah er krank aus. Wann immer sein Blick zum Haupttisch wanderte und er die Elbenkönigin ansah, krampfte sich sein Magen zusammen, und er sah bedrückt aus.

Pug hatte dafür gesorgt, daß Tomas neben ihm an einem der weiter vom Tisch des Herzogs entfernten Tische saß. Normalerweise saß Pug neben der Prinzessin an Lord Borrics Tafel. Er war froh über diese Gelegenheit, von ihr fort zu sein, denn noch immer zeigte sie ihr Mißfallen über ihn. Für gewöhnlich schwatzte sie mit ihm über all die kleinen Dinge, die die Damen bei Hofe so interessant fanden. Gestern abend aber hatte sie ihn betont ignoriert und ihre ganze Aufmerksamkeit über einen überraschten und offensichtlich hocherfreuten Roland ausgegossen. Pug fand seine eigene Reaktion erstaunlich. Erleichterung mischte sich bei ihm mit einer gehörigen Portion Zorn.

Während er erleichtert war, ihrer Wut entgangen zu sein, fand er, daß ihn Rolands Getue um sie ärgerte.

Rolands Feindseligkeit ihm gegenüber hatte ihn in letzter Zeit beunruhigt. Er hatte ihm nie so nahe gestanden wie Tomas, aber nie zuvor hatten sie Grund gehabt, einander böse zu sein.

Pug warf einen Blick zu Tomas hinüber, der in seine eigenen Probleme vertieft war. Dann wandte er seine Aufmerksamkeit wieder Carline zu. Er war überwältigt von der Prinzessin, aber ihr Reiz wurde von einem merkwürdigen Unbehagen begleitet, das er verspürte, wann immer sie in der Nähe war. Sie war einfach zu kompliziert, um sich in seine einfachen Tagträume einzufügen. Im großen und ganzen fand er die Angelegenheit mit der Prinzessin problematisch. Als er sie aber mit Roland sah, vergaß er seine inneren Konflikte ihretwegen, denn ein anderes, weniger intellektuelles Gefühl drängte sich bei ihm in den Vordergrund. Er war eifersüchtig.

Pug seufzte und schüttelte den Kopf, als er über seinen eigenen Kummer in diesem Augenblick nachdachte und den von Tomas vergaß. Wenigstens bin ich nicht damit allein, dachte Pug. Zu Rolands offensichtlichem Unbehagen war Carline in diesem Augenblick in eine Unterhaltung mit Prinz Calin aus Elvandar vertieft, dem Sohn von Aglaranna. Der Prinz schien dasselbe Alter zu haben wie Arutha oder Lyam, ebenso wie seine Mutter. Sie sah aus, als wäre sie Anfang Zwanzig. Alle Elben, mit Ausnahme des ältesten Ratgebers der Königin, Tathar, sahen sehr jung aus, und auch Tathar schien nicht älter als der Herzog.

Als das Mahl vorüber war, zogen sich die meisten Mitglieder des herzoglichen Hofstaats zurück. Der Herzog erhob sich und bot Aglaranna seinen Arm. Dann führte er diejenigen, die den Befehl hatten, sich zu ihnen zu gesellen, in seine Ratskammer.

Zum dritten Mal innerhalb von vier Tagen befanden sich die Jungen in der herzoglichen Ratskammer. Pug war nicht mehr so aufgeregt wie früher, wenn er dorthin kam, was zum Teil an dem ausgiebigen Mahl lag. Aber Tomas schien nervöser denn je. Wenn der größere Junge die Stunde vor dem Essen damit verbracht hatte, die Elbenkönigin anzustarren, dann schien er jetzt, in diesem kleinen Gemach, überall hinzusehen, nur nicht in ihre Richtung. Pug glaubte, daß Aglaranna Tomas' Verhalten bemerkt und leicht gelächelt hatte, aber er war sich nicht sicher.

Die beiden Elben Calin und Tathar, die mit der Königin kamen, begaben sich unverzüglich zu dem Seitentisch, auf dem die Schale und die Geräte lagen, die man dem Tsurani-Soldaten abgenommen hatte. Sie untersuchten sie gründlich, und waren von jeder Einzelheit fasziniert.

Der Herzog rief die Versammlung zur Ordnung, und die beiden Elben traten zu ihren Stühlen zu beiden Seiten der Königin. Pug und Tomas standen wie immer neben der Tür.

»Wir haben Euch erzählt, was geschehen ist, so gut wir es verstehen«, begann der Herzog, »und jetzt habt Ihr mit Euren eigenen Augen die Beweise erblickt. Wenn Ihr glaubt, daß es hilfreich sein könnte, dann werden Euch die Knaben die Ereignisse an Bord des Schiffes noch einmal schildern.«

Die Königin neigte den Kopf, aber es war Tathar, der sprach: »Ich würde die Geschichte gern aus erster Hand hören, Euer Gnaden.«

Borric machte den Jungen ein Zeichen näherzutreten. Sie traten vor und Tathar sagte: »Wer von euch fand diesen Außerweltlichen?«

Tomas warf Pug einen Blick zu, der zeigte, daß der kleinere Junge das Reden übernehmen sollte. »Wir beide, mein Herr«, antwortete Pug, der nicht wußte, wie er den Elb anzusprechen hatte. Tathar jedoch schien mit der allgemeinen Höflichkeit zufrieden zu sein. Pug erzählte von den Ereignissen des Tages und ließ nichts aus. Als er geendet hatte, stellte Tathar eine Reihe von Fragen und brachte damit noch ein paar kleine Einzelheiten zu Tage, die Pug vergessen hatte.

Als er fertig war, trat Pug zurück, und Tathar wiederholte den ganzen Prozeß mit Tomas. Tomas fing stockend an, ganz offensichtlich peinlich berührt, und die Elbenkönigin schenkte ihm ihr beruhigendes Lächeln. Dies ließ ihn jedoch nur noch nervöser werden, und gleich darauf wurde er entlassen.

Tathar lehnte sich zurück. »Wir haben niemals von einem solchen Schiff gehört. In vieler Hinsicht ist es wie andere Schiffe, aber nicht in jeder. Wir sind überzeugt.«

»Seit dem Tode meines Königvaters«, ließ sich nun Calin vernehmen, »diene ich als Kriegsführer von Elvandar. Es ist meine Pflicht, die Pfadfinder und Patrouillen zu beaufsichtigen, die unsere Wälder und Schneisen bewachen. Seit einiger Zeit nun sind wir uns bewußt, daß merkwürdige Dinge im großen Wald geschehen, südlich vom Fluß Crydee. Mehrere Male haben unsere Läufer Spuren gefunden, die von Menschen verursacht wurden, und zwar in abgeschiedenen Teilen des Waldes. Sie wurden nahe den Grenzen Elvandars gesichtet, aber auch fern, beim nördlichen Paß nahe Bergenstein.

Unsere Pfadfinder haben wochenlang versucht, diese Menschen zu finden, aber es wurden nur ihre Spuren gesehen. Es gab keines der üblichen Dinge, die man erwarten würde, wenn eine Gruppe angreift. Diese Leute haben sich große Mühe gegeben, ihre Anwesenheit zu verbergen. Wären sie nicht so dicht an Elvandar vorübergezogen, wären sie möglicherweise überhaupt nicht beobachtet worden. Aber niemand kann in die Nähe unseres Heimes vordringen und dabei unbemerkt bleiben.

Vor einigen Tagen sichtete einer unserer Späher eine Gruppe von Fremden, die am Saume unserer Wälder den Fluß überquerten. Sie zogen in die Richtung des Passes des Nordens. Er folgte ihnen einen halben Tagesmarsch lang, ehe er sie aus den Augen verlor.«

Fannon zog die Brauen hoch. »Ein Elbenpfadfinder verlor sie?«

Calin senkte leicht den Kopf. »Nicht aufgrund einer Ungeschicklichkeit. Sie betraten einfach ein dichtes Gebüsch und kamen nicht mehr auf der anderen Seite heraus. Er folgte ihren Spuren bis zu der Stelle, an der sie sich einfach aufgelöst haben.«

Lyam sagte: »Ich glaube, wir wissen, wohin sie gegangen sind.« Er sah ungewöhnlich ernst drein und ähnelte seinem Vater noch mehr als sonst.

Calin fuhr fort: »Vier Tage, ehe Eure Nachricht eintraf, sichteten ein anderer Elb und ich nahe der Stelle der letzten Sichtung eine ganze Gruppe. Es waren untersetzte und kräftige Männer, ohne Bart. Einige waren blond, andere dunkel. Es waren zehn von ihnen, und sie bewegten sich geschickt durch den Wald. Doch das geringste Geräusch ließ sie aufmerken. Aber dennoch hatten sie keine Ahnung, daß sie entdeckt worden waren.

Sie alle trugen Rüstungen in leuchtenden Farben, rote und blaue, ein paar grüne, andere gelbe. Nur einer war in eine schwarze Robe gewandet. Sie trugen Schwerter wie jenes dort auf dem Tisch, und merkwürdige Bogen, kurz und auf seltsame Art doppelt gebogen.«

Algon beugte sich vor. »Das sind überkrümmte Bogen, wie diejenigen, die die keshianischen Hundesoldaten benutzen.«

Calin spreizte die Hände. »Kesh hat diese Lande schon lange verlassen, und als wir das Kaiserreich kannten, hat man dort einfache Bogen verwendet.

Ich folgte ihnen zwei Tage lang. Des Nachts hielten sie an und schlugen ein kaltes Lager auf. Sie gaben sich große Mühe, keine Anzeichen zurückzulassen, daß sie hier gewesen waren. Alle Essensreste und Exkremente wurden in einem Sack gesammelt und dann von einem aus der Gruppe getragen. Sie bewegten sich vorsichtig, waren aber leicht von uns zu verfolgen.

Als sie an den Rand des Waldes kamen, nahe der Mündung des Passes des Nordens, machten sie Zeichen auf ein Pergament, wie sie es verschiedene Male unterwegs schon gemacht hatten. Dann aktivierte der Mann in Schwarz irgendeinen fremdartigen Spruch und sie verschwanden.« In der Gesellschaft des Herzogs machte sich Unruhe bemerkbar. Vor allem Kulgan sah erregt aus.

Calin machte eine Pause. »Das Merkwürdigste an ihnen war jedoch ihre Sprache, denn sie war anders als alles, was wir kennen. Sie unterhielten sich in gedämpftem Ton, aber wir konnten sie hören, und ihre Worte waren ohne Bedeutung.«

Jetzt meldete sich die Königin zu Wort. »Als ich das hörte, wurde ich unruhig, denn diese Außerweltlichen legen ganz eindeutig eine Karte des Westens an. Dabei durchstreifen sie frei den großen Wald, die Hügel von Bergenstein, und jetzt auch die Küsten des Königreiches. Noch während wir uns anschickten, Euch Kunde davon zukommen zu lassen, wurden die Berichte über diese Außerweltlichen häufiger. Weitere Gruppen wurden in der Gegend des Passes des Nordens gesehen.«

Arutha lehnte sich vor, die Arme auf den Tisch gestützt. »Wenn sie den Paß des Nordens überqueren, werden sie den Weg nach Yabon und zu den Freien Städten entdecken. In den Bergen werden die Schneefälle einsetzen, und sie könnten entdecken, daß wir im Winter wirksam von jeglicher Hilfe abgeschnitten sind.«

Einen Augenblick blitzte Sorge auf dem Gesicht des Herzogs auf, ja Angst, die sein stoisches Verhalten Lügen strafte. Dann gewann er seine Haltung zurück und sagte: »Da ist immer noch der Paß des Südens, und so weit sind sie mit ihren Karten vielleicht noch nicht gekommen. Wenn sie sich in jenem Gebiet aufgehalten hätten, hätten die Zwerge höchstwahrscheinlich etwas von ihnen gesehen, da die Dörfer der Grauen Türme weiter voneinander entfernt liegen als diejenigen von Bergenstein.«

»Lord Borric«, erklärte Aglaranna. »Ich hätte Elvandar niemals verlassen, wenn ich die Situation nicht für äußerst kritisch halten würde. Nach allem, was Ihr uns von dem außerweltlichen Kaiserreich berichtet habt, fürchte ich für alle freien Völker des

Westens, wenn sie wirklich so mächtig sind, wie Ihr sagt. Wenngleich die Elben das Königreich als solches nicht gerade lieben, so respektieren wir doch die Völker des Westens, denn ihr seid immer ehrenwerte Männer gewesen und habt niemals versucht, Euer Reich in unsere Lande auszudehnen. Wir würden uns mit Euch verbünden, sollten diese Außerweltlichen gekommen sein, um zu erobern.«

Borric saß einen Moment schweigend da. »Ich danke der Herrscherin von Elvandar für die Hilfe des Elbenvolkes, sollte es zum Krieg kommen. Wir stehen auch Eures Rates wegen in Eurer Schuld, denn nun können wir handeln. Hätten wir nicht von diesen Vorkommnissen im großen Wald erfahren, hätten wir den Fremden wahrscheinlich mehr Zeit gelassen, ihren Angriff vorzubereiten.« Wieder machte er eine Pause, als müßte er seine nächsten Worte überdenken. »Und ich bin überzeugt, daß diese Tsurani uns Übles wollen. Ein fremdes Land zu erforschen und zu versuchen, das Wesen und die Laune der Menschen, die dort leben, zu begreifen – das könnte ich verstehen. Wenn aber Krieger Karten anfertigen, dann kann das nur ein Vorspiel zum Einmarsch sein.« Der Herzog richtete sich auf; seine Stimme nahm einen befehlenden Ton an. »Wir werden handeln. Ich werde Nachricht an Herzog Brucal von Yabon senden, und nochmals an Bergenstein und die Grauen Türme.«

Aglaranna meinte: »Es wäre gut zu hören, was uns das Zwergenvolk berichten kann.«

Borric erklärte: »Ich hatte auf Nachricht gehofft, aber unsere Boten sind noch nicht zurückgekehrt. Auch nicht die Tauben, die sie bei sich hatten.«

»Habichte vielleicht«, gab Lyam zu bedenken. »Die Tauben sind nicht immer zuverlässig. Vielleicht haben die Boten die Zwerge auch niemals erreicht.«

Borric wandte sich an Calin. »Seit der Belagerung von Carse sind vierzig Jahre vergangen, und seither haben wir kaum mit den Zwergen verkehrt. Wer befehligt derzeit die Zwergensippen?«

Der Elbenprinz erwiderte: »Wie damals. Bergenstein steht unter dem Banner von Harthorn, aus der Linie Hogar, im Dorfe Delmoria. Die Grauen Türme versammeln sich um das Banner von Dolgan, aus der Linie Tholin, im Dorfe Caldara.«

»Beide sind mir bekannt, obwohl ich noch ein Knabe war, als sie die Düsteren Brüder zwangen, ihre Belagerung von Carse aufzuheben«, sagte Borric. »Sie werden sich als starke Verbündete erweisen, sollte es zum Kampfe kommen.«

»Was ist mit den Freien Städten? Und dem Prinzen in Krondor?« wollte Arutha wissen.

Borric lehnte sich zurück. »Darüber muß ich erst nachdenken, denn es gibt Probleme im Osten – so hat man mir kundgetan. Ich werde noch heute nacht über diese Angelegenheit entscheiden.« Er erhob sich. »Ich danke Euch allen für diesen Rat. Kehrt nun in Eure Unterkünfte zurück und erholt und erfrischt Euch. Ich bitte Euch, Pläne zu entwerfen, wie wir diese Eindringlinge behandeln, wenn sie kommen sollten. Morgen laßt uns dann erneut zusammenkommen.«

Als die Elbenkönigin sich erhob, bot er ihr seinen Arm und geleitete sie dann durch die Tür hinaus, die Tomas und Pug offen hielten. Die Jungen waren die letzten, die sich zurückzogen. Fannon schleppte Tomas mit sich zu den Unterkünften der gemeinen Soldaten, während Kulgan mit Tully und den beiden Elbenräten draußen vor der großen Halle stand.

Der Magier wandte sich seinem Lehrling zu. »Pug, Prinz Calin erklärte sein Interesse an deiner kleinen Bibliothek von Zauberbüchern. Würdest du sie ihm bitte zeigen?«

Pug erklärte sich dazu bereit und führte den Prinzen die Treppe empor zu seiner Tür, die er für ihn öffnete. Calin trat ein, und Pug folgte ihm. Fantus schlief und wachte erschrocken auf. Er warf dem Elben einen mißtrauischen Blick zu.

Calin ging langsam zu dem Drachen hinüber und sprach leise ein paar Worte zu ihm in einer Sprache, die Pug nicht verstand. Fantus verlor seine Nervosität und reckte den Hals, damit der Prinz ihm den Kopf kraulen konnte.

Nach einem Augenblick schaute der Drache erwartungsvoll zu Pug hinüber. »Ja, das Essen ist vorbei«, erklärte dieser. »In der Küche wird es einen Haufen Abfälle geben.« Mit breitem Grinsen begab sich Fantus zum Fenster und stieß es mit der Schnauze auf. Er klatschte einmal mit den Flügeln und glitt dann auf die Küche zu.

Pug bot Calin einen Stuhl an, aber der Prinz sagte: »Danke, aber eure Stühle und Sessel sind für jemanden meiner Rasse nicht sehr bequem. Mit deiner Erlaubnis setze ich mich einfach auf den Boden. Du hast ein außergewöhnliches Haustier, Junker Pug.« Er lächelte ihn an. Pug fühlte sich nicht so recht wohl mit dem Elbenprinzen als Gast in seinem ärmlichen Zimmer. Der Prinz aber betrug sich auf eine Weise, die dafür sorgte, daß sich der Junge entspannte.

»Fantus ist weniger ein Haustier als vielmehr ein ständiger Gast. Er hat seinen eigenen Kopf. Es ist nicht ungewöhnlich, daß er manchmal wochenlang verschwindet, aber die meiste Zeit verbringt er hier. Jetzt, wo Meecham fort ist, muß er außerhalb der Küche essen.«

Calin erkundigte sich, wer Meecham war. Pug erklärte es ihm und fügte noch hinzu: »Kulgan hat ihn über die Berge nach Bordon entsandt, mit einigen der Wachen des Herzogs, ehe der Paß des Nordens eingeschneit ist. Er hat nicht gesagt, weshalb er ausgezogen ist, Hoheit.«

Calin betrachtete eines der Bücher des Jungen. »Ich ziehe es vor, Calin genannt zu werden, Pug.«

Pug nickte erfreut. »Calin, was glaubt Ihr, hat der Herzog im Sinn?«

Der Elb schenkte ihm ein rätselhaftes Lächeln. »Ich denke, der

Herzog wird seine Pläne beizeiten selbst erklären. Ich vermute, daß Meecham den Weg vorbereitet, sollte der Herzog beschließen, gen Osten zu reisen. Höchstwahrscheinlich wirst du es morgen schon wissen.« Er hielt das Buch hoch, das er angesehen hatte. »Hast du das interessant gefunden?«

Pug beugte sich vor und las den Titel. *»Dorcas Abhandlung über die Animation von Gegenständen.* Ja, obwohl es mir ein wenig unklar erschien.«

»Ein gerechtes Urteil. Dorcas war ein unklarer Mann, oder jedenfalls fand ich das.«

Pug fuhr zusammen. »Aber Dorcas ist vor dreißig Jahren gestorben.«

Calin lächelte breit und zeigte seine weißen, ebenmäßigen Zähne. Seine blassen Augen leuchteten im Laternenschein. »Dann weißt du nur wenig von den Elben, ja?«

»Wenig, ja. Ihr seid der erste Elb, mit dem ich je gesprochen habe, obwohl ich vielleicht einen anderen Elb gesehen habe, als ich noch ganz klein war. Ich bin mir nicht sicher.« Calin warf das Buch beiseite. »Ich weiß nur, was mir Martin Langbogen erzählt hat: Daß ihr irgendwie mit Tieren sprechen könnt und mit Gespenstern, daß ihr in Elvandar und in den es umgebenden Wäldern lebt und daß ihr euch die meiste Zeit unter euresgleichen aufhaltet.«

Der Elb lachte. Es war ein sanftes, melodisches Geräusch. »Das ist fast alles richtig. Und wie ich Freund Langbogen kenne, möchte ich wetten, daß einige seiner Geschichten recht bunt waren. Er ist zwar kein Mann, der andere anführt, aber er hat den Humor eines Elben.« Pugs Gesicht verriet, daß er es nicht verstand. »An euch gemessen leben wir eine sehr lange Zeit. Wir lernen es, den Humor in der Welt zu lieben und finden oft Dinge lustig, die die Menschen nicht als solches empfinden können. Du kannst auch einfach sagen, wir sehen das Leben mit anderen Augen an. Martin hat das von uns gelernt, vermute ich.«

Pug nickte. »Ironische Augen.«

Fragend zog Calin eine Braue hoch. Pug erklärte: »Viele Leute hier finden es schwierig, mit Martin umzugehen. Er ist irgendwie ganz anders. Ich habe einmal gehört, wie ein Soldat sagte, er hätte ironische Augen.«

Calin seufzte. »Das Leben ist schwer gewesen für Martin. Er blieb schon in sehr frühen Jahren sich selbst überlassen. Die Mönche von Silban sind gute, freundliche Männer, aber nicht sehr dafür geeignet, einen Jungen aufzuziehen. Martin lebte wie ein wildes Tier in den Wäldern, als er seinen Lehrmeistern entfliehen konnte. Ich fand ihn eines Tages, als er mit zweien unserer Kinder kämpfte - wir unterscheiden uns nicht sehr von Menschen, solange wir sehr jung sind. Im Laufe der Jahre ist er zu einem der wenigen Menschen geworden, die nach Belieben nach Elvandar kommen dürfen. Er ist ein hochgeschätzter Freund. Aber ich glaube, er trägt eine besondere Last der Einsamkeit mit sich herum, denn er gehört weder der Welt der Elben noch der der Menschen an.«

Pug sah Martin in einem neuen Licht und beschloß, zu versuchen, den Jagdmeister besser kennenzulernen. Zum ursprünglichen Thema zurückkehrend, meinte er dann: »Ist es wahr, was er gesagt hat?«

Calin nickte. »In mancher Hinsicht. Wir können mit den Tieren nur so sprechen wie die Menschen auch, in Tönen, bei denen sie sich beruhigen. Aber wir sind besser als die meisten Menschen, weil wir eher bereit sind, in den Stimmungen der wilden Tiere zu lesen. Martin kann auch etwas davon. Dagegen sprechen wir nicht mit Gespenstern. Es gibt Kreaturen, die wir kennen, und die Menschen sehen sie als Gespenster an – Dryaden, Kobolde, Feen –, aber das sind natürliche Wesen, die unserer Magie nah sind.«

Pugs Interesse war geweckt. »Eure Magie?«

»Unsere Magie ist Teil unseres Seins. Am stärksten ist sie in

Elvandar. Sie ist ein jahrhundertealtes Erbe und ermöglicht es uns, in Frieden im Walde zu leben. Dort arbeiten wir wie andere auch, jagen, pflegen unsere Gärten, feiern unsere Feste und lehren unsere Jungen. Die Zeit vergeht in Elvandar nur langsam, denn es ist ein zeitloser Ort. Darum kann ich mich auch noch daran erinnern, mit Dorcas gesprochen zu haben, denn trotz meines jugendlichen Aussehens bin ich doch schon über einhundert Jahre alt.«

»Einhundert...« Pug schüttelte den Kopf. »Der arme Tomas. Er war bekümmert, als er vernahm, daß Ihr der Sohn der Königin seid. Jetzt wird er verzweifelt sein.«

Calin neigte den Kopf. Ein leichtes Lächeln überzog sein Gesicht. »Der Knabe, der mit uns in der Ratshalle war?«

Pug nickte. Calin erklärte: »Es ist nicht zum ersten Mal, daß meine Königinmutter eine solche Wirkung auf einen Menschen ausübt. Aber ältere Männer verbergen es wirkungsvoller.«

»Ihr habt nichts dagegen?« Pug hatte das Gefühl, seinen Freund beschützen zu müssen.

»Aber natürlich nicht, Pug. Alle in Elvandar lieben die Königin, und es wird allgemein anerkannt, daß ihre Schönheit unübertroffen ist. Ich finde es nicht überraschend, daß dein Freund hingerissen ist. Seit meines Königvaters Tod ist mehr als ein kühner Adliger deiner Rasse bei uns erschienen und hat um Aglarannas Hand angehalten. Jetzt ist ihre Trauerzeit vorüber und sie kann einen anderen nehmen, wenn sie möchte. Es ist unwahrscheinlich, daß es jemand aus eurer Rasse sein wird, denn obwohl einige wenige solcher Ehen vollzogen wurden, so neigen sie doch dazu, ein trauriges Ende zu haben. Sie wird noch viele weitere Menschenalter durchleben, wenn die Götter gewillt sind.«

Calin schaute sich im Zimmer um und fügte hinzu: »Es ist wahrscheinlich, daß unser Freund Tomas über seine Gefühle für die große Dame der Elben hinauswachsen wird. Genauso, wie sich die Gefühle deiner Prinzessin für dich ändern werden, denke ich.«

Pug war verlegen. Er war neugierig gewesen, wovon Carline und der Elbenprinz während des Dinners gesprochen hatten. Er hatte aber nicht danach fragen mögen. »Ich habe bemerkt, daß Ihr Euch ausführlich mit ihr unterhalten habt.«

»Ich hatte erwartet, einen Helden von stolzer Größe zu treffen, dem Blitze um die Schultern tanzten. Es scheint so, als hättest du eine Reihe von Trollen mit einer einzigen Handbewegung vernichtet.«

Pug errötete. »Es waren bloß zwei, und außerdem war es ganz zufällig.«

Calins Brauen schossen in die Höhe. »Selbst zwei sind schon eine Tat. Ich hatte gedacht, das Mädchen würde mir Märchen auftischen. Ich möchte die Geschichte gerne hören.«

Pug erzählte ihm, was geschehen war. Als er fertig war, meinte Calin: »Das ist eine ungewöhnliche Geschichte, Pug. Ich weiß nur wenig von menschlicher Magie, aber doch genug, um zu wissen, daß das, was du getan hast, so merkwürdig war, wie Kulgan sagt. Elbenzauber ist ganz anders als der der Menschen, und wir verstehen unseren besser als ihr den Euren. Nie habe ich von einem solchen Vorkommnis gehört, aber eins kann ich dir sagen: Gelegentlich, zu Zeiten größter Erfordernis, kann ein innerer Ruf ergehen, der Mächte hervorbringt, die schlummernd in einem verborgen sind.«

»Daran habe ich auch schon gedacht. Aber es wäre schön, ein wenig besser zu verstehen, was geschehen ist.«

»Das mag mit der Zeit wohl kommen.«

Pug schaute seinen Gast an. »Würdet Ihr mir mehr von der Elbenzauberei erzählen?«

»Unsere Magie ist uralt. Sie ist Teil unseres Seins und dessen, was wir schaffen. Elbenstiefel können selbst einen Menschen lautlos gehen machen, und Elbenbögen treffen ihr Ziel besser, denn das ist das Wesen unserer Magie. Sie ist in uns selbst, in unseren Wäldern und unseren Schöpfungen verankert. Manchmal kann sie beherrscht werden, von jenen, die sie wirklich verstehen… Zauberweber wie zum Beispiel Tathar. Aber das ist nicht leicht, denn unsere Magie widersteht jeglicher Manipulation. Sie ist wie die Luft, umgibt uns immer, bleibt aber unsichtbar. Aber wie die Luft, die gespürt werden kann, wenn ein Wind weht, hat sie Substanz. Die Menschen nennen unsere Wälder verzaubert, denn so lange hausen wir schon dort, daß unsere Magie das Mysterium Elvandars geschaffen hat. Alle, die dort sind, leben in Frieden. Niemand kann Elvandar uneingeladen aufsuchen, außer er beherrscht mächtige Künste. Selbst die entferntesten unserer Grenzen verursachen jenen, die sie in böser Absicht übertreten, Übelkeit und ungute Gefühle. Das ist nicht immer so gewesen, denn vor langer Zeit teilten wir unser Gebiet und Schicksal mit anderen, den Moredhel, die ihr die Bruderschaft des Düsteren Pfades nennt. Seit dem großen Bruch, als wir sie aus unseren Wäldern vertrieben, hat sich Elvandar verändert und ist mehr unser Heim geworden, unsere Essenz.«

Sie unterhielten sich noch bis spät in die Nacht hinein. Pug war fasziniert von dem Elben und geschmeichelt, weil so viele Dinge, die er sagte, für Calin interessant zu sein schienen.

Schließlich führte Pug Calin in die große Halle, wo ihn ein Diener zu seinem Gemach geleitete. Pug kehrte in sein Zimmer zurück und legte sich nieder. Ein feuchter Fantus gesellte sich wieder zu ihm und schnaubte empört, weil er durch den Regen hatte fliegen müssen. Fantus schlief schon bald ein. Pug jedoch lag da und starrte auf das flackernde Licht aus dem Feuertopf, das an der Decke tanzte. Er war unfähig, den Schlaf herbeizurufen. Er versuchte, die Geschichten von fremden Kriegern aus seinem Kopf zu verbannen, aber Bilder von in leuchtende Farben gekleideten Kämpfern, die durch die Wälder der westlichen Lande stapften, machten ihm den Schlaf unmöglich.

Am nächsten Morgen herrschte auf Schloß Crydee düstere Stimmung. Der Klatsch unter den Bediensteten hatte die Nachrichten von den Tsurani verbreitet, obwohl man keine Einzelheiten kannte. Alle gingen ihren Pflichten nach, achteten dabei aber darauf, ob sie nicht hier und da eine Spekulation darüber hörten, was der Herzog zu tun gedenke. Alle stimmten in einem Punkte überein: Borric conDoin, der Herzog von Crydee, war kein Mann, der faul abwartend sitzen bleiben würde. Irgend etwas würde getan werden müssen, und zwar bald.

Pug hockte auf einem Ballen Heu und sah Tomas zu, der mit dem Schwert übte. Seine Schläge waren nur halbherzig, und schließlich schleuderte er das Schwert mißmutig in den Staub. »Ich bringe einfach überhaupt nichts fertig.« Er schlenderte herbei und setzte sich neben Pug. »Ich frage mich, worüber die sprechen.«

Pug zuckte mit den Schultern. ›Sie‹, damit meinte er den Rat des Herzogs. Heute waren die Jungen nicht aufgefordert worden, an der Versammlung teilzunehmen, und die letzten vier Stunden waren nur langsam vergangen.

Abrupt wurde der Hof geschäftig, als Diener auf das Haupttor zueilten. »Komm«, forderte Tomas seinen Freund auf. Pug sprang von dem Ballen und folgte ihm.

Sie bogen gerade rechtzeitig um die Burg, um wie am Tage zuvor die Wachen hinauslaufen zu sehen. Es war kälter als gestern, aber es regnete nicht. Die Jungs kletterten auf denselben Wagen, und Tomas zitterte. »Ich glaube, dieses Jahr kommt der Schnee schon früh. Vielleicht schon morgen.«

»Wenn das so ist, dann wäre das der früheste Schneefall, an den ich mich erinnern kann. Du hättest deinen Umhang umlegen sollen. Jetzt bist du vom Üben ganz verschwitzt, und die Luft läßt dich frieren.«

»Himmel, du hörst dich ja wie meine Mutter an.«

Pug tat so, als wäre er erschöpft. In hohem Ton und näselnd

sagte er: »Aber komm bloß nicht zu mir gelaufen, wenn du ganz blau vor Kälte bist und hustest und niest, und such dann nicht Trost bei mir. Hier wirst du keinen finden, Tomas Megarson.«

Tomas grinste. »Jetzt hörst du dich genauso an wie sie.«

Sie drehten sich um, als sie hörten, wie die großen Tore geöffnet wurden. Der Herzog und die Elbenkönigin führten die anderen Gäste aus der Burg. Der Herzog hielt die Hand der Königin in einer freundschaftlichen Geste des Abschieds. Dann legte sie die Hand an die Lippen und sang eine Reihe von Worten. Sie waren nicht laut, aber doch über den Lärm der Menge hinweg zu vernehmen. Die Diener, die im Hofe standen, verstummten, und bald darauf erklangen Hufschläge vor dem Schloß.

Zwölf weiße Pferde rannten durch die Tore und bäumten sich zum Gruße vor der Elbenkönigin auf. Die Elben stiegen hastig auf, hoben die Hände zum Salut für den Herzog, wandten ihre Tiere um und rasten durch das Tor.

Noch ein paar Minuten nachdem sie fort waren, stand die Menge herum, als wollte sie nicht zugeben, daß die Elben wieder fort waren. Dann kehrten alle langsam an ihre Arbeit zurück.

Tomas schaute in weite Fernen. »Was ist los?« fragte Pug ihn.

»Ich wünschte, ich könnte Elvandar sehen, eines Tages«, meinte sein Freund leise.

Pug verstand. »Vielleicht wirst du das.« In leichterem Ton fügte er dann hinzu: »Aber ich bezweifle es. Weil ich ein Magier sein werde und du ein Soldat, und die Königin wird noch lange, nachdem wir tot sind, in Elvandar regieren.«

Tomas sprang spielerisch auf seinen Freund und drückte ihn ins Stroh. »Ach ja? Nun, eines Tages werde ich aber doch nach Elvandar reisen.« Er hielt Pug unter sich gefangen und setzte sich rittlings auf seine Brust. »Und wenn ich das tue, dann werde ich ein großer Held sein, der reihenweise Siege über die Tsuranis erzielt hat. Sie wird mich als ihren Ehrengast willkommen heißen. Was hältst du davon?«

Pug lachte und versuchte, seinen Freund abzuschütteln. »Und ich werde der größte Magier des Landes sein.«

Sie lachten beide. Eine Stimme unterbrach ihr Spiel. »Pug! Hier bist du!«

Tomas stand auf und Pug setzte sich. Die untersetzte Gestalt von Gardell, dem Schmied, näherte sich ihnen. Er war ein Mann mit breiter Brust, wenig Haupthaar, aber einem dichten, schwarzen Bart. Seine Arme waren rußgeschwärzt, und seine Schürze wies unzählige Brandlöcher auf. Er trat an die Seite des Wagens und stemmte die Fäuste in die Hüften. »Ich habe dich schon überall gesucht. Ich habe diese Haube fertig, um die Kulgan mich für deinen Feuertopf gebeten hat.«

Pug kletterte vom Wagen, Tomas war dicht hinter ihm. Zusammen mit Gardell gingen sie zur Schmiede. »Verdammt gute Idee, diese Haube. Ich habe nie daran gedacht, eine Haube für einen Feuertopf zu benutzen. Mußte sofort eine machen, als Kulgan mir von dem Plan erzählt hat.«

Sie betraten die Schmiede. Es war ein geräumiger Schuppen mit einem großen und einem kleinen Ofen und verschiedenen Ambossen in unterschiedlichen Größen. Alle möglichen Dinge lagen umher, die darauf warteten, repariert zu werden: Rüstungen, Reitzeug, Küchengeräte. Gardell trat zu dem größeren Ofen und hob die Haube auf. Sie war ungefähr neunzig Zentimeter breit, neunzig Zentimeter hoch, kegelförmig und mit einem Loch oben versehen. Runde Metallrohre lagen in der Nähe, die besonders dünn gearbeitet waren.

Gardell hielt ihnen seine Entwicklung hin. »Ich habe sie ziemlich dünn gefertigt und eine Menge Zinn benutzt, damit sie leicht ist. Wenn sie zu schwer wäre, würde sie nämlich zusammenbrechen.« Mit dem Fuß wies er auf mehrere Metallstangen. »Wir klopfen ein paar kleine Löcher in den Boden und stützen sie damit ab. Es braucht vielleicht ein bißchen Zeit, bis sie richtig ist, aber ich glaube, diese Idee von dir wird funktionieren.«

Pug lächelte breit. Es machte ihm Spaß, zu sehen, wie eine Idee von ihm konkrete Formen annahm. Es war ein neues und befriedigendes Gefühl. »Wann können wir sie installieren?«

»Jetzt gleich, wenn du willst. Ich muß gestehen, ich möchte sie auch gerne arbeiten sehen.«

Pug sammelte ein paar Rohre zusammen, und Tomas nahm den Rest und die Stangen. Unter der Last keuchend, machten sie sich auf den Weg zum Turm des Magiers, gefolgt von dem kichernden Schmied.

Kulgan war tief in Gedanken versunken, als er sich anschickte, die Treppe zu seinem Gemach zu erklimmen. Plötzlich erscholl ein Ruf von oben: »Habt acht!« Kulgan blickte rechtzeitig auf, um gerade noch einen Steinblock die Treppe hinabpoltern zu sehen. Kulgan sprang beiseite, und schon schmetterte der Stein an die Mauer, dorthin, wo der Magier soeben noch gestanden hatte. Dann blieb er am Fuße der Treppe liegen. Mörtelstaub erfüllte die Luft, und Kulgan nieste.

Tomas und Pug kamen die Treppe mit besorgten Gesichtern hinuntergestürmt. Als sie sahen, daß niemand verletzt war, waren sie sehr erleichtert.

Kulgan musterte das Paar grimmig. »Was hat das alles zu bedeuten?«

Pug machte einen ziemlich dummen Eindruck, während Tomas versuchte, mit der Wand zu verschmelzen. Pug sprach zuerst. »Wir haben versucht, diesen Stein in den Hof zu tragen, und er ist uns sozusagen aus der Hand gerutscht.«

»Sozusagen aus der Hand gerutscht? Sah mehr aus, als hätte er den verrückten Versuch unternommen, seine Freiheit zu erringen. Also, warum habt ihr diesen Stein getragen? Und woher kommt er?«

»Das ist der lose Stein aus der Wand in meinem Zimmer«, erwiderte Pug. »Wir haben ihn herausgenommen, damit Gardell das letzte Rohr anbringen kann.« Als Kulgan immer noch nicht zu verstehen schien, fuhr Pug fort: »Für die Haube zu meinem Feuertopf, erinnert Ihr Euch?«

»Ach ja, jetzt ja.« Ein Diener erschien, um sich nach der Ursache des Lärms zu erkundigen. Kulgan bat ihn, ein paar Arbeiter zu holen, die den Steinblock forttragen sollten. Er ging, und Kulgan wandte sich an die Jungs. »Ich glaube, es ist besser, wenn jemand, der ein bißchen größer ist als ihr, mit diesem Stein umgeht. Jetzt laßt uns das Wunder bestaunen.«

Sie erklommen die Stufen zum Raum des Jungen und fanden Gardell damit beschäftigt, das letzte Stück Rohr zu befestigen. Als sie eintraten, drehte der Schmied sich um. »Nun, was meint ihr?«

Der Topf war ein Stückchen näher an die Wand gerückt, und die Haube saß darüber auf vier gleichlangen Metallstäben. Der gesamte Rauch wurde von der Haube eingefangen und durch das leichte Metallrohr abgeleitet. Unglücklicherweise war das Loch, aus dem der Stein herausgenommen worden war, weit größer als das Rohr, und so blies der Wind den größten Teil des Rauches ins Zimmer zurück.

»Kulgan, was meint Ihr?« fragte Pug.

»Nun ja, Junge. Es sieht recht eindrucksvoll aus. Aber was die Atmosphäre hier betrifft, kann ich keine große Verbesserung feststellen.«

Gardell schlug einmal kräftig mit der Hand auf die Haube, wodurch sie metallisch dröhnte. Die dicken Schwielen an seiner Hand verhinderten, daß er sich am heißen Blech verbrannte. »Das wird schon werden, wenn ich das Loch erst einmal verstopft habe, Magier. Ich hole etwas Büffelhaut, aus der ich die Schilde der Reitersmänner fertige, und dann schneide ich in eines der Stücke ein Loch, befestige es um das Rohr und nagle es an die Wand. Die Hitze wird es austrocknen und härten. Dann bleibt es drinnen warm, und Regen und Wind werden aus dem Raum ferngehalten, ebenso wie der Rauch.« Der Schmied schien mit seinem Werk zufrieden zu sein. »Ich hole die Haut. Bin gleich wieder da.«

Pug sah aus, als müsse er vor Stolz bersten, als er seine Erfindung vor sich sah, und Tomas spiegelte Pugs Glanz wider. Kulgan kicherte einen Moment leise vor sich hin.

Plötzlich wandte sich Pug an den Magier, als ihm einfiel, wo dieser seinen Tag verbracht hatte. »Was gibt es Neues vom Rat?«

»Der Herzog entsendet Boten an alle Mächtigen des Westens und erklärt ihnen in allen Einzelheiten, was sich ereignet hat. Er bittet sie, die Armeen des Westens bereitzuhalten. Ich fürchte, Tullys Schreiber haben einige harte Tage vor sich, denn der Herzog möchte, daß alles so bald als möglich fertiggestellt wird.

Tully ist wütend, denn ihm ist befohlen worden, während der Abwesenheit des Herzogs als Lyams Berater zusammen mit Fannon und Algon hier zu bleiben.«

»Lyams Berater? Abwesenheit?« fragte Pug verständnislos.

»Ja. Der Herzog, Arutha und ich werden in die Freien Städte reisen, und dann weiter nach Krondor, um mit Prinz Erland zu sprechen. Ich werde noch heute nacht eine Traumbotschaft an einen meiner Kollegen senden – wenn ich es vermag. Belgan lebt nördlich von Bordon. Er wird Meecham verständigen, der inzwischen dort sein sollte und uns ein Schiff besorgen muß. Der Herzog hält es für das Beste, selbst die Nachricht zu überbringen.«

Pug und Tomas sahen ihn aufgeregt an. Kulgan wußte, daß sie beide gern mitkommen wollten. Ein Besuch in Krondor wäre das größte Ereignis ihres jungen Lebens. Kulgan strich sich über den grauen Bart. »Es wird schwierig sein, deine Lektionen fortzusetzen, aber Tully kann dir den einen oder anderen Trick beibringen.«

Pug sah aus, als müßte er platzen. »Bitte, Kulgan, darf ich mitkommen?«

Kulgan heuchelte Überraschung. »Du? Mitkommen? Daran habe ich überhaupt noch nicht gedacht.« Er machte eine Pause, während der die Spannung noch wuchs. »Nun…« Pugs Blick flehte. »…Ich denke, das ist wohl in Ordnung.« Pug stieß einen Freudenschrei aus und sprang hoch in die Luft.

Tomas bemühte sich, seine Enttäuschung nicht zu zeigen. Er zwang sich zu einem dünnen Lächeln und versuchte, glücklich für seinen Freund auszusehen.

Kulgan ging zur Tür. Pug bemerkte Tomas' enttäuschtes Gesicht. »Kulgan?« fragte er. Der Magier wandte sich um, ein Lächeln auf den Lippen.

»Ja, Pug?«

»Tomas auch?«

Tomas schüttelte den Kopf, denn er war weder Mitglied des Hofes, noch befand er sich in der Obhut des Magiers. Aber seine Augen schauten flehentlich auf Kulgan.

Kulgan lächelte breit. »Ich denke, wir sind besser dran, wenn wir euch beisammen lassen. Dann haben wir den Ärger nur an einer Stelle. Also Tomas auch. Ich werde alles mit Fannon ordnen.«

Tomas brüllte, und die beiden Jungen hieben sich gegenseitig auf die Rücken.

»Wann reisen wir ab?« wollte Pug wissen.

Kulgan lachte. »In fünf Tagen oder vielleicht auch früher, wenn der Herzog von den Zwergen hört. Läufer werden zum Paß des Nordens entsandt, um zu sehen, ob er frei ist. Wenn nicht, reiten wir über den Paß des Südens.«

Verstehen

Pug eilte über den Hof.

Prinzessin Carline hatte ihm eine Nachricht gesandt und ihn gebeten, sie in ihrem Blumengarten zu treffen. Es war das erste Mal, daß er von ihr hörte, seit sie bei ihrem letzten Zusammentreffen davongestürmt war, und Pug machte sich Sorgen. Er wollte nicht böse mit Carline sein, ganz gleich, in welchem Zwiespalt er sich befand.

Er bog um eine Ecke und erreichte den Garten der Prinzessin. Er blieb stehen, denn an Stelle von Carline stand Junker Roland auf der Treppe. Mit leichtem Lächeln nickte er. »Guten Tag, Pug.«

»Guten Tag, Roland«, Pug sah sich um.

»Erwartest du jemanden?« Roland zwang sich zu einem leichten, freundlichen Ton, konnte aber seine Wut kaum verbergen. Seine linke Hand ruhte auf dem Knauf seines Schwertes. Im übrigen war er wie gewöhnlich in farbenprächtige Reithosen und eine Tunika aus Grün und Gold gekleidet. Dazu hatte er hohe Reitstiefel an.

»Nun ja, eigentlich hatte ich erwartet, die Prinzessin zu sehen.«

Rolands Gesicht nahm einen Ausdruck offenen Ärgers an. Er trat vor und blickte auf den kleineren Jungen nieder. »Ich weiß nicht, was du für ein Spielchen treibst, Pug, aber wenn du ihr weh tust, werde ich –«

»Ich ihr weh tun!« unterbrach Pug. Er war entsetzt über die Intensität von Rolands Zorn und wütend über seine Drohung. »Sie ist es doch, die uns gegeneinander ausspielt.«

Pug fühlte plötzlich den Boden unter sich nachgeben. Dann

erhob er sich, um ihn von hinten zu treffen. Sterne explodierten vor seinen Augen, seine Ohren dröhnten. Pug schüttelte den Kopf. Er sah den älteren, größeren Junker über sich gebeugt stehen, beide Hände zu Fäusten geballt. Aus zusammengebissenen Zähnen spie Roland ihm entgegen: »Wenn du noch einmal ein schlechtes Wort über sie sagst, schlage ich dich bewußtlos.«

Pugs Zorn wuchs von Minute zu Minute. Vorsichtig stand er auf. Er hatte die Augen auf Roland gerichtet, der kampfbereit dastand. Er spürte den bitteren Geschmack des Zorns in seinem Mund, als er sagte: »Du hattest zwei Jahre und mehr Zeit, sie für dich zu gewinnen, Roland. Laß sie in Ruhe.«

Rolands Gesicht lief rot an. Er stürzte sich auf Pug und riß ihn von den Füßen. In einem Knäuel stürzten beide zu Boden. Rollend konnten sie allerdings beide keinen großen Schaden anrichten. Pug legte seinen Arm um Rolands Hals und hängte sich daran. Plötzlich stieß Roland sein Knie vor Pugs Brust und schob ihn fort. Pug rollte herum und kam wieder auf die Füße. Einen Augenblick später war auch Roland wieder auf den Beinen, und sie standen sich gegenüber. In Rolands Ausdruck war jetzt keine Wut mehr zu sehen, sondern kalter, berechnender Zorn, als er den Abstand zwischen sich und seinem Gegner maß. Vorsichtig trat er vor, den linken Arm ausgestreckt und abgewinkelt, die rechte Faust vor dem Gesicht.

Dann sprang er vor. Seine linke Hand sauste durch die Luft. Sie erwischte Pug an der Wange und riß ihm den Kopf zurück. Schmerz explodierte in Pugs Gesicht, und wieder schien die Welt umzukippen. Unfähig, sich zu verteidigen, spürte Pug Rolands Schläge wie von fern, irgendwie gedämpft und von seinen Sinnen nicht voll zu erkennen. Eine schwache Alarmglocke klingelte irgendwo in einem Teil von Pugs Verstand. Ohne Warnung spielten sich Prozesse unterhalb seines schmerzverschleierten Bewußtseins ab. Animalische Instinkte kamen an die Macht, und eine neue Kraft drängte sich vor. Wie bei den Trollen erschienen vor seinem geistigen Auge blendende, leuchtende Buchstaben und eine Flamme. Schweigend sprach er seinen Zauberspruch.

Pugs Sein wurde primitiv. In dem überlebenden Rest seines Bewußtseins war er eine urzeitliche Kreatur, die ums Überleben kämpfte. Er konnte an nichts anderes mehr denken als daran, das Leben aus seinem Gegner zu vertreiben…

Plötzlich schlug etwas in ihm Alarm. Ein Gefühl, daß etwas Böses geschah, durchzuckte ihn. Monate der Ausbildung wurden wachgerufen, und es war, als hörte er Kulgans Stimme rufen. »So soll die Macht nicht eingesetzt werden!« Pug schob den geistigen Schleier beiseite, der ihn umhüllte, und öffnete die Augen.

Roland kniete mit aufgerissenen Augen einen knappen Meter vor ihm und kämpfte vergebens mit den unsichtbaren Fingern, die um seinen Hals lagen. Als Pugs Geist wieder klar wurde, wußte er sofort, was geschehen war. Er beugte sich vor und packte Rolands Handgelenke. »Hör auf, Roland! Hör auf! Das ist nicht echt. Da sind keine Hände, es sind nur deine eigenen an deiner Kehle.«

Roland, blind vor Panik, schien nicht in der Lage, Pug zu hören. Mit aller Kraft riß Pug Rolands Hände fort und schlug ihm kräftig ins Gesicht. Tränen schossen Roland in die Augen, und plötzlich holte er tief und keuchend Luft.

»Es war nur eine Illusion«, keuchte Pug. »Du hast dich selbst ersticken wollen.«

Roland stöhnte und stieß sich von Pug fort. Furcht stand deutlich in seinem Gesicht geschrieben. Pug beugte sich vor und ergriff Rolands Handgelenk. Er konnte kaum sprechen, und so schüttelte er bloß den Kopf. »Dafür gibt es keinen Grund.«

Roland schaute in Pugs Augen, und die Angst wich aus seinen eigenen. Irgend etwas im Inneren des älteren Jungen schien zu brechen, und nur ein müder, erschöpfter junger Mann saß noch da am Boden. Schwer atmend erkundigte sich Roland: »Warum?«

Pugs eigene Müdigkeit machte ihm zu schaffen. Er lehnte sich zurück, wobei er sich auf die Hände stützte. Dann musterte er das hübsche Gesicht vor sich, das jetzt von Zweifeln verzerrt war. »Weil du unter einem Zauber stehst, der zwingender ist als alles, was ich erwirken kann.« Er sah Roland in die Augen. »Du liebst sie wirklich, oder nicht?«

Der letzte Rest von Rolands Wut wich langsam von ihm, und seine Augen zeigten Furcht, aber vor allem Schmerz und Kummer. Seine Schultern sackten herab, und er nickte, ehe er wachsam sagte: »Und du?«

Pug kauerte am Boden. Er fühlte, wie seine Kraft zurückkehrte. »Ich... ich bin mir nicht sicher. Sie läßt mich an mir selber zweifeln. Ich weiß es nicht. Manchmal denke ich an niemanden sonst, dann wieder wünsche ich, ich wäre so weit wie möglich fern von ihr.«

Roland bedeutete ihm sein Verstehen. Der letzte Überrest seiner Angst wich von ihm. »Was sie angeht, habe ich keinen Funken Verstand mehr.«

Pug kicherte. Roland sah ihn an und fing dann auch zu lachen an. »Ich weiß nicht warum, aber irgendwie fand ich das, was du gesagt hast, schrecklich komisch«, erklärte Pug. Roland nickte, und bald darauf liefen ihnen beiden die Tränen übers Gesicht, als die gefühlsmäßige Leere, die nach ihrem Zorn entstanden war, von ihrer Fröhlichkeit ausgefüllt wurde.

»Nun!« ertönte eine scharfe Stimme. Sie drehten sich um und entdeckten Carline. Sie war von zwei Hofdamen flankiert und betrachtete das Bild vor sich. Sofort verstummten beide Jungen. Mit einem mißbilligenden Blick auf das Paar sagte sie: »Da ihr zwei ja so miteinander beschäftigt zu sein scheint, will ich mich nicht einmischen.«

Pug und Roland wechselten einen Blick und brachen plötzlich in brüllendes Gelächter aus. Carline errötete wütend und riß die Augen auf. Mit eisiger Wut in der Stimme erklärte sie: »Entschuldigt mich!« und drehte sich um. Als sie mit ihren Damen davonging, konnten sie sie laut ausrufen hören: »Knaben!«

Pug und Roland blieben noch eine Minute lang sitzen, bis ihr nahezu hysterischer Anfall verklungen war. Dann stand Roland auf und hielt Pug die Hand hin. Pug ergriff sie, und Roland half ihm auf die Füße. »Tut mir leid, Pug. Ich hatte kein Recht, so wütend auf dich zu sein.« Seine Stimme wurde weicher. »Ich kann nächtelang nicht schlafen, weil ich an sie denken muß. Ich warte immer auf die wenigen Augenblicke, die wir jeden Tag zusammen sind. Aber seit du sie gerettet hast, höre ich immer nur noch deinen Namen.« Er betastete seinen wunden Hals und fuhr fort: »Ich bin so wütend gewesen, daß ich daran gedacht habe, dich umzubringen. Statt dessen wäre es fast mein eigener Tod geworden.«

Pug schaute zu der Ecke hinüber, hinter der die Prinzessin verschwunden war, und nickte zustimmend. »Mir tut es auch leid, Roland. Ich beherrsche die Magie noch nicht sehr gut, und wenn ich die Geduld verliere, können scheinbar alle möglichen schrecklichen Dinge passieren. Wie mit den Trollen.« Pug wollte, daß Roland verstand, daß er immer noch Pug war, auch wenn er jetzt bei einem Magier in die Lehre ging. »Ich würde niemals so etwas absichtlich tun.«

Roland musterte einen Augenblick lang Pugs Gesicht. Dann grinste er, halb entschuldigend, halb verlegen. »Ich verstehe. Ich habe mich dumm benommen. Du hast recht: Sie spielt uns nur gegeneinander aus. Ich bin der Narr dabei.« Rolands Grinsen wurde noch breiter. »Sie ist ein Mädchen mit einem starken Willen, soviel ist einmal klar.«

Pug schüttelte den Kopf. »Was sollen wir machen, Roland?«

Roland sah überrascht aus. Schließlich lachte er laut. »Frag nicht mich um Rat, kleiner Pug. Ich tanze mehr als alle anderen nach ihrer Pfeife. Aber ›Das Herz eines jungen Mädchens ist launisch wie der Wind‹, heißt doch das alte Sprichwort. Ich gebe dir nicht die Schuld an Carlines Verhalten.« Er zwinkerte Pug zu. »Aber du hast doch nichts dagegen, wenn ich ein Auge offenhalte, vielleicht ändert sich der Wind.«

Pug lachte trotz seiner Erschöpfung. »Ich wußte doch gleich, daß du ein bißchen zu großzügig mit deinen Zugeständnissen umgegangen bist.« Ein nachdenklicher Ausdruck legte sich auf sein Gesicht. »Weißt du, es wäre einfacher – nicht besser, aber eben einfacher –, wenn sie sich nicht mehr um mich kümmern würde, Roland. Ich weiß nicht, was ich von all dem halten soll. Ich muß meine Lehre noch beenden. Eines Tages habe ich Ländereien zu verwalten. Dann ist da noch die Sache mit den Tsuranis. Das ist alles so schnell gekommen. Ich weiß nicht, was ich tun soll.«

Roland betrachtete Pug ein wenig mitleidig. »Ich vergesse immer wieder, daß es für dich noch ganz neu ist, Lehrling und Adliger zu sein. Aber ich kann nicht behaupten, daß ich solchen wichtigen Überlegungen viel Zeit geschenkt hätte. Allerdings war mein Schicksal schon vorgezeichnet, als ich noch nicht einmal geboren war. Diese Sorge um die Zukunft ist eine trockene Arbeit. Ich glaube, ein Krug starkes Bier würde uns da guttun.«

Pug nickte zustimmend angesichts seiner Schmerzen und blauen Flecken. »Ich wünschte, den könnten wir kriegen. Aber Megar wird anderer Ansicht sein, fürchte ich.«

Roland legte einen Finger an die Nase. »Wir lassen uns einfach nicht vom Meisterkoch erwischen. Komm, ich kenne eine Stelle, da sind die Bretter am Lagerraum locker. Dort können wir ganz unter uns ein, zwei Krüge leeren.«

Roland ging davon, aber Pug hielt ihn zurück. »Roland, es tut mir leid, daß wir uns geprügelt haben.«

Roland blieb stehen, musterte Pug einen Augenblick und grinste dann. »Mir auch.« Er streckte die Hand aus. »Frieden?«

»Frieden.«

Sie bogen um die Ecke, ließen den Garten der Prinzessin hinter sich zurück und blieben dann stehen. Vor ihnen lag ein Bild des Jammers. Tomas marschierte über den Hof, von den Soldatenunterkünften bis hin zum Seitentor. Er war in voller Rüstung – altes Kettenhemd, Helm und schwere Metallbeinschützer über Kniestiefeln. Mit einem Arm hielt er einen Schild, in der anderen Hand hatte er einen schweren Speer, der dreieinhalb Meter lang und mit einer eisernen Spitze versehen war. Er lastete schwer auf seiner rechten Schulter. Aber es ließ ihn auch komisch erscheinen, denn er mußte sich wegen des Gewichtes leicht nach rechts lehnen. Seine Knie zitterten leise, als er versuchte, das Gleichgewicht zu halten, während er marschierte.

Der Hauptmann der herzoglichen Wache zählte für ihn. Pug kannte ihn. Er war ein großer, freundlicher Mann namens Gardan. Seine Vorfahren waren Keshianer, was man an seiner dunklen Haut erkennen konnte. Seine weißen Zähne blitzten durch den dunklen Bart, als er beim Anblick von Pug und Roland zu grinsen anfing. Er war in den Schultern fast so breit wie Meecham, und seine Bewegungen waren ebenso locker wie die des Jägers. Sein schwarzes Haar war leicht von Grau durchzogen, aber sein Gesicht wirkte noch jugendlich und wies keine Falten auf, obwohl er schon dreißig Jahre im Dienst war. Er zwinkerte Pug und Roland zu und brüllte dann »Halt!« Tomas blieb auf der Stelle stehen.

Als Pug und Roland ihm entgegenkommen wollten, bellte Gardan: »Rechtsum!« Tomas gehorchte. »Mitglieder des Hofes nähern sich. Präsentiert die Waffen!« Tomas streckte den rechten Arm aus und senkte salutierend den Speer. Er ließ die Spitze ein wenig zu tief fallen und beim vorsichtigen Hochheben brach sie fast entzwei.

Pug und Roland traten neben Gardan. Der große Soldat salutierte kurz und lächelte herzlich. »Guten Tag, Junker.« Er wandte sich für einen Moment Tomas zu. »Schultert die Waffen! Marschiert!« Tomas setzte sich in Bewegung.

Lachend fragte Roland: »Was hat das denn zu bedeuten? Spezieller Drill?«

Gardan stand da mit einer Hand am Schwert, die andere wies auf Tomas. »Schwertmeister Fannon meinte, es könnte sich als günstig für unseren jungen Krieger hier erweisen, wenn jemand dafür sorgen würde, daß seine Ausbildung nicht vernachlässigt wird – aus Erschöpfung zum Beispiel.« Er senkte ein wenig die Stimme und fügte hinzu: »Er ist ein harter Knabe. Er wird vielleicht ein bißchen Fußschmerzen haben, aber im übrigen geht es ihm gut.«

»Warum das Sonderexerzieren?« fragte Roland. Pug schüttelte den Kopf, als Gardan es ihnen erzählte.

»Unser junger Held hier hat zwei Schwerter verloren. Bei dem ersten war es verständlich, denn die Sache mit dem Schiff war wichtig, und bei der Aufregung des Augenblicks konnte man einen solchen Fehler verzeihen. Aber das zweite wurde gefunden, als es auf dem nassen Boden lag. Es war am Nachmittag, als die Elbenkönigin und ihre Begleiter abreisten, und der junge Tomas war nirgendwo zu sehen.« Pug wußte, daß Tomas das ganze Exerzieren vergessen hatte, als Gardell mit der Haube für seinen Feuertopf erschienen war.

Tomas erreichte das Ende seiner vorbestimmten Route, drehte sich um und trat den Rückweg an. Als er in die Nähe kam, fragte Pug: »Darf ich mit dem Verurteilten sprechen?«

Gardan lachte und strich sich den kurzen Bart. »Ich denke, ich kann für kurze Zeit in die andere Richtung schauen.«

Pug ließ Gardan mit Roland reden und lief im Gleichschritt neben Tomas her, als dieser auf seinem Weg zur anderen Seite des Hofes an ihm vorbeikam. »Wie geht's?« fragte Pug.

Aus dem Mundwinkel antwortete Tomas: »Oh, einfach prächtig. Noch zwei Stunden, und ich bin reif für meine eigene Beerdigung.«

»Kannst du nicht ausruhen?«

»Alle halbe Stunde darf ich fünf Minuten lang in Hab-Acht-Stellung stehen.« Er erreichte das Ende seines Weges und vollführte eine ziemlich scharfe Kehrtwendung, ehe er sich anschickte, wieder auf Gardan und Roland zuzumarschieren. »Als wir mit der Haube für den Feuertopf fertig waren, kam ich zurück und stellte fest, daß mein Schwert fort war. Ich dachte, mein Herz würde aufhören zu schlagen. Ich habe überall danach gesucht. Als ich in die Kaserne zurückkam, saß Fannon auf meiner Pritsche und ölte die Klinge. Ich dachte, die anderen Soldaten würden sich kaputtlachen, als er sagte: ›Wenn du der Meinung bist, daß du im Umgang mit dem Schwert gut genug bist, dann möchtest du vielleicht lernen, richtig zu marschieren.‹ Und jetzt kann ich als Strafe den ganzen Tag hier rumlaufen. Ich sterbe!«

Sie passierten Roland und Gardan, und Pug kämpfte darum, Mitleid zu empfinden. Wie die anderen auch, fand er die Situation komisch. Seine Belustigung verbergend, meinte er: »Ich ziehe besser weiter. Sollte der Schwertmeister kommen, gibt es sonst noch einen extra Tag mit Marschieren.«

Tomas stöhnte bei diesem Gedanken auf. »Gott bewahre mich davor. Hau ab, Pug.«

Pug flüsterte: »Wenn du fertig bist, komm zu uns ins Bierlager.« Dann verließ er Tomas und kehrte zu Gardan und Roland zurück. Zum Hauptmann sagte er: »Danke, Gardan.«

»Aber bitte, Pug. Unser junger Ritter ist ganz in Ordnung, wenn er sich jetzt auch ein wenig müde fühlt. Außerdem paßt es ihm nicht, daß er Zuschauer hatte.«

Roland nickte. »Na, ich glaube, so bald verliert der kein Schwert mehr.«

Gardan lachte. »Das ist nur zu wahr. Meister Fannon konnte das erste Schwert vergessen, aber nicht das zweite. Er hielt es für klug dafür zu sorgen, daß Tomas keine Gewohnheit daraus werden läßt. Nun, guten Tag Euch beiden, Junker.«

Gardan verabschiedete sich, und sie schlenderten zum Bierschuppen hinüber, während Gardans Stimme weiterhin den Hof erfüllte.

Benommen und ohne zu wissen, wo er sich befand, kam Pug zu sich. Das schwache Glühen des fast ausgebrannten Feuertopfes hüllte den Raum in rosa-schwarze Halbschatten. Ein leises, aber ausdauerndes Klopfen erklang von der Tür. Langsam stand er auf, fiel dann aber fast wieder um, noch immer betäubt vom Trinken. Er war den ganzen Abend bis tief in die Nacht hinein mit Tomas und Roland im Lager geblieben und hatte das Abendessen ausfallen lassen. Sie hatten nicht viel getrunken, aber da sie nicht daran gewöhnt waren, schien es ein heldenhaftes Unterfangen gewesen zu sein.

Pug schlüpfte in seine Hose und wackelte zur Tür hinüber. Seine Augenlider fühlten sich schwer an, sein Mund war trocken. Er fragte sich, wer mitten in der Nacht Einlaß begehren konnte, als er die Tür aufriß.

Etwas rauschte an ihm vorbei, und als er sich umwandte, stand Carline mitten im Zimmer, einen schweren Umhang um sich geworfen. »Mach die Tür zu!« zischte sie. »Jemand könnte unten am Turm vorbeikommen und Licht auf der Treppe sehen.«

Pug gehorchte, noch immer war er nicht ganz bei sich. Was sein betäubter Verstand ihm sagte, war, daß es unwahrscheinlich war, daß der schwache Glanz der Kohlen das Treppenhaus erhellen würde. Er schüttelte den Kopf, sammelte seinen Verstand und trat zum Feuertopf hinüber. Mit Hilfe der Kohlen entzündete er einen Fidibus und damit eine Laterne. Sofort wurde es im Zimmer gemütlich.

Pugs Gedanken arbeiteten, als Carline sich im Raum umsah. Ihr Blick fiel auf den unordentlichen Stapel von Büchern und Schriftrollen neben seiner Schlafstatt. Sie spähte in jede Ecke des Zimmers, ehe sie sagte: »Wo ist dieser Drache, den du hältst?«

Pug versuchte, etwas deutlicher zu sehen und seine schwere Zunge zu meistern, ehe er antwortete: »Fantus? Der ist irgendwo unterwegs und tut, was Feuerdrachen eben so tun.«

Sie nahm ihren Umhang ab. »Gut. Er macht mir angst.« Sie nahm auf Pugs ungemachter Schlafstatt Platz und sah ihn streng an. »Ich möchte mit dir reden.« Pugs Augen wurden groß, und er starrte sie an, denn Carline trug nichts weiter als ein dünnes Baumwollnachthemd. Es bedeckte sie zwar von Kopf bis Fuß, war aber dünn und schmiegte sich gefährlich um ihren Körper. Pug wurde sich plötzlich bewußt, daß er nur seine Hose anhatte. Hastig hob er seine Tunika vom Boden auf, wohin er sie geschleudert hatte, und zog sie sich über den Kopf. Während er mit dem Hemd kämpfte, verflogen auch die letzten Spuren seines alkoholischen Nebels. »Gott!« flüsterte er schmerzerfüllt. »Wenn dein Vater davon erfährt, reißt er mir den Kopf ab.«

»Nicht, wenn du schlau genug bist, leise zu sprechen«, antwortete sie und sah ihn trotzig an. Sie klopfte neben sich auf die Schlafstatt. »Komm, setz dich her.«

Er gehorchte und versuchte das Gefühl zu ignorieren, daß sein Schicksal – ein abrupt abgebrochenes, überaus kurzes Leben – von diesem launenhaften Mädchen bestimmt wurde. Er landete mehr neben ihr, als daß er sich setzte. Sie kicherte über sein Stöhnen. »Carline, warum bist du hergekommen?«

Sie kümmerte sich nicht um seine Frage. »Was habt ihr, du und Roland, heute nachmittag getan? Gekämpft?« Er nickte. »Meinetwegen?« fragte sie, und ihre Augen schimmerten.

Pug seufzte. »Ja, Euretwegen.« Ihr zufriedener Ausdruck über seine Antwort erzürnte ihn, und Wut sprach aus seiner Stimme. »Carline, Ihr habt ihn gemein ausgenützt.«

»Er ist ein Idiot!« schimpfte sie. »Wenn ich ihn bitten würde, von der Mauer zu springen, dann würde er das tun.«

»Carline« – Pug wimmerte fast – »warum habt –«

Seine Frage wurde unterbrochen, als sie sich vorbeugte und

seinen Mund mit ihrem eigenen bedeckte. Der Kuß war einseitig, denn Pug war zu verblüfft, um reagieren zu können. Sie lehnte sich schnell zurück, ließ ihn gaffen und fragte: »Nun?«

»Was?«

Ihre Augen blitzten. »Der Kuß, du Dummkopf.«

»Oh!« machte Pug, der noch immer unter Schock stand. »Das war... ganz nett.«

Sie sprang auf und schaute auf ihn nieder, die Augen vor Wut und Verlegenheit aufgerissen. Sie verschränkte die Arme und tippte mit der Fußspitze auf den Boden. Es hörte sich wie das Schlagen von Sommerregen an die Fensterläden an. Ihr Ton war leise und rauh. »Nett! Ist das alles, was du dazu zu sagen hast?«

Pug beobachtete sie und eine Vielfalt von widersprüchlichen Gefühlen wallte in ihm auf. In diesem Augenblick lag seine Panik im Wettstreit mit der nahezu schmerzlichen Erkenntnis, wie reizend sie in dem schwachen Schein der Laterne aussah. Ihre Züge waren lebhaft. Seine eigene Verwirrung ließ seine Haltung unbeabsichtigt oberflächlich erscheinen, was ihren Trotz aber nur noch mehr anfachte. »Du bist der erste Mann – abgesehen von meinem Vater und meinen Brüdern –, den ich je geküßt habe, und alles, was du dazu sagen kannst ist ›nett‹.«

Pug war nicht in der Lage, klar zu sehen. Noch immer von einem Tumult seiner Gefühle erfüllt, platzte er heraus: »Sehr nett.«

Sie stemmte die Hände in die Hüften – was ihr Nachthemd in beunruhigende neue Falten legte – und starrte mit offenem Unglauben auf ihn hernieder. Mühsam beherrscht sagte sie dann: »Ich komme hierher und werfe mich dir an den Hals. Ich riskiere es, mein Leben lang in ein Konvent gesperrt zu werden!« Pug fiel auf, daß sie nicht von dem Schicksal sprach, das ihn möglicherweise ereilen würde. »Jeder andere Knabe – und eine ganze Anzahl älterer Adliger – im Westen überschlägt sich förmlich, um meine Aufmerksamkeit zu erringen. Und du behandelst mich bloß wie eine Küchenschlampe, wie eine kleine Unterhaltung für den jungen Lord.«

Pugs Verstand kehrte langsam zurück. Dies geschah weniger aus eigenem Antrieb, sondern weil ihm plötzlich bewußt wurde, daß Carline aufgeregter war, als es nötig gewesen wäre. Er begriff plötzlich, daß sich unter ihren ehrlichen Zorn eine ganze Portion Sinn für Dramatik gemischt hatte, und sagte: »Carline, warte. Gib mir einen Moment Zeit.«

»Einen Moment! Ich habe dir Wochen gegeben. Ich dachte... nun ja, ich dachte, wir hätten ein Abkommen.«

Pug versuchte, mitleidig auszusehen, während sein Verstand fieberhaft arbeitete. »Setz dich, bitte. Laß mich versuchen, es dir zu erklären.«

Sie zögerte, ließ sich dann aber wieder neben ihm nieder. »Carline, ich habe dich sehr gern. Manchmal glaube ich sogar, ich liebe dich ebensosehr, wie Roland es tut. Aber meistens werde ich nur verwirrt, wenn du in meiner Nähe bist. Das ist das Problem: In mir ist so viel Verwirrung. Die meiste Zeit verstehe ich nicht, was ich empfinde.« Bei diesen Worten sah er Verstehen in ihren Augen aufflackern, und er fuhr eilig fort: »Ich habe jetzt zwei Aufgaben, die beide neu für mich sind. Ich werde vielleicht kein Magier, trotz Kulgans Bemühungen, mich dazu zu machen, denn ich habe Probleme bei meiner Arbeit. Ich gehe dir nicht wirklich aus dem Wege, weißt du, aber bei diesen Problemen, die ich nun einmal habe, muß ich so viel Zeit wie möglich mit meinen Studien verbringen.«

Er sah, daß seine Erklärung nur wenig Mitleid bei ihr hervorrief, und er änderte seine Taktik. »Auf jeden Fall habe ich nur wenig Zeit, meine andere Aufgabe zu erfüllen. Vielleicht ende ich als ein weiterer Adliger am Hofe deines Vaters, verwalte meine Ländereien – so klein sie auch sein mögen –, kümmere mich um meine Pächter, folge gelegentlich dem Ruf zu den Waffen, und so weiter. Aber daran kann ich doch nicht einmal denken, bis ich nicht diese andere Sache gelöst habe, das Studium der Magie. Ich muß es weiterhin versuchen, bis ich sicher bin, die falsche Wahl getroffen zu haben. Oder bis Kulgan mich entläßt«, fügte er leise hinzu.

Er brach ab und musterte ihr Gesicht. Ihre großen, blauen Augen betrachteten ihn ernst. »Magier sind im Königreich nicht sehr wichtig. Ich meine, wenn ich ein Magiermeister werden sollte... Nun, könntest du dir vorstellen, mit einem Magier verheiratet zu sein, ganz gleich welchen Ranges?«

Sie wirkte jetzt leicht beunruhigt. Hastig beugte sie sich zu ihm hin und küßte ihn erneut. »Armer Pug«, seufzte sie leise. Ihre sanfte Stimme klang süß in seinen Ohren. »Das mußt du doch nicht werden. Ein Magier, meine ich. Du hast Land und einen Titel, und ich weiß, daß Vater es anders einrichten könnte, wenn die Zeit gekommen ist.«

»Es ist keine Frage dessen, was ich möchte, verstehst du das denn nicht? Es ist eine Frage dessen, was ich bin. Vielleicht liegt ein Teil meines Problems darin, daß ich mich noch nicht ganz meiner Arbeit überantwortet habe. Kulgan hat mich als Lehrling aufgenommen, ebensosehr aus Mitleid, wie aus Bedarf. Und trotz allem, was er und Tully gesagt haben, war ich nie wirklich davon überzeugt, Talent zu haben. Aber vielleicht muß ich mir nur selbst ernstlich wünschen und vornehmen, ein Magier zu werden.« Er holte tief Luft. »Wie kann ich das aber tun, wenn ich mich mit Ländereien und anderen Aufgaben beschäftige? Oder noch immer neue dazu bekomme?« Er machte eine Pause. »Oder an dich denke?« Wieder holte er tief Luft, ehe er fortfuhr: »Auf meine Art liebe ich dich, Carline.« Ihr Gesicht leuchtete auf, und er plapperte weiter. »Aber ich glaube, ich sollte versuchen, mich selbst zu finden, ehe ich beginne, mir über den Rest Gedanken zu machen.« Seine Konzentration wurde auf eine harte Probe gestellt, da das Mädchen seine Bemerkungen zu ignorieren schien und statt dessen sein Gesicht abküßte.

Dann lehnte sie sich zurück. Ihr glücklicher Ausdruck wich langsam einem nachdenklichen, als ihre angeborene Intelligenz ihren kindischen Wunsch verdrängte, alles zu bekommen, was sie haben wollte. Verständnis dämmerte in ihren Augen auf, als er sagte: »Wenn ich jetzt eine Wahl treffe, Carline, werde ich immer daran zweifeln, daß es die richtige gewesen ist. Möchtest du mit der Möglichkeit leben, daß ich dich eines Tages verabscheue, aufgrund der Wahl, die ich getroffen habe?«

Eine Weile sagte sie nichts. Dann meinte sie leise: »Nein. Ich glaube nicht, daß ich das ertragen könnte, Pug.«

Er atmete erleichtert auf, als er fühlte, wie die Spannung nachließ. Plötzlich schien es kalt im Zimmer zu sein, und sie zitterten beide. Carline umklammerte mit überraschender Kraft fest seine Hände. Sie brachte ein Lächeln zustande und sagte mit künstlicher Ruhe: »Ich verstehe, Pug.« Sie holte tief und lange Luft, ehe sie leise hinzufügte: »Deshalb glaube ich ja, daß ich dich liebe. Du könntest niemals jemandem gegenüber falsch oder unehrlich sein. Schon gar nicht dir selbst gegenüber.«

»Oder dir, Carline.« Ihre Augen wurden feucht, aber sie lächelte weiter. »Das ist nicht leicht für mich«, erklärte Pug, erfüllt von seinen Gefühlen für das Mädchen. »Bitte, bitte, glaub mir, es ist nicht einfach.«

Plötzlich riß die Spannung, und Carline lachte leise. Es war Musik in Pugs Ohren. Zwischen Lachen und Tränen sagte sie: »Armer Pug. Ich habe dich aufgeregt.«

Pugs Gesicht verriet seine Erleichterung über ihr Verständnis. Er glühte vor Zuneigung zu diesem Mädchen. Langsam schüttelte er den Kopf. Sein Lächeln über die nachlassende Spannung verlieh ihm ein etwas albernes Aussehen. »Du hast keine Ahnung, Carline. Keine Ahnung.« Er berührte zärtlich ihr Gesicht. »Wir haben Zeit. Ich gehe nirgendwo hin.«

Unter gesenkten Wimpern hervor betrachteten ihn besorgte blaue Augen. »Du wirst bald mit Vater abreisen.«

»Ich meine, wenn ich wiederkomme. Dann bin ich jahrelang hier.« Sanft küßte er ihre Wange. »In den nächsten drei Jahren kann ich nichts mehr erben. So lautet das Gesetz. Und ich bezweifle, daß dein Vater sich schon vorher von dir trennen würde.«

Er versuchte zu lächeln, als er hinzufügte: »Bis dahin kannst du meinen Anblick vielleicht schon nicht mehr ertragen.«

Sie schmiegte sich in seine Arme und barg ihr Gesicht an seiner Schulter. »Niemals, Pug. Ich könnte niemals einen anderen lieben.« Pug konnte nur staunen über das wunderbare Gefühl, sie in den Armen zu halten. Ihr Körper bebte, als sie sagte: »Ich habe keine Worte dafür, Pug. Du bist der einzige, der versucht hat zu... verstehen. Du siehst mehr als alle anderen.«

Langsam schob er sie von sich und erklärte mit Bedauern in der Stimme: »Ich glaube, du solltest jetzt in deine Gemächer zurückkehren, Carline.«

Langsam erhoben sie sich von seiner Schlafstatt. Pug hielt noch einen Augenblick lang ihre Hand und ließ sie dann los. Er bückte sich, hob ihren Umhang auf und hielt ihn ihr hin, als sie hineinschlüpfte. Dann führte er sie zur Tür, machte sie auf und spähte die Stufen des Turmes hinab. Als niemand in der Nähe zu sein schien, öffnete er die Tür ganz. Sie trat hinaus, drehte sich aber noch einmal um. Leise sagte sie: »Ich weiß, daß du mich für ein albernes, unnützes Mädchen hältst. Manchmal ist es auch so, Pug. Aber ich liebe dich wirklich.«

Ehe er noch etwas erwidern konnte, war sie schon die Treppe hinabgehuscht. Das schwache Rascheln ihres Umhangs verklang in der Dunkelheit. Pug schloß leise die Tür und löschte die Lampe. Dann lag er auf seiner Schlafstatt und starrte ins Dunkel. Noch konnte er ihren frischen Duft in der Luft riechen, die ihn umgab, und das Gefühl ihres Körpers unter seinen Händen spüren. Er legte einen Arm über die Augen und stöhnte leise, als er vor sich hin murmelte: »Morgen werde ich mich dafür hassen.«

Pug erwachte von dem lauten Klopfen an seiner Tür. Sein erster Gedanke war, als er zur Tür taumelte, daß der Herzog von Carlines nächtlichem Besuch erfahren haben mußte. Der ist hier, um mich zu hängen! schoß es ihm durch den Kopf. Es war noch dunkel draußen, und so öffnete Pug die Tür und rechnete mit dem Schlimmsten. Doch statt des wütenden Vaters des Mädchens stand ein Lakai aus dem Schloß vor der Tür.

»Tut mir leid, Euch zu wecken, Junker, aber Meister Kulgan wünscht, daß Ihr Euch unverzüglich zu ihm begebt«, sagte er und wies nach oben. »Unverzüglich«, wiederholte er, denn er hielt Pugs Ausdruck der Erleichterung für ein Zeichen dafür, daß dieser noch nicht ganz wach und deshalb verwirrt war. Pug nickte und schloß die Tür.

Er überlegte. Er war noch angekleidet, denn nach dem Besuch war er wieder eingeschlafen, ohne sich vorher auszuziehen. Er stand ganz still, während sich sein hämmerndes Herz beruhigte. Seine Augen fühlten sich an, als wären sie sandverkrustet. Auch sein Magen war nicht in Ordnung, und er hatte einen üblen Geschmack im Mund. Er trat an seinen kleinen Tisch und spritzte sich kaltes Wasser ins Gesicht. Dabei murmelte er, daß er nie wieder Bier trinken würde.

Pug erreichte Kulgans Gemach, wo der Magier vor einem Stapel Bücher und persönlicher Habe stand. Auf einem Hocker neben der Schlafstatt des Magiers saß Pater Tully. Der Priester sah zu, wie der Magier immer noch mehr zu dem stetig wachsenden Berg trug, und sagte: »Kulgan, du kannst diese Bücher nicht alle mitnehmen. Du würdest ja zwei Lasttiere allein dafür benötigen. Und wo du sie an Bord unterbringen willst, wo sie dir überhaupt Dienste leisten sollen – also, das geht über mein Verständnis.«

Kulgan betrachtete die beiden Bücher, die er in Händen hielt, wie eine Mutter ihr Junges. »Aber ich muß sie mitnehmen, um den Knaben weiter zu unterrichten.«

»Pah! Wahrscheinlich eher, damit du an Bord des Schiffes und an den Lagerfeuern etwas zum Grübeln hast. Erspare mir deine Ausreden. Ihr werdet scharf reiten müssen, um den Paß des Südens zu überqueren, ehe er eingeschneit ist. Und wer kann an Bord eines Schiffes lesen, welches das Bittere Meer im Winter überquert? Der Knabe wird nur einen oder zwei Monate lang von seinen Studien fernbleiben. Danach bleiben ihm noch mehr als acht Jahre dafür. Gewähre ihm eine Pause.«

Pug war verblüfft über die Unterhaltung und versuchte, eine Frage zu stellen. Die beiden alten Freunde aber stritten weiter, ohne sich um ihn zu kümmern. Schließlich lenkte Kulgan ein. »Wahrscheinlich hast du wohl recht«, sagte er und warf seine Bücher aufs Bett. Er sah Pug, der neben der Tür wartete. »Was? Immer noch hier?«

»Ihr habt mir noch nicht gesagt, weshalb Ihr mich habt rufen lassen, Kulgan.«

»Was?« Kulgan blinzelte wie eine Eule, die plötzlich in helles Licht blickt. »Hab' ich nicht?« Pug nickte. »Nun, denn. Der Herzog befiehlt, daß wir fertig sind, um beim ersten Tageslicht zu reiten. Die Zwerge haben noch nicht geantwortet, aber er will nicht länger warten. Der Paß des Nordens ist mit ziemlicher Sicherheit versperrt, und er befürchtet schon Schnee am Paß des Südens.« Beiläufig fügte Kulgan hinzu: »Womit er recht hat. Meine Wetternase verrät mir, daß der Schnee schon fast hier ist. Wir haben einen frühen und harten Winter vor uns.«

Tully schüttelte den Kopf, als er sich erhob. »So spricht der Mann, der vor sieben Jahren eine Dürre vorhersagte. Und da hatten wir die schlimmste Überflutung, an die ich mich erinnern kann. Magier! Scharlatane seid ihr alle.« Langsam ging er zur Tür, von wo aus er Kulgan noch einen letzten Blick zuwarf. Ehrliche Sorge war an die Stelle seines ironisch gespielten Zornes getreten. »Obwohl du dieses Mal recht hast, Kulgan. Meine Knochen schmerzen sehr. Der Winter steht vor der Tür.«

Tully ging, und Pug fragte: »Wir reisen also ab?«

»Ja! Das sagte ich doch bereits, oder nicht? Packe deine Sachen zusammen, und zwar schnell. Bis zur Morgendämmerung dauert es nur noch eine Stunde.«

Pug nickte und eilte davon. Kulgan blieb zurück, den Bücherstapel vor sich betrachtend. Mit Bedauern hob er den nächsten Stapel auf und stellte ihn in ein Regal zurück. Nach einer Weile packte er ein Buch und stopfte es in seinen Sack. »Dieses eine – das wird schon nicht so schlimm sein«, sagte er zu einem unsichtbaren, kopfschüttelnden Tully. Dann stellte er den Rest der Bücher ins Regal, bis auf den letzten Band, den er in den Sack schob. »Also gut«, erklärte er trotzig, »zwei!«

Reise

Ein leichter, nasser Schnee fiel vom Himmel.

Pug zitterte unter seinem Reiseumhang, als er auf seinem Pferd saß. Seit zehn Minuten war er bereits im Sattel und wartete darauf, daß auch der Rest der herzoglichen Begleitung fertig wurde.

Der Hof füllte sich mit eilenden, rufenden Männern, die Vorräte auf die Maultiere des Lastzuges banden. Der Morgen dämmerte soeben herauf und verlieh dem Hof ein wenig Farbe anstelle der Grau- und Schwarztöne, die Pug begrüßt hatten, als er aus dem Turm kam. Träger hatten sein Gepäck bereits nach unten geschafft und sicherten es zwischen den anderen Gegenständen, die mitgenommen werden sollten.

Ein entsetztes »Hoa!« ertönte hinter Pug, und als er sich umwandte, erblickte er Tomas, der an den Zügeln eines nervösen Tieres zerrte, das den Kopf hoch in die Luft warf. Wie Pugs eigenes, schlankes Kriegspferd war es etwas ganz anderes als der alte Gaul, auf dem sie damals zum Wrack geritten waren. »Zieh nicht so hart«, rief Pug. »Du reißt an seinem Maul und machst ihn damit verrückt. Zieh ganz sachte an.«

Tomas gehorchte, und das Pferd beruhigte sich. Tomas saß darauf, als wäre der Sattel mit Nägeln gespickt. Sein Gesicht war die leibhaftige Konzentration, als er zu ergründen versuchte, was das Pferd als nächstes anstellen könnte.

»Wenn du gestern nicht marschiert wärest, hättest du statt dessen ein wenig reiten üben können. Jetzt muß ich es dir unterwegs beibringen.«

Tomas schien dankbar, daß ihm Hilfe versprochen worden war. Pug lächelte. »Wenn wir Bordon erreichen, wirst du wie die Lanzer des Königs im Sattel sitzen.«

»Und gehen wie eine vergewaltigte Jungfer.« Tomas rutschte im Sattel herum. »Ich habe jetzt schon das Gefühl, seit Stunden auf einem Steinblock zu sitzen.«

Pug sprang von seinem Pferd und untersuchte Tomas' Sattel. Dann fragte er: »Wer hat dieses Pferd für dich gesattelt?«

»Ralf. Warum?«

»Das dachte ich mir. Er ist nachlässig bei der Arbeit. Deine Steigbügel sind zu lang. Wenn du ein paar Stunden so reitest, dann kannst du einen Monat lang bei deinen Mahlzeiten stehen. Komm, steig ab, dann zeig ich es dir.«

Tomas stieg ab und wäre fast dabei heruntergefallen. Pug zeigte ihm die richtige Länge für seine Steigbügel und inspizierte den Leibgurt, der locker war. Er versuchte ihn anzuziehen, aber das Pferd hielt die Luft an. Pug versetzte ihm einen Schlag in die Seite, und das Tier stieß sie zischend aus. Schnell zerrte Pug den Gurt fest und sagte: »Irgendwann heute wärest du wahrscheinlich zu einer Seite gerutscht, eine ausgesprochen ermüdende Haltung.« Er beruhigte das Pferd. »Außerdem hat er dir ein temperamentvolles Tier gegeben. Ich tausche mit dir.« Tomas schien erleichtert und kletterte in den Sattel des anderen Pferdes, während Pug die Steigbügel für beide Reiter neu richtete. Dann besänftigte er auch das nervöse Kriegspferd und stieg auf. Sobald es sicherere Hände an den Zügeln spürte, beruhigte es sich.

»Ho! Martin!« rief Tomas, als der Jagdmeister des Herzogs in Sicht kam. »Reist du mit uns?«

Ein Grinsen trat auf das Gesicht des Jägers, der über seiner Waldkleidung seinen schweren grünen Umhang trug. »Eine kurze Weile lang, Tomas. Ich soll ein paar Fährtensucher an den Grenzen von Crydee entlangführen. Ich werde mich nach Osten schlagen, wenn wir den südlichen Zweig des Flusses erreichen. Zwei meiner Fährtensucher sind vor zwei Stunden aufgebrochen, um den Weg für den Herzog zu bereiten.«

»Was hältst du von dieser Tsurani-Sache, Martin?« fragte Pug.

Das Gesicht des jugendlichen Jagdmeisters umwölkte sich. »Wenn die Elben sich schon Sorgen machen, dann gibt es wirklich Grund dazu.« Er wandte sich der ersten Reihe der Versammelten zu. »Entschuldigt mich, ich muß meinen Männern Weisung geben.« Er ließ die Jungen allein.

»Was macht dein Kopf heute morgen?« fragte Pug Tomas.

Tomas verzog das Gesicht. »Er ist inzwischen ungefähr zwei Nummern kleiner als vorhin, als ich wach wurde.« Sein Gesicht erhellte sich ein bißchen. »Aber die Aufregung scheint wenigstens das Klopfen darin besänftigt zu haben. Ich fühle mich fast wohl.«

Pug schaute zur Burg hinüber. Erinnerungen an sein Erlebnis in der vergangenen Nacht nagten an ihm, und plötzlich bedauerte er es, mit dem Herzog zu ziehen.

Tomas bemerkte die nachdenkliche Stimmung seines Freundes. »Warum so ernst? Bist du gar nicht aufgeregt, daß wir ausziehen?«

»Doch, doch. Ich dachte bloß nach.«

Tomas musterte Pug einen Moment. »Ich glaube, ich verstehe.«

Die Türen zur Burg öffneten sich, und der Herzog und Arutha kamen heraus, begleitet von Kulgan, Tully, Lyam und Roland. Carline folgte ihnen. Sie hatte Lady Marna an ihrem Rockzipfel. Der Herzog und seine Begleiter begaben sich zur Spitze der Reihe, aber Carline hastete hinüber zu Pug und Tomas. Die Wachen salutierten, als sie vorüberkam, aber sie kümmerte sich überhaupt nicht darum. Als sie Pug erreichte und er sich höflich verbeugte, sagte sie: »Ach, steig von diesem blöden Pferd.«

Pug stieg ab, und Carline warf ihre Arme um seinen Hals und zog ihn einen Augenblick an sich. »Paß auf dich auf, und bleib gesund«, sagte sie. »Laß dir nichts zustoßen.« Sie rückte ein Stückchen von ihm ab, dann küßte sie ihn kurz. »Und komm zurück.« Mit den Tränen kämpfend, eilte sie dann zum Kopf des Zuges, wo ihr Vater und ihre Brüder darauf warteten, sich von ihr zu verabschieden. Lady Marna warf Pug einen wütenden Blick zu, als er langsam wieder in den Sattel kletterte.

Roland kam zu ihnen und reichte beiden die Hand. »Paßt jetzt gut auf euch auf, ihr zwei. Da draußen wartet eine Menge Ärger.« Dann wandte er sich an Pug. »Ich werde die Dinge für dich im Auge behalten.«

Pug bemerkte sein schelmisches Lächeln. »Kein Zweifel.«

Tomas lachte, als Roland mit einem freundlichen Winken davonschritt. Als er dem Junker nachsah, wie er sich zu der Gruppe gesellte, die den Herzog umgab, und als er Carline sah, wandte sich Pug an seinen Freund. »Damit wäre es klar. Ich brauche eine Pause. Ich bin froh, daß wir ziehen.«

Hauptmann Gardan ritt heran und brachte den Befehl, daß sich der Zug in Bewegung setzen solle. Der Herzog und Arutha ritten an der Spitze, gefolgt von Kulgan und Gardan. Martin Langbogen und seine Fährtensucher rannten neben dem Pferd des Herzogs her. Zwanzig Paar berittener Wachen mit Tomas und Pug folgten ihnen, und dahinter kam der Lastzug mit fünf Paar Wachen. Sie bildeten den Abschluß. Zuerst langsam, dann mit zunehmender Geschwindigkeit bewegten sie sich durch die Tore der Burg und dann die Straße gen Süden hinunter.

Sie waren seit drei Tagen geritten. Die beiden letzten hatten sie durch dichten Wald geführt. Martin Langbogen und seine Männer hatten sich am Morgen nach Osten gewandt, als sie den südlichen Zweig des Crydee-Flusses erreicht hatten. Er kennzeichnete die Grenze zwischen Crydee und dem Herrschaftsgebiet von Carse, einer von Lord Borrics Provinzen.

Der plötzliche Schnee des frühen Winters war gekommen und hatte die herbstliche Landschaft weiß verhüllt. Viele der Bewohner der Waldlande waren von dem plötzlichen Winter überrascht worden, wie Kaninchen, deren Fell noch mehr braun als weiß war, und Enten und Gänse, die über halb zugefrorene Teiche schwammen, wo sie sich auf ihrem Weg gen Süden ausruhten. Der Schnee fiel in dicken, nassen Flocken. Er schmolz leicht während des Tages, um bei Nacht neu zu gefrieren und alles mit einer dünnen Eiskruste zu überziehen. Wenn die Pferde und Maultiere mit ihren Hufen durch das dünne Eis brachen, konnte man darunter das Laub knirschen hören.

Am Nachmittag beobachtete Kulgan einen Schwarm Feuerdrachen, der in der Ferne kaum sichtbar durch die Bäume kreiste. Die farbenprächtigen Tiere – rot, gold, grün und blau – rasten über die Baumwipfel und verschwanden aus dem Blickfeld. Dann tauchten sie neuerlich auf, wenn sie sich aufwärts schraubten und dabei Schreie und kleine Flammen ausstießen. Kulgan zügelte sein Pferd und ließ die Kolonne vorüberziehen, bis Pug und Tomas ihn erreicht hatten. Dann deutete er auf das Schauspiel. »Hat den Anschein, als handelte es sich um eine Paarung. Seht nur, je aggressiver sich die Männchen verhalten, desto bereitwilliger zeigen sich die Weibchen. Ach, ich wünschte, wir hätten die Zeit, das genauer zu beobachten.«

Pug folgte den Kreaturen mit den Augen, als sie über eine Lichtung ritten. Dann meinte er ein bißchen überrascht: »Aber Kulgan, ist das nicht Fantus dort drüben?«

Kulgan riß die Augen auf. »Bei Gott! Ich glaube, er ist es.«

»Soll ich ihn rufen?«

Der Magier kicherte. »Der Aufmerksamkeit nach zu urteilen, die ihm von den Weibchen zuteil wird, glaube ich kaum, daß das viel Sinn haben würde.« Sie verloren die Drachenansammlung aus den Augen, als sie dem herzoglichen Zuge folgten. Kulgan meinte: »Im Gegensatz zu den meisten Kreaturen paaren sich die Drachen beim ersten Schnee. Die Weibchen legen dann Eier in Nester, schlafen den Winter über und wärmen sie dabei mit ihrem Körpern. Im Frühjahr schlüpfen die Jungen aus und werden von ihren Müttern versorgt. Fantus wird die nächsten paar Tage wahrscheinlich damit verbringen… ähem, einen Schwung Junge zu zeugen. Dann kehrt er in die Burg zurück, wo er Megar und das Küchenpersonal ärgern wird. Den ganzen Winter über.«

Sie zogen weiter südlich nach Osten, so schnell das Terrain es ihnen erlaubte. Der Herzog hatte Sorge, den Paß des Südens zu erreichen, ehe der Schnee ihn unpassierbar machte. Kulgans Wettersinn hatte erklärt, daß sie eine schwache Chance hatten, es zu schaffen, ehe die großen Stürme losbrachen. Bald kamen sie an den Rand des innersten Teiles des großen südlichen Waldes, das Grüne Herz.

Weit drinnen, an vorherbestimmter Stelle, warteten zwei Wachtruppen aus der Burg Carse mit frischen Pferden auf sie. Herzog Borric hatte Tauben mit Anweisungen für Baron Bellamy gen Süden geschickt. Dieser hatte auf demselben Wege die Antwort gesandt, daß Pferde auf sie warten würden. Tiere und Wachen sollten von der Garnison Jonril aus zu den Treffpunkten eilen. Hierbei handelte es sich um eine Garnison, die Bellamy und Tolburt aus Tulan am Rande der großen Wälder unterhielten. Wenn er die Reittiere wechselte, konnte der Herzog drei, vielleicht sogar vier Tage auf seiner Reise nach Bordon einsparen. Langbogens Fährtensucher hatten den Weg für den Herzog bereitet, und noch an diesem Tag sollten sie ihren ersten Treffpunkt erreichen.

Pug wandte sich Tomas zu. Der größere Junge saß schon viel besser zu Pferd, obwohl er immer noch mit den Armen wedelte wie ein Küken, das zu fliegen versucht, wenn sie gezwungen waren zu galoppieren. Gardan kam zu ihnen nach hinten geritten. »Paßt auf«, rief er. »Von hier bis zu den Grauen Türmen erstreckt sich der dunkelste Teil des Grünen Herzens. Selbst die Elben ziehen nur in Gruppen und so schnell wie möglich hier entlang.« Der Hauptmann der herzoglichen Wache drehte sein Pferd und galoppierte zurück zum Kopf der Kolonne.

Sie ritten noch für den Rest des Tages weiter. Aller Augen durchsuchten den Wald nach Anzeichen von Ärger. Tomas und Pug unterhielten sich leise. Tomas machte noch eine Bemerkung über die Chance zu einem guten Kampf. Das Geschwätz beider Knaben klang hohl in den Ohren der Soldaten um sie her, die stumm und angespannt zu Pferd saßen. Kurz vor Sonnenuntergang erreichten sie den Treffpunkt. Es handelte sich um eine Lichtung von beachtlicher Größe mit mehreren Baumstümpfen darauf, die von Moos überwachsen waren. Es schimmerte durch den Schnee und verriet, daß diese Bäume schon vor langer Zeit geschlagen worden waren.

Die frischen Pferde standen im Rudel und wurden von sechs Wachen beaufsichtigt. Als die Gesellschaft des Herzogs herbeiritt, zogen sie die Waffen. Sie senkten sie erst, als sie das vertraute Banner von Crydee erkannten. Diese hier waren Männer aus Carse, die das scharlachrote Wams des Barons Bellamy mit einem goldenen Kreuz darauf trugen. Der Schild eines jeden Mannes trug dasselbe Zeichen.

Der Hauptmann der sechs Wachen salutierte. »Hervorragend gefunden, mein Herr.«

Borric grüßte knapp. »Die Pferde?« fragte er dann bloß.

»Stehen bereit, Lord, und sind ruhelos vom Warten. Wie die Männer auch.«

Borric stieg ab. Ein anderer Soldat aus Carse nahm die Zügel seines Pferdes.

»Probleme?«

»Keine, Mylord. Aber dieser Ort hier ist gut geeignet für Männer, die weniger als ehrlich sind. Die ganze letzte Nacht haben wir immer zu zweit Wache gestanden und fühlten Blicke auf uns gerichtet.«

Der Hauptmann war ein Veteran, der zu seiner Zeit Kobolde und Banditen bekämpft hatte. Er war kein Typ, der sich leicht etwas eingebildet hätte, und der Herzog erkannte dies wohl.

»Verdoppelt heute nacht die Wachen. Morgen werdet ihr die Pferde in die Garnison zurückgeleiten. Ich würde sie zwar lieber einen Tag ruhen lassen, aber dieser Ort ist wohl kaum dazu geeignet.«

Prinz Arutha trat vor. »Auch ich habe in den letzten Stunden Blicke auf uns ruhen gefühlt, Vater.«

Borric wandte sich dem Hauptmann zu. »Es wäre möglich, daß wir von einer Bande beschattet worden sind, die versucht hat, unsere Mission zu ergründen. Ich werde zwei Mann mit Euch zurückschicken, denn fünfzig oder achtundvierzig Mann, das macht kaum einen Unterschied. Aber acht sind eine weit bessere Anzahl als sechs.«

Wenn der Hauptmann Erleichterung über diese Entscheidung verspürte, dann zeigte er sie nicht und sagte einfach: »Ich danke Euch, Mylord.«

Borric entließ den Mann und begab sich mit Arutha zum Zentrum des Lagers, wo ein großes Feuer brannte. Die Soldaten errichteten einen Schutz gegen den Nachtwind, wie sie es jede Nacht getan hatten, seit sie unterwegs waren. Borric entdeckte zwei Maultiere bei den Pferden und erkannte, daß auch Heuballen mitgebracht worden waren. Arutha folgte seinem Blick. »Bellamy ist ein vorsichtiger Mann. Er dient Euer Gnaden gut.«

Kulgan, Gardan und die Jungen näherten sich den beiden Adligen, die sich am Feuer wärmten. Dunkelheit senkte sich schnell auf sie herab. Selbst mittags gab es in dem schneebedeckten Wald nur wenig Licht. Borric sah sich um, und nicht nur die Kälte machte ihn zittern. »Dieser Platz steht unter einem schlechten Omen. Wir tun gut daran, so schnell wie möglich wieder aufzubrechen.«

Sie aßen hastig und legten sich dann schlafen. Pug und Tomas lagen dicht beieinander. Jedes fremde Geräusch ließ sie zusammenfahren, bis ihre Müdigkeit sie doch einschlafen ließ.

Die Gesellschaft des Herzogs drang tief in den Wald ein. Sie kamen durch Schneisen, die so dicht bewachsen waren, daß die Fährtensucher häufig ihren Kurs ändern mußten, bis sie einen Weg fanden, der für die Pferde zu begehen war. Der Wald war düster, und das wuchernde Unterholz hemmte ihre Reise.

»Ich bezweifle, daß die Sonne jemals hierher scheint«, wandte sich Pug an Tomas. Er sprach ganz leise. Tomas nickte bloß und hatte die Augen auf die Bäume geheftet. Seit sie die Männer aus Carse vor drei Tagen verlassen hatten, war die Spannung mit jedem Tag größer geworden. Die Geräusche des Waldes hatten nachgelassen, als sie tiefer zwischen die Bäume ritten, bis sie jetzt in völliger Stille einherzogen. Es war, als ob selbst die Tiere und Vögel diesen Teil des Waldes mieden. Pug wußte, daß es einfach daran lag, daß die meisten Tiere nach Süden gezogen waren oder Winterschlaf hielten. Aber auch dieses Wissen verringerte seine und Tomas' Furcht nicht.

Tomas wurde langsamer. »Ich habe das Gefühl, daß etwas Schreckliches geschehen wird.«

»Das sagst du jetzt seit zwei Tagen.« Nach einer Minute fügte er hinzu: »Ich hoffe, wir müssen nicht kämpfen. Ich habe keine Ahnung, wie man mit diesem Schwert umgeht, trotz allem, was du mir zu zeigen versucht hast.«

»Hier«, sagte Tomas und hielt ihm etwas hin. Pug nahm es und erkannte einen kleinen Beutel, in dem sich eine Sammlung von winzigen, runden Steinen und eine Schleuder befanden. »Ich dachte, mit einer Schleuder würdest du dich vielleicht wohler fühlen. Ich habe meine auch mitgenommen.«

Sie sollten die zweite Abordnung mit Pferden am späten Nachmittag treffen. Die halsbrecherische Geschwindigkeit der ersten vier Tage war einem langsamen Schritt gewichen, denn es wäre gefährlich gewesen, durch die Bäume zu rasen. So, wie sie jetzt vorankamen, würden sie rechtzeitig am Treffpunkt anlangen. Dennoch schimpfte der Herzog über das langsame Tempo.

Weiter und weiter ritten sie. Von Zeit zu Zeit mußten sie haltmachen. Dann zogen die Wachen ihre Schwerter und hieben auf das Gebüsch vor ihnen ein. Die Schwertschläge hallten durch das Schweigen des Waldes, und weiter folgten sie dem schmalen Pfad, den die Fährtensucher hinterlassen hatten.

Pug war in Gedanken an Carline vertieft, als vom Kopf des Zuges her ein Ruf erscholl. Die Reiter neben Pug und Tomas stürmten plötzlich vor, ohne sich um das Dickicht um sie her zu kümmern. Instinktiv wichen sie herabhängenden Zweigen aus.

Pug und Tomas trieben ihre Pferde hinter den anderen her. Schneebedeckte Bäume schienen an ihnen vorüberzufliegen. Dicht über die Hälse ihrer Pferde gebeugt, wichen sie den Zweigen aus und bemühten sich, mit den anderen Schritt zu halten. Pug sah über die Schulter und bemerkte, daß Tomas zurückblieb. Äste und Zweige griffen nach Pugs Umhang, als er durch den Wald hinaus auf eine Lichtung brach.

Die Geräusche eines Kampfes drangen an seine Ohren, und der Junge sah, daß er in vollem Gange war. Die Pferde versuchten, sich loszureißen, während der Kampf um sie her losbrach. Pug konnte die Gestalten der Widersacher nur schwach erkennen. Es waren dunkle Schatten, die mit Schwertern nach den Reitern schlugen.

Eine Gestalt löste sich von den andern, kam auf ihn zugelaufen und wich dem Hieb einer Wache aus, die sich nur wenige Meter entfernt von Pug befand. Der fremde Krieger grinste Pug böse an. Er sah nur den Jungen vor sich. Er hob das Schwert zum Schlag, und dann schrie der Kämpfer plötzlich auf und griff nach seinem Gesicht; Blut lief zwischen seinen Fingern hervor. Tomas hatte sein Pferd hinter Pug gezügelt. Jetzt ließ er mit einem Schrei einen zweiten Stein fliegen. »Ich dachte mir doch, daß du wieder Ärger bekommen würdest«, brüllte er. Er trieb sein Pferd vorwärts und setzte über die gestürzte Gestalt hinweg.

Pug saß einen Moment wie angewurzelt. Dann trieb er sein

eigenes Pferd wieder an. Er zog seine Schleuder hervor und schoß auf eine ganze Anzahl von Zielen, konnte aber nicht sagen, ob seine Steine getroffen hatten.

Plötzlich gelangte Pug an eine ruhige Stelle inmitten des Kampfes. An allen Seiten konnte er Gestalten in dunkelgrauen Umhängen und Lederrüstung aus dem Wald strömen sehen. Sie sahen aus wie Elben, aber ihr Haar war dunkler, und sie riefen in einer Sprache, die unschön in Pugs Ohren klang. Pfeile flogen aus den Bäumen, und viele Sättel der Reiter aus Crydee wurden leer.

Überall lagen Körper herum, gefallene Soldaten und Angreifer. Pug sah die leblosen Gestalten von einem Dutzend Männer aus Carse, auch die beiden Hauptfährtensucher von Langbogen. Sie waren rund um das Lagerfeuer an Pfähle in lebensnahen Posen gefesselt. Der weiße Schnee um sie her hatte sich scharlachrot verfärbt. Die List hatte gewirkt, denn der Herzog war direkt auf die Lichtung zugeritten, und jetzt hatte die Falle zugeschnappt.

Lord Borrics Stimme ertönte über dem Lärm: »Zu mir! Zu mir! Wir sind umzingelt!«

Pug suchte nach Tomas, während er verzweifelt sein Pferd auf den Herzog und seine Männer zutrieb. Pfeile erfüllten die Luft, und die Schreie der Sterbenden hallten auf der Lichtung wider. »Hier entlang!« brüllte Borric, und die Überlebenden folgten ihm. Sie brachen in den Wald hinein und ritten über angreifende Bogenschützen hinweg. Rufe folgten ihnen, als sie von dem Hinterhalt fortgaloppierten. Sie waren dicht über die Hälse ihrer Pferde gebeugt und versuchten somit Pfeilen und tiefhängenden Zweigen auszuweichen.

Pug lenkte sein Pferd verzweifelt beiseite, um einem großen Baum auszuweichen. Er schaute sich um, konnte Tomas aber nirgendwo sehen. Den Blick auf den Rücken eines anderen Reiters geheftet, beschloß Pug, sich nur auf eines zu konzentrieren:

den Rücken dieses Reiters nicht aus den Augen zu verlieren. Fremdartige, laute Rufe konnten von hinten gehört werden, und andere Stimmen antworteten von der Seite her. Pugs Mund war trocken, und seine Hände schwitzten in den dicken Handschuhen, die er trug.

Sie rasten durch den Wald, Rufe und Schreie umgaben sie von allen Seiten. Pug wußte nicht mehr, wie groß die Entfernung war, die sie zurückgelegt hatten. Er war sicher, daß es mindestens eine Meile gewesen war – wenn nicht mehr. Noch immer hallten die Stimmen durch den Wald und riefen anderen zu, welchen Weg der Herzog auf seiner Flucht eingeschlagen hatte.

Plötzlich brach Pug aus dem dicken Unterholz und zwang sein keuchendes Pferd einen kleinen, aber steilen Hügel hinan. Eine Düsternis aus Grau und Grün umgab ihn und wurde nur gelegentlich von weißen Flecken durchbrochen. Auf der Kuppe des Hügels wartete der Herzog mit gezogenem Schwert, und andere sammelten sich um ihn. Arutha saß neben seinem Vater. Das Gesicht war trotz der Kälte von Schweiß bedeckt. Keuchende Pferde und erschöpfte Kämpfer sammelten sich um sie. Pug war erleichtert, Tomas neben Kulgan und Gardan zu sehen.

Als sich der letzte Reiter näherte, erkundigte sich Lord Borric: »Wie viele?«

Gardan zählte die Überlebenden. »Wir haben achtzehn Mann verloren. Sechs sind verwundet, und die Maultiere und das Gepäck wurden uns gestohlen.«

Borric nickte. »Laßt die Pferde einen Augenblick ausruhen. Sie kommen wieder.«

Arutha fragte: »Sollen wir Widerstand leisten, Vater?«

Borric schüttelte den Kopf. »Es sind zu viele. Mindestens hundert von ihnen haben die Lichtung überfallen.« Er spie aus. »Wir sind in ihren Hinterhalt gestürmt wie ein Kaninchen in die Schlinge.« Er sah sich um. »Wir haben fast die Hälfte unserer Gruppe verloren.«

Pug fragte einen Soldaten neben sich: »Wer waren sie?«

Der Soldat sah Pug an. »Die Bruderschaft des Düsteren Pfades, Junker, möge Ka-hooli jeden einzelnen dieser Bastarde mit seinen Wurfspießen heimsuchen«, antwortete er und beschwor den Rachegott. Mit der Hand deutete der Soldat einen Kreis um sie her an. »Kleine Gruppen von ihnen ziehen durch das Grüne Herz, aber meistens leben sie in den Bergen östlich von hier, und weiter oben in den Nordlanden. Ich hätte nie gedacht, daß sich so viele hier herumtreiben. Verfluchtes Pech!«

Stimmen ertönten von hinten, und der Herzog erklärte: »Sie kommen. Reitet!«

Die Überlebenden wirbelten herum und ritten davon. Wieder stürmten sie vor ihren Verfolgern her durch den Wald. Die Zeit schien für Pug stillzustehen, als er auf gefährlichem Weg durch den dichten Wald raste. Zweimal schrien Männer in der Nähe auf. Pug wußte nicht, ob sie von Pfeilen oder Ästen getroffen worden waren.

Immer mehr Zeit verging, während sie durch die dunklen Pfade des Grünen Herzens ritten. Jeder Vormarsch auf der Fluchtroute wurde von den Schreien der Düsteren Brüder begleitet, die sich gegenseitig auf die Flüchtigen aufmerksam machten. Gelegentlich konnte Pug einen Schatten ausmachen, der in der Ferne dahinstürmte und sich schnell in der Dunkelheit zwischen den Bäumen verlor. Die sie begleitenden Läufer schienen nicht zu versuchen, sie zu behindern, waren aber immer in der Nähe.

Wieder befahl der Herzog einen Halt. Er wandte sich an Gardan und sagte: »Vorposten! Findet heraus, wie dicht sie uns folgen. Wir müssen eine Rast einlegen.« Gardan wies drei Männer an, die eilig von ihren Pferden sprangen und den Weg zurückliefen. Ein Klirren von Stahl und ein erstickter Schrei kündeten von ihrem Zusammentreffen mit dem nächsten Fährtensucher der Düsteren Brüder.

»Verdammt sollen sie sein!« fluchte der Herzog. »Sie treiben uns im Kreis herum und versuchen, uns in ihren Hauptbereich zurückzutreiben. Wir bewegen uns schon jetzt weiter nach Norden als nach Osten.«

Pug ergriff die Gelegenheit, um neben Tomas zu reiten. Die Pferde keuchten und zitterten, und Schweiß verdampfte von ihren Rücken in die Kälte. Tomas brachte ein schwaches Lächeln zustande, sagte aber nichts.

Männer bewegten sich zwischen den Pferden hindurch und untersuchten sie nach Verletzungen. Ein paar Minuten später kehrten die Vorposten laufend zurück. Keuchend berichtete einer: »Mylord, sie sind dicht hinter uns, mindestens fünfzig oder sechzig von ihnen.«

»Wie lange noch?«

Schweiß lief dem Mann übers Gesicht, als er antwortete: »Fünf Minuten, Mylord.«

Borric wandte sich an seine Mannen. »Wir rasten einen Augenblick, dann reiten wir.«

»Einen Augenblick, oder eine Stunde, was bedeutet das schon noch?« fragte Arutha. »Die Pferde sind am Ende. Wir sollten ihnen standhalten, ehe noch mehr Brüder ihrem Aufruf folgen.«

Borric schüttelte den Kopf. »Ich muß zu Erland gelangen. Er muß vom Kommen der Tsurani unterrichtet werden.«

Ein Pfeil, gefolgt von einem zweiten, flog aus den nahen Bäumen herbei, und ein weiterer Reiter fiel. Gardan rief: »Herr, es scheint, als wünschten sie, daß wir weiterziehen.«

Mit erhobener Stimme erklärte Borric: »Nur Narren oder Kinder würden diesem Weg weiter folgen. Wenn ich das Kommando gebe, wendet euch nach rechts und greift an.« Er wartete, bis jeder Mann seine Waffe bereit und ein Stoßgebet an die Götter gesandt hatte, damit die Pferde noch einen weiteren Galopp durchhielten. Dann rief der Herzog »Jetzt!«. Wie ein Mann setzte sich der Zug in Bewegung und wirbelte nach rechts herum.

Die Reiter trieben ihre erschöpften Pferde vorwärts. Pfeile ergossen sich aus den Bäumen, und Männer und Pferde schrien auf.

Pug duckte sich unter einem Ast hindurch und klammerte sich verzweifelt an die Zügel, während er an dem Schwert und Schild fummelte. Er fühlte, wie ihm sein Schild entglitt, und als er noch damit kämpfte, wurde sein Pferd langsamer. Er schaffte es nicht, sein Pferd zu beherrschen und gleichzeitig noch die Waffen zu halten.

Pug zügelte sein Tier, riskierte einen vorübergehenden Halt, um seine Ausrüstung richtig zu rücken. Ein Geräusch ließ ihn nach rechts schauen. Keine fünf Meter entfernt stand ein Bogenschütze der Bruderschaft des Düsteren Pfades. Einen Augenblick blieb Pug, ebenso wie der Schütze, wie angewurzelt stehen. Pug war überrascht von seiner Ähnlichkeit mit dem Elbenprinzen Calin. Es gab nur weniges, was die beiden Rassen voneinander unterschied. Sie waren fast gleich groß und ähnlich gebaut. Nur ihr Haar und ihre Augen waren anders. Die Bogensehne der Kreatur war gerissen. Jetzt stand er da, die dunklen Augen auf Pug gerichtet, während er sich ruhig anschickte, den Bogen zu richten. Dann zog er einen Pfeil aus seinem Köcher und legte ihn ein, in einer einzigen, flüssigen Bewegung. Plötzlicher Alarm ließ Pug handeln. Sein stampfendes Pferd reagierte auf seinen verzweifelten Tritt und flog davon. Er sah den Pfeil des Bogenschützen nicht, hörte und fühlte ihn aber an seinem Ohr vorübersausen. Dann galoppierte er wieder, und der Bogenschütze blieb weit zurück, als Pug endlich die Gesellschaft des Herzogs einholte.

Lärm von vorn ließ Pug sein Pferd antreiben, obwohl das arme Tier deutlich zeigte, daß es so schnell lief, wie es noch konnte. Pug schoß durch den Wald, trotz der Dämmerung, die hier immer noch herrschte.

Plötzlich sah er sich hinter einem Reiter, der die Farben des

Herzogs trug, und dann war er auch schon an ihm vorbei, denn sein Pferd war ausgeruhter, weil es eine leichtere Last zu tragen hatte. Das Gelände wurde hügeliger, und Pug fragte sich, ob sie sich schon den Ausläufern der Berge rund um die Grauen Türme näherten.

Die flüchtende Kolonne setzte ihre taumelnde, erschöpfte Reise fort. Pug rückte immer weiter nach vorne auf, bis er nahe beim Herzog ritt. Nach ein paar Minuten machte Lord Borric ihnen ein Zeichen, langsamer zu reiten.

Sie ritten auf eine weitere Lichtung zu. Borric betrachtete seine Gesellschaft. Hilflose Wut zog über sein Gesicht, um dann von Überraschung ersetzt zu werden. Er hielt eine Hand hoch, und die Reiter verhielten in ihrem Durcheinander. Rufe ertönten aus dem Wald, schienen aber ziemlich fern zu sein.

Arutha, in dessen Augen Erstaunen stand, fragte: »Haben wir sie abgehängt?«

Langsam nickte der Herzog. Seine ganze Aufmerksamkeit richtete sich auf die fernen Rufe. »Für den Augenblick schon. Als wir durch die Reihen der Bogenschützen brachen, müssen wir hinter die Verfolgungslinie geraten sein. Doch sie werden das schon bald bemerken und umkehren. Uns bleiben zehn, bestenfalls fünfzehn Minuten.« Er schaute über seine verminderte Gruppe. »Wenn wir bloß einen Platz finden würden, an dem wir uns verstecken könnten.«

Kulgan lenkte sein taumelndes Pferd neben den Herzog. »Mylord, ich habe vielleicht eine Lösung. Aber sie ist riskant und könnte sich als fatal erweisen.«

»Nicht fataler, als wenn wir hier auf sie warten. Was ist das für ein Plan?«

»Ich habe ein Amulett, das das Wetter beherrschen kann. Ich hatte es aufheben wollen, als Schutz vor möglichen Stürmen auf See, denn sein Nutzen ist begrenzt. Damit könnte ich in der Lage sein, unseren Aufenthaltsort zu verschleiern. Jeder Mann soll sich mit seinem Pferd ans andere Ende der Lichtung begeben, in die Nähe der Felsen dort drüben. Sie sollen ihre Tiere zum Schweigen bringen.«

Borric erließ diesen Befehl, und die Tiere wurden ans jenseitige Ende der Lichtung geführt. Beruhigende Hände besänftigten erschöpfte und erregte Pferde und trösteten die Tiere nach ihrer langen Flucht.

Sie sammelten sich am höchsten Punkt einer schmalen Lichtung, mit den Rücken zu einem Granitblock, der sich wie eine graue Faust über ihnen erhob. Kulgan fing an, am Rande der gedrängten Gruppe einherzuschreiten.

Er sang leise und schwang sein Amulett in seltsamen Formen. Allmählich verblaßte das graue Nachmittagslicht. Nebel sammelte sich um ihn. Zuerst erschienen nur dünne Schleier um ihn her, dann andere, immer dichtere. Es bildeten sich feuchte Flekken und leichter Nebel entstand.

Bald wurde die Luft zwischen der Gesellschaft des Herzogs und den Bäumen undurchsichtig. Kulgan bewegte sich schneller, und der Nebel wurde immer dichter, erfüllte die Lichtung mit Weiß, dehnte sich von dem Magier aus, bis hin zu den Bäumen. Schon nach wenigen Minuten war es unmöglich, mehr als ein paar Meter weit zu sehen.

Weiter und weiter schritt Kulgan, sandte immer dichtere Nebelschwaden aus, um das bereits graue Licht zwischen den Bäumen noch mehr einzudämmen. Auf der Lichtung wurde es allmählich immer dunkler und der Nebel wurde mit jedem Wort des Magiers immer dichter.

Dann blieb Kulgan stehen, wandte sich an den Herzog und wisperte: »Alle müssen ganz still bleiben. Sollten unsere Verfolger blindlings in den Nebel stolpern, wird das abfallende Gelände sie hoffentlich an uns vorbeiführen, da sie um die Felsen wandern müssen. Aber laßt keinen Mann sich rühren. Jeder Ton wird uns verraten.«

Die Männer nickten. Sie begriffen, daß die Gefahr schnell näher kam. Sie würden inmitten dieses dichten Nebels stehen und hoffen, daß die Düsteren Brüder vorbeiziehen und den Herzog und seine Männer noch einmal hinter sich lassen würden. Es war ein Spiel, Alles oder Nichts. Sollten sie auf diese Weise freikommen, hatten sie eine gute Chance, schon weit von dieser Stelle entfernt zu sein, wenn die Bruderschaft erneut zurückkehrte.

Gardan und ein paar andere Soldaten, darunter der Herzog und Arutha, bezogen Position vor der Gruppe. Sie hielten ihre Waffen bereit für den Fall, daß die List fehlschlagen sollte. Die Rufe wurden lauter, als sich die Düstere Bruderschaft näherte. Kulgan stand leise murmelnd neben dem Herzog, sammelte immer noch mehr Nebel um sich her und schickte ihn dann vor. Pug wußte, daß sich der Nebel schnell ausdehnen würde. Auf diese Weise wurde eine immer größere Fläche verhüllt, während Kulgan fortfuhr, Zaubersprüche zu intonieren. Jede weitere Minute würde noch mehr vom Grünen Herzen in Nebel hüllen und es für ihre Angreifer zunehmend schwerer machen, sie zu finden.

Pug fühlte Feuchtigkeit auf seiner Wange und schaute empor. Schnee fing an zu fallen. Besorgt schaute er zum Nebel hinüber, um festzustellen, ob der frische Schnee ihn beeinträchtigte. Er beobachtete es eine geschlagene, ängstliche Minute lang. Dann atmete er erleichtert auf, denn wenn der Schnee überhaupt etwas bewirkte, dann vergrößerte er höchstens noch den Verschleierungseffekt des Nebels.

Ein leiser Schritt konnte in der Nähe gehört werden. Pug erstarrte, wie jeder Mann in seiner Nähe. Eine Stimme erklang in der seltsamen Sprache der Bruderschaft.

Pug fühlte ein Jucken zwischen seinen Schulterblättern. Er rührte sich aber nicht, sondern bemühte sich, das nagende, quälende Gefühl auf seinem Rücken zu ignorieren. Er warf einen

Seitenblick auf Tomas, fürchtete aber, den Kopf zu drehen. Tomas stand stocksteif da, die Hand auf die Nüstern seines Pferdes gelegt. Im Nebel sah er aus wie eine Statue.

Eine andere Stimme drang durch den Nebel, und Pug wäre fast aufgesprungen. Es horte sich an, als wenn der Rufende direkt vor ihm stände. Wieder kam ein Ruf zur Antwort, der sich schon anhörte, als wäre er weiter entfernt.

Gardan stand direkt vor Pug, der sah, wie der Rücken des Hauptmanns zuckte. Langsam kniete Gardan nieder, legte still sein Schwert und seinen Schild auf den Boden. Noch immer sehr langsam stand er wieder auf und zog das Messer aus seinem Gürtel. Dann trat er plötzlich in den Nebel hinein. Seine Bewegungen waren schnell und flüssig wie die einer Katze, die in der Nacht verschwindet. Man hörte ein leises Geräusch, und Gardan tauchte wieder auf.

Vor ihm zappelte die Gestalt eines Düsteren Bruders. Eine von Gardans riesigen Händen hatte sich fest über den Mund der Kreatur gelegt. Der andere Arm drückte ihm auf die Kehle. Pug konnte sehen, daß der Hauptmann es nicht riskieren konnte, lange genug loszulassen, um dem Wesen sein Messer in den Rükken zu stoßen. Gardan knirschte vor Schmerzen mit den Zähnen, als die Kreatur den Arm des Hauptmanns mit klauenähnlichen Krallen aufriß. Ihre Augen traten hervor, als sie versuchte zu atmen. Gardan stand wie angewurzelt und hielt den Düsteren Bruder über dem Boden, als der versuchte, sich loszureißen. Das Gesicht wurde rot, dann purpur, als Gardan das Leben aus ihr preßte. Blut floß an Gardans Arm herab, aber der mächtige Soldat rührte sich kaum. Dann wurde der Düstere Bruder schlaff. Gardan drückte noch ein letztes Mal mit dem Arm zu und ließ die Kreatur dann leise zu Boden gleiten.

Gardans Augen waren vor Anstrengung geweitet, und er keuchte leise, als er versuchte, wieder zu Atem zu kommen. Langsam drehte er sich um, kniete nieder und steckte sein Messer zurück. Dann hob er sein Schwert und seinen Schild auf und kehrte an seinen Wachtposten im Nebel zurück.

Pug fühlte nichts als Ehrfurcht und Bewunderung für den Hauptmann, aber wie die anderen konnte er nur schweigend zusehen. Die Zeit verging. Die Stimmen wurden schwächer, als sich die Männer ihre wütenden Fragen zuriefen, während sie das Versteck der Flüchtigen suchten. Dann entfernten sie sich. Schließlich wurde es still, wie durch einen erleichterten Seufzer, den alle auf der Lichtung Anwesenden gleichzeitig ausgestoßen hatten. Der Herzog flüsterte: »Sie sind an uns vorbei. Führt die Pferde. Wir gehen nach Osten.«

Pug sah sich in der Dämmerung um. Vor ihm führten Lord Borric und Prinz Arutha den Weg. Gardan hielt sich dicht bei Kulgan, der noch immer erschöpft von seinem magischen Werk war. Tomas ging schweigend neben seinem Freund. Von den fünfzig Soldaten, die mit dem Herzog von Crydee aufgebrochen waren, blieben noch dreizehn übrig. Nur sechs Pferde hatten den Tag überlebt. Als sie taumelten, waren die anderen schnell von stummen Reitern mit zusammengepreßten Lippen zum Schweigen gebracht worden.

Sie taumelten aufwärts, weiter in die Berge hinein. Die Sonne war untergegangen, aber der Herzog trieb sie weiter, aus Angst vor einer Rückkehr ihrer Verfolger. Die Männer traten vorsichtig auf, besorgt und ängstlich in dem rauhen Gelände, jetzt, da die Nacht hereingebrochen war. Die Dunkelheit wurde hin und wieder von leisen Flüchen durchbrochen, wenn ein Mann auf den eisigen Felsen den Halt verloren hatte.

Pug schleppte sich weiter. Sein Körper war benommen vor Kälte und Müdigkeit. Der Tag war ihm wie eine Ewigkeit erschienen, und er konnte sich nicht erinnern, wann er das letzte Mal gerastet oder gegessen hatte. Einmal hatte ihm ein Soldat einen Wasserschlauch gereicht, aber dieser einsame Trank war nur noch eine schwache Erinnerung. Er grabschte sich eine Handvoll Schnee und stopfte ihn in den Mund. Aber das geschmolzene Eis verschaffte ihm wenig Erleichterung. Es war bitterkalt, und er schauderte in seinem Umhang.

Das Flüstern des Herzogs dröhnte durch die Dunkelheit. »Halt. Ich bezweifle, daß sie im Dunkeln umherwandern. Wir werden hier rasten.«

Aruthas Wispern ließ sich von irgendwo weiter vorne vernehmen. »Der fallende Schnee sollte unsere Spuren bis morgen verdecken.«

Pug fiel auf die Knie und zog seinen Umhang um sich. Tomas' Stimme ertönte in der Nähe. »Pug?«

Leise antwortete er. »Hier.«

Tomas ließ sich schwer neben ihn fallen. »Ich glaube...«, sagte er zwischen keuchenden Atemzügen, »ich kann mich... nie mehr rühren.«

Pug konnte bloß nicken.

Die Stimme des Herzogs kam aus der Nähe. »Keine Feuer.«

Gardan antwortete: »Es ist eine bitterkalte Nacht für ein kaltes Lager, Hoheit.«

»Zugegeben, aber wenn diese Höllensöhne in der Nähe sind, würde ein Feuer sie auf uns aufmerksam machen. Drängt euch aneinander, damit es warm genug ist und keiner erfriert. Postiert Wachen und befehlt den anderen zu schlafen. Wenn der Morgen heraufzieht, möchte ich die Entfernung zwischen ihnen und uns so groß wie möglich halten.«

Pug fühlte, wie sich Körper um ihn drängten, aber er hatte nichts gegen diese Unbequemlichkeit, denn zumindest war es warm. Bald darauf fiel er in einen leichten Schlaf, wachte aber im Laufe der Nacht häufig auf. Und dann war plötzlich Tagesanbruch.

Drei weitere Pferde starben in der Nacht. Ihre erstarrten Körper lagen unbedeckt im Schnee. Als Pug auf die Füße kam, fühlte er sich steif und sein Kopf dröhnte. Er zitterte, als er mit den Füßen stampfte und versuchte, etwas Leben in seinen schmerzenden, unterkühlten Körper zu bringen. Tomas rührte sich, wachte dann mit einem Ruck auf und sah sich um, um zu erkennen, was vor sich ging. Linkisch kam er auf die Füße und schloß sich dann Pug an, stampfte mit den Füßen und schwang die Arme. »Ich habe in meinem ganzen Leben noch nicht so gefroren«, erklärte er zähneklappernd.

Pug schaute sich um. Sie befanden sich in einer Senke zwischen riesigen Felsblöcken aus Granit, die sich hinter ihnen neun Meter hoch in die Luft erhoben. Der Boden fiel ab, an dem Pfad entlang, den sie gekommen waren. Pug bemerkte, daß die Bäume hier schon dünner waren. »Komm schon«, forderte er Tomas auf, als er anfing, die Felsen zu erklimmen.

»Verdammt!« ertönte es hinter ihnen. Als Pug und Tomas sich umwandten, sahen sie Gardan, der über der reglosen Gestalt eines Wächters kniete. Der Hauptmann sah zum Herzog hinüber. »Ist in der Nacht gestorben, Euer Gnaden.« Er schüttelte den Kopf, als er hinzufügte: »Er wurde verwundet, hat aber nichts davon gesagt.«

Pug zählte. Außer ihm, Tomas, Kulgan, dem Herzog und seinem Sohn blieben damit noch zwölf Soldaten übrig. Tomas schaute zu Pug empor, der vorausgeklettert war. »Wohin wollen wir eigentlich?«

Pug fiel auf, daß er flüsterte. Er wies mit dem Kopf nach oben und sagte: »Sehen, was da drüben ist.«

Tomas nickte, und sie setzten ihren Aufstieg fort. Steife Finger protestierten dagegen, harten Fels zu umklammern. Aber schon bald wurden sie warm, als die Anstrengung Pugs ganzen Körper erhitzte. Er reckte sich und packte die Kante des Simses oberhalb von ihnen. Dann zog er sich hinauf und wartete auf Tomas.

Tomas erschien keuchend neben Pug. »Hurra!«

Vor ihnen erhoben sich majestätisch die hohen Gipfel der Grauen Türme. Die Sonne ging dahinter auf, warf rosige und goldene Lichter auf die Südseiten der Berge, während die Westseiten noch immer in dunkelblauen Schatten verschleiert dalagen. Der Himmel war klar und der Schneefall war vorüber. Wohin sie auch blickten, alles lag unter einer weißen Decke.

Pug winkte Gardan zu. Der Hauptmann marschierte an den Fuß der Felsen, kletterte ein kurzes Stück hinauf und fragte: »Was gibt's?«

»Die Grauen Türme! Sie sind nicht mehr weiter als fünf Meilen entfernt.«

Gardan winkte den Jungen, zurückzukehren. Sie kletterten hinab, fielen die letzten paar Fuß und landeten krachend unten. Nachdem sie jetzt ihren Bestimmungsort gesehen hatten, fühlten sie sich wieder frisch. Sie gesellten sich zu Gardan, der mit dem Herzog, Arutha und Kulgan sprach. Borric flüsterte leise, aber die kühle Morgenluft trug seine Stimme weit. »Nehmt alles, was auf den toten Tieren war und teilt es unter den Männern auf. Holt dann die restlichen Pferde, aber niemand reitet. Es hat keinen Sinn, die Pferde zu bedecken, denn wir werden ohnehin deutliche Spuren hinterlassen.«

Gardan salutierte und ging dann zwischen seinen Soldaten umher. Sie standen paarweise oder einzeln herum. Ihre Augen hielten Ausschau nach Anzeichen möglicher Verfolger.

Borric wandte sich an Kulgan. »Habt Ihr eine Ahnung, wo der Paß des Südens liegt?«

»Ich werde versuchen, meine magische Sicht einzusetzen, Herr.« Kulgan konzentrierte sich, und Pug beobachtete ihn dabei genau, denn das Sehen mit dem Auge des Geistes war ein weiterer Trick, der ihm bei seinen Studien nicht gelungen war. Es war ähnlich wie das Benutzen der Kristallkugel, aber weniger bildhaft. Mehr ein Eindruck dessen, wo sich etwas in Beziehung zu dem Zaubernden befand. Nach ein paar Minuten des Stillschweigens sagte Kulgan: »Ich kann es nicht sagen, Herr. Wenn ich schon früher hier gewesen wäre, dann vielleicht. Aber ich bekomme keinen Eindruck, wo der Paß sich befinden mag.«

Borric nickte. »Ich wünschte, Langbogen wäre hier. Er kennt die Zeichen dieser Landschaft.« Er wandte sich nach Osten, als könnte er die Grauen Türme durch das dazwischenliegende Sims hindurch sehen. »Für mich sieht ein Berg aus wie der andere.«

Arutha meinte: »Nach Norden, Vater?«

Borric lächelte ein wenig über Aruthas Logik. »Ja. Wenn der Paß nördlich liegt, dann haben wir immer noch die Chance, ihn zu überqueren, ehe er unpassierbar wird. Wenn wir erst einmal auf der anderen Seite der Berge sind, wird das Wetter sich dort im Osten milder erweisen – jedenfalls ist das zu dieser Zeit des Jahres gewöhnlich der Fall. Wir sollten also in der Lage sein, nach Bordon zu marschieren. Wenn wir bereits nördlich vom Paß sind, dann erreichen wir irgendwann die Zwerge. Sie werden uns Schutz gewähren, und vielleicht wissen sie von einem anderen Weg in den Osten.« Er inspizierte seine erschöpfte Gruppe. »Mit drei Pferden und geschmolzenem Schnee als Trinkwasser sollten wir eine weitere Woche durchhalten können.« Er schaute sich um und musterte dann den Himmel. »Wenn das Wetter hält.«

»In zwei, vielleicht drei Tagen sollten wir das schlechte Wetter hinter uns haben«, erklärte Kulgan. »Weiter kann ich nicht in die Zukunft sehen.«

Ein ferner Ruf erklang durch die Bäume, aus dem Wald tief unter ihnen. Unverzüglich verstummten alle. Borric schaute zu Gardan hin. »Hauptmann, wie weit ist das entfernt, was meint Ihr?«

Gardan lauschte. »Das ist schwer zu sagen, Herr. Ein, zwei Meilen, vielleicht auch mehr. Im Wald wird ein Geräusch weit getragen, in der Kälte noch mehr.«

Borric nickte. »Sammelt die Männer. Wir ziehen weiter.«

Pugs Fingerspitzen bluteten durch die zerrissenen Handschuhe. Bei jeder Gelegenheit im Laufe des Tages hatte der Herzog die Männer über die Felsen klettern lassen, um die Düsteren Brüder von der Verfolgung abzuhalten. Jede Stunde waren Soldaten zurückgeschickt worden, um falsche Spuren über ihre eigenen zu legen. Sie schleiften Decken von den toten Pferden hinter sich her und verwischten damit die Spuren, so gut sie konnten.

Sie standen jetzt am Rande einer Lichtung. Es war ein kreisrundes Stück kahlen Felsens, das auf allen Seiten von mitgenommenen Pinien und Espen umgeben war. Die Bäume waren zunehmend spärlicher geworden, je weiter sie in den Bergen aufstiegen. Sie zogen es vor, auf dem rauhen, höheren Gelände weiterzuziehen, wo sie nicht so leicht verfolgt werden konnten. Seit der Morgendämmerung waren sie nördlich gen Osten gezogen. Sie folgten einem Sims aus zerklüfteten Felsen, das auf die Grauen Türme zuführte. Aber zu Pugs Enttäuschung schienen die Berge nicht näher gekommen zu sein.

Die Sonne stand hoch über ihren Köpfen, aber Pug spürte wenig von ihrer Wärme, denn ein kalter Wind blies aus den Höhen der Grauen Türme. Pug hörte Kulgans Stimme aus der Ferne hinter sich. »So lange der Wind aus Nordosten bläst, werden wir keinen Schnee bekommen, denn jegliche Feuchtigkeit wird auf den Gipfeln zurückgelassen werden. Sollte sich der Wind jedoch drehen und aus Westen oder Nordwesten von dem Endlosen Meer herüberkommen, dann wird es wieder schneien.«

Pug keuchte, als er über die Felsen kletterte und mühsam auf der schlüpfrigen Oberfläche entlangbalancierte. »Kulgan, müssen wir auch weiter Unterricht abhalten?«

Ein paar Männer lachten, und für einen Augenblick ließ die grimmige Spannung der letzten beiden Tage nach. Sie erreichten eine große Ebene, ehe sie weiter ansteigen mußten, und der Herzog befahl eine Rast. »Errichtet ein Feuer und schlachtet ein Tier.

Wir werden hier auf die letzten zurückgebliebenen Wachen warten.«

Gardan sandte schnell Männer aus, die Holz von den Bäumen sammelten, und einer führte zwei der Pferde fort. Die empfindlichen Tiere hatten wunde Füße, waren müde und hungrig, und Gardan wollte sie vom Geruch von Blut fernhalten.

Das gewählte Pferd schrie auf. Dann verstummte es plötzlich, und als die Feuer fertig waren, steckten die Soldaten Spieße über die Flammen. Bald erfüllte der Duft gerösteten Fleisches die Luft. Trotz seines erwarteten Mißfallens fühlte Pug, wie ihm das Wasser im Mund zusammenlief. Nach einer Weile wurde ihm ein Stock mit einem großen Stück gerösteter Leber ausgehändigt, das er gierig verschlang. In seiner Nähe verzehrte Tomas ebenso gierig ein Stück brutzelnden Schlegel.

Als sie mit dem Essen fertig waren, wurde das restliche, noch warme Fleisch in Streifen aus Pferdedecken und zerrissenen Überwürfen gewickelt und unter den Männern verteilt.

Pug und Tomas saßen neben Kulgan, während die Männer das Lager abbrachen, die Feuer löschten, die Zeichen ihres Vorüberziehens verdeckten und alles bereit machten, um den Marsch wieder aufzunehmen.

Gardan trat zum Herzog. »Herr, die letzte Wache ist überfällig.«

Borric nickte. »Ich weiß. Sie hätten vor einer halben Stunde zurückkehren sollen.« Er spähte den Hügel hinab, zu dem riesigen Wald hinüber, der in der Ferne hinter dem Nebel lag. »Wir warten noch fünf Minuten, dann ziehen wir weiter.«

Sie warteten schweigend, aber die Wachen kehrten nicht zurück. Schließlich gab Gardan den Befehl: »Also gut, Jungens. Auf geht's.«

Die Männer reihten sich hinter dem Herzog und Kulgan auf, und die Jungen schlossen sich ihnen an. Pug zählte. Es waren nur noch zehn Soldaten übrig.

Zwei Tage später kamen die heulenden Winde und rissen wie mit eisigen Messern am bloßen Fleisch. Jede Gestalt hüllte sich in ihren Umhang, während sie langsam weiter gen Norden trabten, gegen den Wind gestemmt. Zerrissene Lumpen waren um die Stiefel gewickelt worden, in dem schwachen Versuch, Frostbeulen zu verhindern. Vergebens versuchte Pug, seine Wimpern frei von Eis zu halten. Aber der rauhe Wind ließ seine Augen tränen, und die Tropfen gefroren schnell und nahmen ihm die Sicht.

Pug hörte Kulgans Stimme über dem Wind. »Herr, ein Sturm kommt. Wir müssen Schutz finden oder sterben.« Der Herzog nickte und bedeutete zwei Männern, vorzulaufen und Schutz zu suchen. Die zwei stolperten davon. Sie bewegten sich kaum schneller als die restlichen, setzten aber alles an Kraft ein, was ihnen noch geblieben war, um ihre Aufgabe zu erfüllen.

Wolken rollten von Nordwest heran, und der Himmel verdunkelte sich. »Wieviel Zeit noch, Kulgan?« rief der Herzog durch den heulenden Wind.

Der Magier wedelte mit einer Hand über dem Kopf, während der Wind sein Haar und seinen Bart aus dem Gesicht blies und seine hohe Stirn freilegte. »Höchstens noch eine Stunde.« Wieder nickte der Herzog und drängte seine Männer weiter vorwärts.

Ein trauriger Ton, fast wie ein Schrei, durchdrang den Wind, und ein Soldat rief, daß das letzte Pferd gefallen sei. Borric blieb stehen und befahl fluchend, es eilends zu schlachten. Soldaten zerlegten das Tier, schnitten dampfende Stücke Fleisch ab, die im Schnee abkühlten, ehe sie eingewickelt werden konnten. Als sie fertig waren, wurde das Fleisch unter den Männern aufgeteilt.

»Wenn wir Schutz finden können, können wir ein Feuer machen und das Fleisch kochen«, rief der Herzog.

Insgeheim fügte Pug hinzu, daß sie das Fleisch kaum benötigen würden, wenn sie keinen Schutz finden konnten. Sie nahmen ihren Marsch wieder auf.

Kurze Zeit später kehrten die beiden Wachen zurück. Sie hatten eine Höhle gefunden, kaum eine Viertelmeile entfernt. Der Herzog wies sie an, ihnen den Weg zu zeigen.

Schnee fiel. Der Wind trieb ihn vor sich her. Der Himmel war jetzt dunkel und die Sicht blieb auf wenige Meter begrenzt. Pugs Kopf schmerzte, und er mußte kämpfen, um seine widerstrebenden Füße vom Schnee zu lösen. Beide Hände waren taub, und er fragte sich, ob sie erfroren wären.

Tomas sah kaum besser aus, und auch er war zu erschöpft, um zu sprechen. Er schleppte sich einfach neben seinem Freund her.

Plötzlich lag Pug mit dem Gesicht nach unten im Schnee. Er fühlte sich überraschend müde, und ihm war warm. Tomas kniete neben dem gefallenen Zauberlehrling nieder. Er schüttelte Pug, und der fast bewußtlose Junge stöhnte.

»Steh auf«, brüllte Tomas. »Es ist nur noch ein kleines Stück.«

Pug kämpfte sich hoch. Er wurde von Tomas und einem der Soldaten unterstützt. Als er stand, bedeutete Tomas dem Soldaten, daß er sich um seinen Freund kümmern würde. Der Mann nickte, blieb aber in der Nähe. Tomas löste einen der vielen Lumpen, die er sich der Wärme wegen um gewickelt hatte, verknotete ein Ende mit Pugs Gürtel und führte, um nicht zu sagen schleppte, den kleineren Jungen mit sich.

Die Jungen folgten dem Soldaten, der ihnen geholfen hatte, um einen Felsenvorsprung herum und befanden sich plötzlich vor dem Eingang zu einer Höhle. Sie taumelten ein paar Schritte vorwärts in die schützende Dunkelheit. Dann fielen sie auf den Steinboden. Im Verhältnis zu dem beißenden Wind draußen schien die Höhle warm. Dort angekommen, fielen sie sofort in einen erschöpften Schlaf.

Pug erwachte vom Duft kochenden Pferdefleisches. Er erhob sich und sah, daß es draußen hinter dem Feuer dunkel war. Stapel von Zweigen und totem Holz waren in der Nähe aufgehäuft, und

Männer legten vorsichtig auf dem Feuer nach. Andere standen dabei und rösteten Fleisch. Pug bewegte die Finger und stellte fest, daß sie wund waren und schmerzten. Aber als er die mitgenommenen Handschuhe herunterschälte, konnte er sehen, daß sie nicht abgefroren waren. Er weckte Tomas. Der andere Junge stützte sich auf die Ellbogen und blinzelte in die Flammen.

Gardan stand auf der anderen Seite des Feuers und sprach mit einem Soldaten. Der Herzog saß in der Nähe und war in eine leise Unterhaltung mit seinem Sohn und Kulgan vertieft. Jenseits von Gardan und dem Soldaten konnte Pug nur Dunkelheit erkennen. Er konnte sich nicht erinnern, zu welcher Zeit des Tages sie die Höhle gefunden hatten, aber er und Tomas mußten stundenlang geschlafen haben.

Kulgan sah, daß sie sich rührten, und trat zu ihnen. »Wie fühlt ihr euch?« fragte er sie mit besorgtem Gesicht. Die Jungen erwiderten, daß es ihnen den Umständen entsprechend gutginge. Auf Kulgans Weisung hin zogen sie dann ihre Stiefel aus. Er war froh feststellen zu können, daß sie keine Frostbeulen hatten. Einer der Soldaten jedoch, wußte er zu berichten, hatte nicht so viel Glück gehabt.

»Wie lange haben wir denn geschlafen?« fragte Pug.

»Die ganze letzte Nacht und den heutigen Tag«, antwortete der Magier seufzend.

Erst jetzt fiel Pug auf, daß eine Menge Arbeit erledigt worden war. Es waren nicht nur die Zweige geschlagen worden, sondern er und Tomas waren mit einigen der Decken zugedeckt worden. Einige Kaninchen hingen neben dem Höhleneingang, und eine Reihe frisch gefüllter Wassersäcke steckte auf Stäben nahe dem Feuer. »Ihr hättet uns wecken können«, meinte Pug, und Bedauern klang aus seiner Stimme.

Kulgan schüttelte den Kopf. »Der Herzog wollte ohnehin nicht weiterziehen, ehe der Sturm vorüber war, und das war erst vor ein paar Stunden der Fall. Außerdem wart ihr nicht die einzigen hier, die müde waren. Ich bezweifle, daß selbst der tapfere Hauptmann dort auch nur noch ein paar Meilen hätte weitergehen können, ohne sich zwischendurch auszuruhen. Der Herzog will abwarten, wie die Dinge morgen aussehen. Ich nehme an, daß wir dann weiterziehen – wenn das Wetter hält.«

Kulgan stand auf, bedeutete den Jungen aber, weiterzuschlafen, wenn sie es wollten. Dann trat er zum Herzog hinüber. Pug stellte überrascht fest, daß er immer noch müde war, obwohl er den ganzen Tag über geschlafen hatte. Er wollte sich jedoch gern den Magen füllen, ehe er weiterschlief. Tomas nickte auf seine unausgesprochene Frage, und die beiden begaben sich zum Feuer.

Einer der Soldaten war hier damit beschäftigt, Fleisch zu braten. Schweigend händigte er ihnen große Portionen aus.

Die Jungen verschlangen das Essen. Anschließend setzten sie sich mit dem Rücken an die Wand gelehnt hin. Pug fing an, mit Tomas zu reden, als ihn plötzlich der Anblick der Wache neben dem Höhleneingang ablenkte. »Euer Gnaden«, sagte der Mann, »wir hören Bewegung in den Bäumen.«

Borric wandte sich an die anderen. »Haltet euch bereit!«

Jeder Mann in der Höhle griff hastig nach seinen Waffen. Bald darauf konnten alle das Knirschen von Stiefeln im eisigen Schnee hören. Es wurde immer lauter, während sie warteten. Es kam immer näher. Pug hielt krampfhaft sein Schwert umklammert und zwang sich, die aufsteigende Übelkeit zu bekämpfen.

Plötzlich hörte das Geräusch der Schritte auf, als sie draußen stehenblieben. Dann konnte das Knirschen eines einzelnen Paares von Stiefeln vernommen werden, die näher kamen. Aus dem Dunkel erschien eine Gestalt, die direkt auf die Höhle zukam. Pug reckte den Hals, um an den Soldaten vorbeisehen zu können, und der Herzog fragte: »Wer kommt da des Nachts?«

Eine untersetzte Gestalt, nicht mehr als anderthalb Meter groß, schlug die Kapuze ihres Umhangs zurück. Ein Metallhelm schimmerte über dichtem, braunem Haar. Zwei blitzende Augen reflektierten den Feuerschein. Dichte Brauen aus rotbraunem Haar stießen über einer großen Hakennase zusammen. Die Gestalt blieb stehen, beäugte die Gesellschaft und machte dann ein Zeichen nach hinten. Noch mehrere kamen aus der Nacht, und Pug drängte sich vor, um besser sehen zu können. Tomas hielt sich an seiner Seite. Sie konnten sehen, daß mehrere der Neuankömmlinge Packtiere und Maulesel führten.

Der Herzog und die Soldaten entspannten sich sichtbar, und Tomas sagte: »Es sind Zwerge!«

Ein paar Soldaten lachten, ebenso wie der erste Zwerg. Er zog eine lange Pfeife aus seinem Umhang unter dem langen Bart hervor, der bis unter seinen Gürtel reichte, und fixierte Tomas mit einem scheelen Blick. »Was hast du denn erwartet, Knabe? Eine hübsche Fee, die dich von hier fortbringt?«

Der Anführer der Zwerge stopfte seine Pfeife, als er näher zum Feuer trat. Vor dem Herzog blieb er stehen. »An Eurem Wappenrock erkenne ich, daß ihr Männer aus Crydee seid. Ich werde Dolgan genannt, Oberhaupt des Dorfes Caldara und Kriegsführer des Zwergenvolkes der Grauen Türme.« Er schaute zu den anderen und sagte dann: »Was bringt eine so traurig aussehende Gesellschaft des hohen Volkes an diesen kalten, abgelegenen Ort?«

Mac Mordain Cadal

Die Zwerge standen Wache.

Pug und die anderen Männer aus Crydee saßen um das Lagerfeuer und verzehrten hungrig das Mahl, das Dolgans Männer zubereitet hatten. Ein Kessel mit Eintopf blubberte über dem Feuer. Heiße Laibe von dunklem Brot, mit dicker Kruste und süßem, braunem, honigtriefendem Teig wurden hastig verschlungen. Der Räucherfisch von den Lasttieren der Zwerge bildete eine willkommene Abwechslung von der Diät aus Pferdefleisch der letzten Tage.

Vierzig Zwerge begleiteten Dolgan. Der Anführer der Zwerge wurde von seinen Söhnen Weylin, dem Älteren, und Udell flankiert. Beide sahen ihrem Vater verblüffend ähnlich, aber Udell war dunkler, mit schwarzem statt rotbraunem Haar. Beide wirkten ruhig, verglichen mit ihrem Vater, der wild mit der Pfeife in der einen und einem Bierkrug in der anderen Hand gestikulierte, als er sich mit dem Herzog unterhielt. Die Zwerge waren auf einer Art Patrouille am Rande des Waldes entlang unterwegs gewesen. Aber Pug hatte den Eindruck, daß eine Patrouille so weit vom Heimatdorf entfernt ungewöhnlich war.

»Ich erinnere mich an Euch, Lord Borric«, sagte Dolgan und nippte an seinem Bier, »aber Ihr wart kaum mehr als ein Säugling, als ich das letzte Mal in Crydee war. Ich habe mit Eurem Vater gespeist. Er hatte eine gute Tafel.«

»Und solltet Ihr wieder einmal nach Crydee kommen, Dolgan, dann findet Ihr meine Tafel hoffentlich ebenso befriedigend.« Sie hatten über die Mission des Herzogs gesprochen, und während das Mahl zubereitet worden war, hatte Dolgan meistenteils in Gedanken verloren geschwiegen. Plötzlich betrachtete er seine Pfeife, die ausgegangen war. Er seufzte traurig und legte sie fort, bis er bemerkte, daß Kulgan seine eigene gezogen hatte und beachtliche Rauchwolken ausstieß. Sein Gesicht leuchtete sichtbar auf, und er sagte: »Hättet Ihr vielleicht noch ausreichend Tabak für eine zusätzliche Pfeife bei Euch, Magier?« Er sprach mit dem kehligen Schnarren, das die Zwerge immer an sich hatten, wenn sie in der Sprache der Könige redeten.

Kulgan zog seinen Tabaksbeutel hervor und reichte ihn dem Zwerg hinüber. »Meine Pfeife und mein Tabaksbeutel sind zwei Dinge, die ich immer bei mir habe. Ich kann den Verlust all meiner anderen Güter verschmerzen – wenngleich mich der Verlust meiner beiden Bücher zutiefst betrübt –, aber irgend etwas ohne den Trost meiner Pfeife durchzustehen ist undenkbar.«

»Jaja«, stimmte der Zwerg zu und entzündete seine eigene. »Da habt Ihr recht. Abgesehen vom Herbstbier und der Gesellschaft meines guten Weibes oder einem sauberen Kampf natürlich, gibt es wenig, was an das Vergnügen einer Pfeife heranreicht.« Er zog tief daran und blies eine große Rauchwolke in die Luft, um seinen Worten Nachdruck zu verleihen. Ein nachdenklicher Ausdruck zog über sein Gesicht, als er sagte: »Jetzt zu den Neuigkeiten, die Ihr mit Euch bringt. Sie klingen seltsam in unseren Ohren, erklären aber einige der Mysterien, die uns seit geraumer Zeit beschäftigen.«

»Was für Mysterien?« wollte Borric wissen.

Dolgan wies auf den Höhleneingang. »Wie wir Euch bereits erzählten, mußten wir in der Umgegend patrouillieren. Das ist neu für uns, denn in den vergangenen Jahren gab es in den Landen am Rande unserer Minen und Farmen keinerlei Probleme oder Ärger.« Er lächelte. »Gelegentlich hatten wir ein wenig Mühe mit einigen besonders kühnen Banditen oder Moredhel – Ihr nennt sie die Düsteren Brüder –, oder auch wohl mit einem über alle Maßen dummen Stamm von Kobolden. Aber meistenteils blieb alles ruhig und friedlich.

In letzter Zeit jedoch ist einiges schiefgegangen. Vor ungefähr einem Monat, vielleicht auch etwas länger, bemerkten wir eine starke Bewegung unter den Moredhel und den Kobolden in ihren Dörfern nördlich von uns. Wir sandten ein paar Knaben aus, um es zu untersuchen. Sie fanden ganze Dörfer verlassen vor, sowohl die von Kobolden als auch die von den Moredhel. Einige waren gebrandschatzt, aber andere standen leer, ohne daß irgendein Zeichen auf Ärger hinwies.

Ich muß wohl nicht sagen, daß der Umzug dieser Kreaturen auch unsere Probleme vergrößerte. Unsere Dörfer befinden sich auf den höher gelegenen Weiden und Plateaus. So wagen sie es nicht, uns anzugreifen, aber sie plündern unsere Herden in den tiefer gelegenen Tälern, durch die sie ziehen – deshalb schicken wir jetzt Patrouillen die Berge herab. Da der Winter vor der Tür steht, befinden sich unsere Herden in den tiefsten Tälern, und wir müssen sehr wachsam sein.

Höchstwahrscheinlich haben Eure Boten unsere Dörfer nicht erreicht, weil so viele Moredhel und Kobolde durch die Berge, bis hinab in die Wälder, streiften. Jetzt haben wir wenigstens eine schwache Ahnung, was diese Wanderung verursacht hat.«

Der Herzog nickte. »Die Tsuranis.«

Dolgan dachte einen Augenblick lang nach, und Arutha sagte: »Dann sind sie in voller Stärke da oben.«

Mit einem fragenden Blick schaute Borric zu seinem Sohn hinüber. Dolgan kicherte. »Da habt Ihr einen klugen Sohn, Lord Borric.« Er nickte nachdenklich. »Tja, Prinz. Sie sind da oben und zwar in voller Stärke. Trotz ihrer zahlreichen Fehler kann man den Moredhel nicht nachsagen, daß sie keine guten Krieger wären.« Wieder verstummte er und hing seinen Gedanken nach. Dann klopfte er die Asche aus seiner Pfeife und erklärte: »Das Zwergenvolk wird nicht umsonst das Volk der besten Krieger genannt, wenigstens im Westen. Aber uns fehlt es an der nötigen Menge, um unsere störenden Nachbarn loszuwerden. Eine solche Anzahl, wie sie hier vorübergekommen ist, zu zerstören, würde eine ganze Armee erfordern, gut ausgerüstet und bewaffnet.«

Kulgan meldete sich zu Wort. »Ich würde alles darum geben, zu wissen, wie sie diese Berge erreicht haben.«

»Mich würde es mehr interessieren, wie viele sie sind«, meinte der Herzog.

Dolgan füllte erneut seine Pfeife. Nachdem sie brannte, starrte er nachdenklich ins Feuer. Weylin und Udell nickten einander zu, und Weylin sagte: »Lord Borric, es können gut fünftausend sein.«

Ehe der überraschte Herzog reagieren konnte, erwachte Dolgan aus seiner Träumerei. Er fluchte. »Wohl eher zehntausend!« Er wandte sich dem Herzog zu, dessen Ausdruck verriet, daß er nicht verstand, wovon die Rede war. Dolgan fügte hinzu: »Wir haben jeden Grund für diese Auswanderung erwogen, abgesehen von einer Invasion. Seuchen, Krieg zwischen zwei Banden, Hungersnot, aber die einmarschierende Armee von Fremdlingen war nicht darunter.

Aus der Anzahl der leeren Stadte schließen wir, daß ein paar tausend Kobolde und Moredhel ins Grüne Herz abgestiegen sind. Einige dieser Dörfer bestehen nur aus ein paar Hütten, mit denen meine beiden Söhne ohne Hilfe fertig werden könnten. Aber andere sind mächtige Garnisonen, mit einhundert oder zweihundert Kriegern zur Verteidigung. In kaum weniger als einem Monat haben sie mehr als ein Dutzend davon zerstört. Was glaubt Ihr, Lord Borric, wie viele Männer würdet Ihr benötigen, um eine solche Tat zu bewerkstelligen?«

Zum ersten Mal in seinem Leben sah Pug deutliche Angst im Gesicht des Herzogs. Borric beugte sich vor. Sein Arm ruhte auf seinem Knie, als er sagte: »Ich habe fünfzehnhundert Mann in Crydee, wenn man die zählt, die sich in den Garnisonen entlang der Grenze aufhalten. Weitere achthundert oder tausend kann ich jeweils aus den Garnisonen von Carse und Tulan herbeirufen. Wenn ich das täte, würde das jedoch bedeuten, daß dort kein Mann mehr wäre. Aus den Dörfern und Städten könnte ich bestenfalls eintausend Mann bekommen, und die meisten wären Veteranen aus der Zeit der Belagerung von Carse oder aber junge Knaben ohne Erfahrung.«

Arutha sah ebenso grimmig aus wie sein Vater. »Fünfundvierzighundert, ein volles Drittel davon ungeübt, gegen eine Armee von zehntausend.«

Udell sah erst seinen Vater, dann Lord Borric an. »Mein Vater prahlt nicht mit unserer Geschicklichkeit, und auch was die Moredhels angeht, hat er nicht übertrieben, Euer Gnaden. Ob es sich um fünftausend oder um zehntausend handelt, es werden harte, erprobte Kämpfer sein.«

»Ich halte es für das Beste«, meldete sich Dolgan zu Wort, »wenn Ihr Nachricht an Euren älteren Sohn und Eure untergebenen Barone sendet und sie auffordert, sicher hinter den Mauern ihrer Schlösser zu bleiben. Ihr selbst solltet Euch nach Krondor begeben. Es wird alle Armeen des Westens erfordern, diesen Neuankömmlingen zu widerstehen, wenn das Frühjahr kommt.«

»Ist es wirklich so schlimm?« fragte Tomas plötzlich. Dann sah er verlegen aus, weil er den Rat unterbrochen hatte. »Verzeiht mir, mein Herr.«

Borric winkte seine Entschuldigung ab. »Es kann sein, daß wir viele Fäden der Angst zu einem größeren Teppich verweben, als es nötig ist. Aber ein guter Soldat bereitet sich immer auf das Schlimmste vor, Tomas. Dolgan hat recht. Ich muß mir die Hilfe des Prinzen sichern.« Er sah zu Dolgan hin. »Aber um die Armeen des Westens an die Waffen zu rufen, muß ich Krondor erreichen.«

»Der Paß des Südens ist geschlossen, und Eure menschlichen Schiffsherren haben zu viel Verstand, um die Straßen der Finsternis im Winter zu durchkreuzen. Aber da ist noch ein anderer Weg, wenngleich er schwierig ist. Überall in diesen Bergen gibt es Minen, uralte Tunnel unter den Grauen Türmen. Viele davon wurden von meinem Volk gegraben, auf unserer Suche nach Eisen und Gold. Aber einige sind auch natürlich. Sie sind entstanden, als die Berge geboren wurden. Und wieder andere waren hier, als mein Volk zum ersten Mal in diese Berge kam. Nur die Götter wissen, von wem sie gegraben worden sind. Es gibt eine Mine, die unter dem gesamten Gebirge hindurchläuft. Sie kommt auf der anderen Seite der Berge wieder heraus, nur einen Tagesmarsch von der Straße nach Bordon entfernt. Es dauert zwei Tage, sie zu durchschreiten, und viele Gefahren können dort lauern.«

Die Zwergenbrüder blickten ihren Vater an, und Weylin sagte: »Vater, der Mac Mordain Cadal?«

Dolgan nickte mit dem Kopf. »Aye, der verlassene Mac Mordain Cadal. Es ist die Mine meines Großvaters und seines Vaters.« Er wandte sich an den Herzog. »Wir haben viele Meilen von Tunneln unter den Bergen gegraben, und einige sind mit den uralten Gängen verbunden, von denen ich sprach. Es gibt merkwürdige, düstere Geschichten vom Mac Mordain Cadal, denn er ist mit diesen alten Gängen verbunden. Nicht wenige Zwerge sind tief in die alten Minen vorgedrungen, um die legendären Reichtümer zu suchen, und die meisten sind zurückgekehrt. Aber einige wenige sind auch verschwunden. Wenn er erst einmal auf einem Pfad ist, kann ein Zwerg seinen Rückweg nicht verfehlen. Also haben sie sich nicht auf ihrer Suche verirrt. Irgend etwas muß ihnen zugestoßen sein. Ich erzähle Euch das, damit es keine Mißverständnisse gibt. Aber wenn wir uns an die Gänge halten, die meine Vorfahren gegraben haben, dürfte unser Risiko nicht zu groß sein.«

»Wir, Freund Zwerg?«

Dolgan grinste. »Wenn ich Euch einfach nur zu dem Pfad

geleite, würdet Ihr Euch innerhalb einer Stunde hoffnungslos verlaufen. Nein, ich lege keinen Wert darauf nach Rillanon zu reisen, um Eurem König zu erklären, wie ich es geschafft habe, einen seiner besten Herzöge zu verlieren. Ich werde Euch willig begleiten, Lord Borric, für ein schmales Entgelt.« Er zwinkerte bei diesen letzten Worten Pug und Tomas zu. »Sagen wir, für einen Beutel Tabak und ein feines Abendessen in Crydee.«

Die Stimmung des Herzogs besserte sich leicht. Lächelnd erwiderte er: »Abgemacht, und habt Dank, Dolgan.«

Der Zwerg wandte sich seinen Söhnen zu. »Udell, du übernimmst die halbe Gesellschaft und eines der Maultiere, außerdem die Männer des Herzogs, die zu krank oder verwundet sind, um die Reise fortzusetzen. Macht Euch auf den Weg nach Crydee. Irgendwo im Gepäck befinden sich Feder und Tinte in Pergament eingewickelt. Such das für Seine Lordschaft heraus, damit er seinen Männern Weisung erteilen kann. Weylin, du führst die anderen unseres Stammes zurück nach Caldara. Dann benachrichtigt ihr die anderen Dörfer, ehe die Winterstürme zuschlagen. Wenn der Frühling kommt, ziehen die Zwerge der Grauen Türme in den Krieg.«

Dolgan wandte sich an Borric. »Niemand hat jemals unsere Hochlanddörfer erobert. Aber es wird sich als ein Ärgernis erweisen, sollte es irgend jemand versuchen. Die Zwerge halten zum Königreich, Herr. Ihr seid uns lange ein Freund gewesen, habt gerecht gegen uns gehandelt und uns Hilfe gewährt, wenn sie erbeten wurde. Und wir sind noch nie vor einem Kampf davongelaufen, wenn wir gerufen wurden.«

»Und was ist mit Bergenstein?« wollte Arutha wissen.

Dolgan lachte. »Ich danke Eurer Hoheit, meinem Gedächtnis nachgeholfen zu haben. Der Alte Harthorn und sein Clan wäre schrecklich enttäuscht, wenn ein guter Kampf vor der Tür stehen würde und man sie nicht dazu einlädt. Ich werde auch Läufer nach Bergenstein entsenden.«

Pug und Tomas schauten zu, wie der Herzog Botschaften für Lyam und Fannon verfaßte. Dann fühlten sie sich, obwohl sie lange geschlafen hatten, schon wieder müde. Die Zwerge liehen ihnen dicke Umhänge, die sie über Baumstümpfe legten, um bequeme Matratzen zu bilden. Gelegentlich drehte sich Pug im Laufe der Nacht um und fuhr aus seinem tiefen Schlaf auf. Dann hörte er immer leise Stimmen. Und mehr als einmal vernahm er den Namen Mac Mordain Cadal.

Dolgan führte die herzogliche Gruppe an den felsigen Ausläufern der Grauen Türme vorbei. Sie waren beim ersten Tageslicht aufgebrochen. Die Söhne des Zwergenhäuptlings zogen mit ihren Mannen zu ihren eigenen Bestimmungsorten. Dolgan marschierte vor dem Herzog und seinem Sohn, gefolgt von einem paffenden Kulgan und den Jungs. Fünf Soldaten aus Crydee, diejenigen, die noch in der Lage waren, weiterzuziehen, folgten unter der Aufsicht von Hauptmann Gardan. Sie führten zwei Maultiere mit sich.

Pug, der hinter dem sich abkämpfenden Kulgan ging, bat: »Kulgan, bittet um eine Rast. Ihr seid völlig erschöpft.«

Der Magier antwortete: »Nein, mein Junge, ich bin ganz in Ordnung. Wenn wir erst einmal die Minen erreichen, wird sich unsere Geschwindigkeit verringern. Und wir sollten bald dort sein.«

Tomas betrachtete die untersetzte Gestalt Dolgans, der am Kopf der Gesellschaft marschierte. Seine kurzen Beine holten kräftig aus und bestimmten die Geschwindigkeit. »Wird der denn niemals müde?«

Kulgan schüttelte den Kopf. »Das Zwergenvolk ist berühmt für seine Ausdauer. Bei der Schlacht um Burg Carse, als das Schloß von der Düsteren Bruderschaft schon fast eingenommen worden war, befanden sich die Zwerge aus Bergenstein und den Grauen Türmen auf dem Weg zu den Belagerten. Ein Bote überbrachte die Nachricht vom bevorstehenden Fall des Schlosses. Die Zwerge rannten einen Tag und eine Nacht und wieder einen halben Tag lang, um dann von hinten über die Bruderschaft herzufallen, ohne an kämpferischen Fähigkeiten verloren zu haben. Die Bruderschaft wurde besiegt und hat sich nie wieder unter einem einzigen Führer organisiert.« Er keuchte ein wenig. »Es war keine eitle Prahlerei, als Dolgan von der Hilfe erzählte, die die Zwerge bieten könnten, denn sie sind zweifellos die besten Kämpfer im Westen. Obwohl sie nur wenige Kämpfer haben, im Vergleich zu den Menschen, reichen nur die Hadati-Hügelmänner als Bergkämpfer an sie heran.«

Pug und Tomas betrachteten den Zwerg mit neuem Respekt. Obwohl sie schnell gingen, hatte das Mahl am Abend zuvor und ein weiteres am Morgen ihre Kräfte wiederhergestellt, und die Jungen mußten nicht mehr angetrieben werden.

Sie erreichten den Eingang zu den Minen, der von Gebüsch zugewachsen war. Die Soldaten entfernten es, und ein breiter, niedriger Tunnel lag vor ihnen. Dolgan wandte sich an die kleine Gesellschaft. »Ihr müßt Euch vielleicht hier und da ein wenig bücken, aber schon viele Maultiere wurden von Zwergen hier entlang geführt. Es sollte ausreichend Raum geben.«

Pug lächelte. Die Zwerge waren größer, als er nach den Geschichten vermutet hatte. Im Durchschnitt erreichten sie eine Größe von einem Meter dreißig bis einem Meter fünfzig. Abgesehen von ihren kurzen Beinen und breiten Schultern sahen sie ziemlich genauso aus wie andere Leute. Für den Herzog und Gardan würde es knapp werden, aber Pug war nur wenige Zentimeter größer als die Zwerge, und so würde er kaum Probleme haben.

Gardan befahl, daß man die Fackeln entzündete, und als die Gesellschaft bereit war, führte Dolgan sie in die Mine. Als sie das Dämmerlicht des Tunnels betraten, sagte der Zwerg: »Paßt auf, denn nur die Götter wissen, was in diesen Tunneln haust. Wir sollten nicht gestört werden, aber es ist besser, vorsichtig zu sein.«

Pug trat ein, und als das Dämmerlicht ihn einhüllte, blickte er über die Schulter. Er sah Gardan, der sich deutlich vor dem zurückweichenden Licht abhob. Einen kurzen Augenblick lang dachte er an Carline und Roland. Er wunderte sich darüber, daß sie in so kurzer Zeit so weit fortgerückt zu sein schienen, und auch darüber, wie gleichgültig ihm sein Rivale plötzlich war. Er schüttelte den Kopf, und sein Blick kehrte zu dem dunklen Tunnel vor ihm zurück.

Die Tunnel waren feucht. Hin und wieder kamen sie an einem Gang vorüber, der von der einen oder anderen Seite abzweigte. Im Vorbeigehen blinzelte Pug in jeden, aber sie wurden schnell wieder von der Dunkelheit verschluckt. Die Fackeln warfen flackernde Schatten auf die Wände, die sich dehnten und zusammenzogen, wenn sie näherkamen oder sich weiter entfernten. An mehreren Stellen mußten sie die Köpfe der Maultiere herunterziehen, aber meistens hatten sie genug Raum.

Pug hörte, wie Tomas, der vor ihm ging, murmelte: »Hier unten möchte ich nicht allein sein. Ich habe schon jede Orientierung verloren.« Pug sagte nichts, denn die Minen bedrückten auch ihn.

Nach einer Weile kamen sie zu einer großen Höhle, von der verschiedene Tunnel abzweigten. Die Kolonne hielt an, und der Herzog befahl, daß Wachen aufgestellt wurden. Fackeln wurden an den Wänden befestigt und die Maultiere getränkt. Pug und Tomas gehörten zur ersten Wache, und hundertmal glaubte Pug zu sehen, wie sich Schatten gleich hinter dem Feuerschein bewegten. Bald wurden sie von Soldaten abgelöst, und die Jungs gesellten sich zu den anderen, die beim Essen waren. Sie erhielten Dörrfleisch und Kekse. Tomas fragte Dolgan: »Wie heißt das hier?«

Der Zwerg paffte an seiner Pfeife. »Das ist eine Rumpelkammer, Bürschchen. Als mein Volk dieses Gebiet ergrub, haben wir viele solcher Plätze geschaffen. Dort, wo große Adern aus Eisen, Gold, Silber und anderem Metall zusammentrafen, wurden viele Tunnel vereint. Und wenn das Metall dann heraus geholt worden war, entstanden diese Höhlen. Es gibt hier unten auch natürliche Höhlen, die genauso groß sind, aber anders aussehen. Da ragen große Steinkeile vom Boden auf, und andere hängen von der Decke herab. Du wirst noch eine zu Gesicht bekommen.«

Tomas sah nach oben. »Wie hoch ist die?«

»Ich kann es nicht genau sagen. Vielleicht dreißig Meter, vielleicht zwei- oder dreimal so hoch. In diesen Bergen gibt es noch immer viel Metall. Als aber der Großvater meines Großvaters als erster hier grub, war das Erzvorkommen noch unvorstellbar groß. In diesen Bergen gibt es Hunderte von Tunneln, in vielen Ebenen. Durch diesen Tunnel da« – er zeigte auf einen anderen, der sich auf derselben Ebene befand wie der Boden der Rumpelkammer – »gelangt man zu einem weiteren, der auf einen anderen Tunnel stößt, und dann wieder zu einem anderen. Wenn man dem dann folgt, gelangt man in den Mac Bronin Alroth, eine verlassene Mine. Da hindurch könnte man zum Mac Owyr Dur gelangen, wo sich einige meiner Leute erkundigen würden, wie du in ihre Goldmine gelangt bist.« Er lachte. »Aber ich bezweifle, daß du den Weg finden würdest.«

Er paffte an seiner Pfeife, und die restlichen Soldaten kamen zum Essen. »Nun, wir sollten besser weiterziehen.«

Tomas schien überrascht. »Ich dachte, wir machten hier Rast für die Nacht.«

»Die Sonne steht noch hoch am Himmel, Bürschchen. Der halbe Tag liegt noch vor uns, ehe wir schlafen.«

»Aber ich dachte…«

»Ich weiß. Hier unten kann man leicht das Zeitgefühl verlieren, außer man ist ein Zwerg.«

Sie suchten ihre Habe zusammen und machten sich wieder auf den Weg. Nachdem sie noch geraume Zeit gewandert waren, gelangten sie in eine Reihe von gewundenen Gängen, die nach unten abzufallen schienen. Dolgan erklärte ihnen, daß der Eingang auf der Ostseite der Berge einige hundert Meter tiefer lag als der im Westen, und sie würden während des größten Teils ihrer Reise abwärts ziehen.

Später kamen sie durch eine andere Rumpelkammer. Sie war kleiner als die erste, aber immer noch beeindruckend, so viele Tunnel führten von ihr fort. Ohne zu zögern, wählte Dolgan einen heraus und führte sie hindurch.

Bald konnten sie das Geräusch von Wasser hören. Über die Schulter sagte Dolgan: »Ihr werdet bald etwas erblicken, was noch kein lebender Mensch und nur wenige Zwerge gesehen haben.«

Das Geräusch des rauschenden Wassers wurde immer lauter. Sie betraten eine weitere Höhle, diesmal eine natürliche, die um einiges größer war als die erste. Der Tunnel, durch den sie gekommen waren, wurde zu einem schmalen Sims. Es war etwa sechs Meter breit und lief an der rechten Seite der Höhle entlang. Sie spähten alle über den Rand und konnten nichts sehen als Dunkelheit, die sich unter ihnen erstreckte.

Der Pfad führte um eine Rundung in der Wand, und als sie herumbogen, begrüßte sie ein Anblick, der sie alle aufstöhnen ließ. Jenseits der Höhle rauschte ein mächtiger Wasserfall über einen riesigen, vorspringenden Felsen. Er stürzte aus einer Höhe weit über ihnen in die Höhle herab und rauschte an der steinernen Mauer ihnen gegenüber entlang, um schließlich in der Dunkelheit unterhalb zu verschwinden. Es erfüllte die Höhle mit einem Höllenlärm, der es unmöglich machte, zu hören, wann das Wasser auf den Boden schlug. So wurde jeglicher Versuch zunichte gemacht, die Höhe des Falles abzuschätzen. Leuchtende Farben tanzten hinter den Wasserkaskaden. Rot, Gold,

Grün, Blau und Gelb spielte zwischen weißem Schaum und rauschte an der Wand herab, blitzte kurz auf, wenn das Wasser die Wand berührte.

Über das Brüllen hinweg rief Dolgan: »Vor Urzeiten floß der Strom Wynn-Ula von den Grauen Türmen zum Bitteren Meer. Ein großes Erdbeben riß einen Spalt unter dem Strom auf, und jetzt fließt er in einen mächtigen, unterirdischen See. Auf seinem Wege durch die Felsen sammelt er Mineralien ein, die ihm seine leuchtenden Farben verleihen.« Eine Weile standen sie schweigend da und staunten über den Anblick des Wasserfalles von Mac Mordain Cadal.

Dann machte der Herzog ein Zeichen, daß der Marsch wieder aufgenommen werden sollte, und sie zogen weiter. Abgesehen von dem wunderbaren Anblick des Wasserfalles waren sie auch vom Sprühwasser und dem kühlen Wind erfrischt, denn in den Höhlen war es feucht und muffig. Weiter zogen sie, immer tiefer hinein in die Minen, vorbei an zahllosen Tunneln und Gängen. Nach einer Weile fragte Gardan die Jungen, wie es ihnen gehe, und Pug und Tomas erklärten beide, daß sie wohlauf seien, wenngleich sie auch müde waren.

Später kamen sie zu einer weiteren Höhle, und Dolgan erklärte, daß sie hier rasten würden. Noch mehr Fackeln wurden entzündet, und der Herzog sagte: »Ich hoffe, wir haben genug Fackeln für die Reise. Sie brennen schnell nieder.«

»Gebt mir ein paar Mann, und ich werde altes Holz für ein Feuer sammeln«, erbot sich Dolgan. »Hier liegt viel herum, wenn man weiß, wo man es findet, ohne die Decke über unseren Köpfen zum Einstürzen zu bringen.«

Gardan und zwei andere Männer folgten dem Zwerg in einen Tunnel hinein, während die anderen die Maultiere abluden und anbanden. Sie bekamen Wasser aus den Wassersäcken, und auch eine kleine Portion Weizen, der extra für die Zeiten mitgenommen worden war, wo sie nicht grasen konnten.

Borric saß neben Kulgan. »Ich habe seit ein paar Stunden ein schlechtes Gefühl. Bilde ich es mir nur ein, oder geht etwas Teuflisches von diesem Ort aus?«

Kulgan nickte, als Arutha zu ihnen trat. »Ich habe auch etwas gefühlt, aber es ist nichts, das ich benennen könnte.«

Arutha hockte sich nieder und zog mit seinem Dolch ziellose Spuren in den Schmutz. »Hier könnte jeder Anfälle bekommen. Vielleicht empfinden wir alle dasselbe: Furcht, weil wir uns aufhalten, wo kein Mensch hingehört.«

»Ich hoffe, das ist wirklich alles«, meinte der Herzog. »Das hier wäre ein schlechter Ort zum Kämpfen – oder zum Fliehen.«

Die Jungen hielten Wache. Sie konnten aber die Unterhaltung mit anhören, wie auch die anderen Männer, denn niemand sonst sprach in der Höhle, und die Akustik war gut. In gedämpftem Ton meinte Pug: »Ich werde auch froh sein, wenn wir aus der Mine heraus sind.«

Tomas grinste im Fackellicht. Sein Gesicht wirkte teuflisch und lüstern. »Hast du Angst vor der Dunkelheit, kleiner Junge?«

Pug schnaubte. »Auch nicht mehr als du, wenn du es zugeben würdest. Glaubst du, du könntest deinen Weg nach draußen allein finden?«

Das Lächeln wich aus Tomas' Gesicht. Eine weitere Unterhaltung wurde durch die Rückkehr von Dolgan und den anderen unterbunden. Sie schleppten einen gehörigen Vorrat an gebrochenen Pfählen, die in vergangenen Tagen dazu gedient hatten, die Höhlen abzustützen. Schnell wurde ein Feuer aus dem alten, trockenen Holz gemacht, und bald war die Höhle in helles Licht getaucht.

Pug verspürte ein seltsames Gefühl, wie Kälte. Es hatte ihn in der letzten Stunde schon mehrmals heimgesucht, und er machte sich Sorgen. Jedesmal hatte er sich umgewandt und hinter sich geschaut. Jetzt sagte Gardan: »Ich fühlte es auch, Junge, als wenn etwas ganz nah wäre.«

Als Pug und Tomas ihren Wachtposten verließen, fanden sie eine bedrückte Gruppe ums Feuer sitzen. Dolgan sagte gerade: »Dieser Teil von Mac Mordain Cadal ist den tieferen, alten Tunneln am nächsten. Die nächste Höhle, in die wir gelangen, verfügt über mehrere Gänge, die direkt zu den alten Minen führen. Wenn wir erst einmal an dieser Höhle vorüber sind, werden wir schnell wieder an die Oberfläche gelangen. Morgen mittag sollten wir die Minen verlassen haben.«

Borric schaute sich um. »Dieser Ort mag Eurer Natur entsprechen, Zwerg, aber ich werde froh sein, wenn er hinter mir liegt.«

Dolgan lachte. Es war ein voller, herzlicher Ton, der von den Höhlenwänden widerhallte. »Nicht der Platz kommt meiner Natur entgegen, Lord Borric, vielmehr kommt meine Natur dem Ort entgegen. Ich kann mit Leichtigkeit unter den Bergen hindurchziehen, denn mein Volk bestand schon immer aus Bergarbeitern. Aber wenn ich die Wahl hätte, würde ich meine Zeit lieber auf den hoch gelegenen Weiden von Caldara verbringen und mich um meine Herde kümmern, oder mit meinen Brüdern in der langen Halle sitzen, Bier trinken und Balladen singen.«

»Verbringt Ihr viel Zeit mit dem Singen von Balladen?« fragte Pug.

Dolgan schenkte ihm ein freundliches Lächeln. Seine Augen leuchteten im Schein des Feuers. »Aye. Denn die Winter sind lang und hart in den Bergen. Wenn die Herden erst einmal sicher auf ihren Winterweiden sind, dann gibt es wenig zu tun. Also singen wir unsere Lieder und trinken Herbstbier und warten auf den Frühling. Es ist ein gutes Leben.«

Pug nickte. »Ich würde Euer Dorf gern eines Tages einmal sehen, Dolgan.«

Dolgan paffte an seiner allgegenwärtigen Pfeife. »Vielleicht tust du das eines Tages, Bürschchen.«

Sie legten sich schlafen. Einmal, mitten in der Nacht, als das Feuer schon niedergebrannt war, wachte Pug auf. Wieder verspürte er das kalte, eisige Gefühl, das ihn schon früher geplagt hatte. Er setzte sich auf. Kalter Schweiß lief über seinen Körper, und er sah sich um. Er konnte die Posten erkennen, die nahe ihren Fackeln Wache standen. Um sich her sah er die Gestalten der Schlafenden. Einen Moment lang wurde das Gefühl stärker, so als näherte sich etwas Schreckliches, und er wollte schon Tomas wecken, als es endlich verging. Müde und erschöpft blieb er zurück. Er legte sich nieder, und gleich darauf war er wieder eingeschlafen.

Er erwachte kalt und steif. Die Soldaten machten die Maultiere bereit, und bald würden sie alle weiterziehen. Pug weckte Tomas, der dagegen protestierte, aus seinen Träumen gerissen zu werden. »Ich war daheim in der Küche, und Mutter hatte eine große Platte mit Würstchen zubereitet, und Kornkuchen, der von Honig triefte«, erzählte er verschlafen.

Pug warf ihm einen Keks zu. »Das muß bis Bordon reichen. Dann werden wir essen.«

Sie sammelten ihre karge Habe zusammen, beluden die Maultiere und machten sich auf den Weg. Als sie ausschritten, verspürte Pug wieder das eisige Gefühl der Nacht zuvor. Mehrmals kam und ging es.

Stunden verstrichen, und sie erreichten die letzte große Höhle. Hier ließ Dolgan sie halten, während er ins Dunkel hineinstarrte. Pug konnte ihn sagen hören: »Für einen Augenblick dachte ich…« Plötzlich standen die Haare in Pugs Nacken zu Berge, und eisiges Entsetzen packte ihn, schrecklicher denn je zuvor. »Dolgan, Lord Borric!« schrie er. »Etwas Entsetzliches passiert!

Dolgan stand stocksteif und lauschend. Ein schwaches Stöhnen klang aus einem anderen Tunnel von fern her.

Kulgan rief: »Ich fühle auch etwas.«

Plötzlich wiederholte sich der Ton, näher diesmal. Es war ein Stöhnen, das das Blut gefrieren ließ. Es hallte von den gewölbten

Decken wider. Es war unmöglich zu sagen, wo sein Ursprung lag.

»Bei den Göttern!« rief der Zwerg. »Es ist ein Gespenst! Beeilt Euch! Bildet einen Kreis, sonst stürzt es sich auf uns, und wir sind verloren.«

Gardan drängte die Jungs vorwärts, und die Soldaten führten die Maultiere in die Mitte der Höhle. Hastig banden sie die beiden Tiere fest und formten einen Kreis um die verschreckten Wesen. Waffen wurden gezogen. Gardan stand vor den beiden Jungs, die ganz nah an die Maultiere zurückgedrängt worden waren. Beide hatten ihre Schwerter gezogen, hielten sie aber unsicher in den Händen. Tomas konnte fühlen, wie sein Herz hämmerte, und Pug war in kalten Schweiß gebadet. Das Entsetzen, das ihn gefangenhielt, hatte nicht zugenommen, nachdem Dolgan ihm einen Namen gegeben hatte, aber es hatte auch nicht nachgelassen.

Sie hörten, wie Atem scharf und zischend eingezogen wurde, und schauten nach rechts. Vor dem Soldaten, der diesen Ton von sich gegeben hatte, tauchte eine Gestalt aus dem Dunkel auf: die undeutlichen Umrisse eines Mannes, ein Schatten, dunkler als das Dunkel, mit zwei rotglühenden Lichtern, wo die Augen sein sollten.

»Haltet Euch dicht beieinander, und bewacht euren Nachbarn!« brüllte Dolgan. »Ihr könnt es nicht töten, aber sie mögen das Gefühl von kaltem Eisen nicht. Laßt euch nicht berühren, denn es wird das Leben aus euren Körpern ziehen. Auf diese Weise ernähren sie sich.«

Langsam näherte es sich ihnen, als wäre keine Eile geboten. Einen Augenblick lang blieb es stehen, als wollte es die Verteidigungslinie vor sich inspizieren.

Das Gespenst stieß ein weiteres leises, tiefes Stöhnen aus. Es hörte sich an, als wäre alles Entsetzen, alle Hoffnungslosigkeit der Welt zu Ton geworden. Plötzlich schlug einer der Soldaten zu. Ein schrilles Stöhnen entrang sich der Kreatur, als das Schwert traf, und einen Augenblick lang tanzte kaltes, blaues Feuer über die Klinge. Die Kreatur wich zurück, hieb dann blitzschnell und überraschend nach dem Soldaten. Ein armähnlicher Schatten erstreckte sich aus ihrem Körper, und der Soldat schrie auf, als er zu Boden stürzte.

Die Maultiere rissen sich los, entsetzt von der Anwesenheit des Gespenstes. Soldaten wurden zu Boden gestoßen, und Verwirrung beherrschte alles. Für kurze Zeit verlor Pug das Gespenst aus den Augen, so sehr war er damit beschäftigt, wirbelnden Hufen auszuweichen. Er hörte Kulgans Stimme hinter sich und sah den Magier neben Prinz Arutha stehen. »Stellt euch alle dicht nebeneinander«, befahl der Magier. Gehorsam drängte sich Pug mit den anderen um Kulgan, während der Schrei eines weiteren Soldaten durch den Gang hallte. Nach einem Moment bildete sich eine große weiße Rauchwolke um sie her, die sich von Kulgans Körper aus ausbreitete. »Wir müssen die Tiere zurücklassen«, erklärte der Magier. »Der Untote wird den Rauch nicht betreten, aber ich kann ihn nicht lange so zusammenhalten oder weit damit gehen. Wir müssen jetzt fliehen.«

Dolgan deutete auf einen Tunnel auf der anderen Seite der Höhle. »Dorthin müssen wir gehen.« Die Gruppe blieb dicht zusammen, als sie auf den Tunnel zustrebte, während ein entsetztes Tier aufschrie. Leichen lagen am Boden, die beiden Maultiere ebenso wie die gefallenen Soldaten. Fackeln flackerten und verliehen der Szene alptraumhafte Gestalt, als sich der schwarze Schatten der Gruppe näherte. Als er den Rand des Rauches erreichte, wich er davor zurück. Das Wesen lief daran entlang, unwillig oder unfähig, hineinzutreten.

Pug sah an der Kreatur vorbei, und sein Magen drehte sich um. Deutlich erkennbar im Licht der Fackel, die er hielt, stand da Tomas hinter dem Gespenst. Hilflos sah er an ihm vorbei auf Pug und die entfliehende Gruppe. »Tomas!« schrie Pug auf und schluchzte. Einen kurzen Moment lang blieb die Gruppe stehen. Dann erklärte Dolgan: »Wir können nicht halten. Wir würden alle sterben wegen eines Jungen. Wir müssen weiterziehen.« Eine feste Hand umklammerte Pugs Schulter, als er zu seinem Freund stürzen wollte. Als er sich umschaute, sah er, daß Gardan ihn festhielt. »Wir müssen ihn zurücklassen, Pug«, sagte er mit grimmigem Ausdruck in seinem knochigen Gesicht. Hilflos wurde Pug mitgeschleppt. Er sah, wie das Gespenst ihnen einen Augenblick lang folgte. Dann blieb es stehen und wandte sich Tomas zu.

Ob durch Pugs Schreie oder durch ein teuflisches Gespür aufmerksam gemacht, bewegte sich die untote Kreatur auf Tomas zu und trieb ihn langsam in die Ecke. Der Junge zögerte. Dann wirbelte er herum und rannte einen anderen Tunnel entlang. Das Gespenst kreischte und folgte ihm. Pug sah, wie das Glühen von Tomas' Fackel im Tunnel verschwand.

Schatten und Licht tanzten wie verrückt auf den Wänden, als Tomas den Gang hinunterhastete. Seine Schritte hallten durch die Dämmerung. Er hielt die Fackel fest in seiner linken Hand, das Schwert in der anderen. Er sah über die Schulter und entdeckte die beiden rotglühenden Augen, die ihn verfolgten. Aber sie schienen nicht näher zu kommen. Grimmig dachte er »Wenn es mich erwischt, dann erwischt es den schnellsten Läufer von ganz Crydee.« Seine Schritte wurden länger, leichter, so daß er Kraft und Atem sparte. Er wußte, wenn er sich umdrehen und der Kreatur gegenübertreten mußte, dann würde er gewiß sterben. Die ursprüngliche Furcht ließ nach, und jetzt fühlte er, wie sein Verstand kalt mit der listigen Vernunft einer Beute arbeitete, die weiß, daß es hoffnungslos wäre, zu kämpfen. All seine Energie richtete sich auf seine Flucht. Er würde mit allen Mitteln versuchen, die Kreatur abzuhängen.

Er schlüpfte in einen Seitengang, hastete ihn entlang und vergewisserte sich nur kurz, ob das Gespenst ihm folgte. Die glühenden, roten Augen erschienen am Eingang des Tunnels, in den er hineingegangen war. Die Entfernung bis zu ihnen schien sich vergrößert zu haben. Es kam ihm in den Sinn, daß viele durch die Hände des Wesens gestorben waren, weil sie zu entsetzt waren, um laufen zu können. Die Stärke des Gespenstes lag in dem betäubenden Entsetzen, das es hervorrief.

Noch ein Gang und noch eine Biegung. Noch immer folgte ihm das Gespenst. Vor ihm lag eine große Höhle, und Tomas stellte fest, daß es dieselbe Höhe war, in der das Gespenst die Gruppe angegriffen hatte. Er war im Kreis gelaufen und kam jetzt durch einen anderen Tunnel. Als er über den Boden raste, sah er die Leichen von Maultieren und Soldaten, die in seinem Weg lagen. Er blieb lange genug stehen, um eine neue Fackel aufzuheben, denn seine war fast verbraucht, und er zündete sie an der alten an.

Er drehte sich um, um zu sehen, daß die untote Kreatur sich ihm näherte. Weiter lief er. Hoffnung flackerte in ihm auf. Wenn er den richtigen Gang einschlagen könnte, würde er die anderen vielleicht noch einholen. Dolgan hatte gesagt, daß es von dieser Höhle an ein ganz gerader Weg bis zur Oberfläche wäre. Er wählte den Gang, den er für den richtigen hielt, aber er hatte die Orientierung verloren und war sich nicht sicher.

Das Gespenst stieß ein wütendes Geheul aus, als ihm seine Beute erneut entwischte, und es folgte ihm. Tomas fühlte Entsetzen in sich aufsteigen, als seine langen Beine ausholten und die Entfernung vor ihm auffraßen. Nie zuvor war er so gut und schnell gelaufen, aber noch nie hatte er auch einen solchen Grund gehabt.

Nach einer scheinbar endlosen Zeit des Rennens erreichte er eine Reihe von Seitentunneln, die dicht nebeneinander lagen. Seine Hoffnung erstarb, denn dies war nicht der direkte Weg, den der Zwerg erwähnt hatte. Er pickte sich irgendeinen heraus, bog in einen Gang ein und sah sich wieder mehreren Tunneln gegenüber. Er rannte noch durch verschiedene andere und bog immer wieder ab. Als er um eine Mauer kam, die sich zwischen zweien solcher Tunnel erhob, blieb er kurz stehen und schnappte nach Luft. Er lauschte einen Augenblick lang, hörte aber nur das Pochen seines eigenen Herzens. Er war zu beschäftigt gewesen, um sich umzudrehen, und war sich jetzt nicht sicher, wo sich das Gespenst befand.

Plötzlich erklang ein Kreischen der Wut einen der Gänge hinab. Es hörte sich an, als käme es aus weiter Ferne. Tomas sank auf den Boden des Tunnels, sein Körper wurde schlaff. Ein weiterer Schrei, noch ferner, und Tomas war sich sicher, daß das Gespenst seine Spur verloren hatte und sich in eine andere Richtung davonbewegte.

Erleichterung durchströmte ihn, und fast hätte er fröhlich gelacht. Doch gleich darauf wurde ihm seine Lage bewußt. Er setzte sich auf und zog Bilanz. Wenn er zu den toten Maultieren zurückfinden könnte, hätte er wenigstens zu essen und zu trinken. Aber als er aufstand, wurde ihm klar, daß er keine Ahnung hatte, in welcher Richtung die Höhle lag. Er verfluchte sich selbst, weil er nicht mitgezählt hatte, wie oft er um eine Ecke gebogen war. Er versuchte sich zu erinnern, welchem allgemeinen Muster er bei seiner Flucht gefolgt war. Meistens war er nach rechts abgebogen, erinnerte er sich. Wenn er sich jetzt also hauptsächlich links hielt, sollte er in der Lage sein, einen der zahlreichen Tunnel zu finden, die zu der Rumpelkammer führten. Er spähte vorsichtig um die erste Ecke, machte sich dann auf und suchte seinen Weg durch das Gewirr von Gängen.

Er wußte nicht, wieviel Zeit verstrichen war, als er schließlich stehenblieb und sich umschaute. Er befand sich nun schon in der zweiten Höhle, seit er dem Gespenst entkommen war. Wie die erste war auch diese ohne Maultiere und Männer – und ohne das erhoffte Essen und Wasser. Tomas öffnete seinen Beutel und nahm den kleinen Keks heraus, den er sich aufgehoben hatte, um unterwegs daran knabbern zu können. Er half kaum gegen seinen Hunger, denn er war trocken und hart zu beißen.

Als er fertig gegessen hatte, setzte er sich wieder in Bewegung und versuchte, einen Ausgang zu finden. Er wußte, ihm blieb nicht mehr viel Zeit, bis seine Fackel verlöschen würde. Aber er weigerte sich, einfach dazusitzen und auf einen namenlosen Tod im Dunkeln zu warten.

Nach einiger Zeit konnte Tomas das Geräusch von Wasser hören, das durch den Tunnel klang. Er eilte vorwärts, von Durst getrieben, und gelangte in eine große Höhle. So weit er es beurteilen konnte, war es bislang die größte überhaupt. Aus weiter Ferne konnte er das Rauschen des Mac Mordain Cadal-Falles hören, aber er hätte nicht sagen können, in welcher Richtung er lag.

Der Tunnel wurde breiter, wurde zu einer Art Plateau und verschwand dann unterhalb eines großen Teiches – so kam es ihm vor –, der gegen die Seiten der Höhle plätscherte und sie mit gedämpftem Echo erfüllte. Hastig fiel er auf die Knie und trank. Das Wasser schmeckte stark nach Mineralien, aber es war klar und frisch.

Er setzte sich und sah sich um. Das Plateau bestand aus gestampfter Erde und Sand und schien künstlich angelegt zu sein. Tomas vermutete, daß die Zwerge den unterirdischen Teich vielleicht mit Booten überquert hatten, aber er konnte sich nicht vorstellen, was auf der anderen Seite lag. Dann schoß ihm der Gedanke durch den Kopf, daß vielleicht auch andere als die Zwerge den Teich mit Booten überquert haben könnten, und Furcht ergriff ihn.

Zu seiner Linken vor einer Stelle, an der das Plateau an die Höhlenmauer stieß, erspähte er einen Stapel Holz. Er ging hinüber, zerrte mehrere Stücke heraus und machte ein kleines Feuer.

Das meiste waren Pfosten, die einstmals dazu gedient hatten, die Tunnel abzustützen. Aber dazwischen lagen auch ein paar Äste und dünne Zweiglein. Sie mußten von den Wasserfällen mitgebracht worden sein, von oben, wo der Strom in die Berge eintrat. Unterhalb des Stapels entdeckte Tomas ein paar Gräser. Der Junge staunte über die Fähigkeit der Pflanzen, ohne Sonnenschein zu wachsen. Er war dankbar dafür, denn nachdem er sie mit seinem Schwert abgeschnitten hatte, war es ihm möglich, daraus ein paar kleine Fackeln zu basteln, indem er die Gräser um Treibholz wickelte. Er band sie mit Hilfe seines Schwertgurtes zusammen, wodurch er gezwungen war, seine Scheide zurückzulassen. Wenigstens habe ich jetzt ein bißchen mehr Licht, dachte er. Ein wenig mehr Zeit, in der er sehen konnte, wohin er ging. Das tröstete ihn schon.

Er warf ein paar größere Holzstücke auf sein kleines Feuer, und bald prasselte es hell. Plötzlich schien die ganze Höhle zu erstrahlen, und Tomas wirbelte herum. Der ganze Raum leuchtete von funkelndem Licht, als irgendein Kristall den Feuerschein auffing und reflektierte, dann wieder auffing und reflektierte. Ein funkelnder, blitzender Regenbogen aus Farben wurde auf die Wände und die Decke geworfen. Soweit das Auge reichte, sah die Höhle aus, als wäre sie einem Märchen entsprungen.

Ehrfürchtig schweigend blieb Tomas eine Minute lang stehen, sog diesen Anblick in sich auf, denn er wußte, er würde niemals in Worte fassen können, was er hier sah. Ihm kam der Gedanke, daß er vielleicht das einzige menschliche Wesen sein würde, das jemals dieses Schauspiel erblickt hatte.

Es fiel ihm schwer, die Augen von diesem Anblick zu reißen, aber Tomas zwang sich dazu. Er nutzte die zusätzliche Beleuchtung, um die Gegend zu erforschen, in der er sich befand. Jenseits des Plateaus war nichts, aber er erspähte einen weiteren Tunnel zu seiner Linken, der am jenseitigen Ende der Höhle abging.

Er sammelte seine Fackeln zusammen und ging über das Plateau. Als er den Tunnel erreichte, erstarb das Feuer, denn das trockene Holz brannte schnell nieder. Jetzt schimmerten die Wände weiter, und wieder stand er schweigend und bewunderte dieses Schauspiel. Langsam wurde das Funkeln schwächer, bis die Höhle wieder dunkel war, abgesehen von seiner Fackel und dem schnell ersterbenden roten Schimmer des Feuers.

Er mußte sich recken, um den anderen Tunnel zu erreichen. Es gelang ihm dennoch, ohne sein Schwert oder die Fackeln zu verlieren oder seine Stiefel naß zu machen. Er wandte sich von der Höhle ab und nahm seine Wanderung wieder auf.

Stundenlang zog er so dahin, und die Fackel brannte immer weiter ab. Er steckte eine der neuen an und stellte fest, daß sie ausreichendes Licht verbreitete. Er hatte immer noch Angst, fühlte sich aber gut, weil er unter diesen Bedingungen nicht den Kopf verloren hatte. Außerdem war er sicher, daß Schwertmeister Fannon mit ihm zufrieden sein würde.

Nachdem er noch eine Weile gegangen war, kam er an eine Kreuzung. Im Staub fand er die Knochen einer Kreatur, deren Schicksal unbekannt war. Er entdeckte die Spuren eines anderen, kleineren Wesens, die von hier fortführten, aber auch sie waren schwach vom Alter. Da er sonst keinen Anhaltspunkt für einen Weg hatte, folgte Tomas den Spuren. Doch schon bald verblaßten sie im Staub.

Er hatte keine Möglichkeit, die Zeit zu schätzen, aber er vermutete, daß es inzwischen schon weit in der Nacht war. In diesen Gängen gab es keine Zeit, und er kam sich schrecklich verloren vor. Er kämpfte gegen eine aufkeimende Panik und setzte seinen Weg fort. Dabei beschäftigte er sich im Geiste mit erfreulichen Erinnerungen an sein Heim und Träumen von der Zukunft. Er würde einen Weg nach draußen finden, und im kommenden Krieg würde er ein großer Held werden. Aber der schönste Traum von allen war der, daß er zum Heim der Elben reisen und die wunderschöne Königin der Elben wiedersehen würde.

Er folgte dem Tunnel abwärts. Die Gegend hier war anders als die anderen Höhlen und Tunnel. Er dachte daran, daß Dolgan ihm sagen könnte, ob sie wirklich anders angelegt waren, und wer diese Arbeit geleistet hätte.

Er schaute sich um und entdeckte ein Sims, auf dem er sich ausruhen konnte. Es war so hoch, daß er es mit einem Sprung erreichen konnte. Er ging hinüber und warf sein Schwert und das Bündel mit seinen Fackeln hinauf. Dann schob er vorsichtig die brennende Fackel hinterher, um sie nicht zu löschen, und zog sich schließlich selbst hinauf. Es war breit genug, um dort schlafen zu können, ohne herabzurollen. Etwas mehr als einen Meter weiter oben in der Wand befand sich ein kleines Loch, ungefähr neunzig Zentimeter im Durchmesser. Tomas spähte hindurch. Es wurde schnell größer, so daß man darin stehen konnte, und es erstreckte sich ins Dunkle.

Zufrieden, weil nichts direkt über ihm lauerte und ihn alles, was von unten kam, wecken würde, zog Tomas seinen Umhang fester um sich, legte den Kopf auf die Hände und löschte die Fackel. Er hatte Angst, aber die Erschöpfung des Tages ließ ihn doch schnell einschlafen. Er träumte von rot-glühenden Augen, die ihn endlose, schwarze Korridore entlangjagten, und Entsetzen umfing ihn. Er rannte, bis er zu einem grünen Plätzchen kam, wo er sich unter den Blicken einer wunderschönen Frau mit rotgoldenem Haar und blaßblauen Augen ausruhen konnte. Er fühlte sich sicher.

Er wachte auf, plötzlich, als hätte ihn jemand angerufen. Er hatte keine Ahnung, wie lange er geschlafen hatte. Er hatte aber das Gefühl, daß es lange genug für seinen Körper gewesen war, um wieder rennen zu können, wenn es erforderlich werden sollte. Im Dunkeln tastete er nach seiner Fackel und zog dann seinen Feuerstein hervor. Er rieb Funken in die Fackel, bis sie zu glühen anfing. Hastig hob er sie hoch und blies den Funken zu einer Flamme. Als er sich umsah, stellte er fest, daß die Höhle unverändert war. Ein schwaches Echo seiner eigenen Bewegungen war alles, was er hörte.

Ihm war klar, daß er nur eine Überlebenschance hatte, wenn er weiterging und einen Weg nach oben fand. Er stand auf und wollte gerade vom Sims herabklettern, als ein schwaches Geräusch von oben aus dem Loch ertönte.

Er blinzelte hinein, konnte aber nichts sehen. Wieder erklang ein leises Geräusch, und Tomas spitzte die Ohren, um zu hören, was es war. Es klang fast als wären es Schritte, aber er war sich nicht sicher. Er hätte fast gerufen, unterließ es dann aber doch, weil es ja nicht sicher war, daß es sich um seine Freunde handelte, die zurückgekehrt waren, um ihn zu finden. Seine Phantasie gaukelte ihm verschiedene andere Möglichkeiten vor, und sie alle waren unerfreulich.

Er dachte einen Augenblick nach und kam dann zu einem Entschluß. Was immer dieses Geräusch verursachte, konnte ihn vielleicht aus den Minen herausführen, und sei es nur, indem er seiner Spur folgte. Da es keine andere, attraktivere Möglichkeit gab, zog er sich hinauf durch das kleine Loch und betrat einen neuen Tunnel.

Rettung

Es war eine traurige Gruppe, die aus den Minen trat.

Die Überlebenden sanken völlig erschöpft zu Boden. Noch Stunden, nachdem Tomas geflohen war, hatte Pug mit den Tränen gekämpft, und jetzt lag er auf dem feuchten Boden und starrte in einen grauen Himmel hinauf. Er fühlte sich völlig taub. Kulgan ging es von allen am schlechtesten, denn er hatte all seine Energie verbraucht, um den Zauberspruch zu verhängen, der das Gespenst abschreckte. Den größten Teil des Weges hatten ihn die anderen auf ihren Schultern getragen, und jetzt zeigte sich der Preis ihres Handelns. Alle fielen in erschöpften Schlaf, außer Dolgan, der ein Feuer entfachte und Wache hielt.

Pug erwachte vom Klang der Stimmen. Es war eine sternenklare Nacht. Der Duft von Essen, das zubereitet wurde, begrüßte ihn. Als Gardan und seine drei letzten Soldaten erwacht waren, hatte Dolgan sie als Wache über die anderen zurückgelassen und war ausgezogen, um ein paar Kaninchen zu fangen. Diese brieten jetzt über dem Feuer. Auch die anderen wachten auf, bis auf Kulgan, der laut schnarchte.

Arutha und der Herzog sahen, daß der Junge wach war, und der Prinz kam zu ihm. Ohne sich um den Schnee zu kümmern, setzte sich der jüngere Sohn des Herzogs auf den Boden neben Pug, der seinen Umhang um sich gehüllt hatte. »Wie fühlst du dich, Pug?« fragte Arutha, und Sorge sprach aus seinen Augen. Pug sah den Prinzen in ganz neuem Licht, denn zum ersten Mal lernte er jetzt die andere, sanftere Natur Aruthas kennen.

Pug versuchte zu sprechen und stellte fest, daß ihm Tränen in die Augen traten. Tomas war sein Freund gewesen, so lange er zurückdenken konnte, schon fast ein Bruder. Als er versuchte zu sprechen, lösten sich heftige Schluchzer aus seiner Kehle, und er fühlte, wie heiße, salzige Tränen in seinen Mund liefen. Arutha legte seinen Arm um den Jungen und ließ ihn weinen. Als der erste Kummer nachgelassen hatte, sagte der Prinz: »Es ist keine Schande, den Verlust eines Freundes zu betrauern, Pug. Mein Vater und ich teilen deinen Schmerz.«

Dolgan trat hinter den Prinzen. »Ich ebenfalls, Pug, denn er war ein netter Bursche. Wir alle teilen deinen Verlust.«

Der Zwerg schien über etwas nachzudenken und sprach mit dem Herzog. Kulgan bewegte sich soeben und setzte sich auf wie ein Bär, der aus dem Winterschlaf erwacht. Er gewann seine Haltung wieder und sah, daß Arutha Pug tröstete. Er vergaß schnell sein eigenes Unwohlsein und trat zu ihnen. Es gab wenig, was sie sagen konnten, aber Pug fand schon Trost in ihrer Nähe. Schließlich gewann er die Beherrschung zurück und zog sich von dem Prinzen zurück. »Vielen Dank, Hoheit«, sagte er schnüffelnd. »Es geht schon wieder.«

Sie traten zu Dolgan, Gardan und dem Herzog hinüber, die beim Feuer saßen. Borric schüttelte den Kopf über etwas, was der Zwerg sagte. »Ich danke Euch für Eure Tapferkeit, Dolgan, aber das kann ich nicht zulassen.«

Dolgan paffte an seiner Pfeife. Ein freundliches Lächeln teilte seinen Bart. »Und wie wollt Ihr mich daran hindern, Euer Gnaden? Doch gewiß nicht durch Gewalt?«

Borric schüttelte den Kopf. »Nein, natürlich nicht. Aber es wäre die reinste Narretei zu gehen.«

Kulgan und Arutha wechselten einen fragenden Blick. Pug kümmerte sich kaum um irgend etwas. Er war in seine eigene, kalte, benommene Welt versunken. Obwohl er gerade erst aufgewacht war, fühlte er sich schon wieder müde genug, um zu schlafen, denn davon erhoffte er sich Erleichterung.

Borric erzählte ihnen: »Dieser verrückte Zwerg möchte in die Minen zurückkehren.«

Ehe Kulgan und Arutha protestieren konnten, sagte Dolgan: »Ich weiß, es ist nur eine schwache Hoffnung, aber wenn der Junge dem Geist entkommen ist, dann wandert er einsam und verloren umher. Es gibt dort unten Tunnel, die niemals auch nur einen Zwergenfuß gesehen haben, geschweige denn von einem Jungen betreten wurden. Wenn ich erst einmal in einem Gang bin, habe ich keine Probleme, meinen Rückweg zu finden. Tomas aber fehlt dieser angeborene Sinn. Wenn ich seine Spur finden kann, dann kann ich ihm helfen. Wenn er überhaupt eine Chance haben soll, den Minen zu entkommen, dann wird er meine Führung benötigen. Ich bringe ihn heim, wenn der Junge noch lebt, darauf habt Ihr das Wort von Dolgan Tagarson, dem Obersten des Dorfes Caldara. Ich könnte den langen Winter nicht ruhig in meiner langen Halle verbringen, wenn ich es nicht wenigstens versuchen würde.«

Pug wurde von den Worten des Zwerges aus seiner Lethargie gerissen. »Glaubt Ihr, Ihr könntet ihn finden, Dolgan?«

»Wenn es überhaupt jemand kann, dann ich«, antwortete er. Er beugte sich zu Pug. »Mach dir keine zu großen Hoffnungen, denn es ist unwahrscheinlich, daß Tomas das Gespenst abhängen konnte. Ich würde dir keinen guten Dienst erweisen, wenn ich etwas anderes sagen würde, mein Junge.« Er sah die Tränen in Pugs Augen schimmern und fügte hastig hinzu: »Aber wenn es eine Möglichkeit gibt, dann werde ich sie finden.«

Pug nickte, zwischen Kummer und neuer Hoffnung hin- und hergerissen. Er verstand, was Dolgan sagte, konnte aber seine schwache Hoffnung nicht aufgeben, die er in Dolgans Unternehmen setzte.

Dolgan ging hinüber zu der Stelle, an der er sein Schild und seine Streitaxt niedergelegt hatte, und hob sie auf. »Wenn der Morgen dämmert, folgt schnell der Spur die Hügel hinab und durch die Wälder. Es ist zwar nicht das Grüne Herz, aber auch hier bestehen zahlreiche Gefahren für eine so kleine Gruppe.

Wenn Ihr Euren Weg verfehlt, richtet Euch gen Osten. Dort findet Ihr die Straße nach Bordon. Von dort aus ist es noch ein Marsch von drei Tagen. Mögen die Götter Euch beschützen.«

Borric nickte, und Kulgan trat hinüber zu dem Zwerg, der sich anschickte loszuziehen. Er reichte Dolgan einen Beutel. »Ich kann in der Stadt noch mehr Tabak bekommen, Freund Zwerg. Bitte nehmt dies.«

Dolgan nahm den Beutel entgegen und lächelte Kulgan an. »Habt Dank, Magier. Ich stehe in Eurer Schuld.«

Borric trat vor den Zwerg und legte eine Hand auf dessen Schultern. »Wir sind es, die in Eurer Schuld stehen, Dolgan. Wenn Ihr nach Crydee kommt, sollt Ihr das Mahl bekommen, das Euch versprochen wurde. Das und mehr. Möge das Glück Euch hold sein.«

»Habt Dank, Hoheit. Ich freue mich schon jetzt darauf.« Ohne ein weiteres Wort verschwand Dolgan in der Schwärze des Mac Mordain Cadal.

Bei den toten Maultieren blieb Dolgan stehen. Er machte nur eine kurze Pause, gerade lang genug, um Speisen, Wasser und eine Laterne aufzunehmen. Der Zwerg brauchte kein Licht, um seinen Weg unter der Erde zu finden. Sein Volk hatte schon seit langem andere Sinne entwickelt, mit denen es sich in der Dunkelheit zurechtfand. Aber es wird meine Chance steigern, Tomas zu finden, wenn der Junge das Licht sehen kann, dachte er. Obwohl er damit natürlich auch riskierte, die Aufmerksamkeit weniger willkommener Wesen auf sich zu ziehen.

Dolgan betrat den Tunnel, in dem er Tomas zuletzt gesehen hatte. Der Staub war hier dünn, aber ab und zu konnte er leichte Spuren entdecken, die an Fußspuren erinnerten. Er folgte ihnen und kam in noch staubigere Gänge, wo die Fußabdrücke des Knaben deutlich zu erkennen waren. Eilig folgte er ihnen.

Nach ein paar Minuten kam er wieder in dieselbe Höhle und

fluchte. Dolgan hatte keine große Hoffnung mehr, die Spur des Jungen in all dem Durcheinander zu finden, das der Kampf mit dem Gespenst verursacht hatte. Er überlegte kurz und machte sich dann daran, jeden Tunnel, der von der Höhle fortführte, nach Spuren zu durchsuchen. Nach einer Stunde fand er einen einzelnen Fußabdruck, der von der Höhle fortführte. Er bemerkte ihn in einem Tunnel rechts von dem, durch den er beim ersten Mal gekommen war. Er folgte ihm und fand in großen Abständen noch mehrere weitere Abdrücke, woraus er folgerte, daß der Junge gerannt sein mußte. Er eilte weiter und entdeckte, als der Gang zunehmend staubiger wurde, immer mehr Spuren.

Dolgan kam an die Höhle am See und hätte die Spur fast wieder verloren, als er plötzlich den Tunnel nah am Rand des Plateaus entaeckte. Er schlurfte durch das Wasser, zog sich in den Gang hinauf und sah Tomas' Spuren. Das schwache Licht seiner Laterne reichte nicht aus, um die Kristalle in der Höhle zum Strahlen zu bringen. Aber selbst wenn es das vermocht hätte, hätte er nicht angehalten, um diesen Anblick zu bewundern. Er wollte nur eines: den Jungen finden.

Abwärts folgte er ihm, ohne sich jemals auszuruhen. Er wußte, daß Tomas schon längst das Gespenst abgehängt hatte. Es gab Zeichen dafür, daß er den größten Teil seiner Wanderung wesentlich langsamer zurückgelegt hatte. Fußabdrücke im Staub zeigten, daß er gegangen war, und das kalte Lagerfeuer verriet, daß er gerastet hatte. Aber es gab andere Schrecken hier unten, die ebenso entsetzlich waren.

Wieder verlor Dolgan in der letzten Höhle die Spur. Er fand sie erst wieder, als er das Sims erspähte. Er hatte Schwierigkeiten, das Sims zu erklettern. Aber als er es dann endlich geschafft hatte, sah er die geschwärzte Stelle, an der der Junge seine Fackel gelöscht hatte. Hier mußte Tomas sich ausgeruht haben. Dolgan sah sich in der leeren Höhle um. Die Luft regte sich nicht so weit unter den Bergen. Selbst der Zwerg, der an solche Dinge gewöhnt war, fand diesen Ort unheimlich. Er starrte auf den schwarzen Fleck vor sich hinab. Aber wie lange war Tomas geblieben, und wohin war er gegangen?

Dolgan sah das Loch in der Wand, und da keine Spuren von dem Sims fortführten, entschied er, daß Tomas diesen Weg eingeschlagen haben mußte. Er kletterte hindurch und folgte dem Gang, bis er zu einem größeren kam, der nach unten, noch tiefer in den Bauch des Gebirges führte.

Dolgan folgte scheinbar einer Gruppe von Spuren, als wenn eine Anzahl von Männern diesen Weg entlang gekommen wäre. Tomas' Spuren befanden sich darunter, und er machte sich Sorgen, denn der Junge konnte vor oder nach den anderen diesen Weg gekommen sein. Er konnte aber auch mit ihnen gegangen sein. Wenn der Junge von irgend jemandem gefangengehalten wurde, dann war jeder Augenblick kritisch, das wußte Dolgan.

Der Tunnel wand sich abwärts, und bald erreichte Dolgan eine Halle aus großen Steinblöcken, die genau ineinander paßten und ganz glatt poliert waren. In all den Jahren seines Lebens hatte er noch nie so etwas gesehen. Der Gang wurde immer breiter, und Dolgan wanderte leise weiter. Die Spuren waren verschwunden, denn hier war der Stein hart und frei von Staub. Hoch über seinem Kopf konnte Dolgan den ersten von mehreren Kristalleuchtern ausmachen, die an Ketten von der Decke herabhingen. Mit Hilfe eines Flaschenzuges konnten sie herabgelassen werden, damit die Kerzen angezündet werden konnten.

Am jenseitigen, fernen Ende des Ganges erspähte er hohe, riesige Tore aus Holz, mit einem großen Schloß davor. Sie standen offen, und er konnte Licht sehen, das hindurchfiel.

Ohne einen Ton kroch Dolgan näher zur Tür und blinzelte hindurch. Der Mund blieb ihm offen stehen, und instinktiv riß er sein Schild und seine Streitaxt hoch.

Auf einem Stapel aus Goldmünzen und Gemmen von der Größe einer Männerfaust hockte Tomas und aß etwas, das wie Fisch aussah. Ihm gegenüber kauerte eine Gestalt. Dolgan traute seinen Augen nicht.

Ein Kopf von der Größe eines kleinen Wagens ruhte auf dem Boden. Schildgroße Schuppen von einer tiefdunklen, goldenen Farbe bedeckten ihn, und der lange, geschmeidige, gekrümmte Nacken führte zu einem riesigen Körper, der sich in das Dämmerlicht der Großen Halle erstreckte. Enorme Schwingen waren über seinem Rücken gefaltet, deren Spitzen den Boden berührten. Zwei gespitzte Ohren saßen auf dem Kopf, getrennt von einem zart wirkenden Kamm mit silbrigen Flecken. Die lange Schnauze war zu einem wölfischen Grinsen verzogen und zeigte Fänge von der Länge eines Großschwertes. Für einen Augenblick zuckte eine lange, gespaltene Zunge hervor.

Dolgan unterdrückte den überwältigenden – und seltenen! – Wunsch, davonzulaufen. Denn ganz offensichtlich saß Tomas – und schien sogar sein Mahl zu teilen – bei dem gefürchtetsten Erbfeind des Zwergenvolkes, einem großen Lindwurm. Er trat vor, und seine Stiefel klapperten über den Steinboden.

Bei dem Geräusch wandte sich Tomas um, und der Kopf des Lindwurms fuhr empor. Gigantische, rubinrote Augen musterten den Eindringling. Tomas sprang auf die Füße, Freude zeigte sich auf seinem Gesicht. »Dolgan!« Er krabbelte von dem Stapel der Reichtümer und eilte zu dem Zwerg.

Die Stimme des Lindwurms dröhnte durch die große Halle wie Donnerhall durch ein Tal. »Willkommen, Zwerg. Euer Freund hat mir berichtet, daß Ihr ihn nicht verlassen würdet. Willkommen.«

Tomas stand vor dem Zwerg und stellte Dutzende von Fragen, während Dolgans Sinne durcheinanderwirbelten. Hinter dem Jungen saß der Prinz der Lindwürmer und beobachtete ruhig diesen Austausch. Der Zwerg hatte Mühe, die Ruhe zu bewahren, die ihn für gewöhnlich auszeichnete. Sanft schob Dolgan Tomas beiseite, dessen Fragen er ohnehin nicht begreifen konnte, um den Lindwurm besser sehen zu können. »Ich komme allein«, erzählte er dem Jungen leise. »Die anderen wollten mir die Suche nicht überlassen, aber sie mußten weiterziehen, so wichtig war ihre Mission.«

»Ich verstehe«, meinte Tomas.

»Was ist das hier für eine Art von Zauberei?«

Der Lindwurm kicherte, und der Raum erzitterte unter diesem Geräusch. »Kommt in mein Heim, Zwerg, und ich werde es Euch erzählen.« Der Kopf des großen Lindwurms senkte sich wieder auf den Boden, aber seine Blicke ruhten immer noch auf Dolgans Kopf. Langsam trat der Zwerg näher, unbewußt noch immer Schild und Axt bereithaltend. Der Lindwurm lachte. Es hörte sich an wie das Echo eines Wasserfalles, der durch einen Canyon dröhnt. »Beruhigt Eure Hand, kleiner Krieger. Ich werde Euch oder Eurem Freund kein Leid antun.«

Dolgan senkte seinen Schild und befestigte die Axt an seinem Gürtel. Er schaute sich um und stellte fest, daß sie in einer geräumigen Halle standen, die aus dem Fels der Berge geschlagen war. An allen Wänden hingen Wandteppiche oder Banner, zerschlissen und verblichen. Noch weitere gigantische Kristallüster hingen von Pfosten unterhalb der Decke herunter. Am jenseitigen Ende der Halle konnte er einen Thron auf einem Podest ausmachen. Es standen lange Tische für viele Gäste davor. Auf diesen befanden sich Kristallgläser und goldene Teller, und über allem lag der Staub von Jahrzehnten.

Überall sonst in der Halle stapelten sich Reichtümer. Da gab es Gold, Kronen, Silber, reiche, kostbare Rüstungen, Ballen seltenen Stoffes und geschnitzte Truhen aus kostbarem Holz, mit kunstvoll gefertigten Einlegearbeiten.

Dolgan setzte sich auf einen Stapel aus Gold, die gesammelten Reichtümer eines ganzen Lebens, und schob sie geistesabwesend hin und her, um seinen Sitz so bequem wie möglich zu machen. Tomas nahm neben ihm Platz, als der Zwerg seine Pfeife hervorzog. Er zeigte es nicht, aber er spürte das Bedürfnis, sich zu beruhigen, und seine Pfeife besänftigte immer seine Nerven. Er entzündete mit Hilfe seiner Laterne einen Fidibus und hielt ihn an die Pfeife. Der Lindwurm beobachtete ihn und fragte dann: »Könnt Ihr nun Feuer und Rauch speien, Zwerg? Seid Ihr die neuen Drachen? Hat es jemals so kleine Drachen gegeben?«

Dolgan schüttelte den Kopf. »Das ist bloß meine Pfeife.« Er erklärte ihm den Nutzen von Tabak.

»Das ist ein seltsames Ding, aber Eures ist auch ein seltsames Volk«, meinte der Lindwurm dazu.

Dolgan zog die Brauen bei dieser Bemerkung hoch, er sagte aber nichts. »Tomas, wie bist du hierhergekommen?«

Tomas schien nichts gegen den Drachen einzuwenden zu haben, und das beruhigte Dolgan. Wenn das Ungetüm den Wunsch gehabt hätte, ihnen etwas anzutun, dann hätte es das längst und ohne Mühe tun können. Drachen waren unleugbar die mächtigsten Kreaturen in Midkemia. Und dies hier war der mächtigste Drache, von dem Dolgan je gehört hatte. Er war noch einmal halb so groß wie die, die er in seiner Jugend bekämpft hatte.

Tomas aß den Fisch auf und sagte: »Ich bin eine lange Zeit umhergezogen und kam dann an einen Ort, wo ich schlafen konnte.«

»Aye, den hab' ich gefunden.«

»Ich wachte auf, weil ich etwas hörte, und fand Spuren, die hierher führten.«

»Auch die habe ich gesehen. Ich fürchtete, du wärst gefangen worden.«

»Bin ich nicht. Es war eine Gruppe von Kobolden, und noch ein paar Düstere Brüder dabei, die hierhergekommen sind. Sie hatten Furcht vor dem, was vor ihnen liegen mochte, und kümmerten sich nicht um das, was hinter ihnen kam. So konnte ich ihnen ziemlich dicht folgen.«

»Das war gefährlich.«

»Ich weiß, aber ich habe verzweifelt nach einem Weg nach draußen gesucht. Ich dachte, sie würden mich vielleicht an die Oberfläche führen und ich könnte warten, während sie vorgingen, und dann hinausschlüpfen. Wenn ich aus den Minen herausgefunden hätte, hätte ich mich gen Norden gewandt, um zu Eurem Dorf zu gelangen.«

»Ein kühner Plan, Tomas«, meinte Dolgan, aber seine Augen verrieten seine Billigung.

»Sie kamen hierher, und ich folgte ihnen.«

»Was ist mit ihnen geschehen?«

Der Lindwurm sprach. »Ich habe sie weit fortgeschickt, Zwerg, denn sie waren nicht die Gesellschaft, die ich mir aussuchen würde.«

»Habt sie fortgeschickt? Wie das?«

Der Lindwurm hob ein wenig den Kopf, und Dolgan konnte sehen, daß seine Schuppen stellenweise verblaßt und stumpf waren. Vor den roten Augen lag ein dünner Schleier, und plötzlich begriff Dolgan, daß der Lindwurm blind war.

»Die Drachen sind schon lange im Besitz von Magie, aber sie ist nicht so wie andere. Durch meine Kunst vermag ich Euch zu sehen, Zwerg, denn das Licht ist mir schon lange versagt geblieben. Ich nahm diese schlechten Kreaturen und sandte sie weit gen Norden. Sie wissen nicht, wie sie an diesen Ort gelangt sind, noch erinnern sie sich an mein Heim.«

Dolgan paffte an seiner Pfeife und dachte über das nach, was er hörte. »In den Geschichten meines Volkes gibt es auch Legenden von Drachenmagiern, aber Ihr seid der erste, den ich gesehen habe.«

Langsam, als wäre er müde, senkte der Lindwurm seinen Kopf zu Boden. »Weil ich einer der letzten der goldenen Drachen bin,

Zwerg. Keiner der niedrigeren Drachen ist im Besitz der Kunst der Hexerei. Ich habe geschworen, niemals ein Leben zu nehmen, aber ich kann nicht zulassen, daß Wesen wie sie meinen Ruheplatz heimsuchen.«

Tomas ließ sich vernehmen. »Rhuagh war sehr nett zu mir, Dolgan. Er hat mich hierbleiben lassen, bis Ihr mich gefunden habt, denn er wußte, daß jemand kommen würde.« Dolgan schaute zu dem Lindwurm hinüber und staunte über dessen Voraussicht. Tomas fuhr fort: »Er hat mir Räucherfisch zu essen gegeben und auch einen Platz, an dem ich ruhen konnte.«

»Die Kobolde, die Ihr als Gnomen kennt, beten mich als einen Gott an. Sie bringen mir Opfer, Fisch, den sie im tiefen See gefangen und geräuchert haben, und Schätze aus tieferen Hallen.«

»Aye«, meinte Dolgan, »Gnome sind noch niemals als besonders klug bekannt gewesen.«

Der Lindwurm kicherte. »Recht habt Ihr. Die Kobolde sind schüchtern und verletzen nur jene, die sie in ihren tiefen Tunneln ärgern. Sie sind ein einfaches Volk, und es gefällt ihnen, einen Gott zu haben. Da ich nicht in der Lage bin zu jagen, ist das ein angenehmes Abkommen.«

Dolgan dachte über seine nächste Frage nach. »Ich möchte nicht respektlos sein, Rhuagh, aber ich habe die Erfahrung mit Drachen gemacht, daß sie andere Wesen nicht gerade lieben. Weshalb habt Ihr dem Knaben geholfen?«

Der Drache schloß für einen Moment die Augen. Als er sie öffnete, starrte er den Zwerg ausdruckslos an. »Wisse, Zwerg, daß es nicht immer so gewesen ist. Euer Volk ist alt, aber das meine ist das älteste von allen, mit einer Ausnahme. Wir waren schon vor den Elben und den Moredhel hier. Wir dienten jenen, deren Namen nicht ausgesprochen werden dürfen, und wir waren ein glückliches Volk.«

»Die Drachenherrscher?«

»So werden sie in Euren Legenden genannt. Sie waren unsere

Herren und wir ihre Diener, wie auch die Elben und die Moredhel. Als sie dieses Land verließen, um eine Reise jenseits aller Vorstellung anzutreten, wurden wir das mächtigste der freien Völker. Das war eine Zeit, noch ehe die Zwerge oder Menschen in diese Lande kamen. Wir herrschten über die Himmel und alle Dinge, denn wir waren mächtiger als alle anderen.

Vor Urzeiten nun kamen Menschen und Zwerge in unsere Berge, und einige Zeit lebten wir in Frieden. Aber alles änderte sich. Die Elben trieben die Moredhel aus dem Wald, der heute Elvandar genannt wird, und Männer und Zwerge lagen im Krieg mit den Drachen.

Wir waren stark, aber die Menschen sind wie die Bäume des Waldes, und ihre Zahl ist unfaßbar. Langsam floh mein Volk gen Süden, und ich bin der letzte hier in den Bergen. Ich habe seit Urzeiten hier gelebt, denn ich wollte mein Heim nicht verlassen.

Durch Magie konnte ich jene vertreiben, die diesen Schatz gesucht haben, und jene töten, deren Künste es mir zu schwierig machten, ihren Geist zu umwölken. Ich mochte nicht mehr töten und schwor mir, kein Leben mehr zu nehmen, selbst nicht mehr jenes der verhaßten Moredhel. Deshalb sandte ich sie weit fort, und aus diesem Grunde half ich auch dem Jungen, denn er trägt keine Schuld.«

Dolgan musterte den Lindwurm. »Ich danke Euch, Rhuagh.«

»Euer Dank ist willkommen, Dolgan aus den Grauen Türmen. Auch über Euer Kommen freue ich mich. Ich könnte den Knaben nur noch wenig länger schützen, denn ich rief Tomas durch magische Künste an meine Seite, auf daß er meine Totenwache halten kann.«

»Was?« rief Tomas.

»Es ist den Drachen gegeben, die Stunde ihres Todes zu kennen, Tomas, und die meine ist nah. Ich bin alt, selbst gemessen an meinem Volke, und ich habe ein erfülltes Leben geführt. Ich bin zufrieden, daß es so ist. Das ist unsere Art.«

Dolgan sah besorgt aus. »Trotzdem finde ich es merkwürdig, hier zu sitzen und Euch davon reden zu hören.«

»Warum, Zwerg? Gilt es nicht auch für Euer Volk, daß, wenn jemand stirbt, davon gesprochen wird, wie gut er gelebt hat und nicht wie lange?«

»Da habt Ihr allerdings recht.«

»Warum sollte es dann wichtig sein, ob die Todesstunde bekannt ist oder nicht? Es ist immer noch dasselbe. Ich habe alles gehabt, was einer meiner Art erhoffen kann: Gesundheit, Weiber, Junge, Reichtümer und Ruhe. Das ist alles, was ich mir je gewünscht habe, und ich habe es gehabt.«

»Es ist eine gute und weise Sache zu wissen, was man will, und noch besser und weiser ist es zu wissen, wann es erreicht worden ist«, sagte Dolgan.

»Wie wahr. Aber noch weiser ist es zu wissen, wenn etwas unerreichbar ist, denn dann wäre es Narrheit, es erlangen zu wollen. Es ist üblich in meinem Volke, die Todeswache zu halten. Aber niemand von meinem Stamme ist nah genug, um gerufen zu werden. Deshalb möchte ich Euch bitten, mein Hinscheiden abzuwarten, ehe Ihr geht. Seid Ihr dazu gewillt?«

Dolgan sah Tomas fragend an, der zustimmend mit dem Kopf nickte. »Aye, Drache, das wollen wir, obwohl es nichts ist, was unsere Herzen erfreut.«

Der Drache schloß die Augen. Tomas und Dolgan konnten sehen, daß sie schon zuschwollen. »Habt Dank, Dolgan, und auch du, Tomas.«

Der Drache lag dort und erzählte ihnen von seinem Leben, wie er durch die Himmel von Midkemia geflogen war. Er berichtete von fernen Landen, in denen Tiger in Städten lebten, und von Bergen, wo die Adler sprechen konnten. Geschichten voller Wunder und Ehrfurcht wurden erzählt, bis spät in die Nacht hinein.

Als seine Stimme anfing zu stocken, sagte Rhuagh: »Einmal

kam ein Mann in diese Höhle, er war ein mächtiger Magier. Ich konnte ihn mit meiner Magie nicht von hier fortschicken, und er ließ sich auch nicht täuschen. Drei Tage lang kämpften wir miteinander, seine Künste gegen die meinen, und als wir fertig waren, hatte er mich besiegt. Ich dachte, er würde mich töten und meine Schätze mit sich nehmen. Aber statt dessen blieb er hier, denn sein einziger Wunsch war es, meine Magie zu erlernen, damit sie nicht verloren sein würde, wenn ich verschied.«

Tomas saß staunend da, denn von dem wenigen, was er von Pug über die Kunst der Magie erfahren hatte, wußte er, daß dies eine erstaunliche und wunderbare Sache war. Vor seinem geistigen Auge sah er den Titanenkampf, sah die großen Mächte arbeiten.

»Er führte mit sich eine merkwürdige Kreatur, die einem Troll oder einem Kobold ähnlich war, aber aufrecht laufend und mit feineren Zügen. Drei Jahre lang blieb er bei mir, während sein Diener kam und ging. Er lernte alles, was ich zu lehren hatte, denn ich konnte ihm nichts abschlagen. Aber er lehrte auch mich, und seine Weisheit spendete mir großen Trost. Er war schuld daran, daß ich lernte, das Leben zu respektieren, ganz gleich, wie schlecht der Charakter auch sein mag. Ich schwor, jedes Leben zu verschonen, das zu mir kam. Auch er hatte durch die Hände anderer gelitten, ebenso wie ich in den Kriegen mit den Menschen, denn vieles von dem, was ich hochschätzte, war verloren. Dieser Mann kannte die Kunst, Wunden des Herzens und des Geistes zu heilen, und als er weiterzog, fühlte ich mich als Sieger, nicht als Besiegter.« Er machte eine Pause und schluckte, und Tomas konnte erkennen, daß ihm das Sprechen schwerer fiel. »Wenn kein Drache meine Todeswache abhalten kann, hätte ich ebenso gern ihn hier sitzen gehabt, denn er war der erste deiner Rasse, Knabe, den ich als einen Freund bezeichnen kann.«

»Wer war es, Rhuagh?« fragte Tomas.

»Er nannte sich Macros.«

Dolgan schaute nachdenklich drein. »Ich habe seinen Namen schon vernommen. Ein Magier von mächtigem Können. Er ist schon fast ein Mythos und lebt irgendwo im Osten.«

»Ein Mythos ist er nicht, Dolgan«, widersprach Rhuagh. »Dennoch kann es sein, daß er tot ist, denn er hauste schon vor Urzeiten bei mir.« Der Drache machte eine Pause. »Meine Zeit ist nah, und ich muß enden. Aber einen Dienst möchte ich noch von Euch erbitten, Zwerg.« Er bewegte leicht den Kopf und sagte: »In jenem Kistchen dort ist ein Geschenk des Magiers, das ich zu dieser Zeit verwenden soll. Es handelt sich um eine aus Magie gefertigte Stange. Macros ließ sie mir zurück. So werden keine Knochen zurückbleiben, wenn ich sterbe. Würdet Ihr sie mir bringen?«

Dolgan sprang auf und lief zu der Truhe, die ihm gezeigt worden war. Er öffnete sie und entdeckte darin eine schwarze Metallstange, die auf einem blauen Samttuch lag. Er nahm sie auf und stellte überrascht fest, wie schwer sie im Verhältnis zu ihrer Größe war. Er trug sie zu dem Lindwurm hinüber.

Die Worte des Drachen waren kaum noch zu verstehen, so geschwollen war jetzt seine Zunge, als er sagte: »In einem Augenblick sollt Ihr mich mit der Stange berühren, Dolgan, denn dann werde ich verenden.«

»Aye«, stimmte Dolgan zu, »aber es wird mir kein Vergnügen sein, Euer Ende zu sehen, Drache.«

»Vorher habe ich Euch noch ein letztes Wort zu sagen. In einem Kistchen neben dem anderen befindet sich ein Geschenk für Euch, Zwerg. Ihr möget nehmen, was immer Euch sonst noch hier gefällt, denn ich werde nichts mehr davon benötigen. Aber von allem hier in der Halle wünsche ich, daß Ihr das aus jenem Kistchen entnehmt.« Er versuchte, den Kopf in Tomas' Richtung zu bewegen, vermochte es aber nicht. »Tomas, Dank auch dir dafür, daß du meine letzte Zeit mit mir verbracht hast. Nimm auch du, was immer dir gefällt, denn dein Herz ist gut.«

Er holte tief Luft, und Tomas konnte sie in seiner Kehle rasseln hören. »Jetzt, Dolgan.«

Dolgan streckte den Stab vor und berührte den Drachen damit leicht am Kopf. Zuerst geschah überhaupt nichts. Leise murmelte Rhuagh: »Es war Macros' letzte Gabe.«

Plötzlich fing ein sanftes, goldenes Licht an, sich um den Drachen auszudehnen. Ein leises Summen war zu vernehmen, als vibrierten die Wände der Halle von feenhafter Musik. Der Ton wurde stärker, im gleichen Maße, wie das Licht heller wurde, und pulsierte voller Energie. Tomas und Dolgan sahen zu, wie die entfärbten Stellen aus Rhuaghs Schuppen verschwanden. Seine Haut schimmerte und funkelte golden, und der Schleier hob sich von seinen Augen. Langsam hob er den Kopf, und sie wußten, daß er die Halle um sich her wieder sehen konnte. Sein Kamm stand aufrecht, seine Schwingen breiteten sich aus und zeigten das leuchtende Silber darunter. Die vergilbten Zähne wurden wieder strahlend weiß. Seine stumpfen, schwarzen Krallen glänzten wie poliertes Ebenholz, als er sich mit hoch erhobenem Kopf aufrichtete.

Leise sagte Dolgan: »Das ist der schönste Anblick, der mir je zuteil geworden ist.«

Langsam wurde das Licht immer noch strahlender, als Rhuagh zu dem Bild seiner kräftigen Jugend zurückkehrte. Er richtete sich zu seiner vollen, beeindruckenden Höhe auf. Dann warf er, in einer jugendlichen, heftigen, ungestümen Bewegung, den Kopf zurück, und mit einem Freudenschrei stieß er eine mächtige Flamme aus, hoch empor zu der gewölbten Decke. Mit einem Gebrüll, so laut wie einhundert Trompeten, verkündete er: »Ich danke Euch, Macros. Das ist in der Tat ein prinzliches Geschenk.«

Das merkwürdige, harmonische Summen verwandelte sich zu einem Ton und wurde immer eindringlicher und lauter. Einen kurzen Augenblick lang dachten sowohl Dolgan als auch Tomas eine Stimme unter den pulsierenden Tönen herausgehört zu haben. Es war ein tiefes, hohles Echo, das dann sagte: »Gern geschehen, mein Freund.«

Tomas fühlte Feuchtigkeit auf seinem Gesicht und tastete danach. Tränen der Freude über die schiere Schönheit des Drachen liefen über seine Wangen. Die großen, goldenen Schwingen des Drachen breiteten sich aus, als wollte er sich zum Flug erheben. Das schimmernde Licht wurde so hell, daß Tomas und Dolgan es kaum ertragen konnten. Und doch konnten sie den Blick nicht von dem Wunder wenden. Der Ton im Raum wurde jetzt so laut und schrill, daß Staub von der Decke rieselte, und sie konnten den Boden beben fühlen. Der Drache schwang sich mit ausgebreiteten Schwingen empor. Dann verging er in einem blendendhellen Blitz aus kaltem, weißem Licht. Plötzlich war der Raum wieder so, wie er zuvor gewesen war, und das Geräusch war verklungen.

Die Leere in der Höhle war bedrückend, nachdem der Lindwurm verschwunden war, und Tomas schaute zu dem Zwerg hinüber. »Laßt uns gehen, Dolgan. Ich möchte nicht mehr bleiben.«

Dolgan schien nachdenklich. »Aye, Tomas, auch ich verspüre kaum den Wunsch zu bleiben. Aber da sind noch die Geschenke des Drachen.« Er trat hinüber an die Truhe, die der Lindwurm ihm bezeichnet hatte, und öffnete sie.

Dolgans Augen wurden rund, als er hineingriff und einen Zwergenhammer hervorzog. Er hielt ihn vor sich hin und betrachtete ihn ehrfürchtig. Der Kopf war aus einem silbrigen Metall gefertigt, das im Licht der Laterne bläulich schimmerte. An der Seite waren Zwergensymbole eingeritzt worden. Der Schaft war aus geschnitzter Eiche. Er war poliert und schimmerte und strahlte. Leise meinte Dolgan: »Das ist der Hammer Tholins. Schon vor langer Zeit ist er meinem Volke genommen worden. Seine Rückkehr wird Freude in jeder langen Zwergenhalle im Westen hervorrufen. Er ist das Symbol unseres letzten Königs.«

Tomas trat zu ihm, um zu schauen, und sah noch etwas ganz anderes in der Truhe liegen. Er griff an Dolgan vorbei und zog ein großes Bündel aus weißem Stoff hervor. Er rollte es auf und stellte fest, daß es sich um einen weißen Heroldsrock handelte, auf dessen Brust ein goldener Drache prangte. Ein Schild mit demselben Emblem und ein goldener Helm waren darin eingewickelt. Doch das Wunderbarste war ein goldenes Schwert mit weißem Heft. Seine Scheide war aus einem glatten, weißen Material, ähnlich Elfenbein, gearbeitet, aber es war stärker, fast wie Metall. Unter dem Bündel lag ein goldenes Kettenhemd, das er mit einem staunenden »Oh!« hervorzog.

Dolgan beobachtete ihn und sagte: »Nimm sie nur, Junge. Der Lindwurm sagte, du könntest dir unter den Reichtümern der Halle etwas aussuchen.«

»Sie sind viel zu schön für mich, Dolgan. Sie gehören einem Prinzen oder König.«

»Ich glaube kaum, daß der vorherige Besitzer noch Gebrauch davon machen kann, Bürschchen. Sie sind willig geschenkt worden, und du kannst tun, was du willst, aber ich glaube, daß ihnen eine besondere Eigenschaft anhaftet. Sonst hätten sie nicht in einer Truhe mit dem Hammer gelegen. Tholins Hammer ist eine machtvolle Waffe, die in den Tiefen des Mac Cadman Alair geschmiedet wurde, der ältesten Mine in diesen Bergen. In ihm ruhen magische Kräfte, die in der Geschichte der Zwerge unübertroffen sind. Es ist wahrscheinlich, daß für die goldene Rüstung und das Schwert dasselbe gilt. Vielleicht hat es einen besonderen Grund, daß du sie bekommen sollst.«

Tomas überlegte einen Augenblick lang. Dann zog er hastig seinen Umhang aus. Das goldene Kettenhemd ließ sich mit Leichtigkeit über seine Tunika streifen, denn es war für jemanden von größerer Statur angefertigt worden. Er zog den Heroldsrock darüber und setzte den Helm auf den Kopf. Dann nahm er das Schwert und den Schild und stellte sich vor Dolgan auf. »Sehe ich nicht albern aus?«

Der Zwerg musterte ihn gründlich. »Sie sind ein wenig groß. Aber zweifellos wirst du noch hineinwachsen.« Er glaubte in der Art, wie der Junge stand und sein Schwert und den Schild hielt, etwas zu erkennen. »Nein, Tomas, du siehst nicht albern aus. Sie sind groß, aber ich glaube, du wirst sie irgendwann so tragen, wie sie getragen werden sollen.«

Tomas nickte, nahm seinen Umhang auf und wandte sich der Tür zu. Die Rüstung war überraschend leicht, viel leichter als das, was er in Crydee getragen hatte. »Ich möchte nichts anderes nehmen, Dolgan«, erklärte der Junge. »Ich nehme an, das klingt seltsam.«

Dolgan trat zu ihm. »Nein, Junge, denn auch ich wünsche mir nichts weiter von den Reichtümern des Lindwurms.« Mit einem letzten Blick auf die Halle fügte er hinzu: »Obwohl Nächte kommen werden, in denen ich die Weisheit dieser Entscheidung anzweifeln werde. Vielleicht komme ich eines Tages hierher zurück, aber ich glaube es nicht. Doch jetzt laß uns den Heimweg antreten.«

Sie machten sich auf den Weg und befanden sich schon bald in Tunneln, die Dolgan gut kannte, und die sie an die Oberfläche führten.

Sie waren beide erschöpft, als sie fünf Tage später Caldara erreichten. Der Schnee in den Bergen war schwer, und das Gehen war mühsam. Als sie sich dem Dorf näherten, wurden sie von Wachen gesichtet, und bald versammelten sich alle Bewohner, um sie zu begrüßen.

Sie wurden in die lange Halle des Dorfes gebracht, und Tomas erhielt ein Zimmer. Er war so müde, daß er umgehend einschlief, und selbst der untersetzte Zwerg war erschöpft. Es wurde vereinbart, am folgenden Tag die Dorfältesten zusammenzurufen und die letzten Neuigkeiten zu besprechen, die das Dorf erreicht hatten.

Als Tomas erwachte, fühlte er sich sehr hungrig. Er reckte sich, stand auf und stellte überrascht fest, daß er überhaupt nicht steif war. Er war in dem goldenen Kettenhemd eingeschlafen und hätte mit einem kräftigen Muskelkater aufwachen sollen. Statt dessen fühlte er sich ausgeruht und wohl. Er öffnete die Tür und trat in eine große Halle. Er traf niemanden, bis er den zentralen Raum der langen Halle erreichte. Hier saßen mehrere Zwerge an einer langen Tafel, mit Dolgan am Kopf. Tomas erkannte in einem Weylin, Dolgans Sohn. Dolgan wies dem Jungen einen Stuhl zu und stellte ihn der Gesellschaft vor.

Die Zwerge begrüßten Tomas, der ihnen höflich antwortete. Doch vor allem starrte er auf die Vielfalt von Speisen auf dem langen Tisch.

Dolgan lachte. »Bedien dich. Es gibt keinen Grund, warum du hungrig bleiben solltest, wenn die Tafel so voll ist.«

Tomas belud einen Teller mit Fleisch, Käse und Brot und nahm sich auch einen Krug Bier, obwohl ihm der Sinn kaum danach stand und es noch früh am Tage war. Schnell hatte er den größten Teil dessen, was sich auf seinem Teller befand, verzehrt. Er nahm sich eine weitere große Portion. Dabei schaute er sich um, ob es irgend jemand mißfiel. Die meisten Zwerge waren in eine komplizierte Diskussion vertieft, die mit den Wintervorräten von verschiedenen Dörfern der Gegend zu tun hatte.

Dolgan unterbrach die Diskussion und erklärte: »Jetzt, wo Tomas bei uns ist, halte ich es für das Beste, wenn wir über die Tsuranis sprechen.«

Tomas spitzte bei diesen Worten die Ohren und wandte seine Aufmerksamkeit dem zu, was gesagt wurde. Dolgan fuhr fort: »Seit ich zu jener Patrouille aufgebrochen bin, sind Läufer aus

Elvandar und Bergenstein bei uns gewesen. Diese Fremden wurden häufig in der Nähe des Passes des Nordens gesichtet. Sie haben ihr Lager in den Hügeln südlich von Bergenstein aufgeschlagen.«

Einer der Zwerge sagte: »Das ist die Sache von Bergenstein, wenn sie uns nicht zu den Waffen rufen.«

»Richtig, Orwin, aber wir haben auch Nachricht, daß sie gesehen wurden, wie sie in das Tal südlich des Passes kamen und wieder gingen. Sie sind in Lande eingedrungen, die traditionsgemäß uns gehören, und das wiederum ist Sache der Grauen Türme.«

Der Zwerg, den er Orwin genannt hatte, nickte. »Das ist es allerdings, aber es gibt nichts, was wir tun könnten, ehe der Lenz kommt.«

Dolgan legte die Füße auf den Tisch und zündete sich seine Pfeife an. »Und auch das ist wahr. Aber wir können dankbar sein, weil die Tsuranis bis zum Lenz ebenfalls nichts unternehmen können.«

Tomas legte ein Stück Fleisch nieder, das er gehalten hatte. »Sind die Stürme schon losgebrochen?«

Dolgan sah ihn an. »Aye, Bürschchen, die Pässe sind alle zugeschneit, denn der erste Schneesturm dieses Winters ist letzte Nacht über uns hereingebrochen. Nichts kann sich jetzt dort draußen bewegen, am allerwenigsten eine Armee.«

Tomas sah Dolgan an. »Dann ...«

»Aye. Du wirst diesen Winter über unser Gast sein, denn nicht einmal unser härtester Läufer könnte jetzt seinen Weg aus diesen Bergen hin nach Crydee finden.«

Tomas lehnte sich zurück. Trotz des Trostes der zwergischen langen Halle sehnte er sich nach vertrauterer Umgebung. Aber es gab nichts, was er hätte tun können. Darüber war er sich im klaren und wandte seine Aufmerksamkeit resignierend wieder seinem Mahle zu.

Eiland des Zauberers

Die erschöpfte Gruppe taumelte nach Bordon hinein.

Eine Mannschaft von natalischen Pfadfindern ritt um sie her, die in ihre traditionelle graue Tunika, Hosen und Umhänge gekleidet war. Sie waren auf Patrouille gewesen, hatten eine Meile vor der Stadt die Reisenden getroffen und geleiteten sie jetzt. Borric war zornig, weil die Pfadfinder nicht angeboten hatten, die erschöpften Reisenden mitreiten zu lassen, aber er verbarg seine Wut gut. Sie konnten in der zerlumpten Gruppe wirklich kaum den Herzog aus Crydee und seine Mannen vermuten. Und selbst wenn er in großem Staate eingetroffen wäre: Die Liebe zwischen den Freien Städten von Natal und dem Königreich war nicht sehr groß.

Wie die anderen Städte in der Gegend verfügte auch Bordon nicht über eine feste Armee, sondern unterstützte statt dessen eine Garnison natalischer Pfadfinder, die Abkömmlinge der legendären Keshianischen Kaiserlichen Führer waren. Sie zählten zu den besten Pferde-Soldaten und Pfadfindern des Landes. Sie konnten rechtzeitig von nahendem Ärger künden und es der örtlichen Miliz so ermöglichen, Aufstellung zu nehmen.

Pug bestaunte Bordon. Gemessen an den Größen im Königreich war sie eine kleine Stadt, kaum mehr als ein Seehafen, aber weit größer als Crydee. Wohin er auch schaute, überall hasteten geschäftig und eilig Leute herum, um ihre unbekannten Aufgaben zu erfüllen. Den Reisenden wurde nur wenig Aufmerksamkeit zuteil. Nur hier und da ruhte vorübergehend der Blick eines Ladenbesitzers oder einer Marktfrau auf ihnen.

Sie näherten sich dem Hause Talbott Kilranes. Er war der wichtigste Schiffsmakler der Stadt und der Handelsagent des

Herzogs hier in den Freien Städten. Sein Haus stand oben auf einem Hügel, von wo aus er die ganze Stadt überblicken konnte. Von der Straße aus konnte Pug Schiffe vor Anker liegen sehen. Dutzende von ihnen lagen hier. Sie waren offensichtlich aus dem Verkehr gezogen worden, so lange der harte Winter dauerte, denn die Masten waren entfernt worden.

Sie erreichten das Haus und wurden an der Tür von Talbott Kilrane persönlich begrüßt. Meecham stand an seiner Seite.

»Willkommen, Lord Borric, willkommen«, sagte er, und ein herzliches Lächeln legte sein mageres Gesicht in Falten. Er sah wie ein Geier aus, der in menschlicher Gestalt wiedergeboren wurde, mit kahl werdendem Kopf, scharfen Zügen und kleinen, dunklen Augen. Seine teuren Roben konnten seine Magerkeit kaum verhehlen. Sein Benehmen aber war so freundlich, seine Augen blickten so besorgt, daß die geierhafte Erscheinung gemildert wurde.

Pug fand ihn trotz seines unschönen Äußeren liebenswert. Der Mann scheuchte Diener davon, um Zimmer und heiße Speisen für die Gruppe vorzubereiten. Er wollte nicht zuhören, als der Herzog versuchte, seine Mission zu erklären. Indem er eine Hand hob, erklärte er: »Später, Euer Gnaden. Später können wir ausführlich darüber reden, nachdem Ihr geruht und gegessen habt. Ich erwarte Euch heute abend zum Mahl, aber im Augenblick habe ich heiße Bäder und saubere Betten für Eure Gesellschaft vorbereiten lassen. Warme Speisen werden in Eure Quartiere gebracht werden. Etwas Ruhe, saubere Kleider und ein gutes Mahl, und Ihr werdet Euch wie neugeboren fühlen. Dann können wir miteinander reden.«

Er klatschte in die Hände und ein Diener kam, um sie in ihre Zimmer zu führen. Der Herzog und sein Sohn erhielten eigene Räume, während Pug und Kulgan einen anderen teilten. Gardan wurde in den Unterkünften der Dienerschaft einquartiert.

Kulgan forderte Pug auf, das erste Bad zu nehmen, während er noch mit dem Diener sprechen wollte. Meecham und Kulgan begaben sich in das Zimmer des Freisassen, und Pug streifte seine schmutzigen Kleider ab. Inmitten des Raumes stand eine große Metallwanne, die mit duftendem, heißen und dampfendem Wasser gefüllt war. Er stieg hinein und zog hastig den Fuß zurück. Nachdem er drei Tage durch den Schnee gewandert war, fühlte sich das Wasser an, als würde es kochen. Vorsichtig streckte er den Fuß wieder hinein, und als er sich schließlich an die Hitze gewöhnt hatte, stieg er vollends ins Wasser.

Er lehnte sich in der Wanne zurück. Auf der Innenseite war sie emailliert. Nach den hölzernen Wannen, die er von daheim kannte, fand Pug es ein merkwürdiges, glattes aber angenehmes Gefühl. Er rieb sich mit einer süßen Seife ein und wusch den Schmutz aus seinem Haar. Dann stellte er sich in der Wanne auf und goß sich einen Eimer kalten Wassers über, um den Schaum fortzuspülen.

Er trocknete sich ab und zog ein sauberes Nachthemd an, das für ihn bereitgelegt worden war. Obwohl es noch früh war, fiel er in das warme Bett. Sein letzter Gedanke galt dem blonden Jungen, der immer so gern gelacht hatte. Er fragte sich, ob Dolgan seinen Freund gefunden haben mochte.

Einmal wachte er im Laufe des Tages auf. Er hörte, wie jemand eine namenlose Melodie summte und dabei Wasser verspritzte. Kulgan seifte seinen dicken Körper ein. Pug schloß die Augen und war bald darauf wieder eingeschlafen.

Er schlief noch immer tief und fest, als Kulgan ihn weckte, weil es Zeit für das Abendessen war. Seine Tunika und seine Hose waren gesäubert worden, und auch der kleine Riß in seinem Hemd war geflickt. Seine Stiefel waren geputzt und glänzten schwarz. Als er sich im Spiegel musterte, entdeckte er zum ersten Mal einen sanften, schwarzen Schatten auf den Wangen. Er beugte sich vor und erkannte die ersten Anzeichen eines Bartes.

Kulgan beobachtete ihn. »Nun, Pug. Soll ich dir einen Rasierer bringen lassen, damit du dein Kinn glatt halten kannst wie Prinz Arutha? Oder möchtest du lieber einen prächtigen Bart kultivieren?« Dabei strich er sich vielsagend über seinen eigenen grauen Bart.

Zum ersten Mal, seit sie den Mac Mordain Cadal verlassen hatten, lächelte Pug. »Ich glaube, vorerst muß ich mir darüber noch keine Gedanken machen.«

Kulgan lachte und war froh, die gute Laune des Jungen zurückkehren zu sehen. Der Magier hatte sich Sorgen gemacht, weil Pug so tief um seinen Freund getrauert hatte. Jetzt hielt er ihm die Tür auf. »Wollen wir?«

Pug neigte den Kopf, imitierte eine Verbeugung wie bei Hofe, und erwiderte: »Gewiß, Meister Magier. Nach Euch?« Dann brach er in Lachen aus.

Sie begaben sich zum Speisesaal. Es war eine große und wohlbeleuchtete Halle, wenngleich auch nicht im entferntesten so groß wie die im Schloß von Crydee. Der Herzog und Prinz Arutha saßen bereits, und Kulgan und Pug nahmen schnell ihre Plätze an der Tafel ein.

Borric beendete gerade seine Erzählung der Ereignisse in Crydee und dem großen Wald, als Pug und Kulgan sich setzten. »Deshalb beschloß ich, diese Nachricht selbst zu überbringen, denn ich halte sie für äußerst wichtig.«

Der Händler lehnte sich in seinem Stuhl zurück, als die Diener eine Vielfalt von Speisen anschleppten. »Lord Borric«, meinte Talbott, »als Euer Mann Meecham mich ansprach, war seine Bitte – was Euch betraf – ein wenig ungenau. Ich vermute, daß dies auf die Art zurückzuführen war, in der die Information übermittelt wurde.« Er spielte auf die Magie an, den Zauber, mit dessen Hilfe Kulgan Belgan kontaktiert hatte, der seinerseits wiederum Kunde an Meecham sandte. »Ich habe nie auch nur vermutet, daß Euer Wunsch, Krondor zu besuchen, so wichtig für mein Volk sein würde, wie ich ihn jetzt verstehe.« Nach einer kurzen Pause fuhr er fort: »Selbstverständlich beängstigen mich Eure Neuigkeiten. Ich war bereit, als Mittler zu fungieren, der für Euch ein Schiff findet, aber nun werde ich Euch in einem meiner eigenen Schiffe auf die Reise schicken.« Er nahm eine kleine Glocke auf, die neben seiner Hand stand, und klingelte. Augenblicklich stand ein Diener an seiner Schulter. »Schickt Nachricht an Kapitän Abram. Er soll die *Sturmkönigin* vorbereiten. Morgen nachmittag wird er mit der Flut nach Krondor auslaufen. Genauere Anweisungen wird er später erhalten.«

Der Diener verbeugte sich und ging. »Ich danke Euch, Meister Kilrane«, sagte der Herzog. »Ich hatte gehofft, daß Ihr verstehen würdet, aber ich erwartete nicht, so schnell ein Schiff zu finden.«

Der Händler sah Borric offen an. »Herzog Borric, laßt mich offen sein. Zwischen den Freien Städten und dem Königreich ist die Liebe nicht sehr groß. Und noch geringer ist die Liebe für den Namen conDoin. Es war Euer Großvater, der Natal belagerte und Walinor zerstörte. Er wurde nur zehn Meilen nördlich von dieser, unserer Stadt aufgehalten, und die Erinnerung daran quält noch immer einige von uns. Der Tradition nach sind wir Keshia ner, aber von Geburt an freie Männer, und Eroberern bringen wir nur wenig Zuneigung entgegen.« Kilrane fuhr fort, während der Herzog steif in seinem Sessel saß. »Dennoch sind wir gezwungen zuzugeben, daß Euer Vater später, und nun auch Ihr selbst, gute Nachbarn seid, die sich den Freien Städten gegenüber anständig verhalten, ja, manchmal sogar großzügig erweisen. Ich halte Euch für einen Ehrenmann, und es ist mir klar, daß diese Tsuranis wahrscheinlich all das sind, was Ihr von ihnen behauptet. Ihr seid wohl kein Mann, der zu Übertreibungen neigt, denke ich.«

Der Herzog entspannte sich ein wenig bei diesen Worten. Talbott nippte an seinem Wein und nahm dann die Unterhaltung wieder auf. »Wir wären Narren, wenn wir nicht erkennen würden, daß unser Interesse dort liegt, wo auch das des Königreiches sich befindet, denn allein sind wir hilflos. Wenn Ihr abgereist seid, werde ich eine Versammlung des Rates der Gilden und Händler einberufen und werde für die Unterstützung des Königreiches in dieser Angelegenheit votieren.« Er lächelte, und alle am Tisch konnten erkennen, daß hier ein Mann war, der von seinem Einfluß und seiner Autorität ebenso überzeugt war wie der Herzog von der seinen. »Ich werde den Rat von der Weisheit dieses Entschlusses überzeugen. Eine kurze Erwähnung dieser Tsurani-Kriegsgaleere, ein kleiner Bericht, wie unsere Schiffe gegenüber einer Flotte solcher Galeeren abschneiden würden, das sollte ausreichen.«

Borric lachte und schlug mit der Hand auf den Tisch. »Meister Händler, ich sehe schon, daß Euer Reichtum nicht durch eine glückliche Fügung des Schicksals erzielt wurde. Euer Geist steht dem meines guten Pater Tully nicht nach. Ebensowenig wie Eure Weisheit. Ich entbiete Euch meinen Dank.«

Der Herzog und der Händler unterhielten sich noch weiter bis spät in die Nacht hinein, aber Pug war immer noch müde und kehrte in sein Bett zurück. Als Kulgan Stunden später ebenfalls kam, schlief der Junge ganz ruhig, mit einem friedlichen Ausdruck auf dem Gesicht.

Die *Sturmkönigin* lief vor dem Wind. Ihre geblähten Segel schoben sie durch das tosende Meer. Der wirbelnde, brennende Schnee machte die Nacht so schwarz, daß sich die Spitzen der hohen Masten in der Dunkelheit verloren.

Auf dem Achterdeck drängten sich Gestalten unter pelzverbrämten Umhängen aus Öltuch. Sie versuchten, in der bitterkalten Feuchtigkeit warm und trocken zu bleiben. Zweimal waren sie in den vergangenen beiden Wochen durch das aufgewühlte Meer gefahren, aber dies hier war bei weitem das schlechteste Wetter, auf das sie bisher getroffen waren. Ein Schrei ertönte, und dem Kapitän wurde die Nachricht überbracht, daß zwei Männer aus den Rahen gestürzt wären. Herzog Borric rief Kapitän Abram zu: »Kann da nichts getan werden?«

»Nein, mein Herr. Sie sind tote Männer. Sie zu suchen, wäre dumm, selbst wenn es möglich wäre – was es nicht ist«, brüllte der Kapitän zurück, mühsam das Tosen des Sturmes übertönend.

Eine volle Wachmannschaft befand sich in der gefährlichen Takelage und klopfte das Eis fort, das sich an den Sparren bildete. Es drohte, sie durch sein zusätzliches Gewicht zu brechen, und damit das Schiff manövrierunfähig zu machen. Mit einer Hand umklammerte Kapitän Abram die Reling und schaute nach Anzeichen weiteren Ärgers aus. Sein ganzer Körper war eins mit seinem Schiff. Neben ihm standen der Herzog und Kulgan. Sie standen auf dem schwankenden Deck weit weniger sicher auf den Füßen. Ein lautes Krachen, wie ein Stöhnen, ertönte von unten. Der Kapitän fluchte.

Augenblicke später erschien ein Matrose vor ihnen. »Captain, eine Planke ist gebrochen. Sie zieht Wasser.«

Der Kapitän winkte einem seiner Maate zu, der sich auf dem Hauptdeck befand. »Geht mit einer Gruppe nach unten und sichert den Schaden. Dann erstattet Bericht.«

Der Maat wählte schnell vier Männer aus, die ihn nach unten begleiteten. Kulgan schien eine Minute in Trance zu versinken, ehe er erklärte: »Captain, dieser Sturm wird noch drei weitere Tage anhalten.«

Der Kapitän verfluchte das Glück, das die Götter ihm gesandt hatten, und sagte zum Herzog: »Ich kann nicht drei weitere Tage mit dem Schiff vor dem Sturm laufen, solange es Wasser zieht. Ich muß einen Platz finden, wo wir den Rumpf reparieren können.«

Der Herzog nickte. »Dreht Ihr bei Queg?«

Der Kapitän schüttelte den Kopf. Schnee und Wasser tropfte

aus seinem schwarzen Bart. »Ich kann das Schiff nicht weit genug in den Wind drehen, um Queg anzulaufen. Wir werden vor dem Eiland des Zauberers vor Anker gehen müssen.«

Kulgan schüttelte den Kopf, aber die anderen bemerkten diese Geste nicht. »Gibt es keinen anderen Ort, den wir anlaufen können?« erkundigte er sich.

Der Kapitän schaute erst den Magier, dann den Herzog an. »Nicht so nah. Wir würden den Verlust des Mastes riskieren. Wenn wir nicht sinken, so verlieren wir dann sechs Tage anstelle von dreien. Die Wellen schlagen immer höher, und ich fürchte, noch mehr Männer zu verlieren.« Er brüllte Befehle nach unten und zum Steuermann, und sie nahmen Kurs gen Süden, auf das Eiland des Zauberers zu.

Kulgan ging mit dem Herzog nach unten. Die schlingernde Bewegung des Schiffes machte es schwierig, die Leiter hinab und durch den schmalen Gang zu gehen. Der untersetzte, kräftige Magier wurde von einer Seite zur anderen geworfen, als sie sich zu ihren Kabinen begaben. Der Herzog trat in die, die er mit seinem Sohn teilte, und Kulgan in seine eigene. Auf ihren Kojen sitzend, versuchten dort Gardan, Meecham und Pug sich auszuruhen. Der Junge hatte eine schwere Zeit, denn in den ersten beiden Tagen war er gleich seekrank gewesen. Inzwischen kam er ganz gut zurecht, konnte es aber immer noch nicht über sich bringen, das Pökelfleisch und den Schiffszwieback zu essen, den sie zu verzehren gezwungen waren. Aufgrund der rauhen See war der Schiffskoch nicht in der Lage gewesen, seine Aufgabe zu erfüllen.

Die Schiffsplanken stöhnten protestierend, als die Wogen heftig gegen den Rumpf schlugen. Von weiter vorne konnten sie das Hämmern der Matrosen hören, die versuchten, den Rumpf zu reparieren.

Pug rollte herum und starrte Kulgan an. »Was ist mit dem Sturm?«

Meecham stützte sich auf einen Ellbogen und schaute seinen Meister ebenfalls an, wie auch Gardan. »Er wird noch drei weitere Tage blasen«, sagte Kulgan. »Wir werden an der Leeseite einer Insel vor Anker gehen und abwarten, bis er sich legt.«

»Welcher Insel?«

»Dem Eiland des Zauberers.«

Meecham schoß von seiner Koje hoch und stieß sich den Kopf an der niedrigen Decke. Fluchend und sich den Kopf reibend, während Gardan ein Lachen unterdrückte, rief er: »Vor der Insel von Macros dem Schwarzen?«

Kulgan nickte, während er sich mit einer Hand abstützte, als das Schiff sich über eine hohe Welle hob und gleich dahinter in ein tiefes Tal stürzte. »Eben diese. Mir gefällt die Idee auch nicht, aber der Kapitän fürchtet um das Schiff.« Als wolle es diesen Punkt noch unterstreichen, ächzte und stöhnte der Rumpf einen Augenblick lang beängstigend.

»Wer ist Macros?« fragte Pug.

Kulgan schien einen Moment nachzudenken. Dann lauschte er sowohl den Bemühungen der Crew als auch der Frage des Jungen. Dann antwortete er: »Macros ist ein großer Zauberer, Pug. Vielleicht der größte, den die Welt je gekannt hat.«

»Aye«, stimmte Meecham zu. »Und außerdem ein Dämon aus den tiefsten Tiefen der Hölle. Seine Künste sind die schwärzesten, und selbst die verdammten Priester von Lims-Kragma fürchten sich, einen Fuß auf seine Insel zu setzen.«

Gardan lachte. »Den Zauberer möchte ich mal kennenlernen, der den Priestern der Todesgöttin Angst machen kann. Er muß wirklich mächtig sein.«

»Das sind alles nur Geschichten, Pug«, sagte Kulgan. »Wirklich wissen wir von ihm nur, daß Macros zu dieser Insel geflohen ist, als die Verfolgung der Magier im Königreich ihren Höhepunkt erreichte. Seither ist niemand auf die Insel gereist oder hat sie verlassen.«

Pug setzte sich in seiner Koje auf. Was er hörte, interessierte ihn, und er beachtete vorübergehend nicht mehr den Lärm des Sturmes. Fasziniert sah er zu, wie Kulgans Gesicht in Licht und Halbschatten gebadet wurde, wenn bei jedem Schlingern und Tanzen des Schiffes die Laterne wie verrückt schwankte.

»Macros ist sehr alt«, fuhr Kulgan fort. »Nur er allein weiß, mit welchen Künsten er sich am Leben hält, aber er haust seit mehr als dreihundert Jahren dort.«

Gardan schimpfte. »Oder mehrere Männer mit demselben Namen haben dort gewohnt.«

Kulgan nickte. »Möglich. Auf jeden Fall ist nichts wirklich über ihn bekannt, abgesehen von schrecklichen Geschichten, die sich Matrosen erzählen. Ich vermute, daß Macros' Ruf, selbst wenn er die dunklere Seite der Zauberkunst praktiziert, stark übertrieben ist. Vielleicht ist es ein Mittel, sich seine Ruhe zu erhalten.«

Ein lautes Krachen, als wenn ein weiteres Holz im Rumpf gesplittert wäre, ließ sie verstummen. Die Kabine rollte im Sturm, und Meecham faßte ihrer aller Gedanken zusammen. »Ich hoffe, wir werden in der Lage sein, auf dem Eiland des Zauberers zu bestehen.«

Das Schiff schwankte in die südliche Bucht der Insel. Sie würden abwarten müssen, bis der Sturm nachließ, ehe sie Taucher über die Seite schicken konnten, die den Schaden am Rumpf inspizieren sollten.

Kulgan, Pug, Gardan und Meecham traten an Deck heraus. Das Wetter war hier ein wenig angenehmer, denn die Klippen hielten die Wucht des Sturmes ab. Jetzt war es bloß so, als stünden sie in schwerem Schnee. Pug ging zu dem Kapitän und Kulgan hinüber. Er folgte ihren Blicken hinauf zu der Kuppe der Klippen.

Hoch über der Bucht thronte ein Schloß. Seine hohen Türme

zeichneten sich im grauen Licht des Tages vor dem Himmel ab. Es war ein merkwürdiges Gebäude, mit Spitzen und Türmchen, die wie eine Krallenhand gen Himmel wiesen. Das Schloß lag im Dunkeln, mit Ausnahme eines einzigen Fensters in einem hohen Turm, aus dem ein blaues, pulsierendes Licht leuchtete. Es sah so aus, als wenn ein Blitz eingefangen und von dem Bewohner des Hauses zum Arbeiten gezwungen worden wäre.

Pug hörte Meecham sagen: »Da oben, auf den Felsen. Macros.«

Drei Tage später durchbrachen die Taucher die Oberfläche und riefen dem Kapitän herauf, was sie von dem Schaden hielten. Pug befand sich mit Meecham auf dem Hauptdeck. Auch Gardan, Kulgan, Prinz Arutha und sein Vater standen in der Nähe des Kapitäns und erwarteten den Bericht über den Zustand ihres Gefährtes. Über ihnen zogen Seevögel durch die Luft, auf der Suche nach Abfällen von Schiffen, die diese Gewässer durchzogen. Die Winterstürme ließen den Speiseplan der Vögel noch magerer ausfallen, und ein Schiff war eine willkommene Nahrungsquelle.

Arutha meinte zu den anderen: »Es wird den ganzen heutigen und den halben morgigen Tag beanspruchen, den Schaden zu reparieren. Der Kapitän meint, daß es dann hält, bis wir Krondor erreichen. Von hier aus werden wir kaum noch Schwierigkeiten haben.«

Meecham und Gardan warfen sich vielsagende Blicke zu. Kulgan war nicht gewillt, sich diese Gelegenheit entgehen zu lassen, und fragte: »Werden wir an Land gehen können, Hoheit?«

Arutha rieb sich mit der behandschuhten Hand sein glattrasiertes Kinn. »Aye, aber keiner der Matrosen wird bereit sein, uns hinüber zu rudern.«

»Uns?«

Arutha lächelte. »Ich habe genug von Kabinen, Kulgan. Ich

verspüre das Bedürfnis, meine Beine auf festem Boden auszustrecken. Abgesehen davon würdet Ihr den Tag damit verbringen, an Orten herumzuspazieren, an denen Ihr nichts zu suchen habt – wenn Ihr nicht beobachtet werdet.« Pug schaute zu dem Schloß empor. Der Magier bemerkte seinen Blick.

»Wir halten uns fern von dem Schloß und der Straße, die vom Strand hinaufführt, das ist einmal sicher. Die Geschichten der Insel wissen nur Schlechtes zu berichten, das jene heimsucht, die versuchen, die Hallen des Zauberers zu betreten.«

Arutha machte einem Matrosen ein Zeichen. Ein Boot wurde fertiggemacht, und die vier Männer und der Junge stiegen ein. Dann wurde es von einer Crew zu Wasser gelassen, die trotz des kalten Windes, der nach dem Sturm noch ging, schwitzte. Die Blicke, die sie immer wieder zu den Klippen hinüberwarfen, verrieten Pug, daß sie nicht aufgrund ihrer Arbeit oder des Wetters schwitzten.

Als hätte er seine Gedanken gelesen, meinte Arutha: »Vielleicht gibt es in Midkemia Menschen, die noch abergläubischer sind als Matrosen. Aber wer das sein soll, wüßte ich nicht.«

Als das Boot im Wasser war, warfen Meecham und Gardan die Leinen fort, die von den Davits herabhingen. Dann nahmen sie die Ruder, und langsam setzte sich das Boot auf den Strand zu in Bewegung. Zuerst ruderten sie linkisch, abgehackt und langsam. Aber nachdem der Prinz ihnen ein paar mißbilligende Blicke zugeworfen und Bemerkungen darüber gemacht hatte, wie man in einer Hafenstadt leben konnte, ohne zu wissen, wie man rudert, schafften sie es schließlich, das Boot anständig fortzubewegen.

Sie landeten in einer kleinen Bucht zwischen den Klippen, auf einem sandigen Streifen des Strandes. Ein Pfad führte von hier zum Schloß hinauf und stieß nach ein paar Metern auf einen anderen, der über die Insel zu führen schien.

Pug sprang aus dem Boot und half, es an Land zu ziehen. Als es fest verankert war, stiegen auch die anderen aus und streckten die Beine.

Pug hatte das Gefühl, sie würden beobachtet. Aber immer, wenn er sich umschaute, sah er nichts weiter als Felsen und die paar Seevögel, die den Winter in den Klippen verbrachten.

Kulgan und der Prinz musterten die beiden Wege, die vom Strand fortführten. Der Magier betrachtete den Pfad, der vom Schloß des Zauberers fortführte. »Es sollte eigentlich nicht gefährlich sein, dieser Spur zu folgen. Wollen wir?«

Wenn sie Angst verspürten, dann wurde diese jetzt nach Tagen der Langeweile und des Eingesperrtseins vergessen. Mit kurzem Nicken führte Arutha den Weg entlang. Sie überquerten die ersten kleinen Hügel, und man konnte sehen, wie der Pfad, der vom Schloß fortführte, hinter der nächsten Hügelkette verschwand. »Irgendwohin muß er ja führen«, meinte Kulgan. »Sollen wir weitergehen?«

Arutha nickte, und die anderen sagten nichts. Sie setzten ihre Wanderung fort, bis sie an ein kleines Tal kamen, das sich zwischen zwei niedrigen Hügelketten erstreckte. Am Grund des Tales duckten sich ein paar Gebäude.

»Was meint Ihr, Kulgan?« flüsterte Arutha. »Sind sie bewohnt?«

Kulgan musterte sie einen Augenblick lang. Dann wandte er sich Meecham zu, der zu ihm trat. Der Freisasse inspizierte den Anblick unterhalb. Sein Blick wanderte von dem Boden des Tales zu den Hügeln ringsum. »Ich glaube nicht. Nirgends ist Rauch zu sehen, als ob gekocht würde, und man hört nirgendwo Menschen arbeiten.«

Arutha nahm seinen Gang ins Tal hinab wieder auf, und die anderen folgten ihm. Meecham wandte sich einen Moment um, um Pug anzusehen. Dann stellte er fest, daß der Junge, abgesehen von seiner Schleuder, unbewaffnet, war. Der Freisasse zog ein langes Jagdmesser aus seinem Gürtel und reichte es wortlos dem

Knaben. Pug nickte einmal dankbar mit dem Kopf und nahm ebenso schweigsam das Messer entgegen.

Sie erreichten ein Plateau oberhalb der Gebäude. Pug konnte ein fremdartig wirkendes Haus sehen. Das zentrale Gebäude war von einem großen Hof und mehreren Nebengebäuden umgeben. Der gesamte Besitz war durch eine niedrige Mauer begrenzt, die nicht mehr als einen Meter und zwanzig maß.

Sie suchten sich ihren Weg den Hügel hinab bis zu einem Tor in der Mauer. Verschiedene kahle Obstbäume standen im Hof, und es gab auch einen von Unkraut überwucherten Garten. Vor dem Eingang zum Zentralgebäude stand ein Springbrunnen, den eine Statue von drei Delphinen zierte. Sie näherten sich dem Brunnen und stellten fest, daß das Innere des niedrigen Beckens, das die Statue umgab, mit blauen Kacheln gedeckt war, die vom Alter verblaßt waren. Kulgan untersuchte die Konstruktion des Brunnens. »Das ist auf kluge Art erbaut. Ich nehme an, daß Wasser aus den Schnauzen der Delphine fließen sollte.«

Arutha stimmte zu. »Ich habe die Brunnen des Königs in Rillanon gesehen. Sie sind ähnlich, aber nicht so hübsch wie dieser.«

Nur wenig Schnee lag auf dem Boden. Es schien so, als wenn dies geschützte Tal – eigentlich die ganze Insel – nur wenig von den strengen Wintern zu spüren bekam. Aber es war immer noch kalt. Pug schlenderte ein Stückchen weiter und musterte das Haus. Es bestand aus einem einzigen Stockwerk. Alle drei Meter war ein Fenster in die Wand gelassen. Nur eine einzige Öffnung für eine große Doppeltür befand sich in der Wand, vor der er stand. Aber die Tore waren schon lange aus den Angeln gehoben.

Pug wanderte zur Rückseite des Hauses weiter und fand dort verschiedene kleinere Gebäude. Mit der rechten Hand umklammerte er sein Messer und betrat das erste. Es war zum Himmel hin geöffnet, denn das Dach war eingebrochen. Rote Ziegel, zerschmettert und verblaßt, lagen im Raum herum. Es mußte sich um eine Art Vorratsraum gehandelt haben, denn riesige Holzregale zogen sich an drei Wänden hin. Pug untersuchte die anderen Räume im Gebäude und stellte fest, daß sie ähnlich aussahen.

Er kehrte ins Haupthaus zurück in der Meinung, daß seine Kameraden es bereits betreten hätten. Als er durch die Tür kam, bemerkte sein Auge eine leichte Bewegung am Ende eines Nebenganges. Einen Augenblick lang blieb er stehen, um das merkwürdige, fremde Haus zu erkunden.

Die Tür öffnete sich auf einen großen, zentral gelegenen Hof, denn eigentlich handelte es sich bei dem Haus um ein hohles Viereck. Säulen trugen das Innere des Daches. Ein weiterer Brunnen und ein kleiner Garten erfüllten den Zentralhof. Wie der andere draußen war auch dieser Garten von Unkraut überwuchert, und der Brunnen war zerstört.

Durch eine niedrige Seitentür betrat Pug eine schattige Halle. An mehreren Stellen hatte das Dach seine Ziegel verloren. So fiel gelegentlich Licht von oben herein und machte es dem Jungen leicht, seinen Weg zu finden. Er kam an zwei leeren Räumen vorbei. Er wußte nicht, wozu sie gedient hatten, vermutete aber, daß es sich um Schlafzimmer gehandelt hatte.

Er bog um eine Ecke und befand sich plötzlich vor der Tür zu einem seltsam aussehenden Raum und trat ein. Die Wände bestanden aus Mosaiken und zeigten Meereskreaturen, die im Schaum mit spärlich bekleideten Männern und Frauen spielten. Dieser Kunststil war neu für Pug. Die wenigen Wandteppiche und Gemälde in den Hallen des Herzogs zeigten alle sehr lebensnahe Szenen, in gedämpften Farben und in allen Einzelheiten. Diese Mosaike dagegen deuteten Menschen und Tiere nur an, ohne Einzelheiten einzufangen.

Im Boden befand sich eine große Vertiefung. Es sah aus wie ein Becken, und vor ihm führten Stufen hinein. Aus der gegenüberliegenden Wand ragte ein Fischkopf aus Messing heraus, der über das Becken hing. Pug begriff die Bedeutung des Raumes nicht.

Als hätte jemand seine Gedanken gelesen, erklang eine Stimme hinter ihm: »Das ist ein Tepidarium.«

Pug wandte sich um und sah einen Mann hinter sich stehen. Er war von mittlerer Größe, mit hoher Stirn und tiefliegenden dunklen Augen. Graue Streifen zogen sich an den Schläfen durch sein dunkles Haar, aber sein Bart war schwarz wie die Nacht. Er trug eine Robe aus einfachem, braunem Material. Ein gedrehter Gürtel hielt sie um seine Taille zusammen,. In seiner linken Hand hielt er einen festen Eichenstab. Pug wurde wachsam und streckte das lange Jagdmesser vor sich.

»Nein, Knabe. Leg das Ding weg, ich tue dir nichts.« Er lächelte auf eine Art, die Pug sich entspannen ließ.

Er senkte sein Messer. »Wie habt Ihr diesen Raum genannt?«

»Ein Tepidarium«, antwortete der Mann und trat ein. »Warmes Wasser wurde in dieses Becken geleitet, und Badende stiegen aus ihren Kleidern und setzten sich auf jene Bretter.« Er wies auf ein paar Holzlatten an der rückwärtigen Wand. »Diener säuberten und trockneten die Kleider der Gäste, während sie hier badeten.«

Pug hielt es für eine ganz neue Idee, daß Gäste im Hause eines Mannes badeten, sagte aber nichts. Der Mann fuhr fort: »Durch jene Türe« – er wies auf einen anderen Eingang – »gelangte man in ein anderes Becken mit sehr heißem Wasser. Der Raum wurde als Caldarium bezeichnet. Dahinter lag ein weiteres Becken mit kaltem Wasser in einem als Frigidarium bezeichneten Zimmer. Dann gab es noch einen vierten, das Unctarium, wo Diener die Badenden mit duftenden Ölen einsalbten und ihre Haut mit hölzernen Stöckchen kratzten. Damals benutzte man noch keine Seife.«

Pug war von all den verschiedenen Baderäumen verwirrt. »Das hört sich an, als würde viel Zeit damit verbracht, sauber zu werden. Sehr merkwürdig das alles.«

Der Mann stützte sich auf seinen Stock. »So kommt es dir vor,

Pug. Aber ich vermute, daß diejenigen, die dieses Haus erbaut haben, auch Eure Hallen merkwürdig finden würden.«

Pug fuhr zusammen. »Woher wißt Ihr meinen Namen?«

Wieder lächelte der Mann. »Ich hörte, wie der große dunkle Mann deinen Namen nannte, als ihr euch diesem Gebäude nähertet. Ich habe euch beobachtet, entzog mich aber euren Blikken, bis ich sicher sein konnte, daß ihr keine Piraten seid, die alte Beute suchen. Aber nur wenige Piraten sind so jung, und deshalb dachte ich, es wäre sicher, mit dir zu reden.«

Pug musterte den Mann. Er hatte das Gefühl, daß in seinen Worten eine verborgene Bedeutung lag. »Warum solltet Ihr mit mir sprechen wollen?«

Der Mann ließ sich am Rande des leeren Beckens nieder. Der Saum seiner Robe wurde zurückgeschlagen und zeigte feste Sandalen. »Ich bin meistens allein und habe selten Gelegenheit, mit Fremden zu sprechen. Deshalb dachte ich, ich schaue, ob du mich eine Weile besuchen kommst, zumindest so lange, bis du zum Schiff zurückkehren mußt.«

Pug setzte sich ebenfalls, ließ aber genügend Platz zwischen sich und dem Fremden frei. »Lebt Ihr hier?«

Der Mann schaute sich im Zimmer um. »Nein. Aber ich habe einmal hier gelebt, vor langer, langer Zeit.« Ein klagender Unterton lag in seiner Stimme, als riefe dieses Eingeständnis langvergessene Erinnerungen wach.

»Wer seid Ihr?«

Wieder lächelte der Mann. Pugs Nervosität verging. Etwas Beruhigendes ging von seiner Art aus, und Pug konnte erkennen, daß er ihm nicht übel wollte. »Meistens nennt man mich den Reisenden, denn ich habe schon viele Lande gesehen. Hier kennt man mich auch als den Einsiedler, denn so lebe ich. Du magst mich nennen, wie du möchtest. Es ist alles dasselbe.«

Pug schaute ihn genau an. »Habt Ihr keinen richtigen Namen?«

»Viele. So viele, daß ich ein paar vergessen habe. Zur Zeit meiner Geburt wurde mir ein Name gegeben, genau wie dir. Aber in meinem Stamm ist dieser Name nur dem Vater und dem Dorfpriester bekannt.«

Pug dachte darüber nach. »Das ist alles sehr seltsam, wie dies Haus. Wer ist dein Volk?«

Der Mann, den man der Reisende nannte, lachte gutmütig. »Du hast einen neugierigen Geist, Pug, voller Fragen. Das ist gut.« Er machte eine kurze Pause. Dann sagte er: »Woher kommt ihr, du und deine Kameraden? Das Schiff in der Bucht läuft unter der natalischen Flagge aus Bordon, aber dein Akzent und deine Kleidung stammen aus dem Königreich.«

»Wir sind aus Crydee«, erwiderte Pug und gab dem Mann eine kurze Beschreibung ihrer Reise. Der Mann stellte ein paar einfache Fragen, und ohne es zu bemerken, hatte Pug ihm bald eine vollständige Schilderung der Ereignisse gegeben, die sie auf diese Insel verschlagen hatten. Auch die Pläne für den Rest der Reise breitete er vor ihm aus.

»Das ist eine merkwürdige Geschichte«, sagte der Reisende, »und es wird noch eine Menge weiterer Wunder geben, ehe dieses seltsame Zusammentreffen der Welten vorüber ist.«

Pug warf ihm einen fragenden Blick zu. »Das verstehe ich nicht.«

Der Reisende schüttelte den Kopf. »Das habe ich auch nicht von dir erwartet, Pug. Laß uns sagen, daß Dinge geschehen, die man erst verstehen kann, wenn man sie anschließend untersucht. Wenn z. B. die Teilnehmenden schon seit einer geraumen Zeitspanne von der Teilnahme entfernt sind.«

Pug kratzte sich das Knie. »Ihr klingt wie Kulgan, der versucht zu erklären, wie Magie wirkt.«

Der Reisende nickte. »Ein wahrhafter Vergleich. Aber manchmal besteht die einzige Möglichkeit, das Wirken der Magie zu verstehen darin, mit der Magie zu arbeiten.«

Pug strahlte. »Seid Ihr auch ein Magier?«

Der Reisende strich sich den langen, schwarzen Bart. »Manch einer hielt mich für einen solchen, aber ich bezweifle, daß Kulgan und ich in solchen Dingen dasselbe Verständnis haben.«

Pugs Ausdruck verriet, daß er das für eine unbefriedigende Erklärung hielt, selbst wenn er es nicht sagte. Der Reisende beugte sich vor. »Ich kann ein, zwei Zaubersprüche, wenn das deine Frage beantwortet, Pug.«

Pug hörte seinen Namen aus dem Hof rufen. »Komm«, sagte der Reisende. »Deine Freunde rufen. Wir gehen besser und beruhigen sie, daß es dir gutgeht.«

Sie verließen den Baderaum und durchquerten den offenen Hof des inneren Gartens. Ein großer Vorraum trennte den Garten von der Vorderseite des Hauses, und dann traten sie hinaus. Als die anderen Pug in der Begleitung des Reisenden sahen, schauten sie sich schnell mit gezogenen Waffen um. Kulgan und der Prinz überquerten den Hof und standen vor ihnen. Der Reisende hob die Hände, in dem überall gleichen Zeichen, daß er unbewaffnet war.

Der Prinz sprach als erster. »Wer ist dein Begleiter, Pug?«

Pug stellte den Reisenden vor. »Er hat nichts Böses im Sinn. Er hielt sich versteckt, bis er sicher war, daß wir keine Piraten sind.« Er reichte Meecham das Messer.

Wenn diese Erklärung für ihn unbefriedigend war, so ließ Arutha sich das nicht anmerken. »Was habt Ihr hier zu tun?«

Der Reisende spreizte die Hände, den Stab in der Beuge seines linken Armes haltend. »Ich hause hier, Prinz aus Crydee. Ich würde meinen, daß mir diese Frage besser ansteht.«

Der Prinz erstarrte, als er so angeredet wurde. Er entspannte sich aber gleich darauf wieder. »Wenn dem so ist, dann habt Ihr recht, denn wir sind die Eindringlinge. Wir kamen auf der Suche nach Abwechslung, nachdem wir so lange auf dem Schiff festgehalten waren. Weiter nichts.«

Der Reisende nickte. »Dann seid willkommen in der Villa Beata.«

Kulgan fragte: »Was ist Villa Beata?«

Der Reisende machte eine ausholende Bewegung mit der rechten Hand. »Dies Heim hier ist Villa Beata. In der Sprache der Erbauer bedeutet das ›Gesegnetes Heim‹, und das war es für viele Jahre. Wie ihr bemerkt haben werdet, hat es schon bessere Tage gesehen.«

Alle entspannten sich in Anwesenheit des Reisenden, denn auch auf sie verfehlte sein freundliches Lächeln nicht seine Wirkung. Kulgan wollte wissen: »Was ist aus denen geworden, die dieses merkwürdige Haus erbaut haben?«

»Sie sind tot… oder von uns gegangen. Sie hielten dies hier für die Insula Beata, oder Gesegnete Insel, als sie hier ankamen. Sie flohen vor einem entsetzlichen Krieg, der die Geschichte ihrer Welt veränderte.« Seine dunklen Augen verschleierten sich, als wäre sein Schmerz bei dieser Erinnerung groß. »Ein großer König starb… oder man vermutet, daß er gestorben ist, denn manche sagen, er möge zurückkehren. Es war eine schreckliche und traurige Zeit. Hier suchten sie ein Leben in Frieden.«

»Was ist mit ihnen geschehen?« fragte Pug.

Der Reisende antwortete achselzuckend: »Piraten oder Kobolde, Krankheiten oder Wahnsinn, wer kann das sagen? Ich sah dieses Heim, wie ihr es jetzt erblickt, und jene, die hier lebten, waren schon nicht mehr da.«

»Ihr sprecht von merkwürdigen Dingen, Freund Reisender«, sagte Arutha. »Ich weiß nur wenig davon, aber es sieht aus, als wäre dieser Ort hier seit ewigen Zeiten verlassen. Wie kommt es, daß Ihr jene kanntet, die hier gehaust haben?«

Der Reisende lächelte. »Es ist nicht so lange her, wie Ihr meinen könntet, Prinz aus Crydee. Und ich bin älter, als ich aussehe. Das kommt daher, daß ich gut esse und regelmäßig bade.«

Meecham hatte den Fremden die ganze Zeit über gemustert,

denn von allen, die an Land gegangen waren, war er der mißtrauischste Mann. »Und was ist mit dem Schwarzen? Beunruhigt er Euch nicht?«

Der Reisende warf einen Blick über seine Schulter nach oben zum Schloß hin. »Macros der Schwarze? Der Magier und ich haben kaum Grund, miteinander im Streit zu liegen. Er duldet, daß ich die Insel führe, solange ich mich nicht in seine Arbeit einmische.«

Pug kam ein Verdacht, aber er sagte nichts. Der Mann fuhr fort: »Ein so mächtiger und schrecklicher Zauberer hat von einem einfachen Einsiedler wenig zu fürchten. Ich bin sicher, da stimmt Ihr mit mir überein.« Er beugte sich vor und fügte im Verschwörerton hinzu: »Außerdem halte ich seinen Ruf für übertrieben. Er ist sicher nur dazu angetan, Eindringlinge fernzuhalten. Ich bezweifle, daß er der Taten mächtig ist, die man ihm nachsagt.«

»Dann sollten wir dem Zauberer vielleicht einen Besuch abstatten«, meinte Arutha.

Der Einsiedler sah den Prinzen an. »Ich glaube kaum, daß man Euch im Schloß willkommen heißen würde. Der Zauberer ist oftmals mit seiner Arbeit beschäftigt und begegnet einer Unterbrechung mit schlechter Laune. Er mag vielleicht nicht der magische Verursacher all der weltlichen Fehler sein, die manche ihm nachsagen. Aber er kann immer noch mehr Ärger verursachen, als ein Besuch bei ihm wert ist. Im großen und ganzen gesehen, ist er des öfteren ein schlechter Gesellschafter.« Leiser, trockener Humor klang aus seinen Worten.

Arutha sah sich um. »Ich glaube, wir haben alles gesehen, was für uns interessant sein könnte. Vielleicht sollten wir jetzt zum Schiff zurückkehren.«

Als niemand widersprach, meinte der Prinz: »Was ist mit Euch, Freund Reisender?«

Der Fremde spreizte die Hände. »Ich werde meine Gewohnheit der Einsamkeit und Abgeschiedenheit fortsetzen, Hoheit. Ich habe diesen kleinen Besuch genossen, und auch die Neuigkeiten des Knaben über die Ereignisse in der Welt da draußen. Aber ich bezweifle, daß Ihr mich morgen finden würdet, solltet Ihr mich dann suchen.«

Es war offensichtlich, daß er nicht gewillt war, ihnen weitere Informationen zu geben. Arutha ertappte sich dabei, daß er über die ausweichenden Antworten des Mannes zornig wurde. »Dann entbieten wir Euch unseren Abschied, Reisender. Mögen die Götter über Euch wachen.«

»Und über Euch ebenso, Prinz aus Crydee.«

Als sie sich umdrehten, um zu gehen, fühlte Pug, wie etwas nach seinem Knöchel griff. Er fiel schwer gegen Kulgan. Beide stürzten zu Boden, und der Reisende half dem Jungen auf. Meecham und Gardan assistierten dem kräftigen Magier. Kulgan belastete seinen Fuß und wäre wieder gefallen, hätten Arutha und Meecham ihn nicht gepackt. »Es scheint, als wäre Euer Knöchel verrenkt, Freund Magier«, bemerkte der Reisende. »Hier.« Er hielt ihm seinen Stock hin. »Mein Stock ist auf fester Eiche. Er wird Euer Gewicht tragen, wenn Ihr jetzt zum Schiff zurückkehrt.«

Kulgan nahm den angebotenen Stock und stützte sich darauf. Er machte einen versuchsweisen Schritt damit und stellte fest, daß er den Weg mit Hilfe des Stockes beschreiten konnte. »Habt Dank, doch was wird aus Euch?«

Der Fremde zuckte mit den Achseln. »Ein simpler Stock, Freund Magier. Er läßt sich leicht ersetzen. Vielleicht werde ich Gelegenheit haben, ihn eines Tages zurückzufordern.«

»Ich werde ihn bis zu diesem Tag aufbewahren.«

Der Reisende wandte sich ab. »Gut. Dann also bis zu diesem Tag. Nochmals: Lebt wohl.«

Sie sahen ihm nach, als er in das Gebäude zurückging. Dann wandten sie sich mit erstaunten Gesichtern einander zu. Arutha war es, der zuerst etwas sagte. »Ein merkwürdiger Mann, dieser Reisende.«

Kulgan nickte. »Merkwürdiger, als Ihr wißt, Prinz. Als er uns verließ, spürte ich, wie eine Verzauberung von uns wich. Es war, als führte er einen Zauber mit sich, der allen in seiner Nähe Vertrauen einflößt.«

Pug wandte sich an Kulgan. »Ich wollte ihm so viele Fragen stellen, aber ich war nicht in der Lage, sie auszusprechen.«

»Aye, ich habe das auch verspürt«, bemerkte Meecham.

»Mir geht ein Gedanke durch den Sinn. Ich glaube, wir haben mit dem Zauberer persönlich gesprochen«, sagte Gardan.

»Das ist auch mein Gedanke«, meinte Pug.

Kulgan stützte sich auf seinen Stock. »Vielleicht. Wenn dem so ist, dann hat er seine Gründe, seine Identität zu verheimlichen.« Sie sprachen noch darüber, als sie sich langsam auf den Rückweg machten.

Als sie die Bucht erreichten, in der das Boot lag, fühlte Pug, wie etwas über seine Brust strich. Er griff in seine Tunika und fand dort ein kleines, gefaltetes Stück Pergament. Er zog es heraus, überrascht von seinem Fund. So weit er sich erinnerte, hatte er es nirgendwo aufgehoben. Der Reisende mußte es in sein Hemd geschoben haben, als er Pug auf die Füße half.

Kulgan wandte sich um und meinte, als er Pugs Gesicht sah: »Was hast du da?«

Pug reichte ihm das Pergament, und Kulgan entfaltete das Papier. Er las es, und ein überraschter Ausdruck zog über sein Gesicht. Dann las er es laut vor. »Ich heiße diejenigen willkommen, die ohne Bosheit in ihrem Herzen hier erscheinen. In zukünftigen Tagen wirst du wissen, daß unser Zusammentreffen nicht zufällig war. Bis wir uns wieder treffen, bewahrt den Stock des Einsiedlers als Zeichen der Freundschaft und des guten Willens. Sucht mich nicht, bis zu der festgelegten Zeit, denn auch sie ist vorbestimmt. Macros.«

Kulgan händigte die Botschaft wieder an Pug aus, der sie las. »Dann war der Einsiedler also Macros!«

Meecham rieb sich den Bart. »Das verstehe ich nicht.«

Kulgan schaute zum Schloß empor, wo das Licht noch immer in dem einsamen Fenster blinkte. »Ich ebensowenig, mein Freund. Aber was es auch immer bedeuten mag, ich glaube, der Zauberer ist uns wohlgesonnen, und das halte ich für eine gute Sache.«

Sie kehrten an Bord zurück und begaben sich in ihre Kabinen. Nachdem sie eine Nacht geruht hatten, war das Schiff bereit, mit der Mittagsflut auszulaufen. Als sie Segel setzten, empfingen sie für diese Jahreszeit ungewöhnlich leichte Brisen, die sie direkt nach Krondor bliesen.

Räte

Pug war ruhelos.

Er schaute aus dem Fenster einer Halle im Prinzenpalast von Krondor. Draußen fiel Schnee, wie schon in den vergangenen drei Tagen. Der Herzog und Arutha hatten sich täglich mit dem Prinzen von Krondor getroffen. Am ersten Tag hatte Pug seine Geschichte erzählt, wie er das Schiff der Tsuranis gefunden hatte. Danach war er entlassen worden.

Er war überrascht gewesen zu sehen, daß der Prinz noch ein junger Mann war, erst Mitte der Dreißig. Er war ein nachdenklicher Mensch, der Pugs Erzählung geduldig zugehört hatte. Seine Augen ruhten beruhigend und verständnisvoll auf Pug, als wäre es nichts Ungewöhnliches, daß ein linkischer, verlegener Junge vor dem gesetzlichen Thronerben stand. Er hatte kurze Zeit damit verbracht, mit Pug über verschiedene Dinge zu sprechen, wie seine Studien und seinen glücklichen Aufstieg in den Adel, als wären dies Ereignisse, die für sein Reich von Bedeutung wären. Pug war überrascht gewesen, als die Bemerkungen des Prinzen von einem heftigen Hustenanfall unterbrochen wurden. Sein bleiches, schweißtriefendes Gesicht hatte verraten, daß der Prinz kein gesunder Mann war.

Pug dachte an das Gespräch zurück und entschied, daß er Prinz Erland mochte. Der zweitmächtigste Mann im Königreich und der mächtigste Mann im Westen war herzlich und freundlich und sorgte sich um das Wohlergehen auch seines unwichtigsten Gastes.

Die Stille seines Zimmers erinnerte Pug daran, wie wenig er die ganze Zeit von den anderen gesehen hatte. Gardan und seine Soldaten waren am Morgen abgereist. Sie hatten ein ganzes Bündel von Depeschen für Prinz Lyam von seinem Vater bei sich. Meecham war bei der Palastwache einquartiert worden. Kulgan nahm häufig an den Versammlungen teil, und so blieb Pug oft sich selbst überlassen. Er wünschte, er hätte seine Bücher bei sich, denn dann hätte er die Zeit wenigstens gut nützen können. Seit seiner Ankunft in Krondor hatte es für ihn nur wenig zu tun gegeben.

Mehr als einmal hatte Pug sich vorgestellt, wie sehr Tomas es hier, an diesem neuen Ort und mit den hier lebenden Menschen gefallen hätte. Er dachte an seinen verlorenen Freund und hoffte, daß Dolgan ihn irgendwie gefunden haben mochte. Aber er glaubte nicht recht daran. Der Schmerz seines Verlustes hatte zwar nachgelassen, er war aber noch nicht verebbt. Selbst jetzt noch, nachdem ein Monat vergangen war, ertappte er sich dabei, daß er sich umdrehte und erwartete, Tomas neben sich zu sehen.

Als Pug jetzt aus dem Fenster schaute, konnte er den Hafen von Krondor wie ein weiß verhülltes Spielzeugdorf unterhalb liegen sehen. Aus vielen der Gebäude stieg Rauch auf. Es war das einzige Anzeichen von Leben in der Stadt. Die Schiffe im Hafen sahen aus wie Miniaturen, die vor Anker lagen. Sie warteten auf bessere Bedingungen zum Auslaufen.

Eine dünne Stimme riß Pug aus seinen Gedanken. »Seid Ihr Prinz Arutha?«

Ein Mädchen stand hinter ihm, ungefähr sechs oder sieben Jahre alt, mit großen grünen Augen und dunklem, rotbraunem Haar unter einem Silbernetz. Ihr Kleid war schlicht, sah aber kostbar aus. Es war aus rotem Stoff mit weißer Spitze an den Ärmeln. Ihr Gesicht war hübsch, aber jetzt in tiefe, besorgte Falten gelegt, die ihm einen komischen Ernst verliehen.

Pug zögerte einen Moment. »Nein, ich bin Pug. Ich bin mit dem Prinzen gekommen.«

Das Mädchen machte nicht den Versuch, seine Enttäuschung zu verbergen. Achselzuckend kam es näher und setzte sich neben

Pug. Mit demselben ernsten Ausdruck sah es zu ihm auf. »Ich hatte gehofft, du würdest der Prinz sein, weil ich einen Blick auf ihn erhaschen wollte, ehe ihr nach Salador aufbrecht.«

»Salador«, wiederholte Pug tonlos. Er hatte gehofft, die Reise würde mit dem Besuch des Prinzen hier enden. In letzter Zeit hatte er häufig an Carline denken müssen.

»Ja. Vater sagt, ihr müßtet alle sofort nach Salador reisen und von dort aus ein Schiff nach Rillanon nehmen, um den König aufzusuchen.«

»Wer ist dein Vater?«

»Der Prinz, du Dummkopf. Weißt du denn überhaupt nichts?«

»Ich fürchte, nein.« Pug schaute das Mädchen an und sah eine andere Carline. »Dann müßt Ihr Prinzessin Anita sein.«

»Natürlich. Und ich bin auch eine richtige Prinzessin. Nicht bloß die Tochter eines Herzogs, sondern die eines Prinzen. Mein Vater wäre König, wenn er es gewollt hätte, aber er wollte nicht. Wenn er es geworden wäre, wäre ich eines Tages Königin. Aber so werde ich es nicht. Was machst du?«

Die Frage kam für Pug zu plötzlich, ohne jede Vorwarnung. Außerdem hatte er nicht genau zugehört. Seine Aufmerksamkeit wurde von der Szene vor seinem Fenster zu sehr in Anspruch genommen.

Er zögerte. »Ich bin Lehrling beim Magier des Herzogs.«

Die Augen der Prinzessin wurden rund. »Ein richtiger Magier?«

»Richtig genug.«

Ihr kleines Gesicht strahlte vor Entzücken. »Kann er Menschen in Ziegenböcke verwandeln? Mammi hat gesagt, Magier verwandeln Menschen in Ziegenböcke, wenn sie böse sind.«

»Ich weiß es nicht. Ich werde ihn fragen, wenn ich ihn sehe – wenn ich ihn überhaupt noch einmal sehe«, fügte er leise hinzu.

»Oh, würdest du das wirklich tun? Ich möchte es so gern wissen.« Sie schien fasziniert von der Aussicht herauszufinden, ob diese Geschichte wahr sei. »Und könntest du mir bitte auch sagen, wo ich Prinz Arutha sehen kann?«

»Ich weiß nicht. Ich habe ihn selbst seit zwei Tagen nicht mehr gesehen. Was wollt Ihr denn von ihm?«

»Mammi sagt, ich werde ihn vielleicht eines Tages heiraten. Ich möchte sehen, ob er ein netter Mann ist.«

Die Aussicht, daß dieses winzige Kind eines Tages mit dem jüngeren Sohn des Herzogs vermählt werden könnte, verwirrte Pug für einen Augenblick. Es war nicht ungewöhnlich, daß Adlige ihre Kinder, Jahre ehe sie volljährig wurden, zur Ehe versprachen. In zehn Jahren wäre sie eine Frau, und der Prinz wäre immer noch ein junger Mann, der Herrscher über eine kleinere Burg im Königreich. Trotzdem fand Pug die Aussicht faszinierend.

»Glaubt Ihr, Ihr würdet gern mit einem kleinen Herrscher leben?« fragte Pug. Sofort war ihm klar, daß das eine dumme Frage war. Die Prinzessin bestätigte seine Meinung mit einem Blick, der Pater Tully Ehre gemacht hätte.

»Dummkopf! Wie kann ich das wissen, wenn ich noch nicht einmal weiß, mit wem Mammi und Vater mich verheiraten werden?«

Das Kind sprang auf. »Nun, ich muß zurück. Ich darf mich nicht hier aufhalten. Wenn sie feststellen, daß ich meine Gemächer verlassen habe, werde ich bestraft. Ich hoffe, ihr habt eine angenehme Reise nach Salador und Rillanon.«

»Danke.«

Mit einem plötzlich besorgten Ausdruck bat sie: »Du wirst doch niemandem verraten, daß ich hier war?«

Pug lächelte. »Nein. Euer Geheimnis ist bei mir gut aufgehoben.« Sie schien erleichtert, lächelte und spähte den Korridor in beide Richtungen hinunter. Als sie sich zum Gehen anschickte, sagte Pug: »Er ist ein netter Mann.«

Die Prinzessin blieb stehen. »Wer?«

»Der Prinz. Er ist ein netter Mann. Er grübelt viel und ist Launen unterworfen, aber im ganzen ist er ein netter Mensch.«

Die Prinzessin runzelte einen Augenblick lang die Stirn, während sie diese Information verdaute. Dann erklärte sie mit strahlendem Lächeln: »Das ist gut. Ich würde nicht gern einen Mann heiraten, der nicht nett ist.« Kichernd bog sie um die Ecke und war verschwunden.

Pug saß noch ein Weilchen länger am Fenster, sah zu, wie der Schnee fiel und grübelte über die Tatsache nach, daß sich Kinder um Angelegenheiten des Staates kümmerten – und über ein Kind mit großen, ernsten, grünen Augen.

An diesem Abend wurde die ganze Gruppe vom Prinzen eingeladen. Der Herzog und Prinz Arutha saßen mit Prinz Erland und seiner Gemahlin Prinzessin Alicia am Kopf der Tafel. Neben ihnen speiste Herzog Dulanic, Kanzler des Prinzenreiches und Marschallritter von Krondor. Aufgrund von Prinz Erlands schlechter Gesundheit fiel Dulanic und dem Mann, mit dem er sich jetzt unterhielt, Lord Barry, dem Admiral über die krondorianische Flotte, die Aufgabe zu, Krondors Militär zu führen. Andere königliche Minister saßen in der Nähe, während der Rest der Gäste an kleineren Tischen untergebracht war. Pug befand sich an dem am weitesten vom Prinzen entfernten Tisch. Selbst von der anderen Seite des Raumes aus konnte er erkennen, daß die Unterhaltung am Tisch des Prinzen gedämpft war. Borric und Erland steckten während des größten Teils des Dinners die Köpfe zusammen und unterhielten sich leise.

Pug fuhr überrascht herum, als ihn etwas an der Schulter berührte. Ein puppenhaftes Gesicht spähte durch die großen Vorhänge, die keinen halben Meter hinter ihm hingen. Prinzessin Anita legte einen Finger an die Lippen und winkte ihm, zu ihr zu kommen. Pug stellte fest, daß die anderen am Tisch nur die

Großen und Fast-Großen im Saal beobachteten und das Verschwinden eines namenlosen kleinen Jungen kaum bemerken würden. Er erhob sich und trat durch die Vorhänge. Dahinter fand er das kleine Mädchen, das schon zum Schlafen angekleidet war. Sie stand in einem Alkoven für die Bediensteten. Hinter ihr waren auf einem schmalen Tisch Teller gestapelt, und daneben befand sich ein weiterer Vorhang, durch den der winzige Flüchtling aus dem Bett jetzt blinzelte.

»Was macht Ihr hier?« flüsterte Pug.

»Pst!« erwiderte sie in lautem Flüsterton. »Ich darf überhaupt nicht hier sein.«

Pug lächelte. »Ich glaube kaum, daß Ihr Euch Sorgen machen müßt, gehört zu werden. Der Lärm da draußen ist viel zu groß.«

»Ich möchte den Prinzen sehen. Welcher ist es?«

Pug zog den Vorhang ein Stückchen beiseite. Er wies auf die königliche Tafel. »Er sitzt als Zweiter neben Eurem Vater, in der schwarz-silbernen Tunika und dem roten Umhang.«

Das Kind streckte sich auf die Zehenspitzen. »Ich kann ihn nicht sehen.«

Pug hob das Mädchen einen Augenblick lang hoch. Sie lächelte ihm zu. »Ich stehe in deiner Schuld.«

»Überhaupt nicht«, erklärte Pug mit gespieltem Ernst. Sie kicherten beide.

Die Prinzessin schrak zusammen, als eine Stimme dicht hinter dem Vorhang ertönte. »Ich muß fliehen!« Sie schoß durch den Alkoven und verschwand hinter einem weiteren Vorhang.

Der erste Vorhang teilte sich, und ein überraschter Diener starrte Pug an. Unsicher, was er sagen sollte, nickte der Lakai. Eigentlich hätte der Junge nicht hier sein dürfen, aber seiner Kleidung nach war er sicherlich jemand.

Pug schaute sich um und meinte schließlich, allerdings nicht sehr überzeugend: »Ich habe den Weg in mein Zimmer gesucht. Ich muß den falschen Ausgang genommen haben.«

»Der Gästeflügel befindet sich hinter der ersten Tür links in der Speisehalle, junger Herr. Äh... hier entlang ist die Küche. Wünscht Ihr, daß ich Euch den Weg zeige?« Offensichtlich legte der Diener keinen großen Wert darauf, und Pug wünschte sich ebensowenig einen Führer. »Nein, danke, ich finde ihn schon«, sagte er.

Pug kehrte, unbemerkt von den anderen Gästen, an den Tisch zurück. Der Rest des Mahles verging ohne Zwischenfall, wenn man von gelegentlichen merkwürdigen Blicken eines Dieners absah.

Als er vom Essen zurückkehrte, fand Pug Kulgan in seinem Zimmer wartend. Ohne Einleitung erklärte der Magier: »Wir brechen bei Tagesanbruch auf, Pug. Prinz Erland schickt uns weiter nach Rillanon, wo wir den König aufsuchen sollen.«

»Aber warum schickt der Prinz *uns*?« Pug war wütend, denn er hatte Heimweh.

Ehe Kulgan antworten konnte, flog die Tür auf, und Prinz Arutha stürmte herein. Pug war überrascht über den Ausdruck unverhohlenen Zornes auf Aruthas Antlitz.

»Kulgan! Hier seid Ihr!« Arutha warf die Tür zu. »Wißt Ihr, was unser königlicher Vetter in bezug auf die Invasion der Tsuranis unternimmt?«

Ehe Kulgan etwas sagen konnte, platzte der Prinz mit der Antwort heraus: »Nichts! Er rührt keinen Finger, um Hilfe nach Crydee zu entsenden, ehe Vater nicht mit dem König gesprochen hat. Das wird noch einmal mindestens zwei Monate erfordern.«

Kulgan hob die Hand. Statt des Ratgebers des Herzogs sah Prinz Arutha plötzlich seinen Lehrer aus der Jugendzeit vor sich. Wie auch Pater Tully konnte Kulgan beide Prinzen noch immer befehligen, wenn er es wünschte. »Ruhig, Arutha.«

Arutha zog sich kopfschüttelnd einen Stuhl heran. »Verzeiht mir, Kulgan. Ich hätte mich beherrschen sollen.« Er bemerkte

Pugs Verwirrung. »Auch bei dir entschuldige ich mich, Pug. Es gibt hier vieles, von dem du nichts weißt. Vielleicht...« Fragend schaute er zu Kulgan hinüber.

Kulgan zog seine Pfeife hervor. »Ihr könnt es ihm auch erzählen, da er uns auf der Reise begleiten wird. Er wird es früh genug herausfinden.«

Arutha trommelte einen Augenblick lang mit den Fingern auf der Lehne. Dann erklärte er: »Mein Vater und Erland haben seit Tagen darüber beraten, wie man diesen Außerweltlichen am besten begegnet, sollten sie hierherkommen. Der Prinz stimmt sogar mit ihm überein, daß ihr Kommen wahrscheinlich ist.« Er machte eine kurze Pause. »Aber er will nichts unternehmen, um die Armeen des Westens zusammenzurufen, solange er nicht die Erlaubnis des Königs hat.«

»Das verstehe ich nicht. Kann denn der Prinz die Armeen des Westens nicht so befehligen, wie er es für richtig erachtet?«

»Nicht mehr. Vor weniger als einem Jahr hat der König Nachricht gesandt, daß die Armeen nicht ohne seine Erlaubnis gerufen oder befehligt werden dürfen.« Arutha lehnte sich in seinem Sessel zurück, während Kulgan eine dicke Rauchwolke ausblies. »Es ist eine Verletzung der Tradition. Nie zuvor hatten die Armeen des Westens einen anderen Kommandeur als den Prinzen von Krondor, so wie die Armeen des Ostens dem Befehl des Königs unterstehen.«

Pug war sich immer noch nicht über die Bedeutung all dessen im klaren. Kulgan sagte: »Der Prinz ist der königliche Generalmarschall im Westen, der einzige Mann, abgesehen vom König, der Herzog Borric und den anderen Generalen Befehle geben darf. Sollte er rufen, würde jeder Herzog von Crydee bis zu Malacs Kreuz darauf reagieren. Sie würden umgehend mit ihren Garnisonen anrücken. König Rodric hat nun, aus nur ihm bekannten Gründen, beschlossen, daß niemand ohne sein Einverständnis die Armeen zusammenrufen kann.«

»Vater würde auf den Ruf des Prinzen hin kommen, ganz gleich, wie die anderen Herzöge auch reagieren mögen«, meinte Arutha.

Kulgan nickte. »Das könnte es sein, was der König fürchtet, denn die Armeen des Westens sind seit langem mehr die des Prinzen als die des Königs gewesen. Wenn Euer Vater ruft, würden sich die meisten versammeln, denn sie verehren ihn fast so sehr wie Erland. Und wenn der König nein sagen sollte...« Er beendete den Satz nicht.

Arutha nickte. »Zwist im Königreich.«

Kulgan betrachtete seine Pfeife. »Vielleicht sogar bis hin zum Bürgerkrieg.«

Die Unterhaltung beunruhigte Pug. Er war noch immer ein Burgjunge, trotz seines neu errungenen Titels. »Selbst wenn es um die Verteidigung des Königreiches geht?«

Kulgan schüttelte langsam den Kopf. »Selbst dann. Für manche Männer, und dazu zählen auch Könige, ist es ebenso wichtig, wie die Dinge gehandhabt werden, wie die Tat selber.« Kulgan machte eine kurze Pause. »Herzog Borric wird nicht darüber sprechen. Zwischen ihm und gewissen Herzögen des Ostens hat es schon lange Ärger gegeben, vor allem mit seinem Vetter, Guy du Bas-Tyra. Dieser Zwist zwischen dem Prinzen und dem König wird die Spannung zwischen West und Ost nur noch verstärken.«

Pug lehnte sich zurück. Er wußte, daß das alles wichtiger war, als ihm jetzt klar war, aber er begriff einfach nicht alles. Wie konnte der König etwas dagegen haben, daß der Prinz die Armeen zusammenrief, um das Königreich zu verteidigen? Das gab für ihn einfach keinen Sinn, obwohl Kulgan sich bemühte, es ihm zu erklären. Und überhaupt: Von welchem Ärger im Osten wollte Herzog Borric nicht sprechen?

Der Magier erhob sich. »Wir müssen morgen früh aufstehen, also sollten wir jetzt besser schlafen gehen. Es wird ein langer

Ritt nach Salador, und danach eine lange Schiffsreise nach Rillanon werden. Bis wir den König erreicht haben, wird schon der erste Tau auf Crydee liegen.«

Prinz Erland wünschte der Gesellschaft eine gute Reise, als sie ihre Pferde im Hof des Palastes bestiegen. Er sah bleich und tief besorgt aus, als er ihnen alles Gute wünschte.

Die kleine Prinzessin stand an einem Fenster im Obergeschoß und winkte Pug mit einem winzigen Taschentuch. Pug fühlte sich an eine andere Prinzessin erinnert und fragte sich, ob Anita zu einer zweiten Carline heranwachsen oder ausgeglichener sein würde.

Sie ritten aus dem Hof hinaus, wo eine Eskorte königlicher, krondorianischer Lanzer bereit stand, um sie nach Salador zu begleiten. Der Ritt über die Berge und durch die Marschen von Düstermoor würde drei Wochen dauern, vorbei an Malacs Kreuz – dem Punkt, an dem sich das westliche und das östliche Reich teilten – und weiter nach Salador. Dort würden sie ein Schiff besteigen, und nach weiteren zwei Wochen sollten sie dann Rillanon erreichen.

Als sie die Stadt verließen, begann es wieder einmal zu schneien, und Pug fragte sich, ob er jemals den Frühling in Crydee wiedersehen würde. Still saß er auf seinem Pferd, als es auf der Straße gen Osten dahintrottete. Er versuchte, die Eindrücke der letzten paar Wochen zu verarbeiten. Er gab es aber bald auf und überließ sich dem, was immer geschehen würde.

Der Ritt nach Salador dauerte vier Wochen statt der vorgesehenen drei, denn in den Bergen westlich von Düstermoor hatte sie ein Sturm von ungewöhnlicher Stärke überrascht. Als sie noch einen halben Tagesritt von Salador entfernt waren, stießen sie auf eine Patrouille der Stadtwache. Der Hauptmann ritt vor. Er zügelte sein Pferd und rief: »Was bringt die prinzliche Garde in die Lande Saladors?« Zwischen den beiden Städten bestand keine Freundschaft, und die Krondorer ritten ohne Banner. Sein Ton ließ keinen Zweifel daran, daß er ihre Anwesenheit hier als Eindringen in sein Hoheitsgebiet ansah.

Herzog Borric warf seinen Umhang zurück und zeigte so seinen Heroldsrock. »Bringt Eurem Herrn Kunde, daß sich Borric, Herzog aus Crydee, der Stadt nähert und die Gastfreundschaft von Lord Kerus in Anspruch zu nehmen gedenkt.«

Der Gardehauptmann war verblüfft. Er stammelte: »Ich bitte um Vergebung, Euer Gnaden. Ich hatte keine Ahnung… da war kein Banner…«

Trocken bemerkte Arutha: »Wir haben es vor geraumer Zeit in einem Forst verlegt.«

Der Hauptmann schien verwirrt. »Herr?«

»Schon gut, Hauptmann. Bitte überbringt Eurem Herrn jetzt die Nachricht«, sagte Borric.

Der Hauptmann salutierte. »Unverzüglich, Euer Gnaden.« Er wendete sein Pferd und bedeutete einem Reiter, vorzukommen. Dann erteilte er ihm seine Weisungen, und der Soldat sprengte auf seinem Pferd der Stadt zu.

Der Hauptmann wandte sich erneut dem Herzog zu. »Wenn Euer Gnaden gestatten: Meine Männer stehen Euch zur Verfügung.«

Der Herzog betrachtete die von der Reise erschöpften Krondorer, die allesamt die Verlegenheit des Hauptmanns zu genießen schienen. »Ich denke, dreißig Waffenträger sind genug, Hauptmann. Die Stadtwache Saladors ist dafür bekannt, daß sie die Umgebung der Stadt frei von Räubern hält.«

Der Hauptmann, der nicht erkannte, daß man sich über ihn lustig machte, schien sich bei diesen Worten aufzublasen. »Habt Dank, Euer Gnaden. Zu gütig.«

Der Herzog erklärte: »Ihr und Eure Männer mögt Eure Patrouille fortsetzen.«

Der Hauptmann salutierte erneut und kehrte zu seinen Mannen zurück. Er erteilte lautstark den Befehl aufzubrechen, und die Kolonne bewegte sich an der Gruppe des Herzogs vorbei. Im Vorüberreiten befahl der Hauptmann einen Salut, und die Lanzen wurden vor dem Herzog gesenkt. Borric erwiderte dies mit einem faulen Winken. Als dann die Wachen vorübergezogen waren, sagte er: »Genug dieser Narretei. Laßt uns nach Salador einziehen.«

Als sie bei Sonnenuntergang die Stadt erreichten, säumte eine ganze Kompanie der persönlichen Wache Herzog Kerus' die Straßen zum Palast. Wie auch in Krondor gab es hier kein Schloß, denn der Bedarf nach einer kleinen, leicht zu verteidigenden Burg war geschwunden, als die Lande in der Umgegend zivilisierter wurden.

Als sie durch die Stadt ritten, erkannte Pug, wie sehr Crydee doch eine Grenzstadt war. Trotz Herzog Borrics politischer Macht war er doch immer noch der Herrscher über eine Grenzprovinz.

In den Straßen drängten sich gaffende Städter, die den Herzog aus der fernen Küstenstadt bestaunten. Ein paar jubelten, denn es war wie eine Parade. Aber die meisten standen still. Sie waren enttäuscht, weil der Herzog und seine Männer genauso aussahen wie andere Leute, und nicht wie blutrünstige Barbaren.

Als sie den Palasthof erreichten, eilten Hausdiener herbei, um ihre Pferde entgegenzunehmen. Ein Wachmann führte die Soldaten aus Krondor zu den Militärunterkünften, wo sie sich ausruhen sollten, ehe sie in die Stadt des Prinzen zurückkehren würden. Ein anderer, mit dem Abzeichen eines Hauptmanns an seiner Tunika, führte Borrics Gruppe die Stufen zum Haus hinauf.

Pug schaute sich staunend um, denn dieser Palast war sogar noch größer als der des Prinzen in Krondor. Sie kamen durch mehrere Vorräume, ehe sie den Innenhof erreichten. Brunnen und Bäume zierten hier einen Garten, hinter dem sich der eigentliche Palast befand. Pug erkannte, daß das Gebäude, durch das sie gekommen waren, nichts weiter als eine Reihe von Unterkünften war, die die Wohngemächer des Herzogs umgaben. Er fragte sich, wozu Lord Kerus so viele Gebäude und Bedienstete benötigen mochte.

Sie durchquerten den Garten und erklommen eine weitere Treppe, an der ganz oben in der Eingangstür des eigentlichen Palastes ein Empfangskomitee stand. Pug konnte das Gebäude nicht als Burg bezeichnen. Vielleicht war er das vor langer Zeit einmal gewesen, aber jetzt ging von dem Palast nichts burgähnliches mehr aus.

Herzog Kerus' Haushofmeister, ein alter, vertrockneter, stocksteifer Mann mit schnellem Auge, kannte jeden Adligen, der es wert war, bemerkt zu werden – von den Grenzen Keshs im Süden bis nach Tyr-Sog im Norden – von Angesicht. Sein Gedächtnis von Gesichtern, Namen und Ereignissen hatte Herzog Kerus schon häufig vor Verlegenheiten bewahrt. Als Borric schließlich vom Hof aus die Treppe erklommen hatte, hatte der Haushofmeister Kerus bereits mit einigen persönlichen Fakten versehen und ihm erklärt, welche Höflichkeit erforderlich war.

Herzog Kerus ergriff Borrics Hand. »Ah, Lord Borric, Euer unerwarteter Besuch ist mir eine große Ehre. Wenn Ihr Euer Kommen nur angekündigt hättet. Ich hätte eine angemessenere Begrüßung für Euch vorbereitet.«

Sie betraten das Vorzimmer des Palastes. Die Herzöge gingen voran. Borric meinte: »Es tut mir leid, Lord Kerus. Aber leider ist unsere Mission von großer Wichtigkeit und Eile. So müssen die üblichen Höflichkeiten beiseite geschoben werden. Ich überbringe Nachrichten für den König und muß so bald wie möglich nach Rillanon in See stechen.«

»Natürlich, Lord Borric. Aber Ihr werdet doch sicher eine kurze Weile bleiben können, sagen wir, ein oder zwei Wochen?«

»Ich bedaure, nein. Wenn ich könnte, würde ich noch heute nacht in See stechen.«

»Das sind allerdings traurige Nachrichten. Ich hatte so sehr gehofft, daß Ihr eine Weile unser Gast sein würdet.«

Die Gruppe erreichte den Audienzsaal des Herzogs, wo der Haushofmeister einer Anzahl von Hausbediensteten Anweisungen gab. Sofort eilten sie davon, um Gemächer für die Gäste vorzubereiten. Als er die riesige Halle mit der hohen, gewölbten Decke, den gigantischen Lüstern und den enormen, gebogenen Glasfenstern betrat, fühlte sich Pug darin wie ein Zwerg. Der Raum war der größte, den er jemals gesehen hatte, größer noch als die Halle des Prinzen von Krondor.

Ein riesiger Tisch war mit Früchten und Wein beladen, und die Reisenden fielen mit Appetit darüber her. Pug setzte sich ohne viel Grazie. Sein ganzer Körper schmerzte.

Lord Kerus drang in den Herzog, um die Ursache für dessen eilige Reise zu erfahren. Zwischen Essen und Trinken weihte ihn Borric in die Geschehnisse der vergangenen drei Monate ein. Als er geendet hatte, schien Kerus betrübt. »Das sind wahrhaftig ernste Nachrichten, Lord Borric. In diesem Königreich ist vieles ungeregelt. Ich bin überzeugt davon, daß der Prinz Euch einiges über den Ärger erzählt hat, der sich ausgebreitet hat, seit Ihr das letzte Mal im Osten gewesen seid.«

»Ja, allerdings. Aber er schien zu zögern, gewisse Ärgernisse etwas ausführlicher zu besprechen. Vergeßt nicht, es sind mehr als dreizehn Jahre vergangen, seit ich das letzte Mal eine Reise in die Hauptstadt gemacht habe. Damals übernahm Rodric die Krone, und ich kam, um ihm die Ehre zu erweisen, die ihm gebührte.«

»Lord Borric, ein großer Wandel ist mit unserem König vorgegangen, seit er regiert. Ich bin sicher, der Prinz hat Euch nicht die ganze Geschichte erzählt, aber Ihr müßt sie kennen, ehe Ihr dem König gegenübertretet.

Als der König starb, erwartete man überall, daß sein Bruder Erland die Krone übernehmen würde. Aber als sie dem Prinzen von Krondor angeboten wurde, lehnte er ab und trat seinen Anspruch an Rodric ab. Zu jener Zeit wußten nur wenige von Erlands schlechter Gesundheit, und die Männer fanden seine Entscheidung sehr merkwürdig. Einige allerdings hielten sie auch für weise, denn Rodric war der einzige Sohn des Königs. Der versammelte Kongreß wählte also Rodric zum König, mit dem Onkel Eurer verstorbenen Gemahlin, Caldric aus Rillanon, als königlichem Regenten.«

Borric nickte. Er erinnerte sich noch gut an den Kampf, wer zum Regenten des damaligen Knaben-Königs ernannt werden sollte. Sein verachteter Vetter Guy hätte die Position fast für sich gewonnen. Aber Borric war gerade noch rechtzeitig eingetroffen und hatte Caldric unterstützt. Zusammen mit der Hilfe von Herzog Brucal aus Yabon und Prinz Erland hatte das die Majorität der Stimmen im Kongreß in eine andere Richtung gelenkt.

»In den ersten fünf Jahren von Rodrics Herrschaft gab es keine Schwierigkeiten im Königreich, sondern nur einen gelegentlichen Zusammenstoß an den Grenzen mit Kesh. Vor acht Jahren nun«, Kerus unterbrach sich, um an seinem Wein zu nippen, »begann Rodric mit einem Programm für öffentliche Verbesserungen, wie er es nennt. Er baute Straßen, Dämme und Ähnliches. Zuerst war das nur eine kleine Last, aber die Steuern wurden jährlich erhöht, und jetzt sind die Bauern und Freisassen, ja, sogar die niedrigen Adligen, ausgeblutet. Der König hat sein Programm immer weiter ausgebaut, und jetzt will er die gesamte Hauptstadt neu errichten lassen. Er hat erklärt, er wolle daraus die größte Stadt in der Geschichte der Menschheit machen.

Vor zwei Jahren kam eine Abordnung von Adligen zum König. Sie baten ihn, seine Ausgaben einzuschränken und die Last für sein Volk zu lindern. Der König wurde zornig, beschuldigte sie des Verrats und ließ sie allesamt hinrichten.

Als Erland davon erfuhr, begab er sich unverzüglich zum König und verlangte Wiedergutmachung für die Familien der Adligen, die hingerichtet worden waren. Außerdem forderte er Steuersenkungen. Der König – so geht zumindest das Gerücht – wollte sich auf seinen Onkel stürzen. Er wurde aber gerade noch rechtzeitig von den wenigen Ratgebern zurückgehalten, denen er noch vertraute. Sie erklärten Seiner Majestät, daß eine solche Tat, die in der Geschichte des Königreiches noch nie vorgekommen ist, die westlichen Herren ganz sicher dazu bringen würde, sich gegen den König zu erheben.

Seit jener Zeit ist der Prinz nicht mehr in Rillanon erschienen, und die Angelegenheiten des Königreiches werden von Hilfen getätigt, denn die beiden Männer sind nicht gewillt, miteinander zu reden.«

Der Herzog sah besorgt drein. »Das ist viel schlimmer, als ich es gehört habe. Der Prinz hat mir nur von den Steuern berichtet und von seiner Weigerung, sie im Westen zu erheben. Er sagte, der König hätte zugestimmt, da er erkannt hätte, wie wichtig es wäre, die Garnisonen im Norden und Westen zu erhalten.«

Kerus schüttelte langsam verneinend den Kopf. »Der König willigte erst ein, als seine Helfer ihm ausmalten, wie es wäre, wenn ganze Armeen von Trollen und Kobolden aus den Nordlanden hereinströmten und die Städte des Königreiches plünderten.«

»Erland sprach von der gespannten Lage zwischen sich und seinem Neffen. Die Handlungen seiner Majestät erwähnte er nicht einmal angesichts der Nachrichten, die ich überbringe.«

Kerus holte tief Luft. »Borric, ich verbringe so viel Zeit mit den Speichelleckern bei Hofe, daß ich vergesse, daß Ihr aus dem Westen der offenen Sprache frönt. Vergebt mir, wenn ich weniger als direkt klinge. Ich hoffe, ich habe Euer Wort, daß nichts von dem, was ich sage, diesen Raum verlassen wird.« Er sah auch die anderen an, die in der Nähe saßen.

Borric erklärte: »Sie sind meine persönlichen Begleiter und werden Euer Vertrauen nicht enttäuschen.«

Kerus nahm einen Becher Wein und trank. Er wischte sich mit dem Ärmel den Mund und erklärte: »Unser König ist nicht mehr der Mann, der er einmal war. Manchmal scheint er wieder ganz der Alte zu sein. Dann lacht er, ist offen und erfüllt von großen Plänen für das Königreich. Zu anderen Zeiten wieder ist er... jemand anderer, als wenn ein dunkler Geist von seinem Herzen Besitz ergriffen hat.

Paßt auf, Borric, denn nur Erland steht dem Thron noch näher als Ihr selbst. Unser König ist sich dieser Tatsache wohl bewußt, und er vermeint Dolche und Gift überall dort zu sehen, wo es sie nicht gibt.«

Schweigen senkte sich über die Gruppe, und Pug sah Borric die Stirn runzeln. Kerus fuhr fort: »Seine Majestät ist von Furcht besessen, daß andere seine Krone begehren könnten. Das mag wohl sein, aber es sind nicht die, die der König verdächtigt. Neben dem König gibt es nur noch vier Männer mit dem Namen conDoin, und sie sind alle Ehrenmänner.« Borric neigte den Kopf bei diesem Kompliment. »Aber es gibt vielleicht noch ein Dutzend anderer, die sich auf Bande zum Thron berufen können, über die Königinmutter und ihre Familie. Alle sind Herren aus dem Osten, und viele von ihnen würden nicht zögern, die erstbeste Gelegenheit zu ergreifen, um ihren Anspruch auf den Thron vor dem Kongreß zu erklären.«

»Ihr sprecht von Verrat!« Borric war empört.

»Verrat in den Herzen der Männer, wenngleich nicht in Taten... noch nicht.«

»Sind die Dinge im Osten bereits so weit fortgeschritten, ohne daß wir im Westen davon wissen?«

Kerus nickte. »Der Prinz ist ein ehrenwerter Mann, und als solcher hält er unbegründete Gerüchte von seinen Untergebenen fern, selbst von Euch. Wie Ihr bereits gesagt habt, ist es dreizehn

Jahre her, seit Ihr das letzte Mal in Rillanon gewesen seid. Alle Urkunden und Sendschreiben des Königs gehen noch immer durch den Hof des Prinzen. Wie also solltet Ihr davon erfahren?

Ich fürchte, es ist nur noch eine Frage der Zeit, bis der eine oder andere der königlichen Ratgeber sich über die gefallenen Köpfe derjenigen von uns erhebt, die an unserem Glauben festhalten. Nämlich dem, daß der Adel der Hüter des nationalen Wohlergehens ist.«

»Ihr riskiert viel mit Eurer offenen Rede.«

Achselzuckend erwiderte Herzog Kerus: »Ich bin nicht immer ein Mann gewesen, der offen seine Meinung gesagt hat, Lord Borric, aber jetzt befinden wir uns in schlimmen Zeiten. Wäre irgend jemand sonst hier vorbeigezogen, dann hätten wir gefeiert und uns höflich unterhalten. Ihr seid einzigartig, denn nachdem der Prinz sich seinem Neffen so entfremdet hat, seid Ihr der einzige Mann im ganzen Königreich, der die Macht und die Kraft hat, den König möglicherweise zu beeinflussen. Ich neide Euch Eure Position nicht, mein Freund. Denn wenn ich auch vielleicht zu den mächtigsten Adligen im Osten zähle, so habe ich jetzt bei Hofe so viel Einfluß wie ein landloser Freibeuter.« Nach einer kurzen Pause fuhr Kerus fort: »Euer Vetter Guy mit dem schwarzen Herzen steht dem König nun sehr nahe, und ebenso der Herzog von Bas-Tyra, und wir mögen uns nicht. Er überwintert auf seinem Besitz nahe Pointers Head. So ist der König im Augenblick frei von seinen Ränken. Setzt ein, welchen Einfluß auch immer Ihr besitzt, Lord Borric, um die impulsive Natur des Königs zu dämmen. Denn angesichts dieser Invasion, von der Ihr Kunde bringt, müssen wir zusammenstehen. Ein langer Krieg würde uns die wenigen Reserven rauben, die wir noch besitzen, und sollte das Königreich beansprucht werden – ich weiß nicht, ob es das ertragen und überleben könnte.«

Borric sagte nichts, denn selbst seine schlimmsten Befürchtungen wurden von Kerus' Bemerkungen noch übertroffen. Der

Herzog von Salador erklärte: »Noch ein letztes, Borric. Nachdem Erland vor dreizehn Jahren die Krone ausgeschlagen hat, und nach all den Gerüchten von seiner sich verschlechternden Gesundheit, werden sich viele aus dem Kongreß der Gebieter an Euch um Führung wenden. Wohin Ihr führt, werden Euch viele folgen, selbst im Osten.«

Kalt erwiderte Borric: »Sprecht Ihr vom Bürgerkrieg?«

Kerus winkte mit der Hand ab. Schmerz zog über sein Gesicht. Seine Augen schienen feucht, als wäre er den Tränen nahe. »Ich bin der Krone immer treu ergeben, Borric, aber das Königreich ist immer am wichtigsten. Kein einzelner Mann ist wichtiger als das Königreich.«

Mit zusammengebissenen Zähnen erklärte Borric: »Der König ist das Königreich.«

»Ihr würdet nicht der Mann sein, für den man Euch hält, wenn Ihr etwas anderes gesagt hättet. Ich hoffe, Ihr seid in der Lage, die Energie des Königs auf seinen Ärger im Westen zu richten. Denn sollte das Königreich wirklich gefährdet sein, werden andere nicht an so stolzen Gedanken festhalten.«

Borrics Ton wurde ein wenig weicher. »Ich weiß, Ihr meint es gut, Lord Kerus, und in Eurem Herzen ist nur Liebe zu dem Reich. Habt Vertrauen und Glauben und betet, denn ich werde tun, was ich vermag, um das Überleben des Königreiches zu sichern.«

Kerus erhob sich. »Ich fürchte, wir befinden uns schon bald alle in tiefen Gewässern. Ich hoffe nur, Lord Borric, daß diese Invasion, von der Ihr sprecht, nicht die Woge sein wird, die uns ertränkt. In welcher Weise auch immer ich Euch helfen kann, werde ich es tun.« Er wandte sich zur Tür. »Ich entbiete Euch eine gute Nacht, denn ich kann sehen, daß Ihr alle sehr müde seid.«

Die Stimmung im Raum war sehr angespannt, und der Herzog befand sich in finsterer Verfassung. Pug war nach der Unterredung des Abends sehr nachdenklich. Er wußte nur wenig über die Intrigen bei Hofe, aber es war ihm klar, daß Kerus äußerst besorgt sein mußte, wenn er vor Fremden so sprach, wie er es getan hatte – wenngleich Lord Borric der Ruf eines Ehrenmannes vorausging.

Pug dachte an all das, was in den letzten Monaten geschehen war. Jetzt wußte er, daß sein Traum von einem König, der mit fliegenden Fahnen Crydee zu Hilfe eilte, eine weitere kindliche Phantasie war, die auf den harten Felsen der Wirklichkeit ihr Ende fand.

Rillanon

Das Schiff segelte in den Hafen.

Das Wetter auf dem Meer des Königreiches war milder als auf dem Bitteren Meer, und die Reise von Salador war ohne besondere Vorkommnisse verlaufen. Die meiste Zeit über mußten sie gegen einen steten Nordostwind ansegeln, und so waren bereits drei Wochen statt der erwarteten zwei vergangen.

Pug stand auf dem Vordeck des Schiffes und hatte den Umhang fest um sich gezogen. Die bittere Kälte der Winterwinde war einer sanfteren Kühle gewichen, so als wäre der Frühling nur noch wenige Tage entfernt.

Rillanon wurde als das Juwel des Königreiches bezeichnet, und Pug fand, daß es diesen Namen ehrlich verdiente. Im Gegensatz zu den hingeduckten Städten des Westens war Rillanon eine Ansammlung aus hohen Türmen, graziös gewölbten Brücken und sich sanft windenden Straßen. All das verteilte sich in entzückender Verwirrung über mehrere Hügel. Auf hohen Türmen flatterten Banner im Wind. Selbst die Fährleute, die die Barken bedienten, die im Hafen von den vor Anker liegenden Schiffen hin und her fuhren, erschienen Pug prächtiger, einfach, weil sie in der Verzauberung Rillanons lebten.

Der Herzog von Salador hatte ein herzogliches Banner für Borric nähen lassen, das jetzt an der Spitze des Großmastes flatterte und die Beamten der königlichen Stadt darüber informierte, daß der Herzog von Crydee eingetroffen war. Die Gesellschaft ging von Bord und wurde von einer Abordnung der königlichen Garde in Empfang genommen. Am Kopf der Wachen befand sich ein alter, grauhaariger, aber immer noch aufrechter Mann, der Borric herzlich begrüßte.

Die beiden umarmten sich. Der ältere Mann war in das königliche Purpur und Gold der Wachen gekleidet, mit dem herzoglichen Zeichen über dem Herzen. »Borric, es ist schön, dich wieder einmal zu sehen. Wie lange ist es her? Zehn... elf Jahre?«

Borric betrachtete ihn liebevoll. Er hatte klare, blaue Augen und einen Bart wie Salz und Pfeffer. »Caldric, alter Freund. Es sind dreizehn.«

Der Mann schüttelte lächelnd den Kopf. »Das war viel zu lange.« Er betrachtete die anderen. Als er Pug erspähte, fragte er: »Ist das dein jüngerer Sohn?«

Borric lachte. »Nein, obwohl es keine Schande für mich sein würde, wenn er es wäre.« Er wies auf die lange Gestalt von Arutha. »Dies ist mein Sohn. Arutha, komm und begrüße deinen Großonkel.«

Arutha trat vor, und die beiden umarmten sich. Herzog Caldric Lord aus Rillanon, Generalritter der königlichen Wache und königlicher Kanzler, schob Arutha von sich und betrachtete ihn aus Armeslänge. »Du warst noch ein Knabe, als ich dich das letzte Mal gesehen habe. Ich hätte dich erkennen sollen, denn wenn du auch einiges vom Aussehen deines Vaters hast, so ähnelst du doch auch meinem lieben Bruder – dem Vater deiner Mutter – sehr. Du bist eine Ehre für meine Familie.«

»Nun, altes Schlachtroß«, unterbrach ihn Borric, »wie geht es in der Stadt?«

»Es gibt vieles zu besprechen, aber nicht hier. Wir werden euch in den Palast des Königs geleiten und euch bequem unterbringen. Wir werden viel Zeit haben, einander Besuche abzustatten. Was führt dich hierher nach Rillanon?«

»Ich habe etwas Dringendes mit Seiner Majestät zu besprechen, aber es ist nichts, was man auf der Straße erwähnen sollte. Laß uns in den Palast gehen.«

Man übergab dem Herzog und seinen Begleitern Reittiere, und die Eskorte bahnte ihnen einen Weg, als sie durch die Stadt ritten. Wenn Krondor und Salador Pug schon mit ihrer Pracht beeindruckt hatten, so machte ihn Rillanon jetzt sprachlos.

Die Inselstadt war auf vielen Hügeln erbaut. Mehrere kleine Flüsse strömten zum Meer hinunter. Es schien eine Stadt der Brücken und Kanäle, der Türme und Spitzen zu sein. Viele der Gebäude schienen neu, und Pug meinte, daß dies ein Teil des königlichen Plans zum Wiederaufbau der Stadt sein mußte. Mehrmals unterwegs sah er Arbeiter, die alte Steine von einem Gebäude entfernten oder neue Wände und Dächer errichteten. Die neueren Gebäude waren mit bunten Steinen geschmückt, vieles davon war Marmor und Quartz, was ihnen eine sanfte weiße, blaue oder rosa Farbe verlieh. Die Pflastersteine in den Straßen waren sauber, und die Gräben waren frei von dem Schmutz, den Pug in den anderen Städten gesehen hatte. Was immer er sonst auch tun mag, dachte der Junge, der König unterhält eine wunderbare Stadt.

Vor dem Palast floß ein Bach, so daß man den Haupthof über eine hohe, gewölbte Brücke betrat. Es war eine Ansammlung von großen Gebäuden, die durch lange Gänge miteinander verbunden waren und auf einem Hügel inmitten der Stadt lagen.

Als sie den Hof betraten, ertönten von den Mauern Trompeten, und die Wachen nahmen Haltung an. Diener traten vor, um ihnen ihre Pferde abzunehmen. Währenddessen versammelte sich eine Gruppe von Höflingen und Beamten nahe dem Eingang, um sie willkommen zu heißen.

Pug bemerkte, daß die Begrüßung, die sie von diesen Männern erhielten, formell war und daß ihr die persönliche Wärme von Herzog Caldrics Willkommen fehlte. Als er hinter Kulgan und Meecham stand, konnte er Caldrics Stimme hören. »Lord Borric, Herzog von Crydee, darf ich Euch Baron Gray, den Haushofmeister Seiner Majestät, vorstellen.« Dieser war ein kleiner, untersetzter, dicklicher Mann in enganliegender Tunika aus roter Seide. Seine blaßgraue Hose beutelte an den Knien. »Graf

Selvec, Lord der königlichen Marine.« Ein großer, magerer Mann mit dünnem Bärtchen verbeugte sich steif. So ging es weiter, bis sie die ganze Gesellschaft kannten. Ein jeder machte eine kurze Bemerkung, wie erfreut er über Lord Borrics Erscheinen war, aber Pug spürte, daß ihre Bemerkungen nicht ernst zu nehmen waren.

Sie wurden in ihre Quartiere geführt. Kulgan mußte ziemlichen Wirbel machen, bis er Meecham in seiner Nähe hatte, denn Baron Gray hatte ihn in den fernen Bedienstetenflügel des Palastes schicken wollen. Aber er lenkte ein, als Caldric sich für ihn verwendete.

Der Raum, der Pug zugewiesen wurde, übertraf an Pracht bei weitem alles, was er je gesehen hatte. Der Boden bestand aus poliertem Marmor. Die Wände waren aus demselben Material, das aber Flecken wie von Gold aufwies. Ein großer Spiegel hing in einem kleinen Zimmer neben dem Schlafgemach. Hier stand auch eine riesige vergoldete Badewanne. Ein Kammerherr verstaute seine wenigen Habseligkeiten – was sie unterwegs besorgt hatten, da ihr eigenes Gepäck im Wald abhanden gekommen war – in einem riesigen Schrank, in dem alles, was Pug besaß, ein Dutzendmal Platz gefunden hätte. Nachdem er fertig war, erkundigte sich der Mann: »Soll ich Euer Bad bereiten, Herr?«

Pug nickte. Nach drei Wochen an Bord des Schiffes fühlte er sich, als klebten seine Kleider am Körper. Als das Bad fertig war, erklärte der Kammerherr: »Lord Caldric erwartet die Gesellschaft des Herzogs in vier Stunden zum Abendessen, Herr. Soll ich dann zurückkehren?« Pug sagte ja. Er war beeindruckt von der Diplomatie des Mannes. Dieser wußte nur, daß Pug mit dem Herzog eingetroffen war, und überließ es Pug zu entscheiden, ob die Einladung auch ihm galt oder nicht.

Als er in das warme Wasser stieg, stieß Pug einen langen, wohligen, erleichterten Seufzer aus. Früher, als er noch ein Burgjunge war, hatte er nie gern gebadet. Er zog es vor, den Dreck im Meer und in den Flüssen nahe der Burg abzuwaschen. Jetzt jedoch fing er an, es zu genießen. Er dachte darüber nach, was Tomas wohl dazu sagen würde. Dann versank er in einen Nebel von Erinnerungen. Eine davon war sehr schön. Sie handelte von einer dunkelhaarigen, liebreizenden Prinzessin. Eine andere, von einem Jungen mit sandfarbenem Haar, war sehr traurig.

Das Abendessen am Vorabend war eine ganz inoffizielle Sache gewesen. Herzog Caldric hatte Lord Borrics Freunde bewirtet. Jetzt standen sie im königlichen Thronsaal und warteten darauf, dem König vorgestellt zu werden. Die Halle war riesig, mit einer enorm hohen, gewölbten Decke. Die ganze südliche Wand war von oben bis unten ein riesiges Fenster, von dem aus man die Stadt überblicken konnte, Hunderte von Adligen standen herum, als die Gesellschaft des Herzogs den Mittelgang entlang zwischen den Zuschauern hindurchgeführt wurde.

Pug hatte es nicht für möglich gehalten, Herzog Borric als ärmlich gekleidet anzusehen, denn er hatte immer die feinsten Kleider in Crydee getragen – genau wie seine Kinder. Aber zwischen all der Pracht, die hier in diesem Raume herrschte, wirkte Borric wie ein Rabe zwischen einer Gruppe Pfauen. Hier eine mit Perlen besetzte Weste, dort eine mit Goldfäden durchwirkte Tunika – jeder Adlige schien den nächsten übertreffen zu wollen. Jede Dame trug die kostbarsten Seiden und Brokatstoffe, aber auch sie übertrafen die Herren nur um ein Geringes in ihrer Pracht.

Vor dem Thron blieben sie stehen, und Caldric kündigte den Herzog an. Der König lächelte. Pug war überrascht von seiner leichten Ähnlichkeit mit Arutha, aber das Gehabe des Königs war entspannter. Er beugte sich auf seinem Thron vor. »Willkommen in unserer Stadt, Vetter. Es ist gut, Crydee nach so vielen Jahren wieder in dieser Halle zu sehen.«

Borric trat vor und kniete vor Rodric dem Vierten, König des

Königreichs der Inseln. »Ich bin erfreut, Eure Majestät wohl zu finden.«

Ein leichter Schatten flog über das Gesicht des Monarchen, dann lächelte er wieder. »Stellt uns Eure Freunde vor.«

Der Herzog machte seinen Sohn bekannt, und der König sagte: »Nun, es ist wahr, daß einer aus der Linie der conDoins das Blut der Familie unserer Mutter in sich trägt, außer uns selbst.« Arutha verneigte sich und trat zurück. Kulgan war der nächste, als einer der Ratgeber des Herzogs. Meecham aber, der bei Hofe keinen Rang besaß, war in seinem Zimmer geblieben. Der König sagte etwas Höfliches, und Pug wurde vorgestellt. »Junker Pug aus Crydee, Eure Majestät, Meister von Tiefenwald und Mitglied meines Hofes.«

Der König klatschte in die Hände und lachte. »Der Junge, der die Trolle getötet hat. Wie wundervoll. Wir müssen uns später zusammensetzen, damit Ihr uns von diesem Wunder erzählen könnt. Reisende haben die Kunde von den fernen Küsten Crydees bis hierher gebracht. Wir möchten sie von dem Verfasser dieser tapferen Tat selbst vernehmen.«

Pug verbeugte sich linkisch. Er spürte Tausende von Augen auf sich ruhen. Es hatte schon vorher Augenblicke gegeben, da er sich gewünscht hatte, die Geschichte mit den Trollen wäre niemals bekannt geworden, doch noch nie war der Wunsch so groß gewesen wie jetzt.

Er zog sich zurück. Der König erklärte: »Heute abend werde ich einen Ball zu Ehren der Ankunft unseres Vetters Borric veranstalten.«

Er erhob sich, ordnete seine purpurne Robe um sich und zerrte die goldene Amtskette über den Kopf. Ein Page plazierte sie auf ein purpurnes Samtkissen. Dann hob der König die Krone vom Kopf und reichte sie einem anderen Pagen.

Die Menge verneigte sich, als er von seinem Thron herabstieg. »Kommt, Vetter«, wandte er sich an Borric, »wir wollen uns auf meinen privaten Balkon zurückziehen, wo wir uns ohne die strengen Regeln der Etikette unterhalten können. Ich bin des Prunkes müde.«

Borric nickte und schritt neben dem König her, nachdem er Pug und den anderen bedeutet hatte zu warten. Herzog Caldric verkündete, daß die Audienz dieses Tages beendet wäre und daß diejenigen, die Petitionen für den König hätten, am nächsten Tag wiederkehren sollten.

Langsam entfernte sich die Menge durch zwei große Türen, während Arutha, Kulgan und Pug dabei standen. Caldric näherte sich ihnen. »Ich werde euch in einen Raum führen, in dem ihr warten könnt. Es wäre gut für euch, in der Nähe zu bleiben, sollte Seine Majestät eure Anwesenheit wünschen.«

Ein Lakai brachte sie durch eine kleine Tür neben derjenigen, durch die der König Borric geleitet hatte. Sie betraten einen großen, gemütlichen Raum mit einem langen Tisch in der Mitte, der mit Früchten, Käse, Brot und Wein beladen war. Viele Stühle standen herum, und an den Wänden reihten sich mehrere Diwane, auf denen dicke Kissen lagen.

Arutha schritt zu den großen Glastüren hinüber und spähte hindurch. »Ich kann Vater und den König auf dem königlichen Balkon sitzen sehen.«

Kulgan und Pug traten zu ihm und schauten in die Richtung, die Arutha ihnen wies. Zwei Männer saßen dort an einem Tisch, von dem aus sie die Stadt und die See darunter liegen sehen konnten. Der König sprach mit heftigen Gesten, und Borric nickte, während er zuhörte.

»Ich hatte nicht erwartet, daß Seine Majestät aussehen würde wie Ihr, Hoheit«, meinte Pug.

Arutha erwiderte mit trockenem Lächeln: »So überraschend ist das eigentlich nicht, wenn man bedenkt, daß mein Vater ein Vetter seines Vaters ist, und meine Mutter ebenso eine Base seiner Mutter war.«

Kulgan legte eine Hand auf Pugs Schulter. »Viele der adligen Familien sind auf verschiedene Weise miteinander verwandt, Pug. Vettern und Basen vierten oder fünften Grades heiraten aus Gründen der Politik und bringen die Familien wieder enger zusammen. Ich bezweifle, daß es auch nur eine adlige Familie im Osten gibt, die sich nicht auf irgendeine Verwandtschaft mit der Krone berufen kann. Aber sie kann sehr entfernt sein und verworren.«

Sie kehrten zum Tisch zurück und Pug knabberte an einem Stück Käse. »Der König scheint guter Laune«, sagte er und brachte damit die Sprache auf das Thema, das ihnen allen durch den Kopf ging.

Kulgan schien erfreut über die ausweichende Art des Jungen, denn nachdem sie Salador verlassen hatten, hatte Borric sie alle hinsichtlich der Bemerkungen von Herzog Kerus gewarnt. Seine Ermahnung hatte mit der alten Weisheit geendet: »In den Gefilden der Macht gibt es keine Geheimnisse, und selbst der Taube hat dort Ohren.«

Arutha gab zu bedenken: »Unser Monarch ist Launen unterworfen. Laßt uns hoffen, daß er auch dann noch bei guter Stimmung bleibt, nachdem er Vaters Bericht vernommen hat.«

Der Nachmittag verging nur langsam, während sie auf Kunde vom Herzog warteten. Als die Schatten draußen schon lang geworden waren, erschien Borric plötzlich in der Tür. Er kam zu ihnen mit besorgtem Gesicht. »Seine Majestät verbrachte den größten Teil des Nachmittags damit, mir seine Pläne für eine Wiedergeburt des Königreiches zu erläutern.«

»Habt Ihr ihm von den Tsuranis berichtet?« erkundigte sich Arutha.

Der Herzog nickte. »Er hat zugehört und mir dann ruhig erklärt, daß er über die Angelegenheit nachdenken wollte. Wir werden uns morgen oder bald wieder darüber unterhalten. Das war alles, was er sagte.«

Kulgan bemerkte: »Wenigstens schien er guter Laune.«

Borric betrachtete seinen alten Ratgeber. »Ich fürchte, zu guter. Ich erwartete ein Zeichen von Unruhe. Ich reite schließlich nicht grundlos durch das gesamte Königreich, aber er schien ungerührt von allem, was ich ihm zu berichten hatte.«

Kulgan sah ihn besorgt an. »Diese Reise hat ohnehin schon länger gedauert als erwartet. Laßt uns hoffen, daß Seine Majestät nicht zu lange braucht, um sein Handeln zu überdenken.«

Borric ließ sich schwer in einen Sessel fallen und griff nach einem Becher Wein. »Laßt es uns hoffen.«

Wie bei jeder Mahlzeit in den vergangenen Tagen herrschte beim Essen gedämpfte Stimmung. Die fünf Männer aus Crydee saßen am Tisch des Herzogs in seinen Gemächern, und Palastdiener in dunkler Tunika mit dem purpur-goldenen Abzeichen des Königs warteten ihnen auf.

Der Herzog konnte es kaum erwarten, Rillanon zu verlassen, um in den Westen zurückzukehren. Fast vier Monate waren vergangen, seit sie Crydee verlassen hatten: der gesamte Winter. Der Frühling stand vor der Tür, und wenn die Tsurani zum Angriff blasen würden – wie sie es alle erwarteten –, dann war das jetzt nur noch eine Sache von Tagen. Arutha war ebenso rastlos wie sein Vater. Selbst Kulgan war anzumerken, daß das Warten an seinen Nerven zehrte. Nur Meecham, der seine Gefühle nicht zeigte, schien das Warten nichts auszumachen.

Auch Pug sehnte sich nach der Heimat. Der Palast langweilte ihn. Er wünschte sich zurück in seinen Turm und zu seinen Studien. Auch wollte er Carline gern wiedersehen, obwohl er davon zu niemandem ein Wort verlauten ließ. In letzter Zeit ertappte er sich des öfteren dabei, daß er sie jetzt in einem besseren Licht sah. Er verzieh ihr die Eigenschaften, die ihn einstmals gestört und erzürnt hatten. Darüber hinaus wußte er, daß er vielleicht das Schicksal seines Freundes Tomas ergründen mochte, eine Tatsache, der er mit gemischten Gefühlen entgegensah. Dolgan würde bald Nachricht nach Crydee schicken, wenn der Tau früh in die Berge kam.

In der vergangenen Woche hatte Borric sich noch mehrmals mit dem König getroffen, aber immer war es unbefriedigend für ihn verlaufen. Das letzte Treffen lag Stunden zurück, aber er wollte nichts darüber sagen, ehe die Diener den Raum verlassen hatten.

Als die letzten Teller fortgeräumt waren, und die Diener den besten keshianischen Weinbrand des Königs eingeschenkt hatten, erklang ein Klopfen von der Tür. Herzog Caldric trat ein und scheuchte die Diener hinaus. Als das Zimmer leer war, wandte er sich an den Herzog.

»Borric, verzeih, daß ich euer Mahl störe, aber ich habe Neuigkeiten.«

Borric erhob sich, ebenso wie die anderen. »Bitte setz dich zu uns. Hier, nimm ein Glas.«

Caldric nahm den angebotenen Weinbrand und setzte sich in Pugs Sessel, während der Junge sich einen Stuhl herbeizog. Der Herzog von Rillanon nippte an seinem Glas. »Vor weniger als einer Stunde trafen Boten vom Herzog von Bas-Tyra ein. Guy drückte seine Sorge darüber aus, daß der König möglicherweise ›übermäßig und ungerechtfertigt‹ besorgt sein könnte aufgrund dieser ›Gerüchte‹ von den Problemen im Westen.«

Borric sprang auf und schleuderte sein Glas durch den Raum, so daß es zersplitterte. Goldbraune Flüssigkeit tropfte an der Wand herab, als der Herzog von Crydee vor Wut fast brüllte. »Was ist das für ein Spielchen, das Guy hier treibt? Was soll dieses Gerede von Gerüchten und *übermäßiger, ungerechtfertigter Sorge!*«

Caldric hob die Hand, und Borric beruhigte sich ein wenig und setzte sich wieder hin. Der alte Herzog erklärte: »Ich habe persönlich den Brief des Königs an Guy verfaßt. Alles, was du uns berichtet hast, jede einzelne Information und Vermutung, war darin enthalten. Ich kann nur glauben, daß Guy sichergehen will, daß der König keine Entscheidung trifft, ehe er selbst im Palast eingetroffen ist.«

Borric trommelte mit den Fingern auf dem Tisch und schaute Caldric an. Wut blitzte aus seinen Augen. »Was hat Bas-Tyra vor? Wenn der Krieg kommt, dann kommt er zuerst nach Crydee und Yabon. Mein Volk wird leiden. Mein Land wird zerstört.«

Caldric schüttelte langsam den Kopf. »Ich will offen sein, alter Freund. Seit der Entfremdung zwischen dem König und seinem Onkel Erland versucht Guy, sein eigenes Banner im Königreich hochzuspielen. Ich glaube, daß Guy sich schon selbst in dem Purpur von Krondor sieht, sollte Erlands Gesundheit versagen.«

Durch zusammengebissene Zähne erklärte Borric: »Dann hör mir gut zu, Caldric. Diese Last würde ich weder mir noch einem Angehörigen aufbürden, wäre es nicht für den besten Zweck. Aber wenn Erland so krank ist, wie ich es vermute – obwohl er dem widerspricht –, dann wird es Anita sein, die den Thron in Krondor besteigt, nicht der Schwarze Guy. Und wenn ich selbst die Armeen des Westens nach Krondor führen und dort die Herrschaft übernehmen muß, dann werde ich das tun, selbst wenn Rodric etwas anderes wünschen sollte. Nur wenn der König es befiehlt, wird ein anderer den westlichen Thron übernehmen.«

Caldric schaute Borric ruhig an. »Willst du als Verräter der Krone gebrandmarkt werden?«

Borric schlug mit der Hand auf den Tisch. »Verflucht sei der Tag, an dem jener Schurke geboren wurde. Ich bedaure, ihn als meinen Verwandten anerkennen zu müssen.«

Caldric wartete eine Minute, bis Borric sich beruhigt hatte. Dann sagte er: »Ich kenne dich besser als du selbst, Borric. Du würdest niemals die Kriegsfahne des Westens gegen den König erheben, wenngleich du deinen Vetter Guy auch freudestrahlend erwürgen könntest. Es war für mich immer traurig anzusehen, daß die beiden besten Generale des Königreiches einander so hassen.«

»Aye, und dies mit Grund. Jedesmal, wenn der Westen Hilfe erbittet, ist es Vetter Guy, der dagegen spricht. Jedesmal, wenn es Intrigen gibt und jemand einen Titel verliert, ist es einer von Guys Favoriten, der dabei gewinnt. Wie kannst du das nicht sehen? Nur, weil du, Brucal von Yabon und ich selbst stark blieben, hat der Kongreß nicht Guy als Regenten für die ersten drei Jahre von Rodrics Herrschaft eingesetzt. Er ist vor jeden Herzog des Königreiches getreten und hat dich einen müden, alten Mann genannt, der nicht fähig ist, im Namen des Königs zu regieren. Wie kannst du das vergessen?«

Caldric sah wirklich alt und müde aus, als er sich jetzt in einen Sessel setzte und eine Hand über die Augen legte, als wäre das Licht im Raum zu hell für ihn. Leise sagte er: »Ich sehe es, und ich habe es auch nicht vergessen. Aber er ist auch durch Heirat mein Verwandter geworden, und wenn ich nicht hier wäre, was glaubst du, wieviel größer sein Einfluß dann auf Rodric wäre? Als Knabe hat der König ihn angebetet, sah in ihm einen blitzenden Helden, einen erstklassigen Kämpfer, einen Verteidiger des Königreiches.«

Borric lehnte sich in seinem Sessel zurück. »Verzeih mir, Caldric«, sagte er, und seine Stimme verlor an Schärfe. »Ich weiß, daß du zum Wohle von uns allen handelst. Guy hat tatsächlich den Helden gespielt, als er die keshianische Armee aus Taunton vertrieb, vor all den Jahren. Ich sollte nicht über Dinge reden, die ich nicht aus erster Hand habe.«

Arutha blieb bei all dem still sitzen, aber seine Augen verrieten, daß er denselben Ärger verspürte wie sein Vater. Er rückte in seinem Sessel vor, und die Herzöge sahen ihn an. Borric meinte: »Du hast etwas zu sagen, mein Sohn?«

Arutha spreizte die Hände. »Mich hat bei all dem folgender Gedanke stark beschäftigt: Wenn die Tsurani kommen, was könnte es Guy nützen, wenn der König zögert?«

Borric trommelte mit den Fingern auf dem Tisch. »Das ist ein Rätsel, denn Guy würde niemals das Königreich gefährden, nicht, um mir zu trotzen.«

»Würde es ihm nicht dienlich sein, den Westen ein wenig leiden zu lassen und dann an der Spitze der Armeen des Ostens herbeizueilen, als der erobernde Held, der er auch in Taunton war?«

Caldric dachte über Aruthas Worte nach. »Selbst Guy kann von diesen Fremdartigen nicht so wenig halten, hoffe ich.«

Arutha schritt im Raum auf und ab. »Aber bedenkt, was er weiß. Das Plappern eines sterbenden Mannes. Vermutungen über ein Schiff, das nur Pug hier gesehen hat. Ich selbst erhaschte nur einen kurzen Blick darauf, als es ins Meer zurückglitt. Aussagen eines Priesters und eines Magiers, die Guy beide kaum achtete. Ein paar umherziehende Düstere Brüder. Solche Neuigkeiten mag er wohl geringschätzen.«

»Aber man kann das alles sehen«, protestierte Borric.

Caldric beobachtete den jungen Prinzen. »Vielleicht habt Ihr recht. Was fehlt, ist vielleicht die Eindringlichkeit Eurer Worte, eine Eindringlichkeit, die man nicht mit Tinte und Pergament einfangen kann. Wenn er eintrifft, müssen wir ihn überzeugen.«

Borric spie die Worte förmlich aus. »Es ist die Sache des Königs zu entscheiden, nicht die von Guy.«

»Aber der König hat schon immer großen Wert auf Guys Rat gelegt. Wenn du das Kommando über die Armeen des Westens erhalten willst, dann ist es Guy, den du überzeugen mußt.«

Borric sah entsetzt aus. »Ich? Ich will das Banner der Armeen nicht übernehmen. Ich wünschte nichts weiter, als daß Erland frei ist, um mir zu helfen, sollte es wirklich nötig werden.«

Caldric legte beide Hände auf den Tisch. »Borric, bei all deiner Weisheit bist du doch immer noch der Landadlige. Erland kann die Armeen nicht befehligen. Er ist nicht gesund. Selbst wenn er es könnte, würde der König es nicht erlauben. Ebensowenig würde er Erlands Marschall Dulanic beurlauben. Du hast Rodric in bester Laune erlebt. Wenn er schlechter Stimmung ist, fürchtet er für sein Leben. Niemand wagt es zu sagen, aber der König hat Angst, daß sein Onkel intrigiert, um die Krone zu bekommen.«

»Das ist doch lächerlich! Vor dreizehn Jahren hätte Erland die Krone nur anzunehmen brauchen. Es gab keinen klaren Nachfolger. Rodrics Vater hatte noch keinen gesetzlichen Thronfolger ernannt, und Erlands Anspruch war ebenso klar wie der des Königs, vielleicht sogar noch größer. Nur Guy und jene, die den Jungen benutzen wollten, unterstützten Rodrics Anspruch. Die meisten im Kongreß hätten Erland zum König gewählt.«

»Ich weiß, aber die Zeiten haben sich geändert und der Knabe ist kein Knabe mehr. Er ist jetzt ein verängstigter junger Mann, der vor Angst ganz krank ist. Ich weiß nicht, ob das auf den Einfluß von Guy und einigen anderen oder auf eine Krankheit des Geistes zurückzuführen ist. Der König denkt nicht so wie andere Männer. Kein Herrscher tut das, aber Rodric noch weniger als die meisten. So lächerlich es auch scheinen mag, er will die Armeen des Westens nicht seinem Onkel überlassen. Ich fürchte sogar, wenn Guy sich erst einmal Gehör bei ihm verschafft hat, wird er sie nicht einmal mehr dir überlassen.«

Borric öffnete den Mund, um etwas zu sagen, aber Kulgan unterbrach ihn. »Verzeiht, Euer Gnaden, aber darf ich etwas vorschlagen?«

Caldric sah Borric an, der nickte. Kulgan räusperte sich. »Würde der König die Armeen des Westens Herzog Brucal aus Yabon überlassen?«

Verständnis zeigte sich langsam auf Borrics und Caldrics Gesichtern. Schließlich warf der Herzog von Crydee den Kopf in den Nacken, und er lachte. Er schlug mit der Faust auf den Tisch und brüllte: »Kulgan! Wenn Ihr mir nicht in all den Jahren, die ich Euch kenne, schon so gut gedient hättet: Heute abend habt Ihr mir einen großen Dienst erwiesen.« Er wandte sich an Caldric. »Was meinst du?«

Caldric lächelte zum ersten Mal, seit er den Raum betreten hatte. »Brucal? Dieser alte Kriegsherr? Es gibt keinen ehrenwerteren Mann im ganzen Königreich. Und er steht außerhalb der Linie in der Thronfolge. Er wäre jenseits aller Versuche von Guy, ihn anzuschwärzen. Wenn *er* das Kommando über die Armeen erhalten sollte…«

Arutha beendete den Gedanken. »Er würde Vater dazu berufen, sein Hauptratgeber zu werden. Er weiß, daß Vater der beste Kommandeur im Westen ist.«

Caldric setzte sich auf. »Du würdest sogar das Kommando über die Armeen aus Yabon erhalten.«

»Ja«, bestätigte Arutha, »und über LaMut, Zun, Ylith und den ganzen Rest.«

Caldric stand auf. »Ich denke, das wird gehen. Sagt morgen nichts zum König. Ich werde den rechten Zeitpunkt finden, um ihm diesen ›Vorschlag‹ zu unterbreiten. Laßt uns beten, daß Seine Majestät ihn gutheißt.«

Caldric zog sich zurück. Zum ersten Mal schöpften sie alle Hoffnung auf ein gutes Ende ihrer Reise. Selbst Arutha, der die ganze Woche über vor Wut geschäumt hatte, wirkte fast glücklich.

Ein Klopfen an seiner Tür weckte Pug. Verschlafen forderte er denjenigen dort draußen auf einzutreten, wer immer es war. Die Tür öffnete sich. Ein königlicher Hofmeister blinzelte herein. »Herr, der König befiehlt alle Männer aus der Gesellschaft des Herzogs in den Thronsaal. Unverzüglich.«

Pug erklärte, er würde sofort kommen und zog sich hastig an. Draußen war es immer noch dunkel. Er fragte sich besorgt, was diesen überraschenden Befehl ausgelöst haben mochte. Das hoffnungsvolle Gefühl des Vorabends, nachdem Caldric gegangen war, wurde von Sorge verdrängt. Hatte der König irgendwie von ihrem Plan erfahren, die Ankunft des Herzogs von Bas-Tyra zu umgehen?

Er schloß noch den Gürtel um seine Tunika, als er bereits sein Gemach verließ. Er hastete den Korridor entlang. Der Lakai neben ihm hielt eine Laterne, damit er seinen Weg im Dunkel finden konnte.

Als sie den Thronsaal erreichten, trafen auch der Herzog, Arutha und Kulgan ein. Alle sahen gespannt zu Rodric hinüber, der – noch im Nachtgewand – vor seinem Thron auf- und abging. Herzog Caldric stand an seiner Seite. Sein Gesicht war ernst. Der Saal war dunkel, abgesehen von den Laternen, die die Lakaien hielten.

Kaum hatten sie sich vor dem Thron versammelt, als Rodric wütend aufbrauste. »Vetter! Weißt du, was ich hier habe?« schrie er und streckte ihnen ein Stück Pergament entgegen.

Borric erklärte, er wüßte es nicht. Rodrics Stimme senkte sich ein wenig. »Das ist eine Botschaft aus Yabon! Dieser alte Narr von Brucal hat diese Tsurani-Fremdlinge in eine Garnison eindringen und sie zerstören lassen. Schau dir das an!« kreischte er und warf Borric das Pergament vor die Füße. Kulgan hob es auf und reichte es dem Herzog. »Mach dir nicht die Mühe«, sagte der König. Seine Stimme klang fast wieder normal. »Ich werde dir sagen, was darin steht.

Diese Eindringlinge haben die Freien Städte angegriffen, nahe Walinor. Sie sind außerdem in die Elbenforste eingedrungen. Sie haben Bergenstein angegriffen. Sie haben Crydee angegriffen.«

Ohne zu überlegen fragte Borric: »Welche Nachricht habt Ihr aus Crydee?«

Der König blieb stehen. Er sah Borric an, und einen Moment lang konnte Pug den Irrsinn in seinen Augen sehen. Er schloß sie kurz und öffnete sie dann wieder. Pug erkannte, daß der König jetzt wieder er selbst war. Er schüttelte leicht den Kopf und hob eine Hand an die Schläfe. »Ich habe nur Kunde von Brucal, also aus zweiter Hand. Als die Boten vor sechs Wochen aufbrachen, war Crydee nur einmal angegriffen worden. Dein Sohn Lyam berichtet, daß der Sieg vollständig war. Die Fremdlinge sind in den Wald zurückgedrängt worden.«

Caldric trat vor. »Alle Berichte erklären dasselbe. Schwer bewaffnete Kompanien griffen während der Nacht an, noch ehe der Schnee geschmolzen war. Sie nahmen die Garnisonen und überraschten sie. Man weiß nur wenig, abgesehen davon, daß eine Garnison von LaMutianern in der Nähe von Bergenstein überrannt wurde. Alle anderen Angriffe scheinen abgewendet worden zu sein.« Vielsagend schaute er Borric an. »Es wird nichts davon erwähnt, daß die Tsurani Kavallerie einsetzten.«

»Dann hatte Tully vielleicht recht, und sie haben keine Pferde.«

Der König schien benommen zu sein. Er machte einen taumelnden Schritt rückwärts und ließ sich dann auf seinen Thron fallen. Wieder legte er eine Hand an die Schläfe. »Was soll dieses Gerede von Pferden? Mein Königreich wird angegriffen. Diese Kreaturen wagen es, meine Soldaten zu bekämpfen!«

Borric schaute zum König. »Was wünschen Eure Majestät von mir?«

Die Stimme des Königs hob sich. »Ich habe auf meinen treuen Herzog aus Bas-Tyra warten wollen, ehe ich eine Entscheidung traf. Aber jetzt muß ich handeln.«

Er machte eine Pause. Sein Gesicht nahm einen verschlagenen Ausdruck an und seine dunklen Augen leuchteten im Laternenlicht. »Ich hatte daran gedacht, die Armeen des Westens Brucal zu überlassen, aber dieser alte Narr kann ja nicht einmal seine eigene Garnison beschützen.«

Borric wollte protestieren, aber Arutha, der seinen Vater kannte, packte seinen Arm, und der Herzog blieb still.

Der König erklärte: »Borric, du mußt Crydee deinen Söhnen überlassen. Sie sind tüchtig genug, denke ich.« Seine Blicke wanderten umher, und er kicherte. Dann schüttelte er den Kopf. Seine Stimme verlor jetzt die irrsinnige Schärfe. »O Gott, diese Schmerzen! Ich habe das Gefühl, mein Kopf muß bersten.« Er schloß kurz die Augen. »Borric, überlasse Crydee deinen Söhnen und reite unter dem Banner der Armeen des Westens gen Yabon. Brucal wird hart bedrängt, denn der größte Teil der fremden Armee richtet seine Angriffe auf LaMut und Zun. Wenn du dort bist, fordere an, was immer du benötigst. Diese Eindringlinge müssen aus unseren Landen vertrieben werden.«

Das Gesicht des Königs war bleich geworden. Schweiß glänzte auf seiner Stirn. »Es ist eine armselige Stunde zum Aufbruch, aber ich habe im Hafen Weisung erteilt, ein Schiff vorzubereiten. Ihr müßt unverzüglich aufbrechen. Geht jetzt.«

Der Herzog verbeugte sich und wandte sich um. Caldric sagte: »Ich werde Seine Majestät zu seinen Gemächern geleiten. Ich werde euch zum Hafen begleiten, sobald ihr fertig seid.«

Der alte Kanzler half dem König vom Thron, und die Gesellschaft des Herzogs verließ den Saal. Sie eilten in ihre Gemächer zurück, wo Lakaien bereits damit beschäftigt waren, ihre Habe zusammenzupacken. Pug stand aufgeregt herum. Endlich sollte er heimkehren.

Sie standen am Kai und verabschiedeten sich von Caldric. Pug und Meecham warteten. Der große Freisasse sagte: »Nun, Knabe, es wird noch einige Zeit vergehen, ehe wir die Heimat wiedersehen, jetzt, wo wir uns im Krieg befinden.«

Pug blickte in das narbige Gesicht des Mannes empor, der ihn vor so langer Zeit im Sturm gefunden hatte. »Aber wieso? Fahren wir denn nicht heim?«

Meecham schüttelte den Kopf. »Der Prinz wird von Krondor aus ein Schiff nehmen, das ihn zu seinem Bruder bringt. Aber der

Herzog schifft sich nach Ylith ein und reist von dort aus zu Brucals Lager, das sich irgendwo in der Nähe von LaMut befindet. Wohin Lord Borric geht, dahin geht auch Kulgan. Und wohin mein Meister zieht, dahin ziehe auch ich. Und wie ist es mit dir?«

Pug spürte einen Druck im Magen. Was der Freisasse da sagte, war richtig. Er gehörte zu Kulgan, nicht zum Volk von Crydee. Obwohl er wußte, wenn er darum bitten würde, würde man ihm erlauben, mit dem Prinzen zu ziehen. Wieder resignierte er vor einem anderen Anzeichen, das besagte, daß seine Kindheit zu Ende war. »Wohin Kulgan geht, dahin gehe auch ich.«

Meecham schlug ihm auf die Schulter. »Nun, wenigstens kann ich dir zeigen, wie man das verdammte Schwert benutzt, das du schwingst wie ein Fischweib ihren Besen.«

Pug, dem bei dieser Aussicht nicht sehr fröhlich zumute war, lächelte schwach. Bald darauf gingen sie an Bord und machten sich auf den Weg nach Salador, der ersten Station auf ihrer langen Reise in den Westen.

Einmarsch

Die Frühlingsregen in jenem Jahr waren heftig.

Durch den ständigen Schlamm wurde der Krieg behindert. Es würde noch fast einen ganzen Monat kalt und feucht bleiben, ehe endlich der kurze, heiße Sommer anbrechen würde.

Herzog Brucal aus Yabon und Lord Borric betrachteten einen Tisch, der von Karten überladen war. Der Regen klopfte aufs Zeltdach. Sie befanden sich im Mittelteil des Pavillons des Kommandeurs. Auf jeder Seite des Zeltes gab es zwei weitere, in denen sich die Schlafgemächer der beiden Adligen befanden. Das Zelt war von Rauch erfüllt, der aus den Laternen und aus Kulgans Pfeife aufstieg. Der Magier hatte sich als fähiger Ratgeber für die beiden Adligen erwiesen, und seine magische Hilfe war sehr nützlich. Er konnte Änderungen im Wetter vorhersagen, und sein hellseherisches Auge entdeckte manchmal, aber nicht oft, auch Bewegungen der Tsurani-Truppen. Im Laufe der Jahre war er durch sein vieles Lesen außerdem ein Kenner der Taktik und Strategie geworden.

Brucal deutete auf die neueste Karte auf dem Tisch. »Sie haben diesen Punkt hier eingenommen, und einen weiteren dort. Sie halten diese Stelle« – er wies auf einen weiteren Punkt auf der Karte – »trotz unserer Bemühungen, sie von dort zu vertreiben. Außerdem scheinen sie sich in einer Linie von hier nach dort fortzubewegen.« Sein Finger fuhr an einer Linie auf der östlichen Seite der Grauen Türme entlang. »Da muß es ein Muster geben, aber ich will verdammt sein, wenn ich es erkenne.« Der alte Herzog wirkte müde. Die Kämpfe hielten jetzt seit über zwei Monaten an, und auf keiner Seite zeichnete sich ein Vorteil ab.

Borric musterte die Karte. Rote Flecken kennzeichneten die

bekannten Festen der Tsurani. Dabei handelte es sich um von Hand gegrabene Brustwehre, die von einem Minimum von zweihundert Mann verteidigt wurden. Es gab auch Verstärkungseinheiten. Ihr vermutlicher Aufenthaltsort wurde durch gelbe Flekken gekennzeichnet. Es war bekannt, daß jede angegriffene Stellung schnell Verstärkung erhielt, manchmal innerhalb weniger Minuten. Blaue Punkte bezeichneten die Stellung der Armee des Königreiches. Aber die meisten von Brucals Streitkräften waren um den Hügel gruppiert, auf dem das Zelt des Kommandeurs stand.

Bis das schwere Fußvolk aus Ylith und Tyr-Sog eintraf, bestand der größte Teil der versammelten Truppen aus Kavallerie. Der Herzog von Crydee stimmte mit der Schätzung des anderen Mannes überein. »Es scheint so, als bliebe ihre Taktik immer dieselbe: eine kleine Truppe einschleusen, eingraben, und verteidigen. Sie hindern unsere Truppen daran, zu uns zu stoßen, aber sie weigern sich, uns zu verfolgen, wenn wir uns zurückziehen. Es muß einen Plan geben. Aber ich kann ihn beim besten Willen auch nicht erkennen.«

Eine Wache trat ein. »Herr, draußen steht ein Elb und bittet um Einlaß.«

»Führt ihn herein«, befahl Brucal.

Der Soldat hielt die Zeltklappe beiseite, und ein Elb trat ein. Sein rotbraunes Haar klebte am Kopf, und aus seinem Umhang tropfte Wasser auf den Zeltboden. Er verbeugte sich leicht vor den Herzögen.

»Was gibt es Neues aus Elvandar?« erkundigte sich Borric.

»Meine Königin sendet Euch Grüße.« Hastig wandte er sich der Karte zu. Er deutete auf einen Paß zwischen den Grauen Türmen im Süden und Bergenstein im Norden. Es war der Paß, den Borrics Truppen jetzt am östlichen Ende versperrten. »Die Außerweltlichen drängen viele Soldaten durch diesen Paß. Sie sind bis an den Rand des Elbenforstes vorgedrungen, versuchen aber nicht, dort einzudringen. Sie haben es mir schwergemacht hindurchzukommen.« Er grinste. »Einen halben Tag lang habe ich einige von ihnen ganz schön herumgejagt. Sie rennen fast ebenso gut wie die Zwerge. Aber im Wald konnten sie nicht Schritt halten.« Er wandte seine Aufmerksamkeit wieder der Karte zu. »Es gibt Kunde aus Crydee. Patrouillen haben Vorboten bekämpft, aber nicht in der Nähe des Schlosses selbst. Man hört nichts von Vorkommnissen aus Carse, Tulan oder von den Grauen Türmen. Sie scheinen sich damit zufrieden zu geben, diesen Paß zu halten. Eure Truppen aus dem Westen werden nicht in der Lage sein, Euch zu unterstützen, da sie jetzt nicht mehr diese Linie durchbrechen können.«

»Wie stark sind die Fremdlinge jetzt?« fragte Brucal.

»Das ist nicht bekannt, aber ich habe mehrere Tausend entlang dieser Route gesehen.« Sein Finger bezeichnete einen Weg entlang der Nordkante des Passes, vom Elbenforst bis zum Lager des Königreiches. »Die Zwerge aus Bergenstein werden in Ruhe gelassen, solange sie sich nicht nach Süden wagen. Auch ihnen versagen die Außerweltlichen die Benutzung des Passes.«

Borric fragte den Elb: »Gibt es irgendwelche Berichte darüber, daß die Tsurani Kavallerie haben?«

»Nein. Jeder Bericht bezieht sich nur auf Infanterie.«

»Pater Tullys Vermutung, daß sie keine Pferde haben, scheint sich zu bewahrheiten«, bemerkte Kulgan.

Brucal nahm Feder und Tinte zur Hand und trug die neue Information auf ihrer Karte ein. Kulgan sah ihm über die Schulter.

Borric wandte sich an den Elb. »Wenn Ihr geruht habt, überbringt Eurer Herrin meine Grüße und meine Wünsche für ihre Gesundheit und ihr Wohlergehen. Solltet Ihr Läufer in den Westen entsenden, überbringt bitte dieselbe Botschaft meinen Söhnen.«

Der Elb verbeugte sich. »Wie Mylord wünschen. Ich werde

umgehend nach Elvandar zurückkehren.« Er wandte sich um und verließ das Zelt.

»Ich glaube, ich begreife«, meinte Kulgan. Er zeigte auf die neuen roten Flecken auf der Karte. Sie bildeten durch den Paß hindurch einen Halbkreis. »Die Tsurani versuchen, dieses Gebiet hier zu halten. Dieses Tal dort ist der Mittelpunkt des Kreises. Ich vermute, sie wollen verhindern, daß irgend jemand in die Nähe gelangt.«

Beide Herzöge schienen verwirrt. »Aber zu welchem Zweck? Nichts dort ist von militärischem Wert. Es sieht fast so aus, als laden sie uns ein, sie in dem Tal einzuschließen.«

Plötzlich stöhnte Brucal auf. »Das ist ein Brückenkopf. Sie haben Halt auf dieser Seite. Sie haben nur so viele Vorräte, wie ihre Männer tragen können. Sie haben die Gegend noch nicht genügend unter Kontrolle, um jagen zu können. Also müssen sie ihre Kontrolle ausbreiten und gleichzeitig Vorräte ansammeln, ehe sie eine Offensive starten.«

Brucal wandte sich an den Magier. »Kulgan, was meint Ihr? Auf diesem Gebiet kennt Ihr Euch besser aus.«

Der Magier betrachtete die Karte, als versuchte er, noch mehr Informationen herauszufinden, die sich darin verbargen. »Wir kennen nicht die Magie, die dahinter steckt. Wir wissen nicht, wie schnell sie Männer und Vorräte hindurchschleusen können, denn niemals hat man sie erscheinen sehen. Vielleicht benötigen sie ein großes Gebiet, und das stellt ihnen dieses Tal zur Verfügung. Aber vielleicht ist auch ihre Zeit begrenzt, in der sie ihre Truppen einschleusen können.«

Herzog Borric dachte darüber nach. »Dann gibt es nur eins, was wir tun können. Wir müssen einen Spähtrupp in das Tal entsenden, um zu sehen, was sie tun.«

Kulgan lächelte. »Ich möchte auch mitziehen, wenn Euer Gnaden es gestattet. Eure Soldaten haben vielleicht keine Vorstellung von dem, was sie sehen, wenn es mit Magie zu tun hat.«

Brucal wollte widersprechen. Sein Blick ruhte auf der umfangreichen Gestalt des Magiers. Borric schnitt ihm das Wort ab. »Laßt Euch von seinem Äußeren nicht zum Narren halten. Er reitet wie ein Soldat.« Er wandte sich an Kulgan. »Ihr solltet besser auch Pug mitnehmen, denn wenn einer fällt, kann der andere die Nachricht überbringen.«

Kulgan erkannte die Weisheit dieses Vorschlags. Der Herzog von Yabon erklärte: »Wenn wir den Paß des Nordens angreifen, dann in dieses Tal hinein stürmen und ihre Truppen dort zusammenziehen, dann kann eine kleine, schnelle Gruppe vielleicht hier durchbrechen.« Er wies auf einen kleinen Pfad, der von Osten her ins südliche Ende des Tales führte.

»Das ist ein kühner Plan«, meinte Borric. »Wir haben so lange nur eine feste Front den Tsurani gegenüber gebildet, daß sie wahrscheinlich nicht damit rechnen.« Der Magier schlug vor, daß sie sich für den Rest des Abends zurückziehen sollten, denn der morgige Tag würde sehr lang werden. Er schloß kurz die Augen. Dann informierte er die beiden Führer, daß der Regen aufhören und der nächste Tag sonnig sein würde.

Pug lag in seine Decke gehüllt und versuchte zu schlafen, als Kulgan ihr Zelt betrat. Meecham hockte vor dem Feuer, bereitete ihr Abendessen und versuchte, es vor den gierigen Fängen von Fantus in Sicherheit zu bringen. Der Feuerdrache hatte seinen Meister eine Woche zuvor gefunden. Die Soldaten hatten überraschte Schreie ausgestoßen, als er über den Zelten schwebte. Nur Meechams Kommandorufe hatten einen Bogenschützen davon abgehalten, einen Pfeil in das verspielte Wesen zu jagen. Kulgan war erfreut gewesen, sein Tierchen wiederzusehen, konnte aber nicht erklären, wie die Kreatur sie gefunden hatte. Der Drache war direkt in das Zelt des Magiers gezogen und war jetzt zufrieden, neben Pug schlafen und sein Futter unter Meechams wachsamen Augen hervorstehlen zu können.

Pug setzte sich auf, als der Magier seinen triefenden Umhang ablegte. »Eine Expedition soll sich tief in das von den Tsurani besetzte Gebiet begeben. Sie sollen den Kreis durchbrechen, den diese um ein kleines Tal gezogen haben, und herausfinden, welches ihre Pläne sind. Du und Meecham, ihr werdet mich auf diesem Ausflug begleiten. Ich möchte Freunde neben und hinter mir haben.«

Diese Aussicht machte Pug ganz aufgeregt. Meecham hatte viele Stunden damit verbracht, ihn in der Kunst des Kämpfens mit Schwert und Schild zu unterweisen. Sein alter Traum, Soldat zu werden, war zurückgekehrt. »Ich habe meine Klinge scharf gehalten, Kulgan.«

Meecham stieß ein Schnauben aus, das man für ein Lachen halten konnte, und der Magier warf ihm einen düsteren Blick zu. »Gut, Pug, aber mit etwas Glück müssen wir nicht kämpfen. Wir sollen mit ein paar Mann ausziehen, zusammen mit einer großen Truppe, die die Tsurani abhalten soll. Wir werden schnell in ihr Gebiet vorstoßen und herausfinden, was sie verbergen. Dann werden wir so schnell wie möglich zurückreiten, um die Neuigkeiten zu übermitteln. Ich danke den Göttern, daß die Tsurani keine Pferde haben, denn dann könnten wir niemals hoffen, einen so kühnen Streich durchführen zu können. Wir werden durch ihre Reihen brechen, ehe sie überhaupt wissen, daß wir zugeschlagen haben.«

»Vielleicht können wir einen Gefangenen machen«, meinte der Junge hoffnungsvoll.

»Das wäre mal etwas anderes«, sagte Meecham. Die Tsurani hatten gezeigt, daß sie mächtige Kämpfer waren, die sich lieber töten als gefangennehmen ließen.

»Vielleicht finden wir dann heraus, warum sie nach Midkemia gekommen sind«, rätselte Pug.

Kulgan schien nachdenklich. »Es gibt nur wenig, was wir von diesen Tsurani wissen. Woher kommen sie? Wie gelangen sie von ihrer Welt in unsere? Und vor allem: Warum kommen sie? Warum marschieren sie in unseren Landen ein?«

»Metall.«

Kulgan und Pug schauten zu Meecham hinüber, der ihren Eintopf auf die Teller füllte. Er hatte immer ein Auge auf Fantus gerichtet. »Sie haben überhaupt kein Metall, und sie wollen unseres.« Als Kulgan und Pug ihn verständnislos ansahen, schüttelte er den Kopf. »Ich dachte, das wäre Euch inzwischen klargeworden, deshalb habe ich es nicht erwähnt.« Er stellte die Teller mit dem Eintopf beiseite und griff hinter sich. Unter seinem Bettzeug zog er einen leuchtendroten Pfeil hervor. »Erinnerungsstück«, erklärte er und hielt es ihnen zur Untersuchung hin. »Seht Euch den Kopf an. Der ist aus demselben Zeug, aus dem auch ihre Schwerter sind. Eine Art Holz, so hart wie Stahl. Ich habe mir eine Menge Sachen angesehen, die die Soldaten mitgebracht haben. Aber nicht ein einziges Ding von den Tsurani hat Metall an sich.«

Kulgan schien verblüfft. »Natürlich! Das ist alles so einfach. Sie haben eine Möglichkeit gefunden, zwischen ihrer und unserer Welt hin- und herzuziehen. Sie haben Pfadfinder ausgeschickt und ein Land gefunden, das reich an Metallen ist, die sie nicht haben. Also schicken sie eine Armee. Das erklärt auch, warum sie sich in einem Hochtal sammeln, statt in den tiefergelegenen Wäldern. Von dort haben sie freien Zugang zu... den Zwergenminen!« Er sprang auf. »Ich benachrichtige die Herzöge besser sofort. Wir müssen Nachricht an die Zwerge senden, um sie zu warnen.«

Pug saß nachdenklich da, als Kulgan durch den Zelteingang verschwand. Nach einem Augenblick fragte er: »Meecham, warum haben sie nicht versucht zu verhandeln?«

Meecham schüttelte den Kopf. »Die Tsurani? Nach allem, was wir gesehen haben, Bursche, möchte ich wetten, daß ihnen dieser Gedanke nie auch nur gekommen ist. Scheint ein kampflustiges

Völkchen zu sein. Diese Bastarde kämpfen wie die Dämonen. Wenn sie Kavallerie besäßen, hätten sie uns längst alle hier bis nach LaMut zurückgetrieben. Anschließend hätten sie dann wahrscheinlich die Stadt um sich her niedergebrannt. Aber wenn wir sie ermüden können und einfach stur bleiben, dann können wir die ganze Angelegenheit vielleicht nach einiger Zeit regeln. Schau dir nur an, was mit Kesh geschehen ist. Es hat das halbe Bosania ans Königreich verloren, weil die Konföderierten das Kaiserreich einfach ermüdet haben.«

Nach einer Weile gab Pug die Hoffnung auf, daß Kulgan bald zurückkehren würde. Er aß allein und legte sich dann wieder zu Bett. Meecham gab es auf, das Mahl des Magiers vor dem Drachen zu retten, und begab sich ebenfalls zu seiner Schlafstelle.

Im Dunkeln starrte Pug an das Zeltdach hinauf, lauschte auf den Regen und das freudige Schmatzen des Drachen. Schon bald schlief er ein und träumte von einem dunklen Tunnel und einem flackernden Licht, das darin verschwand.

Die Bäume waren dick, die Luft von dichtem Nebel erfüllt, als die Kolonne sich langsam durch den Wald bewegte. Vorreiter kamen und gingen alle paar Minuten. Sie suchten nach Anzeichen dafür, daß die Tsurani einen Hinterhalt planten. Die Sonne war in den Bäumen oberhalb verloren, und die ganze Szene lag in gespenstischem Grau. Es war schwer, mehr als nur ein paar Meter weit zu schauen.

An der Spitze der Gruppe ritt ein junger Hauptmann aus der Armee von LaMut, Vandros, der Sohn des alten Grafen von LaMut. Er war einer der fähigsten jungen Offiziere in Brucals Armee.

Sie ritten paarweise. Pug befand sich neben einem Soldaten und hinter Kulgan und Meecham. Der Befehl zum Halt wurde gegeben, und Pug zügelte sein Pferd und stieg ab. Er trug ein gut geöltes Kettenhemd, darüber den Heroldsrock der Streitkräfte aus LaMut, mit dem grauen Wolfskopf auf einem blauen Kreis in der Mitte. Dicke Wollhosen waren in hohe Stiefel gestopft. Er hielt einen Schild an seinem linken Arm, sein Schwert hing an seinem Gürtel. Er fühlte sich ganz als großer Soldat. Das einzig Unschöne war sein Helm, der ein bißchen zu groß war und ihm ein leicht komisches Aussehen verlieh.

Hauptmann Vandros kam zu Kulgan und stieg ab. »Die Pfadfinder haben ein Lager entdeckt. Es liegt ungefähr eine halbe Meile voraus. Sie glauben, daß die Wachen sie nicht bemerkt haben.«

Der Hauptmann zog eine Karte hervor. »Wir sind etwa hier. Ich werde meine Männer anführen und das feindliche Lager angreifen. Kavallerie aus Zun wird uns zu beiden Seiten unterstützen. Leutnant Garth wird den Trupp anführen, mit dem Ihr reitet. Ihr werdet an dem feindlichen Lager vorbeiziehen und dann weiter auf die Berge zu. Wir werden versuchen, Euch zu folgen. Aber wenn wir bis Sonnenuntergang nicht wieder zu Euch gestoßen sind, müßt Ihr allein weiterziehen.

Bewegt Euch immer weiter, aber nur langsam. Wenn nötig, treibt die Pferde an, aber versucht, sie am Leben zu erhalten. Zu Pferd könnt Ihr diese Fremdlinge immer abhängen, aber zu Fuß würde ich Euch keine große Chance einräumen, heimzukehren. Sie rennen wie die Teufel.

Wenn Ihr in den Bergen seid, zieht durch den Paß. Reitet eine Stunde nach Sonnenaufgang ins Tal. Bei Morgengrauen wird der Paß des Nordens angegriffen. Wenn Ihr also sicher bis ins Tal gelangt, dann solltet Ihr – so hoffe ich – wenig zwischen Euch und dem Paß des Nordens finden. Seid Ihr erst einmal im Tal, haltet Euch nicht auf. Wenn ein Mann fällt, muß er zurückgelassen werden. Der Auftrag lautet, Information zurück zum Kommandeur zu bringen. Nun versucht zu ruhen. Es könnte für einige Zeit Eure letzte Gelegenheit dazu sein. In einer Stunde greifen wir an.«

Er ritt zurück zur Spitze. Kulgan, Meecham und Pug setzten sich wortlos. Der Magier trug keine Rüstung. Er behauptete, sie würde seine Magie beeinträchtigen. Pug neigte mehr zu der Ansicht, sie würde aufgrund seines Umfanges sein Wohlbefinden mindern. Meecham hatte, wie die anderen, ein Schwert an der Seite, hielt aber auch einen Bogen. Er zog es vor, mit Pfeil und Bogen zu kämpfen statt aus der Nähe. Aber Pug wußte von langen Unterrichtsstunden her, daß ihm der Kampf mit der Klinge auch nicht fremd war.

Die Stunde verstrich langsam. Pugs Erregung wuchs, denn noch immer war er von jungenhaften Gedanken an Krieg und Ruhm besessen. Er hatte das Entsetzen im Kampf mit den Düsteren Brüdern vergessen, ehe sie die Grauen Türme erreichten.

Der Befehl erging, und sie stiegen wieder auf. Zuerst ritten sie langsam, bis die Tsurani in Sicht waren. Als die Bäume dünner wurden, erhöhten sie ihre Geschwindigkeit, und als sie die Lichtung erreichten, galoppierten sie bereits. Hohe irdene Brustwehre waren als Verteidigung gegen die Reiter errichtet worden. Pug konnte die leuchtendbunten Helme der Tsurani ausmachen, die herbeieilten, um ihr Lager zu verteidigen. Als die Reiter angriffen, konnte man die Geräusche eines Kampfes durch die Bäume hallen hören. Die Truppen aus Zun griffen andere Tsurani-Lager an.

Der Boden bebte unter den Pferden, als sie direkt auf das Lager zustürmten. Es klang wie rollender Donner. Die Tsurani-Soldaten blieben hinter ihren Wällen, schossen ihre Pfeile ab, von denen die meisten zu Boden fielen. Als die ersten aus der Kolonne die Erdwälle erreicht hatten, wandte sich die zweite Reihe nach links und ritt in einem scharfen Winkel am Lager vorüber. Hier befanden sich ein paar Tsurani-Soldaten außerhalb der Brustwehr. Sie wurden niedergeritten und fielen wie der Weizen vor der Sense. Zwei Reiter wären fast von ihren großen, zweiseitigen Schwertern getroffen worden, die sie in Händen hielten. Aber Meecham brachte beide mit zwei schnellen Pfeilen zu Fall.

Pug hörte zwischen dem Kampfeslärm hinter sich ein Pferd aufschreien. Dann jagte er auch schon durch das Unterholz, als sie wieder im Wald waren. Sie ritten so schnell wie möglich und duckten sich unter herabhängenden Zweigen hindurch. Die Landschaft zog wie ein buntes Kaleidoskop an ihnen vorbei.

Fast eine halbe Stunde ritten sie so. Dann, als die Pferde müde wurden, verlangsamten sie ihr Tempo. Kulgan rief Leutnant Garth herbei. Anhand ihrer Karte überprüften sie ihre Position. Wenn sie für den Rest des Tages und die Nacht hindurch langsam weiterzogen, würden sie den Paß kurz vor Tagesanbruch erreichen.

Meecham spähte über die Köpfe des Leutnants und Kulgan hinweg, während diese am Boden knieten. »Ich kenne den Platz. Ich habe als Junge dort gejagt, als ich nahe Hush gelebt habe.«

Pug war überrascht. Zum ersten Mal hatte Meecham etwas von seiner Vergangenheit erwähnt. Pug hatte angenommen, daß Meecham aus Crydee stammte. Jetzt erfuhr er zufällig, daß er ein Jugendlicher aus den Freien Städten war. Aber er fand es schwer, sich Meecham als Jungen vorzustellen.

Der Freisasse fuhr fort: »Über die Bergkuppe gibt es einen Weg. Eigentlich ist es nur ein Pfad, der zwischen zwei kleineren Hügeln hindurchführt. Es ist kaum mehr als ein Trampelpfad, aber wenn wir die Pferde die ganze Nacht über führen, könnten wir bei Sonnenaufgang im Tal sein. Auf dieser Seite ist der Weg schwer zu finden, wenn man nicht weiß, wo man ihn suchen muß. Von der Talseite aus sieht man ihn praktisch gar nicht. Ich möchte wetten, die Tsuranis wissen nichts von ihm.«

Fragend schaute der Leutnant Kulgan an. Dieser blickte zu Meecham auf. »Es könnte einen Versuch wert sein. Wir können unsere Spur für Vandros markieren. Wenn wir langsam ziehen, holt er uns vielleicht ein, ehe wir das Tal erreichen.«

»In Ordnung«, sagte der Leutnant. »Unser größter Vorteil ist unsere Mobilität. Also laßt uns weiterziehen. Meecham, wo werden wir herauskommen?«

Der große Mann beugte sich über die Schulter des Leutnants, um ihm eine Stelle nahe dem südlichen Talende auf der Karte zu zeigen. »Hier. Wenn wir uns dann erst nach Westen halten und schließlich nach Norden abbiegen, sollten wir die Fremden umgehen können, ehe sie imstande sind, uns aufzuhalten.«

»Einverstanden?« fragte der Leutnant. Als niemand widersprach, gab er den Männern den Befehl, ihre Pferde zu führen. Meecham ging voraus.

Sie erreichten den Eingang zum Paß eine Stunde vor Sonnenuntergang. Pug fand, daß Meecham ihn zu Recht als Trampelpfad bezeichnet hatte. Der Leutnant stellte Wachen auf und befahl, die Pferde abzusatteln. Mit Gras rieb Pug sein Reittier trocken, ehe er es anpflockte. Die dreißig Soldaten waren damit beschäftigt, ihre Pferde und Rüstungen zu versorgen. Pug fühlte die Spannung in der Luft. Die Soldaten sehnten sich nach einem Kampf, jetzt, nachdem sie das Lager der Tsuranis umgangen hatten.

Meecham zeigte Pug, wie er Schild und Schwert mit Lumpen aus der Satteldecke seines Pferdes dämpfen konnte. »Nichts klingt besser durch die Hügel als das Geräusch von Metall an Metall, Junge, abgesehen von dem Klappern von Pferdehufen auf Fels vielleicht.« Pug sah zu, wie er Lederstrümpfe über die Pferdehufe streifte. Sie waren extra für diesen Zweck angefertigt und in den Satteltaschen mitgeführt worden. Als die Sonne langsam unterging, ruhte Pug sich aus. Während der kurzen Dämmerung wartete er, bis er den Befehl hörte, wieder zu satteln. Als er damit fertig war, stellten die Soldaten ihre Tiere bereits hintereinander auf.

Meecham und der Leutnant schritten an der ganzen Reihe entlang und wiederholten ihre Anweisungen. Sie wollten einer hinter dem anderen gehen, mit Meecham an der Spitze, gefolgt von dem Leutnant und so weiter, bis hinunter zum kleinsten Soldaten. Jeder Mann sollte die Steigbügel des Pferdes vor sich halten und sein eigenes Tier führen. Als alle ihre Plätze eingenommen hatten, setzte sich Meecham in Bewegung.

Der Pfad stieg steil an, und die Pferde hatten Mühe, ihn zu erklimmen. In der Dunkelheit bewegten sie sich langsam vorwärts und achteten sorgfältig darauf, nicht vom Weg abzukommen. Von Zeit zu Zeit ließ Meecham die Reihe halten und erkundete den Weg vor ihnen. Nach mehreren solcher Pausen führte der Pfad über einen steilen, schmalen Paß und dann abwärts. Eine Stunde später wurde er breiter, und sie hielten, um zu rasten. Zwei Soldaten wurden mit Meecham vorgeschickt, um den Weg zu erkunden, während die anderen sich zu Boden fallen ließen, um ihre verkrampften Beine zu entspannen. Pug erkannte, daß die Müdigkeit ebenso von der Anspannung herrührte, die durch ihren schweigenden Aufstieg erzeugt wurde, wie durch den Aufstieg selbst. Aber diese Erkenntnis half seinen Beinen auch nicht.

Nach einer viel zu kurzen Pause zogen sie auch schon weiter. Pug stolperte vorwärts. Sein Geist war vor Müdigkeit wie betäubt. Die Welt bestand für ihn nur noch aus einer endlosen Reihe von Fuß hoch, Fuß runter. Mehrmals schleifte das Pferd vor ihm ihn praktisch mit, weil er sich am Steigbügel festhielt.

Plötzlich wurde sich Pug bewußt, daß die Reihe gehalten hatte. Sie standen in einem schmalen Spalt zwischen zwei kleinen Hügeln und blickten ins Tal hinab. Von hier aus würden sie nur wenige Minuten benötigen, um den Hang hinunterzureiten.

Kulgan trat zu dem Jungen, der neben seinem Pferd hockte. Dem kräftigen Magier schien der Anstieg wenig ausgemacht zu haben. Pug staunte über die Muskeln, die unter den Fettschichten verborgen liegen mußten. »Wie fühlst du dich, Pug?«

»Ich werd's wohl überleben, denke ich. Aber nächstes Mal

würde ich doch lieber reiten, wenn es Euch recht wäre.« Sie sprachen leise, aber der Magier kicherte jetzt doch.

»Ich kann dich völlig verstehen. Wir bleiben bis zum ersten Tageslicht hier. Das heißt noch etwas weniger als zwei Stunden. Ich schlage vor, du schläfst jetzt ein wenig, denn wir haben noch einen langen und harten Ritt vor uns.«

Pug nickte und legte sich ohne ein Wort nieder. Er benutzte seinen Schild als Kissen, und schlief sofort ein. Er rührte sich auch nicht, als Meecham kam und die Lederhüllen von den Hufen seines Pferdes entfernte.

Ein sanftes Rütteln weckte Pug. Es kam ihm so vor, als hätte er gerade erst die Augen geschlossen. Meecham hockte vor ihm und streckte ihm etwas hin. »Hier, Junge, iß das.«

Pug nahm das angebotene Essen entgegen. Es war ein weiches Brot, das stark nach Nuß schmeckte. Nach zwei Bissen fühlte er sich schon besser.

»Iß schnell, denn wir reiten in ein paar Minuten los«, forderte Meecham ihn auf. Dann ging er zu dem Leutnant und dem Magier hinüber, die neben ihren Pferden standen. Pug aß sein Brot und stieg dann wieder auf sein Tier. Seine Beine fühlten sich nicht mehr so schmerzhaft an, und als er endlich wieder auf dem Pferd saß, konnte er es kaum erwarten, loszureiten.

Der Leutnant wandte sein Pferd um, so daß er die Männer sah. »Wir reiten nach Westen, dann, auf meinen Befehl hin, gen Norden. Kämpft nur, wenn wir angegriffen werden. Unser Auftrag lautet, mit Informationen über die Tsurani zurückzukehren. Wenn irgendein Mann fällt, können wir nicht halten. Wenn einer von den anderen getrennt wird, soll er so gut wie möglich versuchen zurückzukehren. Merkt euch soviel wie möglich von allem, was ihr seht, denn vielleicht seid gerade ihr es, die als einzige die Kunde zu den Herzögen tragen können. Mögen die Götter uns alle beschützen.«

Einige der Soldaten stießen Stoßgebete zu den Göttern aus, hauptsächlich zu Tith, dem Kriegsgott, und dann waren sie unterwegs. Die Kolonne ritt den Hügel hinab und erreichte den Talboden. Die Sonne stieg empor und rosiges Licht hüllte die Landschaft ein. Am Fuße der Hügel überquerten sie ein kleines Bächlein und kamen in eine Ebene mit hohem Gras. Weit vorn standen ein paar Bäume. Noch mehr davon waren weiter nördlich zu sehen. Am Ende des Tales hing der Dunst von einem Lagerfeuer in der Luft. Der Feind war also da. Der Rauchmenge nach zu urteilen, mußte es eine größere Ansammlung von ihnen sein.

Nach einer Weile erteilte der Leutnant den Befehl, und die Kolonne wandte sich nach Norden. Sie trabten dahin. Sie wollten die Pferde schonen, bis die Geschwindigkeit wichtig für sie war.

Pug meinte, Farben zwischen den Bäumen voraus zu erblikken, war sich aber nicht sicher. Als sie sich dem Wald näherten, erklang ein Ruf. Der Leutnant schrie: »Sie haben uns gesehen. Reitet hart, und bleibt dicht beisammen.« Dann trieb er sein Pferd vorwärts. Bald donnerte die ganze Kompanie auf das Holz zu. Pug sah die Pferde vor sich nach links abbiegen und lenkte seines hinterher. Er bemerkte eine Lichtung in den Bäumen. Der Klang von Stimmen wurde lauter, als die ersten Bäume vorbeirasten und seine Augen sich bemühten, sich an die Dunkelheit des Waldes zu gewöhnen. Er hoffte, sein Pferd könnte klarer sehen als er, denn sonst würde er sich mitten in einem Baum wiederfinden.

Das kampfgewohnte Pferd schoß zwischen den Stämmen hindurch. Immer wieder sah Pug jetzt Farben zwischen den Zweigen aufblitzen. Tsurani-Soldaten eilten herbei, um die Soldaten zu bremsen, aber sie waren gezwungen, sich zwischen den Bäumen hindurchzuschlängeln, und das machte ihnen ihr Vorhaben unmöglich. Die Reiter eilten so geschwind durch den Wald, daß den Tsurani nicht einmal genug Zeit blieb, um ihre Kameraden zu benachrichtigen, geschweige denn, selbst zu handeln. Pug wußte, daß dieser Vorteil aufgrund der Überraschung nicht mehr lange würde anhalten können. Sie machten zu viel Wirbel, als daß der Feind nicht hätte erkennen können, was geschah.

Nach einer wahnsinnigen Jagd durch die Bäume brachen sie auf eine weitere Lichtung heraus, wo ein paar Tsurani-Soldaten sie erwarteten. Die Reiter griffen an, die meisten der Verteidiger flohen. Einer jedoch stand wie angewurzelt, trotz des Entsetzens, das sich auf seinem Gesicht malte, und schwang das blaue, zweischneidige Schwert, das er trug. Ein Pferd schrie auf. Der Reiter wurde abgeworfen, als die Klinge das rechte Bein unter dem Tier fortschnitt. Pug verlor den Kampf aus den Augen, als er schnell vorbeiritt.

Ein Pfeil zischte über Pugs Schulter hinweg. Er summte wie eine wütende Biene. Pug duckte sich über den Hals seines Pferdes. Er versuchte, den Bogenschützen hinter sich ein so kleines Ziel wie möglich zu bieten. Vor ihm fiel ein Soldat rücklings aus dem Sattel. Ein roter Pfeil stak in seinem Nacken.

Bald waren sie außer Schußweite und ritten auf eine Brustwehr zu, hinter der Hunderte von leuchtendbunten Gestalten hin und her eilten. Der Leutnant machte den Reitern ein Zeichen, an der Wehr vorbei in Richtung Westen zu galoppieren.

Kaum war es augenscheinlich, daß sie an der Brustwehr vorbeireiten und nicht angreifen würden, da stolperten auch schon die ersten Tsurani-Bogenschützen über den Wall und eilten herbei, um die Reiter aufzuhalten. Sobald sie in Schußweite kamen, erfüllte sich die Luft mit roten und blauen Pfeilen. Pug hörte ein Pferd schreien, aber er konnte weder das arme Tier noch seinen Reiter erblicken.

Schnell ritten sie an den Bogenschützen vorüber und kamen wieder zu einer Baumgruppe. Einen Moment verhielt der Leutnant sein Pferd und rief: »Von hier aus reitet geradewegs weiter gen Norden. Unsere Streitkräfte sollten inzwischen dort eingetroffen sein. Wenn wir hinter diesen Wald gelangen können, müßte alles in Ordnung sein.« Der Wald, auf den der Leutnant sich bezog, war ihnen von Meecham als zwei Meilen breit beschrieben worden. Von dort aus waren es noch drei Meilen über offenen Grund, bis sie den Paß des Nordens zwischen den Hügeln erreichen würden.

Sie verlangsamten zum Schritt und versuchten, ihre Pferde soweit wie möglich zu schonen. Sie konnten die winzigen Gestalten der Tsurani von hinten kommen sehen, aber sie würden sie niemals einholen, wenn die Pferde wieder rannten. Vor sich konnte Pug die Bäume des Forstes ausmachen. Von Minute zu Minute türmten sie sich höher auf. Er konnte die Augen spüren, die dort sein mußten, wartend, sie beobachtend.

»Sobald wir im Bereich der Bogenschützen sind, reitet vorwärts, so schnell ihr könnt«, rief der Leutnant. Pug sah, wie die Soldaten ihre Schwerter und Bogen bereit machten. Er selbst zog ebenfalls sein Schwert. Er fühlte sich nicht wohl mit der Waffe in der Hand, als er auf die Bäume zutrabte.

Plötzlich war die Luft von schwirrenden Pfeilen erfüllt. Pug fühlte, wie einer an seinem Helm abprallte. Dennoch war er kräftig genug, um seinen Kopf zurückzureißen und ihm Tränen in die Augen zu treiben. Blindlings trieb er sein Pferd vorwärts und versuchte durch Zwinkern, die Augen von den Tränen zu befreien. Er hielt seinen Schild in der linken Hand und ein Schwert in der rechten. Als er die Tränen endlich fortgezwinkert hatte, war er schon wieder im Wald. Sein Kriegspferd reagierte auf den Druck seiner Knie, als er es tiefer in den Wald hineintrieb.

Ein gelbgewandeter Soldat brach hinter einem Baum hervor und holte nach dem Knaben aus. Er fing den Schwertschlag mit seinem Schild ab. Ein betäubender Schmerz durchfuhr seinen linken Arm. Er schlug nach dem Soldaten, der zurücksprang.

Der Schlag verfehlte sein Ziel. Pug trieb sein Pferd vorwärts, ehe der Soldat wieder zuschlagen konnte. Um ihn her hallte der Forst von Kampfeslärm wider. Er konnte die anderen Reiter zwischen den Bäumen kaum ausmachen.

Mehrmals ritt er Tsurani-Soldaten über den Haufen, als sie versuchten, ihm den Weg zu versperren. Einmal probierte einer, die Zügel des Pferdes zu packen, aber Pug schleuderte ihn mit einem Hieb auf den topfähnlichen Helm zu Boden. Es kam ihm so vor, als spielten sie alle ein irrsinniges Versteckspiel mit einem Fußvolk, mit Männern, die hinter jedem zweiten Baum hervorsprangen.

Ein scharfer Schmerz durchfuhr Pug an der rechten Wange. Er tastete mit dem Rücken seiner Schwerthand danach und fühlte etwas Feuchtes. Als er die Hand zurückzog, konnte er Blut auf seinen Knöcheln sehen. Er war überrascht, denn er hatte den Pfeil nicht einmal gehört, der ihn getroffen hatte.

Noch zweimal ritt er Soldaten nieder. Dann brach er plötzlich aus dem Wald hervor. Ein Kaleidoskop von Bildern empfing ihn. Er verhielt sein Pferd einen Augenblick lang und ließ die Szene auf sich wirken. In der Ferne erhob sich eine langgestreckte Vorrichtung, die ein paar hundert Meter lang war und mit sechs Meter hohen Pfosten an jedem Ende versehen war. Männer standen in Gruppen in der Nähe. Es waren die ersten Tsurani ohne Rüstung, die Pug je gesehen hatte. Diese Männer trugen lange, schwarze Roben und waren vollkommen unbewaffnet. Ein schimmernder, grauer Nebel wie der, den er in Kulgans Raum gesehen hatte, erfüllte die Luft zwischen den Pfosten und versperrte die Sicht auf das Gebiet direkt dahinter. Von zwei grauen, geduckten, sechsbeinigen Biestern wurde ein Waggon aus dem Dunst herausgezogen. Sie wurden von zwei Soldaten in roter Rüstung angetrieben. Weitere Wagen standen hinter den Maschinen, und ein paar von diesen merkwürdigen Biestern konnte man dahinter grasen sehen.

Immer mehr Reiter brachen jetzt auf die Lichtung heraus. Pug trieb sein Pferd vorwärts, fort von der seltsamen Maschinerie. Die sechsbeinigen Biester hoben die Köpfe und flohen vor den sich nähernden Pferden. Sie schienen sich mit dem geringstmöglichen Kraftaufwand zu bewegen, gerade genug, um sich aus dem Weg der Reiter zu bringen.

Einer der schwarzgewandeten Männer lief auf die Reiter zu. Er blieb stehen und trat zur Seite, als sie vorbeirasten. Pug erhaschte einen Blick auf sein Gesicht. Es war glattrasiert, seine Lippen bewegten sich, und seine Augen waren starr auf etwas hinter dem Jungen gerichtet. Pug hörte einen Aufschrei. Als er sich umschaute, erblickte er einen Reiter am Boden. Sein Pferd stand wie eine Statue angewurzelt da. Mehrere Soldaten eilten herbei, um den Mann zu überwältigen, als sich der Junge abwandte. Als er erst einmal an der fremdartigen Einrichtung vorüber war, konnte er eine Reihe großer, leuchtendbunter Zelte zu seiner Linken erkennen. Der Weg vor ihm war frei.

Pug sah Kulgan und zügelte sein Pferd, um näher zu dem Magier zu gelangen. In einiger Entfernung zu seiner Rechten konnte Pug andere Reiter erkennen. Als sie davoneilten, rief Kulgan dem Jungen etwas zu, was dieser aber nicht verstehen konnte. Der Magier deutete auf die Seite seines Gesichtes, dann auf Pug, der nun begriff, daß der Zauberer wissen wollte, ob mit ihm alles in Ordnung sei. Pug schwenkte sein Schwert und lächelte, und der Magier machte es ebenso.

Plötzlich erfüllte, ungefähr hundert Meter weiter vorn, ein lauter Knall die Luft. Ein schwarzgewandeter Mann erschien wie aus dem Nichts. Kulgans Pferd hielt direkt auf ihn zu, aber der Mann hielt ein merkwürdiges Ding in der Hand, mit dem er auf den Magier zeigte.

Die Luft sang vor Energie. Kulgans Pferd schrie auf und stürzte, wie von einer Axt getroffen. Der fette Magier wurde über den Pferdekopf geschleudert. Mit überraschender Gelenkigkeit rollte er über die Schulter auf die Füße ab und warf dabei den Schwarzgewandeten um.

Entgegen ihrem Befehl hielt Pug an, lenkte sein Pferd herum und ritt zurück. Er fand den Magier rittlings auf der Brust des kleinen Mannes sitzen. Jeder umspannte mit seiner rechten Hand das linke Handgelenk des anderen. Pug bemerkte, daß sie Auge in Auge saßen, in einem Wettstreit ihrer Willen. Kulgan hatte Pug schon früher diese seltsame geistige Macht erklärt. Es war eine Möglichkeit, mit der ein Magier den Willen eines anderen seinem eigenen beugen konnte. Es verlangte äußerste Konzentration und war sehr gefährlich. Pug sprang vom Pferd und eilte zu der Stelle, wo die beiden Männer miteinander rangen. Mit der flachen Seite seines Schwertes versetzte er dem schwarzgekleideten Mann einen Hieb gegen die Schläfe. Er verlor das Bewußtsein.

Kulgan taumelte auf die Füße. »Danke, Pug. Ich glaube nicht, daß ich ihn hätte besiegen können. Noch nie ist mir so große geistige Kraft begegnet.« Kulgan schaute zu seinem Pferd hinüber, das zitternd am Boden lag. »Es ist sinnlos.« Er wandte sich an Pug. »Hör gut zu, denn du wirst Lord Borric die Kunde überbringen müssen. Der Geschwindigkeit nach zu urteilen, mit der dieser Wagen aus der Spalte schoß, schätze ich, daß sie ein paar hundert Männer pro Tag einschleusen können, vielleicht auch sehr viel mehr. Sag dem Herzog, es wäre Selbstmord zu versuchen, die Maschine einzunehmen. Ihre Magier sind zu mächtig. Ich glaube nicht, daß wir die Maschine zerstören können, mit der sie den Spalt offen halten. Wenn ich Zeit hätte, sie zu studieren... Er muß Verstärkung aus Krondor anfordern, vielleicht auch aus dem Osten.«

Pug packte Kulgan am Arm. »Ich kann mir das nicht alles merken. Wir werden hintereinander reiten.«

Kulgan wollte protestieren. Er war aber zu schwach, um dem Jungen Widerstand zu leisten, als dieser ihn zu seinem Pferd hinüberzog. Ohne auf seine Einwände zu achten, hievte er seinen Meister in den Sattel. Pug zögerte einen Augenblick, als er sah, wie müde sein Tier war. Dann kam er zu einem Entschluß. »Mit uns beiden würde das Tier es nie schaffen, Kulgan«, rief er und hieb dem Pferd auf die Flanke. »Ich finde schon ein anderes.«

Pug suchte die Gegend ab, als das Pferd mit Kulgan auf dem Rücken davonstürmte. Ein reiterloses Pferd wanderte umher, keine sechs Meter von ihm entfernt. Aber als er sich näherte, bäumte sich das Tier auf. Fluchend wandte sich Pug um und sah sich dem schwarzgekleideten Tsurani gegenüber, der gerade wieder auf die Füße kam. Der Mann schien verwirrt und geschwächt, und Pug griff ihn an. Nur ein Gedanke hielt ihn gefangen: Er wollte einen Gefangenen machen. Dieser Tsurani war seinem Aussehen nach außerdem sogar noch ein Magier. Pug überraschte ihn und schlug ihn nieder.

Der Mann taumelte verängstigt rückwärts, als Pug drohend sein Schwert erhob, und streckte die Hand aus. Pug glaubte dies sei eine Geste der Unterwerfung. Er zögerte. Plötzlich durchfuhr ihn ein scharfer Schmerz. Er mußte sich anstrengen, sich auf den Füßen zu halten. Er taumelte umher. Durch einen Nebel von Schmerzen sah er eine vertraute Gestalt auf sich zureiten, die seinen Namen rief.

Pug schüttelte den Kopf. Plötzlich verging der Schmerz. Meecham raste auf ihn zu. Pug wußte, der Freisasse würde den Tsurani ins Lager des Herzogs bringen können, wenn Pug ihn an der Flucht hindern könnte. So wirbelte er herum, hatte allen Schmerz vergessen und stürzte sich auf den Tsurani. Ein entsetzter Ausdruck flog über dessen Gesicht, als er sah, wie sich der Junge ihm erneut näherte. Pug hörte Meecham seinen Namen rufen. Er wandte aber keinen Blick von dem Tsurani.

Mehrere Tsurani-Soldaten rannten über die Wiese und wollten ihrem gefallenen Magier helfen. Aber Pug stand nur wenige Schritte entfernt, und Meecham würde sie auch gleich erreichen.

Der Magier sprang auf die Füße und griff in seine Robe. Er zog ein kleines Gerät hervor und setzte es in Betrieb. Ein lautes Summen ertönte aus dem Gegenstand. Pug stürzte sich auf den Mann, entschlossen, ihm das Gerät aus der Hand zu schlagen, was immer es sein mochte. Der Gegenstand summte lauter. Pug konnte Meecham wieder seinen Namen rufen hören, als er den Magier traf. Seine Schulter bohrte sich in den Magen des Mannes.

Dann explodierte plötzlich die Welt in weißen und blauen Lichtern und Pug fühlte, wie er durch einen bunten Regenbogen in einen endlosen schwarzen Schacht stürzte.

Konflikte

Der Regen ließ nicht nach.

In der Nähe des Höhleneingangs drängte sich eine Gruppe von Zwergen um ein kleines Feuer. Die Finsternis dieses Tages spiegelte sich in ihren Gesichtern wider. Dolgan paffte an seiner Pfeife. Die anderen waren mit ihren Rüstungen beschäftigt, flickten Schnitte und Risse im Leder, reinigten und ölten Metall. Ein kleiner Topf mit Suppe köchelte über dem Feuer.

Tomas saß im hinteren Teil der Höhle, sein Schwert über den Knien. Er schaute an den anderen vorbei, ohne etwas zu sehen und hielt die Augen auf einen Punkt in weiter Ferne gerichtet.

Siebenmal waren die Zwerge aus den Grauen Türmen gegen die Eindringlinge in den Kampf gezogen, und siebenmal hatten sie ihnen schwere Verluste beigebracht. Aber immer war es ihnen klar gewesen, daß die Zahlen der Tsuranis nicht verringert worden waren. Viele Zwerge fehlten jetzt. Der Feind hatte teuer für ihr Leben zahlen müssen, aber noch schwerer traf es die Familien in den Grauen Türmen. Die langlebigen Zwerge hatten weniger Kinder als die Menschen, und sie waren im Alter weiter auseinander. Jeder Verlust dezimierte die Zwergenrasse mehr, als es sich Menschenwesen vorstellen konnten.

Immer, wenn sich die Zwerge versammelt und durch die Minen das Tal angegriffen hatten, war Tomas bei ihnen gewesen. Sein goldener Helm gab den Zwergen das Signal. Sein kostbares Schwert erhob sich in hohem Bogen über ihre Köpfe, ehe es auf den Feind herabsauste und seinen Tribut forderte. Im Kampf verwandelte sich der Burgjunge zu einer Gestalt der Macht, zu einem Helden, dessen Anwesenheit auf dem Schlachtfeld den Tsuranis Ehrfurcht und Angst einflößte. Hätte er jetzt noch

Zweifel an der magischen Kraft seiner Waffe und Rüstung gehabt, sie wären beim ersten Kampf zerstört worden.

Dreißig Kampfzwerge aus Caldara hatten sich versammelt und waren durch die Minen zu einem Eingang im südlichen Teil des belagerten Tales vorgestoßen. Sie überraschten eine Tsurani-Patrouille nicht weit von den Minen und töteten sie. Aber im Verlaufe des Kampfes war Tomas durch drei Tsurani-Krieger von den Zwergen abgeschnitten worden. Als sie sich mit hoch erhobenen Schwertern auf ihn stürzten, fühlte er, wie etwas von ihm Besitz ergriff. Wie ein Wahnsinns-Akrobat hatte er sich zwischen sie gestürzt und hatte mit einem Streich seines Schwertes zwei von einer Seite zur anderen aufgeschlitzt. Der dritte war flink von hinten genommen worden, ehe er sich noch von der schnellen Bewegung erholen konnte.

Nach diesem Kampf war Tomas von einem Glücksgefühl ergriffen gewesen, das ihm fremd war und ihn auch irgendwie ängstigte. Während des ganzen Rückzugs nach der Schlacht war er von einer unbekannten Energie erfüllt gewesen.

Jede folgende Schlacht hatte ihn mit derselben Kraft umgeben, mit derselben Geschicklichkeit im Umgang mit der Waffe. Aber die gehobene Stimmung war immer drängender geworden, und die beiden letzten Male waren noch Visionen dazugekommen. Jetzt kamen diese Visionen zum ersten Mal unerwünscht. Sie waren durchsichtig wie ein Bild, das sich über ein anderes legte.

Er konnte die Zwerge dahinter sehen, ebenso wie den Forst in der Ferne. Aber vor ihnen spielte eine Szene und er sah Menschen, die schon lange tot waren, und Stätten, die aus dem Gedächtnis der Lebenden geschwunden waren. Hallen mit goldenen Decken wurden von Fackeln erleuchtet, die tanzende Schatten an die Wände warfen. Die Tische waren mit Kristall gedeckt. Kelche, die niemals von Menschenhand berührt worden waren, wurden an Lippen geführt, die sich daraufhin zu unbekanntem Lächeln verzogen. Vor seinen Augen speisten große

Herren einer längst verstorbenen Rasse. Sie waren ihm fremd und doch vertraut, menschenähnlich, aber mit Elbenohren und -augen. Groß wie das Elbenvolk, aber breiter in den Schultern und mit dickeren Armen. Die Frauen waren schön, aber auf fremdartige Weise.

Wie nie zuvor nahm der Traum Gestalt an. Tomas strengte sich an, um das schwache Gelächter zu hören, die fremdartige Musik, die Worte, die diese Wesen sprachen.

Dolgans Stimme riß ihn aus seinen Träumen. »Möchtest du nichts essen, Bürschchen?« Er konnte nur mit einem Teil seines Bewußtseins antworten, als er sich erhob und zu den anderen ging, um seine Schüssel mit Suppe in Empfang zu nehmen. Als seine Hand die Schüssel berührte, verging die Vision, und er schüttelte den Kopf.

»Ist alles in Ordnung, Tomas?«

Tomas setzte sich langsam und schaute seinen Freund einen Augenblick lang an. »Ich bin mir nicht sicher. Da ist etwas. Ich... ich bin wirklich nicht sicher. Wahrscheinlich nur müde, denke ich.«

Dolgan betrachtete den Jungen. Die Spuren des Kampfes zeigten sich auf seinem jungen Gesicht. Schon sah er weniger wie ein Junge denn wie ein Mann aus. Aber hinter der Härte, die man nach solchen Kämpfen erwarten konnte, zeigte sich noch etwas. Etwas ging mit Tomas vor. Noch war sich Dolgan nicht darüber im klaren, ob es eine Veränderung zum Guten oder zum Schlechten war – oder ob man sie überhaupt mit solchen Worten umschreiben konnte. Sechs Monate lang hatte er Tomas nun beobachtet, aber das reichte nicht aus, um zu einem Schluß zu kommen.

Seitdem er das Geschenk des Drachen erhalten hatte, war Tomas ein Kämpfer von legendärer Kraft geworden. Und der Junge... nein, der junge Mann, nahm zu, obwohl das Essen oft knapp bemessen war. Es war, als wollte ihn etwas so groß werden lassen, damit er in die Rüstung paßte. Auch seine Züge nahmen einen seltsamen, fremdartigen Schnitt an. Seine Nase war ein wenig eckiger, aber auch feiner geworden als zuvor. Seine Brauen waren gewölbter, seine Augen lagen tiefer in den Höhlen. Er war immer noch Tomas, aber mit leicht veränderter Erscheinung, als würde er den Ausdruck eines anderen zeigen.

Dolgan zog heftig an seiner Pfeife und betrachtete den weißen Heroldsrock, den Tomas trug. Siebenmal hatte er ihn in der Schlacht getragen, und immer noch wies er keinen Flecken auf. Schmutz, Blut und alles andere weigerten sich, in das Material zu dringen. Und das Zeichen des goldenen Drachen leuchtete noch immer so hell darauf wie damals, als sie es gefunden hatten. Genauso war es mit dem Schild, den er in der Schlacht trug. Er war häufig getroffen worden, und doch wies er nicht eine einzige Kerbe auf. Die Zwerge waren in dieser Hinsicht mißtrauisch, denn ihre Rasse hatte schon seit Urzeiten bei der Herstellung von Waffen auf ihre magischen Künste vertraut. Aber das hier war etwas anderes. Sie wollten abwarten und sehen, was es brachte, ehe sie sich ein Urteil bildeten.

Als sie ihr mageres Mahl beendet hatten, erschien eine der Wachen vom Rande des Lagers vor der Höhle. »Jemand kommt.«

Die Zwerge griffen hastig zu ihren Waffen und erhoben sich. Statt der merkwürdig bewaffneten Tsurani-Soldaten erschien ein einzelner Mann in der grauen Tunika, wie sie die natalischen Pfadfinder trugen. Er trat ins Zentrum der Lichtung und rief, mit einer Stimme, die heiser vom tagelangen Laufen durch feuchte Wälder war: »Heil, Dolgan der Grauen Türme.«

Dolgan trat vor. »Heil, Grimsworth aus Natal.«

Die Pfadfinder dienten als Läufer und Fährtensucher, seit die Eindringlinge die Freie Stadt von Walinor besetzt hatten. Der Mann trat in die Höhle und setzte sich. Man reichte ihm eine Schüssel mit Suppe. Dann fragte Dolgan: »Was gibt es Neues?«

»Nichts Gutes, fürchte ich«, antwortete der andere, während er löffelte. »Die Eindringlinge bilden eine harte Front bis hin nach LaMut. Walinor hat Verstärkung aus der Heimat erhalten und steht wie ein Messer zwischen den Freien Städten und dem Königreich. Dreimal hatten sie das Hauptlager des Königreiches bereits angegriffen, als ich es vor zwei Wochen verließ. Wahrscheinlich geschah es in der Zwischenzeit schon wieder. Sie greifen die Patrouillen aus Crydee an und plündern sie. Ich soll Euch berichten, daß vermutet wird, daß sie auch Euer Gebiet bald aufsuchen werden.«

Dolgan schien verblüfft. »Warum glauben die Herzöge das? Unsere Späher haben keine gesteigerten Aktivitäten der Fremden in diesen Teilen des Landes ausgemacht. Wir greifen jede Patrouille an, die sie aussenden. Sie scheinen uns eher in Ruhe zu lassen.«

»Da bin ich nicht sicher. Ich hörte, daß der Magier Kulgan vermutet, daß die Tsurani das Metall aus Euren Minen wünschen, aber ich weiß nicht, warum. Auf jeden Fall haben die Herzöge das gesagt. Sie glauben, daß die Mineneingänge im Tal angegriffen werden sollen. Ich soll Euch berichten, daß neue Tsurani-Truppen durch das südliche Ende des Tales kommen könnten, denn im Norden hat kein größerer Angriff stattgefunden.

Jetzt müßt Ihr tun, was Ihr für das Beste haltet.« Nach diesen Worten wandte er seine volle Aufmerksamkeit der Suppe zu.

Dolgan dachte nach. »Sagt mir, Grimsworth, was gibt es Neues vom Elbenvolk?«

»Nur wenig. Seit die Fremdlinge den südlichen Teil des Elbenforstes erreicht und besetzt haben, sind wir von der Umwelt abgeschnitten. Der letzte Elbenläufer, der hindurch gelangte, kam vor mehr als einer Woche an, ehe ich aufgebrochen bin. Der neuesten Meldung nach hatten sie die Barbaren an den Furten des Flusses Crydee aufgehalten, dort, wo er durch den Forst fließt.

Es gibt Gerüchte von merkwürdigen Kreaturen, die mit den Eindringlingen kämpfen. Aber soweit ich weiß, haben nur ein paar Bewohner eines niedergebrannten Dorfes diese Wesen gesehen. Ich würde also nicht zu viel darauf geben.

Dennoch gibt es noch etwas Interessantes zu berichten. Es scheint, als hätte eine Patrouille aus Yabon sich bis an die Ufer des Himmelssees vorgewagt. Am Ufer fanden sie die Überreste von ein paar Tsuranis und eine Bande von Trollen, die von den Nordlanden nach Süden zog. Auf jeden Fall brauchen wir uns also keine Sorgen um unsere Grenzen im Norden zu machen. Vielleicht könnten wir es so einrichten, daß sie sich für eine Weile gegenseitig bekämpfen und uns in Ruhe lassen.«

»Oder gegen uns gemeinsame Sache machen«, meinte Dolgan. »Aber das halte ich doch für unwahrscheinlich, weil die Trolle dazu neigen, erst zu töten, und dann die Fragen zu stellen.«

Grimsworth kicherte herzhaft. »Irgendwie ist es vorherbestimmt, daß sich diese beiden streitbaren Rassen treffen.«

Dolgan nickte. Er war von dem Gedanken beunruhigt, daß sich die Nationen des Nordens – wie die Zwerge die Nordlande nannten – in den Kampf mischen würden.

Mit dem Handrücken wischte sich Grimsworth den Mund. »Ich bleibe nur diese eine Nacht, denn wenn ich sicher durch ihre Reihen schlüpfen will, muß ich mich schnell bewegen. Sie schikken ihre Patrouillen jetzt schon bis zur Küste vor, und Crydee ist zwischendurch tagelang abgeschnitten. Ich werde einige Zeit dort verbringen, ehe ich den langen Lauf zum Lager des Herzogs antrete.«

»Kommt Ihr zurück?«

Der Läufer lächelte. Sein Grinsen hob sich deutlich von der dunklen Haut ab. »Vielleicht, wenn die Götter mir wohlgesonnen sind. Wenn nicht ich, dann einer meiner Brüder. Es könnte sein, daß Ihr den Langen Leon seht, denn er wurde nach Elvandar entsandt. Wenn es ihm gutgeht, kommt er vielleicht mit

Nachricht von Lady Aglaranna hierher. Es wäre gut zu wissen, wie es dem Elbenvolk geht.« Tomas' Kopf fuhr hoch. Er schrak aus seinen Grübeleien auf, als der Name der Elbenkönigin erwähnt wurde.

Dolgan paffte an seiner Pfeife und nickte. Grimsworth wandte sich an Tomas und sprach ihn zum ersten Mal direkt an. »Ich bringe dir Nachricht von Lord Borric, Tomas.« Es war Grimsworth gewesen, der die ersten Botschaften der Zwerge überbracht hatte, zusammen mit der Nachricht, daß Tomas lebte und wohlauf war. Tomas hatte mit dem Pfadfinder zu den Truppen des Königreiches zurückkehren wollen, aber Grimsworth hatte sich geweigert, ihn mitzunehmen. Er begründete es damit, daß er schnell und lautlos reisen müßte. Jetzt fuhr Grimsworth fort: »Die Herzöge freuen sich über dein Glück und deine gute Gesundheit. Aber Lord Borric schickt auch traurige Kunde. Dein Freund Pug nahm am ersten Angriff auf ein Tsurani-Lager teil und wurde von ihnen gefangengenommen. Der Herzog teilt deinen Schmerz.«

Tomas erhob sich ohne ein Wort und trat tief hinein in die dunkle Höhle. Er setzte sich und war einige Augenblicke so reglos wie der Fels um ihn her. Dann ging ein leises Beben durch ihn. Es fing in seinen Schultern an und wurde immer heftiger, bis schließlich sogar seine Zähne klapperten, als wäre es bitterkalt. Dann endlich flossen ungewollte Tränen über seine Wangen. Ein heißer Schmerz wallte von seinem Bauch auf, stieg hinauf in seine Kehle und preßte ihm die Brust zusammen. Ohne einen Ton rang er nach Luft. Lautlose Schluchzer entrangen sich seinem Mund. Als der Schmerz nahezu unerträglich geworden war, schien kalte Wut sich in ihm auszubreiten, griff immer weiter um sich, bis sie schließlich den heißen Schmerz seiner Trauer ersetzte.

Dolgan, Grimsworth und die anderen schauten auf, als Tomas wieder ins Licht des Feuers hinaustrat. »Würdet Ihr dem Herzog bitte bestellen, daß ich ihm dankbar bin, daß er an mich gedacht hat?« bat er den Läufer.

Grimsworth nickte. »Ja, das will ich tun, Junge. Ich glaube, es wäre in Ordnung, wenn du jetzt nach Crydee laufen würdest – wenn du heimkehren möchtest. Ich bin sicher, Prinz Lyam könnte dein Schwert gebrauchen.«

Tomas dachte nach. Es wäre gut, die Heimat wiederzusehen, aber in der Burg wäre er bloß noch ein Lehrling, auch, wenn er Waffen trug. Sie würden ihn kämpfen lassen, wenn die Burg angegriffen wurde, aber ganz gewiß würden sie ihn nicht an Stoßtruppunternehmen teilnehmen lassen.

»Habt Dank, Grimsworth, aber ich werde bleiben. Es gibt hier noch viel zu tun, und ich möchte daran teilhaben. Ich möchte Euch aber bitten, meiner Mutter und meinem Vater auszurichten, daß es mir gutgeht und daß ich an sie denke.« Er setzte sich und fügte hinzu: »Wenn es mein Schicksal ist, nach Crydee zurückzukehren, dann werde ich das tun.«

Grimsworth sah Tomas genau an. Er schien etwas sagen zu wollen, bemerkte dann aber Dolgans leichtes Kopfschütteln. Irgend etwas ging hier vor, und Dolgan schien es für das Beste zu halten, es vorläufig nicht anzutasten. Grimsworth beugte sich der Weisheit des Zwergenhäuptlings.

Sobald die Mahlzeit beendet war, wurden Wachen postiert. Die übrigen legten sich schlafen. Als das Feuer erstarb, konnte Tomas leise Geräusche vernehmen: unmenschliche Musik, Lachen, und wieder sah er die Schatten tanzen. Ehe der Schlaf ihn übermannte, erkannte er ganz deutlich eine Gestalt abseits der anderen. Es war ein großer Krieger, mit grausamem Gesicht und mächtiger Gestalt. Er trug einen weißen Heroldsrock, auf dem ein goldener Drache prangte.

Tomas stand mit dem Rücken an die Wand gepreßt. Er lächelte. Es war ein grausames, schreckliches Lächeln. Seine Augen waren aufgerissen, das Weiß war neben der blaßblauen Iris zu sehen. Sein Körper war fast steif, als er reglos so stand. Seine Finger krampften sich um den Schaft seines weiß-goldenen Schwertes, lösten sich und verkrampften sich wieder.

Bilder tauchten vor seinen Augen auf. Große, wendige Menschen, die auf den Rücken von Drachen ritten und in Hallen tief unter der Erde hausten. Ganz schwach konnte er Musik und fremde Worte hören. Die lang verstorbene Rasse rief nach ihm, eine mächtige Rasse, die diese Rüstung angefertigt hatte, die nie dazu bestimmt gewesen war, von Menschen getragen zu werden.

Immer häufiger und deutlicher wurden die Visionen. Meistens konnte er seinen Geist frei von ihnen halten. Aber wenn die Kampfeslust in ihm aufstieg, so wie jetzt, dann nahmen die Bilder Farbe und Ton an. Er spitzte die Ohren, um die Worte zu hören. Sie waren leise, und er konnte sie fast verstehen.

Er schüttelte den Kopf und rief sich in die Gegenwart zurück. Er sah sich in dem dunklen Gang um. Es überraschte ihn schon längst nicht mehr, daß er im Dunkeln sehen konnte. Er machte Dolgan ein Zeichen, der mit seinen Mannen schweigend vierzig Fuß entfernt stand. Er winkte ihm zu. Auf jeder Seite des großen Tunnels warteten sechzig Zwerge darauf, die Falle zuschnappen zu lassen. Sie lauerten auf diejenigen von ihnen, die vor einer Tsurani-Streitmacht davonliefen, um den Feind in diese Falle zu locken.

Das Geräusch von sich nähernden Schritten ließ sie wachsam werden. Einen Augenblick später gesellte sich Waffenlärm hinzu. Tomas' ganzer Körper spannte sich. Mehrere Zwerge kamen in Sicht; sie bewegten sich rückwärts, während sie kämpften. Als sie an den Seitengängen vorbeikamen, verrieten die kämpfenden Zwerge mit keiner Miene, daß sie von ihren Brüdern wußten, die zu beiden Seiten lauerten.

Sobald die ersten Tsurani-Krieger vorüber waren, rief Tomas »Jetzt!« und sprang vorwärts. Plötzlich war der Tunnel von sich windenden, kämpfenden Gestalten erfüllt. Die meisten Tsurani waren mit Schwertern bewaffnet, die für diese Umgebung schlecht geeignet waren. Die Zwerge handhabten ihre Streitäxte und Hämmer mit großem Geschick. Tomas schlug um sich, und mehrere Tsuranis fielen. Die flackernden Fackeln der Tsuranis warfen irrsinnige, zuckende Schatten auf die Wände des Tunnels und verwirrten die Augen.

Ein Ruf erklang von der Rückseite der Tsurani-Streitmacht, und die Fremden begannen, sich durch den Tunnel zurückzuziehen. Diejenigen mit Schilden kamen vor und bildeten eine Mauer, über die hinweg die Tsuranis mit ihren Schwertern kämpfen konnten. Die Zwerge waren nicht in der Lage, weit genug zu reichen, um Schaden anzurichten. Jedesmal, wenn ein Zwerg angriff, hielt die Schildmauer stand, und der Angreifer wurde mit Schwerthieben vertrieben. In kurzen Spurts zog sich der Feind zurück.

Tomas begab sich nach vorne, weil seine Reichweite groß genug war, um die Schildhalter zu treffen. Er fällte zwei, aber so schnell, wie sie fielen, traten andere an ihren Platz. Noch immer bedrängten die Zwerge sie hart, und sie zogen sich zurück.

Sie erreichten eine Rumpelkammer und betraten sie auf der untersten Ebene. Hastig bezogen die Tsuranis in der Mitte der großen Höhle Position und bildeten einen großen Kreis aus Schilden. Die Zwerge zögerten einen Augenblick. Dann griffen sie an.

Eine schwache Bewegung zog Tomas' Blick auf sich. Er schaute zu einem der Simse über ihnen. In der dunklen Mine war es unmöglich, etwas Genaues zu sehen, aber ein plötzliches Gefühl warnte ihn. »Vorsicht von hinten!« brüllte er.

Die meisten Zwerge waren durch die Schildmauer gebrochen und zu beschäftigt, um auf ihn zu achten. Aber ein paar in seiner Nähe schauten empor. Einer, der neben Tomas stand, rief: »Von oben!«

Schwarze Schatten ergossen sich von der Decke und schienen am Felsen hinabzukriechen. Andere, menschliche Schatten kamen die höher gelegenen Gänge entlang gelaufen. Lichter erschienen über ihnen, als die Tsurani-Krieger auf den höheren Ebenen ihre Fackeln entzündeten.

Tomas blieb entsetzt stehen. Direkt hinter den wenigen überlebenden Tsuranis in der Höhle konnte er Kreaturen aus jeder Öffnung oberhalb kriechen sehen. Sie waren wie ein Volk von Ameisen – denen sie auch stark ähnelten. Im Gegensatz zu Ameisen jedoch liefen sie von der Mitte ihres Körpers an aufrecht. In ihren menschenähnlichen Armen trugen sie Waffen. Ihre insektenähnlichen Gesichter hatten große Facettenaugen, aber sehr menschliche Mäuler. Sie bewegten sich mit unglaublicher Schnelligkeit und stürzten sich auf die Zwerge. Diese reagierten, ohne zu zögern, so überrascht sie auch waren. Der Kampf war in vollem Gange.

Er wurde immer heftiger, und mehrmals sah sich Tomas zwei Gegnern gleichzeitig gegenüber. Die Kreaturen waren offensichtlich intelligent, denn sie kämpften organisiert, und ihre unmenschlichen Stimmen konnten vernommen werden, wie sie in der Tsurani-Sprache riefen.

Nachdem er eine der Kreaturen erledigt hatte, schaute Tomas auf und sah eine neue Welle von Kriegern kommen. »Zu mir! Zu mir!« brüllte er, und die Zwerge fingen an, sich zu ihm durchzukämpfen. Als die meisten in seiner Nähe waren, konnte man Dolgan rufen hören: »Zurück! Es sind zu viele!«

Die Zwerge bewegten sich langsam rückwärts auf den Tunnel zu, durch den sie gekommen waren, und der ihnen relativ sicher schien. Dort konnten sie einer kleineren Anzahl von Tsuranis und ihren Kreaturen standhalten und sie, so hofften sie, in den Minen abhängen. Als sie sahen, daß sich die Zwerge zurückzogen, drängten die Tsuranis und ihre Verbündeten vorwärts. Tomas sah, wie sich eine große Anzahl der merkwürdigen Wesen zwischen die Zwerge und ihren Fluchtweg drängte. Er sprang vor und hörte sich einen fremdartigen Kriegsschrei ausstoßen. Es waren Worte, die er nicht verstand. Sein goldenes Schwert blitzte, und eine der Kreaturen fiel. Eine andere hieb mit ihrem Schwert nach ihm, aber er fing den Schlag mit seinem Schild ab. Der Arm eines schwächeren Wesens wäre gebrochen gewesen, aber der Schlag dröhnte nur an seinen weißen Schild. Die Kreatur zog sich zurück und hieb dann erneut zu.

Wieder blockte er den Schlag ab, holte dann aus und trennte mit einem mächtigen Hieb den Kopf vom Körper des Wesens. Einen Augenblick schien es zu erstarren. Dann brach es vor seinen Füßen zusammen. Er setzte über den gefallenen Körper und landete vor drei überraschten Tsurani-Kriegern. Einer hielt zwei Laternen, die beiden anderen waren bewaffnet. Ehe der Mann seine Laternen fallen lassen konnte, sprang Tomas schon vor und schlug die beiden anderen Männer nieder. Der dritte starb, als er sein Schwert ziehen wollte.

Tomas ließ seinen Schild am Arm baumeln und bückte sich, um eine Laterne zu packen. Er wandte sich um und sah die Zwerge über die Leichen der gefallenen Kreaturen klettern, die er getötet hatte. Einige schleppten verwundete Kameraden. Eine Handvoll Zwerge, angeführt von Dolgan, hielt die Feinde in Schach, während die übrigen flohen. Die Zwerge, die Verwundete schleppten, hasteten an Tomas vorbei.

Einer, der während des Kampfes im Tunnel zurückgeblieben war, hastete vorwärts, als seine Kameraden offensichtlich den Rückzug antraten. Anstelle von Waffen trug er zwei pralle Häute, die mit Flüssigkeit gefüllt waren.

Zweimal versuchten Soldaten, den Zwergen den Rückzug abzuschneiden, aber beide Male fielen sie Tomas' Schwert zum Opfer. Als Dolgan und seine Kämpen auf den Leichen der gefallenen Ungeheuer standen, rief Tomas ihnen zu: »Macht euch bereit zum Sprung.«

Er nahm dem Zwerg die beiden schweren Häute ab. »Jetzt!« brüllte er. Dolgan und die anderen sprangen zurück, und die Tsuranis blieben allein auf der anderen Seite der Leichen übrig. Ohne zu zögern, eilten die Zwerge den Tunnel entlang, als Tomas die Häute auf die Körper schleuderte. Sie waren vorsichtig getragen worden, denn sie waren so angefertigt, daß sie durch Aufprall zerrissen. Beide enthielten Kerosin, das die Zwerge von tief unter den Bergen hervorgeholt hatten. Es würde ohne Docht brennen, im Gegensatz zu Öl.

Tomas hob die Laterne und schleuderte sie mitten in die Tümpel aus brennbarer Flüssigkeit. Die Tsuranis, die nur kurz gezögert hatten, bewegten sich vorwärts, als die Laterne barst. Weiße Hitze explodierte im Tunnel, als das Kerosin zu brennen anfing. Die geblendeten Zwerge konnten die Schreie der Tsuranis hören, die davon erwischt worden waren. Als sie wieder deutlich sehen konnten, erblickten sie eine einzelne Gestalt, die durch den Tunnel eilte. Tomas erschien schwarz vor den fast weißen Flammen.

Als er sie erreichte, meinte Dolgan: »Sie werden sich auf uns stürzen, sobald die Flammen ersterben.«

Hastig bahnten sie sich ihren Weg durch eine Reihe von Tunneln und eilten zu dem Ausgang auf der westlichen Seite der Berge zurück. Nachdem sie eine kurze Strecke bewältigt hatten, ließ Dolgan die Gruppe anhalten. Er und ein paar andere lauschten in die Stille der Tunnel hinein. Einer ließ sich zu Boden fallen und preßte sein Ohr auf den Grund. Er sprang aber unverzüglich wieder auf die Beine. »Sie kommen! Dem Geräusch nach zu urteilen, sind es Hunderte von ihnen, und auch noch mehr von diesen Kreaturen. Sie müssen einen Großangriff planen.«

Dolgan zählte seine Kämpfer durch. Von den einhundertundfünfzig Zwergen, die den Hinterhalt geplant hatten, standen nur noch ungefähr siebzig bei ihm, und von diesen waren zwölf verwundet. Er hoffte, daß sich viele noch durch verschiedene Gänge gerettet hatten, aber im Augenblick waren sie alle in Gefahr.

Dolgan handelte schnell. »Wir müssen in den Wald fliehen.« Er setzte sich in Bewegung, gefolgt von den anderen. »Wir müssen eine andere Festung finden«, erklärte er, als er lief. »Vielleicht wäre es das Beste, sich nach Bergenstein durchzuschlagen. Unsere Dörfer hier sind sicher, aber wir haben keine Basis, von der aus wir kämpfen können, denn ich glaube, daß die Tsuranis diese Minen schon bald besetzt haben werden. Ihre Ungeheuer kämpfen gut im Dunkeln, und wenn sie viele von denen haben, können sie uns leicht aus den tieferen Gängen vertreiben.«

Tomas nickte. Er war unfähig zu sprechen. Er brannte innerlich. Es war ein kaltes Feuer des Hasses auf diese Tsuranis. Sie hatten sein Heimatland angegriffen, hatten seinen Freund gefangengenommen, der fast wie ein Bruder gewesen war, und jetzt lagen auch noch viele seiner Zwergenfreunde ihretwegen tot unter den Bergen. Sein Gesicht war grimmig, als er schweigend gelobte, diese Eindringlinge zu zerstören, was immer es kosten würde.

Vorsichtig bewegten sie sich zwischen den Bäumen hindurch, immer auf Anzeichen von Tsuranis achtend. Dreimal hatten sie in den letzten sechs Tagen gekämpft, und jetzt waren es nur noch zweiundfünfzig Zwerge. Die ernster Verwundeten waren zu den relativ sicheren, höher gelegenen Dörfern gebracht worden, wohin ihnen die Tsurani wahrscheinlich nicht folgen würden.

Jetzt näherten sie sich dem südlichen Teil des Elbenforstes. Zuerst hatten sie versucht, sich östlich in Richtung auf den Paß zu wenden, der sie nach Bergenstein führen würde. Doch überall waren sie auf Tsurani-Lager und Patrouillen gestoßen, und immer wieder mußten sie sich weiter nordwärts halten. Schließlich hatten sie beschlossen, zu versuchen, Elvandar zu erreichen, wo sie sich von der ständigen Flucht ausruhen könnten.

Ein Fährtensucher kehrte von seiner Position zwanzig Meter voraus zurück. Leise sagte er: »Ein Lager, an der Furt.«

Dolgan überlegte. Die Zwerge waren keine Schwimmer und würden den Fluß in einer Furt überqueren müssen. Es war wahrscheinlich, daß die Tsuranis alle Furten auf dieser Seite besetzt hielten. Sie würden eine Stelle finden müssen, an der es keine Wachen gab – wenn so etwas existierte.

Tomas schaute sich um. Es war fast Nacht. Wenn sie sich so nah bei den Tsuranis über den Fluß begeben wollten, dann geschah das am besten in der Dunkelheit. Tomas flüsterte mit Dolgan, der nickte. Er bedeutete dem Wachtposten, sich nach Westen, zu dem erspähten Lager, zu begeben und einen Platz zu finden, an dem sie sich versammeln konnten.

Nach einer Weile kehrte der Führer zurück. Er wußte von einem Dickicht vor einem ausgehöhlten Felsen zu berichten, wo sie den Einbruch der Nacht erwarten könnten. Sie eilten zu der Stelle und fanden einen Granitblock, der aus dem Boden dreieinhalb Meter hochragte. Am Boden betrug er ungefähr siebeneinhalb bis acht Meter im Durchmesser. Als sie den Busch beiseite schoben, befanden sie sich vor einer Höhlung, in die sie sich mit Mühe alle hineinzwängen konnten. Sie war nur sechs Meter breit, reichte aber tief unter den Felsen hinein, wo sie abwärts verlief. Dolgan stellte fest: »Die muß einmal unter dem Fluß gelegen haben. Seht nur, wie glatt die Wände sind. Es ist zwar eng, aber hier sollten wir für eine Weile sicher sein.«

Tomas hörte ihn kaum, denn wieder einmal kämpfte er gegen die Wachträume, wie er sie bei sich nannte. Er schloß die Augen, und da waren sie wieder, und mit ihnen die leise Musik.

Der Sieg war vollkommen gewesen, aber Ashen-Shugar kochte. Irgend etwas beunruhigte den Herrscher des Reiches der Adler. Das Blut von Algan-Kokoon, dem Tyrannen aus dem Tal der Winde, schmeckte noch salzig auf seinen Lippen, und seine Gemahlinnen gehörten jetzt zu Ashen-Shugar. Aber dennoch fehlte ihm etwas.

Er musterte die Tänzer der Moredhel, die sich im Takt mit der Musik ganz zu seinem Vergnügen bewegten. Das war so, wie es sein sollte. Nein, irgend etwas fehlte, und Ashen-Shugar spürte es tief in seinem Innern.

Alengwan, die die Elben Prinzessin nannten und die jetzt seine jüngste Favoritin war, saß am Boden neben seinem Thron. Er blickte fort. Der Appetit des Fleisches hatte sich in jüngster Zeit gelegt. Weder das Bett noch das Töten bereiteten ihm mehr Vergnügen. Jetzt grübelte er über dieses namenlose Gefühl nach, diese Emotion so tief in ihm. Ashen-Shugar hob die Hand. Sofort fielen die Tänzer zu Boden und preßten die Stirn fest auf den Stein. Die Musiker hatten mitten im Ton aufgehört zu spielen, so schien es, und in der Höhle war alles still. Mit einer kurzen Handbewegung entließ er sie, und sie flohen aus der Halle, vorbei an dem großen, goldenen Drachen Shuruga, der geduldig auf seinen Meister wartete...

»Tomas«, erklang die Stimme.

Tomas öffnete abrupt die Augen. Dolgan hatte die Hand auf den Arm des jungen Mannes gelegt. »Es ist Zeit. Die Nacht ist gekommen. Du hast geschlafen, Bürschchen.«

Tomas schüttelte den Kopf, um ihn klar zu bekommen. Er fühlte, wie sich sein Magen umdrehte, als die letzte Vision eines Kriegers in Weiß und Gold verging.

Zusammen mit den anderen kroch er unter dem überhängenden Felsen hervor und setzte sich erneut auf den Fluß zu in Bewegung. Der Forst lag schweigend, selbst die Nachtvögel schienen sich zu hüten, ihren Aufenthaltsort zu verraten.

Ohne Zwischenfall erreichten sie den Fluß. Sie mußten sich nur zwischendurch einmal auf den Boden legen, um eine Patrouille der Tsuranis vorbeizulassen. Sie folgten dem Fluß, mit einem Pfadfinder als Führer. Nach ein paar Minuten kehrte dieser zurück. »Da drüben führt eine Sandbank über den Fluß.«

Dolgan nickte. Leise bewegten sich die Zwerge vorwärts und betraten hintereinander das Wasser. Tomas wartete mit Dolgan, während die anderen den Fluß überquerten. Als der letzte Zwerg ins Wasser trat, erklang plötzlich ein fragender Ruf von weiter oben. Die Zwerge erstarrten. Tomas bewegte sich flink vorwärts und überraschte einen Tsurani-Wachtposten, der versuchte, das Dämmerlicht zu durchdringen. Der Mann schrie auf, als er fiel, und in kurzer Entfernung brach Tumult los.

Tomas sah Laternen, die schnell auf ihn zukamen. Er drehte sich um und rannte los. Er fand Dolgan am Ufer warten und rief: »Flieht! Sie sind dicht hinter uns!«

Mehrere Zwerge standen noch unentschlossen da, als Tomas und Dolgan in den Fluß stiegen. Das Wasser war kalt und strömte schnell über die Sandbank. Tomas mußte sich anstrengen, um nicht zu fallen, als er hindurchwatete. Für ihn war das Wasser nur taillenhoch, aber die Zwerge waren fast bis zu ihrem Kinn hinauf davon bedeckt. Sie würden niemals in der Lage sein, im Fluß zu kämpfen.

Als die ersten Tsurani-Soldaten ins Wasser sprangen, drehte sich Tomas um, um sie aufzuhalten, während die Zwerge ihre Flucht fortsetzten. Zwei Tsuranis griffen ihn an, und er schlug beide nieder. Andere sprangen hinterher ins Wasser, und er hatte nur einen kurzen Moment Zeit, sich nach den Zwergen umzuschauen. Sie hatten das jenseitige Ufer fast erreicht. Er konnte auch Dolgan ausmachen, auf dessen Gesicht sich im Schein der Lampen der Tsuranis deutlich die Enttäuschung abzeichnete.

Wieder holte Tomas aus und hieb auf die Tsurani-Soldaten ein. Vier oder fünf versuchten, ihn zu umzingeln, aber es gelang ihm gerade noch, sie in Schach zu halten. Jedesmal, wenn er versuchte, einen zu töten, gab er sich auf einer anderen Seite eine Blöße.

Der Lärm neuer Stimmen verriet ihm, daß es sich nur noch um wenige Augenblicke handeln konnte, bis er überwältigt wäre. Er schwor sich, sie teuer dafür zahlen zu lassen. Er hieb nach einem Mann, zersplitterte seinen Schild und brach ihm den Arm. Mit einem Schrei stürzte der Mann.

Tomas fing gerade noch einen Schlag auf seinen Schild ab, als ein Pfeifen an seinem Ohr erklang. Schreiend fiel ein Tsurani-Soldat nieder. Ein langer Pfeil ragte aus seiner Brust. Plötzlich war die Luft von Pfeilen erfüllt. Noch mehr Tsuranis fielen, und der Rest zog sich zurück. Jeder Soldat im Wasser starb, ehe er das Ufer erreichen konnte.

Eine Stimme rief: »Schnell, Mann. Sie werden bald antworten.« Als wollte er die Wahrheit dieser Behauptung demonstrieren, zischte ein Pfeil an Tomas' Gesicht vorbei. Diesmal kam er aus der anderen Richtung. Er eilte auf die Sicherheit des jenseitigen Ufers zu. Ein Tsurani-Pfeil traf ihn am Helm, und er stolperte. Als er sich wieder aufrichtete, traf ihn ein anderer in die Schulter. Er taumelte vorwärts und fühlte den sandigen Boden des Ufers unter sich. Hände griffen nach ihm und zerrten ihn mit sich. Benommenheit hüllte ihn ein, und er konnte eine Stimme sagen hören: »Sie vergiften ihre Pfeile. Wir müssen ...« Der Rest erstarb, als er ins Dunkel fiel.

Tomas öffnete die Augen. Einen Augenblick lang hatte er keine Ahnung, wo er war. Sein Mund war trocken und sein Kopf schmerzte. Ein Gesicht tauchte über ihm auf, eine Hand stützte seinen Kopf und Wasser wurde an seine Lippen gehalten. Er trank gierig; anschließend fühlte er sich schon wohler. Er drehte den Kopf ein wenig beiseite und sah zwei Männer in seiner Nähe sitzen. Zuerst fürchtete er, er wäre gefangengenommen worden, aber dann sah er, daß diese Männer dunkelgrüne Ledertuniken trugen.

»Ihr seid sehr krank gewesen«, sagte der eine, der ihm das Wasser gegeben hatte. Jetzt erkannte Tomas erst, daß es Elben waren.

»Dolgan?« krächzte er.

»Die Zwerge sind zu unserer Herrin geführt worden, um zu beratschlagen. Wir konnten nicht riskieren, Euch zu bewegen, aus Angst vor dem Gift. Die Außerweltlichen verfügen über ein Mittel, das uns unbekannt ist und das sehr schnell zum Tod führt. Wir behandeln es, so gut wir können, aber die damit Verwundeten sterben ebensooft, wie sie überleben.«

Er fühlte, wie seine Kraft langsam wiederkehrte. »Wie lange?«

»Drei Tage. Ihr wart dem Tode nahe, seit wir Euch aus dem Fluß gefischt haben. Wir haben Euch dann so weit getragen, wie wir es wagten.«

Tomas sah sich um. Man hatte ihn entkleidet, und er lag unter einem Dach aus Baumzweigen, mit einem Laken bedeckt. Er roch, daß über einem Feuer in der Nähe ein Mahl zubereitet wurde, und er konnte auch den Topf sehen, aus dem das delikate Aroma aufstieg. Sein Gastgeber bemerkte es und ließ eine Schüssel für ihn herbeibringen.

Tomas setzte sich auf. Einen Augenblick wirbelte es in seinem Kopf. Man reichte ihm ein großes Stück Brot, das er anstelle eines Löffels benutzte. Die Speise war köstlich, und jeder Bissen schien ihn mit wachsender Kraft zu erfüllen. Während er aß, musterte er die anderen, die in der Nähe saßen. Die beiden schweigsamen Elben betrachteten ihn mit ausdruckslosen Mienen. Nur der Sprecher zeigte Zeichen von Gastlichkeit.

Tomas sah ihn an. »Was ist mit dem Feind?«

Der Elb lächelte. »Die Außerweltlichen fürchten sich immer noch, den Fluß zu überqueren. Hier ist unsere Magie stärker, und sie sind verwirrt und verloren. Kein Außerweltlicher hat unser Ufer erreicht und ist wieder auf die andere Seite zurückgekehrt.«

Tomas nickte. Nachdem er gegessen hatte, fühlte er sich überraschend wohl. Er versuchte zu stehen und stellte fest, daß er nur ein wenig zittrig war. Nach ein paar Schritten konnte er spüren, wie die Kraft in seine Beine zurückkehrte. Er verbrachte ein paar Minuten damit, sie zu recken und zu strecken, um die Steifheit daraus zu vertreiben. Dann zog er sich an.

»Ihr seid Prinz Calin. Ich erinnere mich noch an Euch vom Hofe des Herzogs.«

Calin lächelte zur Antwort. »Und ich mich an Euch, Tomas aus Crydee, obgleich Ihr Euch im Laufe dieses einen Jahres sehr verändert habt. Diese anderen hier sind Galain und Algavins. Wenn Ihr Euch wohl genug fühlt, können wir zu Euren Freunden am Hofe der Königin gehen.«

Tomas lächelte. »Also dann.«

Sie brachen ihr Lager ab und zogen los. Zuerst gingen sie langsam, damit Tomas sich daran gewöhnen konnte, aber nach einer Weile war es klar, daß er erstaunlich kräftig war für seinen erst kürzlich beendeten Kampf mit dem Tode.

Schon bald liefen die vier Gestalten durch die Bäume. Trotz seiner Rüstung hielt Tomas mit ihnen Schritt. Fragend blickten seine Gastgeber einander an.

Sie liefen fast den ganzen Nachmittag über, ehe sie eine Rast einlegten. Tomas schaute sich im Wald um. »Ein wunderschöner Ort.«

»Die meisten Eurer Rasse wären da anderer Ansicht, Mann«, bemerkte Galain. »Sie finden den Forst erschreckend, erfüllt von merkwürdigen Schatten und furchterregenden Geräuschen.«

Tomas lachte. »Die meisten Menschen haben entweder überhaupt keine Phantasie oder gleich zuviel davon. Der Wald ist ruhig und friedlich. Ich glaube, es ist der friedlichste Ort, den ich kenne.«

Die Elben sagten nichts, aber ein Ausdruck milden Erstaunens zog über Calins Antlitz. »Wir sollten besser weiterziehen, wenn wir Elvandar vor Einbruch der Dunkelheit noch erreichen wollen.«

Als die Nacht sich auf sie herabsenkte, gelangten sie auf eine gigantische Lichtung. Tomas blieb wie angewurzelt stehen bei dem Anblick, der sich ihm bot. Jenseits davon erhob sich eine riesige Stadt aus Bäumen. Mächtige Stämme, neben denen jede vorstellbare Eiche zwergenhaft wirken würde, drängten sich aneinander. Grazil geschwungene Brücken aus Zweigen, die auf der Oberseite flach waren, verbanden sie miteinander. Auf ihnen konnte man Elben von einem Baum zum andern laufen sehen. Tomas blickte empor. Die Stämme ragten hinauf, bis sie sich in einem Meer aus Blättern und Zweigen verloren. Die Blätter waren dunkelgrün, aber hier und da konnte er einen Baum mit goldenem, silbernen oder sogar weißem Laub sehen, das im Licht funkelte. Ein sanfter Schimmer durchdrang dies gesamte Gebiet, und Tomas fragte sich erstaunt, ob es hier jemals wirklich dunkel werden würde.

Calin legte eine Hand auf Tomas' Schulter und meinte bloß: »Elvandar.«

Sie eilten über die Lichtung. Jetzt konnte Tomas erkennen, daß die Baumstadt der Elben noch größer war, als er es sich zuerst vorgestellt hatte. Sie mußte über eine Meile im Durchmesser betragen. Tomas fühlte bei ihrem Anblick Erstaunen und Erregung in sich aufkommen.

Sie erreichten eine Treppe, die in die Seite eines Baumes geschnitzt war. Sie wand sich hoch in die Zweige hinauf. Sie fingen an, die Stufen zu erklimmen, und wieder verspürte Tomas dieses Gefühl von Freude. Es war, als hätte der Wahnsinn, der ihn während eines Kampfes erfüllte, auch noch einen harmonischeren Aspekt sanfterer Natur.

Immer weiter hinauf kletterten sie. Als sie an den großen Zweigen vorüberkamen, die den Elben als Straßen dienten, konnte Tomas auf allen Seiten Elbenmänner und -frauen sehen. Viele der Männer trugen Kampfleder wie ihre Führer, aber andere hatten lange Roben oder Tuniken in leuchtenden Farben an. Die Frauen waren alle schön. Sie trugen ihr Haar lang und offen, nicht so wie die Damen am Hofe des Herzogs. Viele hatten Juwelen in ihre Zöpfe geflochten, die funkelten, wenn sie vorübergingen. Alle waren groß und graziös.

Sie erreichten einen enormen Ast und verließen die Treppe. Calin warnte ihn, nicht nach unten zu schauen, denn er wußte, daß Menschenwesen auf diesen hoch gelegenen Pfaden oft Schwierigkeiten hatten. Aber Tomas stand schon nahe am Rand und blickte ohne ein Zeichen von Schwindel oder Unwohlsein in die Tiefe.

»Ein wunderschöner Ort«, bemerkte er. Die drei Elben tauschten fragende Blicke aus, aber kein Wort wurde zwischen ihnen gesprochen.

Sie setzten sich wieder in Bewegung. Als sie an eine Kreuzung aus Zweigen kamen, wandten sich die beiden Elben vom Pfad ab und ließen Tomas und Calin allein weiterziehen. Immer weiter bewegten sie sich. Tomas ging genauso sicher wie der Elb, und schließlich erreichten sie eine große Öffnung in den Zweigen. Ein Kreis aus Bäumen formte hier einen zentralen Hof für die Elbenkönigin. Hundert Zweige stießen hier zusammen und verschmolzen zu einer riesigen Plattform. Aglaranna saß auf einem hölzernen Thron, umgeben von ihrem Hofstaat. Ein einziger Mensch, im Grau der natalischen Pfadfinder, stand in ihrer Nähe. Seine schwarze Haut glänzte im Nachtlicht. Er war der größte Mann, den Tomas je gesehen hatte. Der junge Mann aus Crydee wußte sofort, daß es der Lange I con sein mußte, der Fährtensucher, von dem Grimsworth gesprochen hatte.

Calin führte Tomas in die Mitte der Lichtung und stellte ihn der Königin Aglaranna vor. Sie verriet leichte Überraschung, als sie die Gestalt des jungen Mannes in Weiß und Gold sah. Aber schnell hatte sie ihre Züge wieder in der Gewalt. Mit ihrer vollen Stimme grüßte sie Tomas und hieß ihn in Elvandar willkommen. Sie forderte ihn auf zu bleiben, so lange er wolle.

Dann trat Dolgan zu Tomas hinüber. »Ich freue mich, dich

wieder gesund zu sehen, Bürschchen. Das war noch nicht klar, als wir dich verließen. Ich haßte es, das zu tun, aber ich denke, du wirst es verstehen. Ich mußte Nachrichten über den Kampf nahe bei Bergenstein haben.«

Tomas nickte. »Ich verstehe. Was gibt es Neues?«

Dolgan schüttelte den Kopf. »Schlechte Neuigkeiten, fürchte ich. Wir sind von unseren Brüdern abgeschnitten. Ich denke, daß wir eine Weile beim Elbenvolke bleiben werden. Aber diese Höhen gefallen mir gar nicht.«

Bei diesen Worten lachte Tomas laut heraus. Dolgan lächelte, denn es war zum ersten Mal, seit der Junge die Rüstung des Drachens angelegt hatte, daß er dieses Geräusch vernahm.

Angriff

Wagen ächzten unter schwerer Last.

Peitschen knallten und Räder knarrten, als schwerfällige Ochsen ihre Last die Straße hinunter zum Strand zogen. Arutha, Fannon und Lyam ritten vor den Soldaten her, die die Wagen auf der Strecke vom Schloß zum Strand schützen sollten. Eine zerlumpte Menge von Stadtbewohnern folgte ihnen. Viele schleppten Bündel oder zerrten Karren hinter sich her. Sie folgten den Söhnen des Herzogs zu den wartenden Schiffen.

Dann wanderten sie die Straße entlang, die von der Stadtstraße abzweigte, und Aruthas Blick flog über die Zeichen der Zerstörung. Die einstmals blühende Stadt Crydee war jetzt in beißenden, blauen Dunst gehüllt. Hämmern und Sägen klang durch dic Morgenluft, da die Arbeiter sich bemühten, den Schaden so gut sie konnten zu reparieren.

Die Tsurani hatten zwei Tage zuvor bei Sonnenuntergang angegriffen. Sie waren durch die Stadt gerast, hatten die wenigen Wachtposten überrannt, ehe die entsetzten Frauen, alten Männer und Kinder Alarm schlagen konnten. Die Fremden waren Amok durch die Stadt gelaufen. Sie waren erst stehengeblieben, als sie den Hafen erreichten, wo sie drei Schiffe befeuert hatten. Zwei von ihnen waren schwer beschädigt. Diese Schiffe befanden sich jetzt schon auf ihrem langsamen Zug gen Carse, während die unbeschädigten im Hafen sich zu ihrem jetzigen Aufenthaltsort begeben hatten, nördlich von Seglers Gram.

Die Tsuranis hatten die meisten Gebäude in der Nähe des Kais in Flammen gesetzt. Aber obwohl sie stark mitgenommen waren, ließen sie sich noch reparieren. Das Feuer hatte sich ausgedehnt und sich ins Herz der Stadt hineingefressen und dort die schwersten Verluste herbeigeführt. Ein ganzes Drittel von Crydee hatte gebrannt, ehe das Feuer unter Kontrolle gebracht werden konnte.

Arutha kochte noch immer bei der Erinnerung. Fannon hatte Lyam geraten, die Soldaten der Garnison nicht vor Sonnenaufgang hinauszulassen, und Lyam hatte sich der Bitte des alten Schwertmeisters gebeugt. Arutha war sicher, er hätte einen Großteil des Schadens verhindern können, wenn man ihm gestattet hätte, die Tsuranis sofort zu bekämpfen.

Als er jetzt die Küstenstraße entlangritt, war Arutha in Gedanken verloren. Aus Gründen, die er nicht verstand, hatte Herzog Borric nicht Arutha das Kommando übergeben, wie der es erwartet hatte, als er Lyam zu sich ins Lager gerufen hatte. Statt dessen hatte er den Schwertmeister zum Kommandeur der Garnison berufen. Aber wenigstens wird Fannon mich nicht mehr so herumkommandieren, dachte der jüngere Prinz jetzt, wenn Lyam ihn nicht unterstützt. Er schüttelte leicht den Kopf, um seinen Zorn abzulegen. Er liebte seinen Bruder, wünschte sich aber, Lyam wäre bereit gewesen, ihn mehr zu unterstützen. Seit Beginn des Krieges hatte Lyam in Crydee das Kommando gehabt, hatte aber keinen eigenen Willen gezeigt, sondern Fannon alle Entscheidungen treffen lassen. Jetzt hatte Fannon nicht mehr nur den Einfluß, sondern auch den Titel.

»So nachdenklich, Bruder?«

Lyam hatte sein eigenes Pferd gezügelt und ritt jetzt neben Arutha her, der den Kopf schüttelte und leicht lächelte. »Bloß neidisch auf dich.«

Lyam lächelte seinem jüngeren Bruder herzlich zu. »Ich weiß, du würdest gern ausziehen, aber Vaters Anordnungen waren ganz klar. Du wirst hier benötigt.«

»Wie kann man mich benötigen, wenn jeder Vorschlag, den ich mache, ignoriert wird?«

Verständnisvoll sah Lyam ihn an. »Du bist immer noch verärgert, weil Vater Fannon zum Kommandeur der Garnison ernannt hat.«

Arutha musterte seinen Bruder. »Ich bin jetzt so alt wie du es warst, als Vater dich zum Kommandeur in Crydee gemacht hat. In meinem Alter war Vater bereits Kommandeur und zweiter Generalritter im Westen, und vier Jahre später schon Gouverneur des Königs. Großvater hat ihm so viel Vertrauen entgegengebracht, daß er ihm das Kommando übertrug.«

»Vater ist nicht Großvater. Vergiß nicht, Großvater wuchs in einer Zeit auf, als wir in Crydee noch Krieg hatten und versuchten, neu erobertem Land den Frieden zu bringen. Er ist im Krieg aufgewachsen. Vater nicht. Die Zeiten ändern sich.«

»Und wie sie sich ändern, Bruder«, bemerkte Arutha trocken. »Großvater, genau wie sein Vater vor ihm, hätte nie hinter sicheren Mauern gehockt. In den zwei Jahren, seit der Krieg begann, haben wir keine Großoffensive gegen die Tsuranis geführt. Wir können sie nicht weiterhin den Verlauf dieses Krieges bestimmen lassen, sonst werden sie ganz gewiß die Oberhand gewinnen.«

Als Lyam seinen Bruder betrachtete, spiegelte sich Sorge in seinen Augen. »Arutha, ich weiß, du kannst es kaum erwarten, den Feind zugrunde zu richten. Aber Fannon hat recht, wenn er sagt, daß wir die Garnison nicht aufs Spiel setzen dürfen. Wir müssen hier ausharren und schützen, was wir besitzen.«

Arutha warf einen kurzen Blick auf die zerlumpten Stadtbewohner hinter sich. »Ich werde denen da hinten sagen, wie gut sie beschützt werden.«

Lyam bemerkte die Bitterkeit in Arutha. »Ich weiß, du gibst mir die Schuld daran, Bruder. Hätte ich deinen Rat befolgt anstelle Fannons ...«

Arutha beruhigte sich ein wenig. »Es ist nicht deine Schuld«, lenkte er ein. »Der alte Fannon ist einfach vorsichtig. Außerdem ist er der Meinung, der Wert eines Soldaten wird an dem Grau in seinem Bart gemessen. Ich bin immer noch bloß der Junge des

Herzogs. Ich fürchte, von jetzt an werden meine Bemerkungen kein Gehör mehr finden.«

Lyam lachte. »Nicht so ungeduldig, Kleiner. Vielleicht kann man zwischen deiner Kühnheit und Fannons Vorsicht einen sicheren Mittelweg finden.«

Arutha hatte das Lachen seines Bruders schon immer ansteckend gefunden. Auch jetzt konnte er ein Grinsen nicht unterdrücken. »Vielleicht, Lyam«, meinte er lachend.

Sie erreichten den Strand, wo lange Boote darauf warteten, die Flüchtlinge zu den draußen verankerten Schiffen zu bringen. Die Kapitäne würden nicht in den Hafen zurückkehren, bis sie sicher sein konnten, ihre Schiffe würden nicht mehr angegriffen werden. So waren die Flüchtlinge aus der Stadt jetzt gezwungen, durch die Brandung zu waten, um die Boote besteigen zu können. Männer und Frauen wateten hinüber, Bündel und Habe und kleine Kinder sicher über den Kopf haltend. Die älteren Kinder schwammen spielerisch hin und her und machten aus dem ganzen Geschehen einen Sport. Es gab viele tränenreiche Abschiede, denn die meisten der Männer blieben zurück, um ihre abgebrannten Häuser wieder instand zu setzen und in der Armee des Herzogs zu dienen. Die Frauen, Kinder und alten Männer, die die Stadt verließen, sollten entlang der Küste nach Tulan gebracht werden, der südlichsten Stadt des Herzogtums, die bislang weder von den Tsuranis noch von den plündernden Düsteren Brüdern heimgesucht worden war.

Lyam und Arutha stiegen ab, und ein Soldat nahm ihre Pferde. Die Brüder schauten zu, wie sie vorsichtig große Käfige mit Brieftauben auf das einzige Boot verluden, das auf den Strand gezogen worden war. Die Vögel sollten durch die Straße der Finsternis zum Lager des Herzogs gebracht werden. Tauben, die dazu abgerichtet waren, zum Lager zurückzufliegen, befanden sich jetzt schon auf dem Weg nach Crydee. Nach ihrer Ankunft würde die Verantwortung für die Überbringung von Nachrichten nicht mehr allein auf Martin Langbogen und seinen Männern und den natalischen Pfadfindern lasten. Dieses war das erste Jahr, in dem es im Lager ausgewachsene Tauben gab – und sie mußten so alt sein, um ihren Heimatinstinkt zu entwickeln.

Schon bald waren das Gepäck und die Flüchtlinge verstaut, und es war an der Zeit für Lyam, Abschied zu nehmen. Fannon entbot ihm einen steifen und formellen Gruß. Es war dennoch offensichtlich, daß der alte Schwertmeister sich Sorgen um den älteren Sohn des Herzogs machte. Da er keine eigene Familie besaß, war Fannon für die Jungen so etwas wie ein Onkel gewesen, als sie aufwuchsen. Er hatte sie persönlich im Umgang mit dem Schwert unterwiesen, hatte ihnen gezeigt, wie sie ihre Rüstung pflegen mußten, und ihnen beigebracht, was er selbst über die Kriegskunst wußte. Er hielt seine offizielle Haltung aufrecht, aber beide Brüder konnten seine Zuneigung dahinter entdecken.

Als Fannon sich verabschiedet hatte, umarmten sich die Brüder. Lyam sagte: »Paß gut auf unsere Schwester auf, Arutha.«

Arutha versprach es. Ohne ein weiteres Wort sprang Lyam dann in das Boot mit den kostbaren Tauben, und schon wurde es vom Strand fortgestoßen. Arutha sah zu, wie es in der Ferne verschwand.

Carline stand oben auf dem südlichen Turm der Burg und starrte zum Horizont. Sie war im Schloß geblieben und hatte sich schon früher von Lyam verabschiedet, denn sie wollte nicht zum Strand hinabreiten. Sie wünschte nicht, daß ihre Ängste Lyams Glück umwölken sollten. Er freute sich so sehr, seinen Vater im Lager aufsuchen zu dürfen. Wie oft hatte sie sich selbst in den vergangenen Jahren Vorwürfe wegen dieser Angst gemacht. Ihre Männer waren Soldaten, alle von Kindheit an für den Krieg ausgebildet, und als solche gingen sie tägliche Risiken ein. Aber seit die Kunde von Pugs Gefangennahme nach Crydee gedrungen war, hatte sie Angst um die beiden gehabt.

Ein leises Räuspern ließ Carline herumfahren. Lady Glynis, seit vier Jahren die Gesellschafterin der Prinzessin, lächelte leicht und deutete mit einem Kopfnicken auf den Neuankömmling, der in der Tür erschienen war, die zu den Treppen führte.

Roland wartete. In den vergangenen beiden Jahren war er gewachsen und jetzt war er ebenso groß wie Arutha. Er war immer noch dünn, aber seine jungenhaften Züge verwandelten sich langsam zu denen eines Mannes.

Er verbeugte sich. »Hoheit.«

Carline erwiderte seinen Gruß und bedeutete Lady Glynis, sie möge sie allein lassen. Glynis eilte zur Treppe.

Leise sagte Carline: »Du bist nicht mit Lyam zum Strand geritten?«

»Nein, Hoheit.«

»Hast du mit ihm gesprochen, ehe er ging?«

Rolands Blick wanderte zum fernen Horizont. »Ja, Hoheit, wenngleich ich gestehen muß, daß ich ob seines Fortziehens schlecht gelaunt bin.«

Carline nickte verständnisvoll. »Weil du hierbleiben mußt.«

Er antwortete voll Bitterkeit. »Ja, Hoheit.«

Sanft fragte Carline: »Warum so formell, Roland?«

Er betrachtete die Prinzessin. Am letzten Mittsommertag war sie siebzehn Jahre alt geworden. Sie war kein kleines, trotziges Mädchen mehr, das Wutausbrüchen unterworfen war, sondern verwandelte sich in eine schöne junge Frau mit nachdenklichem Gemüt. Nur wenige im Schloß wußten nicht von den vielen Nächten, in denen die Prinzessin in ihrem Gemach geschluchzt hatte, nachdem die Neuigkeiten von Pug die Burg erreicht hatten. Nach fast einer Woche, die sie in Einsamkeit verbracht hatte, war Carline daraus als neuer Mensch hervorgegangen. Sie war bescheidener geworden, weniger willensstark. Nach außen hin verriet sie nicht, wie sie sich fühlte, aber Roland wußte, daß sie eine tiefe Wunde davongetragen hatte.

Nach kurzem Schweigen sagte er jetzt: »Hoheit, wenn...« Er stockte. »Es ist nicht wichtig.«

Carline legte eine Hand auf seinen Arm. »Roland, was auch geschehen ist, wir sind immer gute Freunde gewesen.«

»Es stimmt mich froh zu glauben, daß das wahr ist.«

»Dann sag mir, warum diese Mauer zwischen uns entstanden ist?«

Roland seufzte. »Wenn das so ist, Carline, dann ist das nicht meine Schuld.«

Ein Funken des früheren Selbst des Mädchens regte sich. Temperamentvoll erwiderte sie: »Dann bin also ich für diese Entfremdung zwischen uns verantwortlich?«

Wut zeigte sich in Rolands Stimme. »Ja, Carline!« Er fuhr sich mit der Hand durch sein lockiges, braunes Haar. »Erinnerst du dich noch an den Tag, als ich mit Pug gekämpft habe? Es war der Tag, ehe er abreiste.«

Als er Pugs Namen erwähnte, erstarrte sie. Steif erwiderte sie: »Ja, ich erinnere mich.«

»Nun, das war albern damals, dieser Kampf unter Jungen. Ich habe ihm gesagt, wenn er dir jemals Kummer zufügen würde, würde ich ihn umbringen. Hat er dir das erzählt?«

Ungewollt traten ihr Tränen in die Augen. Leise antwortete sie: »Nein, das hat er niemals erwähnt.«

Roland schaute in das schöne Gesicht, das er seit Jahren liebte. »Damals kannte ich meinen Rivalen wenigstens.« Er senkte die Stimme und der Zorn wich daraus. »Ich denke gern daran, daß wir, er und ich, damals am Ende Freunde waren. Trotzdem schwor ich, niemals aufzuhören, um dich zu kämpfen.«

Schaudernd legte Carline ihren Umhang um, obwohl der Tag nicht so kalt war. Widerstreitende Gefühle erfüllten sie. Zitternd fragte sie: »Warum hast du aufgehört, Roland?«

Plötzlich brach die Wut aus ihm' hervor. Zum ersten Mal verlor er vor der Prinzessin seine Maske aus Witz und guten Manieren. »Weil ich nicht mit einer Erinnerung kämpfen kann, Carline.« Sie riß die Augen weit auf und Tränen liefen ihr über die Wangen. »Einem anderen Mann aus Fleisch und Blut kann ich gegenübertreten, aber mit diesem Schatten aus der Vergangenheit werde ich nicht fertig.« Er wurde immer zorniger. »Er ist tot, Carline. Pug ist tot. Solange du nicht zugibst, daß das wahr ist, lebst du mit einer falschen Hoffnung.«

Sie legte die Hand mit der Handfläche nach außen vor den Mund. Aus ihren Augen, die ihn anstarrten, sprach wortloses Leugnen. Abrupt wandte sie sich ab und eilte die Stufen hinab.

Allein geblieben, stützte Roland die Ellbogen auf die kalten Steine der Turmmauer. Er legte den Kopf in die Hände und fluchte: »Oh, welch ein Narr bin ich geworden!«

»Patrouille!« rief der Wachtposten von der Mauer des Schlosses. Arutha und Roland wandten sich um. Sie hatten Soldaten zugesehen, die den Freiwilligen aus den umliegenden Dörfern Anweisungen erteilten.

Als sie jetzt das Tor erreichten, ritt die Patrouille langsam ein. Es waren ein Dutzend schmutzige, müde Reiter, angeführt von Martin Langbogen und zwei seiner Fährtensucher. Arutha begrüßte den Jagdmeister. »Was habt Ihr da?«

Er wies auf die drei Männer in kurzen, grauen Roben, die zwischen den Reitern standen. »Gefangene, Hoheit«, antwortete der Jäger und stützte sich dabei auf seinen Bogen.

Arutha entließ die müden Reiter, als andere Wachtposten sich um die Gefangenen aufstellten. Dann ging es hinüber zu den Wartenden. Als er in greifbare Nähe kam, fielen die drei Männer auf die Knie und legten die Stirn in den Schmutz.

Arutha zog bei diesem Schauspiel überrascht die Brauen hoch. »Solche wie diese habe ich noch nie gesehen.«

Langbogen nickte zustimmend. »Sie tragen keine Rüstung. Sie kämpften auch nicht oder liefen davon, als wir sie im Wald fanden. Sie haben sich genauso verhalten wie jetzt, bloß daß sie damals brabbelten wie Fischweiber.«

Arutha wandte sich an Roland. »Hol Pater Tully. Vielleicht ist er in der Lage, ein paar Worte von ihrer Sprache zu verstehen.« Roland eilte davon, um den Priester zu suchen. Langbogen entließ seine beiden Fährtensucher, die sich unverzüglich zur Küche begaben. Ein Soldat wurde ausgesandt, um Schwertmeister Fannon zu holen und ihm von den beiden Gefangenen zu berichten.

Ein paar Minuten später kehrte Roland mit Pater Tully neben sich zurück. Der alte Priester war in eine dunkelblaue, fast schwarze Robe gekleidet. Als sie ihn erblickten, flüsterten die drei Gefangenen heftig miteinander. Als Tully in ihre Richtung schaute, verstummten sie vollends. Überrascht sah Arutha Langbogen an.

»Was haben wir denn da?« wollte Tully wissen.

»Gefangene«, erwiderte Arutha. »Da Ihr der einzige Mann hier seid, der mit ihrer Sprache in Berührung gekommen ist, dachte ich, Ihr könntet vielleicht etwas von ihnen in Erfahrung bringen.«

»Ich kann mich nur noch an wenig aus dem Kontakt mit dem Tsurani Xomich erinnern, aber ich will es versuchen.« Der Priester sprach einige stockende Worte. Das Ergebnis war, daß alle drei Gefangenen gleichzeitig redeten und große Verwirrung entstand. Der Mittlere fuhr seine Kameraden scharf an, und sie verstummten. Er war klein, wie die anderen auch, aber von kräftiger Statur. Sein Haar war braun, seine Haut dunkel, aber seine Augen waren überraschenderweise strahlend grün. Er sprach langsam mit Tully. Irgendwie war sein Verhalten weniger ehrerbietig als das seiner Kameraden.

Tully schüttelte den Kopf. »Ich bin mir nicht ganz sicher, aber ich glaube, er möchte wissen, ob ich ein Erhabener in dieser Welt bin.«

»Ein Erhabener?«

»Der sterbende Soldat lebte in Ehrfurcht vor einem Mann an Bord, den er den Erhabenen nannte. Ich glaube, das war ein Titel, weniger die Bezeichnung für einen einzelnen Mann. Vielleicht hatte Kulgan recht mit seiner Vermutung, daß diese Leute ihre Magier oder Priester verehren.«

»Wer sind diese Männer?« wollte der Prinz wissen.

Wieder sprach Tully stockend mit ihnen. Der Mann in der Mitte sprach langsam, aber nach einem Augenblick unterbrach Tully ihn mit einer Handbewegung. An Arutha gewandt erklärte er: »Sie sind Sklaven.«

»Sklaven?« Bislang hatte es keinen Kontakt zu irgendeinem Tsurani gegeben, und alles waren Krieger gewesen. Es war wie eine Enthüllung zu sehen, daß sie Sklaverei betrieben. Im Königreich war dies zwar nicht unbekannt, aber auch nicht verbreitet. Außerdem durfte sie nur von bestimmten erwählten Personen betrieben werden. Entlang der Fernen Küste gab es sie praktisch nicht. Arutha fand die Vorstellung merkwürdig und abstoßend. Männer konnten in einer niedrigen Klasse geboren werden, aber selbst der geringste hatte Rechte, die vom Adel respektiert und geschützt werden mußten. Sklaven dagegen waren Besitz. Von plötzlichem Abscheu erfüllt, befahl Arutha: »Sag ihnen, sie sollen aufstehen, in Gottes Namen.«

Tully sprach, und die Männer erhoben sich langsam. Die beiden an den Seiten sahen sich wie verschreckte Kinder um. Der andere stand ruhig, die Augen nur ein wenig gesenkt. Wieder befragte Tully den Mann. Dabei stellte er fest, wie sein Verständnis für die fremde Sprache wiederkehrte.

Der mittlere Mann sprach lange und ausführlich. Als er geendet hatte, berichtete Tully: »Sie wurden dazu bestimmt, in den Enklaven nahe dem Fluß zu arbeiten. Sie erklären, ihr Lager wäre von den Forstmenschen überrannt worden. Ich denke, er meint die Elben. Und von den Kurzen.«

»Zweifellos Zwerge«, fügte Langbogen grinsend hinzu.

Tully warf ihm einen Blick zu. Der Jäger lächelte einfach weiter. Martin gehörte zu den wenigen jungen Männern des Schlosses, die sich von dem alten Kirchenmann nie einschüchtern ließen.

»Wie ich bereits sagte«, fuhr der Priester fort, »überrannten die Elben und die Zwerge ihr Lager. Sie flohen aus Angst, getötet zu werden. Tagelang zogen sie im Wald umher, bis die Patrouille sie heute morgen einfing.«

»Dieser Knabe in der Mitte scheint ein bißchen anders als die übrigen zu sein«, bemerkte Arutha. »Frag ihn, warum das so ist.«

Tully sprach langsam mit dem Mann, der leise antwortete. Als er fertig war, erklärte Tully überrascht: »Er sagt, sein Name ist Tchakachakalla. Er war einmal ein Offizier der Tsurani.«

»Das könnte sich als äußerst glücklicher Umstand erweisen. Wenn er zur Zusammenarbeit bereit ist, erfahren wir vielleicht endlich ein paar Dinge über unseren Feind.«

Schwertmeister Fannon kam aus der Burg. Er eilte zu der Stelle, wo Arutha die Gefangenen befragen ließ. »Was habt Ihr da?« fragte der Kommandeur der Garnison von Crydee.

Arutha erklärte, was er von den Gefangenen wußte. Als er endete, meinte Fannon: »Gut, setzt die Befragung fort«

Arutha wandte sich an Tully. »Fragt ihn, wie es kommt, daß er ein Sklave geworden ist.«

Ohne ein Anzeichen von Verlegenheit erzählte Tchakachakalla seine Geschichte. Als er fertig damit war, schüttelte Tully den Kopf. »Er war Befehlshaber. Es dauert vielleicht einige Zeit herauszufinden, welchen Rang er in unserem System innegehabt hätte, aber ich vermute, es entsprach zumindest einem Hauptmann-Ritter. Er sagt, seine Männer flohen in einer der ersten Schlachten und sein ›Haus‹ hat dadurch viel Ehre verloren. Es wurde ihm nicht gestattet, sich das Leben zu nehmen. Statt dessen wurde er zum Sklaven gemacht, um die Schande seines Kommandos zu sühnen.«

Roland pfiff leise durch die Zähne. »Seine Männer sind geflohen, und er wurde dafür verantwortlich gemacht.«

Langbogen erklärte: »Es hat mehr als einen Grafen gegeben, der ein Kommando zerstört hat und deshalb von seinem Herzog den Befehl erhielt, unter einem der Grenzbarone entlang der Nördlichen Marschen zu dienen.«

Tully warf Martin und Roland einen finsteren Blick zu. »Seid Ihr dann fertig?« Er wandte sich an Arutha und Fannon. »Aus dem, was er berichtet, geht deutlich hervor, daß man ihm alles genommen hat. Er könnte von einigem Nutzen für uns sein.«

Fannon gab zu bedenken: »Das könnte ein Trick sein. Ich mag seine Blicke nicht.«

Der Kopf des Mannes fuhr hoch. Er fixierte Fannon. Martins Kinn fiel herab. »Beim Kilian! Ich glaube, er versteht, was Ihr sagt.«

Fannon baute sich vor Tchakachakalla auf. »Verstehst du mich?«

»Wenig, Herr.« Sein Akzent war stark, und er sprach mit einem langsamen, singenden Ton, der den anderen fremd war. »Viele Königreich-Sklaven in Kelewan. Kenne bißchen Königssprache.«

»Warum hast du nicht schon vorher gesprochen?«

Wiederum ohne ein Anzeichen von Gefühl antwortete er: »Nicht befohlen. Sklave gehorchen. Nicht…« Er wandte sich an Tully und sprach ein paar Worte.

»Er sagt, es steht einem Sklaven nicht zu, Initiative zu zeigen«, übersetzte Tully.

»Tully, glaubt Ihr, man kann ihm vertrauen?« fragte Arutha.

»Ich weiß nicht. Seine Geschichte ist merkwürdig. Aber an uns gemessen sind sie auch ein merkwürdiges Volk. Mein Geisteskontakt mit dem sterbenden Soldaten hat mir vieles gezeigt, was ich immer noch nicht verstehe.« Tully sprach mit dem Mann.

Zu Arutha gewandt, erklärte der Tsurani: »Tchakachakalla erzählen.« Er rang nach Worten. Dann sagte er: »Ich Wedewayo. Mein Haus, Familie. Mein Clan Hunzan. Alt, viel Ehre. Jetzt Sklave. Kein Haus, kein Clan, kein Tsurannanni. Keine Ehre, Sklave gehorchen.«

»Ich glaube, ich verstehe«, meinte Arutha. »Wenn du nach Tsurani zurückkehrst, was würde dann mit dir geschehen?«

»Vielleicht Sklave sein. Vielleicht töten. Alles gleiche.«

»Und wenn du hier bleibst?«

»Sklave sein, töten?« Er zuckte mit den Schultern und verriet wenig Sorge.

Langsam erklärte Arutha: »Wir halten keine Sklaven. Was würdest du tun, wenn wir dich freilassen?«

Erregung strich über das Gesicht des Sklaven. Er wandte sich um und sprach hastig auf Tully ein. Tully übersetzte. »Er sagt, in seiner Welt ist so etwas nicht möglich. Er fragt, ob Ihr so etwas tun könnt.«

Arutha nickte. Tchakachakalla deutete auf seine Kameraden. »Sie arbeiten. Sie immer Sklaven.«

»Und du?« fragte Arutha.

Tchakachakalla betrachtete den Prinzen. Dann sprach er mit Tully, ohne den Blick von Arutha zu wenden. Tully erklärte: »Er berichtet von seiner Abstammung. Er sagt, er ist Tchakachakalla, Befehlshaber der Wedewayo, aus dem Hunzan-Clan. Sein Vater war ein Truppenführer, und sein Urgroßvater Kriegshäuptling des Hunzan-Clan. Er hat immer ehrenhaft gekämpft und nur einmal seine Pflicht nicht erfüllt. Jetzt ist er bloß ein Sklave, ohne Familie, ohne Clan, ohne Nation und ohne Ehre. Er fragt, ob Ihr beabsichtigt, ihm seine Ehre zurückzugeben.«

»Wenn die Tsuranis kommen, was wirst du dann tun?« fragte Arutha.

»Ihr machen Tchakachakalla frei. Tchakachakalla Euer Mann, Lord. Tchakachakalla kämpfen, wenn Tsuranis kommen.«

Fannon meldete sich. »Klingt glaubhaft. Noch glaubhafter, als wenn er ein Spion wäre.«

Arutha erklärte: »Ich meine, dieser Mann könnte sich als nützlich erweisen. Im Augenblick neige ich dazu, ihm zu glauben.«

Fannon sah alles andere als erfreut aus. »Er könnte ein kluger Spion sein, aber Ihr habt recht. Er kann nichts anstellen, wenn wir ihn gut bewachen. Pater Tully, warum bringt Ihr diese Männer nicht in die Kasernen und seht zu, was Ihr von ihnen erfahren könnt? Ich werde bald nachkommen.«

Tully sprach mit den drei Sklaven und bedeutete ihnen, ihm zu folgen. Die beiden schüchternen Männer setzten sich sofort in Bewegung, aber Tchakachakalla beugte vor Arutha das Knie. Hastig sprach er in der Tsurani-Sprache auf ihn ein. »Er hat soeben verlangt, daß Ihr ihn entweder tötet oder zu Eurem Mann macht«, übersetzte Tully. »Er fragt, wie ein Mann ohne Haus, Clan oder Ehre frei sein kann.«

»Unsere Wege sind nicht Eure Wege. Hier kann ein Mann auch ohne Familie und ohne Clan frei sein und Ehre haben.«

Tchakachakalla neigte lauschend den Kopf. Schließlich nickte er, stand auf und sagte: »Tchakachakalla verstehen.« Mit einem Grinsen fügte er hinzu: »Ich bald Euer Mann. Guter Lord braucht guten Krieger. Tchakachakalla guter Krieger.«

»Tully, nehmt sie mit und findet heraus, wieviel Tchak... Tchakal...« Arutha lachte. »Das kann ich einfach nicht aussprechen.« An den Sklaven gewandt, erklärte er: »Wenn du uns hier dienen willst, dann brauchst du einen Königreich-Namen.«

Der Sklave sah sich um und nickte dann kurz.

Langbogen schlug vor: »Nennt ihn Charles. Es ist der ähnlichste Name, den ich mir denken kann.«

»So gut wie irgendein anderer«, stimmte Arutha zu. »Von jetzt an wirst du Charles gerufen werden.«

Der neu benannte Sklave wiederholte: »Tcharles?« Dann nickte er achselzuckend und ging ohne ein weiteres Wort neben

Pater Tully her, der die Sklaven zu den Soldatenunterkünften führte.

»Was haltet ihr davon?« fragte Roland, als sie um die Ecke verschwanden.

»Die Zeit wird zeigen, ob wir hereingelegt worden sind«, meinte Fannon.

Langbogen lachte. »Ich werde ein Auge auf Charles haben, Schwertmeister. Er ist ein zäher, kleiner Kerl. Vielleicht mache ich ihn zum Fährtensucher.«

Arutha unterbrach ihn. »Es wird einige Zeit dauern, bis ich ihn guten Gewissens außerhalb der Burgmauern laufen lassen kann.«

Fannon ließ das Thema fallen. Zu Langbogen gewandt sagte er: »Wo habt ihr sie gefunden?«

»Im Norden, in der Nähe des Klarbaches, der vom großen Strom abgeht. Wir folgten den Spuren einer ziemlich großen Gruppe von Kriegern, die zur Küste zogen.«

Fannon dachte darüber nach. »Dort führt Gardan eine andere Patrouille an. Vielleicht sieht er sie, und wir finden heraus, was die Bastarde in diesem Jahr vorhaben.« Ohne ein weiteres Wort zu sagen, kehrte er zur Burg zurück.

Martin lachte. Arutha war überrascht, das zu hören. »Was findet Ihr daran witzig, Jagdmeister?«

Martin schüttelte den Kopf. »Nur eine Kleinigkeit, Hoheit. Den Schwertmeister selbst. Er spricht mit niemandem darüber, aber ich wette, er würde alles dafür geben, wenn Euer Vater hier wieder das Kommando übernehmen würde. Er ist ein guter Soldat, aber er haßt Verantwortung.«

Arutha sah hinter dem Schwertmeister her. »Ich glaube, du hast recht, Martin.« Seine Stimme klang nachdenklich. »Ich war in letzter Zeit so wütend auf Fannon, daß ich ganz vergessen habe, daß er seinen Auftrag nie selbst erbeten hat.«

Mit gesenkter Stimme meinte Martin: »Darf ich einen Vorschlag machen?«

Arutha nickte. Martin deutete auf Fannon. »Sollte Fannon irgend etwas zustoßen, ernennt schnell einen neuen Schwertmeister. Wartet nicht auf die Einwilligung durch Euren Vater. Denn solltet Ihr warten, wird Algon das Kommando übernehmen, und er ist ein Narr.«

Arutha erstarrte über die Vermessenheit des Jagdmeisters, während Roland versuchte, ihn mit einem Blick zum Schweigen zu bringen. Kalt erklärte der Prinz: »Ich hielt dich für einen Freund des Pferdemeisters.«

Martin lächelte. Aus seinen Augen sprach ein merkwürdiger Humor. »Ja, das bin ich auch, so wie alle im Schloß. Aber jeder, den Ihr fragt, wird Euch dasselbe sagen: Nehmt ihm seine Pferde fort, und Algon ist ein schlechter Denker.«

Angestachelt von Martins Gehabe fuhr Arutha auf: »Und wer soll seinen Platz einnehmen? Der Jagdmeister?«

Martin lachte. Er war sichtlich belustigt über diesen Gedanken, so daß Arutha ihm schon weniger böse war.

»Ich? Der Himmel möge das verhüten, Hoheit. Ich bin ein einfacher Jäger, nicht mehr. Nein, sollte es nötig werden, so ernennt Gardan. Er ist bei weitem der fähigste Soldat in Crydee.«

Arutha wußte, daß Martin recht hatte, meinte aber dennoch ungeduldig: »Genug. Fannon ist gesund, und ich hoffe, daß er es auch bleiben wird.«

Martin nickte. »Mögen die Götter ihn beschützen … wie auch uns alle. Bitte verzeiht, es war eine vorübergehende Sorge. Mit Eurer Erlaubnis, Hoheit, möchte ich mich jetzt zurückziehen. Ich hatte eine ganze Woche lang kein warmes Mahl.«

Arutha bedeutete ihm, er könnte gehen, und Martin lief auf die Küche zu. Roland sagte: »In einem Punkt irrt er sich, Arutha.«

Mit vor der Brust verschränkten Armen blickte Arutha Langbogen nach. »Und der wäre, Roland?«

»Dieser Mann ist weit mehr als der einfache Jäger, der er zu sein vorgibt.«

Arutha schwieg eine Weile. »Das ist er. Irgend etwas an Martin Langbogen hat immer ein ungutes Gefühl in mir erweckt, obwohl ich nie einen Fehler an ihm entdecken konnte.«

Roland lachte. »Was findest du jetzt so komisch, Roland?«

Roland zuckte die Schultern. »Nur, daß viele finden, er und Ihr wäret euch sehr ähnlich.«

Arutha dankte Roland mit einem düsteren Blick. Dieser schüttelte den Kopf. »Es ist wahr, Arutha. Ihr habt beide ein wenig Schärfe in Eurem Humor, und keiner von Euch läßt sich gern zum Narren halten.« Rolands Ton wurde ernst. »Aber das ist kein Wunder, denke ich. Du bist deinem Vater sehr ähnlich, und da Martin keine Familie hat, richtet er sich nach dem Herzog.«

Arutha wurde nachdenklich. »Vielleicht hast du recht. Aber mir macht etwas anderes an dem Mann Sorgen.« Er ließ den Gedanken unvollendet und wandte sich der Burg zu. Roland ging neben dem Prinzen her und fragte sich, ob er selbst vielleicht zu weit gegangen war.

Es donnerte durch die Nacht. Zackige Blitze zischten durch die Dunkelheit, und dicke Wolken rollten von Westen herbei. Roland stand auf dem südlichen Turm und beobachtete das Schauspiel. Seit dem Abendessen war seine Laune ebenso düster wie der westliche Himmel. Der Tag war nicht gut gewesen. Zuerst hatte er sich wegen seiner Unterhaltung mit Arutha Sorgen gemacht. Dann hatte Carline ihn am Tisch mit Schweigen begrüßt. Sie begegnete ihm seit ihrem Treffen auf dem Turm vor zwei Wochen immer auf diese Weise. Carline wirkte noch bedrückter als gewöhnlich, aber Roland fühlte nichts als Wut auf sich selbst, sobald er einen Blick in ihre Richtung warf. Noch immer konnte er den Schmerz in den Augen der Prinzessin sehen. »Was für ein Narr ich doch bin«, sagte er laut.

»Kein Narr, Roland.«

Carline stand wenige Schritte entfernt von ihm und schaute

dem heranziehenden Sturm entgegen. Sie hatte ein Tuch um die Schultern gelegt, obwohl die Luft nicht kühl war. Der Donner hatte ihre Schritte übertönt. Jetzt sagte Roland: »Es ist keine schöne Nacht, um auf dem Turm zu stehen, Mylady.«

Sie trat neben ihn. »Wird es regnen?« fragte sie. »Diese heißen Nächte bringen immer Donner und Blitz, aber gewöhnlich wenig Regen.«

»Es wird regnen. Wo sind deine Damen?«

Sie wies auf die Turmtür. »Auf der Treppe. Sie haben Angst vor dem Blitz, und außerdem wollte ich allein mit dir sprechen.«

Roland sagte nichts, und auch Carline schwieg für eine Weile. »Als ich noch jung war«, sagte sie schließlich, »hat Vater immer gesagt, in Nächten wie dieser vergnügen sich die Götter im Himmel.«

Roland schaute in ihr Gesicht, das von der einzelnen Laterne beleuchtet wurde, die an der Mauer hing. »Mein Vater hat mir erzählt, sie lägen miteinander im Krieg.«

Sie lächelte. »Roland, du warst im Recht an dem Tag, als Lyam fortzog. Ich war so sehr in meinen Kummer vertieft, daß ich unfähig war, die Wahrheit zu sehen. Pug wäre der erste gewesen, der mir gesagt hätte, daß nichts für alle Ewigkeit besteht. In der Vergangenheit zu leben, ist dumm. Es raubt uns unsere Zukunft.« Sie ließ den Kopf ein wenig hängen. »Vielleicht hat es mit Vater zu tun. Nach Mutters Tod hat er sich nie wieder völlig erholt. Ich war noch sehr klein, damals, aber ich kann mich noch immer gut daran erinnern, wie es war. Ehe sie starb, hat er viel gelacht. Damals war er mehr so wie Lyam. Danach... nun, er wurde mehr wie Arutha. Er lacht zwar noch, aber mit einem harten, bitteren Unterton.«

»Als ob er sich über etwas lustig machen wollte?«

Sie nickte nachdenklich. »Ja. Warum fragst du das?«

»Mir ist da etwas aufgefallen... etwas, das ich heute deinem Bruder gesagt habe. Über Martin Langbogen.«

Sie seufzte. »Ja, ich verstehe. Langbogen ist auch so.«

Leise meinte Roland: »Aber du bist doch nicht gekommen, um über deinen Bruder oder Martin zu sprechen.«

»Nein. Ich bin gekommen um dir zu sagen, wie leid mir mein Verhalten von neulich tut. Ich war zwei Wochen lang böse auf dich, aber ich hatte kein Recht dazu. Du hast nur die Wahrheit gesagt. Ich habe dich schlecht behandelt.«

Roland war überrascht. »Du hast mich nicht schlecht behandelt, Carline. Ich habe mich dumm verhalten.«

»Nein, du hast nichts weiter getan, als mir ein Freund zu sein, Roland. Du hast mir die Wahrheit gesagt, nicht das, was ich hören wollte. Es muß schwer gewesen sein...; wenn man bedenkt, was du fühlst.« Sie schaute in den sich nähernden Sturm hinaus. »Als ich zuerst von Pugs Gefangennahme hörte, dachte ich, die Welt würde untergehen.«

Roland versuchte, verständnisvoll zu sein. »Die erste Liebe ist eine schwere Liebe.«

Carline lächelte. »Das sagt man. Und wie ist es bei dir?«

»Es scheint auch so zu sein, Prinzessin.«

Sie legte eine Hand auf seinen Arm. »Keiner von uns kann etwas anderes empfinden als das, was er fühlt, Roland.«

Sein Lächeln wurde traurig. »Das ist richtig, Carline.«

»Willst du immer mein guter Freund sein?«

Ihre Stimme klang ehrlich besorgt, und das rührte den jungen Adligen. Sie versuchte, die Dinge zwischen ihnen in Ordnung zu bringen, aber ohne die Intrigen und Schmeicheleien, die sie in jüngeren Jahren eingesetzt hatte. Ihr ehrlicher Versuch ließ ihn alle Enttäuschung vergessen, die er darüber empfunden hatte, daß sie seine Zuneigung nicht voll erwiderte. »Das will ich, Carline. Ich will dir immer ein guter Freund sein.«

Sie schmiegte sich in seine Arme. Er hielt sie ganz fest und hatte ihren Kopf an seine Brust gepreßt. Leise sagte sie: »Pater Tully sagt, manchmal kommt die Liebe ungewünscht, wie die

Winde vom Meer her, aber manchmal wächst sie auch aus einer Freundschaft heraus.«

»Ich werde auf eine solche Ernte hoffen, Carline. Aber auch wenn sie nicht kommen sollte, bleibe ich dein guter Freund.«

Eine Weile standen sie still beieinander und trösteten sich gegenseitig aus verschiedenen Ursachen. Dabei teilten sie eine Zärtlichkeit, die jeder von ihnen zwei Jahre lang geleugnet hatte. Alle beide waren in den Trost der Nähe des anderen versunken, und keiner sah, was die hellen Blitze für kurze Augenblicke enthüllten. Fern am Horizont näherte sich ein Schiff. Es kämpfte gegen den Sturm an, um in den Hafen zu gelangen.

Der Wind peitschte die Banner auf den Palisaden der Burgmauern, als der Regen anfing. Wasser sammelte sich in kleinen Pfützen und die Laternen warfen gelbe Spiegelbilder daraus hoch. In ihrem Licht wirkten die beiden Männer auf der Mauer, als kämen sie aus einer anderen Welt.

Ein Blitz erhellte die See, und ein Soldat sagte: »Da! Seht Ihr, Hoheit? Südlich von den Wache-Felsen.« Er streckte den Arm aus, um in die Richtung zu deuten.

Arutha blinzelte in die Finsternis. Seine Stirn legte sich in steile Falten der Konzentration. »Ich kann in dieser Dunkelheit überhaupt nichts sehen. Da draußen ist es ja schwärzer als die Seele eines Priesters von Guis-Wan.« Der Soldat machte eine beschützende Geste, als der Name des Mordgottes fiel. »Irgendein Zeichen vom Leuchtturm?«

»Nein, Hoheit. Auch nicht von den Boten.«

Ein weiterer Blitz durchzuckte die Nacht. Jetzt sah auch Arutha das Schiff in der Ferne. Er fluchte. »Es wird das Leuchtfeuer von Langpunkt brauchen, um sicher in den Hafen zu gelangen.« Ohne ein weiteres Wort eilte er die Treppe hinab, die in den Hof führte. In der Nähe des Tores wies er einen Soldaten an, sein Pferd und zwei Reiter zu seiner Begleitung zu holen. Während er wartete, hörte es auf zu regnen. Die Nacht war jetzt warm und feucht und klar. Ein paar Minuten später erschien Fannon aus der Richtung der Soldatenunterkünfte. »Was ist los? Willst du ausreiten?«

»Ein Schiff versucht in den Hafen zu gelangen, und in Langpunkt ist kein Leuchtfeuer zu sehen.«

Als ein Stallknecht Aruthas Pferd brachte, dem zwei berittene Soldaten folgten, erklärte Fannon: »Dann reitet Ihr besser gleich los. Sagt diesen Nichtsnutzen im Leuchtturm, daß ich noch ein Wörtchen mit ihnen zu reden habe, wenn sie ihren Dienst beenden.«

Arutha hatte erwartet, daß Fannon ihm Schwierigkeiten machen würde, und er war froh, daß dem nicht so war. Er stieg auf, die Tore wurden geöffnet, und sie ritten hindurch, die Straße entlang, die zur Stadt führte.

Der kurze Regen hatte die Nachtluft mit frischen Düften erfüllt: die Blumen entlang der Straße, der Salzgeruch vom Meer; doch alles wurde bald von dem brennenden Geruch verbrannten Holzes überdeckt, als sie sich der Stadt näherten.

Sie eilten an dem stillen Ort vorbei und schlugen die Straße zum Hafen ein. Zwei Wachtposten, die am Kai Wache hielten, salutierten hastig, als der Prinz vorübersauste. Die zerschmetterten Gebäude am Hafen waren stumme Zeugen dessen, was hier geschehen war.

Sie verließen die Stadt und ritten zum Leuchtturm hinüber. Jenseits der Stadt erhaschten sie einen ersten Blick auf den Leuchtturm, der sich auf einer natürlichen Felseninsel befand. Diese war durch einen langen Steinweg mit dem Festland verbunden, über den eine feste Sandstraße führte. Die Pferdehufe klapperten dumpf über den Sand, als sie sich dem hohen Turm näherten. Ein kurzer Blitz erleuchtete den Himmel. In seinem Licht konnten die drei Reiter das Schiff unter vollen Segeln in den Hafen einlaufen sehen.

Arutha rief den anderen zu: »Ohne Leuchtfeuer werden sie auf die Felsen auflaufen.«

Einer der Soldaten rief zurück: »Seht, Hoheit. Da gibt jemand Zeichen!«

Sie zügelten ihre Pferde und erblickten Gestalten am Fuß des Turmes. Ein Mann in Schwarz schwenkte eine Laterne hin und her. Von den Leuten an Bord des Schiffes konnte sie deutlich gesehen werden, aber nicht von denen auf den Mauern der Burg. Im schwachen Licht konnte Arutha die reglosen Gestalten von Soldaten aus Crydee am Boden liegen sehen. Vier Männer, ebenfalls schwarz gekleidet und mit Kopfbedeckungen, die ihre Gesichter unkenntlich machten, liefen auf die Reiter zu. Drei zogen lange Schwerter, während der vierte einen Pfeil einlegte. Der Soldat an Aruthas rechter Seite schrie auf, als sich der Pfeil in seine Brust bohrte. Arutha trieb sein Pferd zwischen die drei Männer, die sich ihm in den Weg stellten. Er ritt zwei von ihnen nieder, während er mit seinem Schwert um sich hieb und den dritten im Gesicht traf. Der Mann fiel ohne einen Laut.

Der Prinz wirbelte herum und sah, daß sein anderer Kamerad ebenfalls auf einen Bogenschützen einschlug. Weitere Männer in Schwarz stürmten aus dem Turm und stürzten schweigend herbei.

Aruthas Pferd schrie auf. Ein Pfeil ragte aus seinem Nacken. Als es unter Arutha zusammenbrach, zog er seine Füße aus den Steigbügeln, schwang sein linkes Bein über den Hals des sterbenden Tieres und sprang, ehe es auf den Boden schlug. Er rollte sich ab und kam vor einer untersetzten Gestalt in Schwarz auf die Füße. Der Fremde schwang sein langes Schwert mit beiden Händen über dem Kopf. Die Klinge blitzte auf, und Arutha machte einen Satz nach hinten. Er versuchte, Abstand zwischen sich und den Mann zu bringen. Er stolperte über einen Stein, und plötzlich schien die Welt zu wirbeln. Er flog einen Augenblick durch die Luft und dann schlugen seine Schultern auf Stein auf, als er über die Seite der Straße stürzte. Er stieß noch gegen mehrere Steine, und dann schloß sich eisiges Wasser über ihm.

Der Schock dieser Kälte bewahrte ihn davor, das Bewußtsein zu verlieren. Benommen wie er war, hielt er dennoch instinktiv die Luft an. Dann jedoch schoß er ohne zu überlegen aufwärts, durchbrach die Oberfläche und keuchte laut, während er nach Atem rang. Obwohl er noch immer benommen war, besaß er genug Verstand, um wieder unter Wasser zu tauchen, als Pfeile um ihn herumschwirrten. In der Finsternis konnte er nichts mehr sehen. Er klammerte sich aber an die Felsen und zog sich mehr vorwärts, als daß er schwamm. Er bewegte sich zurück zum Turm in der Hoffnung, die Angreifer würden vermuten, daß er die andere Richtung eingeschlagen hätte.

Leise durchbrach er die Wasseroberfläche und blinzelte das salzige Naß aus den Augen. Dann spähte er um einen großen Felsen herum. Er entdeckte dunkle Gestalten, die die Wasserfläche absuchten. Leise bewegte sich Arutha weiter, immer im Schutz der Felsen. Seine geschundenen Muskeln und Knochen schmerzten, als er sich bewegte, aber nichts schien gebrochen zu sein.

Ein neuerlicher Blitz erhellte die Anlage. Arutha konnte sehen, wie das Schiff sicher im Hafen von Crydee einlief. Es war ein Handelsschiff, aber so besegelt, daß es schneller war als gewöhnlich. Außerdem war es wie ein Kriegsschiff bewaffnet. Wer das Schiff steuerte, der war ein irrsinniges Genie, denn es fuhr nur äußerst knapp an den Felsen vorbei und hielt direkt auf den Kai hinter der Kurve in der Straße zu. Arutha konnte Männer in der Takelage ausmachen, die wie wild die Segel rafften. Auf Deck stand eine Kompanie schwarz gekleideter Krieger, die Waffen bereithielten.

Arutha wandte seine Aufmerksamkeit den Männern auf dem Weg zu. Einer machte den anderen schweigend ein Zeichen. Sie rannten auf die Stadt zu. Ohne sich um seine Schmerzen zu kümmern, zog sich Arutha hoch und umrundete die schlüpfrigen Felsen, um wieder auf die Sandstraße zu gelangen. Er kam ein wenig taumelnd auf die Füße und blickte zur Stadt hinüber. Noch immer gab es dort kein Anzeichen von Unruhe, aber er wußte, daß der Ärger bald losbrechen würde. Fannon war vielleicht vorsichtig, wenn es darum ging, Tsurani-Soldaten des Nachts in die Wälder zu verfolgen. Aber ein Piratenschiff in seinem Hafen, das war etwas, auf das er ohne Zögern reagieren würde.

Aruthas ganzer Körper schmerzte. Schwindel schien ihn fast zu überwältigen. Er holte tief Luft und machte sich auf den Weg zur Stadt. Als er an die Stelle kam, wo sein totes Pferd lag, suchte er nach seinem Schwert. Dann fiel ihm ein, daß er es mit in den Hafen genommen hatte. Er stolperte zu einem seiner Begleiter hinüber, der neben einem schwarzgekleideten Bogenschützen lag. Arutha bückte sich, um das Schwert des gefallenen Soldaten aufzuheben. Fast wäre er ohnmächtig geworden, als er sich wieder aufrichtete. Er blieb einen Moment stehen, aus Frucht, das Bewußtsein zu verlieren, wenn er sich jetzt nochmal bewegen würde. Als das Summen in seinem Kopf nachgelassen hatte, betastete er ihn vorsichtig mit den Fingern. Sie klebten von trokkenem Blut.

Arutha fing an, auf die Stadt zuzugehen. Bei der Bewegung fing das Dröhnen in seinem Kopf von neuem an. Eine Weile stolperte er so dahin. Dann versuchte er sich zum Rennen zu zwingen, aber nach nur drei wackligen Schritten nahm er seinen unbeholfenen Gang wieder auf. Er beeilte sich, so gut er konnte. Als er um die Kurve kam, konnte er die Stadt vor sich liegen sehen. Schwache Kampfgeräusche waren zu vernehmen. In der Ferne erspähte er den roten Schein von Flammen, als verschiedene Gebäude in Brand gesetzt wurden. Schreie von Männern und Frauen klangen merkwürdig fern in Aruthas Ohren.

Er zwang sich zu einem Trab. Als er sich der Stadt näherte, verdrängte die Aussicht auf einen bevorstehenden Kampf viel von dem Nebel, der seinen Geist umgab. Er wandte sich zum

Hafen. Die Gebäude entlang der Docks brannten; es war taghell. Aber niemand war zu sehen. Am Kai lag das Schiff der Eindringlinge. Arutha näherte sich leise, fürchtete, daß Wachen postiert worden wären, um es zu schützen. Als er die Planke erreichte, die vom Schiff zum Kai führte, war alles still. Die Geräusche des Kampfes kamen aus der Ferne, als hätten die Feinde erst tief in der Stadt mit dem Kampf angefangen.

Als er sich entfernen wollte, rief eine Stimme aus dem Schiff: »Götter der Gnade! Ist da wer?« Die Stimme klang tief und kräftig, aber mit einem Unterton des Entsetzens.

Arutha rannte die Planke mit gezogenem Schwert hinauf. Als er oben ankam, blieb er stehen. Vom Oberdeck aus konnte er deutlich ein Feuer unten im Schiff ausmachen. Er sah sich um. Wohin er auch blickte, da sah er Matrosen tot in ihrem eigenen Blut liegen. Vom Heck des Schiffes ertönte die Stimme. »He, Ihr da, Mann. Wenn Ihr ein gottesfürchtiger Mann aus dem Königreich seid, dann kommt und helft mir.«

Arutha bahnte sich einen Weg durch das Gemetzel und entdeckte einen Mann, der mit dem Rücken gegen die Reling lehnte. Er war groß, mit breiten Schultern und kräftiger Brust. Mit der rechten Hand hielt er sich die Seite. Blut sickerte zwischen seinen Fingern hindurch. Lockiges schwarzes Haar war zurückgekämmt, und den schwarzen Bart trug er kurz geschnitten. Er brachte ein schwaches Lächeln zustande, als er auf eine schwarz gekleidete Gestalt in der Nähe zeigte. »Diese Bastarde haben meine Mannschaft umgebracht und mein Schiff in Brand gesteckt. Dieser da hat den Fehler gemacht, mich nicht mit dem ersten Schlag zu töten.« Er wies auf einen Teil eines gebrochenen Mastes, der seine Beine festhielt. »Ich schaffe es nicht, den wegzuschieben und gleichzeitig meine Eingeweide festzuhalten. Wenn Ihr es ein wenig anhebt, glaube ich, dann kann ich mich selbst befreien.«

Arutha erkannte das Problem. Der Mann wurde von dem

Gewicht festgehalten und hatte sich auch noch in einem Gewirr aus Tauen und Winden verfangen. Arutha packte das lange Ende und hob es an, nur ein paar Zentimeter hoch, aber doch genug. Mit einem halben Grunzen, halben Stöhnen zog der Mann seine Beine heraus. »Ich glaube nicht, daß meine Beine gebrochen sind, Bürschchen. Gib mir die Hand, dann wollen wir mal sehen.«

Arutha reichte ihm die Hand und hätte fast den Halt verloren, als er den bulligen Seemann auf die Füße zog. »Hehe«, meinte der Verwundete, »du bist auch nicht gerade in der besten Verfassung für einen Kampf, was?«

»Es geht schon«, widersprach Arutha und stützte den Mann, während er eine neuerliche Welle von Übelkeit bekämpfte.

Der Seemann stützte sich auf ihn. »Dann sollten wir uns besser beeilen. Das Feuer breitet sich aus.« Mit Aruthas Hilfe bewältigte er die Planke. Als sie keuchend den Kai erreichten, wurde die Hitze unerträglich. Der verletzte Seemann stöhnte: »Weitergehen!«

Arutha nickte und schlang den Arm des Mannes um seine Schulter. Sie taumelten den Kai wie ein paar betrunkene Soldaten entlang.

Plötzlich ertönte ein Dröhnen, und beide Männer wurden zu Boden geworfen. Arutha schüttelte den benommenen Kopf und drehte sich um. Hinter ihm ragte ein riesiger Flammenturm gen Himmel. Das Schiff war als schwarze Silhouette im Herzen der blendenden gelben und weißen Feuersäule zu erkennen. Hitzewellen waberten zu ihnen herüber, als stünden sie an der Tür eines riesigen Ofens.

»Was war denn das?« krächzte Arutha.

Die Antwort seines Kameraden kam ebenso schwach: »Zweihundert Faß Öl.«

Arutha konnte es nicht glauben. »Ihr habt nichts davon gesagt, daß Ihr Öl an Bord hattet.«

»Ich wollte dich nicht aufregen. Du sahst ohnehin schon aus, als wärest du halb tot. Ich dachte mir, entweder wir schaffen es oder nicht.«

Arutha wollte sich erheben, fiel aber wieder hin. Er fühlte sich plötzlich hier auf den kühlen Steinen des Kais sehr wohl. Er sah das Feuer vor seinen Augen schwächer werden. Dann wurde alles dunkel.

Arutha öffnete die Augen und sah verschwommene Schatten über sich. Er blinzelte und die Bilder wurden deutlicher. Carline hockte neben seiner Schlafstatt. Sie sah besorgt zu, als Pater Tully ihn untersuchte. Hinter Carline stand Fannon. Neben ihm befand sich ein unbekannter Mann. Dann fiel es Arutha wieder ein. »Der Mann vom Schiff.«

Der Mann grinste. »Amos Trask, ehemaliger Kapitän der *Sidonie*, bis diese Bast – bitte um Vergebung, Prinzessin – diese verfluchten Landratten es in Brand setzten. Ich bin hier, um Eurer Hoheit zu danken.«

Tully unterbrach ihn. »Wie fühlst du dich?«

Arutha setzte sich auf. Sein Körper schien nur noch aus dumpfen Schmerzen zu bestehen. Carline stopfte Kissen hinter ihren Bruder. »Mitgenommen, aber ich werde es überleben.« Sein Kopf dröhnte ein wenig. »Ich bin ein bißchen benommen.«

Hochmütig sah Tully Aruthas Kopf an. »Kein Wunder. Hast einen gemeinen Riß abbekommen. Könnte sein, daß du dich noch ein paar Tage lang gelegentlich benommen fühlst, aber ich glaube nicht, daß es ernst ist.«

Arutha sah den Schwertmeister an. »Wie lange?«

Fannon sagte: »Eine Patrouille hat Euch letzte Nacht gebracht. Jetzt ist es Morgen.«

»Der Angriff?«

Fannon schüttelte traurig den Kopf. »Die Stadt ist völlig ausgebrannt. Wir konnten sie alle töten, aber in ganz Crydee steht kein heiles Gebäude mehr. Das Fischerdorf am südlichen Ende des Hafens ist unberührt, aber davon abgesehen ist alles andere verloren.«

Carline stopfte die Decken um Arutha und schüttelte seine Kissen auf. »Du solltest dich ausruhen.«

»Im Augenblick bin ich bloß hungrig.«

Sie brachte ihm eine Schüssel mit heißer Brühe. Er erklärte sich zwar bereit, die leichte Suppe anstelle fester Nahrung zu sich zu nehmen, weigerte sich aber, sich von ihr füttern zu lassen. »Erzählt mir, was passiert ist«, bat er, während er löffelte.

Fannon schien beunruhigt. »Es waren Tsuranis.«

Aruthas Hand verhielt mit dem Löffel auf halbem Wege zwischen der Schüssel und seinem Mund. »Tsuranis? Ich dachte, es wären Räuber von den Abendinseln.«

»Das dachten wir zuerst auch. Aber nachdem wir hier mit Kapitän Trask und den Tsurani-Sklaven gesprochen haben, die bei uns sind, konnten wir uns endlich ein Bild davon machen, was geschehen ist.«

Tully übernahm die weitere Erzählung. »Nach dem, was die Sklaven sagen, waren diese Männer besonders ausgewählt. Sie nannten das einen Todesüberfall. Sie waren erwählt, die Stadt zu betreten, so viel wie möglich zu zerstören und dann zu sterben, ohne zu fliehen. Sie verbrannten das Schiff gleichermaßen als Zeichen ihrer Unterwerfung als auch, um es unserem Zugriff zu entziehen.«

Arutha schaute zu Amos Trask hinüber. »Wie konnten sie Euer Schiff an sich bringen, Kapitän?«

»Ach, das ist eine bittere Geschichte, Hoheit.« Er lehnte sich ein wenig nach rechts, und Arutha fiel seine Wunde wieder ein.

»Wie geht es Eurer Seite?«

Trask grinste. Seine dunklen Augen blickten fröhlich. »Eine häßliche Wunde, aber nichts Ernstes. Der gute Pater hat sie geflickt, Hoheit.«

Tully stieß ein wütendes Geräusch aus. »Der Mann sollte im Bett liegen. Er ist ernster verletzt als du. Aber er wollte nicht gehen, ehe er nicht wußte, ob du in Ordnung bist.«

Trask kümmerte sich nicht um seinen Kommentar. »Ich hatte schon Schlimmeres. Wir führten einmal einen Kampf mit einer Kriegsgaleere aus Queg und – nun, das ist eine andere Geschichte. Ihr habt nach meinem Schiff gefragt.« Er hinkte zu Arutha hinüber. »Wir hatten eine Ladung Waffen und Brandöl an Bord. In Anbetracht der Situation hier dachte ich, wir würden einen guten Markt vorfinden. Wir durchquerten die Meerengen schon früh in der Saison. Ich hoffte, dadurch vor anderen Schiffen hier anzukommen.

Wir kamen zwar früh durch, mußten aber unseren Preis dafür zahlen. Ein unheimlicher Sturm zog von Süden herauf, und eine Woche lang trieben wir umher. Als er vorüber war, steuerten wir nach Osten, auf die Küste zu. Ich dachte, wir würden keine Schwierigkeiten haben, unsere Position mit Hilfe von Landmarken zu erkennen. Aber als wir Land sichteten, war nicht einer an Bord, der auch nur irgend etwas erkannt hätte. Da keiner von uns jemals nördlich von Crydee gewesen war, vermuteten wir, daß wir weiter gefahren waren, als wir es wollten.

Wir segelten bei Tag, denn ich wollte keine unbekannten Klippen und Riffe riskieren. In der dritten Nacht kamen die Tsurani wie ein Schwarm Delphine auf unser Schiff zugeschwommen. Sie tauchten unter dem Schiff hindurch und kamen dann auf beiden Seiten hoch. Als ich endlich von dem Aufruhr an Deck wach wurde, war schon ein volles halbes Dutzend von diesen Bast – bitte um Vergebung, Prinzessin – diesen Tsuranis über mir. Sie brauchten nur Minuten, um mein Schiff an sich zu bringen.« Seine Schultern fielen herab. »Es ist hart, sein Schiff zu verlieren, Hoheit.«

Er verzog das Gesicht. Sofort stand Tully auf und drückte Trask auf den Hocker neben Arutha. Trask erzählte weiter. »Wir konnten nicht verstehen, was sie sagten. Ihre Sprache paßt besser zu Affen als zu Menschen – ich selbst spreche fünf zivilisierte Sprachen, und kann mich mit der Zeichensprache noch in einem Dutzend anderer verständigen. Aber wie ich schon sagte, wir konnten ihr Geplapper nicht verstehen. Trotzdem machten sie ihre Absichten deutlich genug.

Sie gingen in meine Laderäume und warfen alles über Bord. Mehr als fünfhundert Schwerter schmissen sie einfach über die Seiten. Piken, Lanzen, Langbogen, einfach alles. Sie wußten nicht, was sie von dem Brandöl halten sollten, also ließen sie es in Ruhe. Aber sie vergewisserten sich, daß es an Bord nicht eine einzige Waffe gab, die nicht in ihren Händen war. Dann zogen sich ein paar von diesen Landratten diese schwarzen Lumpen an, schwammen an Land und gingen die Küste entlang zum Leuchtturm. Während sie marschierten, beteten die anderen. Auf den Knien liegend, wiegten sie sich vor und zurück. Nur ein paar mit Bogen Bewaffnete blieben stehen und bewachten meine Mannschaft. Dann, ganz plötzlich, ungefähr drei Stunden nach Sonnenuntergang, sprangen sie auf, trieben meine Männer umher und deuteten auf der Karte auf den Hafen.

Wir setzten Segel und fuhren längs an der Küste entlang. Den Rest kennt Ihr. Ich vermute, sie gingen davon aus, daß Ihr einen Angriff von See nicht erwarten würdet.«

»Da hatten sie recht«, meinte Fannon. »Seit ihrem letzten Angriff haben wir ständig Patrouillen im Wald. Sie konnten sich Crydee nicht ohne unser Wissen nähern. Aber auf diese Weise haben sie uns jetzt überrascht.« Der alte Schwertmeister klang müde und verbittert. »Jetzt ist die Stadt zerstört, und wir haben einen Hof voll von verängstigten Stadtbewohnern.«

Auch Trask klang verbittert. »Sie setzten die meisten ihrer Männer schnell an Land, ließen aber zwei Dutzend zurück, um meine Mannen zu schlachten.« Ein Ausdruck des Schmerzes zog über sein Gesicht. »Das waren harte Burschen, aber im großen und ganzen gute Kerle, meine Männer. Wir wußten gar nicht, was geschah, bis der erste von ihnen aus der Takelage fiel, einen Tsurani-Pfeil zwischen den Rippen. Wir dachten, die würden sich von uns auch wieder auf See hinausbringen lassen. Als wir es begriffen haben, haben meine Jungs gekämpft, darauf könnt ihr wetten. Aber sie fingen nicht früh genug damit an. Splißeisen und Belegnägel können Männern mit Schwertern und Bogen keinen Widerstand leisten.«

Trask seufzte laut. Der Schmerz auf seinem Gesicht rührte gleichermaßen von seiner Geschichte als auch von seiner Verletzung her. »Fünfunddreißig Mann. Ratten, Halsabschneider und Mörder waren sie alle, aber sie waren meine Mannschaft. Ich war der einzige, der sie hätte umbringen dürfen. Ich zerschmetterte den Schädel des ersten Tsurani, der mich angriff, nahm sein Schwert und tötete einen anderen. Aber der dritte schlug es mir aus der Hand und verwundete mich.« Er stieß ein kurzes, bellendes Lachen aus. »Ich hab' ihm den Hals gebrochen. Dann bin ich für eine Zeit ohnmächtig gewesen. Sie müssen mich für tot gehalten haben. Das nächste, was ich weiß: Die Flammen schlugen hoch, und ich fing zu brüllen an. Dann sah ich Euch die Planke heraufkommen.«

»Ihr seid ein kühner Mann, Amos Trask«, meinte Arutha.

Ein Ausdruck tiefen Schmerzes überzog das Gesicht des Kapitäns. »Nicht kühn genug, um mein Schiff behalten zu können, Hoheit. Jetzt bin ich auch nichts weiter als ein gestrandeter Seemann.«

Tully meinte: »Das reicht für den Augenblick. Arutha, du brauchst Ruhe.« Er legte seine Hand auf Trasks Schulter. »Kapitän, Ihr würdet gut daran tun, seinem Beispiel zu folgen. Eure Wunde ist ernster, als Ihr es zugeben wollt. Ich werde Euch in einen Raum bringen, wo Ihr ruhen könnt.«

Der Kapitän stand auf. Arutha sagte: »Captain Trask.«

»Ja, Hoheit?«

»Wir brauchen hier in Crydee gute Männer.«

»Ich danke Euch, Hoheit. Ohne Schiff wüßte ich jedoch nicht, wo ich hier von Nutzen sein könnte.«

»Fannon und ich werden schon genug finden, um Euch zu beschäftigen.«

Der Mann verbeugte sich leicht, von seiner verwundeten Seite behindert. Dann ging er mit Tully davon. Carline küßte Arutha auf die Wange. »Schlaf nun.« Sie nahm die Brühe fort und wurde von Fannon aus dem Zimmer geführt. Arutha schlief schon, noch ehe sich die Tür geschlossen hatte.

Attacke

Carline sprang auf.

Sie stieß die Spitze ihres Schwertes flach vor und zielte mit einem tödlichen Stoß auf den Magen. Roland fing den Schlag mit der Breitseite seiner Klinge gerade noch ab. Er sprang zurück und verlor für einen Augenblick das Gleichgewicht. Carline sah sein Zögern und sprang erneut vor.

Roland lachte, als er plötzlich beiseite sprang und ihre Klinge erneut ablenkte. Dann wechselte er hastig den Degen von der rechten in die linke Hand, griff zu und packte ihren Waffenarm am Handgelenk, um sie nun seinerseits aus dem Gleichgewicht zu bringen. Er wirbelte sie herum, trat hinter sie, legte seinen linken Arm um ihre Taille – wobei er sorgfältig auf seine scharfe Klinge achtete – und zog sie an sich. Sie wehrte sich verzweifelt. Sie konnte aber nichts anderes tun als fluchen, während er hinter ihr stand. »Das war ein Trick! Ein ganz gemeiner Trick!« schimpfte sie.

Hilflos trat sie um sich, als er lachte. »Du mußt geduldig sein, auch, wenn es nach einem glatten Töten aussieht. Du bist flink, das ist gut, aber du drängst zu viel. Du mußt Geduld lernen. Warte eine deutliche Öffnung ab, dann erst greif an. Wenn du dich so weit vor begibst, verlierst du das Gleichgewicht und bist tot.« Er küßte sie flüchtig auf die Wange und stieß sie dann von sich.

Carline stolperte vorwärts, gewann ihr Gleichgewicht aber wieder und drehte sich um. »Schurke!« Sie näherte sich ihm mit stoßbereitem Schwert. Nachdem ihr Vater fort war, hatte Carline Arutha so lange bedrängt, bis er erlaubt hatte, daß Roland ihr den Umgang mit dem Schwert beibrachte. Ihr ausschlaggebendes Argument war gewesen: »Was soll ich tun, wenn die Tsuranis ins Schloß eindringen? Sie mit Stricknadeln angreifen?« Arutha hatte hauptsächlich nachgegeben, weil er ihres ständigen Bohrens müde war, nicht aus Überzeugung, daß sie die Waffe benützen könnte.

Plötzlich ging Carline zu einem wütenden Angriff über. Sie zwang Roland, sich über den kleinen Hof hinter der Burg zurückzuziehen. Er fand sich gegen eine Mauer gedrängt und wartete. Sie sprang wieder vor, aber geschickt wich er wieder aus. Die gepolsterte Spitze ihres Rapiers klirrte an die Mauer, einen Augenblick, nachdem er die Stelle verlassen hatte. Er sprang an ihr vorbei, schlug ihr spielerisch mit der flachen Seite seiner Klinge aufs Hinterteil und bezog dann hinter ihr Stellung. »Und verlier nicht die Geduld, sonst verlierst du auch den Kopf.«

»Oh!« schrie sie und wirbelte herum, um ihm gegenüber zu stehen. Ihr Ausdruck war eine Mischung aus Wut und Belustigung. »Du Ungeheuer!«

Roland stand bereit. Er hatte einen Ausdruck ironischer Reue im Gesicht. Sie schätzte die Entfernung zwischen ihnen beiden und näherte sich ihm dann langsam. Sie trug enganliegende Männerhosen – zum Entsetzen Lady Marnas – und eine Männertunika, die von einem Schwertgürtel um die Taille zusammengehalten wurde. Im letzten Jahr hatten sich ihre Formen entwikkelt, und der enganliegende Anzug war schon fast skandalös. Die spezialgefertigten schwarzen knöchellangen Stiefel, die sie trug, klapperten über den Boden, als sie die Entfernung zwischen ihnen verringerte. Ihr langes, schimmerndes dunkles Haar fiel ihr offen über die Schultern.

Roland liebte diese Übungen mit ihr. Sie hatten dabei wieder fast so viel Freude wie früher. Noch immer hegte Roland die Hoffnung, ihre Gefühle für ihn könnten sich zu mehr als nur Freundschaft entwickeln. In dem Jahr seit Lyams Abreise hatten sie zusammen geübt oder waren in der Nähe des Schlosses zusammen ausgeritten, wenn es als sicher galt. Zwischen ihnen bestand jetzt eine Art Kameradschaft, die er früher nicht hatte empfinden können. Obwohl sie jetzt ernster war, hatte Carline doch ihren Sinn für Humor wiedergefunden.

Einen Augenblick lang stand Roland in Gedanken verloren da. Die kleine Prinzessin, dieses verzogene und trotzige Kind, war dahin. Das Mädchen, das immer geschmollt hatte und Ansprüche stellte, weil es sich in seiner Rolle langweilte, gehörte der Vergangenheit an. An seiner Stelle stand hier eine junge Frau von starkem Willen, gezähmt von harten Erfahrungen.

Roland blinzelte. Die Spitze ihres Degens lag an seiner Kehle. Spielerisch senkte er seine eigene Waffe und sagte: »Lady, ich ergebe mich!«

Sie lachte. »Wovon hast du geträumt, Roland?«

Sanft schob er ihr Schwert beiseite. »Ich habe mich daran erinnert, wie entsetzt Lady Marna war, als du das erste Mal in diesen Kleidern ausgeritten und schmutzig und alles andere als damenhaft aussehend zurückgekommen bist.«

Carline lächelte bei der Erinnerung. »Ich dachte, sie würde eine Woche im Bett bleiben, so hat sie sich aufgeregt.« Sie steckte ihr Schwert fort. »Ich wünschte, ich könnte Gründe dafür finden, diese Kleider öfter zu tragen. Sie sind so bequem.«

Roland nickte und grinste breit. »Und sehr reizvoll.« Er warf bewußt deutlich lüsterne Blicke auf Carlines kurvenreichen Körper. »Aber das liegt wohl an der, die sie trägt.«

In gespielter Mißbilligung reckte sie die Nase in die Luft. »Sie sind ein Schurke, mein Herr. Und ein Lüstling.«

Kichernd hob er sein Schwert auf. »Ich glaube, für heute reicht das, Carline. Ich kann nur eine Niederlage am Nachmittag ertragen. Noch eine, und ich müßte das Schloß in Schande verlassen.«

Sie riß die Augen auf und zog die Waffe. »Ach! Beschämt von einem Mädchen, was?« sagte sie und tänzelte mit gezücktem Schwert auf ihn zu.

Lachend wich er zurück, während er ebenfalls die Waffe zog. »Aber, aber, meine Dame. Das ziemt sich nun wirklich nicht.«

Sie musterte ihn wütend. »Ich habe Lady Marna, die sich Sorgen um meine Manieren machen kann, Roland. Ich brauche keinen Kerl wie dich, der mir da auch noch Vorschriften macht.«

»Kerl!« schrie er und sprang vorwärts. Sie fing den Schlag ab, erwiderte ihn und hätte ihn fast getroffen. Mit seiner Klinge hielt er sie ab, glitt dann an ihrer Waffe entlang, bis sie Körper an Körper standen. Mit seiner freien Hand ergriff er das Handgelenk des Armes, mit dem sie die Waffe führte, und lächelte. Sie versuchte, sich loszureißen, aber er hielt sie fest. »Solange die Tsuranis nicht ihre Frauen hinter uns herschicken, wird fast jeder, mit dem du kämpfst, stärker sein als du. Und jeder kann deshalb mit dir machen, was er will.« Mit diesen Worten zog er sie noch näher an sich und küßte sie.

Als er zurücktrat, schaute sie ihn überrascht und sehnsüchtig an. Leise sagte sie: »Roland, ich –«

Alarm wurde im Schloß gegeben. Der Ruf »Attacke!« konnte von den Mauern vernommen werden.

Roland fluchte leise und trat zurück. »Gottverfluchtes Pech!« Er eilte in die Halle, die zum großen Hof führte. Grinsend drehte er sich noch einmal um. »Vergiß nicht, was du sagen wolltest.« Seine gute Laune verging, als er sah, daß sie ihm mit gezücktem Schwert folgte. »Wohin willst du?« fragte er.

Trotzig antwortete sie: »Zu den Mauern. Ich denke nicht daran, weiterhin im Keller zu hocken.«

Ruhig aber entschlossen erklärte er: »Nein. Du hast noch niemals richtig gekämpft. Im Sport kannst du gut mit einem Schwert umgehen, aber ich werde nicht riskieren, daß du erstarrst, wenn du das erste Mal Blut riechst. Du begibst dich mit den anderen Damen in den Keller und sperrst dich dort sicher ein.«

Noch niemals hatte Roland so mit ihr gesprochen. Sie war verblüfft. Immer war er der neckende Schurke gewesen oder der sanfte Freund. Jetzt war er plötzlich ein anderer Mann. Sie wollte protestieren, aber er schnitt ihr das Wort ab. Er ergriff sie am Arm und zerrte sie hinter sich her auf die Kellertüren zu. »Roland!« schrie sie. »Laß mich los!«

Leise erklärte er: »Du wirst tun, was man dir aufträgt. Und ich gehe dahin, wohin man mich befiehlt. Da gibt es keine Diskussion.«

Sie zerrte an seinem Griff, aber er ließ nicht locker. »Roland! Nimm sofort deine Hand von meinem Arm!« befahl sie.

Er ignorierte ihren Protest und schleifte sie weiter den Gang entlang. Von der Kellertür aus beobachtete ein überraschter Wachtposten das sich nähernde Paar. Roland blieb stehen und schob Carline mit einem alles andere als sanften Stoß auf die Kellertür zu. Mit vor Wut weit aufgerissenen Augen wandte sich Carline an den Soldaten. »Nehmt ihn fest! Sofort! Er –« vor Zorn klang ihre Stimme gar nicht mehr damenhaft – »hat Hand an mich gelegt!«

Der Mann zögerte, sah von einem zum anderen und machte dann vorsichtig einen Schritt auf den Junker zu. Roland hob warnend den Finger und richtete ihn auf den Wachtposten. Er war kaum einen Zentimeter von seiner Nase entfernt. »Ihr werdet Ihre Hoheit zu dem ihr zugewiesenen sicheren Platz geleiten. Ihr werdet ihre Einwände ignorieren, und sollte sie versuchen, den Ort zu verlassen, werdet Ihr sie zurückhalten. Habt Ihr verstanden?« Seine Stimme ließ keinen Zweifel daran, wie ernst es ihm damit war.

Der Posten nickte, zögerte aber immer noch, Hand an die Prinzessin zu legen. Ohne den Blick vom Gesicht des Soldaten zu wenden, schob Roland Carline sanft auf die Tür zu und sagte: »Sollte ich feststellen, daß sie den Keller verläßt, ehe das Signal ertönt, daß alles wieder sicher ist, dann werde ich dafür sorgen, daß der Prinz und der Schwertmeister erfahren, daß Ihr der Prinzessin erlaubt habt, sich in Gefahr zu begeben.«

Das war für den Mann genug. Er wußte vielleicht nicht, wer im Falle eines Angriffs mehr zu sagen hatte, die Prinzessin oder der Junker. Aber es gab für ihn keinen Zweifel mehr daran, was der Schwertmeister mit ihm unter diesen Umständen machen würde. Er wandte sich dem Keller zu, ehe Carline umkehren konnte. »Hier entlang, Hoheit«, erklärte er und zwang sie die Treppe hinab.

Carline schritt die Stufen hinunter. Sie kochte innerlich wegen dieser Behandlung. Roland schloß die Tür hinter ihnen. Nach einigen Rückwärts-Schritten drehte sich Carline dann um und marschierte hochmütig abwärts. Als sie den Raum erreichten, der für die Frauen aus der Stadt und der Burg vorbereitet worden war, damit sie sich zu Zeiten eines Angriffs hierhin zurückziehen konnten, sah Carline die anderen Frauen schon warten. Aneinandergedrängt suchten sie Trost beieinander.

Der Soldat salutierte entschuldigend. »Bitte die Prinzessin um Vergebung. Aber der Junker schien äußerst entschieden.«

Plötzlich verging Carlines Wut. Ein kleines, zufriedenes Lächeln trat an die Stelle des finster verzogenen Gesichtes. »Ja, nicht wahr?«

Reiter stürmten in den Hof. Hinter ihnen schwangen die schweren Tore zu. Arutha beobachtete es von den Mauern und wandte sich an Fannon.

»Die Tsuranis würden uns gewiß nicht angreifen, wenn der Vorteil auf unserer Seite läge.« Alles schien friedlich, abgesehen von der niedergebrannten Stadt, die als beständige Erinnerung an den Krieg in der Ferne aufragte. Aber Arutha wußte auch, daß sich jenseits der Stadt, in den Wäldern im Norden und Nordosten, eine Armee versammelte. Und allen Berichten zufolge marschierten zweitausend weitere Tsuranis auf Crydee zu.

»Geh wieder rein, du von Ratten gebissener, mutterloser Hund.«

Arutha schaute in den Hof hinunter und entdeckte Amos Trask, der nach der verängstigten Gestalt eines Fischers trat. Dieser hastete in eine der vielen, groben Hütten zurück, die an der Innenseite der Burgmauer klebten und die letzten Stadtbewohner beherbergten, die nicht nach Süden gezogen waren. Die meisten Stadtbewohner hatten sich nach dem Todesangriff nach Carse eingeschifft, aber einige wenige waren den Winter über hier geblieben. Abgesehen von einigen Fischern, die bleiben sollten, um für die Versorgung der Garnison mit Lebensmitteln zu sorgen, sollten alle im kommenden Frühjahr nach Tulan und Carse gebracht werden. Aber die ersten Schiffe der kommenden Saison waren erst in einigen Wochen fällig. Amos war dazu eingeteilt worden, sich um diese Leute zu kümmern. Er sollte dafür sorgen, daß die Leute nicht ständig jemandem vor die Füße liefen oder zuviel Unruhe ins Schloß brachten. Der ehemalige Kapitän zur See hatte sich in den ersten Wochen, nachdem die Stadt niedergebrannt worden war, als ein Geschenk der Götter erwiesen. Amos hatte das notwendige Talent zum Kommando. Er hielt die harten, individualistischen Fischer mit ihren schlechten Manieren zusammen. Arutha hielt ihn für einen Aufschneider, Lügner und höchstwahrscheinlich sogar für einen Piraten, fand ihn aber im großen und ganzen recht liebenswert.

Gardan kam die Stufen vom Hof herauf, gefolgt von Roland. Gardan salutierte vor dem Prinzen und dem Schwertmeister und sagte: »Das ist die letzte Patrouille gewesen, Herr.«

»Dann müssen wir nur noch auf Langbogen warten«, meinte Fannon.

Gardan schüttelte den Kopf. »Keine einzige Patrouille hat ihn irgendwo gesehen, Herr.«

»Dann ist Langbogen wahrscheinlich näher bei den Tsuranis, als irgendein Soldat mit gesundem Verstand es wagen würde«, rätselte Arutha. »Was meint Ihr, wann erscheint der Rest der Tsuranis?«

Gardan deutete nach Nordost und erklärte: »In weniger als einer Stunde, wenn sie direkt hierherkommen.« Er schaute zum Himmel empor. »Sie haben keine vier Stunden mehr Licht. Wir können einen Angriff vor Einbruch der Nacht erwarten. Wahrscheinlicher ist jedoch, daß sie erst Stellung beziehen, ihre Männer ruhen lassen und beim ersten Tageslicht angreifen.«

Arutha schaute zu Roland. »Sind die Frauen in Sicherheit?«

Roland grinste. »Alle, aber deine Schwester könnte ein paar harte Worte über mich zu sagen haben, wenn das alles vorüber ist.«

Arutha erwiderte sein Grinsen. »Wenn das hier vorüber ist, will ich wohl mit ihr fertig werden.« Er schaute sich um. »Dann wollen wir also warten.«

Schwertmeister Fannons Blicke glitten über die trügerisch friedliche Szene vor ihnen. Ein Ton von Sorge mischte sich in seine bisherige Entschiedenheit, als er erklärte: »Ja, jetzt werden wir warten.«

Martin hob die Hand. Seine drei Fährtensucher blieben reglos stehen. So weit sie sagen konnten, war alles still im Wald. Aber sie wußten, daß Martin schärfere Sinne besaß als jeder sonst. Nach einem Augenblick zog er weiter. Er ging ihnen voraus.

Seit zehn Stunden waren sie den Spuren der Tsuranis gefolgt. Soweit er es beurteilen konnte, waren die Tsuranis wieder einmal entlang der Furten des Flusses Crydee von Elvandar zurückgeschlagen worden. Und jetzt wandten sie ihre Aufmerksamkeit dem Schloß von Crydee zu. Drei Jahre lang waren die Tsuranis an vier Fronten beschäftigt gewesen. Sie hatten den Armeen des Herzogs im Osten, den Elben und Zwergen im Norden, der Garnison von Crydee im Westen und der Bruderschaft des Düsteren Pfades und den Trollen im Süden gegenüber gestanden.

Die Fährtensucher waren den Tsurani-Wegbereitern dicht auf

den Fersen geblieben, gelegentlich zu dicht. Zweimal waren sie gezwungen gewesen, vor den Angreifern zu fliehen. Es waren Tsurani-Krieger, die trotzig und gewillt waren, dem Jagdmeister aus Crydee und seinen Männern zu folgen. Einmal waren sie überholt worden, und Martin hatte während dieses Kampfes einen seiner Männer verloren.

Martin stieß den rauhen Schrei einer Krähe aus. Ein paar Minuten später stießen die drei restlichen Fährtensucher zu ihm. Einer, ein junger Mann mit langem Gesicht namens Garret sagte: »Sie bewegen sich weit westlich, anders, als ich es vermutete.«

Langbogen dachte darüber nach. »Aye, es sieht so aus, als ob sie vorhaben, das ganze Land rund ums Schloß zu umgehen. Oder aber sie wünschen einfach aus einem unerwarteten Winkel zuzuschlagen.« Mit einem breiten Grinsen meinte er dann: »Aber höchstwahrscheinlich durchkämmen sie einfach das ganze Gebiet, ehe sie zuschlagen, um sicherzugehen, daß sie keine plündernden Truppen hinter sich haben.«

Ein anderer Mann meinte: »Aber sie wissen doch sicher, daß wir ihr Kommen und Gehen bemerken.«

Langbogen grinste noch breiter. »Zweifellos. Aber ich glaube, daß ihnen das gleichgültig ist.« Er schüttelte den Kopf. »Diese Tsuranis sind schon arrogante Kerle.« Er wies auf den jungen Mann. »Garret, du kommst mit mir. Ihr beiden kehrt unverzüglich ins Schloß zurück. Berichtet dem Schwertmeister, daß noch weitere zweitausend Tsuranis sich im Anmarsch auf Crydee befinden.« Ohne ein Wort machten sich die beiden Männer auf den Weg zum Schloß.

Zu seinem übriggebliebenen Kameraden meinte Martin: »Komm, laß uns zum Feind zurückkehren und sehen, was da los ist.«

Garret schüttelte den Kopf. »Eure fröhliche Art trägt kaum dazu bei, meine Sorgen zu verdrängen, Jagdmeister.«

Sie kehrten auf dem Weg zurück, auf dem sie gekommen

waren. Langbogen erklärte: »Für den Tod ist eine Zeit so gut wie jede andere. Er kommt, wann er will. Also, warum sollten wir uns Sorgen machen?«

»Aye«, machte Garret, aber sein langes Gesicht verriet, daß er nicht davon überzeugt war. »Warum eigentlich?«

Sie setzten sich mit langen, lockeren Schritten in Trab. Der Wald lag in hellem Sonnenlicht, aber zwischen den dicken Stämmen gab es genügend dunkle Fleckchen, wo ein Feind lauern konnte. Garret überließ es Langbogen, zu entscheiden, ob es sicher war, an diesen Verstecken vorüberzueilen. Dann blieben plötzlich beide Männer abrupt stehen. Sie hatten eine Bewegung vor sich gehört. Geräuschlos verschmolzen sie mit einem schattigen Dickicht. Eine Minute verstrich langsam, ohne daß einer der Männer etwas gesagt hätte. Dann erreichte sie ein schwaches Flüstern, dessen Worte sie nicht verstehen konnten.

In ihr Blickfeld traten zwei Gestalten, die sich vorsichtig über einen Nord-Süd verlaufenden Pfad begaben, der von dem abzweigte, dem Martin folgte. Beide waren in dunkelgraue Umhänge gehüllt und hielten ihre Bogen schußbereit. Sie blieben stehen. Einer kniete nieder, um die Spuren zu studieren, die Langbogen und seine Männer hinterlassen hatten. Er wies auf die Spur und sprach zu seinem Kameraden, der nickte und auf dem Weg zurückkehrte, den sie gekommen waren.

Langbogen hörte Garret zischen, als er Luft holte. Ein Fährtensucher der Bruderschaft des Düsteren Pfades durchsuchte das Gebiet. Nach einer kurzen Suche folgte er seinem Kameraden.

Garret rührte sich, und Martin packte seinen Arm. »Noch nicht«, flüsterte er.

»Was tun die so weit im Norden?« fragte Garret leise.

Martin schüttelte den Kopf. »Sie müssen hinter unseren Patrouillen am Fuß der Berge hereingeschlüpft sein. Im Süden sind wir nachlässig geworden, Garret. Wir haben nie damit gerechnet, daß sie sich so weit westlich der Berge nach Norden begeben würden.« Schweigend wartete er einen Moment, dann wisperte er: »Vielleicht sind sie des Grünen Herzens müde geworden und versuchen jetzt, ihre Brüder in den Nordlanden zu erreichen.«

Garret setzte zum Sprechen an, brach aber wieder ab, als ein weiterer Düsterer Bruder die Stelle betrat, die die anderen soeben erst verlassen hatten. Er schaute sich um und hob dann eine Hand zum Signal. Andere Gestalten erschienen entlang des Weges, der von dem abzweigte, auf dem Martins Männer unterwegs gewesen waren. Einzeln, zu zweit und zu dritt überquerten Düstere Brüder den Pfad und verschwanden dann zwischen den Bäumen.

Garret hockte mit angehaltenem Atem. Er konnte Martin leise zählen hören, als die Gestalten vor ihren Augen vorüberzogen: »... zehn, zwölf, fünfzehn, sechzehn, achtzehn ...«

Der Strom dunkelumhüllter Gestalten setzte sich fort. Er erschien Garret unendlich. »... einunddreißig, zweiunddreißig, vierunddreißig ...«

Immer größere Gruppen von Brüdern erschienen, und nach einer Weile flüsterte Martin: »Das sind mehr als einhundert.«

Noch immer kamen neue hinzu. Einige schleppten Bündel auf ihren Rücken und Schultern. Viele trugen die dunkelgrauen Bergmäntel, aber andere waren grün, braun oder schwarz gekleidet. Garret beugte sich dicht zu Martin hinüber und wisperte: »Du hast recht. Das ist eine Auswanderung gen Norden. Ich zähle bereits über zweihundert.«

Martin nickte. »Und es kommen immer noch mehr.«

Noch viele Minuten lang überquerten die Düsteren Brüder den Pfad. Schließlich kamen anstatt der Krieger zerlumpt aussehende Frauen und Kinder den Weg entlang. Als sie vorüber waren, überquerte eine Gruppe von zwanzig Kämpfern den Pfad. Dann war alles wieder still.

Einen Augenblick lang warteten sie schweigend. Dann sagte

Garret: »Sie ähneln wirklich den Elben, wenn sie eine so große Zahl durch die Wälder bringen können, ohne entdeckt zu werden.«

Martin lächelte. »Ich würde dir raten, diese Tatsache nicht dem nächsten Elb gegenüber zu erwähnen, auf den du stößt.« Langsam stand er auf und reckte seine Glieder. Ein schwacher Ton erklang von Osten her, und ein nachdenklicher Ausdruck trat auf Martins Gesicht. »Was meinst du, wie weit sind die Düsteren Brüder inzwischen von uns entfernt?«

»Das hintere Ende vielleicht einhundert Meter, das vordere eine Viertel Meile oder weniger. Warum?«

Martin grinste. Ein ungutes Gefühl beschlich Garret, als er die Ironie in seinen Augen sah. »Komm, ich glaube, ich weiß, wo wir ein bißchen Spaß haben können.«

Garret stöhnte leise. »Ach, Jagdmeister, ich bekomme eine Gänsehaut, wenn Ihr Spaß erwähnt.«

Martin versetzte dem Mann einen freundlichen Schlag vor die Brust. »Komm schon, Bursche.« Der Jagdmeister bahnte den Weg, gefolgt von Garret. Sie liefen durch den Wald und vermieden dabei mit Leichtigkeit Hindernisse, die weniger erfahrenen Waldläufern Schwierigkeiten gemacht hätten.

Sie kamen an eine Unterbrechung in der Spur, und beide Männer blieben stehen. Am Ende der Spur, im Dämmerlicht des Waldes kaum noch auszumachen, erschienen ein paar Wegbereiter der Tsuranis. Martin und Garret versteckten sich zwischen den Bäumen. Der Jagdmeister erklärte: »Der Haupttrupp ist dicht dahinter. Wenn sie die Kreuzung erreichen, an der die Düsteren Brüder vorübergezogen sind, folgen sie ihnen vielleicht.«

Garret schüttelte den Kopf. »Oder auch nicht. Also werden wir dafür sorgen, daß sie es auch bestimmt tun.« Er holte tief Luft und fügte hinzu: »Na schön.« Dann sandte er ein Stoßgebet an Kilian, die Sängerin des Grünen Schweigens, Göttin der Waldbewohner, und sie nahmen ihre Bogen von der Schulter.

Martin trat auf den Pfad hinaus und zielte. Garret folgte seinem Beispiel. Die Wegbereiter der Tsuranis kamen in Sicht. Sie schritten durch das dichte Unterholz den Pfad entlang, so daß der Haupttrupp leichter folgen konnte. Martin wartete, bis sie schon gefährlich nahe waren. Dann, gerade als der erste Mann sie bemerkte, ließ er seinen Pfeil fliegen. Die beiden ersten Männer fielen, und noch ehe sie auf dem Boden aufschlugen, wurden zwei weitere Pfeile losgeschickt. Martin und Garret zogen mit flüssigen Bewegungen immer weitere Pfeile aus den Köchern auf ihren Rücken, legten sie ein und ließen sie mit ungewöhnlicher Schnelligkeit und Treffsicherheit fliegen. Es war nicht aus Freundlichkeit, daß Martin vor fünf Jahren Garret ausgewählt hatte. Im Augenblick des Sturms stand er fest und ruhig und tat, wie ihm befohlen – und das mit Geschick.

Zehn verblüffte Tsuranis fielen, ehe sie noch Alarm schlagen konnten. Ruhig schulterten Martin und Garret ihre Bögen und warteten. Dann erschien entlang des Pfades eine wahrhaftige Mauer aus farbigen Rüstungen. Die Tsurani-Offiziere des Zuges blieben entsetzt stehen, als sie ihre toten Wegbereiter erblickten. Dann sahen sie die beiden Waldbewohner, die ruhig am Wegrand standen, und riefen etwas. Die gesamte Front der Kolonne sprang mit gezogenen Waffen vorwärts.

Martin floh ins Dickicht auf der Nordseite des Weges. Garret war einen Schritt hinter ihm. Sie schossen zwischen den Bäumen dahin, dicht gefolgt von den Tsuranis. Martins Stimme erfüllte den Wald mit einem wilden Jagdgeschrei. Garret brüllte gleichermaßen aus einer namenlosen, irrsinnigen Heiterkeit wie auch aus Angst. Der Lärm hinter ihnen war enorm, als eine Horde von Tsuranis sie durch die Bäume verfolgte.

Martin führte sie nach Norden, parallel zu dem Kurs, den die Düstere Bruderschaft eingeschlagen hatte. Nach einer Weile blieb er stehen und erklärte zwischen keuchenden Atemzügen: »Langsam, wir wollen sie doch nicht abhängen.«

Garret sah sich um und stellte fest, daß die Tsuranis nicht mehr zu sehen waren. Sie lehnten sich an einen Baum und warteten. Einen Augenblick später tauchten die ersten Tsuranis wieder auf. Sie eilten in nordwestlicher Richtung davon.

Mit empörtem Blick meinte Martin: »Wir müssen die einzig fähigen Fährtensucher aus ihrer verdammten Welt umgebracht haben.« Er zog sein Jagdhorn aus dem Gürtel und stieß kräftig hinein. Die Tsuranis erstarrten. Auf ihrem Gesicht zeigte sich ein deutlicher Schock. Dies war selbst aus der Entfernung zu erkennen, in der sich Martin und Garret befanden.

Der erste Tsurani sah sich um und entdeckte die beiden Jäger. Martin winkte dem Mann, ihnen zu folgen, und er und Garret liefen erneut los. Der Tsurani rief seinen Kameraden etwas zu und jagte hinter ihnen her. Eine Viertelmeile führten sie die Tsuranis durch den Wald. Dann bogen sie nach Westen ab. Garret rief: »Diese Düsteren Brüder ... werden wissen ..., daß wir kommen.«

Martin brüllte zurück. »Außer wenn sie ... plötzlich ... alle taub ... geworden sind.« Er brachte ein Lächeln zustande. »Die Tsuranis ... sind mit ... sechs zu eins ... im Vorteil. Ich ... finde es nur ... gerecht, wenn ... die Bruderschaft gewarnt ... wird.«

Garret hatte noch Atem genug, um leise zu stöhnen. Dann folgte er weiter der Führung seines Meisters. Sie brachen aus einem Dickicht heraus und Martin blieb stehen. Er packte Garret an der Tunika. Er neigte den Kopf und sagte: »Sie sind da vorne.«

»Das begreife ich nicht ... wie könnt Ihr etwas hören ... bei all dem Krach ... den die da hinten machen.« Es hörte sich an, als wäre der größte Teil der Tsuranis hinter ihnen. Aber der Wald verdoppelte den Lärm und verwirrte seine Quelle.

»Trägst du immer noch ... diese lächerliche rote ... Untertunika?«

»Ja, warum?«

»Reiß einen Streifen ab.« Ohne zu fragen, zog Garret sein

Messer hervor und hob die grüne Förstertunika hoch. Darunter befand sich eine fröhliche rote Untertunika aus Baumwolle. Er schnitt einen langen Streifen vom Saum ab und stopfte die Untertunika dann schnell wieder zurück. Während Garret sich wieder richtig anzog, band Martin den Streifen an einen Pfeil. Er sah sich nach den Tsuranis um, die durch das Unterholz stürmten. »Das müssen ihre Stummelbeine sein. Sie können vielleicht den ganzen Tag rennen, aber sie können im Wald nicht Schritt halten.«

Er reichte Garret den Pfeil. »Siehst du die große Ulme jenseits der kleinen Lichtung?«

Garret nickte. »Erkennst du auch die kleine Birke links davon?« Wieder nickte Garret. »Glaubst du, du kannst sie mit dem Lumpen an deinem Pfeil treffen?«

Garret grinste, als er seinen Bogen abnahm, den Pfeil einlegte und schoß. Er traf. Martin erklärte: »Wenn unsere Freunde hierher kommen, werden sie die Fahne da drüben flattern sehen und hinüberstürmen. Wenn ich mich nicht sehr irre, befinden sich die Brüder ungefähr fünfzig Schritt entfernt auf der anderen Seite von deinem Pfeil.« Er zog sein Horn, während Garret seinen Bogen wieder schulterte. »Dann sind wir wieder unterwegs«, sagte er und stieß noch einmal lang und kräftig ins Horn.

Wie die Hornissen stürzten die Tsuranis herbei, aber Langbogen und Garret hatten sich schon in südwestlicher Richtung davongemacht, noch ehe der Ton in der Luft verklungen war. Sie beeilten sich, um verschwunden zu sein, ehe die Tsuranis sie erblicken konnten. Plötzlich durchbrachen sie ein Gebüsch und liefen direkt in eine Gruppe aus Frauen und Kindern. Eine junge Frau der Brüderschaft stellte gerade ein Bündel zu Boden. Beim Anblick der beiden Männer verharrte sie reglos. Garret mußte heftig bremsen, um sie nicht umzurennen. Er rutschte ein Stück und blieb dann vor ihr stehen.

Ihre großen, braunen Augen musterten ihn einen Moment, als er zur Seite trat, um um sie herumzugehen. Ohne zu überlegen, sagte Garret: »Verzeihung, Madame.« Er hob die Hand an die Stirn. Dann schoß er auch schon hinter dem Jagdmeister her, als Rufe des Erstaunens und der Wut hinter ihnen losbrachen.

Martin blieb stehen, nachdem sie noch eine Viertelmeile zurückgelegt hatten, und lauschte. Von Nordosten drangen Kampflärm, Rufe und Schreie herüber. Martin grinste. »Die sind für eine Weile alle beschäftigt.«

Müde sank Garret zu Boden. »Das nächste Mal sendet mich bitte zur Burg, Jagdmeister, ja?«

Martin kniete neben seinem Pfadfinder nieder. »Das sollte die Tsuranis daran hindern, Crydee vor Sonnenuntergang zu erreichen. Vor morgen früh werden sie kaum zum Angriff blasen können. Vierhundert Düstere Brüder können sie nicht einfach in ihrem Rücken behalten. Wir rasten ein wenig, und dann machen wir uns auf den Heimweg nach Crydee.«

Garret lehnte sich mit dem Rücken an einen Baum. »Das sind willkommene Neuigkeiten.« Er seufzte erleichtert auf. »Das war knapp, Jagdmeister.«

Martin lächelte rätselhaft. »Alles im Leben ist knapp, Garret.«

Garret schüttelte langsam den Kopf. »Habt Ihr das Mädchen gesehen?«

Martin nickte. »Was war mit ihr?«

Garret schien verblüfft. »Sie war hübsch… nein, eigentlich eher schön, in einer merkwürdigen Art, meine ich. Aber sie hatte langes schwarzes Haar, und ihre Augen hatten die Farbe vom Fell eines Otters. Sie hatte einen Schmollmund und einen kecken Blick. Genug, um einen zweiten Blick von jedem Mann wert zu sein. Das ist nicht gerade das, was ich bei der Bruderschaft erwartet hätte.«

Martin nickte. »Die Moredhel sind ein hübsches Volk, wirklich, genau wie die Elben. Aber vergiß nicht, Garret«, fügte er lächelnd hinzu, »solltest du es jemals riskieren, Freundlichkeiten mit einer Moredhel-Frau auszutauschen, dann kann es dir genausogut passieren, daß sie dein Herz ausreißt, wie daß sie dich küßt.«

Sie rasteten eine Weile, während Schreie und Rufe von Nordosten erklangen. Dann standen sie langsam auf und kehrten nach Crydee zurück.

Arutha betrachtete von den Mauern aus die Tsurani-Armee. Er stand neben Gardan und Fannon und hatte Martin Langbogen hinter sich. »Wie viele?« wollte er wissen, ohne den Blick von dem sich versammelnden Feind zu wenden.

Martin antwortete: »Fünfzehnhundert, zweitausend, das ist schwer zu sagen. Gestern kamen noch zweitausend mehr, abzüglich derjenigen, die die Düsteren Brüder mitgenommen haben.«

Aus dem fernen Wald konnte man hören, wie Arbeiter Bäume fällten. Der Schwertmeister und der Jagdmeister waren der Ansicht, daß die Tsuranis Bäume schlugen, um Leitern zu bauen.

Martin sagte: »Ich hätte nie geglaubt, daß ich das einmal sagen würde, aber ich wünschte, da wären gestern viertausend Düstere Brüder im Wald gewesen.«

Gardan spie über die Mauer. »Trotzdem, Ihr habt gute Arbeit geleistet, Jagdmeister. Es ist nur gerecht, daß sie sich gegenseitig bekriegen.«

Martin kicherte, aber es war ohne Humor. »Es ist auch eine gute Sache, daß die Düsteren Brüder auf den ersten Blick töten. Obwohl sie es sicher nicht aus Liebe zu uns tun, bewachen sie doch unsere südlichen Flanken.«

Arutha gab zu bedenken: »Außer, wenn diese Gruppe von gestern kein Einzelfall war. Wenn die Brüderschaft das Grüne Herz verläßt, dann werden wir bald um Tolan, Jonril und Carse fürchten müssen.«

Fannon wandte sich wieder der Tsurani-Streitmacht zu. Leuchtendbunte Standarten mit Symbolen und Mustern, die in seinen Augen merkwürdig wirkten, wurden an verschiedenen Stellen entlang der vordersten Reihe der Armee aufgestellt. Hunderte von Kriegern in Rüstungen von unterschiedlicher Farbe standen in Gruppen unter jedem Banner.

Ein Horn erklang. Die Tsurani-Soldaten wandten sich den Mauern zu. Jede Standarte wurde einige Schritte vorwärts getragen und dort in den Boden gepflanzt. Eine Handvoll Soldaten mit den hohen Helmen, die die Leute des Königreiches als Zeichen der Offizierswürde deuteten, marschierten vorwärts und blieben auf halbem Wege zwischen den Armeen und den Fahnenträgern stehen. Einer, in leuchtendblauer Rüstung, rief etwas und zeigte auf das Schloß. Ein Ruf stieg von der versammelten Tsurani-Menge auf. Dann begann ein anderer Offizier, der in eine leuchtendrote Rüstung gekleidet war, langsam auf das Schloß zuzuschreiten.

Arutha und die anderen beobachteten schweigend, wie der Mann die Entfernung zum Tor zurücklegte. Er schaute weder rechts noch links, auch nicht empor zu den Menschen auf den Mauern, sondern er marschierte mit stur nach vorn gerichtetem Blick direkt auf das Tor zu. Dort zog er eine große Axt hervor und schlug dreimal mit dem Schaft gegen das Holz.

»Was macht er denn?« fragte Roland, der gerade die Treppe hinaufkam.

Wieder hämmerte der Tsurani an die Burgtore. »Ich glaube«, meinte Langbogen, »er befiehlt uns, zu öffnen und die Burg zu verlassen.«

Dann holte der Tsurani aus und schlug seine Axt ins Tor, wo sie zitternd steckenblieb. Ohne Eile drehte er sich um und begab sich unter dem Jubel der zuschauenden Tsuranis wieder zu seiner Armee zurück.

»Nun«, meinte Fannon, »ich denke, es ist an der Zeit, ihnen eine Antwort zu geben.« Er hob den Arm hoch über den Kopf. »Wurfmaschinen bereit!« brüllte er.

Auf den Turmspitzen und entlang der Mauern zeigten sich Flaggen zur Antwort. Er ließ den Arm sinken, und die mächtigen Maschinen wurden abgefeuert. Von den kleineren Türmen wurden mit Hilfe von Wurfapparaten, die wie gigantische Bogen aussahen, speerähnliche Geschütze abgeschossen. Ganz oben auf der Burg standen Steinschleudermaschinen, die Eimer mit schweren Steinen auf die Angreifenden hinabschleuderten. Der Regen aus Steinen und Geschossen landete mitten zwischen den Tsuranis, zerschmetterte ihre Köpfe und Glieder und riß klaffende Löcher in ihre Reihen. Die Schreie der verwundeten Männer konnten von den Verteidigern gehört werden, als die Wurfmaschinen schnell erneut geladen wurden.

Verwirrt liefen die Tsuranis durcheinander. Als der zweite Schauer aus Steinen und Geschossen sie traf, verloren sie die Nerven und liefen davon. Die Verteidiger auf der Mauer schrieen fröhlich auf. Ihr Jubel erstarb jedoch, als sich die Tsuranis außerhalb der Reichweite der Geschütze erneut gruppierten.

Gardan erklärte: »Schwertmeister, ich glaube, die wollen uns aushungern.«

»Ich glaube, du irrst dich«, meinte Arutha. Er zeigte auf die Tsuranis. Die anderen folgten seinem Blick. Eine große Anzahl von ihnen hatte sich von dem Hauptteil gelöst und trat jetzt vor. Sie blieben gerade außerhalb der Geschoßreichweite stehen.

»Sieht aus, als würden die einen Angriff vorbereiten. Aber mit nur einem Teil ihrer Kraft?« grübelte Fannon.

Ein Soldat erschien. »Hoheit, es gibt keine Anzeichen von Tsuranis auf irgendeiner anderen Seite.«

Arutha blickte fragend zu Fannon hinüber. »Aber warum nur eine Mauer angreifen?« Nach ein paar Minuten sagte er: »Ich schätze, eintausend.«

»Eher zwölfhundert«, widersprach Fannon. Er sah am Rükken der Angreifer Sturmleitern auftauchen. »Jetzt kann es jeden Augenblick losgehen.«

Eintausend Verteidiger warteten innerhalb der Mauern. Andere Männer aus Crydee bemannten immer noch ferne Garnisonen und Posten, aber der Großteil der Streitkräfte des Herzogtums war hier versammelt. »Wir können ihnen Widerstand leisten, solange die Mauern standhalten. Wir können mit ihnen fertigwerden, solange sie nicht zehn zu eins im Vorteil sind.«

Weitere Boten kamen von den anderen Mauern. »Noch immer rührt sich nichts im Osten, Norden und Süden, Schwertmeister«, berichtete einer.

Die Boten gingen, und das Warten setzte sich fort. Die Sonne zog ihre Bahn über den Himmel, bis sie eine Stunde vor Sonnenuntergang im Rücken der Angreifer stand. Plötzlich ertönten Hörner und Trommelschläge, und die Tsuranis stürzten sich auf die Burgwälle. Die Wurfmaschinen sangen und rissen große Löcher in die Reihen der Angreifer. Aber immer noch kamen sie, bis sie in den Bereich der geduldig wartenden Bogenschützen gelangten. Ein Hagel von Pfeilen ergoß sich über die Angreifer, und bis auf den letzten Mann brach die erste Reihe geschlossen zusammen. Dann kamen die dahinter wartenden Krieger. Sie hielten große, bunte Schilde über ihre Köpfe, als sie auf die Mauern zustürmten. Ein halbes Dutzendmal fielen Männer. Sie ließen Sturmleitern fallen – aber schon hoben andere sie auf und setzten den Sturm fort.

Tsurani-Bogenschützen beschossen die Männer auf der Mauer mit ihren eigenen Bogen, und die Männer aus Crydee fielen von den Zinnen. Arutha duckte sich hinter die Burgmauern, als Pfeile über seinen Kopf zischten. Dann riskierte er einen Blick. Eine Horde von Angreifern war alles, was er sehen konnte. Dann ragte plötzlich eine Leiter vor ihm auf. Ein Soldat neben dem Prinzen packte sie und stieß sie fort. Arutha konnte die Schreie der Tsuranis hören, als sie von der Leiter stürzten. Doch dann fiel auch der Soldat. Ein Tsurani-Pfeil ragte aus seinem Auge, als er im Hof verschwand.

Ein Schrei erklang von unten herauf, und Arutha sprang auf die Füße, um hinabzuspähen. Entlang der gesamten Basis der Mauer zogen sich die Tsuranis zurück und rannten in die Sicherheit ihrer eigenen Reihen.

»Was machen die denn?« wunderte sich Fannon.

Die Tsuranis liefen, bis sie vor den Wurfmaschinen sicher waren. Dann blieben sie stehen, drehten sich um und bildeten neue Ränge. Offiziere marschierten vor den Männern auf und ab. Nach einer Weile jubelten die versammelten Tsuranis.

»Verdammt will ich sein!« erklang es an Aruthas linker Seite. Er entdeckte Amos Trask neben sich, der ein Entermesser in der Hand hatte. »Diese Verrückten gratulieren sich dazu, abgeschlachtet zu werden.«

Die Szene unterhalb war gräßlich. Tsurani-Soldaten lagen wie Spielzeug umher, das ein boshaftes, gigantisches Kind fortgeworfen hatte. Einige wenige bewegten sich schwach und stöhnten, aber die meisten waren tot.

»Ich wette, sie haben einhundert oder mehr verloren. Das ergibt doch alles keinen Sinn.« An Roland und Martin gewandt, fuhr Fannon fort: »Prüft die anderen Mauern.« Die beiden eilten davon. »Was machen sie jetzt?« fragte er, als er die Tsuranis beobachtete. Im roten Schein des Sonnenunterganges konnte er sie immer noch in Reihen stehen sehen, während Männer Fakkeln entzündeten und umherreichten. »Die werden doch nicht nach Sonnenuntergang noch angreifen wollen? Im Dunkeln stolpern sie ja über sich selbst.«

»Wer weiß, was die für Pläne haben?« sagte Arutha. »Ich habe noch nie von einem Angriff gehört, der so schlecht geplant worden war.«

»Verzeiht, Prinz, aber ich verstehe auch ein bißchen von Kriegsführung«, meldete sich Amos. »Aus meiner Jugend her. Aber auch ich habe noch nie so etwas gehört. Selbst die Keshianer, die mit unseren Soldaten umspringen wie ein betrunkener

Seemann mit seinem Geld, selbst sie würden niemals einen Frontalangriff wie diesen versuchen. Ich wäre auf einen Trick gefaßt.«

»Ja, aber auf was für einen?«

Im Laufe der Nacht griffen die Tsuranis an. Sie stürmten auf die Mauer zu, um an ihrem Fuß zu sterben. Einmal erreichten ein paar von ihnen die Oberkante der Mauer. Aber sie wurden schnell getötet und ihre Leitern umgestoßen. Bei Morgengrauen zogen sich die Tsuranis zurück.

Arutha, Fannon und Gardan beobachteten, wie die Tsuranis in die Sicherheit ihrer eigenen Reihen zurückkehrten, außerhalb der Reichweite von Wurfmaschinen und Bogenschützen. Bei Sonnenaufgang erschien ein Meer von farbenprächtigen Zelten, und die Tsuranis zogen sich in ihr Lager zurück. Die Verteidiger waren erstaunt über die Anzahl von Tsuranis, die tot am Fuße der Burgmauern lagen.

Nach ein paar Stunden wurde der Gestank der Toten übermächtig. Fannon beriet sich mit einem erschöpften Arutha, als der Prinz sich zu einem längst fälligen Nickerchen niederlegen wollte. »Die Tsuranis haben keinen Versuch gemacht, ihre Gefallenen zu bergen.«

»Wir haben keine gemeinsame Sprache, in der wir verhandeln könnten. Außer wenn du Tully mit der Fahne des Waffenstillstands losschicken willst.«

»Er würde natürlich gehen, aber ich möchte es nicht riskieren. Trotzdem könnten die Leichen in ein, zwei Tagen Probleme verursachen. Abgesehen von dem Gestank und den Fliegen übertragen unbestattete Tote Krankheiten. Es ist die Art der Götter, ihr Mißfallen darüber zu bekunden, daß man die Toten nicht geehrt hat.«

Arutha zog den Stiefel an, den er gerade abgestreift hatte. »Dann wollen wir lieber sehen, was wir da tun können.«

Er kehrte zum Tor zurück und fand Gardan, der schon Pläne

machte, wie er die Leichen entfernen könnte. Ein Dutzend Freiwillige wartete am Tor. Sie wollten hinauslaufen und die Toten einsammeln, um sie zu verbrennen.

Arutha und Fannon erreichten die Mauer, als Gardan die Männer gerade durchs Tor führte. Bogenschützen standen an den Wänden. Sie sollten den Rückzug der Männer draußen dekken, falls es nötig werden würde. Aber es wurde schon bald deutlich, daß die Tsuranis die Gruppe nicht stören würden. Einige kamen bis an den Rand ihrer Reihen vor, setzten sich und betrachteten die Soldaten des Königreiches.

Nach einer halben Stunde war es klar, daß die Männer aus Crydee nicht in der Lage sein würden, die Arbeit zu vollenden, da sie zu erschöpft waren. Arutha dachte daran, weitere Männer hinauszusenden, aber Fannon lehnte es ab. Er war der Ansicht, daß die Tsuranis nur darauf warten würden. »Wenn wir eine große Gruppe durch das Tor zurückholen müssen, könnte sich das als verhängnisvoll erweisen. Wenn wir das Tor schließen, verlieren wir unsere Männer draußen, und wenn wir es zu lange offenhalten, könnten die Tsuranis das Schloß stürmen.« Arutha war gezwungen, ihm recht zu geben. So schickten sie sich an, Gardans Männer bei der Arbeit an diesem heißen Morgen zu beobachten.

Dann, gegen Mittag, näherte sich ein Dutzend unbewaffneter Tsurani-Soldaten der arbeitenden Gruppe. Die Männer an der Mauer beobachteten gespannt, was geschehen würde. Als die Tsuranis die Stelle erreichten, an der die Männer aus Crydee arbeiteten, machten sie sich schweigend daran, Leichen aufzuheben und zu dem Scheiterhaufen hinüber zu tragen, der inzwischen errichtet worden war. Arutha schüttelte den Kopf, als er sah, wie Männer, die versucht hatten, sich gegenseitig zu töten, nun Seite an Seite arbeiteten. »Vater hat schon immer gesagt, von allen merkwürdigen Unternehmungen des Menschen ist der Krieg sicher die merkwürdigste.«

Bei Sonnenuntergang kamen sie wieder. Eine Welle nach der anderen fielen die Angreifer die westliche Wand an und starben an ihrem Fuße. Viermal griffen sie im Laufe der Nacht an, und viermal wurden sie zurückgeworfen.

Jetzt kamen sie erneut, und Arutha schüttelte seine Müdigkeit ab, um noch einmal zu kämpfen. Sie konnten sehen, wie weitere Tsuranis zu denen vor dem Schloß stießen. Leuchtende Fackeln schlängelten sich durch den Wald im Norden. Nach dem letzten Sturm war es klar, daß sich die Lage zugunsten der Tsuranis veränderte. Die Verteidiger waren nach zwei Nächten des Kampfes erschöpft, aber die Tsuranis warfen immer noch neue Truppen ins Spiel.

»Sie wollen uns zermalmen, koste es, was es wolle«, erklärte der müde Fannon. Er schickte sich an, etwas zu einem Soldaten zu sagen, als ein merkwürdiger Ausdruck auf sein Gesicht trat. Er schloß die Augen und brach zusammen. Arutha fing ihn auf. Ein Pfeil ragte aus seinem Rücken. Ein Soldat, der auf der anderen Seite kniete, schaute Arutha mit von Panik erfülltem Gesicht an, so als wolle er fragen: Was sollen wir tun?

Arutha brüllte: »Bringt ihn in die Burg, zu Pater Tully.« Der Mann und ein anderer Soldat hoben den bewußtlosen Schwertmeister hoch und schleppten ihn nach unten. Ein dritter Soldat fragte: »Welche Befehle gebt Ihr, Hoheit?«

Arutha wirbelte herum, sah die besorgten Gesichter der Soldaten aus Crydee und erklärte: »Es bleibt dabei. Verteidigt die Mauer.«

Der Kampf ging hart fort. Ein halbes Dutzendmal sah sich Arutha selbst Tsurani-Kriegern gegenüber, die die Mauer erklettert hatten. Dann, nach einem endlos scheinenden Kampf, zogen sich die Tsuranis endlich zurück.

Keuchend stand Arutha da. Seine Kleider waren unter der Brustplatte seiner Rüstung schweißgetränkt. Er rief nach Wasser. Sofort erschien ein Träger aus der Burg mit einem Eimer.

Arutha trank, wie auch die anderen um ihn her. Dann drehte er sich um, um die Tsurani-Menge weiter zu beobachten.

Wieder standen sie jenseits der Reichweite der Wurfmaschinen, und ihre Fackeln schienen nicht weniger geworden. »Prinz Arutha«, ertönte eine Stimme hinter ihm. Er wirbelte herum. Pferdemeister Algon stand vor ihm. »Ich habe soeben von Fannons Verletzung erfahren.«

»Wie geht es ihm?« fragte Arutha.

»Die Verletzung ist ernst, aber noch nicht fatal. Tully glaubt, daß er sich erholen wird, wenn er den heutigen Tag überlebt. Aber er wird wochenlang nicht in der Lage sein, das Kommando zu übernehmen. Vielleicht sogar noch länger nicht.«

Arutha wußte, daß Algon auf eine Entscheidung wartete. Der Prinz war Hauptmann-Ritter der königlichen Armee und Kommandeur der Garnison, wenn Fannon nicht anwesend war. Außerdem war er unerfahren und könnte das Kommando Pferdemeister Algon übertragen. Arutha sah sich um. »Wo ist Gardan?«

»Hier, Hoheit«, kam die Antwort von einem Stück weiter die Mauer entlang. Arutha war überrascht über die Erscheinung des Mannes. Seine dunkle Haut war fast grau vom Staub, der nur festgehalten von seinem Schweiß an ihr haftete. Seine Tunika und sein Heroldsrock waren blutgetränkt. Blut bedeckte auch seine Arme bis hinauf zu den Ellbogen.

Arutha schaute auf seine eigenen Hände und Arme hinab und stellte fest, daß sie ähnlich aussahen. Er brüllte: »Mehr Wasser!« und sagte zu Algon: »Gardan wird als mein stellvertretender Kommandeur fungieren. Sollte mir irgend etwas zustoßen, wird er das Kommando über die Garnison übernehmen. Gardan handelt hiermit an Stelle des Schwertmeisters.«

Algon zögerte, als wollte er etwas sagen. Dann trat ein Ausdruck der Erleichterung auf sein Gesicht. »Ja, Hoheit. Was befehlt Ihr?«

Arutha schaute auf die Reihen der Tsuranis zurück, dann nach Osten hinüber. Das erste Licht des Morgens zeigte sich dort. In weniger als zwei Stunden würde die Sonne sich über den Bergen erheben. Er schien sich die Fakten durch den Kopf gehen zu lassen, während er sich das Blut von Armen und Gesicht wusch. Schließlich sagte er: »Holt Langbogen.«

Der Jagdmeister wurde gerufen und erschien ein paar Minuten später, gefolgt von Amos Trask, der übers ganze Gesicht grinste. »Verdammt, die können aber kämpfen«, sagte der Seemann.

Arutha kümmerte sich nicht um seinen Kommentar. »Es ist mir klar, daß sie beabsichtigen, uns ständig unter Druck zu halten. Da ihnen ihr eigenes Leben nicht viel zu bedeuten scheint, können sie uns in wenigen Wochen fertigmachen. Da ist etwas, mit dem wir nicht gerechnet haben: Ihre Bereitschaft, in den Tod zu gehen. Ich wünsche, daß die Männer im Norden, Süden und Osten von den Mauern abgezogen werden. Last genügend zurück, die Wache halten und etwaige Angreifer abhalten können, bis Verstärkung eintrifft. Bringt die Männer von den anderen Mauern hierher und befehlt denen hier, nach unten zu gehen. Ich wünsche sechs-Stunden-Wachen rund um die Uhr. Martin, gibt es etwas Neues über die Wanderung der Düsteren Brüder?«

Langbogen zuckte die Achseln. »Wir waren ein wenig beschäftigt, Hoheit. Meine Männer waren in den vergangenen Wochen alle im nördlichen Wald.«

»Könntet Ihr ein paar Pfadfinder über die Mauern schmuggeln, ehe der Tag anbricht?«

Langbogen dachte nach. »Wenn sie sofort aufbrechen, und wenn die Tsuranis die östliche Mauer nicht zu genau beobachten, dann ja.«

»Dann tut das. Die Düsteren Brüder sind nicht so dumm, daß sie diese Streitmacht angreifen würden. Aber wenn Ihr ein paar Gruppen von der Größe entdecken könntet, wie Ihr sie vor drei Tagen gesehen habt, und Eure Falle wiederholen könntet...«

Martin grinste. »Ich werde selbst die Führung übernehmen. Wir brechen am besten unverzüglich auf, ehe es viel heller wird.« Arutha entließ ihn, und Martin rannte die Stufen hinab. »Garret!« brüllte er. »Komm schon, Bursche. Wir sollen ein bißchen Spaß haben.« Ein Stöhnen konnte vernommen werden, als Martin seine Fährtensucher um sich versammelte.

Arutha wandte sich an Gardan. »Ich wünsche, daß Botschaften nach Carse und Tulan entsandt werden. Nehmt fünf Tauben für jede Nachricht. Befehlt den Baronen Bellamy und Tolburt, ihre Männer unverzüglich von den Garnisonen abzuziehen und nach Crydee einzuschiffen.«

Gardan gab zu bedenken: »Hoheit, damit sind diese Garnisonen nahezu ohne Verteidigung.«

Algon stimmte dem Einwand zu. »Wenn die Düstere Bruderschaft in die Nordlande zieht, dann haben die Tsuranis damit im nächsten Jahr freien Zugang zu den Burgen im Süden.«

»Wenn die Düsteren Brüder in Massen ziehen, was sie vielleicht nicht tun werden, und wenn die Tsuranis erfahren, daß sie das Grüne Herz verlassen haben, was möglicherweise nicht der Fall sein wird. Ich mache mir Sorgen wegen der jetzt bekannten Bedrohung, nicht wegen einer möglichen im kommenden Jahr. Wenn sie diesen ständigen Druck weiterhin auf uns ausüben, wie lange können wir dann standhalten?«

»Ein paar Wochen, vielleicht einen Monat. Länger nicht«, erwiderte Gardan.

Wieder musterte Arutha das Lager der Tsuranis. »Sie haben ihre Zelte unverschämt nahe am Rande der Stadt aufgestellt. Sie durchstreifen unsere Wälder, schlagen Bäume und bauen Leitern und zweifellos auch Maschinen zur Belagerung. Sie wissen, daß wir nicht stärker werden. Aber mit achtzehnhundert neuen Soldaten aus den Burgen des Südens, die vom Strand her die Küste angreifen, können wir sie aus Crydee vertreiben. Wenn die Belagerung erst einmal durchbrochen ist, müssen sie sich in ihre

Enklaven im Osten zurückziehen. Wir können sie mit Reitern bekämpfen und daran hindern, sich neu zu formieren. Danach werden wir die Streitkräfte in die Burgen des Südens zurückschicken, wo sie bereit sein werden, wenn die Tsuranis Carse oder Tulan im nächsten Frühjahr angreifen sollten.«

»Ein kühner Plan, Hoheit.« Gardan salutierte und verließ die Mauer, gefolgt von Algon.

Amos Trask meinte: »Eure Kommandeure sind vorsichtige Männer, Hoheit.«

»So stimmt Ihr meinem Plan also zu?«

»Wenn Crydee fällt, was macht es dann noch, ob Carse oder Tulan fallen? Wenn es nicht in diesem Jahr geschieht, dann gewiß im nächsten. Wie der Mann schon sagte, es ist ein kühner Plan. Trotzdem, noch nie ist ein Schiff gekapert worden, ohne daß man ganz nahe an Bord kam. Ihr habt das Zeug zu einem feinen Korsaren, Hoheit, solltet Ihr es einmal müde werden, Prinz zu sein.«

Arutha betrachtete Amos Trask mit einem skeptischen Lächeln. »Korsar also, was? Ich dachte, Ihr hättet behauptet, ein ehrlicher Händler zu sein.«

Amos sah ein wenig betrübt aus. Doch dann lachte er herzhaft. »Ich habe nur gesagt, ich hätte eine Ladung für Crydee, Hoheit. Ich habe nie gesagt, wie ich dazu gekommen bin.«

»Nun, wir haben jetzt keine Zeit für Eure Piratenvergangenheit.«

Amos schien verletzt. »Kein Pirat, Herr. Die *Sidonie* führte Kaperbriefe aus Groß Kesh mit, die uns vom Gouverneur von Durbin übergeben worden waren.«

Arutha lachte. »Natürlich! Und jedermann weiß schließlich, daß es keine besseren, gesetzestreueren Männer auf hoher See gibt als die Kapitäne von Durbins Küsten.«

Achselzuckend meinte Amos: »Sie neigen schon dazu, eine harte Gruppe zu sein.«

Hörner und Trommeln erschollen, und mit kreischendem Kriegsgebrüll näherten sich die Tsuranis. Die Verteidiger warteten. Dann, als die angreifende Menge die unsichtbare Grenze überschritt, die die äußere Reichweite der Kriegsmaschinerie des Schlosses kennzeichnete, regnete der Tod auf die Tsuranis herab. Immer noch kamen sie.

Sie überquerten die zweite, unsichtbare Linie, die die äußere Reichweite der Bogenschützen aus dem Schloß kennzeichnete. Unzählige weitere starben. Aber immer noch kamen sie.

Die Angreifer erreichten die Mauern, und die Verteidiger schleuderten Steine auf sie hinab. Dann stürzten sie ihre Sturmleitern um. Aber immer noch kamen weitere.

Schnell befahl Arutha eine Umgruppierung seiner Reserven und trug ihnen auf, sich in der Nähe der Stellen bereitzuhalten, an denen am heftigsten angegriffen wurde. Die Männer beeilten sich, seine Befehle auszuführen.

Oben auf der westlichen Mauer, im dicksten Kampfgetümmel stehend, beantwortete Arutha Angriff mit Angriff. Er schlug einen Krieger nach dem anderen zurück, als sie die Mauer stürmten. Selbst mitten im Kampf war Arutha sich der Szene um ihn her bewußt. Er erteilte Befehle, hörte die Antworten, sah, was andere taten. Er sah Amos Trask, unbewaffnet, einem Tsurani mit aller Kraft ins Gesicht schlagen, so daß er kopfüber von der Mauer stürzte. Dann bückte sich Trask und hob vorsichtig sein Entermesser auf, als hätte er es einfach fallen lassen, während er über die Mauer spazierte. Gardan bewegte sich unter ihnen, redete den Verteidigern zu und trieb die Männer über den Punkt hinaus, an dem sie normalerweise aus schierer Erschöpfung heraus aufgegeben hätten.

Arutha half zwei Soldaten, eine weitere Sturmleiter fortzustoßen. Dann starrte er in momentaner Verwirrung auf einen der Männer, der sich langsam umdrehte und sich ihm zu Füßen setzte. Sein Gesicht zeigte Überraschung, als er auf den Tsurani-

Schaft schaute, der in seiner Brust steckte. Der Mann lehnte sich rücklings an die Wand und schloß die Augen, als hätte er beschlossen, für kurze Zeit zu schlafen.

Arutha hörte jemanden seinen Namen rufen. Gardan stand ein paar Schritte von ihm entfernt und wies auf den nördlichen Teil der Westmauer. »Sie haben die Mauer erklommen!«

Arutha rannte an Gardan vorbei und rief: »Befehlt den Reserven zu folgen!« Er raste auf der Mauer entlang, bis er die Schneise in der Verteidigung erreichte. Ein Dutzend Tsuranis hielten jedes Ende des Mauerabschnitts besetzt und drängten vorwärts, um einen Weg für ihre nachfolgenden Kameraden zu bereiten. Arutha drängte sich in die erste Reihe vor, an müden und überraschten Soldaten vorbei, die auf den Zinnen zurückgetrieben wurden. Dann setzte Arutha über den ersten Tsurani-Schild hinweg und packte den Mann bei der Kehle. Das Gesicht des Tsurani drückte Entsetzen aus. Dann fiel er rücklings in den Hof hinunter. Arutha griff den Mann an, der dem ersten am nächsten stand, und brüllte: »Für Crydee! Für das Königreich!«

Dann war auch schon Gardan zwischen ihnen. Wie ein schwarzer Riese ragte er zwischen ihnen auf und verteilte Schläge an alle, die vor ihm standen. Plötzlich drängten die Männer aus Crydee vorwärts, eine Woge aus Fleisch und Stahl. Die Tsuranis hielten stand, weigerten sich, auch nur einen Zentimeter ihres hart erkämpften Grundes freizugeben. Sie wurden bis auf den letzten Mann getötet.

Arutha traf einen Tsurani-Krieger mit seinem Rapier und warf ihn zu Boden. Als er sich umwandte, befand sich die Mauer wieder in den Händen der Verteidiger. Aus den Reihen der Tsuranis erklangen die Hörner. Die Angreifer zogen sich zurück.

Arutha wurde sich erst jetzt bewußt, daß die Sonne bereits über den Bergen im Osten aufgegangen war. Er musterte das Bild, das sich ihm bot. Plötzlich war er so müde wie noch nie zuvor, solange er zurückdenken konnte. Er drehte sich langsam um. Jeder einzelne Mann auf der Mauer beobachtete ihn. Dann rief einer der Soldaten: »Heil, Arutha! Heil, Prinz von Crydee!«

Plötzlich hallte die Burg von den Rufen der Männer wider: »Arutha! Arutha!«

An Gardan gewandt, fragte Arutha: »Warum?«

Mit zufriedenem Blick antwortete der Mann: »Sie haben gesehen, wie Ihr persönlich den Angriff auf die Tsuranis gewagt habt, Hoheit, oder haben es von anderen gehört. Sie sind Soldaten und erwarten bestimmte Dinge von einem Kommandeur. Jetzt sind sie wahrhaftig Eure Männer, Hoheit.«

Arutha stand ganz ruhig da, als Jubel die Burg erfüllte. Dann hob er die Hand. Schweigen breitete sich im Hof aus. »Ihr habt Euch tapfer geschlagen. Crydee hat gute Soldaten.« Er sprach zu Gardan. »Löst die Wachen auf den Mauern ab. Wir haben vielleicht nur wenig Zeit, um unseren Sieg zu genießen.«

Als wären seine Worte ein Omen, rief ein Wachtposten vom nächstgelegenen Turm: »Hoheit, sie kommen!«

Arutha sah, daß die Tsurani-Reihen neu formiert worden waren. Müde fragte er: »Kennen die denn überhaupt keine Grenzen?«

Anstelle des erwarteten Angriffs kam jedoch ein einzelner Mann aus den Reihen der Tsuranis auf sie zu. Dem hohen Helm nach zu urteilen war er ein Offizier. Er deutete auf die Mauern, und die gesamten Reihen der Tsuranis brachen in Jubel aus. Er ging weiter und befand sich jetzt innerhalb des Bereiches der Bogenschützen. Mehrmals blieb er stehen, um auf die Mauer zu zeigen. Seine blaue Rüstung blinkte im Sonnenschein, als die Angreifer jubelten und immer wieder auf die Burg deuteten.

»Eine Herausforderung?« fragte Gardan und beobachtete das merkwürdige Schauspiel. Der Mann drehte ihnen jetzt ungeachtet seiner persönlichen Gefahr den Rücken zu, um zu seinen eigenen Männern zurückzukehren.

»Nein«, sagte Amos Trask, der neben Gardan getreten war.

»Ich glaube, sie grüßen einen tapferen Gegner.« Er schüttelte leicht den Kopf. »Ein merkwürdiges Volk.«

»Ob wir diese Männer jemals verstehen werden?« rätselte Arutha.

Gardan legte seine Hand auf Aruthas Schulter. »Ich bezweifle es. Seht, sie ziehen sich zurück.«

Die Tsuranis marschierten zu ihren Zelten vor den Überresten der Stadt Crydee. Ein paar Wachen wurden zurückgelassen, um das Schloß zu beobachten, aber es war klar, daß der Großteil der Streitmacht den Befehl erhalten hatte, das Feld zu räumen. Gardan erklärte: »Ich hätte einen weiteren Angriff befohlen.« Seine Stimme verriet seine Ungläubigkeit. »Sie müssen doch wissen, daß wir der Erschöpfung nahe sind. Warum verstärken sie nicht ihren Druck?«

Amos meinte: »Wer kann das wissen? Vielleicht sind sie ja auch müde.«

»Diese Angriffe während der Nacht haben etwas zu bedeuten, aber ich weiß nicht, was.« Arutha schüttelte den Kopf. »Wir werden bald wissen, was sie vorhaben. Laßt eine Wache auf der Mauer, aber die Männer sollen sich in den Hof zurückziehen. Es wird immer deutlicher, daß sie es vorziehen, tagsüber nicht anzugreifen. Laßt Speisen aus der Küche bringen, und Wasser, damit wir uns waschen können.« Die Befehle wurden weitergegeben und die Männer verließen ihre Posten. Einige setzten sich auf die Gänge jenseits der Mauer. Sie waren zu erschöpft, um die Treppen hinabzusteigen. Andere erreichten den Hof und schleuderten ihre Waffen beiseite. Sie hockten sich in den Schatten der Zinnen, und Träger aus der Burg eilten zwischen ihnen hin und her. Sie schleppten Eimer mit frischem Wasser herbei. Arutha lehnte sich gegen eine Mauer. Er sprach leise zu sich selbst: »Sie werden wiederkommen.«

Sie kamen wieder in der Nacht.

Belagerung

Bei Sonnenaufgang stöhnten verwundete Männer.

Schon die zwölfte Nacht hintereinander hatten die Tsuranis das Schloß bestürmt, um sich bei Morgengrauen wieder zurückzuziehen. Gardan konnte keinen klaren Grund für die gefährlichen nächtlichen Angriffe erkennen. Als er jetzt zusah, wie die Tsuranis wieder in ihre Zelte zurückkehrten, sagte er: »Sie sind seltsam. Ihre Bogenschützen können nicht auf die Wände schießen, sobald ihre Leitern stehen, aus Angst, ihre eigenen Männer zu treffen. Wir haben dieses Problem nicht, weil wir wissen, daß jeder da unten unser Feind ist. Ich verstehe diese Männer nicht.«

Arutha saß am Boden und wusch wie betäubt Blut und Schmutz aus seinem Gesicht. Das Bild um ihn her drang gar nicht mehr an sein Bewußtsein. Er war sogar zu müde, um Gardan zu antworten. »Hier«, sagte eine Stimme neben ihm. Er zog das feuchte Tuch vom Gesicht und sah, daß ihm ein Trinkbecher gereicht wurde. Er nahm ihn, leerte ihn auf einen Zug und genoß den Geschmack des starken Weines.

Carline stand vor ihm. Sie trug Tunika und Hosen, ihr Schwert hing an ihrer Seite. »Was machst du hier?« fragte Arutha. Selbst in seinen eigenen Ohren klang seine Stimme rauh vor Müdigkeit.

Carlines Verhalten war lebhaft. »Irgend jemand muß doch Wasser und Speisen bringen. Wenn alle Männer die ganze Nacht über auf den Mauern beschäftigt sind, wer, glaubst du, kann dann am Morgen noch diese Pflicht erfüllen? Bestimmt nicht diese Jammergestalten von alten Trägern.«

Arutha schaute sich um und erblickte noch andere Frauen. Es waren Damen aus dem Schloß ebenso wie Dienerinnen und Fischersfrauen. Sie gingen zwischen den Männern umher, die dankbar die angebotenen Speisen und Getränke entgegennahmen. Er lächelte sein verzerrtes Lächeln. »Wie kommst du zurecht?«

»Ganz gut. Aber das Sitzen im Keller ist auf seine Weise genauso schwierig wie das Kämpfen auf der Mauer, glaube ich. Jedes Kampfgeräusch, das zu uns dringt, bringt die eine oder andere der Damen zum Weinen.« Aus ihrer Stimme klang ein leiser Ton von Mißbilligung. »Sie hockten da zusammen wie die Kaninchen. Ach, es ist so langweilig.« Einen Augenblick war sie ruhig. Dann fragte sie: »Hast du Roland gesehen?«

Er schaute sich um. »Gestern nacht einmal.« Er bedeckte sein Gesicht mit der trostreichen Feuchtigkeit des Tuches. Nach einer Weile zog er es fort und fügte hinzu: »Vielleicht war es auch schon vor zwei Nächten. Ich habe das Gefühl dafür verloren.« Er deutete auf die Mauer, die der Burg am nächsten war. »Er müßte irgendwo da drüben sein. Ich habe ihm die Verantwortung für die Wache übertragen. Er soll dafür sorgen, daß wir nicht von der Flanke angegriffen werden.«

Carline lächelte. Sie wußte, daß Roland sich danach sehnen würde, beim Kampf mitzumachen. Aber bei der Verantwortung, die ihm übertragen worden war, war das unwahrscheinlich, solange die Tsuranis nicht auf allen Seiten angriffen. »Danke, Arutha.«

Arutha spielte den Unwissenden. »Wofür?«

Sie kniete nieder und küßte seine schmutzige Wange. »Weil du mich besser kennst, als ich mich manchmal selbst.« Sie stand auf und ging davon.

Roland marschierte an den Zinnen entlang und beobachtete den Wald jenseits der breiten Lichtung, die an der östlichen Schloßmauer verlief. Er näherte sich einem Posten, der neben einer Alarmglocke stand. »Gibt es irgend etwas?«

»Nichts, Junker.« Der Posten stand stramm und salutierte.

Carline war leise hinter ihnen aufgetaucht. Roland ergriff sie beim Arm und schob sie fort. »Was, glaubst du eigentlich, hast du hier zu suchen?« fragte er unsanft.

Ihr Gesicht, das soeben noch die Erleichterung darüber widergespiegelt hatte, daß er lebte und unverletzt war, wurde jetzt wütend. »Ich bin gekommen, um zu sehen, wie es dir geht«, erklärte sie trotzig.

Er führte sie die Treppe zum Hof hinunter. »Wir sind nicht weit genug vom Wald entfernt, daß nicht ein Tsurani-Schütze in der Lage wäre, den Haushalt des Herzogs um eine Person vermindern zu können. Ich gedenke nicht, deinem Vater und deinen Brüdern zu erklären, welche Gründe ich hatte, dich hier herauf zu lassen.«

»Ach! Ist das dein einziger Grund? Du hast Angst vor Vater!«

Er lächelte. Sein Ton wurde sanfter. »Nein. Natürlich nicht.«

Sie erwiderte sein Lächeln. »Ich habe mir Sorgen gemacht.«

Roland setzte sich auf die unteren Stufen und zupfte an ein paar Gräsern, die hier wuchsen. »Dazu gibt es wenig Grund. Arutha hat schon dafür gesorgt, daß ich nicht viel riskieren kann.«

Beschwichtigend meinte Carline: »Aber das hier ist ein wichtiger Posten. Wenn sie hier angreifen, mußt du mit einer kleinen Anzahl durchhalten, bis Verstärkung eintrifft.«

»Wenn sie angreifen. Gardan kam gestern vorbei. Er glaubt, sie werden sich vielleicht bald dazu entschließen, uns zu belagern und darauf warten, daß wir verhungern.«

»Dann haben sie aber Pech. Wir haben genügend Vorräte für den Winter. Aber die da draußen werden wenig finden, wenn es erst einmal zu schneien anfängt.«

Ironisch meinte er: »Was haben wir denn hier? Einen Studenten der Taktik?«

Sie sah ihn an wie eine überanstrengte Lehrerin einen besonders schwerfälligen Schüler. »Ich habe Ohren zum Zuhören, und meinen Verstand habe ich auch. Glaubst du etwa, ich tue nichts weiter als herumsitzen und warten, bis ihr Männer mir erzählt, was passiert? Wenn das so wäre, dann wüßte ich überhaupt nichts.«

»Tut mir leid, Carline. Du läßt dich bestimmt von niemandem zum Narren halten.« Er stand auf und ergriff ihre Hand. »Aber du hast mich zum Narren gemacht.«

Sie drückte seine Hand. »Nein, Roland, ich war der Narr. Ich habe fast drei Jahre gebraucht, um zu begreifen, was für ein guter Mann du bist. Und was für ein guter Freund.« Sie beugte sich vor und küßte ihn leicht. Er erwiderte ihren Kuß voll Zärtlichkeit. »Und mehr«, fügte sie leise hinzu.

»Wenn das hier vorbei ist…«, fing er an.

Sie legte ihre freie Hand über seine Lippen. »Nicht jetzt, Roland. Nicht jetzt.«

Er lächelte verständnisvoll. »Ich gehe wohl besser auf die Mauer zurück, Carline.«

Sie küßte ihn noch einmal. Dann kehrte sie in den Hof und zu der Arbeit zurück, die getan werden mußte. Er kletterte auf die Mauer und nahm wieder seine Wache auf.

Es war später Nachmittag, als ein Soldat rief: »Junker! Im Wald!« Roland schaute in die bezeichnete Richtung und sah zwei Gestalten über die Lichtung sprinten. Aus den Bäumen drangen die Rufe von Männern und der Lärm einer Schlacht.

Die Bogenschützen aus Crydee hoben ihre Waffen, aber da rief Roland: »Halt! Das ist Langbogen!« Zu dem Soldaten neben sich sagte er: »Bringt Seile, schnell!«

Langbogen und Garret erreichten in dem Moment die Mauer, als die Seile herabgelassen wurden. Sobald sie verankert worden waren, kletterten die Männer nach oben. Hinter den Zinnen sanken sie erschöpft zu Boden. Wasserschläuche wurden herübergereicht, und die beiden Männer tranken gierig.

»Was nun?« fragte Roland.

Langbogen schenkte ihm ein schiefes Lächeln. »Wir sind auf eine andere Gruppe von Reisenden gestoßen, die sich ungefähr dreißig Meilen südöstlich von hier auf ihrem Weg nach Norden befand. Wir haben dafür gesorgt, daß sie den Tsuranis einen kleinen Besuch abstattete.«

Garret schaute zu Roland auf. Dunkle Ringe lagen vor Müdigkeit um seine Augen. »Eine Gruppe nennt er das. Verdammt, das waren fast fünfhundert Moredhel. Mindestens hundert müssen uns die letzten beiden Tage durch den Wald gejagt haben.«

»Arutha wird erfreut sein«, meinte Roland. »Die Tsuranis haben uns in jeder Nacht angegriffen, seit ihr uns verlassen habt. Wir könnten es gut gebrauchen, wenn sie ein bißchen abgelenkt würden.«

Langbogen nickte. »Wo ist der Prinz?«

»An der Westmauer, wo die Kämpfe stattgefunden haben.«

Langbogen erhob sich und zog den erschöpften Garret auf die Füße. »Komm schon. Wir erstatten ihm besser Bericht.«

Roland wies die Posten an, sorgfältig Wache zu halten. Dann folgte er den beiden Jägern. Sie fanden Arutha damit beschäftigt, die Verteilung von Waffen an die Männer zu überwachen, die sie nötig hatten, weil die ihren gebrochen oder stumpf waren. Gardell, der Schmied, und seine Lehrlinge sammelten diejenigen ein, die noch zu flicken waren. Sie warfen sie in eine Karre und machten sich dann auf den Weg zur Schmiede, um mit der Arbeit zu beginnen.

Langbogen berichtete: »Hoheit, eine andere Gruppe von Moredhel ist nach Norden gekommen. Ich habe sie hierher geführt, so daß die Tsuranis wohl zu beschäftigt sein werden, um uns diese Nacht anzugreifen.«

»Das sind willkommene Neuigkeiten. Komm mit, laß uns einen Becher Wein trinken. Dabei kannst du erzählen, was du gesehen hast.«

Langbogen schickte Garret voraus in die Küche und folgte Arutha und Roland in die Burg hinein. Der Prinz ließ Gardan rufen. Er sollte sich zu ihnen ins Ratszimmer gesellen. Als alle anwesend waren, forderte er Langbogen auf, von seiner Reise zu berichten.

Langbogen nahm einen tiefen Schluck aus dem Weinbecher, der vor ihm stand. »Es war eine Weile sehr gefährlich und knapp. Die Wälder sind voll von Tsuranis und Moredhel. Vieles deutet darauf hin, daß sie einander nicht gerade gut gesonnen sind. Wir haben wenigstens einhundert Tote auf jeder Seite gezählt.«

Arutha schaute die drei anderen Männer an. »Ich weiß nur wenig von ihnen, aber es erscheint mir dumm, so nah an Crydee vorbeizuwandern.«

Langbogen schüttelte den Kopf. »Ihnen bleibt keine andere Wahl, Hoheit. Das Grüne Herz muß vollkommen ausgeplündert worden sein. Es gibt nichts mehr zu essen. Und in ihre Berge können sie wegen der Tsuranis nicht zurück. Die Moredhel ziehen in die Nordlande. Sie werden es nicht riskieren wollen, an Elvandar zu nah vorbeizukommen. Da der Rest des Weges von Tsurani-Streitkräften versperrt wird, bleibt ihnen nur der durch die Wälder und dann westlich den Fluß entlang zur Küste. Wenn sie erst einmal das Meer erreicht haben, können sie sich wieder nordwärts wenden. Sie müssen die Großen Berge des Nordens noch vor dem Winter erreichen, um sicher zu ihren Brüdern in den Nordlanden zu gelangen.«

Er trank seinen Becher leer und wartete, während ein Diener ihn neu füllte. »Allen Anzeichen nach will jeder Moredhel im Süden in die Nordlande ziehen. Es sieht aus, als wären über eintausend von ihnen schon hier gewesen. Wieviele auf diesem Weg noch kommen werden, im Sommer und Herbst, können wir nicht einmal ahnen.« Wieder trank er. »Die Tsuranis werden auf ihre östliche Flanke achten müssen. Sie täten gut daran, auch im Süden aufzupassen. Die Moredhel sind dem Verhungern nahe.

Sie könnten es wagen, ein Tsurani-Lager zu überfallen, während der Großteil der Armee an den Mauern des Schlosses kämpft. Wenn ein Drei-Parteien-Kampf beginnen sollte, könnte es ein ziemliches Durcheinander bedeuten.«

»Für die Tsuranis«, meinte Gardan.

Martin hob seinen Becher zum Salut. »Auf die Tsuranis.«

»Du hast gute Arbeit geleistet«, lobte Arutha ihn.

»Danke, Hoheit.« Langbogen lachte. »Ich hätte nie gedacht, daß der Tag kommen würde, an dem ich den Anblick der Düsteren Bruderschaft in den Wäldern von Crydee willkommen heißen würde.«

Arutha trommelte mit den Fingern auf dem Tisch. »Noch weitere zwei bis drei Wochen werden vergehen, bis wir die Armeen aus Tulan und Carse erwarten können. Wenn die Düsteren Brüder die Tsuranis genügend jagen, ist uns vielleicht eine kurze Atempause vergönnt.« Er schaute zu Martin hinüber. »Was geht im Osten vor?«

Langbogen spreizte die Hände. »Wir konnten nicht nah genug vordringen, um viel zu sehen. Aber die haben etwas vor. Sie haben eine gehörige Anzahl Männer im Wald verteilt. Ungefähr über eine halbe Meile vom Rande der Lichtung aus gerechnet. Wenn uns die Moredhel nicht so dicht auf den Fersen gewesen wären, hätten Garret und ich es vielleicht nicht mehr bis zur Mauer geschafft.«

»Ich wünschte, ich wüßte, was die da draußen tun«, sagte Arutha. »Diese Angriffe nur bei Nacht. Sicher sollen sie irgendeinen Trick verbergen.«

Gardan sagte: »Ich fürchte, wir werden es nur zu bald wissen.«

Arutha stand auf, und die anderen folgten seinem Beispiel. »Auf jeden Fall gibt es viel für uns zu tun. Aber wenn sie heute nacht nicht kommen, dann sollten wir das alle ausnutzen, um uns etwas auszuruhen. Sorgt dafür, daß Wachtposten aufgestellt werden. Dann schickt die Männer zurück in die Kasernen, damit sie schlafen können. Wenn ich gebraucht werde: Ich bin in meinen Gemächern.«

Die anderen folgten ihm aus der Ratshalle. Langsam begab sich Arutha in seine Gemächer. Sein müder Geist versuchte die Dinge festzuhalten, die er für wichtig hielt, aber es gelang ihm nicht. Er warf nur seine Rüstung ab, ehe er voll bekleidet auf seine Schlafstatt fiel. Er schlief sofort ein, aber es war ein unruhiger, von Träumen erfüllter Schlaf.

Eine Woche lang gab es keine Angriffe, da die Tsuranis sich um die wandernden Mitglieder der Bruderschaft des Düsteren Pfades kümmern mußten. Wie Martin vorhergesagt hatte, waren die Moredhel durch ihren Hunger kühn geworden. Zweimal hatten sie schon ein Tsurani-Lager angegriffen.

Am achten Nachmittag nach dem ersten Angriff der Moredhel sammelten sich die Tsuranis erneut auf dem Feld vor dem Schloß. Wieder hatten sie Verstärkung aus dem Osten erhalten. Botschaften, die von Tauben zwischen Arutha und seinem Vater hin- und hergetragen wurden, berichteten von verstärkten Kämpfen entlang der östlichen Front. Lord Borric war der Ansicht, daß Crydee von Truppen belagert wurde, die frisch aus der Heimat der Tsuranis entsandt worden waren, denn es hatte keine Berichte von Truppenbewegungen entlang seiner Front gegeben. Andere Nachrichten erreichten Arutha aus Tulan und Carse. Baron Tolburts Soldaten hatten Tulan zwei Tage nach Erhalt von Aruthas Bericht verlassen. Seine Flotte sollte sich mit Baron Bellamys in Carse vereinen.

In ein bis zwei Wochen, je nach Wind, sollten die Schiffe eintreffen.

Arutha stand auf seinem üblichen Platz auf der Westmauer mit Martin Langbogen an seiner Seite. Sie sahen zu, wie die Tsuranis ihre Plätze einnahmen, als die Sonne im Westen versank und die Landschaft in einen scharlachroten Schimmer tauchte.

»Es scheint so, als ob sie diese Nacht in voller Stärke angreifen wollten«, sagte Arutha.

»Sie scheinen das Gebiet von problematischen Nachbarn gereinigt zu haben, wenigstens vorübergehend. Die Moredhel haben uns ein wenig Zeit verschafft, Hoheit, mehr aber auch nicht.«

»Ich frage mich, wie viele von ihnen wohl die Nordlande erreichen werden.«

Langbogen zuckte mit den Schultern. »Einer von fünfen vielleicht. Vom Grünen Herzen bis zu den Nordlanden ist es schon unter normalen Umständen eine lange, beschwerliche Reise. Aber jetzt...« Seine Stimme erstarb.

Gardan kam die Treppe herauf. »Hoheit, der Wachtposten auf dem Turm berichtet, daß die Tsuranis sich formieren.«

Noch während er sprach, ertönte der Schlachtruf der Tsuranis und sie begannen den Vormarsch. Arutha zog sein Schwert und gab Befehl, die Wurfmaschinen abzufeuern. Anschließend ließen die Bogenschützen einen Sturm von Pfeilen auf die Angreifer herabregnen. Aber immer noch kamen die Tsuranis.

Die ganze Nacht über brandete eine Welle nach der anderen von Fremden in bunten Rüstungen an die Westmauer von Burg Crydee. Die meisten der Angreifer starben auf dem Feld am Fuße der Mauer, aber einigen wenigen gelang es, die Zinnen zu übersteigen. Auch sie starben. Aber es kamen immer noch mehr.

Sechsmal war der Angriff der Tsuranis zurückgeschlagen worden, und jetzt bereiteten sie sich auf den siebten Sturm vor. Arutha, von Schmutz und Blut bedeckt, lenkte die Aufstellung der ausgeruhten Truppen entlang der Mauer. Gardan schaute nach Osten. »Wenn wir noch einen weiteren Angriff abhalten, wird der Morgen anbrechen. Dann sollte uns eine Pause vergönnt sein«, erklärte er. Seine Stimme war schwer vor Müdigkeit.

»Wir werden standhalten«, antwortete Arutha. Seine eigene Stimme klang in seinen Ohren ebenso müde wie die Gardans.

»Arutha?«

Arutha sah Roland und Amos die Treppe heraufkommen. Ein anderer Mann folgte ihnen. »Was gibt es?« fragte der Prinz.

»An den anderen Mauern rührt sich nichts, aber hier ist etwas, das du sehen solltest«, antwortete Roland.

Arutha erkannte den anderen Mann. Es war Ludwig, der Rattenfänger der Burg. Er war dafür verantwortlich, Ungeziefer von der Burg fernzuhalten. Er hielt vorsichtig etwas in der Hand.

Arutha sah genauer hin. Es war ein Frettchen. Im Schein des Feuers konnte er es zucken sehen. »Hoheit«, sagte Ludwig, und seine Stimme klang gefühlvoll und traurig, »es ist –«

»Was denn, Mann?« fragte Arutha ungeduldig. Der Angriff würde gleich beginnen. Da hatte er keine Zeit, den Verlust eines geliebten Tieres zu betrauern.

Roland sprach, denn Ludwig war offensichtlich vom Verlust seines Frettchens zu sehr betroffen. »Die Frettchen des Rattenfängers sind vor zwei Tagen nicht zurückgekehrt. Irgendwann ist dieses hier in den Vorratsraum hinter der Küche gekrabbelt. Duren hat es vor wenigen Minuten dort gefunden.«

Mit erstickter Stimme sagte Ludwig: »Sie sind alle sehr gut abgerichtet, Herr. Wenn sie nicht wiedergekommen sind, dann nur, weil etwas sie daran gehindert hat. Dieser arme Kerl hier ist getreten worden. Sein Rückgrat ist gebrochen. Er muß stundenlang gekrochen sein, um heimzukommen.«

»Ich kann nicht verstehen, was das bedeuten soll.«

Roland packte den Prinzen am Arm. »Arutha, er jagt in den Rattengängen *unter der Burg*.«

Langsam dämmerte es Arutha. »Sappeure! Die Tsuranis müssen sich unter der Ostmauer hindurchgraben.«

»Das würde auch die ständigen Angriffe auf die Westmauer erklären – um uns abzulenken«, meinte Gardan.

»Gardan, Ihr übernehmt das Kommando auf der Mauer. Amos, Roland, Ihr kommt mit mir.«

Arutha rannte die Stufen hinunter und über den Hof. Er rief einer Gruppe Soldaten zu, ihnen zu folgen und Schaufeln mitzubringen. Sie erreichten den kleinen Hof hinter der Burg und Arutha sagte: »Wir müssen diesen Tunnel finden und ihn zum Einsturz bringen.«

Amos erklärte: »Die Wände der Burg verlaufen leicht schräg nach außen. Sie werden erkennen, daß sie so nicht weiterkommen und werden versuchen, eine Streitmacht in die Burg oder auf das Gelände des Schlosses zu bringen.«

Roland erschrak. »Carline! Sie und die anderen Damen sind im Keller!«

»Nimm ein paar Männer und geht in den Keller.« Roland stürzte davon. Arutha fiel auf die Knie und legte ein Ohr an den Boden. Die anderen folgten seinem Beispiel, gingen hin und her und lauschten auf die Schaufelgeräusche von unten.

Carline saß nervös neben Lady Marna. Die fette frühere Gouvernante tat so, als kümmerte sie sich ganz ruhig um nichts anderes als ihre Stickerei, trotz der Unruhe der anderen Frauen im Keller. Die Geräusche des Kampfes an den Mauern drangen nur schwach zu ihnen. Sie wurden durch die dicken Wände der Burg gedämpft. Jetzt jedoch herrschte eine ebenso enervierende Stille.

»Oh! Hier zu sitzen wie ein gefangener Vogel«, stöhnte Carline.

»Die Mauern sind kaum der rechte Aufenthaltsort für eine Dame«, wies Lady Marna sie zurecht.

Carline erhob sich. »Ich kann Verbände anlegen und Wasser schleppen. Wir alle könnten das.«

Die anderen Hofdamen sahen sich an, als hätte die Prinzessin den Verstand verloren. Keine von ihnen konnte sich vorstellen, sich einer solchen Plage zu unterziehen.

»Hoheit«, bat Lady Marna. »Bitte, Ihr solltet geduldig abwarten. Es wird genug zu tun geben, wenn die Schlacht vorüber ist. Jetzt solltet Ihr ruhen.«

Carline wollte etwas erwidern. Sie hielt aber plötzlich inne und streckte die Hand hoch. »Hört ihr etwas?«

Die anderen wurden ganz leise und lauschten. Vom Boden erklang ein leises, klopfendes Geräusch. Carline kniete nieder. »Hoheit, das ziemt sich wirklich nicht!« schalt Lady Marna.

Carline brachte sie mit einer unbeherrschten Handbewegung zum Schweigen. »Still!« Sie drückte ein Ohr gegen die Steine. »Da ist etwas...«

Lady Glynis schauderte. »Wahrscheinlich Ratten. Da unten sind Hunderte von ihnen.« Ihr Ausdruck machte deutlich, daß sie sich nichts Unerfreulicheres vorstellen konnte.

»Seid still!« befahl Carline.

Ein knackendes Geräusch kam vom Boden. Carline sprang auf die Füße. Ihr Schwert zischte aus der Scheide, als ein Riß in den Steinen erschien. Eine Meißelspitze brach durch das Gestein, und plötzlich flog der Stein nach außen.

Hofdamen schrien, als sich ein Loch im Boden auftat. Ein überraschtes Gesicht erschien, dann ein Tsurani-Krieger. Sein Haar war schmutzig vom Staub des Tunnels, als er versuchte, nach oben zu klettern. Carlines Schwert drang ihm in die Kehle, als sie rief: »Hinaus! Ruft die Wachen!«

Die meisten der Damen saßen vor Entsetzen wie erstarrt, sie rührten sich nicht. Lady Marna hievte ihren massiven Körper von der Bank, auf der sie saß, und versetzte einem kreischenden Mädchen aus der Stadt einen Schlag mit dem Handrücken. Einen Augenblick lang sah das Mädchen Marna mit vor Entsetzen aufgerissenen Augen an. Dann hastete sie zur Treppe. Wie auf ein Signal hin rannten die anderen hinter ihr her, laut um Hilfe rufend.

Carline sah zu, wie der Tsurani langsam nach hinten fiel und das Loch im Boden verstopfte. Andere Spalten taten sich rund um das Loch herum auf und Hände rissen Steine hinab in den immer größer werdenden Eingang. Lady Marna hatte die Treppe schon fast erreicht, als sie Carline sah, die tapfer Widerstand bot. »Prinzessin!« kreischte sie.

Ein anderer Mann kletterte nach oben. Carline versetzte ihm den Todesstoß. Dann wurde sie nach hinten gezwungen, als die Steine vor ihren Füßen einbrachen. Die Tsuranis hatten ihren Tunnel fertiggestellt. Jetzt vergrößerten sie den Eingang, zogen Steine nach unten, damit sie ausschwärmen und etwaige Verteidiger überwältigen konnten.

Ein Mann kämpfte sich nach oben, stieß Carline beiseite und machte dadurch einem zweiten Mann Platz. Lady Marna lief zu ihrem ehemaligen Schützling zurück und grabschte sich einen dicken, losen Stein, den sie krachend auf den unbedeckten Schädel des zweiten Mannes sausen ließ. Brummen und merkwürdig klingende Worte erschollen aus dem Tunnel, als der Mann auf die Nachkommenden zurückstürzte.

Carline durchbohrte den anderen Mann und trat einem weiteren ins Gesicht. »Prinzessin!« rief Lady Marna. »Wir müssen fliehen!«

Carline antwortete nicht. Sie wich einem Schlag aus, den ein Tsurani auf ihre Füße richtete. Dann sprang er behende aus dem Loch. Carline stieß zu. Der Mann duckte sich. Ein anderer krabbelte aus dem Loch. Lady Marna schrie auf.

Instinktiv fuhr der erste Mann bei diesem Geräusch herum, und schon traf ihn Carlines Schwert in der Seite. Der zweite Mann hob ein gezacktes Schwert, um Lady Marna zu töten. Aber jetzt stürzte Carline hinzu und stieß ihre Schwertspitze in seinen Hals. Der Mann schauderte und fiel. Seine Finger lösten sich vom Griff seines Schwertes. Carline packte Lady Marnas dicken Arm und schob sie auf die Treppe zu.

Tsuranis strömten aus dem Loch. Am Fuß der Treppe drehte

sich Carline um. Lady Marna stand hinter ihrer geliebten Prinzessin und wollte sie nicht verlassen. Die Tsuranis näherten sich vorsichtig. Das Mädchen hatte genügend ihrer Kameraden getötet, um ihren Respekt und Vorsicht zu verdienen. Plötzlich schoß eine Gestalt an dem Mädchen vorbei. Roland stürzte sich auf die Tsuranis, gefolgt von Soldaten aus der Burg. Der junge Mann war wie wahnsinnig in seinem Wunsch, die Prinzessin zu beschützen. In seiner Eile warf er drei Tsuranis um. Sie stürzten durch das Loch, und Roland verschwand mit ihnen.

Als der Junker aus ihren Augen verschwand, kreischte Carline: »Roland!« Andere Soldaten sprangen an der Prinzessin vorbei und stürzten sich auf die Tsuranis, die noch immer im Keller standen. Wieder andere sprangen kühn in das Loch hinab. Schreie und Stöhnen, Grunzen, Rufe und Flüche drangen nach oben.

Ein Soldat ergriff Carline am Arm und zerrte sie die Treppe empor. Hilflos in den starken Armen des Mannes rief Carline: »Roland! Roland!«

Der dunkle Tunnel war erfüllt vom Ächzen der Soldaten, als die Männer aus Crydee wie wild kämpften, während ihre Kameraden gruben. Arutha hatte den Tunnel der Tsuranis gefunden und befohlen, daß in der Nähe ein Schacht ausgehoben werden sollte. So gruben sie jetzt einen Tunnel, der die Tsuranis in der Nähe der Mauer abfangen sollte. Amos war wie Arutha der Meinung gewesen, daß sie die Tsurani erst auf die andere Seite der Mauer zurückdrängen mußten, ehe sie den Tunnel zum Einsturz bringen durften, damit diese keinen Zugang zur Burg mehr hatten.

Eine Schaufel brach durch. Hastig räumten die Männer genügend Erde beiseite, um in den Tsurani-Tunnel eindringen zu können. Schnell wurden Bretter aufgestellt, die den Tunnel stützen sollten, damit er nicht über ihnen zusammenbrach und sie einschloß.

Die Männer aus Crydee strömten in den niedrigen Tunnel hinein und sahen sich einem schrecklichen Gemetzel gegenüber. Tsurani-Krieger und Rolands kleine Streitmacht waren in einen verzweifelten Kampf im Dunkeln verwickelt. Im Zwielicht unter der Erde kämpften und starben die Männer. Es war unmöglich, Ordnung in das Gewühl zu bringen.

Zu einem Soldaten hinter sich sagte Arutha: »Holt mehr Männer!«

»Sofort, Hoheit!« antwortete der Mann und wandte sich dem Schacht zu.

Arutha betrat den Tsurani-Tunnel. Er war nur eineinhalb Meter hoch, so daß er gebückt gehen mußte. Dagegen war er ziemlich breit, ausreichend für drei Männer, die nebeneinander gingen. Arutha trat auf etwas Weiches, das vor Schmerzen stöhnte. Er ging an dem sterbenden Mann vorbei und weiter in Richtung auf die Kampfgeräusche zu.

Es war eine Szene wie aus seinem schlimmsten Alptraum, nur schwach erhellt von spärlich verteilten Fackeln. Aufgrund des geringen Platzes konnten nur jeweils die drei ersten Männer den Feind angehen. Arutha rief: »Messer!« und er ließ sein Schwert fallen. Auf engem Raum würden sich die kürzeren Waffen als wirkungsvoller erweisen.

Er stieß auf zwei Männer, die im Dunkeln miteinander kämpften, und er packte sich einen. Seine Hand schloß sich um eine chitinartige Rüstung, und er stieß sein Messer tief in den entblößten Hals des Mannes. Als er die jetzt leblose Gestalt von dem anderen Mann hochzerrte, entdeckte er ein Knäuel von Körpern nur wenige Schritte entfernt. Soldaten aus Crydee und Tsuranis rangen hier dicht an dicht miteinander. Fluche und Schreie erfüllten den Tunnel, und der Geruch von feuchter Erde mischte sich mit dem von Blut und Exkrementen.

Arutha kämpfte wie verrückt. Blindlings schlug er nach kaum sichtbaren Feinden. Seine eigene Angst drohte ihn zu überwältigen, als irgendein primitiver Instinkt in ihm danach schrie, den Tunnel zu verlassen und vor der bedrohlichen Erde über sich zu fliehen. Er bezwang seine Panik und führte weiterhin den Angriff gegen die Sappeure.

Eine vertraute Stimme grunzte und fluchte an seiner Seite. Arutha wußte, Amos Trask war in seiner Nähe. »Noch dreißig Schritt, Bursche!« brüllte er.

Arutha nahm den Mann beim Wort. Er selbst hatte jedes Gefühl für Entfernungen verloren. Die Männer aus Crydee drängten vorwärts und starben bei dem Versuch, die Widerstand leistenden Tsuranis zu töten. Die Zeit wurde unwichtig. Der Kampf bestand aus einer undeutlichen Montage von Bildern.

Plötzlich schrie Amos: »Stroh!« Sofort wurden Strohbündel herübergereicht. »Fackeln!« rief er, und flammende Stangen wurden ihm gebracht. Er stapelte das Stroh neben einem Lattenwerk und hielt sie hinein. Flammen loderten auf. Amos brüllte: »Räumt den Tunnel!«

Der Kampf hörte auf. Jeder Mann aus Crydee oder Tsurani drehte sich um und floh vor den Flammen. Die Sappeure wußten, daß der Tunnel verloren war, da sie nichts hatten, womit sie das Feuer löschen konnten. So kletterten sie um ihr Leben.

Beißender Rauch erfüllte den Tunnel. Die Männer fingen zu husten an, als sie den verstopften Gang räumten. Arutha folgte Amos. Sie verfehlten den anderen Tunnel und kamen im Keller heraus. Soldaten, schmutzig und blutig, brachen auf den Steinen des Kellers zusammen und rangen nach Atem. Ein dumpfes Grollen ertönte, und mit einem Krachen stob eine Wolke aus Luft und Rauch aus dem Loch. Amos grinste. Sein Gesicht war schmutzverschmiert. »Das Holz ist zusammengebrochen. Der Tunnel ist zu.«

Arutha, erschöpft und noch immer nach Atem ringend, nickte bloß. Jemand reichte ihm eine Tasse mit Wasser, und er trank gierig.

Carline tauchte vor ihm auf. »Bist du in Ordnung?« fragte sie besorgt. Er nickte. Sie sah sich um. »Wo ist Roland?«

Arutha schüttelte den Kopf. »War unmöglich, da unten etwas zu sehen. War er im Tunnel?«

Sie biß sich auf die Unterlippe. Tränen traten in ihre blauen Augen, als sie nickte. »Vielleicht hat er die Abzweigung gefunden und ist im Hof herausgekommen. Wollen mal sehen.«

Er stand auf, und Amos und Carline folgten ihm die Treppe hinauf. Sie verließen die Burg. Ein Soldat informierte ihn, daß der Angriff auf die Mauer zurückgeworfen worden wäre. Arutha bedankte sich und setzte seinen Weg um die Burg herum fort, bis sie den Schacht erreichten, der auf seinen Befehl hier gegraben worden war. Soldaten lagen im Gras des Hofes, hustend und spuckend und versuchten, den beißenden Rauch aus ihren Lungen zu vertreiben. Die Luft war erfüllt von Wolken aus starkem Rauch, die immer noch aus dem Schacht quollen. Wieder ertönte ein grollendes Geräusch. Arutha konnte es durch die Sohlen seiner Stiefel spüren. In der Nähe der Mauer war eine Vertiefung entstanden, dort, wo der Tunnel eingestürzt war. »Junker Roland!« rief Arutha.

»Hier, Hoheit«, kam die Antwort.

Carline sauste an Arutha vorbei und erreichte Roland noch vor dem Prinzen. Der Junker lag am Boden und wurde von dem Soldaten versorgt, der auch geantwortet hatte. Seine Augen waren geschlossen, seine Haut fahl, und aus seiner Seite sickerte Blut. Der Soldat berichtete: »Ich mußte ihn die letzten Meter schleifen, Hoheit. Er konnte nicht mehr stehen. Ich dachte, es wäre der Rauch, bis ich die Wunde sah.«

Carline barg Rolands Kopf in ihren Armen, während Arutha zuerst die Bänder von Rolands Brustpanzer löste und dann die Untertunika fortriß. Nach einem Augenblick hockte er sich auf die Fersen. »Es ist nur eine oberflächliche Wunde. Er wird gesund werden.«

»Oh, Roland«, sagte Carline leise.

Roland öffnete die Augen und lächelte schwach. Seine Stimme klang müde, aber er zwang sich zu einem fröhlichen Ton. »Was heißt das denn? Man könnte ja meinen, ich wäre getötet worden.«

»Du herzloses Ungeheuer.« Sanft schüttelte Carline ihn, lokkerte ihren Griff aber nicht, als sie auf ihn herablächelte. »Da treibt er zu einer Zeit wie dieser seine Scherze mit uns.«

Er zuckte zusammen, als er versuchte, sich aufzusetzen. »Au, das tut weh.« Sie legte beruhigend eine Hand auf seine Schulter.

»Versuch nicht, dich zu bewegen. Wir müssen die Wunde verbinden«, sagte sie, erleichtert und wütend zugleich.

Er barg den Kopf in ihrem Schoß und lächelte. »Ich würde mich nicht mal rühren, wenn ich das halbe Herzogtum deines Vaters dafür bekommen würde.«

Wütend sah sie ihn an. »Warum hast du dich dem Feind eigentlich so entgegengeworfen?«

Roland sah sie verlegen an. »Ehrlich gesagt, ich bin gestolpert, als ich die Treppe herunterkam, und konnte mich nicht mehr halten.«

Sie legte die Wange gegen seine Stirn, während Arutha und Amos lachten. »Du bist ein Lügner. Und ich liebe dich«, sagte sie leise.

Arutha stand auf und schleppte Amos mit sich fort. Sie überließen Roland und Carline einander. Als sie an die Ecke kamen, stießen sie auf den ehemaligen Tsurani-Sklaven Charles, der Wasser für die Verwundeten schleppte. Arutha hielt den Mann an.

An einem Joch über seiner Schulter hingen zwei große Wassereimer. Er blutete aus mehreren kleinen Wunden und war über und über mit Schmutz bedeckt. »Was ist dir denn passiert?« fragte Arutha.

Mit breitem Grinsen antwortete Charles: »Guter Kampf.

Charles finden Schwert, springen in Loch. Charles guter Krieger.«

Der ehemalige Sklave war blaß und schwankte ein wenig, als er so vor ihnen stand. Arutha war sprachlos. Dann bedeutete er ihm, seine Arbeit fortzusetzen. Glücklich ging Charles davon. »Was haltet Ihr von ihm?« wandte sich Arutha an Amos.

Der kicherte. »Ich habe viel mit Schurken zu tun gehabt, Hoheit. Von den Tsuranis weiß ich nur wenig, aber ich glaube, das ist ein Bursche, mit dem man rechnen muß. Und auf den man sich verlassen kann.«

Arutha beobachtete Charles, der Wasser an die Soldaten verteilte, ohne sich um seine eigenen Wunden und Müdigkeit zu kümmern. »Das war keine kleine Sache, sich ohne Befehl in den Schacht zu stürzen. Ich werde über Langbogens Angebot nachdenken müssen, den Mann in den Dienst zu nehmen.«

Sie setzten ihren Weg fort. Arutha überwachte die Pflege der Verwundeten, während Amos beauftragt wurde, die endgültige Zerstörung des Tunnels in Angriff zu nehmen.

Als der Morgen anbrach, war es still im Hof. Nur ein Fleck frischer Erde, wo der Schacht wieder aufgefüllt worden war, und eine lange Vertiefung, die von der Burg zur äußeren Mauer verlief, kündeten davon, daß während der Nacht etwas Ungewöhnliches geschehen war.

Fannon hinkte über die Mauer. Er hielt eine Hand auf die rechte Seite gepreßt. Die Wunde in seinem Rücken war fast verheilt, aber er konnte noch immer nicht ohne Hilfe gehen. Pater Tully stützte den Schwertmeister, als sie die anderen erreichten.

Arutha lächelte dem Schwertmeister zu und ergriff vorsichtig seinen anderen Arm. Gardan, Amos Trask, Martin Langbogen und eine Gruppe von Soldaten standen in der Nähe.

»Was hat das zu bedeuten?« fragte Fannon. Seine Wut war ein willkommener Anblick für die Männer auf der Mauer. »Habt ihr alle zusammen so wenig Verstand, daß ihr mich aus meiner Ruhe reißen müßt, damit ich hier das Sagen übernehme?«

Arutha deutete auf die See hinaus. Dutzende kleiner Punkte konnten am Horizont ausgemacht werden. Es war ein blitzendes Weiß vor dem Blau des Meeres und des Himmels zu sehen. »Die Flotte aus Carse und Tulan nähert sich den südlichen Stränden.«

Er zeigte auf das Tsurani-Lager in der Ferne, in dem großes Treiben herrschte. »Heute vertreiben wir sie. Morgen um diese Zeit wird das ganze Gebiet hier wieder frei von Fremden sein. Wir treiben sie nach Osten, ohne ihnen eine Rast zu gönnen. Es wird lange dauern, ehe die zurückkommen.«

Leise sagte Fannon: »Ich hoffe, du hast recht, Arutha.« Eine Weile stand er, ohne etwas zu sagen. »Ich habe Berichte über deine Taten gehört, Arutha. Du hast gute Arbeit geleistet. Dein Vater kann stolz auf dich sein, und Crydee auch.«

Arutha fühlte sich gerührt vom Lob des Schwertmeisters. Er versuchte, es nicht zu ernst zu nehmen, aber Fannon unterbrach ihn. »Nein, du hast getan, was getan werden mußte, und mehr. Du hattest recht. Bei diesen Leuten dürfen wir nicht vorsichtig sein. Wir müssen den Kampf zu ihnen tragen.« Er seufzte. »Ich bin ein alter Mann, Arutha. Es ist an der Zeit, daß ich mich zurückziehe und den Jungen das Wohl Crydees überlasse.«

Tully schnaubte verächtlich. »Du bist nicht alt. Ich war schon ein Priester, als du noch nicht mal laufen konntest.«

Fannon lachte mit den anderen über die offensichtliche Unwahrheit dieser Behauptung, und Arutha erklärte: »Wenn ich gut war, dann nur, weil ich in Euch einen so guten Lehrmeister hatte.«

Tully ergriff Fannons Ellbogen. »Du bist vielleicht kein alter Mann, aber ein kranker. Zurück in die Burg mit dir. Morgen kannst du anfangen, richtig herumzulaufen. Und in ein paar Wochen wirst du schon wieder herumrennen und Befehle erteilen wie früher.«

Fannon brachte ein leichtes Lächeln zustande und ließ sich von Tully wieder die Stufen hinabführen. Als er fort war, meinte Gardan: »Der Schwertmeister hat recht, Hoheit. Ihr habt Eurem Vater Ehre gemacht.«

Arutha beobachtete die näherkommenden Schiffe. Seine eckigen Züge zeigten einen Ausdruck stillen Nachdenkens. Leise sagte er: »Wenn ich gut war, dann nur, weil ich die Hilfe von guten Männern hatte, von denen viele nicht mehr unter uns sind.« Er holte tief Luft, ehe er fortfuhr: »Ihr habt eine wichtige Rolle dabei gespielt, du und Martin.«

Beide Männer lächelten und bedankten sich. »Und Ihr auch, Pirat.« Arutha grinste. »Wir stehen tief in Eurer Schuld.«

Amos Trask versuchte, bescheiden auszusehen, aber es gelang ihm nicht. »Nun, Hoheit, ich habe bloß meine eigene Haut verteidigt und die der anderen.« Dann erwiderte er Aruthas Grinsen. »War ein verdammt guter Kampf.«

Wieder schaute Arutha zum Meer hinüber. »Hoffen wir, daß es bald überhaupt keine Kämpfe mehr für uns gibt.« Er verließ die Mauer und begab sich die Treppe hinunter. »Gebt Befehl, den Angriff vorzubereiten.«

Kasumi von den Shinzawai, Truppenführer der Armeen des Kanazawai-Clans der Partei der Blauen Räder beobachtete den Feind auf der Burgmauer. Er konnte die Gestalten auf den Zinnen kaum ausmachen, aber er kannte sie gut. Er wußte ihre Namen nicht, aber ein jeder war ihm so vertraut wie seine eigenen Männer. Da war der schlanke Junge, der Befehle gab, der kämpfte wie ein Teufel und Ordnung in die Schlägerei brachte, wenn sie erforderlich war. Der schwarze Riese würde nicht fern sein, der Mann, der wie ein Bollwerk stand, bei jedem Sturm auf die Mauer. Und auch der Grüngekleidete, der wie ein Gespenst durch die Wälder eilen konnte. Zweifellos war auch der Breitschultrige in der Nähe, der lachende Mann mit dem geschwungenen Schwert und dem irren Lachen. Insgeheim salutierte Kasumi vor ihnen allen. Sie waren tüchtige Feinde, wenn auch bloß Barbaren.

Chingari von den Omechkel, der Oberste Befehlshaber, trat an Kasumis Seite. »Truppenführer, die Flotte der Barbaren nähert sich. Ihre Männer werden in einer Stunde an Land gehen.«

Kasumi betrachtete die Schriftrolle, die er in der Hand hielt. Ein Dutzend Mal hatte er sie gelesen, seit sie bei Morgengrauen angekommen war. Noch einmal warf er einen Blick darauf und musterte das Siegel an ihrem unteren Ende, das Wappen seines Vaters, Kamatsu, Herr der Shinzawai. Schweigend nahm Kasumi sein persönliches Schicksal hin und erklärte: »Befehle den Aufbruch. Brecht unverzüglich das Lager ab und sammelt die Krieger. Man hat uns befohlen, nach Kelewan zurückzukehren. Schickt die Wegbereiter voraus.«

Chingaris Stimme verriet seine Verbitterung. »Jetzt, wo der Tunnel zerstört ist, geben wir so schnell auf?«

»Das ist keine Schande, Chingari. Unser Clan hat sich aus der Allianz der Kriege zurückgezogen, wie auch die anderen Clans der Partei der Blauen Räder. Wieder einmal steht die Partei des Krieges allein mit der Handhabung dieser Invasion.«

Seufzend meinte Chingari: »Also prallen wieder einmal Politik und Eroberung aufeinander. Es wäre ein glorreicher Sieg gewesen, wenn wir dieses feine Schloß hätten erobern können.«

Kasumi lachte. »Das ist wahr.« Er beobachtete die Aktivitäten im Schloß. »Sie sind die besten, denen wir jemals gegenüber gestanden haben. Wir haben schon jetzt viel von ihnen gelernt. Burgmauern, die nach außen verlaufen und dadurch Sappeure daran hindern, sie zum Einsturz zu bringen – das ist neu und schlau. Und diese Tiere, die sie reiten. Ayee, wie die sich bewegen. Wie Thun, der über die Tundra zu Hause rast. Irgendwie werde ich ein paar dieser Tiere bekommen. Ja, diese Leute sind mehr als bloße Barbaren.«

Er dachte einen Augenblick nach. Dann sagte er: »Unsere Pfadfinder und Wegbereiter sollen die Augen offenhalten, ob es Anzeichen für die Teufel des Waldes gibt.«

Chingari spie aus. »Die Verderbten ziehen erneut in großer Zahl gen Norden. Sie sind ein ebensolcher Stachel in unserer Seite wie die Barbaren.«

»Wenn diese Welt erobert ist, werden wir uns um diese Kreaturen kümmern müssen«, meinte Kasumi. »Die Barbaren werden kräftige Sklaven abgeben. Einige könnten sich sogar als wertvoll genug erweisen, um freie Vasallen zu werden. Aber diese Verderbten müssen ausgemerzt werden.« Für eine Weile versank Kasumi in Schweigen. Dann erklärte er: »Macht die Barbaren glauben, wir fliehen aus Entsetzen vor ihrer Flotte. Dieser Ort ist jetzt Sache der Clans der Partei des Krieges. Bis die Kanazawai sich wieder im Hohen Rat zusammenschließen, sind wir mit diesem Krieg fertig. Gebt Befehl zum Aufbruch.«

Chingari salutierte vor seinem Kommandeur. Kasumi grübelte über die Nachricht seines Vaters nach. Er wußte, daß der Abzug aller Streitmächte der Partei der Blauen Räder den Kriegsherrn und seine Partei weit zurückwerfen würde. Die Auswirkungen eines solchen Schrittes würden einige Jahre hindurch im gesamten Kaiserreich zu spüren sein. Jetzt würde es keine vernichtenden Siege mehr für den Kriegsherrn geben. Denn jetzt, wo sich die Streitmächte, die den Herren der Kanazawai treu ergeben waren, und auch die anderen Clans aus der Partei der Blauen Räder zurückgezogen hatten, würden andere es sich gründlich überlegen, ehe sie sich an einem Vorstoß beteiligen würden. Nein, dachte Kasumi, das war ein kühner, aber gefährlicher Schritt von seinem Vater und den anderen Herren. Jetzt würde der Krieg verlängert werden. Man hatte dem Kriegsherrn jegliche Hoffnung auf eine spektakuläre Eroberung genommen. Aber das Risiko war groß. Und das Risiko aus den nächsten Schritten im Spiel des Hohen Rates würde noch größer sein. Innerlich sagte er sich: Oh, mein Vater, jetzt sind wir dem Großen Spiel unterworfen. Wir riskieren viel, unsere Familie, unseren Clan, unsere Ehre, ja, vielleicht sogar das Kaiserreich selbst.

Er knüllte die Schriftrolle zusammen und warf sie in eine große Kohlenpfanne in der Nähe. Als sie vollständig von den Flammen verzehrt worden war, schob er jeglichen Gedanken an Risiken beiseite und begab sich in sein Zelt zurück.

DIE MIDKEMIA SAGA

GROSSE NORDBERGE
NORDLANDE
BERGENSTEIN
HIMMELSSEE
ELBENHEIM
Tyr-Sog
Yabon
Loriel
Crydee
DAS GRÜNE HERZ
GRAUE TÜRME
LaMut
Zün
Falkenhöhle
FERNE KÜSTE
Walinor
Ylith
Natal
Questors Sicht
Carse
Jonril
Hush
Natalhaven
CALASTIUSGEBIRGE
ENDLOSE SEE
Tulan
Bordon
Margrave's Hafen
Queg
Sarth
DIE FREIEN STÄDTE
Lan
KÖNIGREICH QUEG
FINSTERMOOR
Palanque
Krondor
STRASSE DER FINSTERNIS
EILAND DES ZAUBERERS
Durrony's Tal
BITTERES MEER
LiMeth
Langer Punkt
Landreth
MEER DER TRÄUME
Durbin
Shamata
Elarial
Ranom
TAL DER TRÄUME
Caralyan
TROLLHEIMGEBIRGE
WÜSTE VON JAL-PUR
MIDKEMIA
0 100 200 300 400 500 600

WELT
Eiserner Paß
Dunkelhain
Wächter des Nordens
AS KÖNIGREICH
Dolth
Rodez
Euper
Ran
Romney
Tiburn
SEE DES KÖNIGREICHS
Bas-Tyra
Sadara
Silden
Cross
Cheam
Timons
KÖNIGREICH ROLDEM
RAUEN BERGE
Niederhohnheim
Malvenhafen
Pointer's Head
Die grünen Weiten
GIPFEL DER RUHE
DAS KAISERREICH GROSS-KESH

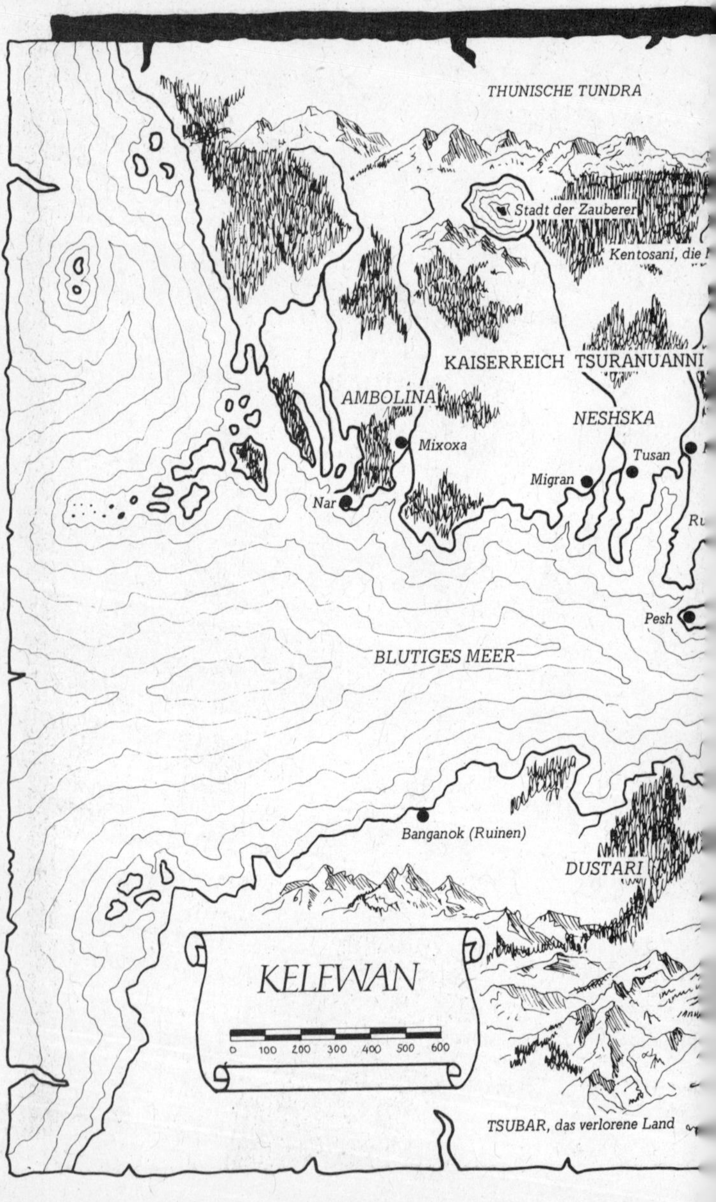
THUNISCHE TUNDRA
Stadt der Zauberer
Kentosani, die
KAISERREICH TSURANUANNI
AMBOLINA
NESHSKA
Mixoxa
Tusan
Migran
Nar
Pesh
BLUTIGES MEER
Banganok (Ruinen)
DUSTARI
KELEWAN
0 100 200 300 400 500 600
TSUBAR, das verlorene Land

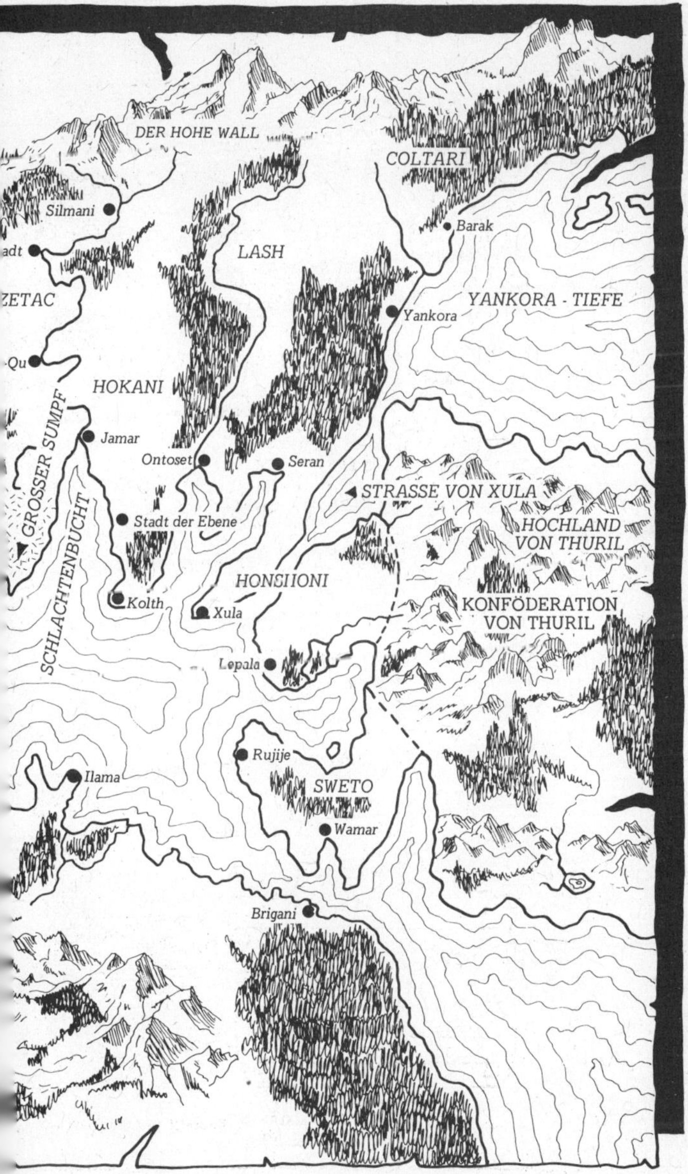
DER HOHE WALL
COLTARI
Silmani
Barak
LASH
YANKORA - TIEFE
Yankora
HOKANI
GROSSER SUMPF
Jamar
Ontoset
Seran
STRASSE VON XULA
HOCHLAND VON THURIL
Stadt der Ebene
SCHLACHTENBUCHT
HONSHONI
KONFÖDERATION VON THURIL
Kolth
Xula
Lepala
Rujije
Ilama
SWETO
Wamar
Brigani

GOLDMANN

Der phantastische Verlag

Raymond Feists Midkemia-Saga – eine unerreichte Fantasy von Liebe und Krieg, Freundschaft und Verrat, Magie und Erlösung.

Midkemia-Saga 1:
Der Lehrling des Magiers 24616

Midkemia-Saga 2:
Der verwaiste Thron 24617

Midkemia-Saga 3:
Die Gilde des Todes 24618

Midkemia-Saga 4:
Dunkel über Sethanon 24611

Goldmann · Der Taschenbuch-Verlag

GOLDMANN

Der phantastische Verlag

»Ich kann mich nicht erinnern, jemals eine so großartige Fantasy gelesen zu haben. Terry Goodkind ist der wahre Erbe von J.R.R. Tolkien.«
Marion Zimmer Bradley

»Einfach phänomenal.«
Piers Anthony

Terry Goodkind:
Das erste Gesetz der Magie 24614

Terry Goodkind:
Der Schatten des Magiers 24658

Goldmann · Der Taschenbuch-Verlag

GOLDMANN

Der phantastische Verlag

Phantastische Sphären, in denen Magie und Zauberer, Ungeheuer, Helden und fremde Mächte regieren – das ist die Welt der Fantasy bei Goldmann.

Jennifer Roberson:
Herrin der Wälder 24622

Allan Cole/Chris Bunch:
Die Fernen Königreiche 24608

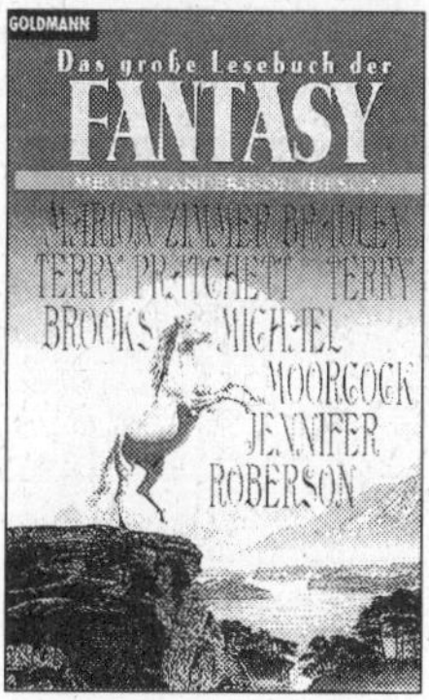

Melissa Andersson: Das große
Lesebuch der Fantasy 24665

Gillian Bradshaw:
Die Ritter der Tafelrunde 1 24682

Goldmann · Der Taschenbuch-Verlag

GOLDMANN

Das Gesamtverzeichnis aller lieferbaren Titel erhalten Sie im Buchhandel oder direkt beim Verlag.

Taschenbuch-Bestseller zu Taschenbuchpreisen
– Monat für Monat interessante und fesselnde Titel –

*

Literatur deutschsprachiger und internationaler Autoren

*

Unterhaltung, Thriller, Historische Romane
und Anthologien

*

Aktuelle Sachbücher, Ratgeber, Handbücher
und Nachschlagewerke

*

Esoterik, Persönliches Wachstum und
Ganzheitliches Heilen

*

Krimis, Science-Fiction und Fantasy-Literatur

*

Klassiker mit Anmerkungen, Autoreneditionen
und Werkausgaben

*

Kalender, Kriminalhörspielkassetten und
Popbiographien

Die ganze Welt des Taschenbuchs

Goldmann Verlag · Neumarkter Str. 18 · 81673 München

Bitte senden Sie mir das neue kostenlose Gesamtverzeichnis

Name: ____________________

Straße: ____________________

PLZ / Ort: ____________________